IM PRESS

ОЛЬГА ЧИЛИНА

Неземной КРАСОТЫ...

Сказка-детектив

BOSTON • 2021 • CHICAGO

Ольга Чилина   Неземной красоты… *Сказка-детектив*

Olga Chilina   Unearthly Beauty… *A Fairytale Mystery*

ISBN 978-1-950319-63-3 (Paperback)
ISBN 978-1-950319-65-7 (Hardcover)
ISBN 978-1-950319-64-0 (Ebook)
ISBN 978-1-950319-66-4 (Paperback – Special Edition)

Library of Congress Control Number: 2021948593

Published by M•Graphics | Boston, MA
⌨ www.mgraphics-books.com
✉ mgraphics.books@gmail.com

In collaboration with Bagriy & Company | Chicago, IL
⌨ www.bagriycompany.com
✉ printbookru@gmail.com

Edited by Julia Grushko
Book Design and Layout by Yulia Tymoshenko
Cover Design by Larisa Studinskaya

Artworks by Olga Chilina

При подготовке издания использован модуль расстановки переносов русского языка batov's hyphenator™ (www.batov.ru)

Printed in the United States of America

Я искренне благодарна маме за её эмоциональную поддержку и неустанное участие в моей творческой жизни.

Ольга Чилина

«…Её нога заскользила на мокром выступе скалы. На гладкой поверхности камня отразились переливы кольчуги, металлические кольца которой защищали хрупкую, но полную отваги и решимости ведьму. В этой кольчуге она сама походила на дракона, притаившегося у входа в пещеру в каких-то ста шагах от неё.

Глория с трудом удержала равновесие. Очень медленно она приблизилась к огнедышащему зверю. Вооружённая лишь знаниями и подсказками великих предков, девушка ни на секунду не сомневалась в своём мастерстве, умении, таланте. Её сила подпитывалась могуществом самой природы!

Ещё шаг… Вдруг подлый камешек шумно вылетел из-под ступни и, преследуемый глухим эхом, застучал по скалистым стенам ущелья. Чешуйчатое чудище навострило уши и повернуло к ведьме свою безобразную морду. Из ноздрей вырвались горячие огненные струи и обожгли нестерпимым жаром щёки девушки.

Сорвав с шеи амулет, Глория направила его сияние прямо в глаза непокорному животному. Крик боли заглушил раскат грома. Вырвавшиеся из гортани языки пламени едва не затмили блеск молнии. Закружившись на месте, дракон тщетно силился вырваться из пленивший его световой ловушки.

Ещё одна впечатляющая победа юной ведьмы, самой находчивой из всех своих предшественниц, самой бесстрашной и ловко…»

— О-ёй! — оступившись, я с плеском упала в гостеприимные объятия озера.

Вынырнув, я с досадой взмахнула рукой, заливая водой плоский камень, с которого мгновение назад выпала из царства своей буйной фантазии, такой красочной и заманчивой.

Я забралась обратно на валун и удобно уселась на нём, скрестив ноги. Убрав со лба мокрую прядь, подняла с земли карандаш и с тоской уставилась на листы бумаги, мокрые от озёрных брызг. Моя писанина казалась теперь скучной, обыденной, а самое обидное — никому не нужной… Утешала меня надежда, что вступления в известных исторических романах тоже порой погружают в сонливость. А потом эти романы тебя вдруг затягивают и держат в захватывающем напряжении до самого конца…

«Назвали меня Глорией…» — так начиналось моё вступление.

По-моему, логично, раз повествование обо мне.

«Назвали меня Глорией по желанию матери. Почему она меня так назвала, в честь кого, выяснить я не успела — она умерла сразу после моего рождения. Отца я не знала, а моя бабушка Розалия упорно избегает разговоров на эту тему…

Живём мы в лесном домике, отсчитавшем уже не один десяток лет. Бабушка Розалия говорит, что построил его некий древний старичок. Когда-то давно он приютил их под своей крышей. Бабушку и мою маму. Мама была тогда ещё совсем маленькой. Однажды старичок ушёл в лес и не вернулся. Что стало с ним — неизвестно, а мама с бабушкой так и остались жить в лесной избушке. Бабушке это было по душе, ведь её прабабка выросла в лесу, знала о нём абсолютно всё и научила всему мою бабушку. И теперь бабушка Розалия — прославленная травница. Прославленная на всё королевство. Даже на два. Ведь наш лес находится как раз между двумя королевствами. Правители королевств настолько вежливы, что уже много лет друг другу лес уступают, и никто из них не соглашается принять столь щедрый дар. Вот мы и оказались сами по себе, сами себе хозяева. Навещают нас жители обоих королевств, больше, конечно, того, что на севере, которое к нам ближе. Ходят они к бабушке сами и приводят к ней на лечение свой рогатый скот, а также любимых кошечек и собачек. Хворь всякую бабушка лечит травами, а порой одного лишь слова хватает.

Удивительно, какую силу имеет простое слово, простой разговор, главное, чтобы он был добрый и идущий от сердца. А сердце у бабушки Розалии большое и любящее. Думаю, она всё-таки переплюнула свою прабабку. Помимо обретённых от неё знаний, бабушка черпает их из книг по медицине, коими её снабжает королевский лекарь того королевства, что на севере. Когда-то при каких-то интересных обстоятельствах им удалось познакомиться, и с тех пор этот лекарь души не чает в моей бабушке. Хотя прежде он категорически отрицал ненаучные способы лечения больных. Благодаря их знакомству и я получаю полезные знания, заимствуя книги из той же королевской библиотеки.

Книги… это ж надо было их изобрести! Наверное, они — самое прекрасное творение человека! Есть в них что-то этакое… притягательное, интригующее. И дело даже не в содержании самой книги, а в отпечатке, накладываемом на книгу характером её автора. Книга повествует об особенностях души писателя. Кто-то пытается их скрыть, маскируясь непонятными терминами и туманными оборотами речи, и уже само это о многом говорит… Мне лично, несмотря на изобилие излишних описаний, нравятся исторические романы. Люблю историю, благодаря чему неплохо ориентируюсь в делах, творящихся в наших королевствах. В Южном, например, делами правит король Кроник II, добродушный отец двух дочерей. Дочерей не видела, но говорят, настоящие красавицы. На самом деле очень хотелось бы взглянуть на них, ибо настоящая красота представляется мне явлением любопытным. Вот пишут в сказках „девушка неземной красоты“. Как это понимать?.. Такой красоты, какой на земле и не встретишь? Но ведь девушка земная, как же она тогда выглядит? Или, например, я — красива ли я?..»

Поставив последнюю точку в многоточии, я не удержалась и, наклонившись, посмотрела на своё отражение в озере. Может, и красивая... а вот насчёт неземной красоты не уверена. Да и насчёт просто красоты тоже есть сомнения. Бабушка говорит, что я вылитая прабабка. А прабабка моя слыла ведьмой...

Ах, забыла упомянуть! Мы все по материнской линии относимся к ведьмовскому роду, в большей или меньшей степени. Так вот моя прабабка была в большей степени ведьмой, чем, скажем, бабушка Розалия. Хорошо, что в наши времена к ведьмам относятся с уважением — уж очень мало их осталось. Я себя настоящей ведьмой пока не считаю, но если бы ведьмы являлись образцом красоты, тогда пришлось бы признать сходство с прабабкой, чтобы не мучиться вопросом о своей внешности.

«Будем считать, что я средняя красавица», — вернулась я к своему повествованию.

Писать я любила...

«Хотите верьте, хотите нет, а я ещё и стихи пишу! Пишу их за тех, у кого нет поэтического таланта, и пишу их для тех, кто стал объектом чьих-либо нежных чувств. В основном ко мне обращаются деревенские парнишки, желающие произвести впечатление на доярку или королевскую прачку. Доярки и прачки либо верят и тают от радости, что стали музой для пахаря, либо терпеливо выслушивают вирши и снисходительно дарят свою благосклонность, догадываясь, однако, о происхождении посвящённых им стихов. Да, доярки про меня тоже знают. Ведь и им иногда хочется написать любимому такое сентиментальное письмо, чтобы он воспылал к ним неземными чувствами...»

Ну вот опять это слово «неземными»!

Я прикусила карандашик и задумалась. Впервые я решила написать что-то для себя... не любовное письмо, не стих, не поэму, не песню, а просто свои мысли. Так сказать, историю своей жизни. Вряд ли это будет кому-то интересно, но вдруг я когда-нибудь прославлюсь, и мои рукописи люди с трепетом будут передавать друг другу, испытывая величайшее благоговение перед великим творцом... вернее, творицей.

Так, о чём я там писала?.. Ах да, я ж ещё о втором королевстве не рассказала.

«Северное Королевство соседствует и дружит с Южным. Только вот короля в нём нет. Бывший король умер весной, странно как-то умер. Временно делами управляет его свояк — муж сестры жены (ох, у этих королей всё так запутанно!). Почему король умер странным образом? Не знаю, у меня сложилось такое впечатление, когда королевский лекарь делился с бабушкой новостями по этому поводу, а я слушала. Недавно вернулись сыновья этого самого короля, и теперь, наверное, одного из них коронуют. Скорей всего, старшего. Как же его имя?.. Ах да! Мартин! А младшего — Седрик... или наоборот?..

Старшего я видела лишь раз. Давным-давно, когда была жутко молодой и глупой. Лет десять мне было. Он стоял на берегу этого самого озера. И, кажется, именно на этом камне. Занял моё любимое место! На этом камне мне в голову приходят самые умные мысли. А он как ни в чём не бывало удил на нём рыбу. Каково?! Плохо помню, как выглядел, но мне он уже со спины не понравился. Я шла посидеть и подумать над серьёзным жизненным вопросом: как бороться с веснушками? А как можно придумывать способы избавления от веснушек, когда он тут своей удочкой-тростинкой машет во все стороны? Я его попросила уйти. Вежливо попросила. А он сказал, что места много, и мы вдвоём вполне уместимся. Представляете, какая наглость! Это при нём рассуждать о личных проблемах?! С этим мириться я не могла и в ходе нашей с ним... э-э-э... беседы случайно толкнула его в воду. К сожалению, ему удалось ухватить меня за подол платья, и окунулись мы в озеро тогда вместе. Конечно, после такого бултыхания о рыбе можно было позабыть. Получается, эту битву я выиграла. А второй не последовало. Вскоре король Северного Королевства, Клавдий, отправил обоих сыновей за море, чтобы обучились они там наукам и разным премудростям. А то, что на скале со мной был старший сын, я узнала после от нашего друга лекаря, которого, кстати, зовут Базилем. Он пришёл на очередное чаепитие с моей бабушкой и рассказал, как старшенький пришёл насквозь мокрый и без единой рыбки, чем очень развеселил младшенького.

Ну да пусть дух леса пребудет с ними. Не о них я собиралась писать, а о себе...»

Тут я остановилась. А что я, собственно, о себе могу написать?.. Не так уж много. Даже приключений настоящих в моей жизни не было. Я про них всё больше в книжках читала да мечтала на этом камне по вечерам. Как грустно-то! Получается, до сих пор я жила переживаниями и историями других людей, тех, кто приходил ко мне с просьбой помочь сделать их жизнь романтичнее, тех, кто приходил к бабушке... А моих собственных историй нет! Какая несправедливость!

Вконец расстроившись, я подобрала исписанные странички и поплелась к нашей избушке.

Дома, как водится, сидел Базиль. Бабушка хлопотала на кухне, спеша подать дорогому гостю травяной чай и свежеиспечённые булочки. Сложив письменные принадлежности в сундучок и задвинув его под диван, я подсела к столу.

— Доброе утро, Глория, — улыбнулся мне Базиль. — Я тебе обещанную книгу принёс. Библиотекарь Шарль сначала вредничал, мол, ценная рукопись, единственная в своём роде. Но когда услышал, что для тебя, согласился. Неужели ты и этому, скажем так, почтенного возраста затворнику услугу оказала?

С этими словами Базиль протянул мне старинную рукопись лесного эльфа Кларисса. Кларисс прославился тем, что пренебрёг оседлым образом жизни своего народа и отправился на поиски приключений в далёкие края, а потом описал всё это в своей рукописи. Он был моим героем, ведь я тоже хотела отправиться куда глаза глядят… И даже решила начать собственную рукопись, как Кларисс. Разница была лишь в том, что он её начал после своих путешествий, а я — до… Но ведь главное — хоть с чего-то начать, верно?..

Базиль всё ещё ждал ответа на поставленный им вопрос. Меня опередила бабушка.

— А разве ты не слышал? Шарль больше не затворник! Его таки обаяла леди Марсель. Она к нему с давних лет пылает тайной страстью, ещё с тех времён, когда служила гувернанткой у мальчиков Клавдия… Для меня это загадка, но чужая душа — потёмки. Недавно Марсель обратилась к нашей Глории. Уж не знаю, что они там насочиняли, только скоро свадьба.

Базиль посмотрел на меня с восхищением.

— Да ничего особенного, — буркнула я, — мне даже дочитать письмо не дали. Шарль бросился мне на шею и чуть не задушил в объятиях. Оказывается, все эти годы чувства леди Марсель к нему были взаимны, но наш многоуважаемый Шарль не находил слов, чтобы самовыразиться. Обратиться же ко мне считал унизительным, ибо сам является человеком образованным, и признать, что не умеет писать романтические письма, никак не хватало духу.

— Кто бы мог подумать! — воскликнул Базиль. — А притворялся этаким женоненавистником. И когда свадьба?

— Планируют в следующем месяце. Не переживайте, вам тоже приглашение пришлют, — успокоила я его, — просто Шарль собирается с мужеством сообщить вам об этом радостном событии.

— Кстати, о приглашении! — спохватился Базиль. — Я же говорил вам, что принцы наши воротились? Ну так вот, Седрик решил устроить бал в честь их приезда.

— Седрик — это младший или старший? — уточнила я.

— Младший, конечно. Старшему сейчас не до этого — уж очень его тревожит внезапная кончина отца. Помните, я говорил вам о ней? Мартин вообще был против каких-либо приёмов, ведь времени со дня смерти отца всего ничего прошло. Однако на ужин в тихом семейном кругу согласился. Позвали меня и разрешили мне кого-нибудь пригласить. Я сразу о вас подумал. Больше мне звать некого!

— Ну что ты такое говоришь! — всплеснула руками бабушка Розалия. — Куда нам с Глорией до королевского ужина! Я бы, конечно, хотела, чтобы девочка моя хотя бы на ваш дворец взглянула изнутри, да ведь ей даже надеть нечего… и манеры у неё не те.

Я недовольно наморщила нос. «Не очень-то и хотелось!»

Базиль задумчиво окинул взглядом моё старенькое платье.

— Одежда — это не проблема, а вот манеры… — его взгляд стал ещё задумчивее.

— Ах, — не выдержала я, — манеры не королевские, однако ж нож с вилкой держать умею! И платье у меня есть! Мамино! Где-то лежит, может, и найду.

— Ты бы ещё про её туфли вспомнила, которые ты подарила дочке кузнеца на свадьбу, — покачала головой бабушка.

— Так ей они нужнее были, — возразила я, и бабушка Розалия вздохнула:

— Да уж, наверное… Тебе они ещё не скоро пригодились бы.

Я подозревала, что моя бабушка, как и любая другая, лелеет надежду выдать меня замуж за достойного человека, пока я не прослыла старой девой. Жаль, что не доставлю ей такого удовольствия в ближайшем будущем. Для себя я давно решила стать вечным скитальцем, как Кларисс. Вот только надо бабушку морально к этому подготовить.

Базиль тем временем продолжал меня критично разглядывать.

— В принципе, это не столь важно, как человек одет и воспитан. Тем более что принцы побывали за морем, а вы знаете, какие там дикари живут. После них Глория покажется им воплощением изящества и утончённости. Правда, если Седрик всё же пригласит нашего соседа с дочерьми, тогда на их фоне…

— Ладно-ладно, — перебила его я, — намёк понят! Не буду показываться вашим высочествам на глаза, пока не научусь носить парчу и часами беседовать о погоде.

— Ну, в крайность впадать тоже необязательно, — рассмеялся Базиль. — Лично я вас обеих жду к себе в гости в конце недели. Отец Лоулли тоже заглянет — он только что вернулся из Брутии, и я уверен, ему будет что рассказать.

Посидев ещё полчасика, Базиль раскланялся и прогулочным шагом пошёл по лесной тропинке. Провожая его взглядом, я вслух заметила:

— Все путешествуют… Принцы вернулись из-за моря. Отец Лоулли побывал за горами. Даже Шарль сказал, что они после свадьбы отправятся в Очарованную Деревню. Бабуль, тебе не кажется, что мы с тобой засиделись на месте?

Бабушка Розалия отвлеклась от замешивания теста и удивлённо посмотрела на меня:

— А чем тебе не нравится наш лес? Можно сказать, это наше собственное королевство. Отец Лоулли расскажет нам все подробности своего странствия. Да и леди Марсель не упустит возможности потрепать языком. А если ты найдёшь приличное платье и обувь, может, я решусь-таки выпустить тебя в свет во дворец. И ты сможешь расспросить Седрика об их жизни за морем. Помнится, мальчиком он был замечательным. Таким приветливым и добрым.

Бабушка даже глаза прикрыла, предаваясь воспоминаниям.

— Славные были времена, — вздохнула она.

— А сейчас чем хуже? — спросила я.

— Да ничем. Просто вы все уже выросли. Так быстро время пролетело…

Мне так не казалось. Наоборот, время тянется невыносимо медленно! Никаких тебе из ряда вон выходящих событий, никаких приключений. Впрочем, весной произошло несколько странных происшествий. Во-первых, к нам в дом вломились разбойники и перевернули всё вверх дном. Бабушка громко возмущалась, а мне было до дрожи в коленях интересно. К сожалению, разбойников поймать не удалось. Даже следов их не нашли. Как сквозь землю провалились! У нас ничего не забрали. Что искали — загадка… Во-вторых, смерть короля всё-таки тоже выходит из ряда обычных событий. С разбойниками я зашла в тупик, а вот о короле следует поподробней разузнать у Базиля…

— …А Мартин рос очень серьёзным, — продолжала тем временем вспоминать бабушка. — Он всегда считал себя ответственным за брата, являясь полной его противоположностью. Как печально, что их родители умерли и оставили детей сиротами.

— Дети уже взрослые, — возразила я.

— Те, кто для нас были детьми, всегда ими останутся, — улыбнулась бабушка.

Как забавно, удивилась я про себя, мы остаёмся для них детьми, а о них думаем так, словно они никогда не были маленькими. Бабушка всегда оставалась для меня бабушкой Розалией. А ведь когда-то и она была молодой со своими мечтами, стремлениями, о которых я ничего не знала.

— Бабуль! А какой ты была в молодости?

— Да почти такой же, как и ты! Веснушчатой и курносой! Правда, не до такой степени, — подмигнула она мне, — на свою прабабку ты похожа намного больше. Глаза у тебя такие же, только синие. А у неё были зелёные… нет, скорее болотного цвета… И затягивали как болото… Они ей принесли много счастья и несчастья.

Говорила бабушка с грустинкой, мысленно уносясь в далёкое прошлое.

— В те времена ведьм не жаловали, боялись. А того, кого люди боятся, они пытаются истребить. Такова человеческая природа… Слава духу леса, ни мне, ни твоей матери не передалось ничего чересчур ведьмовского, а вот насчёт тебя я не уверена… — слегка прищурившись, она бросила на меня оценивающий взгляд, — уж очень ты напоминаешь мне мою мать… особенно когда волнуешься, — бабушка вдруг замолчала.

— А почему ты избегаешь разговоров о моей матери?

— Настанет время — поговорим, — повторила она столько раз слышанную мною фразу.

А когда настанет это время, неизвестно… Ну ничего, мне тоже есть что скрывать! Знала бы бабушка, что прабабка во мне давно начала проявляться. Правда, в мелочах, но всё же. Об этом я пока помалкивала. Вот настанет время…

* * *

Раз я приняла решение действовать, значит начинаю действовать. Разузнать подробности о смерти короля Клавдия я могла у нескольких людей. Во-первых, у Базиля. Он первым прибыл на место происшествия, и он же высказал своё мнение о причине смерти. Хотя нет, первым был не он. Кажется, Базиль упоминал Крона — тролля, работающего в деревне мясником. Я встречала его иногда. Очень неприятной внешности тролль. Никогда не улыбается, смотрит исподлобья. Впрочем, мясник и не может быть доброй сказочной феей. Я даже представить себе не могу, как можно изо дня в день убивать беспомощных зверушек. Так вот, именно Крон первым обнаружил тело короля. Хе-хе… не удивлюсь, если он и приложил к этому руку. Уж очень он подходит на роль злодея.

Так, значит, Крон — это во-вторых. А в-третьих — дворецкий… как же его имя? Очень длинное и напыщенное… что-то вроде Аполлона… или Абелона.

— Араганесес, — поправил меня Базиль. — Да, он был вторым прибывшим на место трагедии.

Я нашла Базиля на следующий день в его домике, который примыкал ко дворцу с юга и служил доктору и ночлегом, и местом работы.

Мы сидели в кабинете доктора. Посередине стоял стол, заваленный какими-то трудами по медицине, а вдоль стен выстроились книжные стеллажи с теми же трудами. Поразительно, сколько люди успели понаписать за своё существование!

— И именно он позвал вас?

— Да. Я осматривал главного повара Бивра — он пришёл ко мне с очередным расстройством желудка. Было послеобеденное время, и у него выдалась минутка забежать ко мне. Он наотрез отказывался пить рисовый отвар и просил прописать ему что-нибудь более приятное на вкус. Я дал ему на пробу ароматическую смолу корней асафетиды. Твоя бабушка, кстати, рекомендовала. Хотя я не могу полностью согласиться с ней, что…

— Базиль! — прервала я его, зная, что долгие монологи о врачевании — любимый конёк лекаря. — Так что этот Агара… Арогонос, или как там его, сказал?

— А он ничего не сказал, он лишь мычал и махал в сторону сада. Я хотел было напоить его успокоительным, но он выкрикнул, что произошло какое-то несчастье и потащил меня в сад. Там я увидел Крона, он стоял на коленях рядом с распростёртым телом Клавдия. Я даже не сразу понял, что это король… настолько неправдоподобным и диким мне это показалось.

— И что вы обнаружили?

— Как я уже и говорил, всё было очень странно. Крон утверждал, что он услышал крик. А когда через несколько секунд примчался на место, король был ещё жив, хрипел, будто бы задыхался. Я поставил диагноз — сердечный приступ, только у короля было здоровое сердце. Если упустить медицинские тонкости…

— Да, пожалуйста, — тут же отозвалась я.

— Так я считаю, что Клавдий просто задохнулся.

— Это могло быть от сердечного приступа?

— Гм-м… возможно. Это также могло произойти от быстродействующего яда… Есть такие, от которых лёгкие перестают работать.

Вот-те раз! Я даже не сразу нашла, что сказать.

— Так, по-вашему, короля кто-то отравил?!

— О нет! — тут же отмахнулся Базиль, — такое я даже на минуту не допускаю! Кому это надо?

— А это интересный вопрос… Особенно, если окажется, что Клавдий был убит!

Базиль заёрзал на стуле.

— Ладно, признаю, была у меня такая мысль. Я подумывал об укусе змеи, но в наших краях такие змеи не водятся!

— Зато они водятся у вас, — заметила я.

Базиль на минуту замер и прищурившись посмотрел на меня.

— У меня есть две змеи, и они действительно ядовитые. Два тайпана... Мне их подарил мой коллега с Острова Среднеморья. Их яд, на самом деле, способен парализовать лёгкие. Я занимался исследованием его свойств и обнаружил, что он также может быть использован для лечения многих нервных заболеваний. Я из него изготавливаю прекрасное успокоительное средство для придворных, да и для королевских особ тоже... Но обе мои змеи на месте!

— Вы это сразу проверили?

— Ну-у... — замялся Базиль, — нет конечно. Мне тогда и в голову не пришло... На следующий день я заходил в кладовую — змеи были там. Да и кто отважился бы взять змею? Человек неопытный сразу бы пал жертвой такого оружия, не успев им воспользоваться!

Это верно, мысленно согласилась я. И всё же расставаться с мыслью, что в королевстве произошло настоящее убийство, мне не хотелось.

— А сам яд, который вы используете для лекарств, где хранится?

Базиль как-то странно глянул на меня, потом вскочил и помчался в другую комнату. Это была небольшая кладовая со множеством полок, заставленных множеством склянок. Единственным источником света являлось маленькое окошко под самым потолком. В углу стояли две стеклянные ёмкости, в которых можно было разглядеть двух пресмыкающихся. В полу чернело отверстие, и винтовая лестница вела в подвальное помещение.

— Всё, что может испортиться, я храню в подвале, — объяснял Базиль мне по дороге вниз.

Засветив свечу, он показал мне ряд баночек. На каждой корявым почерком доктора были выведены названия на понятном только ему языке.

— Вот тут, — Базиль взял зеленоватую склянку и поднёс её к свету, — я и храню их яд...

Как зачарованные, мы уставились на бутылёк. Я ничего подозрительного не увидела.

— Ну? Стало его меньше? — подёргала я Базиля за рукав.

Покусав губу, Базиль поставил склянку на место и сконфуженно пожал плечами.

— Честное слово, не знаю... Я бываю порой рассеянным...

— А вы кому-нибудь о нём рассказывали? Или показывали?

— Я из своей работы тайны не делаю, — ещё больше смутился лекарь, — да и поговорить иногда хочется... Но с кем конкретно я о нём говорил, не припомню...

Н-да, похоже, толку от показаний Базиля мне будет мало.

— Ну а следы укуса на теле Клавдия были? — спросила я, не особо надеясь на удачу.

— О! Хорошо, что ты мне напомнила! Да, было что-то такое похожее на укус змеи. Два еле заметных пятнышка на спине, только я не придал этому значения, ибо если это была змея, она укусила бы его за ногу, ну, или за руку! А как могла она его укусить за спину?

— Может, он лёг на неё, — нерешительно предположила я.

Базиль лишь фыркнул в ответ:

— Исключено! Чтобы Клавдий лёг в саду на голую землю?! Никогда! Он мог упасть, но упасть на спину маловероятно, а ещё маловероятнее упасть на ядовитую змею в нашем королевстве. Тем более что расстояние между пятнышками было слишком велико для змеиных зубов...

— Ну тогда я не знаю, — разочарованно заявила я, — только чувствую, что дело нечисто.

Затушив свечу, Базиль стал подниматься по лестнице обратно в кладовую. Я тут же поспешила за ним, наступая ему на пятки, — очень не хотелось оставаться одной в темноте со всеми этими ядами и подозрительными микстурами.

Когда я снова очутилась в кабинете, залитом солнечным светом, у меня стало гораздо радостнее на сердце. Даже моя вера в возможное преступление перестала казаться столь непоколебимой.

— Если спросишь меня, — Базиль разлил остывший чай по чашкам, — то я считаю, даже если это и выглядит необычно... ни у кого, слышишь, *ни у кого* не было абсолютно никакого мотива убивать Клавдия. Он был славным королём, любящим отцом и мужем. Поддерживал хорошие отношения с соседями. Так что всё это — глупости. Скорей всего, действительно сердце подвело... А пятнышки на спине... должно быть, укололся о какой-нибудь куст...

— Двойной колючкой? — поддела я его.

В который раз поправив сползшие на нос очки, Базиль тяжело вздохнул:

— Если вдруг обнаружится, что короля отравили, тогда... — лекарь неожиданно запнулся.

Он быстро глянул на меня поверх очков, зачем-то переложил стопку бумаг с одного конца стола на другой, потом потёр ладонями гладкую столешницу.

— Тогда что? — не вытерпела я.

— Тогда разразится большой скандал! Полагаю, не следует ворошить произошедшее. Короля уже не вернуть...

— А если убийца бродит где-то во дворце?

Вздрогнув, Базиль с ужасом посмотрел на меня:

— Что ты такое говоришь?! Считаешь, его убил кто-то из подданных?

— Я ничего не считаю. Просто строю догадки.

— Хорошо хоть принцев здесь не было, когда это произошло, — пробормотал он.

— Ага, — тут же подхватила я, — тогда они оказались бы под подозрением! Ведь им это на руку? Особенно Мартину, как старшему!

— Да простят тебя духи вашего леса, — отмахнулся от меня Базиль, — думай, что говоришь. Я имел в виду, что тогда и они могли бы что-то этакое заподозрить. Им и так нелегко мириться со смертью отца, а если б они присутствовали при самой трагедии, то могли бы заметить мои сомнения. Это им точно ни к чему.

— Так они думают, что их отец умер от естественных причин?

— Ну конечно! — воскликнул Базиль, — это именно то, что я им сказал. И это именно то, что… м-м-м… я уверен, произошло на самом деле!

«Я уверен» прозвучало как-то неуверенно. Я покинула дом лекаря весьма неудовлетворённая. У меня всегда была богатая фантазия, и если Базиль не видел причин для убийства короля, я этих причин могла придумать уйму. И так просто сдаваться я не собиралась.

* * *

Второй жертвой допроса я наметила Крона. Честно говоря, его я хотела оставить на потом, но чтобы добраться до Араганесеса, мне пришлось бы проникнуть во дворец, а туда всех подряд не пускают. Можно попытаться попросить леди Марсель провести меня. Она сейчас на седьмом небе от счастья и сделает для меня что угодно. Только вряд ли Араганесес сразу разоткровенничается со мной. Ходят слухи о его чрезмерной высокомерности и чванливости. Тут нужен особый подход.

Приблизившись к скотобойне, я невольно поморщилась. Обстановка здесь глаз не радовала. Однако на помощника Крона Трота это никак не влияло. Гном сидел на большом камне у входа, щёлкал семечки и плевался шелухой в проходящую мимо гусыню. На нём болтались его вечные зелёные штанишки, которые он давно одолжил у кого-то и не вернул. Штанишки были ему велики, и гному приходилось их всё время подтягивать. Вязаная безрукавка поверх потрёпанной рубашонки тоже видала лучшие времена и давно требовала стирки. Трот не считался чистюлей. Его немытая копна жёстких волос на голове торчала во все стороны, и издали он напоминал ёжика.

— Кого я вижу! — воскликнул он, — Глория! Какое же дело привело тебя сюда? Уж не помогаешь ли ты Крону найти путь к сердцу кухарки леди Марсель?

— Ты переоцениваешь мои способности, — хмыкнула я.

Трот расхохотался.

— Что ж, это правда. Надо обладать особым талантом, чтобы женить нашего закоренелого холостяка-тролля.

— Не очень-то ты лестно отзываешься о своём хозяине, — заметила я.

— Он мне платит не за лесть, — возразил гном, — а что тебе, собственно, от него надо?

— Да так… бабушка просила говяжью вырезку раздобыть. К кому ж мне ещё обращаться, как не к Крону.

— О да, товар у нас отменный! — с гордостью заявил Трот. — Недаром сам король оказывает нам честь своими заказами… вернее, оказывал честь, — запнулся он.

— Да, — тут же подхватила я, — грустная история. А ведь Крон, насколько я знаю, присутствовал там, когда с королём случилось несчастье.

Трот насупился:

— Присутствовал, и мы, его славные помощники, имели полное право узнать обо всём из первых уст. Но он даже словом не обмолвился о том, что произошло!

Гном досадливо пнул камешек. Тот отлетел и попал в гусыню. Недовольно гоготнув, последняя заковыляла прочь.

Проследив взглядом за гусыней, я увидела Крона. Он медленно шагал к нам со стороны дворца. Тут же присмирев, Трот вскочил на ноги и принялся изображать крайнюю занятость. Бросив на него мрачный взгляд, Крон выжидающе уставился на меня. Вид у него был такой зловещий, что у меня все слова застряли в горле. Крон принадлежал к той разновидности троллей, которые поражают своей огромностью и нескладностью. Но из-за того, что он постоянно горбился и низко опускал плечи, он не казался великаном.

— Добрый день, Крон, — приветливо начала я.

— Из мяса могу предложить лишь крольчатину, — вместо приветствия бросил он, — остальное мясо уже куплено дворцом.

— Не многовато ли на один дворец? — изобразила я недовольство.

— Их высочества праздновать намерены, — буркнул тролль.

Право, он был немногословен. Что-то подсказывало мне, что от него я многого не добьюсь.

— Ну давай крольчатину, — согласилась я.

Едва кивнув, он прошествовал мимо меня на скотобойню. Помедлив, я двинулась за ним. Тошнотворный запах сырого мяса ударил мне в нос. У меня даже в глазах потемнело. Крону же всё было нипочём. Пройдя насквозь, он вышел во внутренний дворик. Там паслись несколько овец, одна корова, стояла клетка с кроликом.

Распахнув дверцу, Крон одной рукой вытащил крольчонка, а другой подхватил топор.

— Ой! — вырвалось у меня. Даже очень сильное желание распутать преступление не было настолько сильным.

Крон вопросительно приподнял лохматую бровь и выжидающе посмотрел на меня.

— Крон, — воскликнула я, — пожалуй, я его у тебя живьём куплю!

Усмехнувшись, он протянул мне крольчонка. Пообещав заплатить ему на следующий день, я схватила дрожащий пушистый комочек в руки и выбежала на улицу. Даже не простившись с Тротом, я быстро зашагала прочь.

Только после того, как я пересекла деревню и вошла в такой надёжный и родной лес, я осознала, что руки у меня дрожат сильнее крольчонка.

«Какой позор, — думала я, не сбавляя шаг, — а я ещё собиралась отправиться в кругосветное путешествие, полное опасностей и страшных чудищ, подстерегающих меня на каждом шагу. И воображала себя размахивающей мечом и поражающей всех и вся своей храбростью и непобедимостью. Что ж, продолжай мечтать дальше, дурочка!»

Усевшись под большой развесистой сосной, я посадила крольчонка к себе на колени и погладила его за ушками. Мне надо было привести свои мысли в порядок. Лучше всего у меня это получалось в двух случаях: если я сидела на своём любимом камне или когда разговаривала с Лукасом.

Лукас работал пастухом. Это было скорее его призвание, чем ремесло. Мы с ним познакомились несколько лет назад на лесной опушке. Однажды я грустила необычно долго. От нас в который раз уехал наш старый друг — бывалый моряк и капитан большого судна. Ах, сколько прекрасных вечеров я провела в его компании, сидя у очага и с замирающим сердцем слушая сказочные истории о далёких странах, которыми со мной делился Данис. Он обещал взять меня с собой, когда я подрасту... Несмотря на то что эти обещания подсластили горькую пилюлю его отъезда, я долгое время пребывала в расстройстве чувств. Чаще обычного уединялась, восстанавливая в памяти все детали услышанных мною историй. Самым тяжёлым оказалось для меня понимание того, что он на самом деле не собирался брать меня с собой; что он просто не хотел меня расстраивать ещё больше и готов был пообещать мне всё что угодно, включая золото солнечных лучей, запутавшихся в рогах северного оленя.

И вот тогда, тёплым октябрьским днём, я сидела на опушке и в который раз перебирала сокровища, подаренные мне Данисом, — самые чудные на свете ракушки и морские звёзды. Вдруг раздался треск кустов, и на опушку выскочила собака. Уткнувшись носом в землю, она несколько раз обежала вокруг меня, а потом, задрав голову, пару раз гавкнула. Кусты затрещали вновь, и из них вышел худощавый парнишка примерно моих лет. Как сейчас помню его залатанные штаны и свободную, вероятно отцовскую, рубаху с закатанными до локтя рукавами. На голове — широкополая соломенная шляпа, а из-под неё сияли весёлые ясные глаза. Подойдя ко мне, он сел рядом. Собака тут же примостилась подле хозяина.

— Мы Улитку ищем, — ошарашил он меня первой фразой.

— Давно? — спросила я.

— С утра…

Почувствовав, что сегодняшний день не будет таким уж грустным и пустым, каким он казался мне с утра, я уже с большим интересом посмотрела на парнишку. Не знаю почему, но он напомнил мне подсолнух. Он был таким же лучистым…

Стянув шляпу, он взъерошил свои волосы, похожие на торчащие соломинки.

— Мелькает она у тебя перед глазами, и думаешь, что она и до вечера до леса не доползёт. А потом хвать — её уже нет…

— Улитки? — всё больше удивлялась я.

— Улитки, — тряхнул сеном Подсолнух, — вот ищи её свищи… Шерстянка знает, где она, — он кивнул на собаку, — но не скажет, пока тоже по лесу не нагуляется.

Удовлетворённо тявкнув, Шерстянка подтвердила слова хозяина.

— А зачем тебе улитка? — спросила я, совсем сбитая с толку.

— Пасу я её, — был ответ.

— О-о-о! — протянула я. — Так это корова?

— Коза, — поправил он. — А я — Лукас, — добавил он через минуту.

— Глория, — в свою очередь представилась я.

Лукас важно кивнул, как будто он это и так давно знал.

Чем больше мы с ним общались, тем сильнее он мне нравился. Его ответы обычно были лаконичны, но точны. Я всегда понимала, что он имел в виду, хотя со стороны могло показаться, что его слова не имеют смысла.

Однажды, когда меня в который раз охватила тоска по чему-нибудь необычному, волшебному и выходящему за рамки обыденного, я воскликнула: «Ах, Лукас! Ну почему в нашей жизни так мало чудес?!» Он удивлённо посмотрел на меня и сказал: «Я могу показать тебе чудо». У меня тогда чуть челюсть не отвисла от неожиданности. А он лишь подвёл меня к луже и ткнул в неё пальцем. «Я смотрю в лужу, а вижу тебя, себя, небо, а если повезёт, то и стаю журавлей. Разве это не чудо?» «Ты называешь чудом зеркальное отражение?» — поразилась я. Лукас пожал плечами: «Мне это кажется чудом. Но, может быть, у каждого своё чудо?..»

Может быть, у каждого своё чудо… Эта фраза потом мне часто вспоминалась. В ней чувствовалась бездонная глубина… и её можно было применить не только к чуду, но и к счастью, пониманию, восприятию действительности…

Улыбнувшись нахлынувшим воспоминаниям, я сгребла крольчонка в охапку и отправилась на поиски Лукаса.

Теперь ему доверяли не одну козу, а целое стадо домашнего скота. И найти его можно было на огромном лугу, уютненько расположившемся сразу же за нашим лесом, недалеко от морского побережья. Именно в этом месте начинали расти горы, и с них постоянно дул приятный ветерок.

Лукас построил небольшой шалашик на возвышенности. Оттуда он видел всё своё стадо, а слегка повернув голову мог наслаждаться красотой морской глади. На мой взгляд, это был самый прекрасный кусочек нашего мира. Ну или хотя бы того мира, который я знала.

Через четверть часа я уже поднималась к шалашу. Лукас сидел у входа в шалаш и играл на губной гармошке. Он собирался обедать: рядом с ним стоял кувшин молока, горшочек с мёдом, лежал ломоть хлеба. Не отрывая губ от гармошки, Лукас приветливо кивнул мне. Доиграв очередную мелодию, он отложил любимый музыкальный инструмент, отломил кусок хлеба и молча протянул мне. Он никогда не отличался многословием, позволяя мне восполнять этот пробел с лихвой. Иногда мы просто сидели молча и смотрели то на горы, то на море. В такие моменты речи были излишни. Но не в этот раз. Мне нужно было выговориться. Лукас это сразу понял. Протянув мне кружку с молоком и тем самым исполнив хозяйский долг, он взглядом указал на кролика.

— Я кроликов не пасу, — заявил он категорично, — они слишком маленькие — за ними не углядишь.

— Ой, нет, — тут же успокоила я его, — я этого кролика от Крона спасла.

— Мясника? — уточнил Лукас. — Всех от него не спасёшь, да и не надо.

— Да понимаю я! Какая разница, умереть от топора или от волчьих зубов? Только волки убивают, когда голодны.

— А Крон убивает, когда люди голодны, — резонно заметил Лукас, — так что, можно сказать, он оказывает услугу.

— Интересно, а человека он смог бы убить?.. — задумчиво произнесла я.

— Наверное, смог бы, но вряд ли ему это надо.

— Убивать кроликов ему лично тоже не надо, но если это надо кому-то другому, и этот другой готов заплатить… — я сама ужаснулась сказанному.

Привычным жестом взъерошив волосы, Лукас рассеянно посмотрел на меня.

— Он не стал бы этого делать. Это подло.

Какая наивность, подумала я.

— Крон и не похож на благородного рыцаря.

Лукас покачал головой.

— Он Шерстянку однажды спас. Она попала в волчий капкан, а он её вытащил и мне принёс.

— Это когда она потом долго хромала? А ты мне ничего не рассказал!

Лукас пожал плечами. Он мне мало что рассказывал. В основном это я болтала без умолку.

Н-да... выходит, злой тролль не был столь злым. А жаль... так не хотелось расставаться с идеей, что это он убил короля по чьей-то высокооплачиваемой просьбе.

Повиливая хвостом, к нам подбежала Шерстянка — наверное, услышала своё имя. Лукас ласково погладил её и отдал ей остатки хлеба.

Так мы и сидели втроём, окружённые лесом, горами и морем, и казалось, что разговоры об убийстве здесь неуместны... Я больше о нём и не говорила — не хотелось разрушать царящие вокруг покой и умиротворение.

* * *

У вас бывало когда-нибудь чувство, что вы смотрите на что-то и понимаете, что вы это уже когда-то видели? Наверняка бывало! Вот и со мной произошло нечто подобное, когда я вечером пришла на своё любимое озеро, чтобы написать ещё пару страничек своих мемуаров.

Я сразу поняла, что передо мной Мартин, возможно, потому, что он стоял ко мне спиной, как тогда, много лет назад, на том же месте и в той же позе, только без удочки. Я настолько оторопела, что не сразу сообразила, что передо мной будущий король Северного Королевства.

— Кто бы мог подумать! Мы встретились вновь! — воскликнула я.

Мартин резко обернулся. Если б я его увидела не со спины, то в жизни бы не узнала. Ничего общего с тем мальчишкой, которого я столкнула в воду в тот памятный день! Разве что сохранилась та же уверенность во взгляде. Его лицо было очень даже приятным и мужественным. Он чем-то напомнил мне героя одной из моих любимых книг, укротителя диких мустангов. Правда, в книге не давалось описания, но я его представляла именно таким: загорелым под южным солнцем, с тёмными, слегка выгоревшими на солнце волосами. Только вот глаза у того героя должны были быть карими, а у Мартина они были… гм-м… я не сразу определила их цвет. Сначала я решила, что они тоже карие, но когда он немного повернул голову, в них сверкнула бирюза озера…

Наверное, невежливо было вот так откровенно пялиться на человека. Но меня извиняло то, что и он не пожалел времени, чтобы окинуть противника долгим внимательным взглядом.

«Изучи врага своего, прежде чем объявить атаку». Так, кажется, гласил один из постулатов в военном справочнике, который мне однажды по ошибке принёс Базиль из королевской библиотеки. Только вот изучать снизу вверх было неудобно, а подниматься к принцу на камень я не решилась — не хотелось закончить наше вторичное знакомство в том же озере. Словно прочитав мои мысли, Мартин легко спрыгнул вниз, но оказался, к сожалению, на голову выше меня, поэтому моё положение ненамного улучшилось.

— Вот уж не думал, что озёрная нимфа всё ещё обитает в этих краях, — усмехнулся он.

— Здесь обитают не только нимфы, — лучезарно улыбнулась я ему, — но и ведьмы. А также водяные, древесные феи и лешие. Так что я бы на вашем месте не засиживалась тут после заката.

— Уж не ведьмовский ли шабаш устраивается здесь по ночам?

— Каждое полнолуние!

Тут я почти не врала. Конечно, это был не шабаш, а простые посиделки лесных жителей. Однако порой они решались на такие дикие выходки, на которые, может, и не всякая ведьма отважилась бы.

— Значит, вы помните меня? Какая честь!

— Меня не так часто сталкивали в воду представительницы прекрасного пола, — галантно заметил он, — такое я не скоро забуду.

— Надо полагать, вам понравилась водичка в озере, раз вы осмелились вернуться.

Он задумчиво смотрел на меня.

— Я шёл к морю, сюда свернул случайно… Интересно пройтись по местам своего детства.

— Если пойдёте вдоль реки, к морю и выйдете.

— Благодарю, с географией родного края я знаком. А вот с тобой мы так и не познакомились.

— Ну почему же, — возразила я, — познакомились и весьма своеобразно. Если б мы жили на Острове Грёз, то нас бы считали лучшими друзьями. У них именно так заверяют в верной дружбе.

— А ты откуда знаешь? — недоверчиво спросил Мартин.

— Кларисс об этом писал…

— Ах, эльф-путешественник, — тут же отреагировал он и посмотрел на меня с большим интересом, — вот уж не знал, что его рукописи стали доступны широким слоям населения. Я думал, в королевстве существует только одна такая, и ею очень дорожит наш библиотекарь.

— Так Шарль и дал её мне, — выпалила я и тут же прикусила язык. Ну вот взяла и заложила библиотекаря.

— Любопытно... Ты с ним знакома?

— Ну-у, — постаралась оправдаться я, — королевство у вас небольшое — почти все друг друга знают. Я и с библиотекарем Южного Королевства знакома...

— Да я не возражаю, только считал Шарля замкнутым и немного помешанным на порядке. Даже мне не всегда удавалось выпросить у него старинные рукописи.

— Что ж, Ваше Высочество, не у всех получается вызывать к себе расположение других.

— Неужели ты этим искусством владеешь настолько хорошо? — улыбнулся он.

— Я пока что на пути к своему совершенству, — изобразила я саму скромность.

Мой ответ рассмешил его.

— «А путь был долгим и тернистым», — процитировал он Кларисса, когда тот описывал своё путешествие в самую чащу Цуренской тундры. До неё было много дней пути от наших королевств.

Я тоже рассмеялась.

— Во всяком случае будет чем заняться в ближайшие пятьдесят лет!

— Откуда ты знаешь, кто я такой? — спросил Мартин. — Мы виделись лишь раз.

— Простому люду положено знать своих правителей. Впрочем, как жительница этого леса, я не принадлежу к числу ваших подданных.

— Так ты внучка знахарки Розалии? — догадался принц. — Базиль говорил как-то о тебе... Он вроде бы собирался пригласить вас к нам на обед.

— Собирался, — подтвердила я, — к сожалению, у нас с бабушкой очень напряжённое расписание в этом месяце. Так что оказать вам честь своим присутствием мы не сможем, — прискорбно закончила я.

— Действительно жаль. Мне бы хотелось повидать твою бабушку. Я её хорошо помню — она часто приходила к нам, когда мы с Седриком были маленькие, приносила лечебные травяные сборы и спорила с Базилем о том, что лучше помогает от бронхита.

— Ха-ха, а они до сих пор об этом спорят. Иногда бывает забавно их послушать. Однажды Базиль целую неделю не приходил к нам, когда бабушка Розалия заявила, что болотный нарцисс — единственное действующее средство против бородавок, а Базиль с пеной у рта доказывал, что этим единственным средством является каландус визавий, или что-то в этом роде. Потом оказалось, что они говорили об одном и том же растении, только бабушка использовала простонародное название, а Базиль — название из медицинского справочника.

— Да, я заметил, что Базиль — любитель употреблять словечки гренальского происхождения.

Греналь была когда-то страной на Южном побережье Гренальского моря. Её давно уже нет, а вот море и язык остались. Правда, язык использовался в основном в медицине и кулинарии, ибо большая часть рецептов пришла к нам именно из Гренали.

Начинало темнеть, и я посоветовала Мартину не задерживаться в лесу.

— Если хочешь понаблюдать морской закат, сейчас самое время идти к морю, — сказала я ему уже совсем по-свойски, — только обратно идти лесом не советую.

— Неужели и вправду тут водятся лесные духи и прочие? — весело подмигнул он.

— Несомненно, — вполне серьёзно ответила я. — Опасаться их не стоит, а вот ноги в темноте переломать — проще некуда. Если пройти вдоль побережья в сторону гор, там будет тропинка, ведущая вверх. Ориентируйся на маленький шалашик на самой верхушке холма. Когда заберёшься на холм, увидишь пастбище. Справа будет лес, слева — горы. А вдоль леса бежит чуть заметная дорожка. По ней можно обогнуть лес и выйти к деревне.

— Благодарю, — сказал Мартин, слегка поклонившись. — А чей там шалаш?

— Лукаса, пастуха. Но его, наверное, уже не будет к тому времени.

Кивнув, принц пошёл в сторону моря. Он почти уже исчез за деревьями, как вдруг обернулся и крикнул мне:

— Тебя ведь Глорией зовут?

— Глорией.

Прощально махнув рукой, он растворился в надвигающихся сумерках.

Ещё немного постояв и посмотрев ему вслед, я присела на камень у озера. Стоял тёплый вечер, пропитанный летними ароматами. Я с улыбкой огляделась. Как всё-таки красиво у нас в лесу! Окрашенные закатным солнцем облака мягко отражались в переливающейся воде озера. Оно было глубоким, чистым и прозрачным. Его образовывала река под названием Серна. Река спускалась с самых высоких горных вершин и водопадом стекала в ста шагах от меня. Погостив в озере, река уже менее бурным потоком направляла своё русло дальше и вливалась в Гренальское море.

Я легла животом на камень и, положив голову на скрещённые руки, стала смотреть на воду. Она потемнела, и всё же в глубине можно было различить колыхающиеся водоросли и стайки серебристых рыбёшек. Мне так захотелось нырнуть туда к ним... Оглядевшись и убедившись, что никого из настоящих нимф ещё не видать, я скинула одежду и с шумом бултыхнулась в озеро.

Ах, нет ничего приятнее, чем нагретая за день под лучами жаркого солнца вода. Единственный недостаток — это то, что в сумерках мало что можно в ней разглядеть. Если нырнуть днём, доплыть до дна и попытаться на нём удержаться, то можно увидеть, как лучи солнца разрезают толщу воды, касаясь самого дна, ощупывая каждую песчаную волну, целуя каждую рыбку. А сейчас в воде сгущалась тьма, лишь по памяти я восстанавливала песчаный рельеф дна. У водопада дно выстелено мелкой галькой, и можно было встать на камни и подставить себя потоку падающей воды. А потом опять нырнуть и, сделав дугу, выплыть у огромного дуба. От него вверх вела тропинка до того места, где рождался водопад. Поднявшись, я часто вставала у обрыва и, разбросав руки в стороны, позволяла ветру высушить себя. В такие минуты я чувствовала себя самой счастливой на свете.

Когда, высохнув, я спустилась обратно к берегу озера, совсем стемнело. Подобрав свою нетронутую рукопись, я отправилась домой...

* * *

«Что ж, — подвела я итог прошедшего дня, — пользы от меня сегодня не было, но и вреда я вроде никому не принесла. Это уже радует...»

Я лежала на чердаке и сквозь большое слуховое окно смотрела на звёздное небо и лениво плывущую по нему луну. Летом я всегда спала на чердаке. Тут я не мешала бабушке своим беспорядком. Жалко, что зимой тепло от печи сюда совсем не доходило, и можно было запросто замёрзнуть, даже укутавшись в самое тёплое одеяло. Поэтому зимой мы с бабушкой вместе делили одну большую комнату внизу, где находилась спасительная печь. А летом чердак становился моим маленьким царством. Места тут было много. У окна стояла низкая кровать, а около неё — ветхая табуретка, на которую я ставила масляную лампу. Я часто читала в кровати допоздна, поэтому свет мне был необходим. Вот и на этот раз фитилёк лампы слегка подрагивал, пуская замысловатые тени в пляс вдоль дощатых стен. Ночной свежий ветер свободно гулял по чердаку, заставляя листы на моей подушке взволнованно приподниматься.

Я решила-таки отметиться карандашом на бумаге, расчертив лист на три колонки: «факты», «подозреваемые» и «что делать». В первую я почти ничего не записала, кроме смерти короля и наличия яда у Базиля, ну и того, конечно, что первым обнаружил умирающего Крон. Под подозреваемыми у меня на первом месте значился Крон, а потом Араганесес, что очень сомнительно, но исключать его нельзя — он мог убить короля, спрятаться поблизости, а потом выйти и изобразить ужас. Немного подумав, я вписала ещё и Мартина. И поставила большой вопросительный знак. Не похож он на убийцу, но кто его знает… Читала я однажды рассказ о короле какой-то далёкой страны. Чтобы завладеть троном, он сначала столкнул с обрыва своего дядю, дабы на престол сел его отец, а потом и отца родного отравил. Конечно, Мартина не было в то время в королевстве, но ведь он мог кого-нибудь подослать. Тут постоянно крутятся подозрительные торговцы именно из тех заморских стран, где принцы проходили обучение. Правда, есть ещё Седрик, но ему это совсем не было на руку. Разве что он собирается и брата отправить на тот свет. По-моему, это слишком сложно… Впрочем, не сложнее, чем в том же рассказе о короле-убийце…

Покусав кончик карандаша, я недовольно глянула на третью колонку.

«Найти подход к Крону.

Поговорить с Араганесесом и прочими обитателями дворца».

Последний пункт казался мне невыполнимым. Конечно, можно было бы всё-таки принять приглашение на дворцовый ужин и под видом светской беседы осуществить задуманное. Но даже если я надену мамино платье и раздобуду приличные туфли, я буду смотреться, как деревенщина, по сравнению с дочерьми нашего соседа-короля. Нет, лучше я начну пока с Крона, а там видно будет.

Вздохнув, я потушила лампу и мгновенно уснула.

* * *

Этой ночью мне снился необычный сон. Я словно проснулась. В окно светила луна, и развесистые сосны отбрасывали причудливые тени на стены чердака. Со стороны моря слышался шум волн и тут же сливался с привычным ночным концертом леса: трелью сверчков, уханьем сов, кваканьем лягушек и тысячами других звуков, порою совсем не различимых.

И вдруг во всей этой мешанине лесной музыки я расслышала своё имя. Кто-то звал меня издалека, и в то же время казалось, что этот кто-то совсем рядом.

Я соскочила с кровати и на цыпочках спустилась в кухню. Бабушка Розалия мирно посапывала на диванчике у кухонного окна. Огонь в очаге почти погас, лишь несколько угольков всё ещё боролись с темнотой. Как можно бесшумнее я выскользнула на залитое луной крыльцо и прислушалась.

— Гло-о-ория, — звал женский голос из хилой постройки, служащей нам сараем. Бабушка держит там всё, что не используется ею каждый день или не используется вообще.

Зайдя внутрь, я буквально ослепла — так темно там было. Потом, попривыкнув, поняла, что хоть и темно, но не настолько — в потолке и стенах виднелись трещины, и сквозь них с усилием пробивался лунный свет.

— Гло-о-ория, — раздалось из самого дальнего угла. Там бабушка хранит самые ненужные вещи. Они либо были таковыми, либо получили этот статус после безуспешных попыток бабушки до них добраться. Однако сейчас сарай пустовал, и только в углу стояло нечто большое и плоское, прислонённое к стене, похожее на картину.

Подойдя ближе, я сдёрнула тряпку, прикрывавшую это нечто, и поняла, что передо мной огромное старинное зеркало, облачённое в роскошную раму. Из зеркала на меня смотрело моё отражение и загадочно улыбалось.

— Гло-о-ория, — уже совсем тихо прошептало моё отражение и звонко рассмеялось. И только тогда я поняла, что это вовсе не я. С минуту мы молча друг друга разглядывали.

— Розалия права, ты действительно на меня похожа, — сказало отражение, — но, к сожалению, только внешне. До настоящей ведьмы тебе ещё далеко…

Упёршись ладонями в зеркало, моя копия вплотную приблизилась к его границе. В зелёных глазах вспыхнули огоньки — верный признак принадлежности к ведьмовскому роду. Кончиками пальцев я дотронулась до её ладоней, но почувствовала лишь холод стекла.

— Увы, Глория, коснуться по-настоящему я тебя не могу, но зато смогу помочь советом, — улыбнувшись, она оттолкнулась от зеркала и сделала несколько шагов назад. — Ну, дорогая, ты уже догадалась, кто перед тобой?

— Это нетрудно, — кивнула я, — ты моя прабабка, Ефросия.

— Прабабка! Какое неподходящее определение! Разве я похожа на старуху?!

Покружившись по ту сторону зеркала, Ефросия присела в изящном реверансе.

— Если бы Розалия в своё время послушала меня и хоть чуточку проявила усердие, чтобы стать ведьмой, то и она не собирала бы

седые волосы в пучок каждое утро. Но, увы, не каждый способен оценить сей дар.

— По-моему, бабушка вполне довольна своей жизнью, — возразила я.

— Не спорю, — мой двойник напротив, пританцовывая, опять подошёл вплотную к зеркалу. — Розалия никогда не требовала многого от жизни. Она счастлива от огня в очаге, от вида бабочки, порхающей над цветком. При этом она никогда не хотела быть ни огнём, ни бабочкой! Такой же была и её дочь Эллона. Но ты — другое дело! Из тебя может выйти толк.

— Я пыталась завораживать взглядом, но, по-моему, не очень удачно, — грустно призналась я.

— Всему своё время, дитя моё, — зеркало на секунду помутнело, и я уже смотрела на своё родное отражение, только в глазах оставался тот же огонёк… Огонёк всё разгорался и разгорался и вдруг, вспыхнув, ослепил меня, и я проснулась. В лицо мне светило яркое утреннее солнце.

Сев в кровати, я сладко потянулась. Меня внезапно охватило неудержимое желание сделать что-нибудь безумно дерзкое. Вот только что?

Коснувшись босыми ногами холодной половицы, я приятно поёжилась. Наскоро одевшись и кое-как уложив волосы, я буквально слетела с лестницы вниз.

На столе уже высилась гора булочек с корицей по соседству с кувшином молока. Пожелав бабушке доброго утра и чмокнув её в щёку, я схватила пару булочек и выскочила из дома. Солнце ещё не успело прогреть воздух, и в лесу царила бодрящая прохлада. Меня всю так и распирало от неопределённых чувств и эмоций. Держать всё в себе долго я не могла. А так как делилась своими личными переживаниями я лишь с одним человеком, я галопом помчалась на пастбище.

Лукас с Шерстянкой были на своём посту. Угостив их булочками, я расположилась рядом.

— Лукас, я решила стать ведьмой! — выпалила я и уставилась на него в ожидании реакции.

Пожёвывая травинку, Лукас бросил на меня полусонный взгляд. Немного подумав, он многозначительно произнёс:

— Не понимаю, как корова может стать коровой?..

Обычно я сразу улавливаю смысл сказанного Лукасом, но на этот раз он меня озадачил.

— При чём тут коровы? — удивилась я.

— Ну так корова, даже если она очень захочет, стать снова коровой не сможет, да и не нужно ей это… — заметив, что я всё ещё с недоумением смотрю на него, он пояснил: — Ты же и так ведьма, зачем тебе ею становиться?

— Это что же, я тебе корову напоминаю?! — возмущённо воскликнула я.

— С ними, как и с тобой, я провожу много времени, — просто сказал он.

— Ну ладно, — буркнула я, — а с чего ты взял, что я ведьма? Я об этом никому не говорила.

— Так видно же! Когда ты волнуешься, у тебя глаза горят, как у кошки.

Вот-те раз, подумала я. Сама я за собой такого не замечала, и никто мне об этом не говорил. Даже бабушка! А уж она-то должна была знать!

— Ну значит, я решила стать ещё ведьмистее, — упрямо заявила я, пытаясь скрыть свою неосведомлённость, и, немного помолчав, тихо спросила: — Тебя это не смущает?

В ответ — лишь лёгкое пожатие плечами. Тут в глазах Лукаса мелькнуло нечто вроде интереса:

— А превратить меня в голубя сможешь?

— Почему именно в голубя?

— Я бы тогда пролетел над деревней, над нашей с матерью избушкой, глянул бы на всех с высоты… Мы, наверное, смешные такие, когда маленькие…

С минуту мы сидели молча — каждый думал о своём.

— Лукас, — наконец сказала я торжественно, — если я стану настоящей ведьмой, то обязательно превращу тебя в голубя! Только потом превращу обратно, потому что с голубем мне будет не так интересно общаться.

Удовлетворённо кивнув, Лукас выплюнул травинку и принялся за принесённую мной булочку.

Итак, я приняла безумное решение стать ведьмой подобно прабабке Ефросии. Только легче от этого не стало. Мне необходимо было что-то предпринять в этом направлении, а лучше сразу в двух направлениях, ведь об убийстве короля тоже нельзя забывать — не привыкла я бросать дела на полдороге. А что если совместить эти два дела? Можно, например, пойти к Крону, заворожить его и выпытать всё, что тому известно. Я не сомневалась — он что-то знает. Он пришёл в тот сад с какой-то целью и оказался возле умирающего короля. Вряд ли это совпадение.

К сожалению, быть уверенной в успехе своей задумки я не могла. Попытки ворожбы до сих пор мне не удавались.

Первый раз я испытала свой ведьмовский глаз на кузнеце. Повёл он себя очень странно: умчался в кузницу, сплавил все имеющиеся в наличии подковки в форме лошади и водрузил сие произведение искусства прямо на цветочную клумбу своей жены, чем вызвал оправданное недовольство последней.

Вторую попытку я предприняла, когда узнала, что в королевской библиотеке есть старинная рукопись Кларисса. Встретив как-то Шарля по дороге к домику Базиля, я постаралась взглядом убедить его в том, что если он одолжит мне эту рукопись, то совершит этим самым доброе дело. Однако вместо этого Шарль подбежал к дворцовому фонтану и плюхнулся в самый его центр, обдав холодной водой проходивших мимо придворных. Потом, сгорая от стыда за свою выходку, он несколько дней отсиживался в библиотеке. Чувствуя себя виноватой, я через Базиля передавала ему свежие лесные ягоды и орехи. А когда недавно леди Марсель попросила меня написать ему сердечное письмо, я действительно вложила в него душу. Хотя мне до сих пор кажется, что даже если бы я просто сделала выписку из медицинского справочника об особенностях человеческого сердца, эффект был бы тот же. В конечном счёте своего я добилась, и Шарль передал-таки мне заветную рукопись. Так что совсем неудачной эту попытку не назовёшь.

Последнее поползновение я совершила, когда потерпела крупную профессиональную неудачу. Однажды один из пахарей, безумно влюбившийся в служанку леди Марсель, попросил меня помочь ему завоевать сердце возлюбленной. Как я намучилась тогда! Никакие стихи, никакие серенады не помогали, а ведь пахарь обладал просто изумительным слухом и голосом. Я сама почти влюбилась в него, а эта барышня — ни в какую! И вот во время одного деревенского праздника я вперила в неё свой взгляд, вложив в него всю наличествующую у меня ведьмовскую силу. Результат был ужасен. Глупо хихикнув, девица забралась на деревянную сцену, приготовленную для конкурса самодеятельности, и в полный голос исполнила песню, которую пахари готовили специально для этого конкурса. После этого события влюблённый пахарь категорически заявил, что жениться на особе, способной на такую фальшь, он не будет. Я, в свою очередь, категорически отказалась обвораживать кого-либо ещё. Но после сегодняшнего сна, вдохновлённая прабабкой, я подумала, что теперь у меня может получиться что-то дельное. В этом случае я смогу вычеркнуть один пункт из своего списка «что делать». А вот что касается других пунктов... тут дело могло зайти в тупик.

Когда в своих раздумьях я дошла до этой мысли, играющий на гармошке Лукас отнял её от губ и гордо заявил:

— А я завтра попробую настоящий королевский пудинг!

Безрезультатно попытавшись уловить связь между пудингом и нашим с ним предыдущим разговором, я вопросительно глянула на него.

— Ты тоже можешь, — обрадовал он меня.

— Что могу? Попробовать пудинг? — уточнила я.

Лукас кивнул.

— Завтра во дворце ужин. Мама будет там прислуживать, и за это повар обещал ей большой кусок пудинга.

— О-о-о, — протянула я, — так ужин уже завтра! И твоя мама там будет? Интересненько…

Различные идеи вихрем пронеслись в моей голове. Может, это он и есть, тот шанс попасть внутрь дворца!

— А ты не знаешь, им ещё помощники нужны?

Лукас пожал плечами.

— Я знаю, что мать не хочет идти. Её подруга пригласила на именины своей внучки. И тоже завтра вечером. Маму только пудингом и смогли во дворец заманить.

Мать Лукаса всю свою жизнь проработала служанкой у одного из местных лордов. Когда лорд вдруг ни с того ни с сего решил стать отшельником и уйти в горы, он распустил всех слуг, оставив им пожизненное жалование. Так что мама Лукаса теперь занималась своим домом и огородом и иногда ходила прислуживать во дворец. Особенно в ней там не нуждались, разве что когда намечалось какое-нибудь великосветское событие.

— А что если твоя мама пойдёт к подруге, а я заменю её во дворце? — спросила я, но заметив, что Лукас начинает морщить нос, тут же добавила: — И принесу тебе большой кусок пудинга!

— Дело не в этом, — он покачал головой. — Чтобы прислуживать за столом, нужно умение.

Я презрительно фыркнула:

— Это же не кораблём управлять! Чему там долго учиться? Зайду сегодня к вам вечером, и твоя мама меня всему научит. В общем, до вечера!

Хлопнув его по плечу, я быстро сорвалась с места и помчалась в сторону деревни. На полпути я обернулась.

— Будь добр, расспроси в деревне об Араганесесе! — крикнула я ему.

— О дворецком? — прокричал мне в ответ Лукас.

— Именно! — и я побежала дальше.

У Лукаса было замечательное качество ненавязчиво расспрашивать людей о чём угодно с этакой ленцой в голосе, и люди, с естественным желанием заинтересовать собеседника, всё ему выкладывали как на духу. Я ничуть не сомневалась, что к вечеру он хоть что-нибудь да разузнает.

Остановившись недалеко от лавки мясника, я перевела дух. Мне не хотелось заходить внутрь, но любопытство одержало верх.

В лавке одиноко горела свеча, почти её не освещая. К счастью, воздух здесь был не настолько пропитан отвратительным зловонием, как на скотобойне. Открытая дверь за прилавком вела в другую комнату. Из неё лился мягкий свет от масляной лампы. Стараясь не скрипеть половицей, я прокралась к двери и осторожно заглянула внутрь. Моему вниманию предстал небольшой кабинет, просто обставленный и удивительно уютный. За круглым дубовым столом спиной ко мне сидел, сгорбившись больше обычного, Крон и что-то строчил. На полу были разбросаны скомканные листы бумаги, видно, неудавшиеся черновики письма. А на столе рядом с лампой в небольшой вазочке стояла ещё не раскрывшаяся ярко-алая роза. Вот уж чего я не ожидала увидеть в комнате тролля, так это цветов… В эту минуту Крон перестал писать, откинулся на спинку стула и критически взглянул на творение своих рук. Что-то недовольно проворчав, он скомкал исписанный лист бумаги и швырнул его за спину. Бумажный шарик с шорохом покатился по полу и соблазнительно остановился у моих ног. Недолго думая, я нагнулась, бесшумно подобрала его и так же на цыпочках вернулась обратно в лавку. Расправив бумажный лист, я аккуратно сложила его и засунула ценную добычу себе за пояс. Потом, демонстративно громко хлопнув входной дверью, я затрезвонила в маленький колокольчик. В дальней комнате началась возня, слышно было, как Крон шуршит бумагой. Лампа погасла, и тролль вышел поприветствовать покупателя. Бросив на меня хмурый взгляд, он выжидательно молчал.

— Доброе утро, Крон, — мило улыбнувшись, я протянула ему два медяка за вчерашнего кролика, который уже, я надеюсь, прыгал далеко-далеко в лесу. — Бабушка просила отложить для неё свежей баранины.

— Послезавтра, — буркнул Крон и взял протянутые мною деньги. — Сегодня и завтра уже ничего не будет.

— Знаю-знаю, — дружелюбно сказала я, — всё пойдёт во дворец. Видно, они там собираются устроить пир горой.

Я пыталась завязать светский разговор, но Крон лишь пожал плечами и нетерпеливо скосил на меня глаза, словно вопрошая: «Ну что тебе ещё надобно?» Однако от меня так просто не отделаешься.

— На мой взгляд, это даже неприлично! Ведь после смерти короля прошло всего ничего!

Я сразу почувствовала, как тролль напрягся.

— Я так считаю, — вдохновенно продолжала я, — когда близкий человек умирает при таких подозрительных обстоятельствах, о гостях и празднествах надо думать в последнюю очередь.

Крон не спускал с меня тяжёлого взгляда.

— Подозрительных обстоятельствах? — медленно переспросил он.

— Ну конечно!

— Что же в смерти короля подозрительного? — напряжение уже прямо-таки разливалось в воздухе.

— Внезапность! — я смотрела на него в упор.

Тролль отвёл глаза. Открыв маленькую баночку, он бросил в неё мои медяки, закрыл и поставил её на верхнюю полку.

— У него просто сдало сердце, — хмуро сказал он, — такое даже с коровами случается.

Опять эти коровы! Ладно, пора становиться ведьмой, решила я про себя и, собравшись, уставилась на Крона.

Главное в этом деле — поймать момент, когда жертва поднимет на тебя свои глаза, и тогда ты цепляешься за них взглядом, и отвести их она уже не может. Такой момент настал через минуту. Крон не выдержал молчания и посмотрел на меня.

Н-да… мне явно предстоит большая работа над собой. Результат был примерно такой же, как и раньше, то есть совсем не то, что я ожидала. Замерев на мгновение, Крон не мигая смотрел на меня. Я же в свою очередь мысленно приказала ему рассказать, что случилось в тот роковой день. Что произошло дальше, до сих пор не укладывается в моей голове. Крон взревел не своим голосом и разразился плачем. Он плакал так громко и так горько, что у меня самой чуть не случился разрыв сердца. Подбежав к нему за прилавок, я попыталась успокоить эту бесформенную глыбу, сотрясаемую рыданиями. В который раз пожалев, что не ношу с собой носового платка, я провела Крона во внутреннюю комнату, быстро засветила лампу и усадила его на жёсткий диванчик в углу. Сама вернулась в лавку и стала рыться по полкам в поисках чистой салфетки. Когда же я вернулась в кабинет с полотенцем в руках, Крон спал сном праведника. Промокнув его мокрые от слёз щёки, я накрыла тролля покрывалом и потихоньку вышла из его лачуги.

Очень медленно я доковыляла до любимого валуна, уже изрядно нагретого солнцем. Улёгшись животом на горячий камень, я опустила руку в озеро. Её тут же окружили разноцветные рыбки. Я пыталась понять, что же сейчас произошло. Почему моя попытка заворожить опять себя не оправдала?.. Что я делаю не так? И мне в голову пришла интересная мысль. А что если я каким-то образом пробуждаю самые потаённые желания или потребности?.. Например, у кузнеца могла зародиться однажды бредовая идея сплавить подковки и сделать статую лошади. Но он понимал, что этого никто не поймёт и не одобрит, да и сама мысль могла показаться ему нелепой, а под моим воздействием он решил её реализовать. То же самое могло произойти с певучей девицей и Шарлем. А что произошло с Кроном?.. Быть может, ему давно хотелось выплакаться, но он никогда бы этого не сделал в силу своего непробиваемого характера? А я, возможно, проломила-таки ту невидимую преграду, которая сдерживала его эмоции?.. И что же это значит? Может, на самом деле он не был тем злобным суровым троллем, каким все его представляли... Ведь я о нём судила лишь по слухам, сплетням и тем коротким встречам, которые мне не удалось избежать. Эх, правы были мудрецы, утверждавшие, что надо строить своё мнение на собственных наблюдениях.

Каковы же мои наблюдения, и что я узнала о тролле? Крон спас Шерстянку. Он был последним, кто видел короля живым. Так, может, он пытался его спасти, а не наоборот?.. У него на столе стояла ваза с прекрасной розой... Почему-то именно эта роза подействовала на меня сильнее всего. Была ли она там просто потому, что тролль оказался ценителем красоты, или же она кому-то предназначалась? А может, ему кто-то её подарил?.. Тот, кому Крон писал письмо... Письмо! Я соскочила с камня и вытащила бумагу из-за пояса. Расправив лист на камне, я с трепетом вгляделась в написанные строки:

> «В тот дивный час, в тот день безумный,
> Когда тебя увидел я,
> Я осознал, как станет трудно,
> Как жизнь померкнет... без тебя.
>
> Быть тёплым солнце перестанет,
> И блёклым сделается сад,
> И превратится в наказанье
> Всё то, чему я был бы рад.
>
> Я был бы рад, когда б не встретил
> Лесную фею сладких снов,
> В чьих волосах играет ветер,
> И просто не хватает слов,
>
> Чтоб описать мои печали
> И радость от того, что мы
> С тобой друг друга повстречали,
> А быть друг с другом не смогли...»

Самое последнее четверостишие Крон жирно перечеркнул, и его невозможно было разобрать. Но того, что я смогла прочесть, было достаточно, чтобы я глубоко задумалась. Я всё никак не могла поверить, что эти стихи написал тот нескладный и грубый тролль, которого я оставила спящим в мясной лавке. Кто же эта лесная фея, что стала для него музой? Трот говорил что-то про кухарку, однако я очень сомневаюсь, что кухарка леди Марсель смогла бы вдохновить кого-либо на подобную рифму. Нет, если Крон излил свою душу в стихотворной форме, это могло означать лишь одно: ему повстречалась самая настоящая лесная фея! Ни больше ни меньше! А вот кто скрывается под сим обликом, надо будет выяснить…

＊ ＊ ＊

Остаток дня я потратила на разгребание добра в нашем сарайчике, решив убедиться в том, что то, что мне снилось сегодня ночью, действительно было сном. Я хотела добраться до угла, где стояло зеркало, чтобы его там не найти. Дело оказалось непростым. Бабушка многие годы стаскивала сюда всё, что не помещалось на кухонных полках, верстаке, чердаке и в кладовке. Поэтому, казалось, мне понадобятся годы, чтобы всё это расчистить.

Уже вечерело, когда я с трудом протиснулась в угол сарая. Зеркала там действительно не оказалось. Зато под наваленными сверху мешками с поношенной одеждой я разглядела краешек старинного сундука. Кое-как сбросив всё лишнее с крышки, я смогла его открыть. Пиратских сокровищ в нём не оказалось, что не сильно меня разочаровало. Я уже выросла из того возраста, когда повсюду мерещатся тайные знаки и в любом клочке бумаги надеешься разглядеть потёртые пунктиры, ведущие к заветному кладу.

Я с интересом стала перебирать вещи в сундуке. Там было несколько женских нарядов, какие-то странные амулеты, книга в очень потрёпанном состоянии и что-то ещё, завёрнутое в тряпку. Схватив книгу и свёрток, я захлопнула крышку сундука и поспешила выйти из сарая — на сегодня я достаточно наглоталась пыли.

Заметив, что солнце начинает садиться, я решила разобраться со своими находками позже. Побросав их к себе на кровать, я побежала к дому Лукаса.

Пастух со своей матерью жил на самой окраине Северного Королевства. Дальше их двора были только горы. Когда я постучалась к ним, всё вокруг уже погрузилось в густые сумерки, а окна их маленького домика радушно светились. Лукас распахнул дверь, и меня обдало упоительным ароматом свежеиспечённого хлеба. Мать Лукаса София как раз доставала из печи пышный каравай, а на столе дымилась аппетитная похлёбка, стоял ковшик со сметаной и плоская тарелка со свежими овощами. В наших королевствах существовала чудесная традиция потчевать гостя всем самым лучшим, даже если гость этот нежданный и непрошеный. К моей радости, я была желанным гостем в этом доме.

Передав Лукасу кувшин с дикой земляникой, я поприветствовала Софию.

— Ну и зачем тебе во дворец? — сразу спросила она меня.

— Очень хочется на принцесс Южного Королевства посмотреть, — я почти не врала.

— А-а-а, — понимающе протянула София, — да, говорят, они — настоящее загляденье! Мне-то на них смотреть незачем, хоть я и была бы не прочь. Красота всегда притягивает.

— Неземная красота, — прошептала я.

— Да вот только, — не расслышала меня София, — сам королевский повар просил меня прийти. Собственноручно письмо написал. Я не могу его подвести.

— И не надо, — тут же подхватила я, — он даже не узнает, что ты не придёшь. Последний раз ужин во дворце устраивался очень давно, с поваром ты редко видишься. Скорей всего, он и не помнит, как ты выглядишь. Бивр наверняка разослал подобные пригласительные всем, кто может оказаться полезным.

— Может, ты и права, — задумалась София. — Однако думаю, меня там всё равно помнят как мать Лукаса, и если вместо меня явится молодая девушка, могут заподозрить неладное.

— Не заподозрят, — уверила я её, — у бабушки есть волшебная настойка, подаренная ей одним горе-колдуном. Он хотел преподнести ей эликсир молодости, а сделал, наоборот, эликсир старения. После принятия нескольких капель человек стареет на несколько лет. Правда, ненадолго, всего на пару часов. Но мне хватит!

София с сомнением покачала головой.

— Ты же гораздо изящнее меня и ростом выше.

— Я могу горбиться, а если надену те ужасные туфли, которые носят дворцовые горничные, то и всё моё изящество пропадёт. Тебе прислали рабочую форму?

София кивнула и принесла из соседней комнаты аккуратное тёмно-синее платье с белоснежным передником и пару таких же тёмно-синих туфель. На самом деле туфли были вполне приличные, но мне, никогда не носившей летом ничего, кроме кожаных плоских босоножек, они представлялись верхом неудобства.

Со вздохом я примерила туфли, сделала шаг и тут же оступилась — так непривычно было ходить на каблуках. Благо рядом стоял Лукас, и я успела вцепиться в его руку.

— Ты как корова на льду, — ухмыльнулся он и помог мне обрести равновесие.

— Ты целый день осыпаешь меня сомнительными комплиментами, — недовольно проворчала я.

Приложив к себе платье и передник, я вопросительно взглянула на Софию. Та смотрела на меня, нахмурив брови. Приблизившись, она распустила мои волосы и снова собрала их в тугой узел, высвободив из него несколько прядей. Отошла и снова окинула меня критическим взглядом.

— Ну если тот эликсир добавит тебе седины и морщин, может, ты и сойдёшь за мать двадцатилетнего сына.

— Да ладно тебе, София! Ты и сама-то так не выглядишь.

Я не врала. София выглядела гораздо моложе своих лет и имела весьма миловидную внешность. Лукас на неё совсем не походил, и это было мне на руку. Если б у его матери была такая же копна сена на голове, то мне пришлось бы ещё и волосы перекрашивать. К счастью, у нас с Софией цвет волос почти совпадал. У неё были тёмно-каштановые густые пряди, а у меня — чуть светлее и немного отливали золотом. Но если я надену чепчик, то и эта разница не будет бросаться в глаза. Да, кстати, о глазах. Тут может выйти промах. У Софии глаза были светло-голубые, а у меня — синеватые и, если верить Лукасу, светились при сильном волнении, а это означало, что мне во что бы то ни стало придётся держать себя в руках.

В итоге под моим напором София согласилась отправить меня вместо себя, а самой пойти на именины. После ужина она посвятила меня в тайны подачи блюд и технику обслуживания высокопоставленных особ. Как я и думала, ничего сложного! Самое главное — это следовать указаниям дворецкого и ни в коем случае не опрокинуть горячий суп на голову принцев… да и на голову принцесс тоже нежелательно. Я считала себя достаточно ловкой, чтобы справиться с такой пустяковой задачей, только туфли вводили меня в сомнение. Решив, однако, что после нескольких часов упражнений я в них даже станцевать смогу, я успокоилась.

Потом София начала хлопотать по хозяйству, а мы с Лукасом устроились на ступеньках крыльца пить чай. Вечер радовал летним теплом, пели сверчки, а приближающаяся ночь уже рассыпала по небу звёзды.

Лукас жевал ватрушку и не спешил делиться со мной новостями.

— Ну?! — не выдержала я долгих минут молчания.

— Немного, — ответил Подсолнух, — когда разводил коров по домам, поинтересовался у тех, у других. По словам главной дворцовой прачки, дворецкий не кто иной, как индюк, много хорохорится, да толку мало. А Милка, дочь Милкона, уверяет, что Араганесес похож на благородного героя без доспехов. Какой-то он двуликий получается. Кому — птица, кому — рыцарь.

— Всё ясно. Для прачек в возрасте он индюк, а для молодых служанок — герой, — подытожила я.

— Получается, что так, — согласно кивнул он. — Жалует он молодёжь.

«Скорее, молоденьких девушек», — подумала я.

Может, зря я иду туда под обликом Софии?.. Эх, надо было выдать себя за кого-нибудь помоложе. Больше удалось бы из него вытянуть. Ладно, авось, индюк клюнет и на менее аппетитную наживку...

— Он дворецкий в седьмом поколении, но не любит упоминать об этом. Намекает на свою принадлежность к военному сословию. Не понимаю, зачем изображать из себя того, кем ты на самом деле не являешься?

— Какой ты Лукас простой! Ведь быть обычным дворецким скучно, а вот если за этим дворецким, как шлейф, тянется череда необычайных историй, полных опасностей и приключений, то он предстаёт совсем в ином свете! Араганесесу нравится привлекать к себе внимание людей.

— Но жизнь дворецкого тоже может быть интересной, — возразил Лукас.

— А свою жизнь ты считаешь такой? — полюбопытствовала я.

— Несомненно, — коротко ответил он.

— И ты никогда не хотел быть кем-то ещё? Капитаном дальнего плавания или первооткрывателем?

— Все первооткрывателями быть не могут, — разумно заметил он, — а вот хороший пастух — это уже редкость!

Что ж, по-своему он прав. Надо либо быть кем-то, либо стремиться им стать, а не присваивать себе чужие образы. Но ведь не у всех это получается...

Домой я шла под покровом глубокой ночи. Луна светила ярко, и в лесу было светло. Я не спешила. Бабушка редко волновалась за меня. Она привыкла, что я возвращаюсь поздно, а порой не возвращаюсь вовсе. Бывает, я долго гуляю по берегу моря — там удивительно красиво, и так сладко засыпать под шум прибоя. Только вот под утро можно сильно продрогнуть...

Ночью лес выглядит иначе, словно иная жизнь вступает в свои права. Просыпаются те лесные жители, которых ты никогда не встретишь днём. Ты знаешь, что где-то рядом с тобой кипит жизнь, но кроме лёгких скользящих теней ничего не видать. Вдали светлячки рисуют в воздухе незатейливые рисунки. Подойдя ближе, ты понимаешь, что это не светлячки, а древесные феи резвятся меж ветвей деревьев. Из лесной чащи раздаётся оживлённое перешёптывание — то лесные духи обсуждают предстоящее полнолуние, ведь именно в полнолуние дневные и ночные существа собираются вместе, чтобы пообщаться, обменяться сплетнями и по-настоящему насладиться редким явлением.

Свет в окнах нашей избушки не горел — бабушка Розалия давно легла спать. Стараясь её не будить, я на цыпочках поднялась к себе и зажгла лампу. Завтра меня ждёт длинный и увлекательный день, столько всего предстояло сделать! Я волновалась, и волнение это было приятным. Наконец-то происходит нечто непохожее на мою повседневную жизнь! Наконец-то мне представляется случай проверить, как далеко я смогу зайти, как много смогу сделать. Но перед этим необходимо хорошо выспаться.

Упав плашмя на кровать, я почувствовала, как что-то больно врезалось мне в бок. Приподнявшись, я вытащила из-под себя книгу и свёрток, которые извлекла сегодня из сундука. Как я могла о них забыть? Сделав лампу поярче, я углубилась в изучение книги. Видимо, ею пользовались много и давно. Страницы заметно пожелтели, и даже не всё удавалось прочесть. Я сразу поняла, что передо мной. Не что иное, как учебное пособие для начинающих ведьм! В книге последовательно описывались шаги, которые следовало предпринять, дабы в полной мере насладиться выпавшим на мою долю счастьем принадлежать к роду ведьм. По привычке пропустив вступление — в них редко пишут интересные вещи, — я с трепетом прочитала первую главу и узнала, что ворожить мне даже и пытаться не стоило. Сначала ведьму обучали полёту, потом ведьма приручала зверушку, больше всего подходящую ей по характеру, и только потом дело доходило до заклинаний, ворожбы и прочего. После этого оставалось лишь заявить о себе на ближайшем ведьмовском шабаше и получить признание со стороны других ведьм. А так как ведьм сейчас днём с огнём не сыщешь, то и заявлять мне о себе не перед кем, что делало процесс становления ведьмой совсем простым. Думаю, за месяц-другой я осилю эту науку.

Отложив книгу, я развернула то, что было спрятано в изветшалую тряпку. Это была картина. Небольшая, в изящной рельефной рамке, а с неё на меня смотрело моё отражение, именно такое, какое я видела тогда в зеркале…

* * *

«Значит, сундучок принадлежал прабабке. Интересно, помнит ли бабушка о нём? Она могла задвинуть его в угол когда-то и забыть. А может, она специально запрятала его подальше?..» — так размышляла я на следующий день, когда рылась среди бабушкиных настоек в поисках эликсира «молодости».

Во дворце приходящую прислугу ожидали после обеда, чтобы она помогла накрыть на стол. Ужин намечался на заходе солнца. С утра я не находила себе места от волнения. Это была первая в моей жизни серьёзная авантюра. С другой стороны, что в этом особенного? Подумаешь, выдам я себя за мать своего друга и проникну во дворец.

Герои книг и не на такое шли ради достижения своей цели. Они выдавали себя за королей, а иногда и богов, совсем не испытывая при этом волнения. Наверное, всё дело в привычке.

Найдя то, что искала, я расставила всё по местам, чтобы у бабушки не возникло лишних подозрений, и побежала к Лукасу. Он ждал меня у своего дома, а вокруг паслись его подопечные коровы. Софии дома не было.

Надев оставленное мне платье, я собрала волосы. Что теперь? Чулки, туфли, передник и небольшой, похожий на ободок, чепчик. Настала очередь эликсира. Лишь бы он не подвёл. Отмерив ровно двадцать пять капель, я разбавила их водой и выпила залпом. Подойдя к зеркалу, я стала ждать результатов. Я очень боялась, что из-за срока давности эликсир потерял свои свойства. Однако через минуту я стала свидетелем действия времени на человека. Честно говоря, зрелище не из жизнерадостных. Румянец на лице поблек. Щёки слегка впали. У глаз, у губ и на лбу собрались мелкие морщинки. Висков коснулась седина. Руки сохранили изящество, но кожа уже не выглядела такой молодой и ровной. И всё же мне лет пять не хватало до возраста Софии. Но пять лет не двадцать пять! Так что в принципе эликсир оправдал себя. Единственное, что меня выдавало — это глаза. Уж больно молодо и задорно они блестели. Увы, тут я ничего поделать не могла. Оставалось надеяться, что в обеденной зале освещение не будет столь ярким, и на такую мелочь, как глаза прислуги, никто не обратит внимания.

Стукнула входная дверь. В комнату вошёл Лукас, видимо, уставший ждать снаружи. Увидев меня, он замер. Молчание затянулось.

— Очнись, Лукас, это ж я!

— О духи лугов! — воскликнул он. — Это такой ты будешь бабушкой?!

— Ну ты даёшь, — возмутилась я, — я же выгляжу моложе твоей матери!

— Ах да, действительно, — взъерошив копну сена на голове, Лукас ещё раз оглядел меня с ног до головы, — только ты молчать должна.

— Почему? — удивилась я, и тут вдруг осознала, что голос меня тоже выдаёт. Слишком звонкий и юный.

— Я не могу всё время молчать!

— Изобрази простуду, — посоветовал Лукас.

Эта идея меня не устраивала. Хрипящим голосом вести допрос дворецкого мне совсем не улыбалось. Я попробовала изменить голос.

— Так лучше? — пробасила я.

— Ты должна молчать, — повторил Лукас.

— Э-э-э, — отмахнулась я от него, — в конце концов, голос может быть и молодым! Главное, чтобы его никто не узнал.

— Базиль? — Подсолнух вопросительно приподнял белёсые брови.

— Уж кто-кто, а Базиль меня точно не узнает. Он меня не узнал на деревенском маскараде даже после того, как мы сняли маски.

— Ну тогда тебе нечего переживать.

Вроде бы, да… однако оставался ещё Мартин. Он слышал мой голос, и, судя по всему, у него хорошая память. Впрочем, говорили мы недолго, сомневаюсь, что он меня узнает. И всё же при нём мне не следует подавать голос, что вряд ли будет затруднительным — прислуга не имеет обыкновения разговаривать с королевскими особами во время раздачи блюд.

Когда все приготовления были закончены, я отправилась во дворец. Лукас, облокотившись на одну из коров, провожал меня взглядом.

Не забывая время от времени сутулиться, я уговаривала себя не пуститься вскачь, а, как и подобает даме в возрасте, чинно ступать по просёлочной дороге, ведущей во дворец. К счастью, туфли на каблуках значительно умерили мой пыл.

Подойдя к воротам дворца, я немного потопталась у входа и, набравшись смелости, сделала шаг вперёд. Я ещё никогда не входила через эти ворота. Обычно я пользовалась дыркой в садовой изгороди, да и то лишь тогда, когда мне надо было срочно переговорить с Базилем. Сейчас же пролазить через колючие кусты не было нужды.

Дорогу мне преградил внушительных размеров стражник. Я протянула ему письмо главного повара, и он указал мне на боковую дверь.

Войдя внутрь, я оказалась на кухне. И чуть было не оглохла от шума. Со всех сторон звенела посуда. Голос Бивра громом раскатывался из угла в угол. Толпы слуг, сбиваясь с ног, носились туда-сюда. Было такое ощущение, что предполагался не скромный семейный ужин, а банкет на сотню персон. А какие тут стояли изумительные ароматы!..

— Вы кто будете? — услышала я вдруг строгий голос у себя за спиной.

Обернувшись, я увидела высокого статного мужчину средних лет. Посеребрённые седыми нитями волосы были гладко зачёсаны назад. Густые брови, глубоко посаженные глаза и нос с горбинкой делали его похожим на птицу. Не орёл, конечно, но нечто вполне благородное. Во всяком случае, не индюк! Красная ливрея дворецкого помогла мне точно определить личность стоящего передо мной человека. Что ж, я была приятно поражена его внешностью.

Наверное, мой взгляд выражал столь искреннее восхищение, что Араганесес смягчился, и всё же повторил вопрос:

— Так с кем я имею честь?..

— Я София, сударь, — присев в реверансе, я и ему показала письмо повара, чтобы не возникло лишних сомнений.

— О! А я вас себе иначе представлял, — он церемонно раскланялся.

— Что ж, при других обстоятельствах я могу и иначе выглядеть, — честно призналась я.

— Ничуть не сомневаюсь, что в другом одеянии вы выглядели бы ещё моложе!

«Ого! Он времени зря не теряет», — ухмыльнулась я про себя.

— Прошу вас, сюда. Мне необходимо дать несколько наставлений перед началом ужина.

Облегчённо вздохнув, я последовала за ним. Покинув кухню, мы вошли в просторный холл. Там собралось человек десять, одетых в тёмно-синие платья и костюмы.

Указания Араганесеса были коротки и просты. После раздачи лёгкой закуски мы должны были подать суп и выстроиться вдоль стен в ожидании, когда господа с ним покончат. Не отрываясь смотреть им в рот, дабы не пропустить ни малейшего пожелания сударей и сударынь. После супа подавалось горячее, а после часового перерыва — десерт. Затем остатки сладкого раздавались добросовестным работникам, и те, осчастливленные кусками пудинга, шли домой.

Всё было прекрасно организовано, а система подачи блюд отлажена. Тут любой бы справился. Так что я вполне могла сосредоточиться не на работе, а на том, что происходило в обеденной зале.

Как бы не так! Я ведь никогда не была раньше в столь роскошной обстановке. Золочёные люстры в тысячу свечей, тяжёлые бархатные портьеры, расписные потолки, как живые, люди в картинных рамах — всё это произвело на меня неизгладимое впечатление. Тогда я поняла, почему во дворец набирали не новичков, а опытных слуг — чтобы они не стояли с открытым ртом и не глазели по сторонам, как я.

Кое-как взяв себя в руки, я обратила всё своё внимание на сервировку стола. О духи леса! Зачем людям столько разных тарелок, ложек, вилок, бокалов! Ожидалось десять персон, а посуды на столе вполне хватило бы на пятьдесят! Как непрактично!

Расставив все эти столовые принадлежности, мы встали вдоль стола на почтенном расстоянии и стали ждать появления трапезничающих. И вот они медленно и величественно вошли в зал. Я смотрела во все глаза, стараясь не упустить ни одной детали.

Первыми шли временный король Картоз и его жена Селия. За ними следовали Кроник со своей женой Леоной, Базиль под руку с младшей дочерью Кроника Амелией и Седрик со старшей дочерью Виолой. Замыкали шествие Мартин и какой-то высокий мужчина, сильно загорелый с иссиня-чёрными волосами и окладистой бородкой. Позже я узнала, что это был посол Гранции — страны на южном побережье Гренальского моря. Она возникла на месте Гренали много лет назад. Звали посла Арахисом. Но в тот момент он меня совсем не интересовал. Я не сводила глаз с младшего принца. Ну почему не он тогда пришёл поудить на моё озеро?! С ним бы я определённо нашла общий язык! Вернее, это мой язык не повернулся бы попросить его удалиться.

Именно такими должны быть принцы во всех сказках! С открытым взглядом нежно-голубых глаз и светлыми русыми волосами. Телосложением Седрик походил на брата, но какая пропасть разверзлась между ними! Как между сказкой и былью. Какое интересное сравнение, подумалось мне, и как оно к ним подходит! Мартин тоже был по-своему красив, он был настоящим, а Седрик словно сошёл со сказочной страницы. А ведь людей привлекает именно сказочность! И меня она привлекала…

Оторвавшись от созерцания сказочного принца, я перешла к изучению принцесс. И в полной мере осознала, как хорошо, что я не пришла на этот ужин! Вернее, я-то пришла, но мне не надо было сидеть с ними за одним столом. Как невыгодно я бы смотрелась на их фоне!

Амелия была розовощёкой блондинкой. Широко распахнутые васильковые глаза так и искрились детской наивностью. Виола, на мой взгляд, была ещё прекрасней. Тёмные густые волосы, убранные в элегантную причёску, красивый разрез карих глаз и белизна кожи делали её образ каким-то неземным. Ну вот вам и неземная красота! Мне до такого не дорасти и не дотянуться! Я бросила мимолётный взгляд на свои загорелые руки, которые к тому же сейчас были и не первой молодости. Чтобы получить подобный цвет кожи, мне пришлось бы год безвылазно сидеть в нашем чуланчике. Эх, на такой подвиг меня не вдохновит даже самый сказочный принц!

Вздохнув, я начала разглядывать старшее поколение. Кроник оказался интересным мужчиной лет пятидесяти. Несмотря на седоватые волосы и весёлые морщинки у глаз, он выглядел молодым. С его добродушного лица не сходила радостная улыбка. Создавалось ощущение, что он влюблён в целый мир, а особенно в свою жену. Леона, очевидно, отвечала ему взаимностью. Увидев её, начинаешь понимать, в кого у них такие красивые дочери. В молодости королева Южного Королевства выглядела, наверное, в точности как Виола. Да и сейчас ни одна серебряная прядь не портила прекрасного каштанового цвета её волос, а тёмные глаза излучали добро и свет.

Вторая королевская пара была менее яркая. Картоз не впечатлял. Отсутствующий рассеянный взгляд блёклых глаз, поредевшие пепельные волосы, но зато очень густые нахмуренные брови. Селия разительно отличалась от своего мужа. Настоящая леди, когда-то очень красивая. Она и сейчас была необыкновенно женственна и изящна. Бархатные ресницы обрамляли зелёные глаза, тонкие губы иногда мягко улыбались, её даже не портили побелевшие, выбившиеся из причёски локоны светло-русых волос. В своём нежно-зелёном платье она походила на лесную фею, такую же лёгкую и окрылённую. В отличие от правителей Южного Королевства, Картоз и Селия не выглядели влюблёнными. Мне даже подумалось, что их, наоборот, обременяют супружеские узы.

Я так увлеклась разглядыванием столь примечательных людей, что не заметила, как все расселись и настало время подавать закуски. Меня настойчиво подтолкнули сзади, и я слилась с другими избранными жителями королевства в особом танце с подносами. Хотя о чём это я? Меня никто не избирал, но это их упущение!

Следующие несколько минут я не думала ни о чём, кроме как о том, чтобы не споткнуться и не уронить ничего на коронованные или почти коронованные головы. После подачи горячего трапезничающие оживились. Кроник попросил принцев рассказать об их жизни на Юге, что интересовало всех и меня в первую очередь. Рассказывал Седрик так эмоционально, так красочно, что хотелось слушать его бесконечно долго. Амелия от восторга едва могла усидеть на месте. Однако через некоторое время я поняла, что привести её в восторг ничего не стоит. Другое дело Виола. Она застыла в строгой позе, опустив ресницы, и, казалось, пребывала в местах весьма далёких. Но впечатление было ошибочным. Она внимательно слушала, о чём свидетельствовали её чёткие вопросы.

— Значит, вы воочию видели Чудо Востока? — недоверчиво спросила она.

— Не только видели, — убеждал её Седрик, — мы находились в непосредственной близости от него.

Чудом Востока называют поющее дерево. Каждому, кто добирается до него, оно поёт свою особенную песню. По преданию, в этой песне можно услышать о своём будущем, но очень немногие были удостоены этой чести. Прежде всего, дерево находится на самой высокой горе южного побережья Гренальского моря. До него даже не все птицы долетают. Да и дорога к нему изобилует испытаниями. Единственная тропа ведёт сначала через огромную пустыню, где обитают лишь драконы, чешуйчатые ящеры и подземные змеи, потом через Ночной Лес — лес, в котором не наступает день, а значит в нём все живут по правилам тьмы — выживает сильнейший, ну, или тот, кто лучше видит.

— В школе, куда отдал нас отец, — повествовал Седрик, — именно так проверяли обучающихся. Если ты добрался до пресловутого дерева, значит тебя научили всему, чему могли. Из десяти человек, кто отправился с нами, только четверо достигли цели.

— И вам совсем не было страшно? — обратилась Леона к Мартину.

— Конечно, было, — честно признался тот. — Уверен, бесстрашных людей не бывает. Бывают те, у кого получается не обращать на страх внимания.

— Так о чём же вам пело дерево? — задала Виола интересующий и меня вопрос. Думаю, с ней я могла бы подружиться...

— Это только легенда, — улыбнулся Седрик. — На самом деле это обычная дикая яблоня, только чудом удерживающаяся на самом краю обрыва. А пел лишь ветер, но, увы, без слов.

— Получается, Чудо Востока — вовсе не чудо? — разочарованно произнёс Кроник.

— Я с вами не соглашусь, — раздался приятный бас Арахиса. — Уже то, что четверо молодых людей смогли пройти через столько испытаний и добраться до заветной цели, — само по себе чудо. Это дерево даёт уверенность в своих силах. И кто знает, может, оно и поёт, только не все могут его услышать...

О, как же мне хотелось задать свой вопрос. Нет, море вопросов! Знает ли Арахис хоть кого-нибудь, кто слышал песню дерева? Как много времени принцы провели в Ночном Лесу, кого они там видели? Правда ли, что глаза пустынных ящеров горят красным светом, когда они готовятся к атаке? Что находится за горой, на которой растёт Чудо Востока? Правда ли, что сбываются желания, загаданные на той горе?

— А правда, что сбываются желания, загаданные на той горе? — спросил Базиль.

Я стояла позади него и, расчувствовавшись, чуть было не поцеловала его лысоватую макушку. К моему отчаянию, Араганесес подал незаметный сигнал — пора было начинать смену блюд. Удивительно, что я вообще заметила его. Стараясь как можно дольше задержаться в зале, я не ограничилась одной тарелкой, как было положено, а медленно двигалась за спинами сидящих, ловко подхватывая их тарелки одну за другой.

— У подножия горы, — на этот раз ответил Мартин, — есть маленькая деревенька. Её жители никогда не покидали пределов окружающих их лесов и гор. Они рассказывали, что если им нужен был дождь или мудрый совет, они шли наверх к дереву, и оно всегда давало им то, о чём они просили. Вот только...

Увидев, как Араганесес посылает мне яростные знаки бровями, я осознала, что уже с трудом держу гору тарелок и того и гляди опрокину всё это на голову Базиля. Я поспешно ринулась на кухню, передала посуду дальше, получила новую порцию чистых тарелок и чуть ли не бегом вернулась обратно.

Но разговор уже перескочил на другую тему. С досады я положила перед Мартином сразу три тарелки, но вовремя опомнилась и забрала две лишние, очень надеясь, что никто этого не заметил, иначе репутация Софии может пострадать.

Теперь они говорили о делах в наших королевствах. Эта тема интересовала всех, кроме, пожалуй, Амелии. Со скучающим видом она водила вилкой по тарелке.

— Я успел обсудить этот вопрос с вашим отцом, Клавдием, но, к сожалению, его внезапная кончина не позволила воплотить в жизнь нашу задумку, — говорил Кроник. — К востоку от нашего леса много невозделанной земли. Я бы хотел вырубить часть леса и использовать этот, на самом деле, огромный кусок под поля. С каждым годом население наших королевств растёт из-за прибывающих гномов, троллей и прочих, и нам надо увеличивать количество земель под посевы и число рабочих мест.

— Да, но в восточной части леса, насколько мне известно, живут эльфы, — заметил Мартин. — Мы не можем лишить их дома.

— Они работают в деревне, пусть там и живут.

Мартин покачал головой:

— Они работают с радостью, потому что знают, что в любой момент могут вернуться в привычную для них среду обитания.

— Привыкнут к другой среде, — подал голос Картоз. — Я поддерживаю Кроника. С севера нас окружают горы, и опасаться оттуда, кроме как горняков, нам некого. А вот на востоке находится Королевство Троллей. Мы с ними в хороших отношениях, но они тоже имеют виды на ту землю. Считаю, необходимо сделать шаг первыми.

— Пустошь освоим, а лес трогать не будем, — твёрдо сказал Мартин. — Раз мы решили считать его неприкосновенной территорией, пусть так оно и будет.

Знала я эту пустошь, до неё через лес около дня ходу. Она раскинулась по обе стороны от леса, но продолжалась даже там, где он заканчивался. На ней росли просто огромные лопухи. А сразу за пустошью начинались холмы, в которые переходили горы с севера. И за холмами действительно находилось селение троллей, гордо называющих его королевством. И эльфов я знала. Их было немного, но они очень гордились своим уголком. Они строили домики прямо на деревьях. В детстве я любила ходить к ним играть и даже сама построила домик на дубе у озера, только дуб вырос, и добираться до домика стало трудно.

— Думаю, это мудро, — согласно кивнул Кроник, — не стоит настраивать против себя эльфов. Они славный народец. Хоть их и мало.

— Не следует недооценивать кого бы то ни было по количеству, — вновь послышался бархатистый голос Арахиса. — Гранция на юге граничит с пустыней. Она небольшая, но через неё лежит единственный путь к океану — выходу в большой мир. В этой пустыне живёт маленькое племя. Мы пытались выселить их и проложить дорогу через пустыню. Так эти дикари своими древними заклинаниями вызвали такой ветер, что пришлось заключить с ними мир, а дорогу проложить в обход их территории.

В зале воцарилось молчание.

— Думаю, настало время для короткого перерыва, — мягким голосом вымолвила Селия и первая встала из-за стола.

Все последовали её примеру, оставив зал в нашем распоряжении на целый час. Этим временем надо было воспользоваться. Сделав всё, что требовалось, слуги в ожидании дальнейших распоряжений расползлись по южному крылу дворца. Я же отправилась на поиски Араганесеса. Он нашёл меня первым.

— Леди София, вы молодеете прямо на глазах, — дворецкий почтенно склонился над моей рукой.

— О, вы слишком добры, — изобразила я смущение.

— Нет-нет, это правда! А глаза у вас просто изумительные! Так и сияют!

«Этого ещё не хватало!» — заволновалась я и поспешила сменить тему.

— Ужин удался на славу.

— О да, Бивр, как всегда, на высоте. До сих пор ни разу не подвёл своей стряпнёй. Хотя их высочества принцессы едоки ещё те!

— Они следят за своей фигурой, — поддержала я разговор.

— К счастью, не все в этом нуждаются, — и он опять завис передо мной в поклоне.

«Пора брать индюка за рога», — решила я.

— Честно говоря, я удивлена, что ужин вообще состоялся так скоро после смерти короля! Вам не кажется это не совсем уважительным?

Араганесес явно не желал говорить на эту тему и всё же пожал плечами в ответ:

— Ужин достаточно скромный, не вижу в нём ничего предосудительного. Короля всё равно не вернёшь...

— Вы ведь были там, когда он умер? — я постаралась придать своему взгляду как можно больше обожания.

Сразу приосанившись, дворецкий кивнул:

— Я видел, как он разговаривал с Кроном, а потом раздался крик — это ему стало плохо. Я сразу кинулся в сад.

— Он разговаривал с Кроном? — не поверила я своим ушам.

— Ну-у... — неуверенно протянул Араганесес, — я видел их из окна столовой. Там в саду такие пышные кусты сирени, они только-только начинали цвести. Я знал, что король гуляет в саду, и когда увидел там две фигуры, подумал, что это Клавдий с кем-то беседует, а когда услышал крик и прибежал туда, то наткнулся на Крона и решил, что вторым был именно Крон. По-моему, это логично.

— Но вы не уверены?

— Не вижу причин для сомнений, — немного раздражённо произнёс он.

— А когда вы очутились в саду, король был ещё жив?

— Да, но на последнем издыхании. Я сразу же побежал за Базилем.

— А Крон?

— А что Крон? Он как стоял на коленях перед королём, так и оставался в том положении, пока я не вернулся с лекарем. А почему это вас интересует? — с подозрением спросил Араганесес.

— А кого это не интересует? — невинно ответила я вопросом на вопрос. — Не могу же я не воспользоваться случаем расспросить героя сей драмы.

Видимо, звание героя понравилось дворецкому. Он гордо выпрямился и пригладил ладонью волосы.

— Что и говорить, даже в такие трагические минуты каждый должен исполнять свой долг.

— Вам определённо есть чем гордиться, — подпевала я ему.

По его лицу разлилось самодовольство. Вдруг улыбка погасла, и со строгим выражением он отвесил кому-то низкий поклон. Я обернулась, чтобы посмотреть, кому этот поклон предназначался. В нескольких шагах от нас стояли Базиль и Мартин. Я быстро последовала примеру дворецкого и почтительно присела. Базиль нам приветливо заулыбался, а принц кивнул в ответ.

— Араганесес, — сказал Мартин, — думаю, минут через пятнадцать можно подавать чай.

— Разумеется, Ваше Высочество.

Мартин задержал на мне взгляд, отчего у меня по спине забегали мурашки. К моей великой радости, он ко мне не обратился и вместе с лекарем вышел обратно в сад.

— Пора приниматься за работу, — вздохнул Араганесес, — но после я буду очень рад продолжить наше с вами знакомство, — сделав весьма определённый знак бровями, он направился в кухню.

Сразу после чаепития мне надо будет испариться вместе с пудингом, пока этот рыцарь без доспехов не воспылал ко мне самыми горячими чувствами.

Проходя мимо зеркала, я бросила взгляд на своё отражение и обомлела. С ужасом пришлось признать, что срок годности эликсира давно истёк. Седина на висках заметно уменьшилась, да и кожа стала разглаживаться. Меньше чем через пару часов ко мне опять вернётся молодость. Оставалось надеяться, что королевские чаепития, в отличие от наших, простонародных, не затягиваются до полуночи.

За чаем разговор снова зашёл о чудесах.

— Мне в детстве наша гувернантка читала сказку о принцессе, которая всегда была молодой, — говорила Амелия, — она ела какие-то волшебные бобы, не позволяющие ей стариться. Интересно, существуют ли они на самом деле?

— Ты так не хочешь стариться, дитя моё? — улыбнулся ей отец.

— Нет конечно! — воскликнула принцесса. — Я вообще считаю, что надо ввести закон, запрещающий принцессам стареть, ведь принцессы на то и принцессы, чтобы быть молодыми и красивыми!

Даже мне было трудно сдержать улыбку.

— В жизни не всё так просто, дорогая, — ответила Леона. — Ничто не вечно, а наша молодость тем более.

— По-моему, вечно молодыми могут быть только ведьмы, — сказал вдруг Арахис.

— О, а как ею стать? — в надежде спросила Амелия.

— Не будь дурочкой, — тут же урезонила её сестра, — ведьмами рождаются, а не становятся.

— Ах, — разочарованно вздохнула Амелия, — хотя, с другой стороны, принцессы всё равно не могут быть ведьмами, и наоборот.

С этим я была готова согласиться, особенно, если эти принцессы вроде Амелии. Никакая уважающая себя ведьма на такое не пойдёт.

— А в ваших королевствах есть ведьмы? — поинтересовался посол Гранции.

— Ни одной, — сокрушённо вздохнул Кроник. — Много лет назад на них была открыта охота, и их на драконах отправляли на Остров Надежд, куда только по воздуху и можно добраться.

— Есть у нас одна ведьма, — раздался голос Селии. — Знахарка Розалия из их рода.

— О нет-нет, — замахал руками Базиль, — какая же она ведьма? Так уж у них заведено, что они сами для себя должны решить, хотят они становиться ведьмами или нет. А принадлежность к ведьмовскому роду лишь даёт им это право выбора. Розалия в своё время отказалась следовать ведьмовскому уставу, поэтому её и ведьмой нельзя назвать. Но вот, кажется, её мать была таковой…

Все умолкли, каждый думал о своём. Я тоже подумала, что если они начнут говорить обо мне, то я обязательно себя чем-то выдам. Но они мне такой чести не оказали. По правде сказать, меня это немного задело. Вот стану ведьмой и покажу им где раки зимуют! Буду по ночам к ним в окна заглядывать и метлой по дымоходу стучать.

Последние минуты чаепития я простояла, низко опустив голову, ибо увидела своё отражение в чайнике и поняла, что недалёк миг моего полного превращения в меня. К счастью, в зале потушили половину свечей, и там царил полумрак.

Когда вечер подошёл к концу, я, уже ни на кого не глядя, схватила свою порцию пудинга и выскочила через боковую дверь. Луна ещё не взошла, а небо покрыли тонкие облака. Зато двор ярко освещали факелы. У дворцовых ворот стоял дворецкий и желал всем расходившимся по домам слугам спокойной ночи. Иногда он вставал на цыпочки и вглядывался в отбрасываемые стенами замка тени. Он явно кого-то высматривал, и я даже знала, кого. Воспользовавшись моментом, когда он церемонно раскланивался с упитанной матроной, я прошмыгнула в сад.

Проходя мимо кустов сирени, я ощутила холодок. Ведь именно здесь совсем недавно нашёл свой конец король Северного Королевства. Я не трусиха, но и не любительница испытывать собственную отвагу. Поэтому, не задерживаясь долго в саду, я пролезла через знакомую дыру в живой изгороди, сняла туфли и босиком помчалась через поле ржи в деревню.

Когда я добежала до домика Софии, эликсир перестал действовать, чему я крайне обрадовалась. Так было приятно ощутить себя снова молодой!

На ступеньках крыльца сидел Лукас и клевал носом. Услышав мои шаги, он встрепенулся и сонно поприветствовал меня. Усевшись рядом с ним, я стянула чепчик и распустила туго стянутые волосы. И только тогда поняла, что у меня от этой непривычной причёски разболелась голова.

— Знаешь, Лукас, — вздохнула я, — как ни крути, а у меня получается, что если король умер не своей смертью, то убил его Крон.

— Зачем? — спросил Лукас.

— Не знаю, — призналась я, — он сегодня плакал как младенец… я не верю, что это он, но его видели вместе с королём за минуту до того, как Клавдий умер. Это более чем подозрительно.

Лукас молчал, а потом тихо произнёс:

— Доброе существо не может убить доброе существо. Если это произошло, то один из них не был добрым…

— Ты считаешь Крона добрым? — спросила я.

Он кивнул.

— По-моему, ты единственный, кто так думает.

— Ты ведь тоже так думаешь… теперь…

— Да…

Я вдруг поняла, что он прав. Я действительно теперь так думала.

— Был ли король добрым? — задала я вопрос, на который ни Лукас, ни я не могли ответить.

Я отдала Подсолнуху заветный пудинг и вошла в дом, чтобы переодеться. Потом опять уселась рядом с другом. Он протянул мне большой кусок пудинга и поставил рядом жестяную кружку с родниковой водой.

— Знаешь, Лукас, а я видела настоящих принцев и принцесс, — поведала я ему.

— И какие они? — равнодушно спросил он.

— Неземной красоты… — прошептала я.

* * *

На следующее утро я проснулась оттого, что бабушка трясла меня за плечо. Только начинало светать. Я вставала рано, но не настолько же! Глаза упрямо закрывались, а рука сама стала натягивать одеяло на голову. Не тут-то было.

— Глория, — упрямо теребила меня бабушка, — вставай! Мне надо срочно бежать в деревню.

Оказывается, прибегал сынишка кузнеца и сказал, что его мама рожает ему братика и очень хочет, чтобы бабушка Розалия при этом присутствовала. Назначив меня ответственной за завтрак, бабушка поспешила в деревню. Непрестанно зевая, я спустилась вниз на кухню и вяло начала взбивать яйца на омлет.

Солнце поднималось всё выше, и вот уже первые солнечные лучи проникли в комнату и заиграли на полу у моих ног. Внезапно во дворе послышалось топанье, и страшный рёв разрушил утреннюю тишину.

Окончательно проснувшись, я вышла на крыльцо и узрела живописную картину: посреди двора стояла тележка, нагруженная молочными бочонками. Запряжённый в тележку ослик упирался всеми четырьмя копытами, и его громкие крики наверняка разбудили даже лешего в самом дальнем уголке леса. Пухленький гном с не меньшим упорством тянул ослика на себя. За минуту борьбы ни тот, ни другой не сдвинулись ни на шаг, и я поняла, что пора кончать этот концерт, иначе сюда слетятся все потревоженные духи леса.

— Привет, Финик! — постаралась я перекричать осла.

От неожиданности гном выпустил поводок и повалился на бабушкину клумбу. Сразу успокоившийся ослик тут же подошёл к другой клумбе и принялся жевать любимые бабушкины ромашки.

Спрыгнув со ступенек, я подошла к Финику и протянула ему руку. Схватившись за неё, гном неуклюже поднялся. Стянув колпак, он пригладил взъерошенные волосы.

— Ух, упрямая животина!

Финик в сердцах запустил в ослика колпаком, но потом, одумавшись, подобрал его и натянул обратно на голову. И опять же через секунду снял, видимо, вспомнив о хороших манерах, и отвесил мне поклон.

— Доброго вам утречка! Мы тут проходили мимо… Дай, думаем, зайдём, проведаем…

«Мы тут проходили мимо» — было коронной фразой Финика. Он мог «проходить мимо» нашего домика в любое время суток, но чаще всего это время совпадало с завтраком, обедом или ужином, а порой он курсировал между деревней и нашим лесным закутком по несколько раз за день, особенно если примечал, что бабушка замешивает тесто на блины или я перебираю лесные ягоды для пирога.

Вот и на этот раз он энергично потягивал носом в надежде уловить признаки готовящегося завтрака.

— Наверное, местные жители решили вставать на пару часов раньше обычного, — заметила я.

— Ах, это ты про кузнеца? Ну да, он всю деревню переполошил. Подумаешь, событие! Жена у него рожает! У нас в деревне каждый месяц кто-нибудь рождается… Что ж теперь, надо носиться по деревне и стучаться в каждый дом, словно наступает конец света?

— Варнис очень эмоциональный и беспокоится за жену, — сказала я и пошла обратно в дом.

Семеня за мной, Финик продолжал ворчать:

— Ладно, если б в первый раз. У них же пятеро детей! Мог бы привыкнуть!

Добавив два яйца в омлетную смесь, я доверила гному её взбивать, а сама принялась натирать сыр и нарезать грибы для начинки. Финик в предчувствии завтрака сразу повеселел и с энтузиазмом начал орудовать венчиком, забрызгивая всё вокруг.

— А Милкон сразу погнал меня молоко развозить. Говорит, раз всё равно все проснулись, то пора и за работу браться! Даже завтраком не накормил! — возмущался Финик. — Ну вот я и…

— …решил пожелать нам доброго утра, — закончила я за него, разжигая огонь.

Гном смущённо кивнул:

— Натощак даже добрые дела не делаются, — изрёк он народную мудрость.

Что ж, с этим нельзя было не согласиться. Да и вообще, я против Финика ничего не имела. Характер у него, конечно, прескверный, как у всех местных гномов. И всё же он был добрым малым… и надёжным. Когда-то они вместе с Тротом поселились в Северном Королевстве. Тогда многие гномы покидали обжитые места и подавались в подмастерья к людям. Трот устроился работать у Крона, а Финик пошёл к молочнику Милкону. В его обязанности входило развозить молоко по домам. Сначала он сам таскал тяжёлую телегу, а потом Милкон сжалился над ним и выделил средства на ослика. Гном выбрал себе самого упрямого — под стать своему нраву. Кстати, они с Тротом состояли в дальнем родстве, только терпеть друг друга не могли. Вот и сейчас Финик не упустил возможности пожаловаться на своего сородича.

Вылизывая блюдечко из-под варенья, оставшееся после вчерашнего чаепития, гном веско заявил:

— Я, в отличие от некоторых, не ворую! И Милкон должен это ценить и поощрять. Например, кувшинчик со сливками под конец рабочего дня не помешал бы… Другие, вон, все хозяйские запасы подчищают, а я наоборот — берегу!

— Это ты про Трота? — на всякий случай уточнила я.

Финик тут же завёлся:

— Этому разбойнику самое место в темнице! Каждый день что-нибудь да и утащит из мясной лавки!

Поставив сковороду на огонь, я с сомнением покачала головой.

— Не думаю, что Крон будет терпеть подобное. Трот может тянуть что-либо у соседей, но не у своего хозяина. Крон ему спуску не даст.

— А вот и ошибаешься! — тут же выпалил Финик, оторвавшись от вазочки с печеньем. — Я его видел только что! Вылезал из дырки в заборе, который скотобойню огораживает. С пузатой сумкой! И шёл так, вороваꙁто оглядываясь. А увидев меня, так вообще дёру дал. Прохвост!

Это уже интересная новость. Если Крон узнает, Троту несдобровать. С мясником шутки плохи. Впрочем, после недавнего эпизода я начала сомневаться в жестокосердии Крона.

Отобрав у Финика чёрствую булочку, которую неугомонный гном успел где-то раздобыть, я поставила перед ним тарелку с грибным омлетом и свежим хлебом. Финик в свою очередь сбегал во двор и принёс бочонок парного коровьего молока.

— Сегодня после обеда Бивр будет делить между желающими остатки королевского ужина, — сообщил гном. — Я лично буду стоять в первых рядах с большим мешком.

— Неужели ещё что-то осталось? — удивилась я вспоминая, как вчера главный повар щедро раздавал всем постоянным и приходящим слугам котлеты, сладости и кучу прочих вкусностей.

— А почему не остаться-то? Наготовили, как на целую армию, а съели всего ничего, особенно эти худышки-принцессы из Южного Королевства.

— А ты откуда знаешь, что они худышки? — ещё больше удивилась я.

— Так я их видел! Вчера полдеревни собралось у дворцовой изгороди, чтобы взглянуть на своих будущих королей и королев. Уж чего-чего, а любопытства нашему народу не занимать!

— Королев? — переспросила я.

— Ну да, — с набитым ртом продолжал просвещать меня Финик, — наши принцы должны жениться на дочерях нашего соседа. Старший женится на старшей и будет управлять нашим королевством, а младший — на младшей и станет королём Южного. Все довольны и счастливы! Мне так Милкон сказал. А ты разве не знала?

Нет, этого я не знала. Я попыталась представить себе эти пары.

— Ну-у, — протянула я, — Мартина и Виолу я ещё могу представить вместе, а вот Седрика с этой пустышкой Амелией — никак.

Финик фыркнул, обдав меня молочными брызгами.

— То же самое заявила добрая половина наших доярок, — и, бросив на меня ехидный взгляд, добавил: — Неужто и тебя наш молодой принц не оставил равнодушной?!

— Вот ещё! — возмутилась я, изо всех сил стараясь не покраснеть. — На мой вкус, он слишком красивый.

Финик пожал плечами.

— Не знаю, можно ли быть слишком красивым, но тебе виднее, я к нему особо не присматривался. Главное, чтобы он пришёлся по вкусу младшей дочери Кроника, и тогда сбудется заветная мечта короля — два королевства объединятся в союз и станут в два раза могущественнее. Кстати, Клавдий был против этого союза.

Вспоминая вчерашний вечер, я вполуха слушала Финика, но тут я чуть не подпрыгнула.

— Клавдий был против союза? Которого? Объединения королевств или против свадьбы?

Финик замялся.

— Я точно не знаю, Милкон о чём-то таком заикнулся. Возможно, это только слухи. Ведь это жёны королей договорились между собой, что их дети поженятся, когда вырастут. Кроник не возражал и вроде бы даже обрадовался. А вот Клавдий восторга не выказал. Правда, когда он его не выказал и почему, Милкон не сказал.

«Звучит, как неплохой мотив для убийства! — подумала я. — Клавдий не хотел объединяться с Южным Королевством и умер прямо перед возвращением своих сыновей».

— А принцы знают о том, что их судьба предопределена? — спросила я.

— Не думаю, что их хотели осчастливить за день до свадьбы. К такому заранее готовить надо.

Вылизав тарелку, гном изучающе оглядел кухню и, заприметив выстроенные на полке в ряд баночки с земляничным вареньем, решил, что торопиться ему некуда. Взглядом намекнув мне, что пора ставить чайник на огонь, он сам по-хозяйски расставил чашки и блюдца.

С неохотой я стала кипятить воду. Я не любила устраивать чаепития с утра. Утром надо либо спать, либо заниматься чем-то полезным, вроде поимки убийцы короля. Например, сейчас мне не терпелось побежать к Крону и спросить напрямую, не с ним ли видел Араганесес разговаривающего в саду Клавдия. Какое тут может быть чаепитие?!

И всё же долг хозяйки взял своё. Я заварила чай с листьями душистой смородины. Уж что-что, а чай я завариваю отменный.

Оценив мои старания, Финик решил выдать мне ещё одну новость:

— Вчера вечером королевская посудомойка сообщила, что этот их индюк-дворецкий жениться собрался!

Я насторожилась:

— На ком?

— Ни за что не догадаешься! На матери Лукаса! Ты с ним, кажется, дружишь, да?

Ложка с вареньем, падая, звонко ударилась о мою чашку.

— Ага-а-а, — медленно протянула я.

— Значит, и мать его знаешь?

— Ага-а-а.

— Ну так вот, она вчера прислуживала за королевским столом, и Араганесес на неё глаз положил. Говорит, что если эта женщина в её годы так выглядит, то это наводит его на положительные мысли о браке, и… как это?.. что он нашёл в ней родственную душу, во как! Он вроде уже к свадьбе готовится.

— Уже готовится?! — поразилась я самонадеянности дворецкого. — А согласия со стороны невесты ему не надо?

Гном развёл руками:

— А я так понял, что она согласна. Ну или, во всяком случае, так понял Араганесес. Для него же главное — что он согласен!

«Весело, — подумала я, — что же будет делать Араганесес, когда увидит настоящую Софию? Мать Лукаса хоть и очень привлекательная женщина, только состарить меня до её лет всё же не получилось».

Финик словно прочитал мои мысли:

— Я вот только удивляюсь, как Араганесес мог выбрать Софию. Он же всё за молодыми служанками бегал, а тут вдруг серьёзным стал, о семье заговорил.

— Он ведь сам далеко не мальчик, — возразила я, — пора ему уже остепениться. А София, кстати, примерно одного с ним возраста.

— А что случилось с её мужем? — поинтересовался Финик.

— Не знаю, погиб, кажется… — я задумчиво помешивала ложечкой чай.

— Лукас об этом не говорит?

— Он вообще мало говорит. В основном говорю я.

— А-а-а, — понимающе закивал Финик, — из вас получилась бы идеальная семейная пара, — подмигнул он мне. — Хотя нет, жалко парня. Тебе нужен орешек покрепче, чтобы не сразу спятил от свалившегося на него счастья.

Не успев увернуться от запущенного мной веника, гном с грохотом слетел со стула.

Вскоре вернулась бабушка Розалия. Финик к тому времени вполне созрел для совершения добрых дел и вместе со своим осликом поплёлся обратно в деревню развозить молоко её жителям.

Бабушка радостно сообщила, что у Варниса родилась прелестная дочурка, что ничуть не омрачило настроения кузнеца, хотя он и ожидал мальчонку. Зато младший сынишка всё ходил за бабушкой по пятам, прося проверить, не затерялся ли у мамы в животике ещё кто-нибудь — так хотелось ему братика.

— Кстати, Варнис просил напомнить тебе, что пора подковать Дымка, — сказала бабушка.

Дымком звали моего коня. Ранней весной он спустился с гор и остался жить у нас. Я к нему сразу привязалась. Он сильно ослаб, пока до нас добрался, но к лету перестал походить на доходягу, окреп, и я даже иногда катаюсь на нём. Бабушка считает, что он сбежал от горняков — это народец, живущий где-то высоко в горах, его никто не видел, и поэтому все боятся. Ходят разные слухи, что они похищают людей и какими-то сверхъестественными силами удерживают их у себя. Когда много лет назад пропал младший брат Клавдия, то в этом сразу же обвинили горняков. Клавдий отправился на поиски в горы, но была зима, и его отряд не выдержал суровых погодных условий. А когда снега сошли, король решил, что уже поздно что-либо предпринимать, и счёл своего брата погибшим.

— Обязательно подкуём! — согласилась я. — И тогда я смогу быстро добираться до Южного Королевства!

Вообще-то, до Южного Королевства можно добраться двумя путями. Одна дорога, широкая и удобная, огибала лес с востока и шла вдоль упомянутой вчера пустоши. И если выйти с утра, то к вечеру следующего дня можно было бы доковылять до королевства. Но была и другая дорога — еле приметная тропинка. Знали её немногие, но даже те немногие ею не пользовались. Вела она через глубь леса, а ведь именно там ютились самые бесшабашные лесные жители — лешие, лесные духи и прочие. Я не раз по ней ходила. Только днём, ночью ещё не решалась. Не потому, что боялась кого бы то ни было. Нет, с лесными жителями я ладила, просто чтобы ночью идти по той тропе, нужно обладать способностью видеть в темноте, иначе не избежать многочисленных падений и спотыканий. Зато по ней до Южного Королевства было рукой подать — всего каких-то восемь часов быстрой ходьбы. А на коне так и вообще часа за четыре доберёшься.

— А что ты искала вчера в сарае? — спросила вдруг бабушка.

Я ответила не сразу, ещё не решив, рассказывать бабушке о своей находке или нет. Думаю, пока не стоит...

— Искала мамино платье, думала, может, всё-таки стоит пойти на ужин во дворец, но видно, не судьба...

Бабушка неодобрительно покачала головой.

— Попрошу-ка я жену кузнеца сшить тебе что-нибудь пристойное. Вот только она оправится после родов.

Я не возражала, пусть сошьёт — бабушке будет приятно. Лично мне в далёких странах скорее подойдут прочные брюки и удобные сапоги.

— В любом случае, — продолжала бабушка Розалия, — потрудись довести дело до конца и наведи порядок в сарае. Может, сможешь освободить место для своих санок, которым на кухне совсем не место!

Необъятные двухместные санки громоздились на кухне. Прошлой осенью мы с Лукасом смастерили их из поваленного дуба и за зиму объездили все ближайшие горы. В эту зиму мы планировали уйти ещё дальше и побить свои прежние рекорды.

— Сомневаюсь, что они влезут, но я постараюсь, только после обеда. Сейчас я иду к Крону — он обещал отложить для тебя баранины.

— С чего вдруг?

— Я его попросила, — честно призналась я. — Давно мы её не жарили на костре.

— Что ж, хорошо, — кивнула бабушка, — тогда я к вечеру всё для неё приготовлю. Может, Базиля позвать?.. Он любит поесть…

Оставив бабушку размышлять на тему ужина, я отправилась в деревню. Там уже давно кипела жизнь. Пекарня дышала жаром и распускала во все стороны вкусные запахи свежих булок. Счастливый кузнец отстукивал весёлую мелодию в своей кузнице. С полей тянулась дружная песня пахарей. Только лавка мясника тонула в безмолвии. Трота нигде не было видно. Я вошла в лавку. Пусто. Даже из внутренней комнаты не лился свет, как в прошлый раз. Я позвонила в колокольчик и прислушалась. Слышно было, как со внутреннего двора скотобойни тревожно мычит корова. Мне тоже стало тревожно. Выйдя на улицу, я нерешительно потопталась на месте. Потом, зажав нос рукой, я прошла сквозь скотобойню во внутренний двор. Там всё так же паслись корова и несколько коз, а в клетке появились два новых кролика. Но Крон отсутствовал и тут.

Я собралась было уйти и заглянуть позже, но вместо этого вернулась в лавку. Почему бы не воспользоваться отсутствием хозяина и не посмотреть, есть ли что интересное среди его вещей? Возможно, нечто, что прольёт свет на таинственную личность тролля. Я понимала, что копаться в чужих вещах нехорошо, но ведь я не собиралась ничего брать, а за «посмотреть» ещё никого не судили. На всякий случай я ещё раз позвонила в колокольчик и подождав, пока мне не ответят, зашла за прилавок и толкнула дверь во внутреннюю комнату. Лампа не горела. Нащупав её на столе, я засветила фитиль. Свет упал на письменный стол, заваленный бумагой. Приглядевшись, я поняла, что это просто учёт всех задолженностей — Крон часто давал мясо в долг. Ещё на столе стоял заварочный чайник, тарелка с засохшей булочкой и два стакана, один полный, другой пустой... Больше я ничего там не увидела... зато почувствовала... Да, я почувствовала, как на меня кто-то смотрит. Я замерла, боясь пошевельнуться. Очень медленно я повернула голову в надежде увидеть лишь пустую комнату позади меня. Надежда не оправдалась.

В углу на своём низком диванчике сидел Крон и как-то грустно смотрел в мою сторону. В испуге я сделала шаг назад, не удержалась на ногах и без сил упала на стул, стоящий тут же у стола.

— Как ты напугал меня! — стараясь не выдать дрожь в голосе, воскликнула я.

Крон не ответил. Всё так же, слегка склонив голову набок, он не мигая сверлил меня глазами. Ни один мускул в нём не шевельнулся. Зато у меня зашевелились все волосы на голове. Этот остекленелый взгляд мог означать только одно. Крон был мёртв. Он сидел ссутулившись, как обычно. Его словно кто-то чем-то неприятно удивил и опечалил. А в руке он сжимал розу... она завяла, и несколько красных лепестков упало на пол. И мне показалось, что я тоже немножко умерла. Я не могла двинуться с места, чувствуя, как внутри меня разливается холод. Прошла целая вечность, прежде чем я осознала, что мне совсем не страшно, а просто хочется плакать...

На ватных ногах я вышла из лавки и опустилась на ступеньку. Плохо помню, что происходило потом. Кажется, мимо проезжала тележка Финика, и он мне что-то крикнул. Я не ответила, он забеспокоился, подбежал, потряс меня за плечи и, почуяв неладное, сам вошёл в лавку. После чего плюхнулся рядом со мной.

— Он же мёртвый! — пробормотал он, как будто всё никак не мог поверить в это.

Я кивнула.

— Надо позвать на помощь!

Я снова кивнула, но с места не двинулась. К счастью, на нас стали обращать внимание и другие прохожие, и вскоре вокруг началось столпотворение. Позвали Базиля. Сначала он решил, что это мне плохо, потом подбежал к Финику, но тот лишь отмахнулся от него. Наконец поняв, что случилось, Базиль бросился в лавку. Через десять минут он вышел, очень серьёзный и расстроенный. На него сразу накинулись с расспросами. Я поняла, что всё равно сейчас не пробьюсь к нему. Вместе с Фиником мы забрались на крышу молочной лавки, которая находилась по соседству. Оттуда хорошо просматривалось место событий.

— Это всё Трот, — уверенно шептал мне Финик, — он всегда был с преступными наклонностями. Наверняка Крон подловил его на воровстве, и тот его пристукнул, — тут Финик хлопнул себя по лбу. — А ведь я его видел! И не задержал! Теперь ищи ветра в поле!

— Не думаю, что это Трот, — медленно произнесла я, — но, возможно, он что-то знает. В любом случае надо его разыскать. Он не мог далеко уйти.

— Скорее всего, он направился в горы, больше ему некуда податься. Тролли его загрызут, когда узнают, что случилось, а в Южном Королевстве его тоже легко задержат.

— Мы ещё сами не знаем, что случилось, — заметила я. — Может, Крон умер своей смертью.

Гном с сомнением покачал головой. А я даже не сомневалась, что произошло ещё одно убийство. И если раньше я относилась к расследованию смерти короля, как к приключению, сейчас я в полной мере осознала всю серьёзность происходящего.

Вскоре из мясной лавки вышла пара дюжих молодцев, держа в руках носилки с троллем. Вместе с Базилем они двинулись в сторону дворца. Толпа сразу рассосалась, и Милкон жестом намекнул Финику, что пора приниматься за работу. Что-то недовольно проворчав, гном стал спускаться вниз. Я последовала его примеру. Мне очень хотелось пойти за Базилем и расспросить его обо всём, но я понимала, что сейчас не самое подходящее время.

Поэтому я решила подождать до вечера, а до тех пор заняться наведением порядка в сарае. Я надеялась таким образом отвлечься, но у меня всё валилось из рук. Бабушка Розалия уже обо всём знала — слухи у нас разлетаются быстрее стаи воробьёв. Она чувствовала, что я приняла произошедшее близко к сердцу, ни о чём меня не расспрашивала, лишь приготовила мне травяной чай, который, кстати, заметно улучшил моё настроение.

Усевшись на сундук прабабки, я вяло перебирала старые вещи, до которых могла дотянуться рукой. Время от времени я выбрасывала из сарая то, что уже много лет назад следовало предать огню. То были прогнившие ящики, сломанные садовые инструменты, изъеденные молью мешки и прочее. У стены даже стояла треснутая в нескольких местах садовая скамейка. Пыхтя, я выволокла её наружу. Надо будет порубить её на дрова, подумала я и вернулась в сарай за следующей порцией топлива. Набрав полную охапку каких-то палок, я, придерживая их подбородком, попыталась добраться до очередной деревяшки. Она прочно застряла между сундуком и набитым чем-то бочонком. Сильнее потянув на себя, я выдернула нечто длинное и, не удержавшись на ногах, рухнула на пол со всей своей добычей. Потирая ушибленные места, я с интересом разглядывала то, что добыла с таким трудом. Это была метла на длинной ручке. Никогда я не видела более несуразной метёлки. Для подметания она давно

не годилась, а вот на дрова пойдёт, и я бросила её в одну кучу с садовой скамейкой.

Физическая работа привела меня в чувство, и я уже могла спокойно обдумать случившееся. Хотя какой прок думать, если я до сих пор не знаю, что именно произошло с Кроном. Дело шло к закату, и я решила, что теперь самое время навестить Базиля и поставить вопрос ребром.

Вихрем влетев в домик лекаря, я сходу выкрикнула:

— Базиль! Пора с этим кончать! Второе убийство — это уже слишком!

Базиль не ответил, потому что в комнате его не оказалось.

— Два убийства — это действительно слишком, — раздался голос позади меня.

Резко развернувшись, я нос к носу столкнулась с Мартином.

— А ты что тут делаешь?! — грубо поздоровалась я.

Мартин удивлённо приподнял брови:

— Я тут живу.

Вспомнив, что нахожусь на территории дворца, я смутилась и хотела было что-то сказать, чтобы исправить положение, но не успела — послышались торопливые шаги, и в комнату вбежал Базиль. Увидев нас, он сначала растерялся, а потом, поправив постоянно сползающие на нос очки, устало опустился в кресло.

— Какое-то безумие! Кто-то распустил слух, что Крон отравился мясом, и теперь все, кто у него покупал что-либо на днях, возомнили, что у них проявляются признаки отравления, и сразу зовут меня! Я уже обошёл десяток домов, и только у близнецов, сыновей Милкона, было настоящее расстройство желудка, да и то от переедания неспелыми сливами…

— Базиль, — прервал его Мартин, — отчего умер Крон?

Доктор умолк и начал беспокойно переставлять письменные принадлежности на своём столе.

— Он отравился своей собственной настойкой. Так называемый эликсир долгой жизни, очень популярный среди троллей. Остатки этого эликсира я нашёл в стакане на столе, другой стакан был полон тем же самым эликсиром. Но он уже не годен. Его надо выпивать сразу же как приготовишь. Зачем Крон приготовил двойную порцию, непонятно. С другими троллями он столь крепкую дружбу не водил.

— Расскажите подробнее об этом эликсире долгой жизни, — потребовал Мартин.

— В его состав входит корень болотни — это цветок, растёт преимущественно на болотах. Рецепт настойки очень деликатен. Если положить меньше определённой дозы корня болотни, то особого эффекта не будет, а если хоть самую малость переложить, настойка превращается в смертельный яд. Я предупреждал Крона несколько раз, да и всех остальных троллей нашего королевства, но разве они слушают? Упрямы как ослы!

В избытке чувств доктор оттолкнул от себя чернильницу, из которой тут же выплеснулись чернила. Тёмное синее пятно расплылось на наваленных грудой рукописях Базиля, но тот даже внимания не обратил.

— Вы хотите сказать, что тролль, который употреблял эту настойку с детства и который, возможно, мог отмерить нужную порцию с закрытыми глазами, вдруг ни с того ни с сего превысил дозу? — недоверчиво спросил Мартин.

— Ну-у... — неуверенно протянул Базиль, — это вероятно. Его могли, к примеру, отвлечь... или... или...

— Или посодействовать в приготовлении настойки покрепче, — не удержалась я.

— Опять ты за своё, Глория! — в сердцах воскликнул Базиль. — Тебе везде мерещатся убийства! То Клавдий, теперь — Крон...

— Значит, отец был убит?

В голосе Мартина зазвенел металл. Слегка прищурив глаза, принц не сводил взгляда с лекаря. Даже я поёжилась, сразу представив, как должны себя чувствовать придворные, попав в немилость короля.

— Почему вы не поставили меня в известность?

Базиль растерянно развёл руками:

— Да потому, что мне самому ничего толком не известно. Не мог же я сеять подозрение и панику безосновательно.

— Ага, — подхватила я, присаживаясь на краешек подоконника по соседству с фикусом. — Вы, наверное, ждёте, когда полкоролевства поляжет. Тогда основания для паники точно будут.

Теперь суровые глаза принца взялись за меня, и я наконец разглядела их цвет. Действительно бирюзовые, от интенсивности света меняющие оттенок от насыщенного сине-зелёного цвета морской глади до холодного голубоватого, как под коркой льда. Я мысленно порадовалась, что не принадлежу к числу подданных будущего короля, и это позволило мне выдержать взгляд Мартина и даже не отвести свой.

Базиль тем временем вскочил с места и неуклюже зашагал взад-вперёд. Наконец остановившись, он глянул на нас и прискорбно запричитал:

— Да, да, да, я был неправ. Мне следовало сразу сообщить о своих подозрениях Картозу, — Базиль повернулся к принцу, — и совесть моя была бы чиста!

— Н-да... только ваша жизнь могла оказаться в опасности, — спокойно возразил Мартин.

Базиль посмотрел на него с ужасом, а я — с восхищением. Он прочитал мои мысли ещё до того, как они пришли мне в голову! А это не так-то просто! Или я слишком высокого о себе мнения?..

Проигнорировав нашу реакцию на его слова, Мартин продолжал:

— Вы должны были сообщить обо всём мне при первой возможности. Это ваше упущение. А то, что вы не сказали ничего Картозу, — даже к лучшему. Пока об этом не стоит распространяться. Кстати, кто ещё осведомлён?

— Я поделился лишь с Розалией и Глорией, — ответил Базиль. — Розалия уже наверняка забыла, да она и не болтлива… — и лекарь с сомнением покосился на меня.

Я мгновенно вспыхнула:

— Что ж, по-вашему, я оповещаю всех и каждого обо всём на свете?!

— В нашем королевстве достаточно оповестить одного, — заметил Мартин.

— Да никому я не говорила… — защищалась я. — Разве что Лукасу.

— Пастуху? — удивился принц.

— Ну да, — кивнула я, ещё раз про себя отметив, что у Мартина хорошая память. — Но сказать ему — всё равно что рассказать скале.

— И зачем же этой скале надо было рассказывать?

— Мне так лучше думается, — пришлось мне признаться. — Лукас умеет делать необычные выводы, после которых всё как-то встаёт на свои места. К тому же он прекрасный осведомитель.

— А я что, плохой? — обиженно пробурчал Базиль.

— Ох, Базиль, вы слишком добры, чтобы подмечать пороки окружающих. Более того, вы почему-то наделяете живые существа качествами, которыми они не обладают, но которые вы хотели бы в них видеть. А Лукас говорит как есть. Причём он совершенно замечательнейшим образом умеет выявлять суть, сам того не подозревая. Остаётся только уловить эту суть в его словах.

Мартин кашлянул:

— Кстати о сути. Не будете ли вы так любезны и меня просветить насчёт происходящего? Больше всего меня интересуют подробности смерти отца, какая связь между его смертью и отравлением Крона и о чём ты, Глория, так увлечённо расспрашивала Араганесеса вчера вечером.

Базиль удивлённо уставился на меня поверх очков:

— Разве Глория была вчера во дворце?

— Была, — подтвердил Мартин, — и очень умело обслуживала нас за столом.

Доктор даже рот открыл от изумления, а я почувствовала, как у меня начинают гореть мочки ушей.

— Вы заметили мою скромную особу! — изобразила я на лице умиление, и тут же с досадой добавила: — А я-то думала, мой маскарад удался на славу.

— Удался, но в будущем старайся прислушиваться к разговорам за столом не с таким ярко выраженным интересом на лице, — усмехнулся принц.

Я закусила губу. Это ж надо было так опростоволоситься! А ведь я гордилась своей задумкой. Впрочем, о чём тут можно сожалеть?! Она сработала! Я узнала, что хотела, а это главное!

Немного успокоив себя, я пожала плечами:

— Что ж, для первой попытки неплохо. В следующий раз будет только лучше.

Мартин нахмурился:

— Будет лучше, если в следующий раз ты меня предупредишь, и мне не придётся ломать голову над тем, что ты задумала и стоит ли мне тебе подыгрывать.

— Конечно, стоит! — уверенно воскликнула я.

— Не понимаю, — Базиль всё ещё растерянно пялился на меня, — как ты умудрилась попасть во дворец?! И почему я тебя там не видел?

— Ну вот, убедились сами, что осведомитель из вас тот ещё, — бесцеремонно заявила я. — Вы абсолютно ненаблюдательны! Я выдала себя за Софию, мать Лукаса.

— Так она же намного старше тебя! — не поверил наивный Базиль.

— Да, — самодовольно сказала я, — надо обладать недюжинным талантом, чтобы состарить себя на много лет... ну и ещё надо иметь бабушку, у которой в шкафчике найдётся куча полезных эликсиров, — чуть тише добавила я.

— Не понимаю, — продолжал удивляться Базиль, — я же вас пригласил на этот самый ужин. К чему этот маскарад?

Ну вот, всё ему приходится разжёвывать как маленькому.

— Мне надо было переговорить с дворецким с глазу на глаз. Если б я пришла в качестве гостьи, он не стал бы со мной откровенничать.

— Ну и о чём же тебе поведал дворецкий в тот чудный вечер?

Проигнорировав ехидный тон Мартина, я подробно передала ту часть разговора с Араганесесом, которая могла их заинтересовать.

— И он считает, что теми двумя были отец и тролль?

— Он так думает, только сомневаюсь, что поклянётся в этом... Так что возможно несколько вариантов.

— Выкладывай, — подбодрил меня принц.

— Во-первых, это действительно были король и тролль. Тогда, если мы принимаем убийство короля за факт, убийцей был Крон. В этом случае Крон либо раскаялся в содеянном и решил, что жизнь ему не мила, либо он был лишь орудием в чьих-то руках и потом стал неугоден или просто опасен. Во-вторых, это мог быть король и кто-то ещё. Тогда Крон оказался нежелательным свидетелем убийства и пал второй жертвой. И третий вариант — это был Крон и некто неизвестный, а Араганесес их видел ещё до появления короля на поле действия. Тогда трудно сказать, что произошло потом. Я могу предоставить много сценариев, но, по-моему, версий и так уже более чем достаточно.

Меня ни разу не перебили, и это мне польстило. Мартин слушал очень внимательно, а Базиль, кажется, пребывал в шоке. Ему-то точно ни один такой сценарий в голову не приходил. Думаю, он до сих пор верил, что король умер от сердечного приступа, а Крон случайно отравился.

— По-моему, Глория, — тихо сказал Базиль, — у тебя чересчур богатое воображение. Чтобы в нашем тихом королевстве происходили такие страсти! Нет, не верю! — и он обратился к принцу: — Мартин, ты-то должен понимать, насколько это невероятно!

Мартин молча смотрел на Базиля сверху вниз. Было видно, что он над чем-то сосредоточенно думает.

— Базиль, я считаю, что Глория была права, назвав вас слишком добрым. Вы не хотите или даже не можете увидеть зло в других. А я могу. И вполне допускаю тот факт, что моего отца убили. Пока не знаю, кто и почему, но, поверьте, узнаю.

— Я тоже! — напомнила я о своём существовании.

Мартин кивнул:

— Ты тоже. Мне понадобится ваша помощь. И я прошу вас мне посодействовать без вовлечения в это дело посторонних.

— Ни дать ни взять тайный союз четырёх! — с восторгом воскликнула я.

— И этого четвёртого тоже желательно предупредить, чтобы молчал, — Мартин сразу понял, что я говорю о Лукасе.

— О, он по собственной инициативе никогда ничего не рассказывает, даже мне.

Принц выглядел неудовлетворённым. Он хотел что-то добавить, но не успел. Раздался шум, и к нам вбежал молодой гном, служащий в подмастерьях у сапожника. Оказалось, что у жены его хозяина разболелась голова, и они обеспокоены — вдруг это отравление, как у Крона, и просят Базиля срочно к ним прийти.

Схватившись за виски, многострадальный лекарь начал искать свою сумку.

— Скоро дойдёт до того, что обыкновенную занозу начнут выдавать за возможный симптом отравления.

— Не переживайте, Базиль, — я достала из мусорной корзины его аптечку, которую тот бросил туда по рассеянности, — скоро будет праздник Лета. К нему все больные поправятся — и настоящие, и мнимые.

— А потом всё начнётся сызнова, ибо меры они не знают, особенно по праздникам, — буркнул лекарь и с аптечкой выбежал из дома.

Проводив его взглядом, Мартин посмотрел на меня.

— Ну-с, а теперь расскажи, почему ты вдруг заинтересовалась смертью моего отца. Не думал, что убийство может привлечь внимание молодой девушки.

— Учитывая, сколько здесь случается захватывающих событий, моё внимание привлекло бы даже ограбление булочной! — воскликнула я в сердцах. — Тут невыносимо скучно!

— Так уж совсем ничего не происходит? — улыбнулся принц, и на долю секунды мне почудилось, что я разглядела сочувствие и понимание в его глазах.

— Совсем! Правда, кто-то проник в наш дом и всё там перевернул...

— Вот как? — Мартин настороженно подался вперёд. — И когда это было?

— До того, как погиб твой отец. А когда вести о его смерти разнеслись по округе, таинственные злоумышленники естественно отошли на второй план.

— У вас что-нибудь украли?

— В том-то и дело, что нет!

Его высочество в задумчивости опустился в докторское кресло. Любопытно, что его так озаботило?..

— Как я и сказала, убийство — событие весомое, — продолжила я, — тут невозможно было не вмешаться!

Очнувшись, наконец, от каких-то своих мыслей, Мартин ухмыльнулся и откинулся на спинку кресла.

— Честно говоря, я впервые сталкиваюсь с таким проявлением человеческой подлости, как убийство...

— Это могло быть отчаяние, — тихо предположила я.

— Отчаяние?

— Я читала, что некоторые убивают от безысходности и этим пытаются себя оправдать.

— А что навело тебя на мысль об отчаянии?

Я задумалась. Если предположить, что убил Крон, то я бы ни за что не поверила, что он преследовал корыстные цели. Скорее, он это сделал, чтобы помочь кому-нибудь или же защитить кого-то. Я поделилась своими размышлениями с Мартином.

— Тролль слыл пренеприятной личностью, а ты утверждаешь, что он мог убить лишь из благородных побуждений? — засомневался он. — Почему?

— Потому что у него в комнате в вазе цвела роза, — пробормотала я, осознавая, как неубедительно это звучит. — И потом я видела эту розу у него в руке. Он с ней умер, а значит, она была ему дорога… или он получил её от дорогого ему существа.

— От кого? — с подозрением спросил Мартин.

— От лесной феи, — не задумываясь ответила я и протянула ему подобранный мною лист бумаги со стихами.

Принц прочёл их и долго молчал. Потом вернул мне черновик письма и сказал:

— Похоже, ты прониклась симпатией к этому троллю.

Я смутилась, но это была правда. Теперь Крон был мне симпатичен. И стихи с розой являлись не единственной причиной этому. Он расплакался передо мной, горько и искренне. Было в его жизни нечто прекрасное, иначе он бы так не страдал.

Удовлетворившись моей реакцией, Мартин продолжил:

— Я приказал обыскать дом Крона, но ничего не было найдено. Никаких личных писем. Один из его работников сообщил, что Крон хранил всё дорогое в резной шкатулке, но её также не нашли. И многие другие вещи пропали из лавки.

— Трот! — встрепенулась я. — Его надо найти!

Мартин кивнул:

— Его уже ищут. Но если он ушёл в горы, поиски могут затянуться.

— И какой же у нас план действий?

— Я буду заниматься смертью отца. Но если ты сможешь выяснить, кто эта лесная фея Крона, то, возможно, это прольёт свет на многое.

— А что если мне понадобится воспользоваться библиотекой? Скажем, срочно почитать труды какого-нибудь учёного о психологических особенностях троллей? — я с надеждой посмотрела на принца.

— Что ж, я предупрежу стражу, чтобы тебя пропускали днём без лишних вопросов, а ночью… гм-м… и лазейка в живой изгороди сгодится, — бросил он с усмешкой.

Я готова была провалиться на месте. Столько разоблачений за один день!

Поднявшись, Мартин направился к выходу.

— Послезавтра Базиль ждёт нас с Седриком в гости. Вы же тоже там будете с бабушкой?

— Будем, — буркнула я.

— Ну тогда скоро увидимся.

Через окно я видела, как он не спеша двинулся по дорожке в сад. Вдруг я вспомнила, что забыла спросить о самом главном.

— Мартин! — окликнула я его.

Он остановился и вопросительно посмотрел на меня.

Выпрыгнув через окно на улицу, я подбежала к нему.

— А когда Чудо Востока даёт то, о чём просишь? — задала я мучивший меня вопрос, ведь мне так и не удалось дослушать вчера рассказ Мартина.

Принц невольно улыбнулся и ответил:

— Тогда, когда ты слышишь его песню.

— А ты слышал её?

Глаза Мартина как-то странно блеснули. Немного помолчав, он произнёс:

— Кажется, при тебе сказали, что это лишь легенда.

— Ну да, — подтвердила я, — Седрик сказал. Но это лишь означает, что он не слышал песни. Так ты её слышал?

Принц внимательно посмотрел на меня, проникновенно, изучающе.

— Да, я её слышал, — наконец ответил он.

Мне так хотелось спросить, о чём пело ему дерево, но знала, что он мне не скажет… Не сейчас… Поэтому я не стала настаивать на продолжении разговора.

Пожелав Мартину приятного вечера, я побежала домой. Но до самого поворота садовой дорожки я чувствовала, что он смотрит мне вслед…

* * *

В эту ночь мне приснился очень странный сон. Я стояла на берегу Гренальского моря. Солнце клонилось к закату, и вода походила на расплавленное золото. Ничто не тревожило его ровную гладь. И вдруг на фоне оранжевого моря появилась чёрная точка. Она росла и росла, пока не превратилась в плот, мягко покачивающийся на морских волнах. Он уже совсем близко подошёл к берегу, и я увидела, что на плоту сидит Крон. Солнце светило ему в спину, и казалось, будто тролля окружает пламенный ореол. Я вошла в воду, чтобы рассмотреть его получше. Я всё шла и шла. Вода поднялась до пояса, а я всё никак не могла приблизиться к Крону. Тогда я нырнула в солёную воду и поплыла к плоту. И чем ближе я подплывала, тем призрачнее становился образ тролля. Наконец я вцепилась руками в плот, но на нём уже никого не было, лишь ветер теребил на досках лепестки алых роз. Неожиданно я почувствовала, как меня охватывает тревога. Я повернулась, чтобы плыть обратно к берегу, но берег исчез. Со всех сторон меня окружило бескрайнее море. Внезапно вода вокруг забурлила и понесла меня по кругу. И вот я уже на краю огромной воронки, в которую засосало всё — и солнце, и небо, и лепестки роз, а через секунду и я, кружась вместе с плотом, погрузилась в морскую пучину.

Я крепко зажмурила глаза. И вдруг всё кончилось. Смолк рёв воды, завершилось это долгое бесконечное падение. Мало-помалу я открыла сначала один глаз, потом другой. Только через минуту я поняла, что нахожусь в нашем сарае. В углу опять стояло зеркало. В нём никого не было, даже моего собственного отражения. Тут в зеркале дверь сарая с шумом распахнулась, и кто-то вихрем влетел в неё. Я невольно обернулась. По эту сторону зеркала всё было тихо. Когда облако серебристой пыли в зеркале рассеялось, я увидела Ефросию. Она гордо восседала на метле. Её густые распущенные волосы плащом накрыли хрупкие плечи, а глаза горели зелёным огнём. Выглядела она очень довольной. Легко соскочив с метлы, прабабка поправила перекрутившуюся юбку и приветственно махнула мне рукой.

— А я было подумала, забыла ты обо мне, — весело сказала она, — отвлекаешься на какие-то второстепенные вещи, ненужные переживания. Если ты видишь себя в будущем ведьмой, то научись быть равнодушной, иначе не оберёшься страданий, — лицо прабабки омрачилось, но через мгновенье на нём просияла жизнерадостная улыбка.

— Тяжёлые мысли — злейший враг ведьмы. Запомни это! Они нас тянут к земле, а нам просто необходимо летать! — с этим словами она любовно погладила свою метёлку.

С трудом я признала в ней ту метлу, которую днём извлекла из этого самого сарая и собиралась пустить на дрова.

— Прежде чем ты приступишь к своему первому уроку, — продолжала втолковывать мне Ефросия, — выкинь всех из головы. Троллей, гномов, лесных фей и прочих. Они для тебя не существуют! Не заботься ни о ком и ни о чём. В конце концов, ты хочешь стать ведьмой или нет?

— Хочу! — выдохнула я, — но только…

— А! — прабабка погрозила мне пальчиком. — Никаких «но», никаких «только»! Никаких сомнений! — хлопнув в ладоши, Ефросия растаяла в рассеянном лунном свете.

Дверь сарая снова звучно открылась, на этот раз с моей стороны. На пороге, приплясывая в воздухе, парила прабабушкина метла, готовая в любой момент ринуться в небо.

— Ну что ж, — сказала я метле, — будем знакомы! — и схватилась за неё рукой.

Сильный рывок чуть не лишил меня сознания. Какие там тяжёлые мысли?! В эту секунду ничего кроме «Духи небесные!» мне в голову не пришло. Метла неслась вверх с огромной скоростью, а я мешком болталась на ней. Ещё немного, и мы долетим до луны, подумалось мне. Глаза я зажмурила, и мне страшно было их открыть. Подтянувшись на руках, я обхватила коленями метлу и прижалась к ней всем

телом. Я сразу почувствовала, как она стала приостанавливаться. Наконец мы просто-напросто зависли в воздухе. Приоткрыв один глаз, я с опаской посмотрела вниз, и у меня перехватило дыхание. До луны мы, конечно, не долетели, но и до земли было далеко. Где-то внизу мигали маленькие едва различимые огоньки — то были масляные фонари вдоль главной улицы в деревне. Чуть дальше возвышался дворец, а прямо подо мной чернел лес. Всё это продолжалось доли секунды. Метла начала подрагивать от нетерпения, как бы говоря мне: «Ну чего встали-то, пора трогать в путь!» Надавив на кончик ручки, я смогла приобрести горизонтальное положение. Ещё раз подтянувшись, я удобнее уселась на этом лохматом безобразии и крепко зажала ступнями метёлку. Затем я чуть-чуть подалась вперёд, метла накренилась, и мы быстро заскользили вниз. Осознав, что опять теряю власть над скоростью, я со всей силой стиснула руками метлу. Остановились мы у самых крон деревьев. Я ослабила хватку, и мы мягко спланировали над моим любимым озером. Чуть коснувшись босыми ногами освежающей воды, я вновь взмыла вверх. С каждой минутой мне казалось, что метла всё лучше слушается меня, а я, в свою очередь, всё лучше чувствую и понимаю её. Вот мы перемахнули через остроконечные сосны, вот проносимся над знакомым пастбищем, и я почти дотянулась рукой до пастушьего шалаша.

А теперь мы летим над морем. Летим всё быстрей и быстрей. Берега сзади уже не видно. Ещё чуть-чуть, и мы догоним солнце. И действительно, горизонт вспыхнул алым огнём, а вода снова стала золотой. Я уже это видела… Прямо на меня мчался плот. На нём никого не было, но были те же мысли… Тяжёлые мысли — враг ведьмы. Недавней лёгкости как не бывало. Метла растворилась в воздухе, и я стала стремительно падать вниз. Ударившись о поверхность воды, я проснулась.

* * *

Всё утро у меня болела голова. Наверное, я слишком много думаю! Надо больше писать, тогда, быть может, часть моих мыслей передастся бумаге, и голове станет легче. Но до писанины руки у меня так и не дошли. Сразу после завтрака бабушка заставила меня разобраться с хламом, который я выволокла из сарая, то есть порубить всё, что рубится, отнести кузнецу всё, что плавится, остальное — сжечь. Рубка дров снятию головной боли не способствовала, зато отвлекала от раздумий.

В первую очередь я отыскала метлу и спрятала её у себя под кроватью, где уже хранились книга и картина. Лишь затем я приступила к работе. Увлёкшись, я перерубила не только ветхую садовую скамейку, старые ящики и доски из сарая, но и все сухие ветки и кустарники в радиусе ста шагов от нашего дома. Я так устала, что не чувствовала ни рук, ни ног, одну только голову. Наполнив тележку железками, я решила отдохнуть. Бабушка всё утро отсутствовала, а когда пришла, прямо-таки светилась тайным ликованием. Во время обеда она с триумфом водрузила на стол небольшой свёрток.

— Что это? — с опаской глянула я на бабушку.

— Твоё выходное платье! — радовалась бабушка непонятно чему. — Я зашла навестить жену кузнеца и, не удержавшись, попросила её сшить тебе платье, когда она поправится, а она подарила мне вот это, — и бабушка Розалия кивнула на свёрток, — она сказала, что очень хотела преподнести мне что-нибудь в дар, и моя просьба облегчила ей задачу. Она сшила это платье своей дочери как свадебный подарок. Но, сама знаешь, дочурка после родов раздалась и ещё не скоро влезет в это платье. А тебе оно должно быть впору, вы с ней были одинаково худы.

— Не такая уж я худая, — недовольно проворчала я.

— А ты надень его, вот и увидим. В любом случае, это твой единственный шанс не выглядеть как огородное пугало, когда мы пойдём к Базилю.

— Так сколько раз мы уже к нему ходили, и никто не жаловался на мой внешний вид, — возразила я.

— Это потому, что там никого, кроме нас с тобой, обычно и не было! В общем, не спорь!

Бабушка с решительным видом достала платье и велела мне его примерить. Чтобы не обижать её, я повиновалась. На самом деле, платье оказалось милым. Из нежной голубой ткани, оно облегало фигуру до бёдер, а потом лёгкими складками струилось почти до пола. Рукава были сшиты по тому же принципу: узкие до локтя и расклешённые у кисти. Я сказала бы, что платье даже очень симпатичное, если бы не моё природное отвращение к длинным юбкам. Я их терпеть не могла — они постоянно путались между ног — ни тебе через ручей перепрыгнуть, ни разбежаться по полю. И кто их только придумал?! Но бабушка выглядела счастливой, а это — главное.

С кислой миной я разглядывала себя в небольшое кухонное зеркало. Целиком я в нём не помещалась, поэтому приходилось рассматривать себя по частям. В этом платье я действительно выглядела худой…

— Не худой, а стройной, — подбадривала меня бабушка, — теперь ты ничем не хуже наших принцесс.

— Да, надо лишь намазаться белилами и попросить у матушки природы поднять моё девичье обаяние на уровней пять выше, — скептически заметила я.

— Для начала и так сойдёт, — бабушкин оптимизм бил все рекорды, — только придётся сделать что-то с твоей головой, — добавила она, придирчиво разглядывая мои собранные кое-как волосы.

— Ну, бабуль, думаю, для рубки дров красивая причёска ни к чему.

— Так она у тебя всегда ни к чему, — усмехнулась бабушка.

Что ж, с этим я спорить не могла. Никогда не считала нужным тратить больше пяти минут на волосы. Причесала, собрала пряди, вставила пару шпилек — и готово. Главное, чтобы всё это держалось и в глаза не лезло.

Когда я сняла платье, бабушка бережно повесила его в чуланчике, а я, облегчённо вздохнув, облачилась в свои удобные штанишки и лёгкую, как паутинка, блузку. Что может быть прекрасней той одежды, которую даже не ощущаешь?!

Итак, из домашних дел на сегодня у меня оставалась тележка с железками, которую следовало отвезти кузнецу. Я запрягла в неё Дымка, решив заодно подковать его. Мы медленно тронулись в путь. Я не спешила — хотелось продумать план действий. Мартин попросил меня найти лесную фею Крона. Иными словами, он взял на себя убийство отца, а мне поручил тролля. В итоге мы должны были выйти на одного и того же кого-то... неизвестно даже, человек это, гном или другой какой тролль... Зато я знала, что один из помощников кузнеца, Цукер, слыл близким другом Трота и постоянно вертелся около лавки мясника, чем вызывал большое недовольство кузнеца. Варнис даже хотел его прогнать, но природная доброта не позволяла.

Когда мы с Дымком подошли к кузнице, Варнис сидел у входа и попыхивал трубкой, наслаждаясь послеобеденным отдыхом. Поприветствовав меня, он кивнул на коня:

— Подрос конёк, когда объезжать его думаешь?

— Так я уже потихоньку на нём езжу, только боюсь, копыта стопчет, вот и привела его на подкову. Заодно бабушка просила привезти вот это, — я кивнула на тележку. — Вы уж найдёте этому применение.

Варнис помог мне распрячь Дымка и занялся подбором подков. Я же отправилась на поиски Цукера и нашла его там, где и ожидала — недалеко от мясной лавки. Трот давно исчез, а его приятель преданно ждал его на своём посту.

Цукер сильно отличался от местных гномов. Во-первых, он был очень худым и поэтому казался ещё меньше, чем был на самом деле. Варнис называл его Замухрышкой, и эта кличка характеризовала его как нельзя более точно. Трот мне не нравился, а Цукер прямо-таки вызывал неприязнь. Он никогда не смотрел в глаза, говорил извиняющимся тоном и постоянно испуганно оглядывался по сторонам, словно натворил чего и ждал, что его вот-вот накажут. А ещё у него имелась отвратительная привычка вздрагивать от любого шума. Не понимаю, почему он пошёл работать к Варнису. Голос кузнеца раскатывался по деревне подобно грому. У него всегда была манера громко разговаривать, и каждый раз, когда он давал распоряжения, Цукер вжимался в землю от страха. Варнис пытался ему объяснить, что он не кричит на него, но объяснения получались ещё громче, так что кузнец только рукой махал на гнома и старался его особо не нагружать.

— Привет, Цукер, — подошла я к нему.

Вздрогнув, гном посмотрел в мою сторону.

— А-а-а, — проблеял он, — добрый день, Глория. А я вот тут после обеда прогуливаюсь, — начал оправдываться он, будто я его в чём-то обвиняла.

— Трот не возвращался? — с невозмутимым видом спросила я.

— Нет! — чересчур быстро ответил он. — И, наверное, уже не вернётся...

— Почему это?

Посмотрев сначала мне за плечо, потом переведя взгляд на пальцы моих ног, Цукер пожал плечами и, понизив голос, ответил:

— Думаю, его уже и в живых-то нет...

Я изумлённо уставилась на него:

— Что ты такое говоришь! А что с ним могло случиться?

С опаской оглянувшись, гном прикрыл рот ладошкой и чуть слышно прошептал:

— Его злые духи забрали!

— Какие ещё злые духи? — всё больше удивлялась я.

— Те, что забрали Крона, — зловеще просвистел Цукер. — Мне бабушка про них рассказывала. Они приходят за теми, кто нечаянно подслушал их тайны. А Трот всегда подслушивал.

— А Крон?

— А Крон с этими духами дружбу водил. Я сам видел, как чёрная тень неоднократно шмыгала к нему в лавку.

Я выпрямилась. Наконец что-то конкретное.

— А когда именно ты видел эту тень?

Цукер наморщил лоб, стараясь вспомнить.

— Первый раз несколько месяцев назад, только всё цвести начало. А последний раз прямо перед его смертью. Я и Троту сказал, а он меня на смех поднял.

Обрадовавшись, что ему уделяют столько внимания, Цукер немного расхрабрился и продолжал:

— Мы с ним сидели вот тут, на прогалине, ужинали, хотя уже очень поздно было. Крон закрылся у себя в лавке, он это часто делал — настойку готовил. А у меня ещё с утра холодок по спине гулял — нечистую силу чуял. И вот вижу: тень мелькнула во дворе прямо перед лавкой, обогнула дом и растворилась. Меня такой ужас охватил, — Цукер выпучил глаза, пытаясь описать охвативший его ужас, — а Трот только посмеялся надо мной. И даже бегал вокруг лавки, чтобы проверить. Мне кажется, что он мне поверил. Потому что после этого он быстро со мной распростился и пошёл к себе.

— И как же выглядел этот злой дух? — полюбопытствовала я.

— Как и положено духу... Тёмный как тень, с большой головой и длинным носом... и шипел!

Н-да, тут, пожалуй, разыгралось воображение у Замухрышки. Скорее всего, этот кто-то был одет в тёмный плащ с капюшоном, чтобы его никто не опознал.

— А как уходил этот дух, ты не видел?

— Не-е-е, — боязливо пролепетал Цукер, — я там один оставаться не хотел. Как Трот ушёл, я тоже к себе побежал. Ещё не хватало, чтоб и меня духи забрали.

— Очень разумно, друг мой, — с серьёзным видом похвалила я, — и я бы на твоём месте больше никому не распространялась на эту тему, вдруг духи прослышат и придут за тобой.

Глаза гнома чуть из орбит не вылезли от ужаса. Он весь затрясся мелкой дрожью.

— Ник-к-кому! — пообещал он.

Оставив его трястись в одиночку, я обошла мясную лавку и обнаружила, что сзади имелся ещё один вход. Открыв тяжёлую дверь, я вошла внутрь и очутилась в кабинете Крона. Странно, что я не обнаружила эту дверь, когда была здесь в последний раз. Всё остальное тут оставалось прежним. Только Крона не было... Мне стало очень грустно... Опять вспомнился тролль, рыдающий как ребёнок. А потом его удивлённо-печальный взгляд остекленевших глаз... и завядшая роза... Роза — вот ключ к разгадке! В деревне такие розы не выращивают. Где же тролль её взял?

В раздумьях я покинула лавку и вернулась к кузнице. Варнис уже справился со всеми четырьмя копытами Дымка, и оба выглядели довольными. Оставив тележку у кузнеца, я решила проехаться верхом. С седлом, конечно, было бы удобнее, но седла у меня не было. Поэтому я забралась на спину коня и обвила руками его шею.

— Домой, милый! — ласково прошептала я ему на ухо.

Издав тихое радостное ржание, Дымок затрусил в сторону леса. Выехав из деревни, я ненавязчиво похлопала пятками по его бокам, и конь перешёл на лёгкий галоп. Домой ему явно не хотелось. Обогнув лес, мы пересекли знакомое пастбище. Помахав рукой удивлённому Лукасу, я направила коня к морю, и мы с ветерком пронеслись вдоль побережья Гренальского моря. Оно тянулось далеко на юг.

Вскоре ровная песчаная гладь закончилась и перешла сначала в мелкую гальку, а потом — в огромные булыжники. По ним можно

было дойти до самого Южного Королевства, но из-за трудной проходимости на это ушло бы гораздо больше времени, чем на путь, ведущий вдоль леса.

Доскакав до булыжников, мы повернули обратно и помчались на север. На севере побережье упиралось в суровые скалы. Казалось, что песчаная полоса тут заканчивается. Однако, если вскарабкаться по отвесной стене и осторожно обогнуть её, то твоим глазам открывался прелестный пляж, со всех сторон окружённый каменными утёсами. О нём мало кто знал, может, даже, я была единственной, ибо никто не решался лезть на скалы, рискуя сорваться с обрыва. Я же освоила эту дорогу ещё в детстве и могла перелезть через крутое препятствие с закрытыми глазами. Зато какой там был пляж! Скалы образовывали полумесяц. Его концы уходили далеко в море. Получилась премиленькая лагуна. В солнечный день вода отливала лазурью, а по ночам серебрилась лунным светом. Я любила сидеть по ночам на песке и не отрываясь смотреть на лунную дорожку. Казалось, я могу на неё встать, дойти до самого горизонта и коснуться рукой звёздного неба. Эта лагуна была кусочком иного мира… в нём существовали только я, скалы, море, луна и небо. Даже Лукас ни разу там не был. Иногда мне очень хотелось рассказать кому-нибудь об этом секретном пляже, но в то же время мысль о том, что здесь меня никто не найдёт, да и не будет искать, приводила моё сердце в волнительный трепет. Про себя я называла свой тайный мирок Лунной лагуной.

Именно сюда я решила прийти вечером и всерьёз заняться становлением ведьмы. Мне не хотелось, чтобы бабушка случайно застала меня за этим делом. Думается мне, она этого не одобрит…

* * *

Уже давно стемнело, когда я, прижав к груди книгу и лампу, карабкалась по обрывистой скале. В лагуне было тихо-тихо. Только волны нежно шелестели, да ночные птицы время от времени разрывали тишину своими криками. Поставив лампу на песок, я уселась рядом и осторожно открыла найденное в сундуке пособие. Первая глава посвящалась летанию на метле. А летать я уже умела. Хотя подождите, летала-то я во сне, а ведь это за умение не считается, к сожалению. Но, в любом случае, метлу я с собой не взяла, так что открываем главу вторую.

Я с удовольствием потянулась. «Приручение дикого зверька». Это должно быть интересно. Я сделала лампу поярче и принялась за чтение.

Оказалось, что, прежде чем заняться приручением, надо понять, какой зверёк подходит твоему характеру. Самые распространённые спутники ведьмы — это кошки, летучие мыши, совы, вороны, змеи, иногда волки. Но прежде чем приручить себе зверушку, надо побывать в её шкуре, то есть превратиться в неё и прожить в её обличье хотя бы несколько часов.

Я нисколечко не сомневалась, в кого буду превращаться. В кошку! И только кошку! Во всех сказочных книгах с ведьмами бегали чёрные кошки. Я просто не могла представить себя, скажем, со змеёй, да у нас они и не водились в большом количестве. Разве что ужи, а с ними как-то несолидно.

Так, что там за процедура превращения? Ничего сложного, лишь игра воображения и простенькое заклинание:

«Лишь ей ночь откроет двери,
Убедив её поверить
В свою силу, и без зелья
Превратится ведьма в зверя».

Естественно, чтобы всё это сработало, надо принадлежать к роду ведьм и обладать живой фантазией. Фантазии мне было не занимать, поэтому я без усилий представила себя в облике чёрной кошки, устрашающей и хищной, ну в общем, какой и положено быть кошке — спутнице ведьмы.

Сразу же я ощутила лёгкое щекотание от макушки до пяток. Всё вокруг стало расти, или это я стала уменьшаться?.. Одежда упала вниз, как с вешалки, и накрыла меня с головой. На секунду меня охватила паника. Яростно разрывая тонкую материю, я прорвалась на свободу. И тут же мне в нос ударили совершенно новые запахи. Я даже почувствовала, как энергично задвигались мои ноздри. Море пахло рыбой, а воздух был пропитан запахом чаек. Всё вокруг преобразилось. Вода пугала, любой порыв ветра заставлял меня прижиматься к земле. Чуть ли не ползком я добралась до скал и в ужасе смотрела на их бесконечную высоту. Надо же мне было додуматься заниматься превращениями там, откуда приличным кошкам и не выбраться! Вдруг прямо надо мной раздался оглушительный крик птицы. Неведомая сила подбросила меня вверх. Вцепившись когтями за уступ, я подтянулась выше и прижалась к камню. Его поверхность ещё хранила дневное тепло. Минут десять ушло у меня на то, чтобы прийти в себя. «Что произошло? — размышляла я, — ведь я осталась собой. Ну, подумаешь, меньше ростом и немного мохнатее стала. Но ведь это всё ещё я, Глория!»

Встряхнувшись, я уже почти без дрожи посмотрела вверх и лёгким прыжком преодолела следующий выступ. Затем, всё ещё с опаской поглядывая вниз на шепчущее море, я осторожными шажками обогнула по выступу скалу и спрыгнула вниз. Справившись с опасным препятствием, я хотела пробежаться по пастбищу в сторону леса, но не тут-то было. Иное море — море звуков — оглушило меня и заставило снова вжиматься в землю. Трели сверчков, беспокойный лай собак, уханье сов, шелест, шёпот, переклики — всё смешалось воедино и обрушилось на мой обострившийся после перевоплощения слух. Лишь спустя некоторое время я начала привыкать к своему новому обличью и видеть его преимущества. Во-первых, я прекрасно видела в темноте… впрочем, нет, я, скорее, лучше ориентировалась интуитивно. Всё вместе — звуки и запахи, помогали чётче представлять окружающий меня мир. Во-вторых, в моих движениях появилась необыкновенная лёгкость — я могла управлять каждой частью тела. Каждое движение давалось без труда и доставляло удовольствие.

Добравшись до тропинки, ведущей вдоль леса в деревню, я задумалась над тем, куда мне бежать дальше. В лес, где наверняка меня ждало много открытий, или в деревню — для изучения иных ароматов, свойственных человеческой природе. Поразмыслив, я направилась в сторону дворца. Следовало воспользоваться своим обликом и проникнуть в неприступную обитель скрытых от меня тайн и секретов.

Истошный лай собак заставил меня остановиться. Я решила свернуть с дороги и бежать по привычному полю. Я пронеслась по нему быстрее ветра и вскоре пролезла сквозь знакомую дыру в изгороди. Миновав домик Базиля, я проникла через боковую дверь во дворец.

На этот раз там было тихо, никакой суеты и сутолоки. Из кухни доносился приглушённый шёпот — там за столом сидели слуги и, наслаждаясь тишиной и покоем, пили чай. За кухней следовал уже знакомый мне холл. Слева была дверь в столовую, где недавно трапезничали царственные особы.

Пробегая мимо зеркала, я остановилась и посмотрела на своё отражение. Что ж, подтвердились мои опасения — как бы я ни старалась, мои ожидания не оправдывались, принимая самые причудливые формы. Наверное, когда я представляла себе чёрную кошку, в мои фантазии вклинились другие представители фауны. Нет, я была кошкой, но не чёрной… Честно говоря, я ни разу не видела кошек такой дикой окраски. Чёрными у меня были лишь передние лапки, поэтому создавалось ощущение, что на мне этакие пушистые сапожки. Нос и уши темнели коричневым мехом. Вокруг глаз шёл рыжеватый ободок, а сами глаза остались тёмно-синими. Все остальные части тела переливались всевозможными оттенками серого и бурого цветов.

Я с грустью разглядывала себя в зеркале, даже не заметив, как в холле появился ещё один обитатель дворца.

— А ты как сюда попала? — послышался строгий голос.

Вздрогнув, я вскочила на все четыре лапы и посмотрела в сторону возможной опасности. У дверей столовой стоял Араганесес и держал в руках поднос с графином. Тут же сообразив, что ласки от дворецкого ждать не придётся, я бросилась бежать в противоположную сторону. Мои уши уловили стук подноса о стол и торопливые шаги слуги. Особо не соображая, куда бежать, я промчалась мимо нескольких запертых комнат и выскочила в огромную залу. Широкая лестница, покрытая узорчатым ковром и освещённая тусклым светом ламп, вела наверх. Подгоняемая приближающимися шагами, я рванула по ступенькам. Верхний этаж представлял собой коридор с дверями, наверное, в опочивальни принцев или комнаты для гостей. Мне было всё равно, лишь бы найти место, где можно спрятаться от дворецкого. Свернув налево, я побежала вдоль закрытых дверей. На мгновение приятный запах заставил меня приостановиться. На полукруглом столике, в шаге от меня, стояла огромная ваза с чудесными розами. Именно они разливали вокруг себя восхитительный сладкий аромат. Восхитительный не для кошки, разумеется, и всё же цветы привлекли моё внимание. Розы на столе, роза в вазе в лавке у тролля, а потом — в его руке…

Топот сзади заставил меня стряхнуть наваждение и продолжить свой путь дальше. В конце коридора из полуоткрытой двери струился мягкий свет. Проскользнув сквозь дверную щель, я остановилась посередине комнаты и огляделась. Это был кабинет, чем-то напоминающий кабинет Базиля, только гораздо роскошнее. Книжные стеллажи вдоль стен поражали своей высотой и количеством книг. Окна закрывали тёмно-вишнёвые гардины. Рядом с окном стоял стол из орехового дерева, за которым в кресле с высокой спинкой сидел Мартин и просматривал какие-то бумаги. Я в отчаянии оглядывала комнату в поисках укромного уголка. Тут абсолютно негде было спрятаться! Впрочем, времени на раздумье всё равно не оставалось — за дверью послышалось тяжёлое дыхание дворецкого.

Звук быстрого стука в дверь оторвал Мартина от его занятия. Он удивлённо посмотрел на меня.

— Прошу прощения, Ваше Высочество, — извиняющимся тоном сказал Араганесес, просовывая голову сквозь дверной проём, — сам не понимаю, как она оказалась во дворце, — и он сделал несколько шагов в моём направлении.

Мне в нос ударил резкий запах духов. Фу! Вот уж не думала, что мужчины душатся, как барышни. А Араганесес однозначно переборщил с благовониями, чем навсегда потерял свою привлекательность в моих глазах. Я почувствовала, как моя шерсть встала дыбом, а спина воинственно выгнулась. Я поняла, что без битвы в руки дворецкого не попаду. Араганесес это тоже понял и в нерешительности остановился.

— Араганесес, — раздался голос Мартина, — оставь её в покое. Раз она попала во дворец, значит сама найдёт выход.

— Она ведь набедокурить может, — запротестовал дворецкий.

— Сомневаюсь, что дворец сильно пострадает от нашествия одной кошки, — усмехнулся принц.

Встав из-за стола, он подошёл ко мне и опустился на одно колено. Когда его рука коснулась меня, мне сразу стало спокойней. Тёплая ладонь скользнула по моей спинке, и я от удовольствия потянулась. Улыбнувшись, Мартин подхватил меня на руки и прижал к себе.

— Как видишь, Араганесес, она совсем не дикая. Можешь идти спать, я сам с ней разберусь.

Потоптавшись в дверях, дворецкий с явным неудовольствием ушёл восвояси.

Усевшись в кресло, Мартин посадил меня к себе на колени и ласково погладил за ушками.

— Это кто ж тебя наградил таким оригинальным окрасом? — прошептал он.

Я ответила ему довольным мурлыканьем. Интересно всё-таки, как кошки по-иному различают людей. Араганесес моментально внушил мне недоверие и вызвал чувство отторжения своим резким амбре. А Мартин, наоборот, притягивал. И пах он по-особенному… Трудно было определить его запах. Он напомнил мне утренний бриз, такой же приятный и освежающий. Не отдавая себе отчёта в том, что делаю, я стала тереться мордочкой о его ладонь. Где-то в глубине моего подсознания мелькнула мысль, что, наверное, не стоит выбирать кошку своей спутницей — уж очень они ненадёжные. Мелькнула на долю секунды и растворилась, забрав с собой все остальные мысли. Много ли кошке надо для счастья? Уют, ласка и тепло! И вот она уже спит сладким сном, не заботясь ни о чём на свете… и ни о ком.

Не знаю, сколько я проспала, но, думаю, недолго — свеча на столе растаяла лишь на четверть. Может, я бы и дальше дремала, если б мои чувствительные ушки не уловили тихие приближающиеся шаги. Мартин их не слышал, так как продолжал спокойно читать какие-то рукописи. На столе они возвышались целой стопкой, а в сторонке лежала связка старых писем. Я заметила, как Мартин время от времени поглядывает на них, но не осмеливается взять в руки.

Тихие шаги тем временем остановились у дверей в кабинет. Кто-то не решался войти. Мне даже показалось, что я слышу его неровное дыхание, а может, то был просто ветер за окном?.. Прошла целая вечность, именуемая минутой. Как мне хотелось посмотреть, кто же там стоит за дверью! Чего он ждёт?

От нетерпения я приподнялась, вытянула шею и не мигая уставилась на дверь. Мартин вопросительно посмотрел на меня и проследил за моим взглядом.

— Там кто-то есть? — чуть слышно спросил он.

Я мяукнула и спрыгнула с его колен под стол. Раздался лёгкий стук в дверь, и, не дождавшись приглашения, в кабинет вошли ноги в тряпичных тапочках. Расшитые голубым бисером, тапочки почти скрывались полами красивого халата.

— Добрый вечер, Мартин, — я узнала мягкий голос Селии, — проходила мимо и решила пожелать тебе спокойной ночи.

— Очень мило с твоей стороны, тётя, — встал из-за стола принц, — желаю тебе хорошо выспаться.

Миниатюрные ножки в тапочках собрались было уходить, но вдруг замешкались и подошли ближе к столу. Я ощутила нежный аромат цветов, к которому примешивался другой… чужеродный запах. Что-то мне говорило, что этому запаху тут не место. Он вызывал у меня ассоциации с чем-то тревожным, только с чем именно, я не могла понять.

— Чьи это письма? — в голосе Селии слышалось напряжение.

Мартин ответил не сразу. Я представила себе, как он внимательно вглядывается в лицо тёти.

— Они принадлежали отцу, — неопределённо ответил он, — а что?

— Ах, — выдохнула Селия, — у меня была похожая связка писем… Очень давно… Я подумала, может, это мои…

— Может, и твои… Прошу, посмотри.

— Нет-нет, я обозналась. Спокойной ночи, Мартин.

Королева в замешательстве переминалась с ноги на ногу, но, наконец, удалилась. Я последовала за ней в коридор. Селия медленно шла в направлении лестницы. Остановившись у полукруглого столика с розами, она провела рукой по распустившимся бутонам и судорожно вздохнула. Потом она странно передёрнула плечами, словно в отвращении, и пошла дальше, вскоре исчезнув из моего поля зрения.

Вернувшись в кабинет, я увидела, что Мартин задумчиво вертит в руках связку писем. Заметив меня, он положил её обратно и, присев на краешек стола, пристально посмотрел на меня.

— Почему меня не оставляет ощущение, что ты тут оказалась неспроста? — медленно произнёс он.

Внезапно у меня тоже появилось ощущение — ощущение, что пора убираться отсюда подобру-поздорову. А ведь мне так хотелось узнать, что же это за письма такие, которые привлекли внимание королевы и которые не решается прочесть принц. Но чем дольше Мартин смотрел на меня, тем тревожнее чувствовала я себя в своём новом обличье.

— У тебя редкий цвет глаз для кошки, — продолжал Мартин, — очень редкий...

Это было последней его фразой, которую я позволила себе услышать в тот вечер. Вильнув пушистым хвостом, я развернулась и стрелой выскочила из кабинета.

* * *

Утреннее солнце нежно освещало землю. Я сидела на крыльце, щурясь на солнце от удовольствия. Вечером Базиль ждал нас к чаю. Бабушка с рассвета хлопотала на кухне — хотела порадовать своего ненаглядного доктора его любимым пирогом с вишней. Я бы охотно помогла, но бабушка сказала, что если мои руки после вишни станут синими, то меня никакое платье не спасёт. Я и так особых надежд на него не возлагала, просто не хотелось расстраивать бабушку. Впрочем, в данную минуту моя внешность заботила меня меньше всего. Всё утро меня распирало желание поделиться с кем-нибудь тем, что я увидела прошлым вечером. А ещё мне хотелось встретиться с Мартином и тактично расспросить его насчёт писем. С другой стороны, не могу же я ему вот так сразу признаться, что я в качестве кошки проникаю на территорию дворца. Ещё неизвестно, как он отреагирует. Точно не погладит по головке... А гладит он приятно... особенно за ушками, мур-р-р... Ой, что это я?.. Я поймала себя на том, что моя ладонь сжимается и разжимается, слегка поскрёбывая ступеньку крыльца. Отдёрнув руку, словно ступенька раскалилась на солнце, я смущённо оглянулась — не видел ли кто. Вроде никого. И вдруг ветер принёс едва различимые трели. Их я ни с чем не спутаю. Это были звуки губной гармошки. Лукас! Он подошёл ближе к крыльцу, перестал играть и уселся рядом со мной.

Раз он оставил своих коров, значит его привело нечто важное, подумала я.

— Мать хочет тебя видеть, — сказал Лукас.

— О-о-о, — протянула я, почуяв неладное, — а что случилось?

— Думал, ты знаешь...

Я догадывалась, конечно...

— Она прямо сейчас хочет меня видеть?

Лукас кивнул.

— Ну ладно, пошли, — со вздохом согласилась я.

По дороге Лукас настоял на том, чтобы мы прошли мимо пастбища — так долго находиться вдали от своих подопечных коров он не мог. Убедившись, что всё в порядке, мы направились в сторону их дома. Когда мы вошли, перед нами открылась интересная картина. Посередине комнаты стоял стол, заваленный букетами цветов: от полевых ромашек до белых роз. Над всем этим в задумчивости стояла София и недоумённо качала головой. Увидев меня, она строго спросила:

— Глория, что ты себе такого напозволяла?

Покраснев, я подошла ближе и провела рукой по нежным лепесткам гладиолусов.

— Неужели от Араганесеса?

— От него самого, — кивнула София, — и это тоже от него, — она протянула мне письмо.

Я пробежалась по нему глазами и по достоинству оценила талант дворецкого: в деловой и в то же время пылкой форме он делал предложение женщине. Естественно, от такого предложения голова кругом не пойдёт, но оно заставит задуматься. Во всяком случае, откажут ему не сразу. А за ответом он намеревался прийти завтра вечером.

— Ну? — София не спускала с меня укоризненного взгляда.

— Поздравляю тебя, София! — весело сказала я ей. — Такого жениха отхватила!

София лишь презрительно фыркнула и стала расставлять цветы в заранее приготовленные сосуды с водой.

— Если б это я была тогда во дворце, возможно, я и призадумалась бы, — говорила она, засовывая ромашки в бидон из-под молока, — но так ведь это он не мне, а тебе делает предложение. Вот сама с ним и разбирайся.

— Послушай, София, — серьёзно сказала я ей, — для меня очень важно, чтобы Араганесес пребывал в сладком неведении ещё какое-то время. Вдруг мне понадобится его помощь.

— Ну тогда тебе, конечно, стоит принять его предложение, — не менее серьёзно кивнула мать Лукаса.

— Мне? — пролепетала я.

— А что, по-моему, неплохой вариант, — продолжала издеваться София, — жених завидный, солидный. Розалия будет на седьмом небе от счастья!

Я умоляюще посмотрела на Лукаса, прося у него поддержки. Он лишь пожал плечами.

— Ты же хотела попасть во дворец — чем не возможность?

— Ну нет! — вспыхнула я. — Я ещё не дошла до отчаяния! Попасть во дворец я могу и через садовую изгородь, а Араганесес — не последний индюк на земле, чтобы за ним бегать!

— Ладно, не кипятись, разберёмся с ним, — сказала София. — Только прошу тебя поприсутствовать, одна оправдываться я не намерена.

— Завтра вечером приду непременно! — вздохнула я с облегчением.

Всё-таки разоблачить себя перед дворецким лучше, чем выходить за него замуж. Сомневаюсь, что он продолжал бы настаивать на своём предложении, увидев меня или Софию в нашем настоящем обличье, но кто этих индюков знает!..

* * *

Наступил вечер. Насупившись, я разглядывала нежные складочки голубого платья, которое подарила мне жена кузнеца. Нет, не то чтобы я вообще никогда не наряжалась. Когда мне исполнилось пятнадцать лет, бабушка совершила первую попытку сделать из меня леди. До сих пор помню то белоснежное платьице! Бабушка вместе с леди Марсель настойчиво уговаривали меня его надеть. В деревне намечался очередной праздник, и я вызвалась спеть песню собственного сочинения. Сам король должен был присутствовать на празднике. Я очень хотела произвести на него впечатление! Незадолго до этого нас покинул Данис. Он служил капитаном корабля королевской флотилии, и я решила, что мне обязательно надо найти подход к королю, чтобы тот назначил меня главнокомандующей пусть даже самого маленького судёнышка — так мечтала я уплыть вслед за Данисом! Мысль о том, что для этого надо хотя бы знать, как вязать морские узлы, меня тогда не отягощала. Чтобы поразить короля, я написала песню о море и мореплавателях. А чтобы слова вязались с образом, я одолжила у Лукаса старую тельняшку, а у портного выпросила потрясающие кожаные брюки, которые были мне велики, но ведь это не проблема для умелых рук. Но когда бабушка Розалия увидела, в чём я собралась выступать перед королём, она схватилась за голову и побежала просить помощи у леди Марсель. Вдвоём им всё же удалось напялить на меня платье, и из морской волчицы я превратилась в барышню. Какая я была несчастная в тот день! Даже попытки бабушки убедить меня в том, что я в этих кружевных оборках похожа на принцессу, не помогли. Петь о тяжёлой жизни моряка, о суровых испытаниях и далёких землях в этом кружевном безобразии я просто не посмела. Пришлось исполнить банальную песню о весне, каких-то там цветочках и ягодках; после чего растаяли и без того хлипкие надежды стать королевским моряком.

Тогда я поклялась самой себе, что никакие оборочки, особенно кружевные, не коснутся моего тела! Однако теперь я спокойно перенесла своё праздничное облачение. Наверное, помудрела. Хотя вряд ли. Скорее всего, мне просто очень хотелось оказаться за одним столом с принцами и не выглядеть при этом недостойной их общества. Да чего уж тут скрывать, я не желала выглядеть пугалом на фоне южных принцесс.

Волосы мне укладывала София — у неё это получалось замечательно. Лукас тоже пришёл — бабушка обещала Софии бочонок дикого мёда, и он должен был помочь его донести. А пока он подпирал дверной косяк и с несвойственным ему любопытством следил за тем, как его мать колдует над моей причёской. Наконец он выдал:

— Ты похожа на недовольный кусочек неба.

Я подошла к маленькому кухонному зеркалу и попыталась себя рассмотреть. Действительно, на мне слишком много голубого: платье, босоножки, даже волосы мне София украсила голубенькими полевыми цветами — наверное, надёргала их из букета, присланного ей влюблённым дворецким. Но в целом я выглядела необыкновенно мило.

— Небо — так небо, — благосклонно молвила я.

Радовало одно — босоножки были без каблуков, а иначе никакие принцы меня бы не прельстили.

— Уф! — облегчённо вздохнула бабушка, — теперь можно и мне собираться.

До домика Базиля мы шли возмутительно долго. Бабушка не разрешила мне сократить путь через поле — очень боялась, что я испачкаюсь и перестану выглядеть как девица на выданье. Не знаю, на что она рассчитывала... Может, на то, что пока мы идём через деревню, один из достойных жителей обратит на меня внимание и увидит во мне счастье всей своей жизни? Мне даже самой стало смешно от этой мысли.

В итоге к Базилю мы пришли лишь на закате и самыми последними. Лекарь выразил восхищение по поводу моей внешности. Очень лестно с его стороны. Но бабушкин пирог затмил всех и вся.

Стол накрыли на большой веранде позади домика доктора. Ступеньки веранды вели в маленький садик, который плавно переходил в королевский сад. Все присутствующие встали при нашем появлении, словно мы были высокопоставленными особами. Базиль поочерёдно представил нас гостям. Правда, я всех и так видела тогда на званном ужине. А отца Лоулли знала с детства.

Это был самый милый человечек на свете! Небольшого роста, он немного походил на гнома. В любое время года он носил тяжёлую землистого цвета рясу с капюшоном. Почти всегда он нёс что-нибудь в руках, прижимая это что-то к груди. Обычно книгу, иногда букет фиалок или корзиночку с ягодами и грибами. А если его хотели окликнуть, то приходилось это делать несколько раз — он всегда витал в облаках и не сразу мог спуститься с них на землю. А ещё отец Лоулли обладал необыкновенно добрыми глазами. У всех мгновенно возникало желание поделиться с ним своими самыми сокровенными мыслями, потому что все знали, что он их обязательно выслушает, поймёт и, если надо, поможет добрым словом. Возможно, поэтому его называли отцом Лоулли. Он долго странствовал по белу свету, пока, наконец, не добрался до нашего королевства и не обосновался в нём много лет назад.

Но вернёмся к остальным гостям. Ведь меня знали далеко не все — большое упущение с их стороны! Когда меня представляли Седрику, сердце моё забилось в приятном волнении. Он с восхищением посмотрел на меня и поцеловал руку. Я чуть в обморок не грохнулась от неожиданности, ведь никто и никогда не целовал моей руки! Я об этом лишь в книгах читала. И вот тебе пожалуйста! Сам принц Северного Королевства оказал мне сию честь. Я посчитала это добрым знаком и приняла предложение занять место за столом рядом с Седриком. Мартин тоже поприветствовал меня улыбкой и представил нас Арахису. Вот в такой тёплой компании из семи человек мы приступили к чаепитию.

Обстановка радовала непринуждённостью, и через каких-то полчаса мы общались так, будто были знакомы друг с другом много лет. Я узнала, что Арахис приехал к нам, чтобы наладить дипломатические отношения с нашими королевствами и, быть может, в дальнейшем объединиться в единый союз. Мне было очень интересно послушать о жизни за морем. Там, где солнце светит дольше и где есть бесконечные пустыни и выход к океану, где живут драконы, и заморские волшебники умеют превращать солнечные лучи в золото. Я буквально засыпала вопросами как посла, так и принцев — когда мне ещё представится такая возможность?! В конце концов, я заметила многозначительный бабушкин взгляд: хватит, мол, леди так себя не ведут. Это я знала, леди обычно сидят молча, потупив глазки. Но, может, это потому, что они боятся сказать глупость?.. А я не боялась, да и на звание «леди» не претендовала. Я всегда считала, что лучше с самого начала вести себя естественно, чем потом постоянно притворяться, изображая из себя не себя. Зато я задала все так мучавшие меня вопросы. Седрик был настолько мил, что не только отвечал, но и дополнял свои ответы историями о своём пребывании за морем, чем окончательно очаровал меня.

В общем, даже если б Седрик был там один, я провела бы незабываемый вечер. Впрочем, быть может, если б он там был один, тот вечер получился бы ещё более незабываемым?.. Но там был не только он. Отец Лоулли меня тоже интересовал. Ведь он вернулся из Брутии. Это маленькое селение находится на севере от нас. Там живут те, кто не признаёт никакого господства. Эльфы, гномы, люди и прочие, без короля, без законов, без правил. Они просто живут! Занимаются земледелием и скотоводством, заготавливают дрова на зиму.

Говорят, они водят дружбу с горняками, но подтвердить этого до сих пор никто не мог, ибо с чужаками они не разговаривают. Но отец Лоулли всё же сумел расположить к себе этот гордый народ. Однажды он возвращался из королевства троллей, но свернул не на ту дорогу и дошёл до Брутии. Наверное, он их так покорил своей простотой и безмерной любовью ко всему живому, что они его не только приняли за своего, но и пригласили остаться у них жить. Он не остался, но обещал вернуться и погостить подольше. Обещание он исполнил, и теперь делился с нами своими наблюдениями.

— У них весьма любопытная философия, — рассказывал отец Лоулли, — каждый должен подчиняться только природе и следовать своим собственным путём.

— А как так получилось, что «собственные пути» привели их в Брутию? Как появилась эта страна? — спросила я.

— Насколько мне известно, основателями были два эльфа, гном и небольшая группа людей. Они первыми отважились на освоение новых земель. Потом к ним присоединились другие. А подружившись с горняками, они вообще решили, что лучше жить свободно и независимо от всяких там королей.

— Значит, легенды о горняках правдивы? — изумился Базиль, — я всегда сомневался в их существовании.

— О, они существуют! — воскликнул отец Лоулли, — я их видел в Брутии — они там частые гости. Сами они живут высоко в горах, ведут аскетический образ жизни. Более того, среди них много тех, кто когда-то покинул и наше королевство в поисках чего-то иного… Например, лорд Крэг, у которого служила мать Лукаса, — отец Лоулли повернулся ко мне, — или ваш дядя, — обратился он к принцам.

— Я думал, дядя Юстав погиб, — удивлённо сказал Седрик, — ведь отец пытался его найти, когда он исчез…

— Но не нашёл… ни живого, ни мёртвого, — закончил за него отец Лоулли. — Я его в Брутии не видел, но уверен, что горняки приняли его.

— А чем они там в горах занимаются? Чем привлекают других? — спросил Арахис.

— Говорят, что если человек ищет что-то необыкновенное, то обязательно находит это у горняков. Они помогают ищущим найти.

— Необыкновенное? — встрепенулась я. — Вы имеете в виду чудо?

— Необязательно, — покачал головой отец Лоулли, — это может быть просто иная жизнь.

— Насколько я знаю, — сказал Мартин, — никто, кто ушёл на поиски этой иной жизни, не вернулся.

— Они возвращаются, но не сюда, — ответил Лоулли. — Те, кто не выдерживают жизни в горах — ведь не всякому это под силу,

спускаются в Брутию, потому что жить прежней жизнью они тоже уже не могут. Хотя, погодите...

Он на минутку задумался.

— Я не прав. Один тролль вернулся из Брутии обратно в наше королевство. Крон!

— Крон? — Базиль от удивления чуть не пролил свой чай, а мы с Мартином переглянулись.

— Да, вот уж несчастная душа, искал необыкновенное. Неизвестно, нашёл ли... Наверное нет, раз вернулся... Вернулся, чтобы так рано умереть, — отец Лоулли прискорбно покачал головой.

— Это же тот тролль, которого недавно нашли мёртвым! — воскликнул Седрик. — Думаете, он сам отравился? Разочаровался в жизни?

— Он никогда и не отличался жизнелюбием, — грустно вздохнула бабушка Розалия.

За столом воцарилась тишина, словно дань умершему.

— Слухи о горняках дошли и до нас, — прервал молчание Арахис. — Правду ли говорят, что горняки — это бывшие охотники за ведьмами?

— С чего вы взяли? — Седрик недоверчиво приподнял брови.

— Я слышал как-то беседу моряков. Они рассказывали о высокогорном селении, куда жестокий указ короля загнал отважных людей.

— Указ какого короля? — голос Мартина выдал напряжение.

— Они упоминали ваше королевство. Я решил, что речь идёт о вашем деде или прадеде. На Восточном берегу Гренальского моря обитало много ведьм. Мы этим похвастаться не можем. Допускаю, что в своё время они могли вызвать неприязнь и даже страх жителей ваших королевств. Я читал, что многие ведьмы обладали лихим необузданным нравом. Немудрено, что правители ваших королевств приняли когда-то решение открыть на них охоту. Только ведь не всякий с ними совладает. Нужны были люди сильные и бесстрашные.

— Нам ничего об этих охотниках не известно, — покачал головой Базиль. — Замечу, что ведьмы действительно как-то быстро исчезли из нашей жизни, из истории и, надо признать, из наших мыслей. Мы редко их вспоминаем. Они вошли в сказки, сказания, там и остались. А горняки... Они, наоборот, начали своё существование с легенд, небылиц. Никто их никогда не связывал с ведьмами. Но что было на самом деле — это мы уже вряд ли узнаем.

Арахис, слушая доктора, задумчиво накручивал на палец кончик чёрной бороды. Вдруг он обратился к моей бабушке:

— Вы же принадлежите к роду ведьм, не так ли?

— Да, это так, — смущённо признала бабушка Розалия, — только я никогда не следовала ведьмовскому уставу. Так что в этом плане мне гордиться нечем.

— А ваша внучка? — заморский посол с интересом взглянул на меня.

Бабушка тоже задумчиво посмотрела в мою сторону:

— Это уж ей решать. Уверена, что когда придёт время, она примет правильное решение.

Я всегда поражалась тому, что бабушка так в меня верит. Даже стало как-то стыдно, что я утаиваю от неё многие вещи… С другой стороны, может, для неё не всё является тайной?..

— А что, собственно, могут ведьмы? — продолжал любопытствовать Арахис. — Уверен, что многое, иначе они не вызывали бы столь противоречивые чувства. А я вот слышал только, что они могут летать и влюблять в себя доверчивых дурачков.

— Не только, — рассмеялась бабушка. — На самом деле, соблазн велик, и мне в своё время было трудно отказаться от него. Особенно меня привлекала возможность превращаться в разных животных. У каждой ведьмы есть своё животное, в которое она превращается. Чаще всего это кошка, ибо кошачья суть нам очень близка.

Я заметила, как Мартин выпрямился на стуле и с подозрением глянул в мою сторону. Так, подумала я, пора сворачивать этот разговор, а то бабушка выдаст все мои козыри.

— Розалия, а почему вы отказались от участи ведьмы? — пришёл мне на выручку Арахис.

— Да потому, что это очень печальная участь, хоть так и не кажется на первый взгляд. Ведьмы обрекают себя на одиночество, а я как раз в момент своего решения повстречала дедушку Глории, — бабушкины глаза потеплели, — и поняла, что никакие полёты на метле не стоят полёта твоей души, когда ты любишь…

— Значит, вы предпочли любовь волшебству и вечной молодости?

— Для меня любовь была волшебством, а вечная молодость — это миф, обман. Ведьмы стареют, как и все, просто это занимает больше времени, так как они не отягощены ни переживаниями, ни заботами о других.

— Да, — встрепенулся Базиль, — я всегда знал, что все болезни — от нервов! Если б люди столько не волновались по поводу и без повода, жили бы дольше и не болели!

— Только ведь жизнь без волнений и переживаний была бы блёклой, — чуть слышно произнёс Мартин. — А мать Глории? — вдруг спросил он, — что выбрала она?

Я тоже вопросительно посмотрела на бабушку. Та замешкалась и незаметно переглянулась с Базилем. Незаметно для других, но не для меня.

— Боюсь, она так и не успела сделать окончательный выбор… — уклончиво ответила бабушка.

— Я почему спрашиваю, — Арахис не сводил с меня глаз. — Если вдруг Глория решит стать ведьмой, я с удовольствием приглашу её к нам — у нас народ очень интересуется способностями ведьм, а изучить их не было возможности. Мы бы нашли применение дару вашей внучки… И будь уверена, Глория, чувствовать себя одинокой в нашей стране тебе не дадут, — он хитро подмигнул мне.

— О, — воскликнула я, — знаю, о чём вы говорите! Есть древнее предание о том, что ведьмы могут подчинять себе драконов. Ведь у вас водятся драконы?

— Ты права. Нас со всех сторон окружают пустыни. На юге пустыня небольшая, и забот с ней особых нет. Пустыня на востоке является частью испытания, через которое проходили принцы и будут проходить многие другие, и драконы там как раз-таки нужны. Но вот с пустыней на западе у нас постоянно возникают осложнения. Дело в том, что там обитает особенно вредный вид чёрных драконов. Они то и дело залетают на нашу территорию и сжигают посевы на полях. У нас и так засуха часто, а тут ещё эти пожары. Наши мудрецы сказали, что если б у нас была своя ведьма, она навела бы порядок. А настоящую ведьму сейчас днём с огнём не сыщешь, вот я и подумал, если у Глории есть в планах стать ведьмой в будущем, то, может, она согласится составить мне компанию в одну из моих очередных поездок, коих, я уверен, будет много… — и Арахис бросил на меня полный надежды взгляд.

Ну что я могла сказать? Приключение само навязывалось на мою голову. Как тут отказаться? Только ведь жители южных стран привыкли торговаться, вот и я поторгуюсь.

— С радостью! Но при одном условии… — я увидела, как хитро заблестели чёрные глаза посла, — вы же сейчас осваиваете океан?

— Это правда. В данный момент мы строим корабли для более длительных плаваний. Хотим добраться до Острова Грёз, подружиться с его жителями. Да и до других островов тоже… Думаю, уже этой осенью сможем отплыть.

— Прекрасно! Если вы возьмёте меня с собой в плавание, я охотно помогу вам с вашей драконьей проблемой, если смогу, конечно… Я ведь пока ведьма неопытная. Договорились?

Арахис как-то странно ухмыльнулся и кивнул:

— Договорились! Более того, независимо от того, сможешь ты нам помочь или нет, я всё равно приглашаю тебя к нам! Наш правитель будет рад познакомиться даже просто с представительницей ведьминого рода. Сразу после праздника Лета я отплываю домой, чтобы вместе с нашим правителем вернуться обратно на коронацию, — он почтительно поклонился Мартину, — и на обратном пути мы возьмём тебя с собой, если бабушка не будет возражать… Да я и бабушку приглашаю!

Я умоляюще посмотрела на бабушку Розалию. Та явно пребывала в лёгком шоке от всего услышанного. Да и Базиль смотрел на нас с открытым ртом.

— Я тебя, конечно, отпущу, — наконец произнесла бабушка, — чтобы потом у тебя не было ко мне никаких претензий. А сама, пожалуй, не поеду — тяжела я на подъём, да и тут моя помощь может понадобиться…

Базиль энергично закивал в подтверждение:

— Безусловно! А молодёжь пусть едет! Глория всё время жалуется, что в её жизни ничего не происходит! Думаю, этой поездки ей как раз на всю жизнь и хватит.

Я хотела было презрительно фыркнуть в ответ, но сдержалась — всё-таки меня собирались знакомить с правителем Гранции. Значит, вести себя надо подобающе. Я наверняка произвела неизгладимое впечатление на Арахиса… не будем его портить.

Вскоре все встали из-за стола и разошлись по саду.

— Получается, наш тролль не так прост, каким казался вначале, — сказал мне Мартин, когда мы остались наедине.

Седрик беседовал с Базилем и бабушкой Розалией. Бабушка вдохновенно вспоминала былые времена, а Базиль ей поддакивал. Седрик изображал искренний интерес либо из вежливости, либо ему действительно было интересно вспомнить дни своего детства. Арахис расспрашивал отца Лоулли о горняках — его очень заинтриговала философия этого таинственного народа.

— Я его и не считала простым… — задумчиво произнесла я. — Отталкивающим — да, но не простым… А что за розы стоят у вас в коридоре рядом с кабинетом? — неожиданно выдала я себя.

У меня теперь эти розы всплывали в воображении каждый раз, когда я думала о тролле.

— Розы? — Мартин не сразу переключился с тролля на цветы, — понятия не имею. Кажется, они в нашем саду растут… — и опять тень подозрения пробежала по его лицу. — Откуда тебе о них известно?

Я выдержала его взгляд, но не нашлась с ответом.

— Значит, мне не зря показалось, что видел я эту кошку ранее, — в голосе принца слышалось явное удовлетворение.

— Ой, Мартин, — я недовольно наморщила нос, — нельзя быть таким проницательным! Скоро я не смогу тебя ничем удивить!

— Пожалуй, тогда я начну удивляться тому, что ты перестала меня удивлять, — хмыкнул он.

— Ладно-ладно, — сдалась я, — ну обратилась я в кошку, что с того? Поверь, я не собиралась вторгаться во дворец… сразу… — так получилось. В шкуре кошки не всегда получается управлять своими желаниями и потребностями, — тут я почти не врала.

— Значит ли это, что ты серьёзно вознамерилась стать ведьмой? — голос принца почему-то звучал не слишком жизнерадостно.

— Не переживай, — приободрила я его, — к тебе я в полнолуние являться не буду и по ночам сниться тоже.

Дело в том, что, по преданиям, одним из самых любимых развлечений у ведьм являлось запугивание простых смертных. Не сильно, но чтобы запомнилось надолго. Каждое полнолуние после традиционного шабаша ведьмы выбирали себе жертву. В сопровождении друзей-привидений они летели к этой самой жертве и устраивали ей весёлую ночку: проникали в сны, нагоняли дикие фантазии, запугивали своими таинственными танцами. Наверное, поэтому люди так невзлюбили ведьм…

— И тебя не пугает упомянутое твоей бабушкой одиночество?

— Нет, у меня очень дружелюбный характер. Уверена, друзья у меня везде и всегда найдутся.

— Сомневаюсь, что бабушка Розалия имела в виду друзей…

Я-то знала, что имела в виду бабушка. По этому поводу у меня тоже имелось определённое мнение. «Если я собираюсь стать вечной скиталицей, как Кларисс, — рассуждала я, — то лучше уж скитаться будучи ведьмой — так надёжней. Хотя с другой стороны… наверное, даже в жизни Кларисса наступал переломный момент, когда хотелось осесть где-нибудь в тихой долине, обзавестись семьёй и по вечерам у огня рассказывать внукам о своих странствованиях. А когда наступает такой момент? Наверное, когда встречается сказочный принц», — и я мечтательно посмотрела в сторону Седрика.

Мартин проследил за моим взглядом.

— Может, я зря беспокоюсь, — усмехнулся он. — Однако если ты всё же станешь ведьмой, то, смею надеяться, не дашь Арахису уговорить себя уехать навсегда. Это стало бы невосполнимой утратой для нас.

Его голос звучал серьёзно, и всё же говорил он с явной иронией. Поэтому я пропустила его замечание мимо ушей. Меня больше интересовало другое.

— Знаешь, что я думаю, Мартин… — я глубокомысленно посмотрела в темноту королевского сада, — я думаю, что та роза, которую сжимал Крон в час своей смерти, выросла в вашем розарии. А ты понимаешь, что это значит?

— Что кто-то из дворца был в близких отношениях с троллем? Возможно… Однако из этого не следует, что этот кто-то — убийца.

— Может, и нет. Но почему эти розы вызывают столь странные чувства у вашей тёти?

— Разве они вызывают у неё странные чувства?

— Именно! Я заметила, как необычно она на них отреагировала, тогда, вечером… Я же проследила за ней! То ли цветы ей дороги, то ли, наоборот, они связаны с некими неприятными воспоминаниями... Что она за человек, Мартин?

Его высочество не сразу ответил.

— Честно говоря, я мало что могу сказать о ней... Селия приехала к нам почти сразу после смерти матери. Через некоторое время она вышла замуж за нашего соседа Картоза — он тогда был королём небольшого королевства на юго-востоке. Потом оно распалось, и они оба поселились у нас.

— А почему королевство распалось?

— Картоз оказался нерадивым правителем. Под его правлением жили тролли и гномы, людей было мало. С каждым годом королевство становилось всё беднее и беднее. Гномы и тролли начали уезжать в другие места, в наше королевство в том числе. Большая часть троллей присоединилась к другим троллям, и они образовали своё собственное маленькое королевство. В итоге при дворе Картоза не осталось никого, кто бы мог поддерживать порядок в королевском замке. По приглашению моего отца Картоз и Селия окончательно переехали к нам.

— О, так когда говорят о заброшенном замке с приведениями недалеко от королевства троллей, это про бывший замок Картоза?

— Гм-м... насчёт привидений не знаю, — улыбнулся Мартин, — а то, что он давно заброшен — это правда.

— Мне всегда хотелось туда сходить...

— И что тебя останавливало? — вопрос принца был прост, но заставил меня задуматься.

— И вправду... — медленно произнесла я, — что? Наверное, я сама... Эх! — с досадой воскликнула я, — как я могу жаловаться на скучную жизнь, если сама ничего не предпринимаю, чтобы её разнообразить?! Решено! Я немедленно отправляюсь в Брутию! Немедленно — это после полнолуния, — тут же добавила я — мне очень не хотелось пропускать лесной праздник, да и деревенский тоже...

Праздник Лета устраивался в деревне каждый год в последнее полнолуние лета. Я не пропускала ни одного, а сразу после народного гулянья присоединялась к гулянью лесному.

— В Брутию? — удивлённо переспросил Мартин. — Хочешь разузнать, что именно искал Крон?

— И чего он не нашёл, — кивнула я. — Думаю, там о нём знают больше, чем кто-либо из нашего королевства. Ведь чтобы найти убийцу, надо понять, кем на самом деле был убитый!

— Интересная точка зрения, — одобрительно ухмыльнулся Мартин, — тогда мне стоит побольше узнать об отце — ведь я его много лет не видел, а до отъезда за море мы с Седриком были слишком юны, чтобы обращать внимание на отцовские заботы.

— А кто может о нём больше всех знать?

— Думаю, его брат Юстав, — после некоторого молчания ответил принц.

— Который, возможно, обитает среди горняков? А к горнякам мы можем выйти через Брутию… Получается, все пути и в самом деле ведут туда! — изумилась я, припоминая разговор с отцом Лоулли.

— Стало быть, и мы туда пойдём, — подвёл итог Мартин.

— Мы? — переспросила я.

— Естественно. Не тебе одной хочется разнообразить жизнь, — подмигнул он мне.

— А письма отца тебе ничего о нём не сказали? — спросила я.

Мартин недовольно нахмурился.

— Ещё немного, и государственные тайны станут достоянием общественности!

— У короля не должно быть тайн от своего народа! — с напускной торжественностью заявила я.

— Счастлив должен быть тот король! — усмехнулся принц. — Честно говоря, я не читал тех писем, — признался он, помолчав.

— Почему? — удивилась я.

Мартин с сомнением посмотрел на меня, словно не был уверен, что я пойму его.

— Я нашёл эти письма в тайнике, в комнате отца. Перед тем как отправить нас с Седриком за море, он показал мне этот тайник, словно чувствовал, что второго шанса у него не будет… — Мартин опять замолчал и печально посмотрел в сторону сада.

Я тоже всмотрелась в тёмные тени кустов, которые, как силуэты живых существ, шевелились и перешёптывались друг с другом.

— Мне кажется, у меня нет права читать эти письма, — сказал Мартин, — дело в том, что эти письма писал не отец.

— Ага, — поняла я, наконец, его замешательство, — значит, ты считаешь, что нехорошо читать чужие письма? А что если твой отец хотел, чтобы ты их прочитал? И поэтому он их не сжёг, а оставил в тайнике специально для тебя.

— С чего вдруг? Он же не планировал умирать, — возразил Мартин.

— А ты хоть догадываешься, кем они написаны?

— Почерк показался мне знакомым. Но где я его видел, вспомнить не могу… Есть вероятность, что они принадлежат Селии или кому-то, кого она знает. Похоже, вчера она узнала связку.

— И, похоже, она очень хотела бы их заполучить.

— Я тоже так подумал, — кивнул принц.

— Значит, они опять надёжно спрятаны в тайнике?

— Естественно.

Я раздражённо закусила губу. Нет, так мы дело не раскроем. Благородство, конечно, сделает честь любому принцу, но у нас тут убийства одно за другим, какое может быть благородство?!

— Интересно, что должно произойти, чтобы ты решился прочесть эти письма... Третье убийство? — съехидничала я.

Мартин угрюмо скрестил руки на груди.

— Думаю, ты права, мы сейчас не вправе игнорировать факты.

— Значит, мы их прочитаем? — оживилась я.

— Я их прочитаю, — охладил мой пыл принц.

— А я?!

— А ты приходи завтра вечером во дворец. Нам будет что обсудить.

Это многообещающее свидание немного улучшило моё настроение. Хотя чего уж там, я так обрадовалась, что совсем забыла, что завтра вечером должна была объясняться с Араганесесом у Софии. Но кто мог думать о дворецком на пороге такой тайны, как тайна пачки старых писем?! Ни дать ни взять сюжет для книги...

* * *

— Ты собираешься в Брутию одна с Мартином? — недоумённо спросила меня бабушка Розалия на следующее утро, когда я поставила её в известность о своих планах на будущее.

— Ну как же я могу быть одна, если я буду с Мартином? — возразила я.

— Ты поняла, что я имею в виду, — отмахнулась от меня бабушка.

Мы сидели за столом и завтракали. Финик, как обычно, «проходил мимо» и теперь, вооружившись ложкой, поглощал сырники. Рот у него был набит, поэтому он молчал и активно шевелил ушами, слушая наш с бабушкой разговор.

— Мартин — славный мальчик, — продолжала бабушка, — и он может поступать как ему вздумается, но, будучи твоей бабушкой, я категорически возражаю против того, чтобы вы путешествовали вдвоём.

— Бабуль, — успокаивала я её, — я понимаю, ты боишься за мою репутацию и всё такое, но поверь, ты зря за меня переживаешь.

— При чём тут ты? Я за Мартина беспокоюсь!

Не обращая внимания на моё искреннее удивление и весёлое фырканье Финика, бабушка продолжила:

— Я знаю, что ты способна на рискованные поступки, и они тебе не кажутся таковыми. Ты привыкла к жизни в лесу. Ты привыкла к бесшабашности. И я считаю своим святым долгом оградить нашего будущего короля от опасности, которая может от тебя исходить.

В кухне воцарилось молчание. Даже Финик замер с ложкой у рта. Наконец я медленно произнесла:

— Что-то я никак не возьму в толк. Принцы столько лет обучались за морем, они преодолели множество испытаний и наверняка прошли через огонь, воду и медные трубы. А ты утверждаешь, что я, которая никогда не покидала пределов наших королевств, могу каким-то образом им навредить?

— Ну-у, — бабушка заметно смутилась, — навредить может кто угодно. Просто…

Она неуверенно покосилась на Финика. Тот намёка не понял и во все глаза продолжал пялиться на бабушку.

— Просто ты пока сама ещё не знаешь, на что способна, — закончила-таки она.

Было очевидно, что при Финике она больше ничего вразумительного не скажет.

— А если с нами в поход пойдёт ещё кто-нибудь? — с надеждой спросила я.

— Тогда другое дело! — сразу оживилась бабушка. — Если вы найдёте подходящего надёжного спутника, который станет за вами присматривать, то я, конечно, возражать не буду!

— Финик, — обратилась я к гному, — ты мне друг?

Чуть не подавившись куском булки, гном торопливо запил его молоком и смахнул тыльной стороной ладони с губ крошки.

— Не вопрос! — подтвердил он.

— Пойдёшь с нами в Брутию?

— Он?! — с сомнением переспросила бабушка.

— Я?! — с тревогой переспросил Финик.

— А кого мне ещё звать? Лукас со своим стадом не расстанется, а ты как-то намекал, что тебе нужен отдых от Милкона.

— Под отдыхом я имел в виду нечто иное, — начал возражать Финик.

— Так уж и быть, выдам тебе государственную тайну, — ухватилась я за последнюю соломинку, — мы идём в Брутию, чтобы найти и изловить Трота. Его подозревают в убийстве Крона, и достоверные источники сообщили, что он ушёл в направлении гор. Нам может понадобиться помощь заинтересованных лиц, чтобы его перехватить и предать правосудию.

Я с удовлетворением отметила, как глаза Финика загорелись мстительным огоньком.

— Этот мошенник! Он же весь род гномий опорочил! — тут же закипел он, как чайник на огне. — После его исчезновения все на нас косо смотрят. Даже Милкон меня лишний раз в дом не пускает — боится, что я его обокраду или подсыплю чего в питьё!

— Это должно быть невыносимо, — поддакнула я ему, — особенно для такого воплощения добропорядочности, как ты!

— Решено! — Финик хлопнул пухлой ладошкой по столу. — Иду с тобой. Надо покончить с этим мерзавцем! А если бабушка так беспокоится, мы можем пойти без его высочества — сами справимся! — он воинственно выпятил грудь.

— Вот это настрой! — похвалила я его. — С таким рыцарем мне никакие горняки не страшны!

— Горняки? — энтузиазма у Финика сразу поубавилось. — А обойти их никак нельзя?

— Никак, — категорично заявила я, — отец Лоулли утверждает, что в Брутии их пруд пруди, и есть вероятность, что нам придётся преследовать Трота вплоть до их непосредственного места проживания, то есть лезть на самую высокую гору наших окрестностей.

— Ох, — вырвалось у Финика, — тогда я, пожалуй, Серенького захвачу.

Сереньким он называл своего ослика. Что ж, подумала я, это значительно упростит нам жизнь, ведь тогда будет на кого погрузить поклажу и идти станет намного легче. А если я раздобуду седло и возьму Дымка, тогда путешествие вообще сократится до лёгкой прогулки.

Отягощённый мыслями о предстоящем испытании, Финик покинул наш дом. А во мне всё кипело, эмоции переполняли меня — так хотелось разузнать, выведать у бабушки то, о чём она не договорила. Но не тут-то было. Один за другим начали приходить деревенские жители с воистину важными вопросами: почему драгоценная несушка перестала нестись, отчего любимая уточка захромала да за каким кустом затерялся ненаглядный кролик.

Для меня это было чересчур! Безнадёжно махнув рукой, я побежала к своему озеру. У меня успело накопиться немало просьб от жителей нашей деревни помочь им найти путь к сердцам своих возлюбленных. Я совсем забросила своё хобби в свете последних событий. Только ведь для влюблённых привлечь к себе внимание того, кем вызваны их пылкие чувства, так же важно, как для меня найти убийцу Крона. Я просто не имела права игнорировать их просьбы.

Усевшись поудобнее на камне, я опустила ноги в воду. На коленях у меня лежал блокнот с именами влюблённых и тех, к кому были обращены их сердца. Например, помощник сапожника гном Рокус испытывал тайную страсть к приходящей дворцовой прачке Долин. А вот мельник воспылал любовью к старшей дочери кузнеца. А я знаю, что она без ума от главного пахаря. А он, в свою очередь, неравнодушен к главной доярке деревни. В этом случае лучше подождать и присмотреться ко всем героям мелодрамы, чтобы понять, кто из них больше друг к другу подходит, кто уверен в своих чувствах, а кто просто всё ещё находится под воздействием весеннего настроения.

Я решила остановиться на Рокусе. Тут всё было предельно ясно. Случай скучный, но тем не менее важный, как и все прочие. Взявшись за карандаш, я постаралась представить себе Долин и что могло привлечь в ней гнома. Я закрыла глаза и увидела перед собой эту дородную девицу с розовыми круглыми щеками и весёлыми глазами. Молодая, весьма упитанная, она обладала пышными формами и довольно высоким ростом. Было в ней что-то этакое. Море задора и жизнерадостности. Есть с чего начать. Кстати, писать для деревенских жителей не так-то просто... Мне хочется вот так, витиевато, образно, что-то вроде:

> В всплеске солнечного света
> Я увидел образ твой.
> Словно воплощенье лета,
> Образ милый, неземной
> Покорил моё сознанье;
> Счастье сердцу подарил
> Лик прекрасного созданья,
> Что светлее всех светил.

А приходится писать так, без разных там метафор:

> В разгаре солнечного дня
> Тебя я в поле заприметил.
> Ты шла с корзиною белья,
> Легка, воздушна, точно ветер...

Еле заметный шорох заставил меня отвлечься. Я оглянулась вокруг. Нечто белое, невесомое, словно облачко, двигалось мне навстречу. Встряхнувшись, я поняла, что всё ещё нахожусь под властью собственного воображения. Из леса ко мне шло совсем не облачко, а вполне земная девушка в белом платье. Я её сразу узнала, ведь несколько дней назад хорошо изучила её лицо, стараясь запомнить, как выглядит настоящая красота.

Виола нерешительно остановилась в нескольких шагах от меня. Вытащив ноги из воды, я приветственно ей кивнула.

— Ваше Высочество... какими судьбами вы тут оказались?

— О, так ты меня знаешь! — зардевшись, воскликнула принцесса. — Честно говоря, я надеялась остаться неузнанной, даже платье попроще надела.

Я скептически взглянула на её платье, расшитое жемчугом.

— Не хотелось бы тебя огорчать, но твоё «простое» платье не идёт ни в какое сравнение даже с самыми роскошными нарядами местных девиц.

— Возможно, — тихо согласилась Виола. — Я не так часто бываю среди деревенского люда. Наверное, это моё упущение... Я общаюсь только со своими гувернантками и горничными, и порой мне кажется, что их жизнь намного увлекательней моей, — эти слова прозвучали столь грустно, что я невольно пожалела её.

— Ты же Глория? — спросила принцесса.

— Она самая, — подтвердила я и выжидательно замолчала.

Виола не спешила делиться со мной причиной своего прихода. Она медленно оглядела озеро и присела на краешек камня возле меня.

— Как тут чудесно! Мы сегодня утром приехали с отцом в гости в Северное Королевство — у отца какие-то дела, которые он хотел обсудить с Мартином и Седриком, и заодно нас с собой взял. Амелия сейчас отсыпается — мы всю ночь тряслись в карете... а я решила прогуляться по лесу...

— Просто прогуляться или познакомиться со мной? — уточнила я, будучи уверенной, что Виола неспроста заглянула в мой уголок.

Опять немного покраснев (наверное, это так принято у принцесс), она кивнула:

— Я многое о тебе слышала от своих служанок... Они рассказывали, как ты им помогала письма писать женихам, хотя на тот момент они ещё не были их женихами... Почти у каждой из них найдётся романтическая история. Я очень люблю их послушать. Мне иногда даже становится завидно и обидно, что ни со мной, ни с Амелией ничего подобного не происходит. Впрочем, Амелия — глупышка, ей многого не надо... Я раньше считала, что и мне от жизни не так много нужно. Но вот приехали принцы, и я почувствовала, что жизнь моя вдруг изменилась...

Я смотрела на неё с недоумением: с чего вдруг принцесса решила со мной откровенничать?

— Ты, должно быть, слышишь подобные истории каждый день, Глория, — вдохновенно продолжала Виола, — а для меня это самое настоящее и самое прекрасное, что когда-либо происходило со мной! Я тебя совсем не знаю, но мне кажется, ты должна меня понять! Ты же наверняка тоже была влюблена, раз можешь писать такие чувственные письма!

Я растерялась. По-настоящему я, пожалуй, никогда не была влюблена, разве что время от времени пребывала в состоянии лёгкой влюблённости ко всему живому, только так не хотелось разочаровывать её высочество!

— Разумеется, я понимаю, — заверила я принцессу. — Чувство влюблённости никому не чуждо.

— Дело в том, что это не просто влюблённость. Я почти уверена, что полюбила! Это то, что случается лишь однажды! К сожалению, я не знаю, взаимны ли мои чувства. Он не подаёт вида… Я, понятное дело, тоже не подаю вида, но это совсем не так легко, как мне казалось раньше.

— Не хочу быть грубой, — не выдержала я этих недомолвок, — чего ты от меня хочешь?

— Мне нужна твоя помощь! — она с мольбой посмотрела на меня. — Вчера перед нашей поездкой я решила написать ему письмо. Я была убеждена, что смогу писать о своих чувствах. Но когда попыталась это сделать, то поняла, как глубоко я ошибалась в своих способностях! Письма получаются глупыми и чересчур эмоциональными. Я боюсь, что это его оттолкнёт. Он всегда такой спокойный…

«Ну да, — мысленно согласилась я, — Мартин не отличается особой эмоциональностью».

Я сразу решила, что она говорит о Мартине, ведь его прочили ей в мужья, согласно деревенским россказням.

— До меня доходили слухи, что вы всё равно должны пожениться. Это правда?

Виола неопределённо пожала плечами.

— Так когда-то решили наши матери, причём ещё до нашего с Амелией рождения. Потом эта тема не обсуждалась, лишь слуги распускали сплетни. Но даже если это так, я не желаю выходить замуж без взаимной любви.

«Надо же!» — восхитилась я.

Моё уважение к ней сразу возросло.

— Так ты хочешь написать ему такое письмо, чтобы дать ему понять о своих чувствах, но в то же время не упасть в его глазах, если вдруг окажется, что он к тебе равнодушен?

— Именно! — Виола благодарно посмотрела на меня своими прекрасными карими глазами. — Когда я начинаю ему писать, то вспоминаю о том, какой он необыкновенный, умный, сильный, благородный, и я уже не могу написать ни одной здравой строчки — одни эмоции и чувства, а смысла — кот наплакал.

Я понимающе кивнула — видела я такое в своей практике сплошь и рядом.

— Ты мне поможешь?

— Я с удовольствием попробую, — с готовностью отозвалась я, — однако ты должна понимать, что я не каждый день пишу королевским особам. Тут нужен другой подход, другие слова и обороты речи. На это может уйти некоторое время.

— О, я готова ждать! — пылко согласилась Виола, и всё же я уловила разочарование в её голосе.

— Но, — поспешила я её успокоить, — я начну работу над письмом уже сегодня! Поэтому позволь задать тебе несколько вопросов.

Усевшись рядом с ней на камень, я взяла свой блокнот и карандаш.

— Насколько я понимаю, сегодня вы встретились с ним во второй раз в жизни?

— О нет! Мы постоянно виделись, когда были маленькими. Родители разрешали нам играть всем вместе. Но Амелия всё время хотела играть в принцесс, и хотя мне это казалось до ужаса скучным, я должна была ей подыгрывать, ведь отец назначал меня ответственной за младшую сестру. А принцы, естественно, играли во что-то активное: стреляли из лука, сражались на палках, бегали по двору как угорелые. Потом они уехали за море.

— А раньше ты как к нему относилась?

— Да никак… в то время я зачитывалась романами об охотниках за морскими тиграми и была уверена, что, когда вырасту, выйду замуж за одного из них и буду всю жизнь плавать по морям и расставлять сети на морских хищников.

Я рассмеялась:

— Я тоже всегда мечтала увидеть этих тигров. Их описание было довольно-таки красочным. И всё же я думаю, их не существует, как и охотников на них.

— Конечно. Но для меня тогда только эти чудеса и существовали, поэтому я на принцев не обращала особого внимания. Ещё помню, Амелия начала приставать ко мне со своим чудовищем, которое она якобы видела во дворце…

— Чудовище? — встрепенулась я. — Какое чудовище?

Виола лишь презрительно пожала плечами.

— Она говорила, что тётя Селия прячет в своей комнате страшного тролля, и он скалится на неё, Амелию, из дворцового окна. Я ничего такого не видела и считаю, что просто моей сестрёнке не терпелось поскорей вернуться домой к своим куклам, вот она и выдумывала.

— А что, у Амелии богатое воображение?

— Э-э-э… — замялась Виола, — скорее наоборот.

— Значит, она действительно что-то этакое видела, что напугало её?

— Вероятно… м-м-м… она видела мужа тёти Селии при плохом освещении и испугалась, а потом приукрасила увиденное новыми деталями.

— А больше она не упоминала о том чудовище?

— Нет. Как только мы вернулись домой, она напрочь о нём забыла. У неё вообще память плохая.

— А когда это было?

— Да прямо перед отъездом принцев.

— Их тётя уже переехала к ним во дворец?

— Да, за несколько месяцев до этого Картоз растерял всех своих подданных, и Клавдий пригласил их к себе.

Вот уж не знаешь, кто может стать следующим источником сведений, подумалось мне.

— Ну ладно, вернёмся к нашей задаче, — с неохотой сказала я. — Что именно привлекло тебя в его высочестве, когда ты увидела его после стольких лет?

— О-о-о, — принцесса мечтательно посмотрела на небо.

Я проследила за её взглядом, но ничего, кроме стаи гусей, не увидела.

— Меня поразила его рассудительность!

— Да, этого ему не занимать, — пробормотала я.

— Он настолько образован, что может свободно говорить на любую тему, даже очень серьёзную, и при всём при этом он такой романтик!

— Романтик? — переспросила я. — Это он явно скрыл от меня.

— Так ты его знаешь? — оживилась Виола.

— У нас было весьма поверхностное знакомство, — ушла я от ответа.

— О, с ним надо поговорить подольше, тогда он полностью перед тобой раскрывается, и ты видишь, насколько красив его внутренний мир...

Мой карандаш на секунду замер. «Красота внутреннего мира... Чем она отличается от внешней?.. Есть ли между ними связь?..»

Во время нашего разговора я со слов Виолы записывала в блокнот все характерные черты принца. Мартин предстал передо мной в ином свете. Если б я не была уверена, что Виола говорит о Мартине, я бы подумала, что речь идёт о Седрике, ибо именно таким мне представлялся сказочный принц. Надо будет в следующий раз повнимательней приглядеться к будущему королю.

— А какой стиль письма предпочтительней? Проза, стихи, песня?

— О, только не песня! Я понимаю, что если девушка — принцесса, то подразумевается, что она должна петь, танцевать и вышивать крестиком.

— Разве нет? — невинно спросила я.

— Нет конечно! — возмутилась Виола. — Хоть нас и пытались всему этому обучить, но пение, а особенно вышивание вызывали во мне вполне естественный протест. Но танцевать я люблю...

— Письмами в виде танцев я не занимаюсь, — быстро отозвалась я. — Остаются стихи и проза.

— Думаю, проза лучше — не так напыщенно...

— О, поверь, проза тоже может быть напыщенной!

— Честно говоря, меня разрывают противоречивые чувства, — призналась Виола. — С одной стороны, хочется ему открыться, узнать его отношение ко мне, а с другой...

— Не хочешь показаться навязчивой?

— Ну да, ведь обычно мужчины должны первыми сделать шаг.

— Ха! Пока они сподвигнутся, мы все сединой покроемся, — фыркнула я, вспоминая Шарля и многих других. — Однако можно написать пробное письмо, без подписи, и посмотреть на реакцию.

— Какая же может быть реакция на такое письмо? — удивилась Виола.

— Да какая угодно! Если он к тебе абсолютно равнодушен, то это письмо он просто проигнорирует. Если же испытывает некое чувство, то станет надеяться, что письмо от тебя и, возможно, как-то себя выдаст...

— И как же я узнаю, выдал он себя или нет?

Я задумалась.

— А мы подкинем ему письмо на празднике Лета! Вы же тут будете?

— Да, конечно! Мы каждый год приезжаем в этот день. Да и многие наши подданные сюда подтягиваются — вместе веселее.

— Вот и прекрасно! Ты в этот день с него глаз не спускай. Письмо доставит голубь — так романтичнее. Посмотрим на реакцию принца, когда он будет читать письмо, а там станет понятно, как действовать дальше.

— Голубиная почта... — зачарованно повторила Виола, — это действительно романтично... и трогательно. Тогда письмо в стихах подойдёт лучше... Мне бы было очень приятно такое получить, даже если бы я никого не любила.

«Интересно, будет ли приятно Мартину?» — мысленно усмехнулась я.

В глубине души меня одолевало подозрение, что Виолу ждёт сильное разочарование. Но, может, я ошибаюсь?..

Потом мы с Виолой заговорили о празднике Лета. Удивительно, что за столько лет мы ни разу не встречались там. Впрочем, чему тут удивляться? На этом празднике никто друг другу не представляется, все одеты в костюмы, символизирующие лето. Это очень славный праздник!..

Незаметно наступило время обеда. За эти пару часов мы по-настоящему сдружились с Виолой. Мы не могли вдоволь наговориться друг с другом. Я узнала много интересного о жизни принцесс. Оказывается, жить им очень непросто. По утрам они даже одеться сами не могут — к ним приходят три служанки и целый час их причёсывают, застёгивают многочисленные пуговки и завязывают бесконечные ленточки. Я бы не выдержала такого уклада! В общем-то, я никогда не хотела быть принцессой, и сейчас порадовалась, что оказалась права. Виола же с восхищением слушала мои истории о леших, водяных, духах; о лесной чаще и морском закате; о том, как мы с Лукасом запускали воздушного змея и катались на санках. Я сама с удивлением признала, что моя жизнь вовсе не была такой уж скучной и однообразной. Всё познаётся в сравнении.

Чтобы Виола не заплутала, я взялась её проводить. Когда мы шли через деревню, её жители с почтением кланялись нам. Я понимала, что эта честь оказывается не мне, но всё равно чувствовала себя не в своей тарелке. Виола же привычным жестом приветствовала кланяющихся.

У дворцовых ворот принцесса пригласила меня в гости, вместе отобедать. Принцы и Кроник отбыли осматривать дальнюю пустошь, чтобы как можно скорее приступить к её освоению. Я охотно согласилась — мне не терпелось пообщаться и с Амелией тоже.

Во время обеда, который нам накрыли в саду, я убедилась, что не ошиблась в своём первом впечатлении. Амелия была доброй простушкой. Она не любила долго думать и постоянно перескакивала с одной темы на другую. По правде говоря, я не собиралась обсуждать с ней философские учения. Меня интересовал только один вопрос.

— Надеюсь, Амелия, ты хорошо выспалась после дороги? — начала я издалека.

— Ещё бы! Хотя тут перины не такие взбитые, как у нас дома, но после тряски по этой невыносимо неровной дороге я это не сразу заметила.

— И никакие чудовища не потревожили твоего сна? — я не спускала глаз с принцессы.

— Чудовища? — она испуганно огляделась. — Разве тут водятся чудовища?!

— Мне это неизвестно, — честно призналась я, — только твоя сестра утверждает, что много лет назад ты одно такое видела. И мне стало любопытно, живёт ли оно здесь до сих пор или нет.

— Ну-у... — Амелия неуверенно переглянулась с сестрой, — я не очень хорошо помню, я была тогда совсем маленькой и глупой...

Я с трудом сдержала улыбку и с серьёзным видом сказала:

— Я читала, что в детстве люди отличаются наблюдательностью, подмечают всякие мелочи и необычные детали.

Надувшись от важности, Амелия сморщила носик и вдруг вскрикнула:

— Ну конечно! Как я могла забыть об этом! И как могла я согласиться приехать сюда! — она вновь боязливо посмотрела по сторонам. — Я видела чудовище несколько раз! Во дворце и вот в этом саду. А Виолка мне никогда не верила.

Виола пренебрежительно пожала плечами — весьма характерный для неё жест. Наверное, такова была её обычная реакция на высказывания сестры. Однако Амелия не обращала на это абсолютно никакого внимания. Заполучив благодарного слушателя, она вдохновенно предалась воспоминаниям.

— Ну да, первый раз я видела его именно в этом саду. Стояла глубокая ночь, а мне не спалось. Я вышла на балкончик подышать свежим воздухом и вдруг увидела, как в свете луны от розовых кустов отделяется что-то большое и безобразное. Мне стало страшно. Я тут же убежала в свою комнату и спряталась под одеяло.

— Это те розовые кусты? — спросила я и указала на ярко-алые розы в шагах двадцати от нас.

— Д-да… — неуверенно кивнула Амелия, — ну, может, они тогда росли в другом месте, я не помню.

— А второй раз?

— О, во второй раз было ещё страшнее. Однажды за ужином тётя Селия надела просто изумительное жемчужное ожерелье. И мне так захотелось взглянуть на него ещё раз! Когда все легли спать, я по длинной террасе, вьющейся вокруг дворца, пошла в направлении комнаты Виолы — мне было боязно спать одной после того случая в саду. И когда я проходила мимо окна тёти Селии, я увидела, что оно приоткрыто. Я подошла и слегка приподняла занавеску в надежде увидеть ожерелье. Но вместо него увидела то чудище! — глаза Амелии расширились от страха, словно она видела это чудище прямо сейчас. — Оно сидело и скалилось на меня. Я тут же отскочила от окна и бросилась к Виолке.

— Это я помню, — подтвердила Виола. — Ты меня разбудила и сказала, что страшный тролль чуть не съел тебя.

— С чего ты взяла, что это был тролль? — спросила я у Амелии.

— Не помню, — пожала плечами Амелия, — может, это был не тролль, а какое-то другое страшилище.

— А тётю Селию ты видела в комнате?

— Нет… я подумала, что её съели, — глупо хихикнула Амелия, — а на следующий день тётя Селия оказалась живой и здоровой, и Виола сказала, что мне это всё приснилось.

Потом Амелия стала болтать о своих прочих детских страхах, но я её уже не слушала. Я задумчиво смотрела на чудесные алые розы, которые по определённой причине вызывали во мне не восхищение, а тревогу…

* * *

Размышляя по дороге домой обо всём происходящем, я решила, что надо бы составить хронологию событий, а то у меня всё путается в голове. Лучше это сделать с Мартином — он всё-таки ориентируется в событиях королевской жизни. И раз уж мы с ним всё равно сегодня вечером встречаемся, заодно выясню, насколько он готов к романтическому посланию от незнакомки.

Когда я вернулась домой, бабушка готовила картофельные оладьи. Я села за стол, налила себе в чашку чай и пристально уставилась на бабушку. Не выдержав моего взгляда, она отодвинула в сторону миску с тестом и уселась напротив меня.

— Пожалуй, настало время нам поговорить, — сказала она наконец.

Я согласно кивнула.

— Не думай, что я тебе не доверяю или считаю чересчур безответственной, — начала бабушка. — Я знаю, что на тебя можно положиться. Но иногда потаённые желания и эмоции берут над нами верх, и это ведёт к определённым событиям в нашей жизни... Вот так и твою прабабку полностью захватили бури новых эмоций и чувств. Понимание своей силы, что ты другая, не такая, как все... Она редко думала о последствиях своих поступков и никогда о них не сожалела. Она была подобна стихии — такой же непредсказуемой и неотвратимой. Поэтому ей удалось стать довольно могущественной ведьмой... Я же решила для себя, что внутреннее спокойствие для меня важнее. Любить по-человечески, жить по-человечески. Соответственно, ведьма из меня не получилась... Твоя мать Эллона была мечтательная и хрупкая по натуре, будто нежный, прекрасный цветок. Она хотела много, а могла мало. Слишком слаба и нежна, чтобы стать ведьмой. Однако некие неземные силы, страсть к ворожбе охватывали её...

Бабушка говорила тихо, с грустинкой. Я слушала, затаив дыхание. Впервые она рассказывала мне о моей матери, и я старалась не упустить ни единого слова.

— Много лет назад моя мать Ефросия влюбилась в короля Северного Королевства. В те времена правил дед Клавдия, Илладор. Я тогда жила со своей бабушкой в лесу за Южным Королевством, и мы мало что знали о происходящем в жизни моей матери. Она постоянно скиталась, чего-то искала... На пустошах, расположенных на востоке от нас, разбили лагерь кочевые племена троллей и гномов. Это было ещё до того, как они осели в королевстве Картоза. По слухам, они нередко оказывали гостеприимство Ефросии. Мать всё время отовсюду гнали — ведьмы в то время были нежеланными гостями. Тролли же против неё ничего не имели, наоборот, считали, что она отпугивает от них людей и прочих нарушителей их покоя... Люди боялись и троллей, и ведьм. Однако Илладор позволил кочевникам расположиться на пустошах и даже обещал им своё покровительство. Он часто наведывался в те земли, чтобы тролли не забывали, кто там главный. Так мама повстречала короля… Она полюбила его сразу, безоглядно и навсегда. Но у короля, как это и бывает в сказках, была своя королева. Илладор в ней души не чаял, у них в роду все однолюбы. Ефросия ворожила, колдовала, но не смогла влюбить в себя Илладора. Он выгнал её из своего королевства и наложил строгий запрет на всякие чары и колдовство.

— Уж не в это ли самое время король снарядил отряд охотников на ведьм? — ужаснулась я.

— Очень может быть. Мне даже страшно подумать о том, что моя родная мать могла стать причиной столь жёсткого решения. Конечно, среди ведьм попадались бедовые особы. Сладу с ними не было. Но ведь были и другие, озорные, но в целом безобидные.

— А насколько Ефросия была безобидная?

— Врать не буду — не знаю, — покачала головой бабушка. — Много ходило о ней слухов. Что было правдой, что выдумками?.. — она развела руками, — что об этом говорить. У неё отобрали все чудодейственные силы, и она обитает теперь вместе с другими ведьмами на Острове Надежд. Переносили их туда на своих крыльях красные драконы. Эти существа неподвластны колдовским чарам. Когда ведьм совсем уже не стало, драконы одичали и заселили пустынные равнины за Гренальским морем.

— И прабабушка до сих пор на том острове?

— Думаю, да… Выбраться оттуда невозможно, разве что за ними кто-нибудь прилетит. Собственно, это и было задачей драконов… Бывшие ведьмы общаются с людьми через сны, да и то исключительно со своими близкими родственниками. Ефросия снилась мне каждую ночь — сначала просто беседовала со мной во сне, от скуки, а потом пыталась разъяснить тайны ведьминой силы. Но когда поняла, что от меня проку мало, сдалась. Время идёт как вода течёт. Родилась Эллона. Тогда было неспокойно. Наши королевства воевали с южными, каждый хотел отхватить побольше земли. Домик наш разрушили, и мы с Эллоной долго скитались, прежде чем нашли пристанище у местного лесника…

Бабушка плеснула в свою чашку чай и с какой-то непреодолимой тоской в глазах продолжила:

— Когда твоей матери исполнилось восемнадцать лет, с ней стало твориться что-то непонятное. Она начала пропадать целыми днями, сделалась невероятно рассеянной, думала о чём-то, со мной не делилась. Неожиданно леди Марсель попросила её помочь присматривать за принцами. И Эллона зачастила во дворец. Седрику тогда только годик исполнился, а Мартину — три. Королева Лючия умерла, и Клавдий таял на глазах. Эта беда сильно подкосила его. Король забросил все дела и назначил Юстава ответственным за принятие решений по многим государственным вопросам.

— А каким он был, Юстав? — спросила я.

— Он сильно отличался от Клавдия, — ответила бабушка, — у него не было деловой хватки. Сомневаюсь, что из него получился бы хороший король — он был слишком мягкий. Однако в то трудное для Клавдия время Юстав проявил себя как достойный брат короля.

Бабушка вдруг замолчала. Воспоминания унесли её в далёкое прошлое.

— Ну а что такого натворила мама? — нетерпеливо спросила я. — Ведь что-то произошло? Иначе ты не затеяла бы этого разговора.

— Я к этому и веду. Однажды во время уборки я под кроватью Эллоны нашла метлу и кое-что ещё из магических атрибутов.

При этих словах я покраснела. Бабушка это заметила.

— Знаю-знаю, — закивала она, — ты тоже добралась до сундука. Думаешь, мне не показалось подозрительным твоё неожиданное рвение навести порядок в сарае?

— Почему ты меня не остановила? — удивилась я.

— А зачем? Рано или поздно настал бы тот день, когда и к тебе пришло бы это сильнейшее искушение. Тем более что в сундуке не осталось ничего опасного для окружающих. То пособие абсолютно безобидное. Была у Ефросии магическая книга заклинаний. Только её отобрали. Оно и к лучшему — не доросла ты до неё.

— А что это за книга такая? — спросила я, с трудом скрывая досаду.

— А книга эта содержит в себе многие колдовские секреты и заклинания. Вот ты, например, уже сейчас способна превращаться в разных существ, но заколдовать других ты пока не можешь. А та книга дала бы тебе такую возможность. Этим она и опасна! Ведьма неопытная может наломать дров, попади эта книга ей в руки! — уж слишком эмоционально воскликнула бабушка.

— Ага, — откликнулась я, — надо полагать, мамуля-таки дров наломала?!

Пожав плечами, бабушка вновь взялась за оладьи.

— Я подозревала, что Эллоной руководила Ефросия.

— Ты решила, что Ефросия хочет отомстить за себя? — опять встряла я.

— Это было бы в её духе. Странно, сложно, но возможно...

— И что ты предприняла?

— Я тут же побежала во дворец, — вздохнула бабушка, — в надежде предотвратить задуманное. Эллону я не нашла, зато познакомилась с Базилем. Он был тогда ещё таким молодым и энергичным, —

бабушка мечтательно посмотрела в сторону, — он только вернулся из Гранции, где учился врачеванию. Мы с ним сразу же заспорили о методах лечения ветрянки, и я почти забыла, зачем пришла, если б Эллона сама о себе не напомнила. Она стремительно вбежала в залу, где я беседовала с Базилем. Глаза её выражали страшный испуг. Она бросилась в мои объятия и расплакалась. Её пересохшие губы твердили о чём-то ужасном. Базиль тактично покинул нас, а я попыталась выяснить, что произошло.

Бабушка внезапно оборвала свой рассказ, как ни в чём не бывало разожгла огонь в очаге и приготовилась к выпечке оладий. Я же сгорала от любопытства.

— И что? — не выдержала я.

— А ничего, — горестно вздохнула бабушка Розалия, — она сказала, что обещала молчать о содеянном, и только плакала, плакала, плакала…

— Кому обещала? Ефросии?

— Кому ж ещё? Мне оставалось только догадываться о том, что они там такое натворили.

— И что, догадалась? — тормошила я её.

Ещё раз горько вздохнув, она кивнула:

— После этого события я забрала Эллону домой. А через день к нам в гости пришёл Юстав. И стал он к нам ходить каждый день.

— Как Юстав?! Я бы решила, что Ефросия метилась в Клавдия с помощью Эллоны. Ведь он был королём.

— Я могу только предполагать, — задумчиво отозвалась бабушка, — возможно, вышла ошибка. Вместо Клавдия Эллона приворожила Юстава, и это испугало её. Юстав ей нравился, но я чувствовала: его визиты угнетали Эллону. Наверное, потому что служили напоминанием о содеянном. Чтобы хоть как-то развеселить Эллону, я отпускала её в деревню. В то время там постоянно проводились праздничные ярмарки. Туда заглядывали моряки королевской флотилии, и Эллоне, как и тебе, нравилось слушать истории о дальних плаваниях.

— Это тогда вы познакомились с Данисом? — я аж привстала от волнения.

Не знаю, почему, но мне всегда страсть как хотелось, чтобы Данис вдруг, невзначай, оказался моим отцом. Его приезды к нам приносили мне несказанную радость. Я испытывала к нему необъяснимое чувство доверия и так расстраивалась каждый раз, когда он уезжал… без меня.

— Нет, с Данисом я познакомилась много лет спустя, — разбила мои надежды бабушка, — нас с ним познакомил Базиль. Данис тогда был ещё простым моряком и привозил Базилю заморские лекарственные травы, в которых сам разбирался на удивление хорошо. Он стал привозить их и мне. Даже когда стал капитаном королевского судна...

Я тяжело вздохнула.

— Ну ладно, а что потом сталось с мамой?

— А потом Эллона умерла после твоего рождения... роды были сложные. Эллона угасала на глазах... — бабушка опять замолчала и принялась жарить оладьи.

Я с грустью смотрела на огонь. Вдруг неожиданная мысль пронзила меня.

— Это что же получается? — встрепенулась я. — Мой отец — Юстав, а я — потомок королевского рода?

— Ха-ха! — весело рассмеялась бабушка. — Раскатала губу! Это тебе не сказка, где любая простолюдинка может превратиться в принцессу.

— Эх, бабушка, — недовольно проворчала я, — даже помечтать не дала!

— Мечтай — не мечтай, а сути не изменишь, — возразила бабушка.

— Ну а кто же тогда мой отец?

— Этого мне твоя мать не захотела сообщить, — в её голосе звучала досада, — но точно не Юстав. Об этом я её сразу спросила, а врать она мне не умела. Подозреваю, вскружил ей голову один из морячков...

— А что потом случилось с Юставом?

Бабушка поставила на стол тарелку с горячими оладьями, ласково погладила меня по плечам и уселась рядом.

— После смерти Эллоны Юстав закрылся во дворце. Совсем перестал выходить в свет. А однажды он собрался, ушёл в горы и пропал. Все считали его погибшим, но, может, отец Лоулли прав, и Юстав действительно нашёл приют у горняков.

— Послушай, бабуль, а почему ты считаешь меня опасной для нынешних принцев? У меня же нет книги заклинаний.

Бабушка посмотрела на меня знакомым задумчивым взглядом.

— Если ты пошла в свою прабабку, то ты и без книги такого наворотить можешь! Да и потом, знаешь же, обжёгшийся на молоке дует на воду. Я хотела предостеречь тебя.

— Так ты считаешь, я смогу ворожить без книги? — загорелась я.

— А ты разве не пробовала? — бабушка не сводила с меня глаз.

— Пробовала, — прискорбно призналась я.

Врать бабушке я тоже не умела... я могла лишь утаивать часть правды, да и то, как показало время, недолго.

— Только у меня получалось что-то странное.

— Это дело опыта, — успокоила меня бабушка Розалия, — но я бы не хотела, чтобы ты испытывала свои чары на принцах.

— Между прочим, — возразила я, — Ефросия мне и словом не обмолвилась о принцах. Может, она уже не помышляет о мести?

Бабушка лишь пожала плечами:

— Раз она начала тебе сниться, значит, у неё есть определённая цель. Я не настаиваю на том, что она будет тебя уговаривать приворожить, скажем, Мартина, но от неё всего можно ожидать.

— Ах, если б я решила кого-то привораживать, то это был бы Седрик! Он такой славный!

Бабушка с испугом посмотрела на меня.

— Пожалей мальчика! Он мне Юстава напоминает. Не хотела бы я, чтобы он повторил судьбу своего дяди.

— Не переживай, бабуль, — успокоила я её, — принцам бы только до коронации дотянуть, а там я уж с Арахисом за море уплыву, и падут мои чары над ними!

— Хорошо, что ты на Эллону не похожа, — сказала бабушка. — Конечно, я беспокоюсь за мальчиков, но это лишь по привычке. Ты сто раз подумаешь, и ни у кого не пойдёшь на поводу.

— А Базиль обо всём об этом знает? — поинтересовалась я, вспомнив, как они с бабушкой Розалией переглядывались.

— Знает. Тяжело же всё в себе держать, а Базиль оказался таким понимающим...

— Да ладно, бабуль, — подмигнула я ей, — признайся уж, что неравнодушна ты к нашему ненаглядному доктору.

Освещение на кухне было тусклым, и всё же я заметила смущение во взгляде бабушки.

— Я этого особо и не скрываю, — в замешательстве пробормотала она.

— А он не замечает? — посочувствовала я ей. — Ох уж эти мужчины!

— Ну что ты! — отмахнулась от меня бабушка. — Мы всегда были добрыми друзьями, а в нашем возрасте большего и не надо...

Я не стала настаивать. Может, права была Ефросия, говоря, что бабушка Розалия действительно довольна тем, что есть, а не тем, что могло бы быть. Но оладьи она готовила отменные! Остаток ужина мы провели в тишине и спокойствии.

* * *

Лес уже окутала тьма, и по небу бисером рассыпались звёзды. Картина для размышлений! Конечно, задумаешься тут, когда на тебя сваливается столько новостей о твоих доблестных предках! Впрочем, на раздумья у меня не было времени. Нужно было срочно решать, что делать дальше: идти к Софии или бежать во дворец к Мартину. Я выбрала Софию: всё же я клятвенно пообещала ей, что объяснюсь с Араганесесом.

Когда я подошла к дому Софии, первым, кого я увидела, был Лукас. При моём появлении он привстал со ступенек крыльца.

— Они закрылись и меня ужином не кормят! — недовольно проворчал Подсолнух вместо приветствия.

— Кто они? София с дворецким?

— А я что говорю!

Я никогда не видела негодующего Лукаса. Наверное, он действительно был голоден.

— И что они там делают? — полюбопытствовала я.

— Меня не пускают!

Поняв, что от Подсолнуха толка не будет, я на цыпочках подкралась к окну и заглянула в щель меж занавесками. Вот, что я увидела. Комната освещалась мягким светом, исходящим от свечей и горящих поленьев в печи. Посреди неё стоял обеденный стол. Стол украшали ваза со свежими ромашками, две чашки и свежеиспечённый пирог. А за столом сидели Араганесес и София. Араганесес эмоционально о чём-то повествовал, а София с умилением слушала его. Интересно, о чём дворецкий так красочно рассказывает ей? Быть может, описывает бои, в которых принимали участие его воображаемые деды-завоеватели?.. Н-да, ситуация. Как же быть? Не хотелось нарушать их идиллию.

Я неслышно отошла от окна и села рядом с бурчащим себе что-то под нос Лукасом. Его надо было срочно кормить и отправлять спать. Я хотела было пригласить Лукаса к нам и угостить оладьями, но не могу же я подвести Мартина. Да и бабушка спать легла… Тут меня осенила мысль.

— Слушай, Лукас, пойдём со мной во дворец! Там наверняка найдётся что перекусить.

Подсолнух перестал ворчать и вздёрнул плечами. В его глазах появилась улыбка.

— Пудинг?

— Ну, пудинг я тебе обещать не могу. Во всяком случае, не пойдёшь спать голодным.

— Ладно, пошли, — он с готовностью поднялся, — а кто нас там ждёт?

— Мартин, — ответила я, хотя была совсем не уверена, ждёт ли он ещё…

Мы отправились во дворец. Проходя мимо дома Крона, я ненадолго приостановилась и с печалью посмотрела на тёмные одинокие окна. Шерстянка, увязавшаяся за нами, тоскливо заскулила.

— Шерстянка по нему тоже грустит, — тихо сказал Лукас, — он ей иногда косточки передавал. Она его запах знает. А теперь не чувствует его и грустит.

— Интересно, — задумалась я, — неужели у троллей и людей настолько разные запахи?

— Конечно, — кивнул Лукас со знанием дела, — у каждого существа свой особенный запах.

— Тогда Шерстянка могла бы нам о многом рассказать… о том, что случилось тем вечером с Кроном, — заметила я, — вот только мы не поймём…

В деревне было тихо. Большинство её жителей вставали ни свет ни заря и, соответственно, рано ложились. Поэтому никем не замеченные мы пролезли через лаз в живой изгороди и нос к носу столкнулись с Мартином.

— Наконец-то! — поприветствовал он нас. — Я уж думал, ты не придёшь…

— А я уж думала, ты нас не ждёшь, — весело ответила я ему.

— Вас я и не ждал, — Мартин с интересом посмотрел на Лукаса.

— О, — спохватилась я, — это Лукас! И Шерстянка!

Собака завиляла хвостом и приветливо тявкнула. Лукас же, по-видимому, не ожидавший внезапной встречи с его высочеством, выглядел растерянным и смущённым. Наверное, раздумывал над тем, как принято здороваться с принцами: кланяться до земли или падать ниц.

Мартин дружелюбно улыбнулся и протянул Лукасу руку.

— Много о тебе наслышан, Лукас, — сказал он.

— И я! — сконфуженно произнёс в ответ Подсолнух и крепко пожал руку принцу.

— Что привело тебя сюда?

— Пудинг, — выпалил Лукас.

Мартин вопросительно посмотрел на меня.

— Действительно пудинг, — подтвердила я. — Лукас не успел поужинать.

— А что сегодня случилось такого, что ты остался без ужина?

Лукас пожал плечами:

— Индюк припёрся, а она, — он указал на меня, — должна была выйти за него замуж, но опоздала.

— Ага, — тут же отозвалась я, — теперь, похоже, за него пойдёт София, что меня вполне устраивает.

Мартин в некотором замешательстве смотрел то на меня, то на Лукаса. Наверное, решив не задавать пока больше вопросов, он молчаливым жестом пригласил нас следовать за ним.

Пройдя через сад, а потом через боковую дверь дворца, мы попали на кухню. Там было пусто — слуги давно ушли на покой. Пришлось организацию позднего ужина взять на себя. Особой хозяйственностью я не отличаюсь, и всё же бабушкины уроки не пропали даром. Ужин получился весьма аппетитным. И даже пудинг был на столе к радости

Лукаса. Мартин принёс свечи из столовой залы, и мы втроём уютненько устроились за кухонным столом.

За ужином мы в деталях рассказали Мартину о том, кто такой индюк и почему я должна была выходить за него замуж. Мы все от души посмеялись.

— Как вы съездили на пустоши? — полюбопытствовала я.

— Неплохо, — немного удивлённо ответил Мартин, — хотя поездка получилась скорее утомительной, очень длинная дорога… А ты откуда знаешь, что мы туда ездили?

— Мне Виола рассказала, — ответила я, внимательно следя за реакцией принца.

Особенного блеска в его глазах имя принцессы не вызвало. Я заметила лишь лёгкий интерес.

— Вот как? Так ты уже и с ней успела познакомиться?

— Когда занимаешься расследованием такого сложного дела, приходится расширять круг знакомств. Как знать, Виола может многое нам рассказать. Впрочем, от Амелии я тоже узнала немало интересного.

— Ага, — улыбнулся принц, — я смотрю, ты действительно обрастаешь знакомствами, и исключительно с представителями королевского рода.

— С другими я и так знакома.

— И что же Амелия тебе такого рассказала?

Я вкратце передала содержание своего разговора с принцессами. Мартин молча выслушал и недоверчиво повёл бровями:

— А ты не считаешь, что все эти видения Амелии были лишь плодом её воображения?

— В том-то и дело! Амелия живой фантазией не отличается. Я почти уверена, что она действительно что-то такое видела, но, может, по-своему истолковала. Может, это был не тролль, а, скажем… скажем…

— Троллиха! — воскликнул Лукас, доедая свою порцию пудинга.

Мы с Мартином изумлённо уставились на него.

— Какая ещё троллиха? — спросила я.

Лукас смутился и с тоской посмотрел на пустое блюдо посередине стола.

— Ну если не тролль… — с грустью начал он.

Мартин поспешно пододвинул к Подсолнуху свою тарелку с нетронутым лакомством.

— Кто ж ещё будет выглядеть как тролль, но не тролль? — уже веселее и громче продолжил Лукас, — только троллиха!

— Интересный вывод, — медленно произнёс Мартин.

В деревне мало кто воспринимает Лукаса всерьёз. Люди посмеиваются над ним. Мол, добродушный простак. Но ведь зачастую он дело говорит!

— А если это всё-таки был тролль, мог бы он быть Кроном? — задала я вопрос.

— Всё зависит от того, как давно он перебрался из Брутии в наше королевство, — ответил Мартин.

— И если допустить, что тогда ночью в спальне у твоей тёти Амелия видела именно Крона, то напрашивается естественный вопрос...

— ...где был муж твоей тёти? — запив последний кусочек пудинга молоком, Лукас, постукивая пальцами по столу, с интересом оглядывал кухню.

Я неодобрительно посмотрела на него.

— Вообще-то я хотела сказать, а не является ли Селия той лесной феей, воспетой самим Кроном?

Мартин откинулся на спинку стула и с сомнением покачал головой.

— Королева и тролль? Не могу себе такого представить. Ведь если Крон бывал у неё в спальне, это означает, что и она питала к нему нежные чувства. Мне в это верится с трудом.

Я мысленно воссоздала образ тролля. Да, он был нескладен, груб, обладал, мягко говоря, отталкивающей внешностью. Но ведь когда я узнала его поближе, его внешний вид уже не вызывал у меня неприязни, даже наоборот, меня к нему потянуло.

— Не знаю, не знаю, Мартин, — не согласилась я, — была в нём скрытая красота... Думаю, я почти её нащупала. А если Селия общалась с ним долго, то вполне могла и привязаться к нему.

— Ты имеешь в виду внутреннюю, душевную красоту? — спросил принц.

— Её самую, — кивнула я, — ведь она гораздо сильнее и ярче красоты внешней!

Я сама удивилась своей прыти, выпалила всё с такой убеждённостью и знанием дела. А ведь сама только с недавних пор начала задумываться над этим вопросом. Откуда же у меня такая уверенность?

— К сожалению, внутреннюю суть, особенно тролля, разглядеть трудно, — тихо добавил Мартин.

— Шерстянке нетрудно, — гордо вставил Лукас.

Я посмотрела на Шерстянку. Во время разговора она мирно спала у кухонной двери, а тут вдруг вскочила, навострила уши и негромко тявкнула.

Внезапно скрипнула боковая дверь, через которую мы вошли, и кто-то не спеша засеменил в нашу сторону. Завиляв хвостом, собака выскочила в коридор. Шаги замерли, и мы услышали сердитое ворчание Араганесеса:

— Это что ж такое! То кошки, то собаки! И это дворец называется!

Через секунду он уже возник на пороге кухни и не мигая уставился на нас, словно не сразу узнал. Увидев Лукаса, он смутился.

— Так это ваша собачка? — пробормотал он. — А я думал — опять живность со двора забежала.

— Вы исправный дворецкий, Араганесес, — сказал Мартин, — и прекрасно следите за порядком. А сейчас идите отдыхать, ведь, насколько я понимаю, у вас был насыщенный вечер…

Говорил принц серьёзно, а глаза его смеялись. Я тоже с трудом сдерживала улыбку.

Дворецкий смешался, пробурчал себе что-то под нос, расшаркался и удалился.

— Что-то он не похож на счастливого влюблённого, — сказала я в задумчивости.

— Гм-м, — улыбнулся Мартин, — а как, по-твоему, выглядит счастливый влюблённый?

— Ему положено светиться, — уверенно заявила я, — а в глазах должны гореть звёздочки… и внутри — непонятное желание обнимать всех и каждого на своём пути!

Заметив, как на меня смотрят мои собеседники, я замолчала. По всей видимости, у мужчин иное представление о влюблённости… Тут я вспомнила о Виоле.

— Вот как я узнаю, влюблён ты или нет? — обратилась я к Мартину.

— Сразу узнаешь, — встрял Лукас, — ты спроси — он тебе скажет.

— Какой ты простой! Кто ж тебе так сразу признается?

— Я бы признался, если б ты меня спросила, — каким-то странным тоном произнёс Подсолнух.

Я с изумлением глянула на него:

— Когда это ты мне что-либо говорил о своих сердечных делах?

— Не говорил, — признал Лукас, но тут же с претензией добавил: — А когда ты меня спрашивала?

Я ничего не ответила, но ощутила крайнюю неловкость. Ведь я действительно никогда не спрашивала Лукаса о его чувствах…

Мартин тактично молчал. Похоже, сегодня я ничего не узнаю по интересующей меня теме. Придётся говорить по делу.

— Кстати, о сердечных делах… Мартин, — я отвернулась от Лукаса, — ты прочитал те письма?

Лицо Мартина омрачилось.

— Стыдно признать, но я совершил ошибку.

— Ничего, — я ласково похлопала его по руке, — никто не совершенен.

Бросив на меня хмурый взгляд, он продолжал:

— Вчера после нашего разговора я решил прочесть письма, но тайник оказался пуст.

Я собралась было высказать всё, что я думаю, да прикусила язык — принц и так заметно переживал.

— Разве о тайнике кто-нибудь знал, кроме тебя и твоего отца?

Мартин стал ещё мрачнее.

— Подозреваю, кто-то подсмотрел, как я прятал письма в тайник. Дверь я закрыл, но окно оставалось открытым.

— Но тогда этот кто-то либо случайно проходил мимо, либо знал, что ты будешь прятать письма, и специально ждал подходящего момента! — воскликнула я.

Мартин кивнул.

— Я об этом подумал.

— Получается, это Селия, — бодро продолжала я, — ведь она заходила в тот вечер в кабинет.

— Или Картоз, — без особого энтузиазма бросил принц. — Он потом тоже зашёл спокойной ночи пожелать. И ещё Базиль заглядывал — просил одолжить какую-то книгу по медицине, а потом Шарль...

— Но ты же не подозреваешь Базиля или Шарля?! — возмутилась я.

— Я просто излагаю факты. На данной стадии нашего расследования мы никого исключать не можем.

— Хорошо, — хмыкнула я, — но неужели ты не прочитал ни единой строчки? Стоял же там и пялился на эту связку, я сама видела!

Мартин с неодобрением посмотрел на меня, но не стал читать мне нотаций о манере поведения.

— Я прочитал лишь первую страницу первого письма, — сказал он после небольшой паузы. — Меня не оставляет ощущение, что я уже видел этот почерк. Сначала я подумал, что это почерк Селии, наверное, из-за её реакции на письма, но письмо написано мужчиной...

— И к кому он обращался? — спросила я.

— Некой Мирэн, — ответил принц. — Содержание, весьма личного характера, показалось мне несколько сумбурным. Я его даже процитировать могу: «Милая Мирэн! В который раз пишу тебе бесполезное письмо, неспособное хоть как-то облегчить нашу участь. Сегодня я смотрел на звёзды и радовался тому, что они светят нам обоим, а значит немного сближают нас. Много лет назад ты сказала, что мы будем счастливы, каждый по-своему, но вышло иначе. И говоришь ты теперь совсем иное. Куда подевалась твоя вера в счастье? Ведь я в него всё ещё верю... и всё ещё люблю тебя...»

Мартин замолчал. В кухне воцарилась тишина. Не знаю, о чём думал Лукас, я же мечтательно смотрела в окно, на залитый лунным светом сад. Сада я, естественно, не видела. Перед моими глазами водили хоровод звёзды. Потом, как стая серебристых птиц, они слились в образ женской фигурки, изящно танцующей вальс...

— Глория! — голос Мартина вернул меня к серой обыденности, — о чём ты думаешь?

Я недовольно перевела на него взгляд.

— Думаю о том, почему Мирэн более не верила в счастье.

— Наверное, одних слов для счастья мало, — усмехнулся Мартин. — Что я хотел бы знать, так это какое отношение имеют эти письма к Селии?

— И к Крону! — вставил своё коронное слово Подсолнух.

Глаза Мартина вдруг заблестели так ярко, что я не могла этого не заметить.

— Это же его почерк! — воскликнул Мартин.

— Крона? — уточнила я. — Ну да! Ты же видел стихи, написанные его рукой! Вот-те раз!

— Однако это ничего не объясняет, — вздохнул принц, — даже наоборот, запутывает… Кто эта Мирэн?

Да, было над чем подумать. Я уж обрадовалась, что мы нащупали верную ниточку, связывающую Крона с Селией, а теперь оказывается, что его лесная фея — никому не известная Мирэн.

— Может, она тоже какая-нибудь ваша дальняя родственница, а тётя Селия лишь передавала ей письма Крона? — с надеждой спросила я.

Но Мартин покачал головой:

— Ни о какой Мирэн я с роду не слышал.

— По-моему, так кошку Милки зовут!

Мы дружно посмотрели на Лукаса. Закрыв глаза, тот уронил голову на скрещённые руки. Сон начал одолевать его. Вздохнув, я встала из-за стола.

— Нам пора домой. А ведь я столько всего хотела с тобой обсудить!

— Не беда, — ответил Мартин и тоже поднялся, — возможность у нас ещё будет…

* * *

— Наконец-то, — приветствовала нас София, — а я всё думаю, куда это Лукас мог запропаститься!

— Как рандеву с Араганесесом прошло? Выкрутилась? — с любопытством спросила я.

— Да мне и не пришлось выкручиваться. Он как меня увидел, заявил, что в домашней обстановке я ему кажусь ещё интереснее.

— Поразительно! — я с претензией посмотрела на Мартина. — Неужели все мужчины столь ненаблюдательны или просто притворяются?

— Возможно, мы все видим то, что хотим видеть… — уклончиво ответил принц.

Попрощавшись с Софией и Лукасом, мы направились обратно во дворец. Время перевалило за полночь. Идти было светло — по небу лениво плыла сырная голова луны. Ещё неполная, но вполне округлая и яркая. Через каких-то два дня она достигнет своего максимального размера, и это событие будут праздновать все, от мала до велика, на празднике Лета.

Мы шли молча. Не хотелось словом нарушить окружающую нас ночную благодать, развеять тайну скользящих теней, которые я улавливала лишь боковым зрением.

Мартин, наверное, размышлял о каких-то важных государственных делах. А я думала, что в такую романтическую ночь было бы славно послушать стихи или песни, или признания в любви. Я задумчиво посмотрела на принца. Бывает же в жизни такой момент у каждой девушки, когда хочется чего-то этакого... А тут такая оказия! Ночь, луна, принц... Только, увы, я не принцесса и, если верить бабушке Розалии, никакого отношения к королевскому роду не имею. Но если я не принцесса, то кем должен быть Мартин, чтобы соответствовать сей романтичной обстановке? Пожалуй, тот самый укротитель мустангов из книги вполне подошёл бы... Только где его взять?..

Заметив, что я не свожу с него глаз, Мартин остановился и бросил на меня вопросительный взгляд.

— О чём думаешь? — спросил он.

— О диких мустангах, — призналась я.

— И я тебе их напоминаю?

— Нет, ты мне напоминаешь их укротителя из моей любимой книги. И я подумала, жаль, что ты не он, — сказала я в расстроенных чувствах.

— А чем я хуже? — последовал вполне логичный вопрос.

Ну как я могла на него ответить? Я и не ответила, лишь пожала плечами и сменила тему.

— Так мы идём в Брутию?

— Да, — коротко ответил Мартин, — сразу же после праздника Лета. Седрик хотел к нам присоединиться, но я его оставляю за главного.

— Не доверяешь Картозу?

Мартин ответил не сразу. Он о чём-то сосредоточенно думал, потом сказал:

— В свете последних событий я решил, что из своего окружения доверять могу только брату.

— Ты имеешь в виду из дворцового окружения? — уточнила я.

— В частности.

Ответ мне не понравился. Он означал, что и мне принц не доверяет. Наверное, это правильно, но как же обидно-то! Расстроившись, я опять остановилась.

— В таком случае, как это вы, Ваше Будущее Величество, решились на дальний поход в гордом одиночестве со мной? — я тщетно пыталась скрыть огорчение.

— Мне нравится рисковать, — ухмыльнулось его будущее величество, не сбавляя шаг.

Пришлось его догонять — обижаться на Мартина мне было совсем невыгодно — уж слишком многое от него зависело.

— Можешь не переживать, — милостиво успокоила я его, — мы будем не одни.

Тут уже Мартин остановился и подозрительно посмотрел на меня.

— А с кем?

— С Фиником, — сообщила я и мстительно добавила: — Уж не думал ли ты, что моя бабушка отпустит свою ненаглядную внучку одну непонятно с кем?!

— О твоей бабушке я самого лучшего мнения, — спокойно ответил принц. — А Финик — это кто?

— Мой очень близкий друг, — таинственно сказала я, — очень храбрый и надёжный! Можно сказать, девичья мечта! — тут я, конечно, преувеличила, только останавливаться не хотелось, — мы бы с ним одним всех горняков полонили, но ты, думаю, тоже пригодишься.

Мартин лишь рассмеялся в ответ. Ну ничем его не проймёшь, возмутилась я мысленно. Хотя, наверное, короли и должны быть такими, ведь если б они вспыхивали от каждого глупого высказывания их непутёвых подданных, то никаких бы нервов не хватило!

— Ладно, Мартин, — смиренно сказала я, когда мы подошли к развилке дорог, — тут наши пути расходятся, иди с миром!

Принц всмотрелся в лес, тёмной массой возвышающийся за моей спиной.

— Позволь мне проводить тебя.

— И будем друг друга провожать до утра? — с улыбкой спросила я.

— Тогда… до встречи?

— До неё, — кивнула я в ответ.

* * *

Мои глаза слипались. После столь насыщенного событиями дня я мечтала о спокойном глубоком сне. Но не тут-то было. Лишь только я добралась до кровати и провалилась в мир сновидений, как сразу же оказалась в родном сарае. И Ефросия тут как тут.

— Ой нет, — запротестовала я, — только не сегодня! Мне нужен отдых!

Прабабка, которая тем временем лихо описывала на метле круги в тесном пространстве сарая, резко остановилась и демонстративно надула губки.

— Между прочим, у меня к тебе очень важный разговор, — изобразила она серьёзность, — касается чести нашего рода.

— У меня сегодня уже был важный разговор, — отмахнулась я от неё. — Мне бабушка всё рассказала и о тебе, и о бывшем короле Северного Королевства.

— Вот как? — хмыкнула Ефросия. — Она опередила меня?

— По-моему, это нехорошо с твоей стороны мстить потомкам, даже если их предок и провинился, — с укором сказала я.

— Хорошо ли, плохо ли... — это не является характеристикой ведьмы. Мы не плохие и не хорошие. Мы просто любим пошалить и имеем на это полное право! Безобидные шалости ещё никому вреда не приносили.

«Однако, — подумала я, — в чём-то она права...»

— Тем не менее, — сказала я вслух, — Юстав вряд ли считал своё разбитое сердце безобидной шалостью.

Ефросия удивлённо посмотрела на меня.

— Юстав? А вот тут моей вины нет. Я до сих пор не понимаю, что его могло привлечь в Эллоне.

— То есть мама его не привораживала?

— Ха! Да у неё способностей не хватало даже на элементарные превращения — всё время выходили какие-то проколы... — прабабка запнулась, а потом презрительно фыркнула: — Она брала сердца мужчин своей внешностью да робким взглядом, тогда как настоящим ведьмам вроде нас с тобой приходится работать, не рассчитывая на свои природные внешние данные, — и Ефросия с удовольствием взбила руками пышные волосы.

— Так чего же ты хотела от неё? Почему бабушка считает, что ты планировала жестокую месть королю?

— Ну, Юставу я бы мстить не стала. Он оказался случайной жертвой обаяния твоей матери. Если бы я мстила, то целилась бы в Клавдия. Уж очень он походил на своего деда, — взгляд Ефросии потеплел.

— Ты же уже не сердишься на Илладора, — заметила я. — Бабушка сказала, ты любила его...

— Да, любила, — грустно заметила прабабка, — а он этого не оценил! Ведь я сама пришла к нему тогда и призналась в своих чувствах. А это настоящий подвиг для ведьмы! До сих пор не понимаю, как он устоял против моего искусного приворота... Впрочем, есть у меня подозрение, что весь королевский род обладает некой защитой против нашего глаза... Как иначе это объяснить?

«Ну да, — хихикнула я про себя, — своего промаха Ефросия ни за что не признает!»

— То есть если я захочу приворожить, скажем, Седрика, у меня ничего не получится? — поинтересовалась я.

— Седрика? — прабабка с любопытством посмотрела на меня. — Это сын Клавдия?

— Младший, — уточнила я.

— Красивый? — её глаза загорелись зелёным огнём.

— Очень!

— И ты ещё не пыталась его очаровать?

— Нет конечно! — возмутилась я. — И не собираюсь, даже не уговаривай!

— Да я и не планировала тебя уговаривать, — с достоинством произнесла прабабка. — Хотя если б я была на твоём месте...

— Тебе одного раза мало? — сурово прервала я её.

Ефросия изумлённо ахнула.

— Знаешь, а твоя мать не позволяла себе так со мной разговаривать. Она меня почти что боготворила... Чем вызывала во мне чувство презрения...

— Ты хотела её использовать! — обвинительным тоном заявила я, сама удивляясь своей смелости.

— Да, — честно призналась прабабка, — но раскаяния ты от меня не дождёшься!

— Иначе ты не была бы ведьмой, — понимающе кивнула я.

— Именно! — довольно промурлыкала Ефросия. — Ты далеко пойдёшь, — чуть тише добавила она, и мне даже почудилось, что в её взгляде мелькнуло нечто сродни гордости. — А с чего ты взяла, что я хотела мстить?

— Бабушка так думает.

— Вот как? — Ефросия выглядела разочарованной, — она такого низкого обо мне мнения?

— Подожди, — до меня, наконец, дошло, — так ты не просила мою мать приворожить Клавдия?

— Дорогая моя, — снисходительно сказала она, — думаешь, я все эти годы помышляю о мести? Да, я была зла на Илладора, но когда это было-то? Всё уж давно травой поросло.

— А чего же ты тогда хотела от мамы? — недоумевала я.

— Да того же, что хочу от тебя, — вздохнула Ефросия, — выбраться я отсюда хочу. Столько лет провела я на этом острове! Это же бесчеловечно!

— А, — догадалась я, — ты хочешь, чтобы я за тобой прилетела?

— Больше мне надеяться не на кого, — развела она руками, — но для этого тебе надо очень хорошо освоить ремесло ведьмы, ибо расстояние большое, и преодолеть его может лишь ведьма опытная. Поэтому ещё раз прошу тебя, отвлекись ты от всех бренных проблем и займись учёбой! Ты уже приручила зверушку?

— Нет, — призналась я, — как-то всё руки не доходят. Тут такие дела творятся... Тебе это, конечно, неинтересно, но кто-то за тебя отомстил Клавдию...

Ефросия замерла.

— Вот как? — в её голосе впервые послышалась тревога.

Вкратце я рассказала ей о последних событиях. Пока я говорила, она задумчиво водила кончиком метёлки по пыльному полу сарая. Когда же я замолчала, она серьёзно посмотрела на меня и сказала:

— Глория, я повторюсь... ты должна поторопиться со своим самообразованием. Тебе вскорости может пригодиться подаренная тебе природой сила.

— Ты думаешь, убийства на этом не закончились? — оживилась я.

— Понятия не имею, — сказала Ефросия с присущей ей беспечностью, — но кто знает, когда тебе понадобится умение превращать. А для этого тебе пригодилась бы моя книга заклинаний!

Ефросия щёлкнула пальцами, и у неё в руках появилась толстая книга в чёрном переплёте. На обложке красовалась летучая мышь, глаза которой сверкали красными рубинами.

— О-о-о! с надеждой воскликнула я, — ты собираешься сказать мне, как до неё добраться?

— Добраться? — на лице прабабки появилось искреннее изумление.

— Ну да. Её же у тебя отобрали.

— Разве? — ещё больше удивилась Ефросия. — Любопытно.

Она задумчиво потёрла подбородок.

— Откуда же Эллона её взяла?.. И куда потом дела?.. Неужели я что-то упустила из виду... А хотя ладно! — и она небрежно пожала плечами, — рано или поздно эта книга найдётся. Всё равно воспользоваться ею может только ведьма.

— А как же я научусь превращать других? — расстроенно спросила я.

— Не разочаровывай меня, дорогая! — крикнула мне на прощание прабабка. — Настоящая ведьма всегда найдёт выход!

Крикнула и исчезла, на меня лишь повеяло свежим ветром с улицы. Ветер дул и дул, становился холоднее. От холода я и проснулась.

* * *

Уже светало. Солнце только выглянуло из-за горизонта и с трудом пробивалось своими лучами сквозь густую крону деревьев. Ночью прошёл дождь, и вокруг веяло сыростью.

Бабушка уже была на ногах.

— Как вовремя! — поприветствовала она меня, — срочно отправляйся в деревню и попроси у Милкона ещё бидончик молока. Мне не хватает. По моим подсчётам, в этом году жихарей чуть ли не в два раза больше, чем в прошлом. И если мы планируем устроить им всем пир горой, мне по меньшей мере надо испечь сотню-другую ватрушек.

— Откуда их столько? — удивилась я.

— Всем хочется, чтобы в их доме жил свой жихарь. Оно и понятно, уюта в доме больше, а хлопот никаких. Вот люди их и заманивают.

Жихарями называют маленьких забавных духов. Они обитают в домах и следят за хозяйством. Очень милый народец, тихий, правда, порою ворчливый и обидчивый. Нашего жихаря зовут Жихоней. Я его редко вижу, да и не полагается хозяевам его замечать. В детстве я была очень любопытной и, помню, однажды целую ночь глаз не сомкнула — Жихоню караулила. (Бабушка до сих пор каждый вечер оставляет ему на крыльце булочку и кружку свежего молока.) И мне удалось его увидеть. Как он разгневался! Мне он таким смешным показался: взлохмаченный, в стареньких штанишках на подтяжках и просто кукольных лапоточках. А глаза у жихарей словно бусинки и светятся в темноте. К счастью, они отходчивые, и Жихоня простил меня за то, что выследила его. С тех пор время от времени я краем глаза подмечаю его тень у себя на чердаке. А иногда даже поджидаю на ступеньках крыльца. Стараюсь быть ненавязчивой, и он это ценит. Порой мне очень хочется расспросить его, как это им удаётся столько лет оставаться невидимыми для людского глаза! Только он всё равно мне ничего не скажет. Я вообще ни разу с ним не говорила, только слышала его ворчание по поводу беспорядка в доме. Многие жихари даже этого себе не позволяют. А вот бабушка Розалия с ними как-то общается. Они её любят. Она вяжет им тёплые носочки на зиму и на каждый праздник Лета устраивает пир в виде горы ватрушек, сырных пирогов и брусничного варенья. Пока мы с бабушкой веселимся со всеми в деревне, они собираются у нас дома, зная, что в этот час их никто здесь не потревожит.

Немного подумав, я согласилась с бабушкой. Действительно, с каждым годом жихарей в нашей округе лишь прибавляется. Думаю, чуть ли не в каждой избе теперь есть свой дух. А ещё мне подумалось, вот уж кому известно всё, что происходит в доме! Ведь от жихаря ничего не укроется. Жихоня наверняка видел, кто тогда разбойничал в нашей избушке. А если и у Крона был жихарь, то он знает убийцу тролля! Только жихари ничего не расскажут, не поведают… Секреты дома они оберегают как святыню.

Я глубоко вздохнула. Что-то я очень часто думаю о Кроне… Пора с этим завязывать. Как там говорила моя прабабка? Тяжёлые

мысли — злейший враг ведьмы! И я сказала себе: сегодня о Кроне я думать не буду! Хватит!

И я о нём не думала… Не думала я о нём тогда, когда вприпрыжку неслась по тропинке в деревню. Не думала я о нём тогда, когда впитывала в себя ароматы хвои, щедро испускаемые в воздух лесом, таким свежим после ночного дождя. Не думала о нём, наблюдая за пушистыми белками, играющими в догонялки, и за ёжиками, перекатывающимися от пенька к пеньку в поисках земляники. Не думала я о нём, прислушиваясь к перестуку дятлов где-то вдали и жужжанию пчёл.

И наконец, я о нём совсем не думала, проходя мимо мясной лавки…

О духи леса! Наверное, мне покоя не будет, пока я не найду убийцу тролля. И почему он так запал мне в душу?..

Дом Милкона и мясная лавка Крона находились в самом центре деревни. Рядом располагался дом Варниса. Эти здания и мелкие пристройки образовывали нечто вроде треугольника, через который проходила главная улица.

Ещё издали я услышала громкий голос кузнеца. Проходя мимо его двора, я спряталась за полуразрушенным забором и стала наблюдать за происходящим.

Варнис, явно возмущённый и расстроенный, кричал на всю деревню. Рядом стоял Цукер, прижимая к груди дорожную сумку. Гном весь съёжился, будто вжался в землю.

— Ну куда ты пойдёшь?! Кто тебя там ждёт?! Разве я тебя плохо кормил? — бушевал Варнис. — Чем там-то лучше?!

— Ниче-е-ем, — лепетал Цукер, защищаясь своей сумкой от разгорячённого кузнеца, — у меня т-там б-бабушка!

— Как же, бабушка у него там! — сказал Финик, зависнувший на заборе со мной по соседству. — Это он со страха в Южное Королевство бежит.

— А чего сейчас-то? — удивилась я. — Он всю свою сознательную жизнь чего-то боится. Я уж думала, он привык…

— Понятное дело, такого труса ещё поискать надо, — кивнул Финик. — Видать, произошло нечто из ряда вон выходящее. Я когда молоко кузнецу заносил, Цукер уже на вещичках своих сидел у порога и зубами клацал да бормотал себе под нос что-то насчёт злых духов, которые за ним вот-вот придут. Я не очень понял…

Цукер тем временем маленькими шажками стал пятиться к выходу со двора. Раздосадованный кузнец, наконец, сдался и махнул на него рукой. Кивнув своей жене, чтобы та отдала гному приготовленный узелок с едой, он с понурым лицом вернулся в кузницу. Цукер, схватив узелок, быстро засеменил к дороге, ведущей в Южное Королевство. Недолго думая, я побежала за ним. Финик последовал за мной. Видимо, и ему хотелось узнать причину столь неожиданного бегства.

— Привет, Цукер! — окликнула я гнома, — отчего такая спешка?

Вздрогнув от неожиданности, Цукер остановился и с опаской оглядел нас.

— Я б-бабушку иду н-навестить... — запел он свою песню.

— Ну, это мы уже слышали, — грубо перебил его Финик, — и в курсе, что бабушки у тебя никакой нет!

Конечно, быть в этом уверенными мы не могли, но Финик решил с ним не церемониться, и зная Цукера, я думаю, такая тактика самая верная. И правда, гном струхнул ещё больше.

— Я б-боюсь, — прогнусавил он, нервно теребя свой узелок.

— Кого? — как можно строже спросила я.

— Злого духа! — выпалил он и, тут же присев, стал осторожно оглядываться. — Он вчера тут рыскал. Вдруг за мной приходил? Крона забрал, Трота забрал, теперь моя о-очередь!

Он почти что рыдал. Надо ж себя так страхом изводить!

— Не паникуй, Цукер, — взяв гнома за плечи, я легонько его встряхнула, — когда этот злой дух тут рыскал и как выглядел?

— П-поздно было, около п-полуночи. В-выглядел? Как злой дух выглядел! Высокий, тёмный и нос длинный.

— Ты поняла, о чём он? — спросил Финик, когда Цукер, вырвавшись из моих рук, помчался в сторону леса.

— Если ему верить, а верить ему крайне затруднительно, то этот дух побывал у Крона в день его смерти и теперь шастает по деревне.

— Во всяком случае, я под его описание не подхожу! — довольно заметил гном.

— Ну да, — согласилась я, — думаю, мы всех гномов можем исключить, а также меня, Мартина и Лукаса, ибо мы втроём в полночь были во дворце и пили чай с пудингом.

— О-о-о, — протянул Финик, — а пудинг ещё остался?

— Нет, Лукас его прикончил.

Тяжело вздохнув, гном поплёлся обратно к молочнику. Я последовала за ним.

Пока Милкон наливал молоко, я изучала его владения. Ничего такого особенного, конечно, здесь не было. Все домики в деревне чем-то походили друг на друга: просторные, добротно построенные, комнат немного — три или четыре: кухня, светлица, где принимали гостей, и комнаты для членов семьи. Милкон ещё построил отдельный загон для коров, причём каждая корова была для него роднее его трёх дочерей.

Младшая дочь, Милка, сейчас сидела у окна и играла с молодой кошечкой. Приятная девушка, немного младше меня. Её светло-русые волосы были заплетены в тугую косу. Небесной голубизны глаза смотрели кротко и ласково. Поглаживая пушистый животик ярко-рыжей кошки, Милка тоже не спускала с меня любопытного взгляда.

Наконец я не выдержала и первая прервала молчание.

— Твою кошку Мирэн зовут?

— Да, — удивилась Милка, — откуда ты знаешь?

— Лукас сказал как-то…

— О-о-о, Лукас!

При упоминании Подсолнуха девушка почему-то густо покраснела.

— Мне это имя очень понравилось, когда я его услышала. Папа как раз принёс нам котёнка, и мы всё думали, как его назвать…

— И когда же у вас произошло сие счастливое пополнение семейства? — поинтересовалась я.

— Ох, да ещё весной, сирень только начинала цвести.

Начинала цвести сирень… я насторожилась.

— А от кого ты услышала это славное имя? Вроде бы у нас в деревне никого так не зовут.

Милка задумалась.

— А ведь правда, никого так не зовут! Но никто никого и не звал… Это имя я слышала в песне! Очень милая песенка, я даже постаралась её запомнить…

— Ах, в песне… — разочаровалась я.

— Да-да, — воодушевлённо продолжала Милка, — слышала её во дворце, я там иногда прислуживаю горничной. Все были на кухне, обедали, а я вышла в сад разыскать Деню, дворцового садовника, — он часто в саду спит, — чтобы он тоже с нами обедать садился. Ну вот тогда я и услышала, как дворецкий шёл по садовой дорожке, такой довольный, весело насвистывал и напевал: «Жизни гимн для меня твоё имя, за тобой, как за счастьем, иду… Ах, Мирэн, мы с тобою отныне, как две алые розы в саду…»

— Действительно, мило, — призналась я, а про себя невольно подумала, что мне эти розы скоро везде мерещиться будут. — И ты говоришь, пел её Араганесес? Как странно…

— Да, не правда ли? — подхватила Милка, — он ведь всегда такой серьёзный!

В эту минуту вошёл Милкон и отдал мне бидончик свежего молока. Я попрощалась с ним и Милкой и повернула обратно в лес.

Как дошла до дому и отдала бабушке молоко, я плохо помнила — в голове была полная сумятица, а в глазах стоял туман, страшно хотелось спать, ведь по-настоящему я уже давно не высыпалась. Поднявшись к себе на чердак, я повалилась на кровать и крепко уснула.

Разбудила меня бабушка, обеспокоенная, видимо, моим необычным дневным сном — ведь днём я спала, только если болела, а болела я крайне редко. Было время обеда, снизу аппетитно пахло грибным супом, поэтому меня не надо было долго уговаривать. Увидев, с каким аппетитом я поглощаю суп, бабушка успокоилась и принялась хлопотать по дому.

Завтра праздник Лета! Ох, вот будет суматошный день! Сначала нужно будет раздать гостинцы всем нашим лесным жителям. Потом мы должны будем отнести в деревню сушёные грибы, ягоды и шишки — из них делали гирлянды и развешивали по всему королевству. Да и других важных дел будет предостаточно. Хотя я уже давно ничего особенного не планировала на праздник Лета. Все готовили какое-нибудь выступление, а я решила для себя, что очередного позора не переживу. Никаких больше песен о моряках и вообще никакой самодеятельности, особенно когда на тебя смотрят представители аж двух королевств.

На лесном шабаше тоже устраивались своего рода представления. Правда, лесные жители к ним не готовились, выступления были спонтанные, и номера получались яркие и порой немного безрассудные.

Но это будет завтра, а сегодня у меня ещё целый вечер впереди, и его надо занять. Чем занять? Вот это не проблема, занятие всегда найдётся. Например, я давно собиралась подробно записать все происходящие события и собранные мною сведения в хронологическом порядке. Да ещё надо было выполнить обещание, данное мной Виоле, и написать послание Мартину. Вот это задачка так задачка!

Я решила начать с лёгкого — разложить по полочкам факты. На данный момент они роем кружились в моей голове. Может, если их выстроить в нужном порядке, они смогут дать ответы на мучающие меня вопросы?..

* * *

И вот я вновь у своего любимого озера. Лежу и грею живот о тёплый камень. Передо мной старый светильник (на тот случай, если засижусь здесь допоздна) и мой самодельный блокнот — хлипко сшитые листы бумаги. Уже несколько дней я не брала его в руки... Несколько дней... лишь несколько дней, а сколько всего произошло!

С чего же всё началось? С убийства короля или раньше? Я боялась признаться самой себе, что всё началось с Ефросии и её безудержной любви к королю. Впрочем, какая здесь может быть связь? Я ведь просто так пошутила во сне, сказав, что кто-то отомстил за неё, убив короля... или всё же связь тут есть? Что-то внутри меня, очень глубоко внутри, подсказывало, что да, таки есть...

Я резко тряхнула головой, отогнала эти мысли от себя и вернулась к фактам. А фактом являлась смерть короля. Это был первый пункт в моём блокноте. Случилось это, когда в саду зацвела сирень… Надо же, такое романтическое начало… и вдруг — трагедия! А Араганесес весело насвистывал песенку… Нет, скорей всего, насвистывал он её до убийства, ибо после случившегося во дворец долгое время никого постороннего не пускали. Значит, Милка там не прислуживала, а когда всё вернулось на круги своя, сирень уже отцвела. Итак, записываем по порядку:

1. Необычно весёлый дворецкий поёт песню со словами: «Жизни гимн для меня твоё имя, за тобой, как за счастьем, иду… Ах, Мирэн, мы с тобою отныне, как две алые розы в саду…» и прогуливается по саду. (Вопрос: сочинил ли он сам слова или слышал от кого-то ещё?)

2. Убит король в том же саду при очень странных обстоятельствах: нечто похожее на укус змеи на спине — это раз; Араганесес утверждает, что видел короля, беседующего с кем-то в саду, незадолго до его смерти — это два; каким-то ветром в то роковое мгновение в сад занесло Крона — три! (Вопрос: беседовал ли король с Кроном или ещё с кем-то?)

3. Мне скучно. Я начинаю вести расследование.

4. Крон пишет кому-то сентиментальное письмо. Его явно что-то тревожит. (Вопрос: за кого он тревожился? Не за того ли, вернее, не за ту ли, кому письмо было адресовано?)

5. Через день после написания письма Крон мёртв. Примерно в момент смерти тролля Цукер видит «злого духа» рядом с его домом. В тот же вечер во дворце состоялся ужин. (Вопрос: видел ли Цукер этого духа во время ужина или уже после? Он говорил, что было поздно, так что вполне вероятно, что королевские гости уже разошлись. Тогда исключать из числа подозреваемых мы их не можем… обидно!)

6. Исчезает Трот и вместе с ним — личные вещи Крона. (Вопрос: унёс ли их Трот или всё же убийца захватил их с собой? Ещё вопрос: видел ли Трот убийцу, когда бегал смотреть на злого духа?)

7. Мартин находит связку писем, спрятанных Клавдием в тайнике, предположительно написанных Кроном некой Мирэн. (Вопрос: является ли Мирэн той лесной феей, которой Крон так поэтично изливал свою душу, и той, о которой насвистывал Араганесес?)

8. Письма видит Селия, и в ту же ночь их кто-то крадёт. (Вопрос: что общего у Селии с Кроном?)

9. Я узнаю о существовании некоего чудища, по утверждению Амелии, обитающего то в саду, то в комнате Селии. (Вопрос: было ли чудище троллем, а если более конкретно, было ли оно Кроном?)

10. Цукер спасается бегством после того, как снова видит «злого духа» в деревне. Видел он его тогда, когда Лукас и я беседовали во дворце

с Мартином. (Вопрос: выслеживал ли дух очередную жертву или просто прогуливался под луной?)

Здесь я остановилась и со вздохом перечитала написанное. Пока что у меня вопросов намного больше, чем ответов. Что уж там! Пока у меня одни вопросы! Без ответов! Но больше всего меня интересует та связь, которая наверняка существовала между Селией и Кроном. Ведь Селия, очевидно, неравнодушна к розам. И вдруг цветок из королевского розария оказывается в руке убитого тролля... Что это? Совпадение? А кто же тогда эта Мирэн?

Сумерки сгущались, и вот уже ночь заявила о своих правах. Я зажгла свечу в светильнике. Огонёк в нём робко подрагивал, выхватывая у тьмы кусочек пространства для меня. Я как зачарованная смотрела на него и тихо припевала: «Жизни гимн для меня твоё имя, за тобой, как за счастьем, иду... Ах, Мирэн, мы с тобою отныне, как две алые розы в саду...» Мотивчик я придумала сама, и он вполне подходил к словам.

Вдруг меня осенило. А что если никакой Мирэн и нет?! Что если это Селия, а Крон называл её Мирэн, чтобы в случае чего никто не догадался о его связи с королевой? А имя они могли как раз взять из песенки! Что может быть проще? У меня даже дыхание перехватило от этой мысли.

— Догадалась о чём-то важном? — раздалось рядом со мной.

От неожиданности я чуть не свалилась в воду.

— И давно ты за мной наблюдаешь? — с укором спросила я Мартина, показавшегося из черноты леса.

— Не очень, — ответил тот, присаживаясь рядом со мной.

— Что ты вообще тут делаешь? — грубо поинтересовалась я, недовольная тем, что кто-то прервал моё уединение.

— Честно говоря, хотелось побыть одному, — ответил принц. — У нас сейчас гостят Кроник с Леоной и дочерьми — завтра ведь праздник Лета. Они милые люди, но я устал от их общества.

Я с удивлением посмотрела на него.

— И ты пришёл сюда? Странно... Мог бы спрятаться от них в библиотеке. Уверена, Амелия туда редко заглядывает, — хихикнула я.

Улыбнувшись, он покачал головой.

— Если совсем быть откровенным, я надеялся найти тут тебя.

— Вот как? — встрепенулась я. — Ты желаешь поделиться со мной какой-нибудь государственной тайной?

— Они так тебя интересуют?

— Конечно! — я почти не врала. — Меня интересуют любые тайны. Они подогревают моё природное любопытство и дают пищу фантазиям.

Мой ответ рассмешил Мартина.

Ветерок с озера небрежно разбросал исписанные мною листочки. Всё ещё посмеиваясь, принц собрал их и, выпрямившись, посмотрел на меня сверху вниз.

— Знаешь, Глория, — весело сказал он, — ты удивительная девушка! У меня ещё никто так напрямую не пытался выведать тайны королевства. Может, именно поэтому я бы с тобой поделился ими, но, честное слово, никаких тайн от тебя я не держу.

— Даже самой маленькой тайны нет? — изобразила я разочарование.

— По-моему, ты и так достаточно осведомлена, — заметил принц, — в общем-то, поэтому я здесь.

— Считаешь, я знаю слишком много, и ты пришёл избавиться от меня? — я театрально встала на колени и протянула к нему руки. — Прошу вас, Ваше Высочество, будьте милостивы к моей скромной особе. В конце концов, благодаря нашему убийце население королевства и так сократилось.

Ухватившись за кисти моих руки, Мартин лёгким рывком поставил меня на ноги.

— Подозреваю, что избавиться от тебя не так просто, как кажется, и я искренне не завидую твоим врагам. Поэтому во избежание жертв, надеюсь, их у тебя не будет. Но я имел в виду другое, — сжав мои ладони, он серьёзно посмотрел мне в глаза. — Для меня очень важно найти убийцу отца до коронации. А поговорить об этом деле я могу только с тобой.

— Есть ещё Базиль, — подсказала я.

— Есть, — снисходительно улыбнулся он, — но Базиль постарается меня убедить, что это был несчастный случай. Удобная версия, но мне нужна правда, какой бы горькой она ни оказалась.

— А Седрика ты не хочешь включить в наш союз? — спросила я.

— Седрика? — Мартин удивлённо поднял брови. — В этом нет нужды. Он сейчас играет роль радушного хозяина и развлекает наших гостей. Это у него получается гораздо лучше, чем у меня. Не хочу его отвлекать.

— Ага, — сказала я, немного раздосадованная тем, что мой сказочный принц не разделит с нами столь занимательного приключения, — я согласна, что раскрыть преступление надо как можно быстрее, но почему для тебя так важно раскрыть его до коронации? Ведь это так скоро!

Мои ладони выскользнули из рук Мартина. Он задумчиво произнёс:

— У меня есть на то свои причины.

— Ну вот, — надулась я, — а говорил, что тайн у него нет.

— Я говорил, что мне ничего не известно о государственных тайнах, — возразил Мартин.

— А это какая?

— Ну-у, — протянул он, — пусть это будет моя личная тайна. Имею я на неё право?

— Имеешь, — неохотно признала я.

К тому же я сама многое от него скрывала, так зачем лишний раз напрашиваться на откровенность?..

— Я хотел бы вернуться к нашему вчерашнему разговору, — тем временем продолжил Мартин, — я вчера позволил себе обидеть тебя, намекнув, что могу доверять лишь брату. Тебе я тоже доверяю... у тебя не было причин желать смерти моему отцу.

Эх, знал бы Мартин, что у меня были причины, да ещё какие! Родовая месть — не пустячный повод для убийства. Хотя о чём это я? Мстить я всё равно не стала бы. Тем более что мстить за несостоявшиеся мечты прабабки тому, кто никакой ответственности за это не несёт, на мой взгляд, глупо. В любом случае в свои семейные дела посвящать Мартина я не собиралась. У меня тоже могут быть личные тайны.

Принц тем временем с интересом изучал листки из моего блокнота.

— Я вижу, что стою у тебя в списке подозреваемых, — ухмыльнулся он, пробегая глазами по самой первой страничке.

— Стоял, — торопливо прервала его я, слегка покраснев, — я написала это ещё до близкого знакомства с тобой.

— Гм-м, — протянул Мартин, — если вычеркнуть меня и Крона, остаётся Араганесес.

— А вот он как-то совсем не вписывается в это преступление.

— Почему же? — возразил принц, — очень даже вписывается. Мог видеть отца с Кроном, как он сам говорил, из окна кухни, а когда Крон ушёл, воспользовался случаем и нанёс удар.

— Я уже об этом думала, но нет, не мог он, как ты говоришь, воспользоваться случаем. Это убийство наверняка было запланировано! Или он всё время держит в кармане ядовитую змею?

— Кстати, насчёт змеи, — Мартин на секунду задумался, — я рассуждал на эту тему, и мне вспомнилось дикое племя, которое живёт на востоке от Гранции. Они одухотворяют животных. И поэтому, когда охотятся, чтобы не причинять животному боль, они сначала усыпляют его. Делают они это по-разному, в зависимости от ситуации. Иногда стреляют тонкими стрелами со снотворным, а иногда легонько ранят жертву остро заточенным копьём, конец которого тоже пропитан усыпляющим зельем. Животное засыпает спокойным сном и дальше уже ничего не чувствует. Таким образом, и животное не страдает, и шкура его в прекрасном состоянии, от лёгкого укола остаётся лишь незаметное пятнышко.

— Какой удобный способ, — пробормотала я, — но неясен мотив...

— Мотив неясен не только в случае Араганесеса, — пожал плечами Мартин. — Если убил Крон, то мне тоже непонятно, почему…

— Нет, Крон не убивал, — решительно сказала я.

— Отчего такая уверенность?

— Удар был нанесён в спину, Крон атаковал бы спереди, — убеждённо пояснила я.

— Слушаю тебя и сам начинаю верить в благородство нашего тролля, — усмехнулся Мартин. — А что за гениальная мысль пришла тебе в голову?

Я коротко изложила ему свою догадку насчёт Мирэн. Он лишь кивнул в знак согласия.

— Это возможно, если мы допускаем связь между Кроном и тётей, что кажется мне невероятным.

— Расскажи мне о Селии, — попросила я, — какая она? И где она жила до того, как переехала к вам?

Какое-то время Мартин молчал, словно унёсся в далёкое прошлое, пытаясь вспомнить события минувших дней.

— Она всегда была для меня загадкой, — наконец вымолвил он. — Никогда нас не ругала, хотя, поверь, было за что. Мне порой казалось, что ей очень хочется быть незаметной, спрятаться в тень. Я не помню, как и откуда она у нас появилась — мне было всего три года, плохо помню, когда она вышла замуж за Картоза. Зато мне хорошо запомнился день, когда они к нам переехали жить. Мне тогда исполнилось четырнадцать. Кстати, кажется, именно в тот год произошло наше с тобой первое знакомство.

Он посмотрел на меня, и я кивнула в подтверждение.

— Вскоре отец отправил нас с Седриком за море. Так что я знал тётю всего ничего. Меня мало интересовали её взаимоотношения с Картозом. Я их воспринимал как неотъемлемую часть дворцовой жизни, не больше и не меньше. И вот мы вернулись… прошло столько лет. Мы с Седриком стали другие, а во дворце время как будто остановилось. Всё, за исключением смерти отца, осталось прежним. И они прежние. Тётя Селия такая же тихая и незаметная, а вот Картоз стал более… более… — Мартин задумался, пытаясь найти подходящее слово.

— Пресным, — подсказала я ему.

— Верно, — изумился Мартин, — именно пресным. Как будто у него потерялся вкус к жизни. Он безразличен ко всему происходящему. Изредка проявляет интерес к государственным делам, но поверхностно и ненадолго. Несколько раз я видел его сидящим в беседке в розарии. Он казался мне неподвижным будто статуя. Такой же холодный и безразличный.

— Интересно, а они друг друга когда-нибудь любили? — задумалась я.

— Селия и Картоз? Не знаю, что было раньше. Сейчас, по-моему, там любовью не пахнет. Иногда мне кажется, они стараются даже не находиться в одной комнате.

— Точно! — согласно кивнула я, — мне тоже так подумалось, когда я наблюдала за ними тогда во время ужина. Особенно по сравнению с Кроником и Леоной.

— Ну, Кроник и Леона — образец супружеского счастья, — улыбнулся Мартин, — счастливее их я не видел пары. Разве что мои родители могли бы с ними сравниться, будь они живы. Думаю, отец любил мою мать до самой своей смерти.

По его изменившемуся голосу я поняла, что ему до сих пор тяжело говорить о своих родителях в прошедшем времени. Мне всегда было трудно найти нужные слова, чтобы успокоить человека. Наверное, потому что никому и никогда не приходилось успокаивать меня. Полагаю, и Мартин в этом не нуждался. И всё же мне очень захотелось сказать ему что-то приятное, ободряющее. Но в голову ничего не приходило, кроме того, что в него влюблена самая красивая принцесса. Только ведь Виола просила меня держать всё в тайне…

— Хочешь, покажу тебе Лунную лагуну? — неожиданно для себя самой спросила я.

Мартин искренне улыбнулся в ответ, и я уже не видела грусти в его глазах.

— Хочу!

Я выхватила свои листки из рук Мартина и положила их под камень рядом с большим дубом, чтобы их не унесло ветром, задула свечу. Над верхушками сосен показалась огромная луна, освещая озеро и нас таинственным серебряным светом.

— Почти полнолуние, — тихо заметила я и двинулась по едва заметной тропе в сторону моря. Мартин неслышно следовал за мной.

Вскоре лес расступился, и мы вышли на берег. Ветра не было. Поверхность моря лишь слегка бороздили мелкие волны. Мы молчали всю дорогу. И вот наконец приблизились к крутым скалам. Луна уже светила во всю свою силу, поэтому карабкаться на ощупь не пришлось. Мартин до того легко взобрался вверх по крутому склону, что мне аж стало немного обидно. Ведь чтобы вот так же ловко лазать по скалам, мне пришлось бесчисленно много раз свалиться в воду, набить шишек и синяков, расцарапать не только колени и локти, но даже лоб. А Мартин справился быстрее меня да ещё успел подать руку. И только из вежливости мне пришлось принять его помощь!

В лагуне море казалось ещё спокойнее. Мы подошли к самой кромке воды. Было тихо-тихо, лишь иногда вскрикивали птицы да слышался мягкий плеск волн.

— Сегодня русалки приплывают из самых глубинных королевств, чтобы завтра присоединиться к празднику Лета, — почти шёпотом поведала я, — если нам повезёт, мы их увидим.

— Настоящих русалок? — не поверил Мартин, — неужели они всё ещё существуют?

— Они существуют в каждой волне, ведь, по преданиям, после смерти русалка превращается в морскую пену. Много лет назад на них открыли настоящую охоту. Рыбаки верили, что русалки своим взглядом заманивают людей в морскую пучину и губят их там. На самом деле русалки просто были очень общительны и потрясающе красивы. Они любили петь свои песни всем, кто желал их слушать. А рыбакам песен оказалось мало. Они стали нырять за прекрасными русалками. А ведь поймать их не так легко. Вот они и тонули. Это потом они стали русалок обманом заманивать в сети. Теперь они уже не такие доверчивые.

— Откуда ты всё это знаешь?

— Они мне сами рассказали, — пожала я плечами и вошла в солёную воду.

Лёгкий бриз теребил подол моего ситцевого платья: то вздымал его вверх, то вновь разрешал опуститься. Мартин скинул с себя рубашку, обувь и шагнул за мной.

Дно изумительно ровной поверхностью стелилось под нашими ногами. На добрую сотню шагов вперёд его покрывал мягкий песок. Дальше были камни, обвитые водорослями. Я вошла в воду глубже, по пояс, и нырнула. Плавала я хорошо. Даже не помню, когда я этому научилась. Быть может, родилась с этим навыком?

Морское дно совсем не похоже на дно моего озерка. Оно безграничное… и ты чувствуешь себя такой маленькой, хрупкой, уязвимой. Но если подружиться с морем, оно становится твоим покровителем и защитником.

Мы плыли быстро, разрезая телами толщу тёмной воды. Мартин не отставал от меня ни на миг. С каждым взмахом руки дно от нас отдалялось, вода словно становилась плотнее. Ещё немного, и лунный свет перестанет проникать в подводное царство.

Впереди появилось нечто вроде серебристого облачка. Мы плыли прямо на него. Это оказалась стая мелких рыбёшек. Свет отражался от их чешуи и разливался вокруг мягким свечением. Вдруг облачко рассеялось, и мы уже очутились там, где кончался песок… а впереди — морская бездна. Я не раз доплывала до этого места. Плыть дальше мне всегда было страшновато.

Внезапно в темноте морской воды то тут то там начали вспыхивать желтовато-изумрудные огоньки. То были настоящие морские свечки — стайки ночесветок. Они освещали дорогу тем, кого простым смертным так трудно было теперь увидеть. Но если знать, где и когда они появятся, то шансы с ними повстречаться весьма велики.

Каждый год я наблюдаю появление русалок на нашем берегу и каждый раз с восхищением любуюсь их красотой. О! Вот она, по-настоящему неземная красота, улыбнулась я мысленно.

Русалки меня уже узнавали и относились ко мне по-дружески, доверяли мне. Они учили меня своим изящным подводным танцам, позволяли играть с ними в жмурки и прятки. К сожалению, из-за невозможности долго находиться под водой я всегда проигрывала. И всё равно было весело. Вот и сейчас, окружённые ореолом из ноче-светок, они описали вокруг нас изящную дугу, игриво касаясь меня своими хвостами в знак приветствия. Однако, заметив Мартина, русалки мгновенно переметнулись к нему. Одна из хвостатых красавиц обвила его руками и повлекла за собой туда, куда не проникали огоньки морских свечек. Он не сопротивлялся и не отрываясь смотрел в глаза очаровательной русалки. Её подруги стали весело кружиться вокруг меня, лишая возможности вынырнуть на поверхность воды. Воздуха в лёгких не хватало, и на секунду меня охватила паника. Русалки потеряли всю свою привлекательность. Они обманули меня! Вдруг паника сменилась таким гневом, что я сама себе удивилась. Чувствуя, что скоро лишусь сознания, я выпустила остатки воздуха:

> — Лишь ей ночь откроет двери,
> Убедив её поверить
> В свою силу, и без зелья
> Превратится ведьма в зверя.

Всё последующее я видела словно во сне. Не знаю, в кого я обратилась, только русалки в страхе бросились врассыпную. Рук и ног я своих не ощущала. Полагаю, они превратились в плавники, ибо с такой скоростью я никогда доселе не плавала. Похитительницу принца я настигла с быстротой молнии. Увидев меня, она без уговоров отпустила свою жертву. Мартин уже задыхался. Но мой вид, видимо, придал ему сил, и он рванул от меня вверх.

Когда опасность миновала, я расслабилась и плавно опустилась на дно в своём прежнем облике и лопнувшем по швам платье. Мне стало неожиданно спокойно. Я даже закрыла глаза, но сильный рывок заставил меня прийти в себя.

— Живая! — радостно воскликнул Мартин, когда мы снова оказались на поверхности.

— Ты нырнул за мной? — растрогалась я.

— Конечно! Как бы я смотрел в глаза твоей бабушке, не вернись мы вместе.

Выплыв на берег, мы устало повалились на песок.

— Это самое большое разочарование в моей жизни! — сокрушённо заявила я. — Я ими так искренне восхищалась и вместе с ними ругала жестоких рыбаков! Жаль, что их всех тогда не переловили!

— Не согласен с тобой, — прислонившись спиной к огромному валуну, Мартин с лёгкой улыбкой устремил свой взор в море. — Конечно, было бы обидно вот так погибнуть от чар морских красавиц, но это своего рода испытание. Интересно, есть ли способ не поддаваться их очарованию?

— Есть, — угрюмо сказала я, — быть женщиной!

— Увы, мне это не подходит, — хмыкнул Мартин. — Слушай, Глория, а что это было за чудище? Полагаю, я ему обязан своим спасением.

— Чудище? — удивилась я. — А как оно выглядело?

— Я такого никогда не видел. Вроде бы рыба, но с кошачьей головой. Даже плавники походили на лапы с когтями.

— Надо же! — я с досады хлопнула себя по лбу.

Если бы Ефросия была здесь, то наверняка сгорела бы от стыда за свою преемницу. Когда я вспоминала заклинание, перед моими глазами пронеслись события той ночи, когда я превращалась в кошку, и так как я была в возбуждённом состоянии и не могла концентрироваться, то, естественно, приняла кошачий образ. Остатки здравомыслия подбросили к общей картине плавники и жабры, иначе, отчаянно мяукая, я пошла бы ко дну как старый валенок.

— Только не говори, что это была ты, — Мартин, не сводя с меня глаз, наблюдал за меняющимся выражением моего лица.

Я жалобно взглянула на него.

— Мартин, ты стал свидетелем позора всего ведьмовского рода!

Взъерошив мокрые волосы, он опять перевёл взгляд на море.

— Выходит, я спасал тебя от тебя самой?

— И это было очень мило с твоей стороны, — поспешила вставить я, — прости меня! Эх, права была бабушка!

— В чём она была права?

— В том, что ты, связываясь со мной, подвергаешь себя опасности. Ведь сегодня из-за меня мог погибнуть будущий король! Ужас!

Мне действительно стало страшно, словно смысл произошедшего только дошёл до меня. Я закрыла лицо ладонями, так как смотреть в этот момент на мир мне было крайне стыдно.

— Глория, — Мартин мягким движением опустил мои руки и пристально посмотрел мне в глаза, — ты спасла мне жизнь, причём в той ситуации, в которой мы оказались, любая секунда была дорога, а ты не растерялась. Теперь я уверен, что в случае опасности смогу на тебя положиться.

— Умеете вы успокаивать, Ваше Высочество, — улыбнулась я. — Если по пути в Брутию я стану уговаривать тебя сократить путь через подземные пещеры и заглянуть на чай к гмурам, то напомни мне о русалках, и я прикушу свой язык.

— Не буду этого делать, — твёрдо сказал Мартин. — Во-первых, гмуры — славный народец и вряд ли причинят нам вред, а во-вторых, я люблю приключения и избегать их не намерен.

— Ну тогда держись, ибо два любителя приключений обязательно их найдут на свою голову, — я поднялась и обречённо провела ладонями по своему любимому платью, которое теперь лоскутками развевалось по ветру.

Мартин тоже поднялся и не спеша оглядел лагуну.

— Красиво тут. Я и не знал об этом месте.

— Так почти никто не знает, а те, кто знают, опасаются крутых скал. Ты первый, кто составил мне компанию.

— Какая честь, — улыбнулся принц, — неужели даже Лукас тут не бывал?

— Нет, — весело отмахнулась я, — Подсолнух по собственной инициативе вообще дальше своего пастбища не ходил бы. Это я его всё время куда-нибудь тащу, он сопротивляется, но не сильно — привык уже.

— Ты его называешь Подсолнухом?

— Ну да, — смутилась я, — про себя…

— Ты к нему очень привязана?

— Он мой лучший друг, — кивнула я.

Некоторое время мы молча любовались звёздным небом. Краем глаза я смотрела на Мартина. В этот момент он вовсе не соответствовал образу строгого правителя, который я себе мысленно рисовала ранее. Сейчас он больше походил на мальчишку, бултыхнувшегося со мной в озеро много лет назад. Глаза его светились, словно в них отражались небесные звёзды. Его красивый профиль чётко вырисовывался на фоне освещённого луной неба. Ветерок трепал и без того взлохмаченные волосы и раздувал полы наброшенной рубашки. На мгновение я сравнила его с парусником, готовым сорваться в открытое море навстречу неведомому… сорваться, чтобы никогда не вернуться обратно.

— А вот сейчас ты действительно похож на того укротителя мустангов! — вырвалось у меня.

Он медленно перевёл на меня свой взгляд. Промолчал, но его губы тронула загадочная улыбка…

Обратно мы возвращались по другой дороге. Прошли мимо шалаша, спустились вдоль пастбища к мосту и свернули в сторону деревни. Нам в спину дул ветер, насыщенный запахами горных трав. В деревне ещё кипела жизнь. Наверное, её жители не могли уснуть в преддверии завтрашнего праздника. Слышался весёлый смех и хлопанье дверей — это девушки бегали друг к другу, чтобы посмотреть на наряд подруги или продемонстрировать свой. Старшее поколение расположилось кто на крылечках, кто на лавочках. Они пили вечерний чай и вспоминали празднества минувших лет.

— Ваши гости уже ушли на покой, — предположила я, — ты можешь спокойно возвращаться во дворец.

— Пожалуй, — с неохотой согласился Мартин. — Мы завтра будем помогать украшать главную площадь к празднику. Ты там будешь?

— Буду, но с утра мне придётся обежать добрую половину леса, — тяжело вздохнув, ответила я. — Ведь его жители тоже празднуют, правда, отдельно. А я должна им всем разнести подарки.

— Отмечать тоже будете и с лесными жителями, и здесь с нами?

— Конечно! Я каждый год хожу на праздничный лесной шабаш, он обычно начинается в полночь и продолжается до утра. Бабушка ограничивается лишь деревенским праздником.

— И на этот шабаш пускают только жителей леса?

Тон, с которым был задан вопрос, заставил меня пристально посмотреть на принца.

— Неужели ты хочешь присоединиться? — рассмеялась я.

— Да, — просто сказал он, — для меня это другой мир... И, насколько я понимаю, это твой мир?.. Я очень хотел бы на него взглянуть.

Надо признать, его желание взглянуть на «мой мир» меня смутило.

— А если он тебе не понравится? — осторожно спросила я.

— Такое возможно?

— Гм-м... — я окинула его изучающим взглядом.

Во мне вдруг появилась уверенность, что ночной мир леса ему больше придётся по душе, нежели привычная дворцовая жизнь.

— Думаю, не в твоём случае, — призналась я и тут же выложила пришедшую мне в голову идею: — Я также думаю, что было бы неплохо перед нашим совместным путешествием провести некоторое время вместе, чтобы ты до конца осознал, с кем связываешься и чего от меня ожидать.

Мартин с трудом подавил смешок.

— Боюсь, одной совместно проведённой ночи в лесу будет недостаточно.

— Что верно, то верно, — кивнула я в умилении, — возможно, и всей жизни было бы недостаточно. К счастью, тебе это не грозит.

— Что мне не грозит? Жизнь, проведённая с тобой? — с ухмылкой спросил принц. — Я бы на твоём месте столь смелых утверждений не высказывал.

— Согласна, — вторила ему я, — никогда нельзя исключать вероятность того, что во время нашей увеселительной прогулки в Брутию какие-нибудь водяные не затащат нас в болотное царство, и придётся нам свой век коротать рука об руку в трясине. А ещё нас могут захватить горняки и оставить навсегда жить в своём высокогорном селении. А ещё…

— Глория, — прервал полёт моей фантазии Мартин, — ты сейчас испортишь всю прелесть нашего путешествия. А как же эффект неожиданности?

— Ну… — задумалась я, — ведь под конец я могу совершить такое, чего ты от меня точно ожидать не будешь.

— Не сомневаюсь, — сказал Мартин и непривычно тепло посмотрел на меня.

А я подумала, вот бы удивилась Ефросия, очаруй я принца без всяких там заклинаний и приворотов, да ещё в таком виде! Я посмотрела на своё разорванное платье и незаметным жестом смахнула с лица мокрые завитки волос. Что ж, надо быть откровенной хотя бы с самой собой. Если я Мартину и понравлюсь, то точно не из-за своей сомнительной внешности. С другой стороны, не такая уж я и дурнушка! А если меня высушить и причесать… Тут я вспомнила о Виоле и отогнала от себя эти мысли. Нехорошо как-то получается. Вместо того чтобы писать от её имени письмо Мартину, я провожу с ним вечер под луной. А ведь на моём месте должна была быть она! Нет, надо сворачивать наше романтическое свидание.

— Уже поздно, Мартин, — сказала я, изображая на лице усталость, — если ты хочешь выдержать не только официальный праздник, но и лесной шабаш, тебе надо срочно идти спать! И мне тоже! Ведь засыпать в лесу, когда вокруг беснуются лешие, кикиморы и другая нечисть, не рекомендуется.

— Я справлюсь, — сказал принц и с какой-то непонятной мне тоской посмотрел в сторону дворца. — Спасибо, что согласилась взять меня с собой.

Проводив Мартина взглядом, я бегом помчалась домой.

Дома свет не горел. Бабушка Розалия, утомлённая дневной суетой, давно спала, и её совсем не тревожили мотивы, по которым Араганесес или кто-либо другой мог убить короля. Впрочем, в данную минуту они и меня не заботили. На цыпочках я вошла в дом. В печке ещё золотились угольки. Я прислушалась. В тишине, помимо бабушкиного посапывания, до моего уха доносились другие звуки. На чердаке кто-то шуршал и топотал. Вздохнув, я присела на краешек табуретки в ожидании, пока Жихоня закончит прибираться в моей каморке. Ожидание затянулось, и до меня стало доноситься лёгкое ворчание. Скорей всего, Жихоня возится со всем этим хламом, который я вытащила из сарая, но не решилась выбросить. Возможно, стоило всё оставить там же, в сарае, но копаться в сундуке прабабки мне хотелось без лишних свидетелей.

Чтобы не терять времени зря, я осторожно засветила маленькую свечку, положила перед собой на стол блокнот и приступила к сочинению письма Мартину.

Оказывается, писать письмо королевской персоне тоже непросто... тем более любовное! Пусть оно и сдержанное... Мне в голову закралась неожиданная мысль. Ведь теперь я думала о Мартине скорее как о друге, нежели как о принце. А может, даже больше чем как о друге... От этого мне легче не становилось, скорее наоборот. И почему это я должна писать письма за принцесс?! Зря на них тратили время искусные учителя, что ли?! Хотя, судя по Амелии, зря...

Загрустив, я уткнулась подбородком в скрещённые руки и тоскливо уставилась на дрожащий огонёк свечи. Какая всё-таки забавная штука — молодость. Стоит принцу посмотреть на тебя нежнее обычного, и ты уже готова себе нафантазировать такое, что и духу леса не приснится. А ведь на самом деле ничего особенного не произошло, да и не могло произойти... И о Седрике я просто так вздыхаю, без всякой там надежды на дальнейшее развитие событий. Но ведь мечтать мне никто не запретит! Может, это глупо и легкомысленно, однако в моём возрасте простительно. Повздыхаю и перестану, а став настоящей ведьмой, напрочь позабуду обо всех этих принцах и принцессах, и моя жизнь станет намного ярче и увлекательней. Теперь я уже жалела Виолу, которой ничего больше не остаётся, как мечтать о любви... Интересно, а когда она выйдет замуж, о чём она будет мечтать?..

Итак, моё настроение несколько улучшилось, и я опять взялась за карандаш. Когда шорох и ворчание наверху стихли, передо мной сложилось вполне приемлемое послание в стихах.

* * *

— Я с первых строк прошу о том,
Чтоб очень строго не судили
Вы дерзость слов в письме моём.
Об этом буду я потом
Жалеть, в надежде, чтоб простили
И уничтожили письмо.

Потом... ну а пока что я
Пишу дрожащею рукой
О чувствах, что доселе я
Скрывала от самой себя,

Боясь тревожить свой покой
И ваш покой нарушить зря.

Но я решилась написать
Лишь потому, что очень трудно
В волненьи чувства удержать,
Самой себе всё время врать,
И быть холодною прилюдно,
А про себя в огне сгорать.

Но в первый и последний раз
Вам сердце потревожу строчкой
С одной из самых важных фраз:
Я нежно полюбила вас.
И торопливо ставлю точку
Здесь… в первый и последний раз.

Я замолчала и посмотрела на Виолу. Стояло раннее утро. Мы с ней заранее договорились встретиться у озера, чтобы обсудить наши следующие действия.

Я, сидя на своём излюбленном месте, весело булыхала ногами в воде, а принцесса задумчиво водила пальчиком по водной глади озера.

— Я бы так не написала, — наконец молвила она. — Думаешь, он догадается, что это от меня?

Я неопределённо пожала плечами:

— Он не дурак. В этом письме на тебя ничего не указывает. Но он должен понять, что ему написала особа из его окружения, а таких, согласись, немного.

— А он не подумает на Амелию? — мимолётный испуг промелькнул в карих глазах.

Я одарила её таким красноречивым взглядом, что она сразу успокоилась.

— Да-да, — быстро проговорила она, — он не дурак.

— Значит, сегодня вечером, когда все начнут собираться на главной площади, я запускаю голубя. Ты находишься неподалёку, чтобы, если что, ему не пришлось далеко ходить.

— Ты полагаешь, он захочет ответить на моё письмо? — зарделась Виола.

— Честно говоря, сомневаюсь, — пришлось признаться, — но вдруг он жестом или фразой выдаст свои чувства. Если же его реакция окажется нежелательной, просто изображай недоумение и непонимание. Мол, знать не знаю, о каком письме вы говорите, и ничего о нём слыхом не слыхивала. Я буду рядом. В крайнем случае, могу взять огонь на себя, отшучусь как-нибудь. Меня он всё равно всерьёз не воспримет.

— Почему же? — удивилась принцесса. — Я считала бы тебя достойной соперницей.

Тут настал мой черёд удивляться.

— Что ты, — отмахнулась я от неё, — я платья-то толком носить не умею. Подозреваю, принцы на меня и не смотрят как на представительницу прекрасного пола.

— Да ведь ты по-настоящему прекрасна!

Восклицание принцессы прозвучало настолько искренне, что я, не удержавшись, перегнулась через камень и посмотрела на своё отражение в озере. На меня смотрело запанное личико с нечёсаными космами, кое-как собранными пучком на голове, и вздёрнутым носом, до неприличия густо усыпанным веснушками. Оторвав глаза от столь «прекрасного» зрелища, я с укором глянула на принцессу.

— Шутить изволите?

— Честное слово, — продолжала настаивать Виола, — у тебя же глаза какие! Я бы всё отдала за такие!

Я пожала плечами. Когда сама принцесса восхищается твоими глазами, самое правильное — промолчать и принять комплимент как должное.

Обговорив последние детали нашей интрижки, я вручила Виоле черновик письма и попросила её переписать его своей рукой, предупредив, однако, что почерк ей следует слегка изменить (на всякий случай), после чего принцесса поспешила обратно во дворец, чтобы успеть туда вернуться до того, как все проснутся.

Прежде чем уйти, она обернулась и улыбнулась мне:

— Спасибо тебе, Глория. Ты настоящий друг!

Сказала и ушла, а мне снова стало грустно… Правда, ненадолго. Сегодня праздник Лета, и я не имела ни права, ни времени грустить. Вот завтра посижу где-нибудь в укромном уголке и погрущу…

* * *

Была несусветная рань, но для бабушки Розалии день начался, когда первые лучи солнца едва коснулись верхушек гор. К тому моменту, когда я вернулась со встречи с Виолой, бабушка успела напечь гору ватрушек и сейчас раскладывала по маленьким корзиночкам сдобные пирожки, булочки с корицей, пироги с вишней и прочие вкусности. Корзиночки, в свою очередь, надёжно закрывались крышечками и укладывались на дно двух спаренных мешков.

— Ой, — охнула я, — как я это поволоку?!

— Очень просто, — бодро ответила бабушка, — тебе Финик одолжит Серенького. Пока садись поешь, а потом беги в деревню. Финик уже развезёт молоко и сможет отдать тебе ослика. Заодно отнесёшь туда сушёные грибы и сухофрукты. Они лёгкие — справишься. И не забудь причесаться перед выходом — в деревне наверняка уже все проснулись!

Тяжело вздохнув, я покорилась судьбе и села завтракать. Бабушка выскочила во двор и принесла высушенное бельё. С изумлением она уставилась на жалкое тряпьё, в которое превратилось моё платье и которое я перед сном повесила сушиться на верёвку во дворе.

— Что случилось с твоим платьем?

Я сидела с набитым ртом и не сразу ответила. Врать бабушке я не любила, поэтому, как обычно, приходилось утаивать правду.

— Вчера же русалки приплыли, — ответила я, придавая лицу самое невинное выражение, — мы с ними играли…

Бабушка неодобрительно покачала головой.

— Утянут они тебя когда-нибудь на дно — доиграешься! — бросив моё порванное платье в угол к другим старым тряпкам, она вздохнула: — У тебя скоро совсем не останется одежды. Ну вот что ты сегодня наденешь? — бабушка бросила косой взгляд на мою мешковатую юбку и грубо пошитую блузу с закатанными до локтя рукавами.

— Ой, бабуль, — беспечно взмахнула я руками, — не в одежде счастье!

Проглотив последний кусок грибного пирога, я завернула ещё несколько ломтиков в салфетку для Финика. Подбежав к зеркальцу, я придала своим волосам более-менее приличную форму, подхватила мешок с сушёными фруктами и грибами — наш с бабушкой вклад в украшение главной площади — и поспешила в деревню.

Это уже стало традицией — каждый праздник Лета развешивать повсюду гирлянды из прошлогодних сухофруктов, шишек, берёзовых веников. Сам праздник начинался на закате. На главной площади собиралось столько народу, что я не переставала удивляться, как на таком ничтожно малом клочке земли могут поместиться жители аж двух королевств. Казалось, это противоречит всем законам природы. Однако ж на тесноту никто не жаловался, и даже драки случались редко. А если и случались, то ближе к концу праздника. Начинался же праздник с торжественного угощения, после которого наступала очередь народных выступлений. На площади устанавливали сцену, которую у нас использовали всякий раз, когда народ желал блеснуть своими талантами. Любой желающий выступал со своим номером. Таким образом, у нас получался настоящий концерт. С коротким перерывом на чай он продолжался до позднего вечера. Ближе к полуночи устраивались пляски. Они длились до самого утра… ну или до последнего танцора. А так как мы с Лукасом никогда не считали себя любителями народных танцев, то обычно к этому моменту мы убегали в горы, вернее, на ближайшую к пастбищу гору. С неё открывался головокружительный вид на море. И даже был виден кусочек пристани. К ней вела мощёная мелким камнем дорога. Шла она от самой деревни и сворачивала потом влево к пристани, а еле заметная тропа отделялась от неё и змейкой исчезала в горах. Как раз по ней отец Лоулли дошёл тогда до Брутии. А место, где дорога раздваивалась, все гордо называли Развилкой.

Любование морем и пристанью, однако, не являлось нашей с Лукасом конечной целью. С той горы мы наблюдали за звёздами. Почему-то именно в праздник Лета можно было увидеть звёздный дождь и загадать кучу желаний.

А вообще этот праздник просто служил поводом собраться вместе, так сказать, себя показать и на других посмотреть, посплетничать о том о сём, найти себе новых друзей или повидаться со старыми. Что до меня, я этот праздник очень люблю. Я сама редко бываю среди большого скопища людей и постоянно в нём быть не хотела бы, но несколько раз в год потолкаться и пообщаться, покричать и оглохнуть от криков других я не прочь.

* * *

Несмотря на ранний час, в деревне кипела жизнь. Из пекарни доносились приятные ароматы сдобы. Милка с сёстрами лепили творожных барашков и украшали их кусочками чернослива. Варнис и его старший сын возились на площади со сценой. А ещё вокруг копошилась куча незнакомого мне люда. Наверное, начинали прибывать жители Южного Королевства, среди которых я знала не всех.

Недалеко от главной площади я увидела Софию и жену Варниса — они мастерили из уже принесённых кем-то сухофруктов гирлянды. Я подошла к ним и высыпала к их ногам наше подношение.

— Вот, — гордо сказал я, — это от нас с бабушкой!

— Как славно, — поблагодарила София, — а мы уж боялись, что нам не хватит.

— Где Финик? — спросила я, оглядываясь. — Он обещал Серенького одолжить.

— Я его послала во дворец. Араганесес собирался передать финики — они ж только во дворцовом саду растут.

— Пошёл Финик за финиками... — улыбнулась я и, бросив короткий взгляд на жену Варниса, которая, напевая себе что-то под нос, перебирала принесённые мною сухофрукты, тихо спросила: — А как у тебя идут дела с дворецким?

София ответила не сразу. Задумавшись, она подобрала подол платья и уселась на перевёрнутую корзину.

— Ты знаешь, гладко идут, — вымолвила она. — Это мне и не нравится...

— Хе-хе, — усмехнулась я, — прав был тот, кто сказал, что женщине всегда чего-то недостаёт для счастья.

— Нет, правда! — воскликнула София. — Он такой правильный. На свидания приходит без опоздания — не даёт мне шанса поволноваться. Я бы сама опаздывала, так он ко мне приходит, поэтому я всегда на месте. И такой обходительный, всегда поинтересуется моим здоровьем, о Лукасе спросит, о тебе...

— Обо мне? — удивилась я.

— Наверное, из вежливости или для поддержания разговора, — отмахнулась София.

— Так чего тебе не хватает?

— Даже не знаю... — вздохнула она, — думаю, хоть это и звучит глупо в моём возрасте, мне не хватает яркости отношений.

— Романтики... — понимающе кивнула я.

— Именно, — согласилась София и тут же понизила голос, — только не говори никому, а то подумают, что я свихнулась на старости лет.

— Глупости какие! — запротестовала я, — тебе до старости, как отсюда до Острова Грёз.

— Всё равно в моём возрасте следует быть более практичной, — вздохнула София. — Дом без хозяина — не дом. А мои соседки от зависти лопаются каждый раз, когда Араганесес с букетом цветов мимо их окон проходит. Чего ж мне ещё желать?

Слова были многообещающие, но звучали они иначе.

— Так что с ним не так? — не выдержала я воцарившегося молчания.

— Трудно сказать... — София задумчиво теребила сушёную лисичку, — знаешь, бывают букеты, собранные с душой, пусть это всего лишь малюсенький букетик фиалок, но от него таким теплом веет... — в её голосе звучала тихая грусть.

Так вот в чём дело, догадалась я. Судя по всему, малюсенькие букетики фиалок ей дарил муж. Она до сих пор его любит и всех с ним сравнивает.

Перевернув ещё одну корзину, я уселась рядом с ней.

— Но ведь былого не вернёшь, — сказала я.

— К сожалению, — грустно согласилась София.

— Кем он был?

— Моряком… Каждый год уходил в плавание и каждый год возвращался. А я ждала. Однажды он не вернулся.

— Кораблекрушение? — сочувственно спросила я.

София не ответила, лишь пожала плечами и, отмахнувшись от жужжавшей над ухом пчелы, встала.

— А вот и Финик!

Действительно, со стороны дворца ковылял Серенький и тащил за собой тележку, нагруженную финиками и Фиником, который эти финики уплетал за обе щеки.

— Всем привет! — он весело махнул нам рукой и спрыгнул с тележки.

Мы помогли ему распрячь ослика и выгрузить финики на большой стол посередине площади. К нему тут же подлетела местная детвора и растащила добрую треть фиников.

— Надо бы их разложить по корзиночкам и поставить кого-нибудь сторожить, — предложила София, — иначе к вечеру совсем ничего не останется, — и она тут же приступила к выполнению сказанного.

— Ты Серенького с тележкой возьмёшь? — спросил меня Финик.

— Нет, с тележкой я в самую чащу не пролезу. Спасибо, что разрешил мне взять ослика. Без него я бы до вечера разносила бабушкины гостинцы, а так даже успею вам помочь, когда вернусь.

— А нам сегодня все помогают, — гордо сказал гном, — и принцы с принцессами. Когда Деня насыпал мне финики в тележку, я видел, как Седрик с обеими принцессами срезали цветы в саду. Вернее, принц срезал, а принцессы их собирали в венки и букеты. Будет очень красиво. А Мартин с Шарлем обсуждали, как лучше перетаскивать пианино леди Марсель, так что нас ещё и музыка ждёт!

— Ух ты! — восхитилась я. — Леди Марсель играет превосходно. А Бивр со своей трубой будет?

— А как же! Он ещё вчера начищал её до блеска!

— Так у нас целый оркестр наберётся! — обрадовалась я.

— Между прочим, я тоже кое на что способен! — подпёр бока Финик.

— Я всегда подозревала, что у тебя есть скрытые таланты, — захихикала я.

— Конечно есть, — надулся гном, — вот сегодня увидишь!

— Буду ждать с нетерпением, Финичек, — подмигнула я ему. — Ладно, пора собираться в путь-дорогу. Кстати, мне сегодня понадобится твоя помощь. Сможешь раздобыть дворцового почтового голубя?

— Не вопрос, — деловито кивнул гном, — а тебе зачем?

— Дело государственной важности! — таинственно ответила я.

Сунув ему в ладошки завёрнутые в салфетки куски пирога, я взяла Серенького под уздцы и повернула обратно в лес.

* * *

Серенький оказался просто чудом! Я никогда так быстро не разносила бабушкины гостинцы. Я знала самые короткие пути и могла передвигаться по лесу очень резво, только не с тяжеленными мешками. Зато с таким четвероногим помощником я вмиг справилась со своей задачей. Ну... не вмиг — до обеда. Серенький лишь раз заупрямился, когда мы подходили к Призрачному болоту. Называлось оно так, потому что его было очень трудно найти. Порой оно появлялось в самых неожиданных местах. Я, конечно, знаю, где его точно нет. А вот где оно точно есть, никогда не могу угадать. Несколько раз оно почти поглотило меня самым неприятным образом, и каждый раз мне на выручку приходили местные кикиморы, сёстры-близнецы Кики и Тики. Милые создания, если общаться с ними малыми порциями. Как-то раз мы с Фиником наткнулись на них во время нашей прогулки по лесу — бабушка попросила нас насобирать крыжовника для варенья. Так после этой встречи гном наотрез отказывается ходить со мной в лес, во всяком случае в направлении того болота. Я подозреваю, отказывается он именно из-за боязни опять нарваться на болотных сестричек.

Говорят они наперебой. Кики немного заикается, а Тики косит правым глазом. У них необычная привычка засыпать тебя вопросами и тут же отвечать на них, не давая тебе вставить и слова.

Вот и на этот раз, стоило Серенькому врасти в землю, я поняла, что перед нами затаилось таинственное болотце — у зверей на него особый нюх. Я кинула камешек на раскинувшуюся перед нами заманчивую лесную полянку, и точно, камешек тут же исчез с её поверхности, а по зелёной глади начали расходиться не менее зелёные круги.

— Серенький, — растрогалась я и погладила ослика по голове, — какой ты замечательный! Без тебя я опять в него провалилась бы.

Достав из мешка две последние корзиночки, я аккуратно поставила их по одной на каждую из кочек, торчащих рядом с болотом, и потихоньку потянула Серенького назад.

— Т-так и уйдёшь, не п-поздоровавшись? — раздался хрипловатый голосок так неожиданно, что я подскочила.

Я огляделась, но никого не увидела. И вдруг одна из кочек зашевелилась.

— Кики, это ты? — неуверенно спросила я.

— Как это неучтиво! — возмутилась кочка. — Не так уж мы и похожи!

— Д-да у нас вообще ничего об-бщего нет! — вторила ей вторая кочка.

От неё отделились две зелёные ручки и подхватили соскальзывающую корзинку. И вот уже обе кочки превратились в двух сестричек. Тики моментально запустила обе ручонки в свою корзинку и достала кусок вишнёвого пирога.

— Наш поклон бабушке Розалии! — промурлыкала она, обнюхивая длинным подвижным носом сдобу. — Надеюсь, она здорова и румяна?

— К-конечно румяна! Это т-только ты у нас з-зелёная! — фыркнула Кики, прижимая свою корзиночку к груди.

— Тоже мне нашёлся кролик белый и пушистый! — огрызнулась Тики. — Ты на себя хоть иногда в лужу смотри, только недолго, а то лужа испугается, и её потом не найдёшь.

— Ты её не п-поэтому не найдёшь, — ехидно парировала Кики и, скосив глаза, изобразила, как Тики ищет лужу.

— Девочки! — решила я положить конец этой перепалке, — не надо ссориться, сегодня же праздник!

— А кто ссорится? — на лице Тики появилось искреннее изумление.

— Мы никогда не с-ссоримся! — гордо поддержала её Кики. — А чей это ослик?

Обе кикиморы отодвинули в сторону корзиночки и подскочили к Серенькому.

— Какой гладенький! — сказала Тики, поглаживая его по шее. — А из осликов коврики делают?

— Из этого не делают, — быстро вставила я, — это ослик Финика, моего друга.

— Это т-тот душка г-гномик, что с т-тобой приходил в прошлый раз? — захлопав длинными ресницами, поинтересовалась Кики. — П-почему он не пришёл сегодня? Наверняка, Т-тики его тогда спугнула!

— Почему это сразу Тики? — возмутилась её сестра. — Ты, чай, тоже не первая красавица!

— Чай не п-первая, но благодаря т-тебе и не п-последняя, — показала ей язык Кики.

— Ах ты заика болотная! — вскричала Тики.

Издав воинственный клич, она попыталась ухватиться за торчащую косичку сестры, но та ловко увернулась и спряталась за Сереньким. Однако Тики сдаваться не собиралась. Подобрав с земли еловую ветку с тремя тяжёлыми шишками, она стала подпрыгивать с одной стороны ослика, прилагая все усилия, чтобы дотянуться веткой до прячущейся с другой стороны Кики. Наконец её усилия увенчались успехом. Кики громко ойкнула и отскочила в сторону, демонстративно потирая лоб.

— Смотрю я на вас, девочки, и удивляюсь, — сказала я, — вы же сёстры! Если б у меня была сестра-близнец, я бы в ней души не чаяла.

— Ага, это ты т-так говоришь, п-потому что сестры у т-тебя никакой нет, — буркнула Кики, рассматривая ушибленный лоб в маленькой лужице.

— Но мы всегда можем породниться! — подбодрила меня Тики и, откусив внушительный кусок шишки, захрустела им.

— Н-не надо, — тут уж я начала заикаться, — боюсь, бабушка троих таких, как я, не осилит.

— А ты к нам переселяйся, — предложила Тики, — уж мы о тебе позаботимся!

Взяв комок мокрой глины, она с чувством размазала её по лбу Кики.

— А я г-говорила, не надо нам б-было спасать т-тебя сто десять раз, — поддержала её последняя, смахивая лишнюю глину с лохматых бровей, — п-потопла бы ты и стала нам с-сестрицей! Мы бы д-друг друга лечебной глиной натирали! Ещё б к-красивее стали!

— Куда уж красивее, — заметила я, разглядывая болотных прелестниц.

Я уже привыкла к их чудной внешности, и, если присмотреться, сестрички были очень даже милы, особенно когда обсохнут на солнышке. Но на человека постороннего они, пожалуй, произвели бы неизгладимое впечатление. Кожа у кикимор переливается зеленью и похожа на мелкую чешую, как у змеи. Большие навыкате глаза, прозрачно-болотного цвета, обрамлены длинными оливковыми ресницами. Вытянутые курносые носы находятся в постоянном движении, словно боятся пропустить какой-нибудь мало-мальски приятный запах. А сами кикиморы пахнут тиной и мокрыми листьями. Прядки волос, напоминающие бурые водоросли, заплетены в тугие косички и торчат в разные стороны. Одеваются они в платьица из тонких усиков болотного плюща.

— Чем больше кикимор и водяных, тем лучше, — поддержала сестру Тики, — вместе нам было бы проще отгонять сомнительных личностей от нашего болота!

— Кого вы называете сомнительными личностями?

— Да шляются тут всякие, флору портят, — ответила кикимора, недовольно наморщив нос, — то тролли набегут за очередной порцией болотни, то феи прилетят за пыльцой болотных лилий…

— А с Кроном вы не были знакомы? — прервала её я, решив воспользоваться говорливостью своих собеседниц.

— Это тот лохматый оборотень, который каждую весну топчет мои клумбы? — встрепенулась Тики.

— Тоже мне к-клумбы! С-сорняки да к-крапива! — фыркнула Кики.

— А кто с ними чай пьёт? Я что ли? — вспылила её сестра, но потом хлопнула себя по лбу. — Вспомнила! Это двоюродный брат нашего лешего! Такой скрюченный и хромой!

— Это он п-после т-твоего супа скрючился! — язвительно вставила Кики. — И звали его Оголопом. А К-кроном зовут лопоухого г-гоблина, который в г-гости к нашим соседям водяным п-приходит.

— Да нет же, — поспешила я остановить этот бесконечный поток пререканий, — я имею в виду Крона тролля, который, возможно, приходил к вам за болотней. Он недавно умер.

— Несварение желудка? — сочувственно покачала головой Тики.

— Наверняка вместе с б-болотней понабрал с-сорняков с т-твоей к-клумбы, — хихикнула Кики.

— Вообще-то его убили, — строго сказала я.

Впервые за время нашего разговора сестрички не нашли что сказать. Тики с открытым ртом присела на корточки, а Кики опять схватила принесённую мной корзиночку и прижала её к себе.

— П-подрался с кем-то? — робко спросила она.

— Нет, — сказала я, — его очень подло отравили, причём его же настойкой — болотни в ней оказалось больше, чем надо.

Сестрички переглянулись и с недоверием посмотрели на меня.

— Наша бабушка рассказывала, что тролли пьют свою настойку сразу же, как только добавят в неё болотню — она ещё вспенивается забавно, — задумчиво произнесла Тики, — если в настойке было больше болотни, то...

Она не договорила, но вместо неё это сделала Кики:

— То т-тролля не убили, а он сам... т-того... этого... — теперь уже Кики замялась.

— Невозможно! — категорично опровергла я их предположение. — Никогда в это не поверю!

— Почему? — удивилась Тики. — Я его теперь вспомнила. Хмурной такой тролль, шуток не понимал, — добавила она и хихикнула.

— Т-твоих шуток никто не п-понимает, — прыснула Кики.

Кикиморы опять заспорили, осыпая друг друга потоком колкостей, а я серьёзно задумалась. Если сестрички правы, а это легко проверить, и тролли действительно выпивают настойку сразу же после добавления в неё болотного цветка, вернее, корешка от него, то Крон либо сам положил больше, чем надо, либо...

— Это был кто-то, кому он доверял! — воскликнула я. — И скорей всего тоже тролль! Ни человеку, ни гному, ни эльфу он настойку не доверил бы.

Близняшки замолкли и с удивлением взглянули на меня.

— Жена? — неуверенно предположила Тики.

— Ха! — фыркнула Кики. — К-кто ж жёнам д-доверяет?

— Простофили, — загоготала Тики, — хотя у Крона ничего такая жена... Я, конечно, в красоте троллей мало что смыслю, но она точно симпатичнее Крона была.

— По мне т-так что он, что она — п-посмотри, г-глаза закрой и забудь, — сказала Кики.

— Особенно по сравнению с такими милашками, как вы, — подмигнула я им.

И тут до меня дошёл смысл ими сказанного.

— О какой такой жене вы говорите?!

— Ясное дело, о жене Крона, — ответили кикиморы.

— У него не было жены, — запротестовала я.

— Ну не знаю, кем она там ему была или не была, только видели мы его с какой-то кралей в самом глухом уголке нашего леса… в полнолуние, все как раз веселились у Большого Костра, так что им никто не мешал.

— А вы там что делали?

Кики потупила глазки, и даже, казалось, румянец проступил сквозь зелёную кожицу лица.

— Мы на суженого г-гадали. Я замуж выйду раньше Тики! — выпалила она и показала сестре язык.

— Ага, поклонники за тобой табуном топчутся, — расхохоталась Тики.

Воспользовавшись паузой, в течение которой кикиморы бросали друг на друга испепеляющие взгляды, я задала следующий вопрос:

— А как её зовут, вы знаете?

— Чего не знаем, т-того не знаем, — развела ручками Кики, — но в лицо узнать можем!

— Да-да, — согласно закивала Тики, — я её тоже запомнила. Кики как раз суженого высматривала в яме предсказаний и велела мне смотреть в другую сторону. А мне больно интересно, кого она будет одурманивать болотным зельем и заманивать под венец! Вот я и наблюдала за троллями.

Ямой предсказаний называли глубокий колодец в сердцевине лесной чащи. Вырыл его, по легендам, самый первый дух нашего леса, чтобы видеть в нём события грядущих лет. Работал колодец или нет, неизвестно, ибо никто не знал, как им пользоваться. Но кикиморы и древесные феи в полнолуние пытались разглядеть в зелёной жиже, коей был наполнен колодец, своё будущее семейное счастье. Что ж, романтика никому не чужда.

Однако сейчас меня не интересовало даже моё собственное семейное счастье, не говоря уже о суженных близняшек. Меня волновал вопрос: кто была та особа, с кем видели сестрички Крона?

Догадавшись о моих мыслях, Тики сделала благородный жест:

— Мы её легко опознаем, если увидим, скажем, в деревне… Например, сегодня на празднике Лета…

— Т-точно, — поддержала её сестра. — Финик же т-там тоже будет?

Закатив глаза в разных направлениях, Тики с деланным сочувствием похлопала сестрёнку по плечу.

— Гм-м, вы же знаете, что люди вас побаиваются, — неуверенно сказала я, — вы можете шуму наделать.

— А мы б-будем маскироваться! — с надеждой в глазах стала убеждать Кики.

— Никто нас не заметит! Я так давно хотела посмотреть на принцев и принцесс, — Тики мечтательно заломила ручки. — Они там будут?

— Будут, — заверила я её.

— А вдруг меня принц поцелует, и превращусь я в прекрасную принцессу!

— Скорее он п-превратится в лягушку, — хохотнула Кики.

Немного подумав, я приняла решение.

— Хорошо, вы пойдёте со мной, но чтобы никто вас не видел! Иначе вас выгонят и меня вместе с вами.

— Тогда мы сразу пойдём на шабаш, — успокоила меня Тики, — на русалок полюбуемся! Они такие красивые!

— Да уж, — пробормотала я, — только красота бывает обманчива...

Подхватив Серенького под уздцы, я повернула обратно. Сестрички вприпрыжку бежали рядом, на ходу умудряясь делиться последними лесными сплетнями.

Когда мы приблизились к нашему с бабушкой домику, кикиморы словно испарились. Только тихое хихиканье выдавало их присутствие.

На крыльце меня поджидал Подсолнух. Одетый в белую расшитую золотыми нитями рубашку и подпоясанный таким же золотым пояском, он полностью соответствовал подаренному мной прозвищу. Новые горчичного цвета штаны превосходно сочетались с его взлохмаченной шевелюрой цвета спелой соломы.

— Ой, Лукас! Ты само воплощение лета!

— Скажи это матери, — буркнул он, закатывая спадающие рукава рубахи, — она порадуется.

Тут к нам выскочила бабушка и сунула Лукасу в руки огромную корзину. Увидев меня, она на миг замерла, потом, щёлкнув пальцами, опять скрылась в недрах дома.

— Тебя, значит, бабушка тоже впрягла в работу? — сочувственно спросила я Лукаса.

— Мимоходом, — ответил тот, — я к тебе шёл.

— О-о-о, — удивлённо протянула я, — что-то случилось?

— Дело такое, — смущённо ответил Лукас, — песню надо спеть.

— Кому? — насторожилась я.

— Я Милке обещал, — вздохнул он, — песню о моряке, мамина любимая, а её одному не спеть, сама знаешь…

Знать-то я знала, но всё ещё не понимала, при чём тут я.

— Ну так и спой с Милкой!

— Не могу, — тихо сказал Лукас, — я ведь для неё спеть обещал. А разве можно петь с тем, для кого?..

Наконец до меня дошло. То-то я заметила, что имя дочери молочника стало часто всплывать в редких фразах Подсолнуха. И тот вечерний разговор во дворце приобрёл иной смысл. Лукас пытался со мной поделиться своими чувствами… на свой манер поделиться. А я была так погружена в собственные думы, что совершенно не обращала на него внимания.

Всё это крутилось у меня в голове, и молчание затянулось. Лукас, вконец смутившись, попытался привычным жестом взъерошить волосы и чуть было не уронил бабушкину корзину. Мы одновременно подхватили её, дружно поставили на крыльцо и уселись по обе стороны от неё. Из корзины доносился аппетитный аромат свежих булок. Приподняв наброшенную на неё скатёрку, я взяла себе одну булочку, а другую протянула Лукасу.

Через минуту совместного пережёвывания я, наконец, вымолвила:

— Милка — хорошая девушка, для неё стоит спеть.

Увидев, как радостно загорелись глаза Подсолнуха, я не смогла сдержать улыбки.

— Только ведь теперь мне придётся надеть что-нибудь с тобой сочетающееся.

Такие мелочи, как одежда, Подсолнуха не особо интересовали. Довольно потянувшись, он подхватил корзину и поднялся.

— Спасибо, — сказал он, — ты надёжная, как Шерстянка!

Это была самая высокая похвала, когда-либо сорвавшаяся с его уст.

На крыльцо опять выскочила бабушка с новой корзиной и торжественно вручила её мне.

— Несите скорей в деревню — там уже столы накрывают, — затараторила она. — Отдайте Софии и поспешите обратно — у меня тут ещё на одну корзину хватит.

— А пообедать? — робко поинтересовалась я, ведь после многочасовой беготни по лесу просыпается зверский аппетит, и одна маленькая булочка меня не спасала.

— После, — непреклонным тоном заявила бабушка Розалия, — как вернётесь, я вас накормлю, и ты сможешь приняться за поиски платья.

Окинув меня неодобрительным взглядом, бабушка безнадёжно махнула рукой и вернулась в дом. А мы с Лукасом направились по лесной тропинке в деревню. Я водрузила свою корзину на Серенького, и тот послушно потопал с нами.

Мы шли молча. Лукас насвистывал какую-то весёлую песенку, а я гадала, за каким кустом прячутся Кики и Тики. В том, что сестрички следуют за нами по пятам, я не сомневалась — несмотря на солнечный сухой день, мой нос улавливал едва заметный запах мокрых листьев.

* * *

В деревне нельзя было протолкнуться. В этом году, пожалуй, народа набралось чуть ли не в два раза больше, чем в прошлом. Наверное, жителям Южного Королевства не терпелось взглянуть на принцев, ведь в последний раз они их видели ещё детьми, а кто-то и вообще не видел. А может, просто разошлись слухи, что Бивр готовит шедевр кулинарного искусства.

Мы с трудом отыскали Софию. Лукас принялся разгружать корзины, а я отправилась на поиски Финика. Найти маленького гнома в толпе оказалось делом непростым. Он нашёл меня первым.

Покинув главную площадь, мы вздохнули с облегчением — здесь можно было идти спокойно, не пробивая себе путь локтями.

Серенького мы загнали в конюшню на заслуженный отдых и снабдили его охапкой сена. Затем мы с Фиником залезли на наш излюбленный наблюдательный пост — крышу молочной лавки. Оттуда мы с интересом наблюдали, как потоки гостей наводнили деревню.

Я смотрела во все глаза, даже позабыв про голод. Давно я не видела столько народа сразу.

— О духи леса, — вырвалось у меня, — где ж они столы планируют ставить? И какой длины эти столы должны быть?!

— Всё не так плохо, — успокоил меня гном, — это сейчас всех много, потому что прибыли тролли со своими дарами. Им тоже что-нибудь вручат, и они уйдут восвояси. Эльфы не любят толкотни, поэтому к вечеру и они разлетятся по своим уголкам. Многие гномы пойдут к пристани — туда с гор спустятся наши дальние родственники гмуры. Так что народу заметно поубавится.

Я на это очень надеялась — отмечать праздник, работая локтями, мне совсем не улыбалось.

— Хорошо троллям, — заметила я, — их все стараются обходить, и их усилия по прокладыванию дороги сводятся к минимуму.

— Зато нам приходится работать вдвойне, — недовольно буркнул Финик, — чего доброго ещё не заметят и затопчут.

— Ну, думаю, тебя заметят, — весело сказала я, окинув быстрым взглядом округлое брюшко гнома.

Финик надулся, но сделал вид, что пропустил моё замечание мимо ушей.

— Между прочим, почтового голубя я достал. Он натренирован, долетит до Мартина и вернётся обратно в голубятню. Ты сказала, дело государственной важности, вот я и решил, что Мартин подойдёт, — важно произнёс он.

— Ты правильно решил, — похвалила его я. — Сегодня, когда все соберутся на площади, нам надо будет запустить голубя с важным посланием… хотя нет, лучше после ужина. Все будут настроены на гулянье и на голубя не обратят внимания… Никто, кроме тех, кому полагается.

— А кому полагается? — полюбопытствовал гном.

От ответа меня спас Лукас. Я вдруг заметила, что он машет мне рукой, сигнализируя, что пора отправляться за последней корзиной.

— Потом, Финик, — пообещала я, — как-нибудь расскажу… может быть, — и, соскользнув по лестнице вниз, помчалась вслед за Лукасом в лес.

Бабушка быстро накормила нас и отправила Подсолнуха обратно в деревню с корзиной. Меня же послала искать праздничную одежду, решив, что с остальным она справится, а портить себе нервы, наблюдая за моим преображением, она не хотела.

Уединившись на своём чердаке, я открыла сундук Ефросии. Затхлый запах старой одежды наполнил комнату. Я слегка поморщилась, но решила вытащить всё из сундука.

Ну и наряды! Дикость, да и только! Увы, наследство прабабки не делало меня богатой в смысле одежды. Разве что поведало мне кое-что о вкусах Ефросии. Похоже, скромностью она не отличалась — наряды её были весьма откровенные… или я просто не понимала, как их носить?

Разочарованная, я захлопнула тяжёлую крышку сундука. Единственным положительным моментом было то, что я убедилась — в нём нет и следа книги заклинаний.

Я присела на табуретку рядом с сундуком и задумалась. Пожалуй, придётся сменить поиск одежды на более продуктивное занятие, а именно — на осуществление нашего с Виолой плана. Для этого следовало найти саму принцессу. Финик упомянул, что видел их в королевском саду. Туда я и направилась.

На дворцовой площади было очень много народа. Стражники напряжённо высматривали в толпе возможных недоброжелателей, но, понимая тщетность своих стараний, время от времени тяжело вздыхали. С гордо поднятой головой я прошествовала мимо таких двух стражей порядка, а они даже не уделили мне достойного внимания.

Оказавшись в саду, я огляделась. Вдоль дорожки кто-то выставил изящные корзиночки с цветами, приготовленные для оформления площади. Тут же на скамейке стопкой лежали накрахмаленные скатерти, переливающиеся тонко выполненной вышивкой. Полюбовавшись причудливыми узорами, я отправилась дальше, надеясь найти хотя бы Деню. Может, он знает, где всех искать.

Из небольшой беседки, образованной густым сплетением виноградных лоз, доносился громкий храп. Деня мог спать в любое время суток и при любых обстоятельствах. Заглянув в его укромный уголок, я увидела пару босых ног, торчащих из-под белоснежной скатерти, судя по вышивке, позаимствованной из стопки в саду.

Улыбнувшись про себя, я собралась было отправиться дальше, как вдруг моё внимание привлёк некий предмет внутри беседки. Осторожно, чтобы не наступить на спящего, я изогнулась и подхватила тяжёлую рогатину. Представляла она собой довольно длинную палку, на конце которой был прикреплён двузубец. Как заворожённая смотрела я на сие орудие, абсолютно забыв, зачем вообще пришла во дворец. Что-то внутри тревожило меня. Какие-то странные ассоциации... Укус змеи — два пятнышка на спине короля — два острых зубца на палке.

Я медленно поднесла палец к одному острию, но тут же его отдёрнула. Мысли лихорадочно закружились в голове. А вдруг это оно — орудие убийства? И вдруг на нём ещё остался яд?! Я стала внимательно рассматривать двузубец. Да разве яд разглядишь? Лишь частички глины да прилипшие травинки. Судя по всему, сей инструмент использовали достаточно часто. Оставалось надеяться, что если это и было орудием преступления, убийца, желая уничтожить следы, тщательно вытер двузубец, дабы избежать случайных жертв. Однако оставлять его здесь нельзя. В этом я была твёрдо убеждена.

Выставив руку с двузубцем вперёд, я триумфально понесла его ко дворцу в надежде увидеть Мартина и перепоручить ценный предмет ему.

Первыми я нашла принцесс. Амелия с томным видом сидела на каменной ступеньке возле фонтана и обмахивалась веером. Виола сидела там же и воодушевлённо плела из ромашек и колокольчиков венок. У неё было прекрасное настроение. Она напевала песенку и отбивала такт ножкой. Увидев меня, она вскочила и бросилась мне навстречу.

— Глория, как хорошо, что ты пришла! — радостно воскликнула она и, схватив меня за руку, потащила в сторону.

Амелия посмотрела на нас рассеянным взглядом. Но когда из-за угла появился Араганесес с подносом, она тут же переключила всё своё внимание на дворецкого и принесённые им сладости.

— Я всё утро не нахожу себе места, — доверительно шептала тем временем Виола, — и в то же время это так интересно, волнительно... Боюсь только, как бы я своим волнением не выдала себя, — переживала она, теребя в руках венок.

— Спокойно, Ваше Высочество, — как можно твёрже сказала я ей, отводя в сторону руку с двузубцем, — это всего лишь проверка. Можем же мы позволить себе на праздник маленькое развлечение? — подмигнула я ей.

— Да, да, конечно, — слабо улыбнулась в ответ принцесса.

Достав из-за пояса сложенный листок бумаги, она дрожащей рукой передала его мне.

— Я изменила почерк, как ты советовала.

Я по-деловому кивнула и взяла письмо. Вдруг послышались голоса, и из боковой двери появились Седрик с Мартином. Они что-то оживлённо обсуждали. Быстро сунув письмо в засученный рукав блузки, я выпрямилась и взглядом намекнула Виоле держать себя в руках, ибо при виде принцев та покрылась густым румянцем.

Заметив нас, Седрик лучезарно улыбнулся и поклонился. Ну какая девушка перед этим устоит?! Опираясь о двузубец, я расплылась в ответной улыбке и, свободной рукой придерживая подол юбки, присела в реверансе. В отличие от Седрика, внимание Мартина привлекла не я, а мой трофей. Несколько раз он явно порывался расспросить меня о нём, но сдерживал свой интерес, ведь сам же решил не вовлекать в расследование Седрика, а тем более Виолу.

А вот Седрик даже не посмотрел на двузубец, как будто и не заметил его вовсе. С другой стороны, Виола тоже не спросила о нём… Почему?! Я бы спросила! Неужели им неинтересно?

Мартин поглядывал на меня весьма насторожённо, отчего мне ещё больше захотелось поговорить с ним наедине. Видимо, мой взгляд был настолько выразителен, что принц очень ловко избавился от ненужных свидетелей, попросив Виолу и Седрика помочь леди Марсель определиться с музыкальным репертуаром на вечер. Те охотно согласились и через минуту исчезли из нашего поля зрения. Оставалась ещё Амелия в обнимку с подносом со сладостями, но ни я, ни Мартин не сочли это препятствием.

Подойдя ко мне ближе, Мартин кивнул головой на двузубец:

— Где ты это взяла? — наконец поприветствовал он меня.

— Я тоже рада тебя видеть, Мартин! — с укором улыбнулась я ему.

Смутившись, он посмотрел мне в глаза:

— Виноват, невежливо вышло… Я счастлив тебя видеть. И рассчитывал увидеть раньше, и уж точно не в обнимку с вероятным орудием убийства. Где ты его взяла? Ясное дело, что во дворце, с ним бы тебя стража во дворец не пустила, — заметив скептическое выражение моего лица, он добавил: — Впрочем… было бы желание, и ты бы пушку протащила!

— Именно, — кивнула я. — Радуйтесь, Ваше Высочество, что вас не окружают отряды злоумышленников, а то никакой стражи не хватило бы! А с одним злоумышленником мы как-нибудь справимся.

Поведав, где я добыла свой трофей, я протянула ему двузубец. Он очень осторожно взял его в руки и внимательно осмотрел.

— Что ж... очень может быть, это оно и есть, — медленно произнёс он. — Надо бы спросить у Базиля, ведь он единственный видел следы на теле отца.

— Всё это очень странно, — сказала я. — Если именно этим убили короля, значит двузубцем воспользовались спонтанно, не планировали... вряд ли убийца таскался с ним повсюду — двузубец слишком громоздкий, да и Деня мог его хватиться. А если всё случилось спонтанно, тогда откуда взялся яд? Сомневаюсь, что садовник держит его в беседке.

— Я не знаю, — честно признался Мартин, — и меня это сильно удручает.

— А может... не будем сегодня об этом думать? — вдруг предложила я. — Праздник всё-таки.

— Так ты первая начала.

— Вот я и пытаюсь исправиться.

Мартин с улыбкой кивнул мне в ответ.

— Давай попробуем и посмотрим, кто из нас двоих дольше продержится, — лукаво подмигнул он.

— Ну, считай, это пари ты проиграл, — нагло заявила я. — Сегодня я серьёзно настроена на веселье, а не на ловлю убийцы!

— Насколько я успел тебя узнать, — возразил Мартин, — ты неплохо сочетаешь одно с другим.

— Пожалуй, ты прав, — согласилась я, — и всё же на несколько часов стоит отвлечься, хотя бы для того чтобы завтра утром на свежую голову взглянуть на это дело с иной стороны и, быть может, заметить то, что до сих пор ускользало от нас...

— На свежую голову? — усмехнулся принц. — Это после вечернего и ночного гулянья-то?

Я недовольно наморщила нос:

— Ну послезавтра утром... какая разница?

— А послезавтра мы идём в Брутию, — напомнил он. — Кстати, когда ты меня познакомишь с девичьей мечтой?

— С кем? — удивилась я, не сразу вспомнив, что речь идёт о Финике.

— С тем, с кем ты в гордом одиночестве собираешься полонить горняков, — услужливо подсказал он мне.

— Ну если очень не терпится, могу и сегодня познакомить, — пожала я плечами.

Прервав наше уединение, из дворца выскочила леди Марсель и, увидев меня, очень обрадовалась.

— Глория! Как хорошо, что ты ещё не ушла! — воскликнула она. — Идём скорее. Меня Лукас попросил наиграть мелодию той песни о моряке, а я её никак вспомнить не могу. Он сказал, что вы вдвоём петь будете. Значит, ты мелодию знаешь. Подскажи, пожалуйста.

— Ты будешь петь? — оживился Мартин.

Ох, на что только не идёшь ради лучшего друга!

— Буду, — буркнула я. — Лукас Милке обещал, а ни с кем, кроме меня, он эту песню не пел и на риск идти не хочет. Надеюсь, тебя там не будет. Не желаю так низко пасть в твоих глазах.

— Ну что ты, Глория, буду непременно, — успокоил он меня. — Должен же кто-то тебя морально поддерживать в трудную минуту.

Окинув его мрачным взглядом, я поплелась следом за леди Марсель. Перед тем как войти во дворец, я оглянулась и заметила, как Мартин, аккуратно держа в руке двузубец, направился в сторону дома Базиля.

Марсель была в прекрасном расположении духа, весело щебетала, провожая меня через какие-то залы и холлы в огромную библиотеку. Впервые я оказалась в этой священной обители и, как зачарованная, смотрела на огромные книжные стеллажи. Они тянулись под самые потолки. Туда же вела кованая винтовая лестница, даря доступ даже к самым дальним книжным полкам. Да тут можно было бы провести всю жизнь! Неудивительно, что Шарль так редко покидал пределы своего царства. Он и теперь сидел за маленьким столиком у камина и делал бумажных журавликов, наверное, тоже для украшения площади. Каждый старался внести свой посильный вклад в предстоящий праздник.

Поздоровавшись с Шарлем, я подошла к фортепиано. Леди Марсель уже сидела за ним, и её пальцы легко порхали по чёрно-белым клавишам. Я сама играть не умела, но леди Марсель была убеждена, что у меня есть музыкальный слух и весьма неплохие вокальные данные.

— Как идёт припев, я помню, — говорила она, не отрываясь от инструмента, — а вот с куплетами дело обстоит хуже, — её пальцы замерли над клавишами, застряв на одной ноте. — Как дальше? — она повернула голову и вопросительно посмотрела на меня.

Я подошла к ней поближе, стараясь вспомнить не только мотив, но и слова.

Леди Марсель терпеливо ждала.

— Я простилась с тобой на причале… — тихо пропела я. — В этой части надо брать выше.

Я неуверенно нажала на соседнюю клавишу.

— …Твой корабль стёр с неба рассвет.

Палец перескочил на ноту ниже.

— В небе чайки тревожно кричали…

Ещё ниже.

— И полон их крик был печали…

А дальше леди Марсель подхватила сама. Красивая мелодия заполнила пространство библиотеки. Даже Шарль оторвался от своих журавликов и с удовольствием дослушал до конца.

— Хорошая песня, — сказала леди Марсель и посмотрела на меня сияющими глазами. — А ты, дорогая моя, не страдаешь отсутствием таланта… Ах, Глория, что на тебе надето! — вдруг сменила она тему.

От неожиданности я даже не нашла, что сказать, а лишь глазами скользнула по своему одеянию. Недоумённое восклицание леди Марсель показалось мне необоснованным. На мне же была юбка, а юбку я считала верхом приличия.

— Надеюсь, ты не в этом собираешься выступать, — в её голосе недоумение сменилось неодобрением. — Лукас сейчас выглядит лучше тебя!

Ну чего они все ко мне привязались! Не одежда красит человека! Однако леди Марсель была иного мнения. Встав и закрыв крышку музыкального инструмента, она решительно заявила:

— Сейчас мы тебя переоденем! Следуй за мной.

На самом деле я даже обрадовалась, что кто-то другой возложит на себя ответственность за мою внешность. У меня самой уже руки опустились. Прабабкин сундук был моей последней, но не оправдавшей себя надеждой.

Шествуя за леди Марсель в её комнату, я остановилась перед распахнутым гардеробом. Его размеры несомненно превышали размеры моего чердака. Без надёжного путеводителя я наверняка затерялась бы в этом множестве пышных платьев, накидок, кружев и оборок. Леди Марсель же, не задумываясь, выхватила из этого разнообразия вешалку с элегантным платьем песочного цвета. Манжеты расклешённых рукавов украшала вышивка золотистого цвета. Витиеватые стебельки васильков и колокольчиков переплетались друг с другом и струились золотым потоком по всей длине рукава, обрамляли горловину и лихо крутились спиралью до колена, а оттуда, сопровождаемые еле заметным разрезом, продолжались до самого подола. Закрытый вырез скрывал зону декольте, но при этом немного открывал плечи, образовывая прямую линию — пикантный намёк на наготу.

Я облачилась в платье и удивилась тому, насколько комфортно я себя в нём чувствую. Может, стоит пересмотреть своё отношение к длинным юбкам?

Леди Марсель смотрела на меня оценивающим взглядом, затем подошла ко мне ближе и вытащила единственную шпильку, державшую копну моих волос. Несколько взмахов расчёской, и вот уже леди Марсель смотрит на меня в полном восхищении.

— Думаю, в этом платье аккуратная причёска только испортит эффект, — сказала она со знанием дела. — Суди сама.

Она резко развернула меня к огромному зеркалу. Действительно, распущенные, а главное расчёсанные волосы, волнистыми локонами спадающие на полуприкрытые платьем плечи, смотрелись гораздо лучше, нежели собранные в бесформенный узел на затылке.

Я стояла и любовалась своим отражением в зеркале, наслаждаясь не то видом, не то размером зеркала. Всё-таки нечасто я видела себя всю целиком. Позади меня, прижав руки к груди, стояла довольная леди Марсель.

Внезапно ещё один человек отразился в зеркале.

— О, Ваше Величество, подарите нам своё независимое мнение, — весело обратилась леди Марсель к вошедшей Селии. — Нравится ли вам новый наряд Глории?

Селия молча окинула меня взглядом. На секунду... нет, на долю секунды я увидела в её глазах неприязнь, а может, и ненависть. Вдруг на короткое мгновение её лицо оживилось, даже повеселело. И снова исказилось болью и страданием. Неуловимая волна смены эмоций... была и вот её уже нет, и ты сомневаешься, а было ли что-нибудь вообще? Но я не сомневалась. Было...

Лицо Селии посветлело, подобрело, стало, как прежде, милым и нежным. Она согласно кивнула и сказала что-то одобрительное по поводу моего внешнего вида, но я её не слушала. Я опустила глаза, чтобы они не выдали моего смятения, наспех поблагодарила Марсель, кивнула на прощанье Селии, торопливо вышла из комнаты и побежала к выходу так быстро, словно потолок рушился у меня за спиной.

И вот передо мной залитый солнцем двор. Я с трудом перевела дыхание, пытаясь дать оценку своему состоянию. Что, собственно, меня встревожило? То, как на меня посмотрела Селия. Но почему она так смотрела на меня? Ведь мы не были знакомы! Может, я ей напомнила кого-то? Ответ напрашивался сам собой. Она знала мою мать. Бабушка Розалия сказала, что мама что-то натворила. Хотя вряд ли это связано с Селией. Ведь тогда она только появилась во дворце. Мама не успела бы ей насолить... Тогда почему я чувствую угрызения совести?!

Я села на ступеньку и схватилась за голову. Меньше часа назад на этом самом месте я убеждала Мартина не думать об убийствах, и что же делаю я?!

Вздохнув, я расправила плечи. Нет, надо выкинуть всё из головы хотя бы сегодня, иначе нервное расстройство обеспечено.

Я встала, отряхнула платье, заправила несколько завитков волос за ухо и решительно направилась к Базилю. Нет, не для того, чтобы узнать его мнение о двузубце, и не для того, чтобы найти Мартина,

а для того, чтобы… Стоп. Я резко остановилась, чудом избежав падения в цветочную клумбу. А зачем, собственно, я иду к Базилю? Наверное, всё-таки чтобы найти Мартина. Почему-то в последнее время мне постоянно хочется его видеть. Не к добру это…

На ходу я придумывала причину, по которой мне якобы надо увидеть принца. Понятное дело, чтобы морально подготовить его к получению романтического письма от Виолы. А хочется ли мне этого вообще? Я замедлила шаг…

Со скоростью улитки я приблизилась к домику Базиля и без стука вошла. Базиль, удручённый, сидел за столом и с отчаянием взирал на рогатину, занявшую весь его письменный стол. Мартин стоял рядом и, скрестив руки на груди, так же мрачно глядел на найденную мной улику.

Я скрипнула половицей. Их взоры, оторвавшись, наконец, от двузубца, обратились ко мне. Базиль окинул меня недоумённым взглядом и даже почему-то протёр свои очки. Мартин выпрямился и тоже посмотрел на меня как-то необычно. Неужели платье и причёсанные волосы могут так преобразить человека?!

— Это я, — на всякий случай пояснила я.

— Глория! А я тебя не сразу узнал, — пояснил Базиль очевидное. — Даже испугался, что кого-то постороннего занесло. А мы тут с этим, — он с неприязнью посмотрел на рогатину.

— И к какому выводу вы пришли? — полюбопытствовала я, подойдя ближе к столу, на котором помимо двузубца я теперь разглядела записные книжки Базиля и разные измерительные приборы.

— Я всё записываю, — начал Базиль, подхватывая один из своих блокнотов, — и тот укус я измерил — это моя обязанность! В общем, получается… — он ненадолго умолк, почёсывая кончиком карандаша наморщенный лоб, — что расстояние между зубцами этого инструмента, — он опять кивнул на стол, — точно такое же, как расстояние между пятнышками на спине погибшего короля. Мартин говорит, что это не может быть совпадением. Я, к моему глубокому сожалению и ужасу, вынужден с ним согласиться.

Я посмотрела на Мартина, который удивительно долго молчал и не сводил с меня глаз.

— Похоже, Мартин, не суждено нам отвлечься от преступлений, — вздохнула я. — Придётся напрячься и распутать всё до конца, а то нам не будет покоя.

— О чём это вы? — не понял Базиль.

— Да вот, хотели мы сделать перерыв в расследовании и просто насладиться праздником. Не получается…

— Ох, праздник! — спохватился лекарь, — совсем всё из головы вылетело. Я же обещал твоей бабушке наготовить порошков от желудочного расстройства. Она отвечает за настойки от головной боли. Завтра и то и другое будет очень кстати, — вскочив, он собрал в охапку свои записные книжки и исчез в соседней комнате.

Закрыв за ним дверь, я прислонилась к ней спиной и взглянула на Мартина.

— Скажи что-нибудь! — взмолилась я. — А то я начинаю подозревать, что со мной что-то не так, а ты молчишь из такта и нежелания меня обидеть.

Принц встряхнулся и перестал напоминать каменную статую. Взъерошив волосы рукой, он покачал головой:

— Да нет, всё с тобой так... даже очень так... просто ты такая... такая... — он замялся, стараясь подобрать нужное слово.

— Непривычная? — подсказала я.

— Нет, — он мотнул головой, — то, что ты меня всегда удивляешь, скоро перестанет меня удивлять. Когда ты вошла сюда, мне показалось, что я тебя уже видел... во сне, быть может...

— Не может быть! — протестующе воскликнула я. — Я ещё не умею сниться другим...

— Я тебя ни в чём не обвиняю, — прервал он меня и подошёл ближе. — Я словно увидел в тебе нечто близкое, родное... — он замолчал и посмотрел на меня тепло-тепло, как вчера, когда мы расставались.

Я тоже молчала... молчала и думала... ох, много о чём я думала. Даже мелькнула мысль о том, чтобы поставить свою подпись на письме Виолы и наплевать на её растоптанные чувства. И никаких угрызений совести я при этом не испытывала. Вдруг за дверью послышались шаги. Сильный толчок двери — и я оказалась в объятиях Мартина. На короткое мгновение он прижал меня к себе, и я услышала частое биение его сердца, а он наверняка почувствовал моё, бешеным ритмом колотящееся у меня в груди.

Вошедший в комнату Базиль изумлённо уставился на нас.

— Что это вы тут делаете? — с детским любопытством спросил он.

Я резко отстранилась от принца и попятилась к выходу.

— Уходить собираемся, — выпалила я. — В деревне ждут нашей помощи! — и я без оглядки выбежала из комнаты.

* * *

Финик нашёл меня в конюшне. В его руках был голубь. Я сидела подле Серенького и думала о смысле жизни...

Из деревни доносились звуки музыки, слышались весёлые голоса. Пир шёл горой. Скоморохи гудели в дудки и развлекали людей на улицах.

В гуляньях я не участвовала. Во-первых, у меня почему-то пропал аппетит, а во-вторых, я боялась попасться на глаза Мартину — очень не хотелось, чтобы он видел моё смущение.

Прошло уже более двух часов… Рядом резвились Кики и Тики, с хихиканьем забрасывая друг друга пучками сена. Они успели обежать полкоролевства и даже заглянули в дворцовый сад. Никаких следов пресловутой жены Крона не обнаружили. На их настроении это никак не отразилось, а вот я немного приуныла, думала, хоть какая-то зацепка будет, но дело, похоже, только запутывается. Да и я сама запуталась в этом деле и в первую очередь в самой себе.

Когда появился Финик, кикиморы умело спрятались, а я поняла, что пришла пора приступать к исполнению задуманного плана.

Вытащив из-за пояса письмо, по счастью (а может, к сожалению?..) не забытое в оставшейся у леди Марсель старой блузке, я привязала его к лапке голубя.

Финик с любопытством наблюдал за моими движениями.

— И что там за государственная тайна сокрыта? — спросил он.

— На то она и тайна, — сказала я, проверяя, надёжно ли я прикрепила заветное послание, — чтобы держать её в секрете.

— Наверняка любовное письмо, — раздался громкий шёпот из-за прислонённого к стене жернова.

Я вздрогнула, а Финик так и подскочил.

— П-понятное дело, — согласно прошипел в ответ большой стог сена, — что же ещё п-посылают голубиной п-почтой?

Тут из стога появились сначала две зелёные косички, потом два выпученных глаза, и вот уже вся Кики вылезла из сена и, умилённо улыбаясь, захлопала своими длинными ресницами.

Гном издал булькающий звук и попятился к выходу, но, споткнувшись о валявшиеся грабли, плюхнулся на пол. Выплеснув ручки вперёд, Кики бросилась на помощь и, навернувшись на те же грабли, свалилась рядом с Фиником. Всё это сопровождалось весёлым хохотом Тики, голова которой торчала из середины жернова.

— И жили они дружно и счастливо, пока грабли не разлучили их, — гоготала она.

— Девочки, — строго призвала я кикимор к порядку, — вы же обещали вести себя тихо и никому не показываться!

— Так мы и не показывались, — заверила меня Тики, — только ведь тяжело весь день молчать!

— Да ты вообще не зат-тыкалась! — возмутилась Кики, — п-полдеревни тебя слышало. Но не видело! — поспешно закончила она, увидев мой негодующий взгляд.

Тики безмятежно пожала плечами и начала носиться кругами, забрасывая нас сеном.

— Финик, — окликнула я гнома, который под шумок уже дополз до выхода, — подожди, мне ещё нужна будет твоя помощь. Надо отыскать Виолу с Мартином.

— Её высочество танцует в обнимку с его высочеством, — поведала мне Тики, и сама принялась вальсировать.

— Как? — воскликнула я. — Уже?! Без меня?!

— Наверное, вам втроём б-было бы неудобно т-танцевать, — резонно заметила Кики, потихоньку подкрадываясь к Финику.

— Мартин танцует с Виолой, — вздохнула я.

Настроение моё резко ухудшилось.

— Да нет, — неуклюже пританцовывая, Тики зацепилась за Кики и вместе с ней повалилась на устланный соломой пол. Воспользовавшись оказией, Финик юркнул за дверь.

— Не Мартин, а душка Седрик!

Я на мгновение замерла, крепко сжимая в руках голубя, а потом вслед за гномом выскочила на улицу.

Так и есть. Виола кружилась с Седриком. Казалось, они позабыли обо всём на свете и были безгранично счастливы. О, какая оплошность с моей стороны! Ведь Виола ни разу при мне не называла имени Мартина.

От сердца отлегло. Руки сами собой разжались, и голубь взмыл в небо. Лишь спустя долгое мгновение я, наконец, осознала, что произошло.

— Финичек! — воскликнула я. — Этого голубя надо остановить!

Гном, наблюдавший за полётом нашего почтальона, перевёл на меня удивлённый взгляд.

— Как я тебе его остановлю? Крылья отращу, что ли?

— Ну придумай что-нибудь, — умоляла я, переходя на бег, чтобы не потерять голубя из виду.

Финик, стараясь не отстать, быстро перебирал короткими ножками.

— Голубя перехватить не удастся, — выкрикивал он на ходу, — значит надо перехватить адресата!

Я резко остановилась. Дельная мысль, но где искать этого адресата? Как разглядеть его в толпе?

Финик тяжело дышал, с трудом переводя дух.

— И чего ты так запаниковала? — удивлялся он. — В чём, собственно, дело?

Я коротко разъяснила ему дело. Гном неодобрительно покачал головой.

— Всегда знал, что женщины усложняют жизнь, — буркнул он и, тут же о чём-то вспомнив, с опаской огляделся вокруг.

— Но письмо же без подписи, — пытался он меня успокоить, — подумаешь! Можно же ещё одно Седрику послать!

— Да нет, — печально отмахнулась я от него, — это письмо я писала специально для Мартина. Седрику я бы другое написала…

— Н-да? — многозначительно хмыкнул гном. — Ну тогда я вообще не понимаю, чего ты расстраиваешься. Раз писала Мартину, он его и получит. Он же не будет знать от кого. Порадуется и забудет.

— Ага, — понуро согласилась я, — наверное, ты прав. А вдруг не порадуется? — продолжала я себя терзать.

— Ну если сомневаешься, иди и спроси его сама, — потерял терпение Финик, — вон он стоит.

Я посмотрела в сторону танцплощадки. Теперь там расставляли стулья и лавочки для зрителей — вот-вот должен был начаться концерт. Мартин разговаривал с Арахисом, наверное, о наших обычаях и традициях.

— Похоже, письма он ещё не получил, — задумчиво произнесла я.

— Это займёт какое-то время, — со знанием дела кивнул Финик.

— Тогда у меня есть шанс, — с надеждой воскликнула я, — перехватить наше послание.

— Что, вырвешь письмо у него из рук? — ухмыльнулся гном.

— А хотя бы так, — дерзко заявила я и решительно направилась в сторону принца.

Когда я проходила мимо Виолы и Седрика, то поймала на себе взгляд принцессы. Она смотрела на меня с такой благодарностью, что мне аж стало неловко. Скорей всего, она даже не догадывалась, что наш план не удался. Вернее, он удался, но без моего участия. Улыбнувшись ей в ответ, я быстрым шагом прошла дальше.

Мартин заметил, что я иду ему навстречу, и тоже пошёл в мою сторону. Устремив свой взгляд в небо, я увидела приближающегося почтового голубя в небе и ускорила шаг.

Мы почти подошли друг к другу, как вдруг кто-то схватил меня за руку.

— Глория, где тебя носит! — леди Марсель преградила мне дорогу. — Мы тебя обыскались. Вы с Лукасом выступаете первые.

— Почему первые? — возмутилась было я.

— Потому что вам готовиться не надо, — тоном, не терпящим возражений, оборвала меня она и потащила к постройкам за сценой.

Я только и успела оглянуться. Мартин остановился в нерешительности и провожал меня недоумённым взглядом.

Издали я увидела Лукаса. Он нервно ходил за сценой.

«Если ещё и я буду нервничать, — подумалось мне, — толку от нас не будет, и мы бесславно падём на этой сцене».

Поэтому я взяла себя в руки и хлопнула Лукаса по плечу.

— Ну, я готова! — радостно сказала я ему. — Пойдём производить впечатление на Милку.

Подсолнух слегка приободрился, выпрямился, расправил плечи. Ну вот, совсем другое дело.

Прибежала София пожелать удачи. Она оглядела нас со всех сторон и приятно удивилась моему внешнему виду. Чмокнула нас с Лукасом в щёку и вытолкнула на сцену.

Всё остальное происходило как во сне. Трудно сказать, успешно ли мы исполнили песню, или выступление держалось исключительно на музыкальных талантах леди Марсель... Если честно, моё основное внимание привлёк голубь, который, плавно спланировав, приземлился прямёхонько в раскрытые ладони Мартина. Хорошо, что петь начинал Лукас, а то мы были бы обречены на неудачное вступление. В общем-то, во всём можно найти свои положительные стороны. Мартин увлёкся письмом, и это полностью отвлекло его от моего выступления. С моей точки зрения, я спела просто изумительно и даже ни разу не сфальшивила. Последний куплет мы исполняли с Лукасом вместе. Это нас как-то поддержало, и мы достойно выдержали испытание до конца. А вот, собственно, и сама песня:

Лукас:

> Мы расстались с тобой на причале.
> Мой корабль унёсся в рассвет.
> Вскоре берег растаял в тумане,
> Но глаза безустанно искали
> В белой дымке твой силуэт.

Припев:

> И день изо дня волна за волной
> Уносят меня от бухты родной,
> От края родного, от дома, друзей.
> Уносят на много дней и ночей
> От милой подруги моей.

Я:

> Мы простились с тобой на причале.
> Твой корабль стёр с неба рассвет.
> В небе чайки тревожно кричали.
> Полон крик был безмерной печали,
> Оттого, что тебя рядом нет.

Припев:

> Весну за весной, ночью и днём
> В разлуке с тобой и с мечтою о том,
> Как в дальние дали плывут корабли,
> А мы на причале с тобою стоим,
> С милым другом моим.

Мы вместе:

> Нашу жизнь разделяют причалы,
> Они — наша радость и боль,
> Между кровлей родной и штурвалом
> Непременно пройдём по причалу,
> Чтоб расстаться и встретиться вновь.

Припев:

> И снова далече корабль плывёт,
> За каждою встречей разлука нас ждёт.
> Ветер наполнит опять паруса.
> Сердцу так больно, и слёзы в глазах.
> Вместе мы лишь в наших снах.

Зрителям наше выступление понравилось, а София даже прослезилась. Для неё эта песня имела особенное значение. Милка подскочила к разрумянившемуся Лукасу и вручила ему букет васильков, отчего тот раскраснелся ещё сильнее.

Ко мне подошёл Мартин. В руках у него уже ничего не было, ни голубя, ни письма. Но взгляд говорил о многом. Я знала, что если он меня спросит, а он наверняка спросит, насчёт отправителя, я себя сразу выдам. Поэтому ни в коем случае нельзя позволить ему перехватить инициативу.

Мартин хотел уже было что-то сказать, как я его перебила:

— Где Селия? — вопрос сам пришёл мне в голову, и был, на мой взгляд, достаточно отвлекающим.

— Селия? — принц удивлённо поднял брови. — Не знаю, во дворце, наверное. Они с Картозом почему-то не любят шумные праздники, особенно этот. Глория…

— Почему не любят? Это подозрительно, — протараторила я, — надо бы за ними установить наблюдение. Как можно не любить праздники?!

— Люди разные, — возразил Мартин и замолчал.

Похоже, что он уже не решался задать свой вопрос — момент был упущен.

Внезапно нас оглушили громкие звуки трубы. На сцену вышел Бивр. Он был известен как искусный мастер игры на трубе и прекрасно исполнил свою партию. Вскоре к одинокому голосу трубы плавно присоединились переливы скрипки, звуки фортепьяно, мерный барабанный бой. За ударными я разглядела Финика и, надо сказать, была этим приятно удивлена. Какой же всё-таки талантливый у нас народ!

Когда оркестр затих, тишину взорвали громкие аплодисменты и крики восторга.

С важным видом, дирижируя в воздухе барабанными палочками, Финик подошёл к нам и церемонно раскланялся, явно напрашиваясь на похвалу. Выразив искренний восторг его выступлением, я представила гнома принцу. Услышав имя Финика, Мартин весело рассмеялся, чем очень смутил обладателя сего имени. Спохватившись, что повёл себя не совсем корректно, принц попытался придать лицу серьёзное выражение, но получалось у него это неважно.

— Девичья мечта?.. — вырвалось у него, что не способствовало подавлению очередного приступа смеха.

— Кто? — не понял Финик и недоумённо посмотрел на меня.

— Ты, — пожала я плечами.

— Я? — удивился гном и, сделав пару робких шагов назад, упёрся спиной в можжевеловый куст.

— Даже не сомневайся. Уверена, найдётся немало прелестных барышень, которые это подтвердят.

— П-подтверждаю, — тут же раздалось из куста.

Подскочив, будто его ужалила змея, Финик выронил барабанные палочки и спрятался за Мартином, решив, наверное, что тот его скорее защитит, нежели я. Из кустов, тем временем, появилась пара цепких зелёных ручек. Они аккуратно подняли с земли барабанные палочки и вновь исчезли в кустах.

Всё это выглядело настолько смешно, что теперь уж я не удержалась от хохота. Боюсь, однако, Финик мне это не скоро простит.

— Кто это? — немного ошарашенно спросил Мартин, пристально вглядываясь в кусты можжевельника.

— Страшный сон, — буркнул гном, осторожно выглядывая из-за его спины, — который меня преследует уже полдня.

— Да ладно тебе, — встала я на защиту Кики, — не такой уж и страшный. Ты просто ещё не привык.

— П-правильно, — поддакнул мне куст, — надо с нами проводить б-бо-о-ольше времени.

От такой перспективы у Финика глаза на лоб полезли. Он открывал и закрывал рот, не в силах выразить переполняющие его чувства.

Я же тем временем придумывала, как объяснить Мартину присутствие сестричек на территории королевства. Тут к кикиморам относились с опаской, как и к другим обитателям лесной чащи.

— Понимаешь ли, Мартин, — начала я издалека, — это, — махнула я в сторону куста, — возможно, важные свидетели, с некой долей вероятности способные прояснить обстоятельства интересующего нас дела касательно определённых личностей путём опознания... э-э-э... этих личностей.

Я замолкла, заметив, как вытянулось лицо Финика, пытающегося уследить за ускользающим смыслом сказанного мной. Даже вынырнувшие из кустов две пучеглазые головки не произвели на него такого впечатления.

— Это она п-про нас? — шепнула Кики сестре.

— Не знаю, — честно призналась та. — Я поняла только, что мы важные, а спорить с этим, согласись, глупо.

Пожалуй, только Мартин понял, что я имела в виду. Он усиленно сжимал губы, с трудом сдерживая смех и пытаясь изобразить на лице серьёзность.

Уже темнело, и повсюду начали зажигать фонари. Обычно в это время мы с Лукасом шли смотреть на падающие звёзды. Подозреваю, в этом году смотреть на них он будет не со мной. Грустно от этого мне не стало. Подобные перемены были только к лучшему. Тем более, что я сама предпочла бы сегодня провести вечер не с Лукасом, а...

Я перевела взгляд на Мартина. В его глазах лучилось веселье и... Нежность, быть может? Не-е-т, скорее всего, я желаемое выдаю за действительное.

Вдалеке показались две фигуры. Это были Кроник и Леона. Я мгновенно подскочила к кусту можжевельника, расправила полы платья, чтобы прикрыть торчащие оттуда косички кикимор.

— Мартин, — поприветствовал принца король, — мы Виолу ищем. Думали, она с тобой, — с этими словами он посмотрел в мою сторону.

Пришлось поздороваться. Я сделала реверанс.

— Нет, — сказал Мартин, — в последний раз я её видел с Седриком.

— Седриком? — немного удивлённо переспросил Кроник и переглянулся с женой.

Та в ответ лишь пожала плечами и с улыбкой взглянула на меня.

— Глория, не так ли? — Леона подошла ко мне ближе. — Виола о тебе только и говорит в последнее время.

— О... — выдавила я из себя, теряясь в догадках относительно того, что именно Виола могла наговорить. Почему-то мне показалось, что королева в курсе всех переживаний дочери, ведь имя Седрика её не сильно удивило.

— Папа, куда все пропали? — раздался недовольный голосок Амелии, которая в сопровождении Араганесеса появилась со стороны танцплощадки.

Дворецкий в услужливом полупоклоне шествовал за принцессой, торжественно неся поднос с бокалом яблочного сока и обкусанным штруделем. Я ещё больше вжалась в кусты, надеясь, что Араганесес не обратит на меня внимания и не узнает.

— Где Седрик? — продолжала вопрошать принцесса, — вы мне обещали, что он со мной потанцует.

— Ну, дорогая, — пытался оправдаться её отец, — в такой толпе его трудно найти. Зато мы нашли Мартина. Почему бы тебе с ним пока не потанцевать?

Увидев, как изменилось лицо Мартина, я поняла, что ему эта идея не по душе. Он даже сделал шаг назад, забыв, что за ним прячется Финик. К счастью, гном вовремя отскочил в сторону.

— Ой, какой миленький гномик, — воскликнула Амелия и, подбежав к оторопевшему Финику, погладила его по голове.

За моей спиной в кустах послышалось яростное шипение. К счастью, его заглушил раздавшийся на главной площади звук гонга.

— Ах, — молниеносно отреагировала принцесса, — сейчас будут подавать сладкое!

С этими словами она повернулась к нам спиной и чуть ли не бегом направилась в сторону площади. Араганесес засеменил следом, а Мартин облегчённо перевёл дух.

Кроник смущённо посмотрел на будущего зятя, как бы извиняясь за поведение дочурки, а Леона развела руками:

— Что ж, проблема разрешилась сама собой, — она ободряюще улыбнулась принцу. — Думаю, Амелии на следующий час партнёр по танцу нужен не будет.

— Да уж, — протянул Кроник, задумчиво потирая подбородок, — значит, Виола сейчас с Седриком? — вернулся он к началу разговора.

— Вот пойдём и поищем их, — мягко взяв мужа под руку, Леона настойчиво потянула его прочь.

Король неохотно последовал за ней, и вскоре они растворились в толпе. А я подумала, что когда дело касается чувств, женщины всё-таки гораздо проницательнее мужчин. Уж сколько раз я убеждалась в этом на практике. Ко мне обращались молодые люди с просьбой написать чудо-письмо их возлюбленным. Возлюбленные ими дамы всегда знали, какие чувства вызывают, и уже были преисполнены ожиданием подобного письма. А вот когда я писала наоборот, молодым людям, то очень часто сии письма оказывались для них сюрпризом. К счастью, чаще всего приятным. Вот такая вот большая разница между мужчинами и женщинами… в данный момент — между Мартином и Фиником по одну сторону дорожки и мной и кикиморами в кустах — по другую.

Развить философскую мысль мне не дали. Нетерпеливо переминаясь с ноги на ногу, Финик поглядывал то на пышно накрытые столы, то на нас, решая, насколько это будет невежливым побежать за своей порцией десерта.

— Думаю, десерт ты заслужил, Финичек, — милостиво кивнула я и даже договорить не успела, как гнома и след простыл. Тут же в кустах раздался треск, и две еле заметные тени рванули вслед за Фиником. На опустевшей дорожке остались только мы с Мартином.

— Хочешь к ним присоединиться? — как-то неуверенно спросил меня принц.

— Не-е, — замотала я головой, ибо перспектива постоянного слежения за сестричками — кабы они чего не натворили, мне не улыбалась, — если только ты не хочешь дождаться часа, когда Амелия созреет-таки для танцев, — добавила я и лукаво посмотрела на его высочество.

— Не-е, — подхватил мою ноту Мартин. — Впрочем…

Он глянул в другую сторону, где в тусклом свете фонарей под музыку ещё кружились в танце нарядные пары.

— Против танцев ничего не имею.

Мартин протянул мне руку.

— Что, танцевать? — испуганно воскликнула я и опять отпрянула к кустам, — я… не умею…

— Не верю, — сказал Мартин. — Неужели ты никогда не танцевала?

Я задумалась. Можно ли назвать танцами дикие пляски вокруг костра? Наверное, нет… И я вновь замотала головой.

— Ну значит, это будет твой дебют, — твёрдо заявил принц. Он взял меня за руку, и мы отправились к танцплощадке.

На сцене из всех музыкантов остались только леди Марсель за фортепиано и… Шарль, грациозно скользящий смычком по струнам скрипки. Ну надо же! А ведь я его не сразу узнала, не ожидая, видимо, от библиотекаря такого умения, такой решимости, а главное — такой смелости выступать прилюдно. И вот теперь они с леди Марсель играли в унисон тихую красивую мелодию, вкладывая в неё всю чувственность и нежность, на которую были способны. Казалось, мир перестал для них существовать. Небо и земля слились воедино, подчёркивая целостность единственного существующего для них на тот момент чувства. Это чувство ощущалось в каждом движении смычка, в каждом нажатии клавиши и передавалось дальше тем, кто разделял с ними этот момент счастья, самозабвенно кружась в медленном танце. И мы закружились… Надо сказать, получалось у меня довольно неплохо. Либо я была одарённым учеником, либо Мартин — прекрасным учителем. За десять долгих минут танца мы могли бы обсудить всё на свете, но ни один из нас не проронил ни слова. Мы полностью отдались музыке, плавным движениям, лёгким касаниям рук, то приближаясь, то отдаляясь. Отдаляясь, чтобы сблизиться вновь.

На землю опустились сумерки, и повсюду разлился загадочный серебристый свет луны. Фортепиано и скрипка умолкли. На секунду тишина оглушила нас, но тут же воздух наполнился привычным гулом. Я вгляделась в лицо своего партнёра. И почему я раньше думала, что Седрик красивее?.. Нет, я всё ещё считала, что младший брат сказочно красив, но к его красоте я стала... равнодушна, что ли... А в Мартине стала замечать те черты, которых не видела раньше. Мне нравилась его тёплая улыбка, его природное любопытство, постоянный интерес и внимание к окружающему миру; глубина и пытливость взгляда его умных проницательных глаз.

В Мартине был один недостаток — его принадлежность к королевскому роду. Вот если бы ко всему прочему он был, к примеру, укротителем мустангов, насколько счастливее я бы себя чувствовала. Однако... укротитель мустангов вряд ли оказался бы настолько образован, а значит и интересно мне с ним не было бы. Ах, почему мир столь несовершенен!

Мы стояли так близко друг к другу, что я чувствовала тепло его дыхания. Одна его рука сжимала мою, второй он обнимал меня за талию, сохраняя тем самым тепло и близость, возникшие между нами во время танца. Я неожиданно начала понимать Виолу, весь этот сумбур в её голове, неумение чётко формулировать свои мысли, не говоря уже о чувствах. Вот почему она пришла ко мне... вот почему другие приходили ко мне... А к кому же мне идти? Наверное, придётся самой выкручиваться. Как всегда...

Леди Марсель под руку с Шарлем спустились со сцены. К выступлению уже готовилась группа пахарей. Здесь были самые разнообразные музыкальные инструменты: и губные гармошки, и гусли, и дудочки. И, конечно же, гармонь — душа деревенских гуляний! К площади спешили празднующие в предвкушении весёлых плясок. А мы с Мартином, всё ещё держась за руки, незаметно для всех скрылись в сумраке ночи.

***

Лес встретил нас прохладой и хвойной свежестью. Я почувствовала облегчение, оказавшись здесь. Деревенский праздник радовал, но я быстро уставала от такого количества народа.

Шли мы молча. Я видела, что Мартин порывался что-то сказать, но так и не вымолвил ни слова. Я же молчала, потому что боялась случайно признаться Мартину в своих чувствах. А такие случайности даром не проходят. Потом можно и пожалеть о сказанном. К тому же я совсем перестала понимать Ефросию. Ну как ведьма может любить? «Не заботься ни о чём и ни о ком», — сказала она мне. Но разве можно любить кого-то и при этом не заботиться о нём?

Прабабка хотела приворожить короля. Допустим, ей это удалось бы. И что дальше? Как бы они жили? Где? И как долго они были бы вместе? Или она так далеко не заходила в своих планах? А может, это я чересчур большое значение придаю будущему? Может, надо жить настоящим, не задумываясь о последствиях? Вдруг именно это и есть главная характеристика ведьмы? Ах, тогда из меня вряд ли выйдет толк... я так люблю планировать на будущее. Правда, в данный момент будущее представлялось мне не шибко радостным, ибо в нём не будет Мартина. После коронации наши пути разойдутся. Меня будут преследовать тяжёлые мысли, и я никогда не стану настоящей ведьмой. Ни того, ни другого?! Нет, это уж слишком!

И я пришла к решению. Если будущее с Мартином мне не светит, значит надо выбросить его из головы и оправдать-таки возложенные на меня Ефросией надежды.

Настроение моё улучшилось, и я облегчённо вздохнула. Ну, не совсем облегчённо... просто вздохнула. Только как выбросить принца из головы? Сейчас он здесь, мы будем вместе на лесном празднике, и я проведу целую ночь в его компании. Ладно, выброшу его из головы завтра. Нечто внутри меня — наверное, здравомыслие — подсказывало, что если я на что-то решилась, то делать это надо сейчас. Потом может быть уже поздно. Но я так устала от всех этих вопросов и сложностей! Уж слишком много я их себе напридумывала за один вечер. В конце концов, я имею право иногда быть легкомысленной!

— Куда мы идём?

Неожиданный вопрос Мартина заставил меня резко остановиться и оглядеться. Со всеми этими своими бессловесными рассуждениями я совсем забыла о нашей конечной цели. По привычке я пришла домой.

В избушке горел свет.

— Я думал, твоя бабушка сейчас на празднике в деревне.

— Ну да, — кивнула я, — это жихари пируют.

— Жихари? — оживился Мартин, — и мы можем на них посмотреть?

Он двинулся было в сторону дома, но я его остановила.

— Если мы их побеспокоим, — сказала я, — они обидятся, и только духи леса знают, что можно ожидать от разобиженного жихарёнка.

— А ты их видела?

— Один раз удалось подкараулить... А у вас во дворце есть жихарь?

— Понятия не имею, — пожал плечами Мартин. — Дворец огромен, и потом, я всегда думал, что это лишь выдумки деревенских жителей.

— Если у вас есть жихарь, то он наверняка в курсе всех ваших тайн и секретов, но он их никогда не выдаст, — вздохнула я.

— Оно и к лучшему, — сказал он.

Я собралась было возмутиться его пренебрежительным отношением к раскрытию тайн и загадок, как вдруг что-то с шумом и треском пронеслось сквозь ближайшие кусты. Где-то вдали загорелись светлячки и стаей растворились в темноте леса. Затем опять возникли чуть подальше и струйками растеклись вдоль лесных тропинок. И опять шум, но уже с другой стороны, и не в кустах, а в кронах деревьев, будто стая птиц запуталась в их ветвях. А потом — неожиданный порыв ветра, и что-то со свистом пронеслось над нашими головами.

Каждый шорох, скрип и треск отзывались радостным стуком моего сердца. До умиления знакомые, родные звуки! С чувством бесконечного восторга наблюдала я, как ночной лес оживает, приобретает удивительные формы и очертания.

— Начинается, — прошептала я с благоговейным трепетом. — Быстрее, за светлячками!

Схватив Мартина за руку, я бросилась к огонькам-путеводителям.

Благодаря светлячкам и пробивающемуся сквозь переплетённые ветви деревьев лунному свету мы почти не спотыкались. Казалось, мы попали в центр стремительной реки, которая несла нас в самую глубь лесной чащи.

На самом деле, шабаш устраивался не в самой чаще леса, а на опушке, недалеко от побережья. Вокруг поляны, с согласия древесных фей, вырубили несколько деревьев, решив, что такие жертвы себя оправдают, да и дрова для костра были нужны. Зато таким образом появились отдельные небольшие полянки и довольно широкий проход к морю. Проход был необходим для русалок. Несмотря на их непристойное поведение прошлым вечером, я не могу не признать, что их танцы в лунном свете завораживающе красивы.

Наверное, было бы здорово посмотреть на всё сверху. Огромный костёр в ореоле костров поменьше. Залитая светом светлячков дорожка к морю. И море… переливающееся лунным светом и искрящееся брызгами растревоженных хвостами русалок волн…

Я остановилась.

— Это здесь, — как будто самой себе сказала я.

Чудом не налетевший на меня Мартин недоумённо огляделся.

— Здесь же ничего нет!

Действительно, нас окружало лесное царство, погружённое, казалось бы, в сонную тьму. Лишь на каком-то расстоянии от нас появился еле заметный просвет, как будто лес вот-вот расступится.

Стояла тишина. Словно все звуки мира замерли на бесконечное мгновение, чтобы потом взорваться неслыханными доселе нотами оркестра. Замерли не только звуки, но и всё живое вокруг нас. А ведь ещё мгновение назад лесная живность кружилась повсюду, обгоняла и сбивала нас с ног. Всё застыло в предвкушении чего-то необыкновенного. Благословенны эти минуты в ожидании чуда!

Внезапно в просвете между деревьями вспыхнуло пламя. Такое огромное и яркое! Оно озарило весь лес, доставая, казалось, языками до самого неба. Словно искрами от него зажглись костры поменьше, заполнив округу светом, теплом и приятным запахом потрескивающих поленьев.

Лес проснулся заново, ожил после минутного оцепенения и ринулся на свет. И нас понесло вместе с ним. На короткий момент всё смешалось: небо, звёзды, сосны, луна, мелькающие тени. Голова пошла кругом, дыхание перехватило.

Лицо моё ощутило жар костра, и только тогда я пришла в себя. От неожиданности я сделала шаг назад и огляделась. Вокруг царил приятный моему сердцу беспорядок. По поляне туда-сюда сновали толпы каких-то существ.

Вот леший пробежал мимо меня. А за ним ещё какие-то лесные твари, наверное, его родственники. Поскрипывая суставами, они с опаской поглядывали на пламя. А вот стаей пронеслись древесные феи, осторожно огибая огненный фонтан искр. А вон... показалось мне или нет?.. Галопом проскакали сестрички-кикиморы. Они волокли за собой Финика, подхватив его под руки. Я хотела было броситься ему на выручку, но вдруг дорогу мне преградили водяные и озёрные нимфы. Чинно и неспешно они шествовали к морю. Даже представители местной фауны не побоялись шума и почтили нас своим присутствием. Целое семейство барсуков, тихо ворча, пересекло поляну. Я кое-как увернулась от пары ухающих сов. Летучие мыши тучей носились от дерева к дереву, внося свою лепту в творящийся вокруг хаос.

В этой суматохе я потеряла Мартина. Финика тоже нигде не было видно. Я знала, что надо искать обоих, бежать, бежать и скорее, скорее, но куда? Я была в полной растерянности. Что же делать?

Так, пришла я сюда с Мартином, а о том, что увижу здесь Финика, я и знать не знала. Значит, решено, бегу искать Мартина. А Финик пусть сам выкручивается.

Однако принца я не успела найти. Меня окружила группа маленьких луговичков — луговых духов, следящих за красотой лесных и горных лугов. Это были довольно эмоциональные существа. Они размахивали рукавами, разбрасывая повсюду травинки и полевые цветочки, и о чём-то громко говорили наперебой. Мне с трудом удалось разобрать их невнятную речь. Похоже, они просили меня разукрасить огонь.

Из года в год я радовала лесных жителей этим фокусом. Впрочем, это был не фокус. Ещё в детстве я сама изобрела способ влиять на огонь. Не то чтоб он мне подчинялся. Нет, такими сверхспособностями я не обладала. Мне лишь удавалось на короткий промежуток времени менять цвет и размер пламени путём придуманного мной заклинания. Раньше я даже не задумывалась над тем, что ведьмы могут сами их изобретать... да и сейчас мне было не до этого. Хотя подумать над этим стоило, ведь содержание книги заклинаний не появилось само по себе. Кто-то эти заклинания придумал. Наверняка ведьма. А раз это удалось одной ведьме, почему бы и мне не попробовать?..

Я подошла ближе к большому костру. Это был хозяин и символ праздника. Здесь царствовал только огонь, и только он! Я на секунду замерла. Меня охватило знакомое щекочущее чувство, точно такое же, какое испытываешь перед прыжком в воду с высокой скалы. Вроде бы ты уже совершил сотню прыжков, но каждый раз твоё сердце тревожно бьётся и сжимается. Огонь, как и вода, — мощная непредсказуемая стихия. Никогда не знаешь, что ей взбредёт в голову. Будет ли играть по твоим правилам или, наоборот, поглотит тебя, превратив в ничтожную свою частичку?

Я протянула руку к этой необузданной стихии. Немного обжигает, но пока терпимо. Я не пыталась его приручить, а хотела подружиться с ним, сблизиться хотя бы на короткое мгновение. Я часто читала своё заклинание над огнём свечи. Это меня забавляло. Но пламя таких размеров не могло не внушать трепет и даже страх.

Десятки глаз смотрели на меня с восторгом, благоговением, в ожидании чуда. Это придавало храбрости или, скорее, дерзости, чтобы на короткое мгновение почувствовать себя хозяйкой присутствующей здесь стихии.

Приблизившись ещё на шаг, я опять провела раскрытой ладонью над костром, шёпотом, почти про себя, повторяя слова придуманного мной заклинания. Каждый раз я добавляла к нему новые строки, будто бы кто-то диктовал их мне снова и снова, порой неожиданно для меня самой:

— Жар огня, свой пыл умерь,
Повинуйся мне теперь.

Я стала говорить громче, дабы укрепить свою уверенность и, наверное, чтобы убедить сам огонь.

Ты не жги, а слабо грей
И меняй свой цвет скорей.

К своей радости я почувствовала, как жар отступил, и поленья перестали яростно трещать. Тогда я решилась задействовать вторую руку. Мои ладони зависли внутри костра, чувствуя нежное тепло и ласковое покалывание. Совсем осмелев, я продолжила:

Стань зелёным, как трава.

Пламя окрасилось в нефритовый цвет, вызвав восторженные возгласы публики.

Серебрится пусть роса
В языках твоих зелёных,
Что взовьются к небу кроной,
Прикоснувшись к звёздам дальним,
Переняв у них сияние.
И холодный белый цвет
Жар огня сведёт на нет.

Языки пламени зелёными столбами ринулись ввысь и, казалось, на самом деле дотянулись до звёзд. И вот опять, упав до земли, пламя растеклось белым облаком. С диким криком восторга все отскочили назад, хотя на удивление послушный огонь действительно не жёг. Иначе от меня остались бы одни угольки.

Синим стань, как василёк,
Превратись на миг в цветок,
Искры, словно пчёлы, роем
Пусть взовьются над тобою.

В розовый, как небо утром,
Ты окрасься на минуту.
Нежно тлеющим агатом,
Стань оранжевым закатом.

Костёр переливался мягкими пастельными цветами, приобретая причудливые формы, мелодично потрескивал, словно мирно беседовал с нами.

Красным солнцем обернись!
И огнём опять зажгись.

При этих словах огонь собрался в огромный красный шар, вспыхнул ярким светом и с шипением выбросил в воздух мощные струи горячего дыма и искр.

Я отскочила в сторону, иначе эта стихия поглотила бы меня полностью, даже не задумываясь. И всё же огонь мне повиновался, пусть и на короткое время. Я ощущала в себе великую силу, власть над другими. Мне льстило то, с каким восхищением на меня смотрят духи, феи и прочие, кому тоже много чего подвластно. Луговички дёргали меня за рукава и просили вновь произнести заклинание, укротить огонь. Я же внимательно смотрела вокруг, разыскивая глазами Мартина и Финика.

Ага, вот и Финик нашёлся. Он сидел на пеньке в обществе кикимор в полном восторге от увиденного. Мартин тоже находился поблизости. Я вглядывалась в его глаза. Мне показалось, что он расстроен, и я не могла понять, почему. Я хотела подойти к нему, но совсем забыла, что ритуал ещё не закончен. Разноцветье костра лишь определяло начало торжества. Потом на огонь ставили огромный котёл и готовили традиционный напиток. Создавался он из смеси разнообразных зелий, специально подготовленных многоуважаемыми жителями нашего леса. Каждое зелье играло особую роль. Когда-то я знала их все наизусть, но постепенно забыла и легкомысленно отдавалась власти напитка.

Приготовление зелья начиналось сразу по окончании моего выступления. По-видимому, все считали, что после моего заклинания огонь всё ещё обладает некой магической силой и делает напиток более действенным.

Напиток готовился недолго. Через некоторое время над котлом образовывался зеленоватый пар, варево закипало, и на поверхности появлялись крупные громко булькающие пузыри. Котёл тут же снимали с огня, и леший огромным деревянным половником разливал пенящуюся жидкость в глиняные бокалы. Луговички подхватывали бокалы и разносили их по всем полянам, даже самым отдалённым, и, конечно же, на берег моря.

Со своим бокалом я отправилась на поиски Мартина.

Я нашла его у костра на одной из дальних полян. Располагалась она на возвышенности, на самом краю леса. Лес здесь заканчивался, и открывался завораживающий вид на скалистое морское побережье. Там тоже горел костёр. Русалки качались на волнах, когда лениво, когда без удержу, а Мартин сидел возле старого дуба, прислонившись к нему спиной, и любовался морским пейзажем. Подле него стоял его бокал.

Я подошла ближе и несколько долгих секунд внимательно вглядывалась в лицо Мартина. Интересно, успел ли он отведать зелья?

Не заметив никаких изменений во внешнем облике принца, я вздохнула с облегчением.

— Ты держишься молодцом, — похвалила я его, присаживаясь рядом, — столько разной нечисти вокруг, а ты спокоен как скала, словно вырос среди них. Как тебе это удаётся?

Принц посмотрел на меня.

— Наверное, сказывается долгое общение с тобой, — ухмыльнулся он.

— То ли ещё будет, — рассмеялась я, — только за полночь перевалило. Посмотрим, насколько хватит моего благотворного влияния.

— Разве ожидается ещё что-нибудь?

— О-о-о, — протянула я, — ещё как ожидается! И будет тянуться до самого утра, если мы, конечно, выдержим.

— Чем же вы тут обычно занимаетесь?

— Например, ведём долгие беседы.

— Беседы? О чём?

— Да о чём угодно. Сплетни, слухи; вопросы, ответы. Вся прелесть в том, что можно задавать вопросы о самом сокровенном, — хитро подмигнула я ему, — но так как ты гость, позволю тебе задать вопрос первым.

— И ты мне скажешь правду? — в его голосе чувствовалось недоверие.

— Так в этом-то вся суть! Сегодня такая ночь, когда можно быть искренними... Да и потом, в нашем напитке есть ингредиент искренности — древний рецепт болотных нимф, лимнад, — с улыбкой добавила я.

— Хорошо, — Мартин развернулся и пристально посмотрел мне в глаза. — Это твоё письмо мне принёс почтовый голубь?

Я оторопела. Разве можно вот так сразу рубить с плеча?! А ведь хочешь не хочешь, говорить правду придётся. Я виновато кивнула.

— Да, моё, но оно было не совсем тебе, — оправдывалась я. — То есть писала я тебе, но подразумевался твой брат. В общем, я ошиблась... прошу прощения... — уже совсем тихо добавила я.

Помолчав, видимо, стараясь переварить услышанное, Мартин спросил:

— Значит, ты писала не от своего имени?

— Нет конечно! — воскликнула я и тут же осеклась, заметив в его глазах сначала разочарование, а потом лёгкую грусть.

— Я писала от лица Виолы, — снизошла-таки я до объяснения. — Она меня попросила, а я её не поняла... Ведь она должна была стать твоей женой, вот я и подумала, что она тебя имеет в виду, а когда увидела её с Седриком, то осознала, что всё перепутала. Но, в конце концов, никто ведь сильно не пострадал, да и...

— Подожди, — прервал меня принц, — кто чьей женой должен был стать?

— Ну как же! — удивилась я его неосведомлённости. — Виола выходит за тебя, а Амелия — за Седрика, и живёте вы счастливо до старости лет! Хотя теперь, похоже, Виола выйдет за Седрика, а тебе достанется Амелия... Ха-ха! Позвольте мне выразить своё глубокое сочувствие, Ваше Высочество.

— Откуда тебе это известно? — строго спросил он.

— Так ведь в деревне все болтают об этом, — сказала я, называя «всеми» Финика. — Разве это неправда?

Принц не сразу ответил, словно пытался что-то вспомнить.

— В детстве я слышал нечто подобное от Амелии, но думал, это просто её выдумки. Кроник же ни словом не обмолвился об этом после нашего возвращения.

— Наверное, решил, что не время ещё, ведь среди людей не принято говорить о свадьбе после недавней смерти, а тем более смерти короля.

— Значит, я должен был жениться на Виоле? — усмехнулся Мартин. — Что ж, хорошо, что она положила глаз на моего брата. Они друг другу подходят, а мне совсем не хотелось бы её разочаровывать.

— Да, думаю, Амелия от разочарования быстрее оправится, — продолжала веселиться я.

— Амелия? — Мартин посмотрел на меня крайне удивлённо. — Неужели ты думаешь, что я на ней женюсь?

Естественно, я так не думала — между ними была такая пропасть!

— Нет, Мартин, — честно призналась я, — полагаю, ты бы этого не сделал даже в интересах королевства. Бедная Амелия! Необходимо срочно найти ей жениха. Она же не переживёт, если её сестра раньше неё выйдет замуж.

— Можешь спросить у Арахиса — он всех принцев на нашем материке знает.

— А принцесс? — оживилась я. — Неземной красоты!

— Зачем тебе принцессы, да ещё неземной красоты?

— Не мне, а тебе, — пояснила я. — А то я чувствую себя немного виноватой перед тобой.

— В чём? — принц с улыбкой взглянул на меня. — В том, что обнадёжила меня таким романтичным письмом?

— Интересно, — медленно протянула я, — ты думал, что письмо тебе отправила я… и тебя это обнадёжило?

Он не ответил. А я почувствовала, как внутри меня растеклось нежное тепло… Наверняка, ещё один побочный эффект зелья!

Я встряхнулась. Надо постараться перевести мысли в другое русло.

— Теперь моя очередь спрашивать, — мстительно потёрла я ладони. — Посмотрим, как на тебя повлиял наш чудесный напиток.

— На это действительно было бы интересно посмотреть, — хмыкнул Мартин, — если б я его выпил…

Я так и подскочила.

— Ты его не пил?!

— Нет конечно, — ответил он, — не могу же я подвергать риску государственные тайны.

— Ха! — возмущённо фыркнула я. — Да тут до твоих тайн никому нет дела! Никто бы тебя и не спросил!

— А я думаю, кто-нибудь да и спросил бы, — спокойно возразил принц и бросил на меня насмешливый взгляд.

Я покраснела и с претензией заявила:

— Ну и спросила бы! Подумаешь! Мог бы и ответить!

— А ты спроси, может, и отвечу, — подбодрил он меня.

— И спрошу!

Я выпрямилась и с вызовом посмотрела на Мартина, но тут же замялась. Вопрос, пришедший мне в голову, на мой взгляд, не имел никакого отношения к нашему разговору. Более того, он опять свёл бы разговор к убийству...

Мартин терпеливо ждал, пока я соберусь с мыслями, чтобы сформулировать вопрос.

— Почему Седрик не спросил меня о двузубце? — выдала я.

Мартин ожидал какой угодно вопрос, но этот его явно озадачил.

— А почему он должен был тебя о нём спросить?

— Но ты бы спросил! Обязательно спросил бы! — уверенно заявила я.

— Это естественно, — кивнул он. — Мы же с тобой в последнее время только и говорим о преступлениях. И способ убийства обсуждали. Понятное дело, я об этом сразу же подумал, когда увидел тебя в обнимку с этой рогатиной.

— Нет, — упрямо настаивала я, — ты бы спросил, даже если бы не думал об убийствах. Ты любопытен. Почему Седрик не такой? И Виола тоже не спросила... Об Амелии я уже и не говорю.

Наконец Мартин понял, о чём именно я его спрашиваю, и улыбнулся:

— Глория, мы с Седриком очень разные и... я рад, что ты начала это замечать.

— Я это сразу заметила, — выпалила я.

Он взглянул на меня, и в его глазах я снова прочла теплоту и доверие.

— Видишь ли, Седрика с детства учили сосредотачиваться на делах государственных, к которым относились не только королевский этикет и искусство построения дружественных отношений между соседствующими странами, но и военная тактика, умение определять друзей и врагов королевства. На это давили и мастера за морем, помимо физической и духовной подготовки. Мыслить глобально в интересах королевства. Честно скажу тебе, после такой дрессировки очень трудно сосредоточиться на мелочах вроде рогатины в твоей руке. Думаю, и Виола воспитывалась в похожей обстановке. Твой двузубец просто не является частью её жизни. Думаю, она даже не знает, как он называется. Занятно... — добавил он после минутной паузы, — когда ты спросила меня, слышал ли я песню Чуда Востока, я подумал о том же, о чём ты сейчас спросила меня. Почему ты задала мне этот вопрос, а Седрик, мой родной брат, даже не полюбопытствовал? Он ничего не слышал и решил, что истории о дереве — сказки, и он доказал сам себе их необоснованность… Он принял для себя решение и поставил точку. В общем-то, этому его и учили — верить в непоколебимость собственного мнения.

— Но ты, Мартин… ты же прошёл ту же подготовку, получил то же воспитание! — недоумевала я.

— Я был не слишком прилежным учеником, — посмеялся принц, — но у меня есть талант скрывать своё пренебрежение делами государственными.

— Не может быть! — не поверила я. — Ты же само воплощение величия!

— Ты правда так думаешь? — в голосе Мартина послышалась странная тоска.

Я долго смотрела на него, размышляя над его вопросом. И вдруг, неожиданно для себя самой, спросила:

— А тебе важно, что я о тебе думаю?

— Да, важно, — кивнул он. — Признаюсь тебе, мне никогда не было ни с кем так легко в общении, даже с братом. Мне кажется, ты можешь понять меня с полуслова, о чём бы я ни говорил. Для меня это много значит. И мне очень хотелось бы сохранить доверие, возникшее между нами… Вот только тайны пагубно влияют на доверие.

— Именно, — тут же подхватила я. — А кто из нас больше всего скрытничает? Личные тайны у него, видишь ли…

— А то у тебя их нет!

— Есть, конечно! Но если ты вежливо попросишь, быть может, часть тайн я тебе открою.

И он попросил… попросил рассказать ему об участи ведьмы, о её силе и возможностях, и о моих возможностях в частности. Его всё-таки впечатлило недавнее ночное зрелище, хотя напрямую он этого не признал. Что ж, раз пообещала, пришлось рассказывать.

Я сама не заметила, как далеко зашла в своих откровениях. Я остановилась лишь тогда, когда принц задал свой следующий коварный вопрос.

— Значит, ты и меня можешь приворожить? — его глаза светились неподдельным интересом.

— Ну-у, теоретически, наверное, могу. Хотя Ефросия утверждает, что у вашего рода есть защита против наших чар.

— Кто такая Ефросия?

— Прабабка моя, — разоткровенничалась я, совсем не думая о том, к чему моя болтовня может привести.

— Розалия говорила, что её сослали на Остров Надежд ещё до твоего рождения.

— Верно, но не забывай, она — ведьма и хоть утратила большую часть своей силы, сниться мне она может… Что и делает с завидным упорством.

— И откуда ей известно о такой особенности нашего рода?

Мартин умел задавать правильные вопросы. В другом месте и состоянии я бы, наверное, ощутила досаду, но сейчас моё лицо несомненно излучало восхищение.

— Так ведь это твой прадед сослал мою прабабку за моря-океаны. Она до сих пор поминает его добрым словом, — хихикнула я.

Мне было до неприличия весело. В общем-то, я всегда расслаблялась на лесных посиделках… Вот и сейчас я совсем позабыла, что в свете последних событий мне следует быть весьма осторожной в своих высказываниях, особенно касательно моих доблестных родственниц.

— И за что он её так? — продолжал допрос Мартин.

Он ловко подхватил мой бокал, который я в порыве эмоций чуть не смахнула рукой, и услужливо подал его мне.

Посмотрев на остатки зелёной бурды на дне бокала, я тяжело вздохнула и решительно отодвинула его подальше. Я надолго замолчала, уставившись на подрагивающие языки пламени.

— За чрезмерную активность, — наконец, решилась я. — В конце концов, если наше общение затянется, ты рано или поздно узнаешь всю правду. А если после этого не захочешь иметь со мной ничего общего, то не всё ли равно, произойдёт это сейчас или чуть позже? — философски изрекла я и всё ему рассказала… Ну, вернее, не всё… О том, что натворила моя мать, я умолчала, ибо сама не знала, что именно она учудила. И о Юставе не сказала — зачем бередить прошлое?..

Я закончила своё повествование, и наступила тишина. Мартин не мигая смотрел на огонь, осмысливая услышанное. Пауза затянулась. Я уже начала жалеть о том, что всё выболтала ему, но ведь он сам взывал к откровенности.

— Выходит, твоя прабабка сначала снилась твоей матери, а теперь снится тебе? — вымолвил принц. — С какой целью?

— Я же говорила — ведьму хочет из меня сделать! Из мамы толку не вышло, вот она и возложила все свои надежды на меня. Она искренне верит, что я смогу вызволить её с острова.

В глазах Мартина читалось недоверие. Он наклонился в мою сторону и уже не сводил с меня взгляда.

— Это всё? — спросил он.

Мне казалось, что он интуитивно чувствует, что я чего-то не договариваю. Я смутилась, и это не осталось незамеченным. Мартин слегка нахмурился.

Языки пламени дико плясали. Слышался громкий треск поленьев в костре. В просветах меж деревьями и кустами постоянно мелькали чьи-то тени, но мы не обращали внимания на происходящее вокруг.

— Почему ты такой подозрительный? — возмутилась я.

— Я пытаюсь понять, — сказал Мартин, — понять, почему отец был убит. Кто от этого выиграл? Кому он встал поперёк дороги? Я ищу ответ и не нахожу его. Я перерыл все бумаги отца, но ничего подозрительного, кроме той пропавшей связки писем, не нашёл. Да и письма те никак не вяжутся у меня с произошедшим. При чём здесь Крон? Что могло связывать отца с ним? Не понимаю... — в его голосе звучало отчаяние.

Я придвинулась ближе к нему и тихонько коснулась его руки.

— Мартин, мы обязательно разберёмся в этом деле! Я обещаю, что сделаю всё, чтобы помочь тебе понять... Даже если после этого ты не захочешь меня видеть, — воскликнула я.

Принц взял мою ладонь в свою и слегка сжал её. От недавней грусти не осталось и следа. В глазах загорелся привычный весёлый огонёк.

— Значит, мне ещё предстоит узнать страшную правду о тебе, — лукаво заметил Мартин.

Взяв бокал с остатками напитка, я подняла его в воздух.

— За правду!

Мартин взял свой бокал и стукнул о мой.

— За доверие! — и, с сомнением покосившись на зеленоватую жидкость в бокале, залпом осушил его.

— О-о-о, — восхитилась я его поступком и с любопытством уставилась на него, — и теперь мы ждём...

— Чего? — насторожённо спросил он.

— Не знаю... Когда я впервые выпила этот напиток, у меня сильно закружилась голова и стало до безумия весело. Впрочем... — добавила я после неудачной попытки встать, — с годами мало что изменилось.

Я действительно чувствовала лёгкое головокружение, поздно осознав, что выпила чудо-зелье на голодный желудок, ведь с обеда я ничего не ела.

На Мартина напиток вообще не подействовал. Он без труда встал и помог подняться мне.

— Что у вас дальше по программе? — с завидной бодростью спросил принц.

— Надеюсь, ужин, — пробурчала я, — а то я начну петь.

— И то и другое совсем не плохо. Мне понравилось, как ты пела с Лукасом. Здесь ты тоже петь будешь?

— Могу, мне уже море по колено. О, кстати о море... знаю много морских песен и пару военных. Только они грустные...

— А что-нибудь на тему ведьм?

— Разумеется. Есть песня, которую мне бабушка Розалия любила петь, когда я была маленькая. А ей пела её бабушка, а той…

— Спой мне её, — попросил Мартин.

— Прямо сейчас? — от неожиданности я не удержалась на ногах и снова плюхнулась на землю.

— Да.

Я смутилась, но разве это препятствие?.. Я часто пела для себя, без музыки и, правда, без слушателей. И если Лукас пел для Милки, почему бы мне не спеть для Мартина? Сей веский аргумент придал мне смелости и, собравшись с духом, я согласилась.

На самом деле, если обладать хоть малой долей фантазии, то в любом шуме можно уловить мелодию. Я без особых усилий различила в гаме голосов, в порывах ветра и в шелесте волн знакомый мотив. Песня была лёгкая, приятная, её тут же подхватили слетевшиеся на мой голос древесные феи, создавая оригинальный голосовой фон. Мне даже начало казаться, что я слышу переливы дудочки и мерный бой барабанов. Все звуки слились в своеобразную музыку, необычайно подходящую к словам самой песни:

> Мне однажды в полнолунье ветер тайну приоткрыл,
> Нашептал мне, что колдуньей стану я в расцвете сил,
> Что смогу моря и реки буйной воле подчинять,
> Даже сердцем человека взглядом буду управлять.
> И под шёпот непогоды продолжал он напевать
> О подаренной природой мне возможности летать

> > Над полями и лесами,
> > Над людьми и их делами,
> > Над бессмысленностью лет,
> > Над проблемами и грустью,
> > Над непостижимой сутью
> > Мировых забот и бед.

> Между тем прибоем звонким заглушая ветра гам,
> Море пенные ошмётки бросило к моим ногам,
> И в его купаясь волнах, яркой молнией раним,
> Грозовою тучей полный, горизонт сливался с ним.
> Я как будто окунулась в самый центр бытия,
> И уверенность проснулась, что смогу отныне я

> > Ввысь взлетать и падать в бездну,
> > Появиться и исчезнуть,

И возникнуть где-то вновь,
Превратиться в чудо-зверя,
Обмануть, войти в доверье,
Проникая в тайну снов.

И, подхваченная ветром, я неслась навстречу мгле,
Позабыв про всё на свете и оставив на земле

Все тревоги и сомненья,
Все обиды и лишения,
Страхи, глупые мечты.
Позади осталась скука,
А обыденности мука —
В вихре будней суеты...

Я уже умолкла, а мелодия всё ещё звучала, переливалась в воздухе и, отталкиваясь от дерева к дереву, поднималась выше, к небу, к звёздам. Когда последний её звук затих, вокруг воцарилась тишина, как будто мою песню слушал не только Мартин, но и все собравшиеся сейчас в лесу. Тишина длилась недолго. Мне не послышалось — вновь зазвучали барабаны, только в ускоренном темпе. Добавились бубенчики луговичков и флейты лимнад. Словно своим пением я раззадорила их, они подхватили мой почин, и весь лес запел, зазвучал праздничными песнями.

— Ох, — выдохнула я и внутренне собралась.

— Что? — очнулся Мартин, который, похоже, на время забыл, где находится.

— Приготовься испытать свою выдержку, — улыбнулась я ему.

— Как именно?

Ответить я не успела. От барабанного боя уже вибрировал воздух. Раздались зазывающие вопли и топот многочисленных ног, лап, копыт. Нас словно зацепило внезапным ураганом, завертело, закружило и засосало в самый эпицентр непонятно откуда взявшегося смерча. На самом деле, просто начались лесные пляски. Дикие сумасшедшие пляски. Начинались они с массового хоровода. Участники извивались змейкой между деревьями, пританцовывали, скакали от костра к костру и хватали всех, кто попадался под руку, удлиняя тем самым цепь танцующих. В мгновение ока ты оказывался звеном этой цепи и лихо отплясывал вместе с лесными жителями.

Время от времени из хоровода выталкивался какой-нибудь счастливчик или пара счастливчиков, обязанных под громкие ободряющие возгласы и хлопки отплясывать на выкорчеванном пне недалеко от большого костра. Когда я в очередной раз оказалась на поляне, на пне как раз кружились Финик и Кики. Гном выглядел вполне довольным, кажется, вошёл во вкус. После них на пень вытолкнули меня. Ну это не вальс, тут особых умений не надо. Я отбила на нём босыми ногами задорный мотив в такт барабанам. Босоножки я потеряла, когда в бешенном темпе скакала между полянами. Корявая поверхность пня приятно щекотала ступни, а юбка платья лихо вздымалась при каждом повороте. Когда я остановилась, то почувствовала лёгкое головокружение… то ли от всеобщего веселья, то ли от голода. Ноги подогнулись, и появилось ощущение, что пень сам по себе куда-то уплывает, а я вот-вот рухну в пропасть. В самый последний момент я успела ухватиться за раскинувшуюся над головой ветку дуба и в обнимку с ней плавно опустилась на землю. Моё место тут же заняли другие танцовщики, а я, пока меня снова не втянули в хоровод, спряталась за дубом. Всё-таки всё хорошо в меру. Мелкими перебежками от куста к кусту я отправилась на поиски еды.

И вот я уже на самой дальней от берега моря поляне. Дальше неё свет от костра уже не проходил, а терялся в густых лесных зарослях. На поваленном дереве были разложены знакомые корзиночки с бабушкиной выпечкой, горки орехов и лесных ягод на лопуховых листьях, нанизанные на палочки грибы и яблоки. Я облегчённо вздохнула, присела на землю рядом с корзинами, набрала несколько горстей ягод, а затем закрепила грибы и яблоки над огнём.

К тому моменту, когда меня отыскал Мартин, я была сыта и довольна жизнью. Принц устало опустился на землю и положил возле меня потерянные мной босоножки.

— Спасибо! — поблагодарила я и протянула ему печёные яблоки с грибами.

— А я думал, моей выдержки хватит надолго, — он принял угощение и поуютней устроился у костра.

— На мой взгляд, ты держишься на удивление стойко, — подбодрила я его, отряхивая ступни ног от еловых иголок и натягивая босоножки.

— Откуда у них столько энергии? Они же до сих пор там скачут, я кое-как сбежал.

— Не забывай, мы с тобой начали праздновать ещё днём, а они днём набирались сил, чтобы вот так вот отплясывать сейчас. Тем более что праздник такого масштаба случается лишь раз в год, поэтому все пытаются максимально использовать и силы, и время. Но осталось недолго, — успокоила я его, — луна почти скрылась, скоро рассвет…

— Вообще-то, мне понравилось, — задумчиво произнёс принц, вертя в руках кругленькое печёное яблочко. — Время быстро пролетело, я даже не успел всех рассмотреть. У меня иногда было чувство, что рядом со мной кто-то стоит, дышит в затылок, но я никого не видел, только скользящие тени.

— Не все хотят быть видимыми, — неопределённо сказала я. — И всё же ты видел многое. Мало кому из людей это удаётся.

— А на русалок мы пойдём смотреть?

— Нет! — резко ответила я и тут же спохватилась, заметив, как он заулыбался. — То есть, конечно, можем пойти посмотреть... на расстоянии.

Он хотел было возразить, но вдруг в темноте леса послышался шорох, и из кустов вылезла Тики. Крадучись, она подошла к нам и с таинственным видом уселась у моих ног.

— Она там, — прикрыв ладошкой рот, вымолвила она, скосив глаза на чащу леса.

— Кто? — не сразу сообразила я.

— Жена Крона, — от напускной важности глаза кикиморы до предела разъехались в стороны.

— Какая ещё жена Крона? — голос Мартина сразу стал серьёзным.

Ну вот, все наши старания не думать о преступлениях с грохотом покатились в тартарары.

— Я тебе сегодня так и не успела рассказать, — начала было я объяснять, когда Тики затеребила подол моего платья.

— Она может уйти.

Я тут же вскочила на ноги. Мартин последовал моему примеру.

— Ты её снова видела у колодца предсказаний?

— На полпути к нему. Знаешь там такое поваленное дерево? Она на нём сидит. По-моему, плачет, но по троллю никогда не поймёшь.

Я кивнула и ринулась в лесную чащу. Мартин следовал за мной, но вскоре отстал, всё-таки он не так хорошо ориентировался в лесу, как я. Почему-то я этому даже обрадовалась, очень хотелось увидеть эту таинственную спутницу тролля первой.

Я старалась двигаться как можно тише. До поваленного дерева оставалось совсем чуть-чуть. Вот ольховый куст, вот знакомый ручей, ещё несколько шагов — и я буду на месте. Однако до дерева идти не пришлось. Обогнув корявый ствол дуба, я нос к носу столкнулась с неким существом и сразу поняла, что именно её видела Тики. Луна всё ещё светила, и я без труда смогла разглядеть незнакомку. На секунду я замерла, оторопело вглядываясь в непривлекательные, я бы даже сказала омерзительные черты лица стоявшей предо мной троллихи. Я никогда ранее её не видела, но её взгляд... В её взгляде испуг сменился до боли знакомым выражением неприязни. И потом снова испугом, как только мы обе услышали приближающиеся шаги. Отшатнувшись в сторону, она бросилась бежать.

Через секунду рядом со мной был Мартин. Я стояла не шелох-нувшись. Мартин озадаченно посмотрел сначала на меня, а потом вгляделся в густые лесные дебри, из которых доносился удаляющийся шум ломающихся веток.

— Ты видела, кто это был? — спросил он, пытаясь разглядеть вы-ражение моего лица.

Надеюсь, ему это не удалось, иначе он прочёл бы смятение и тре-вогу, пока ещё мне самой непонятные. Мои руки почему-то дрожали. Значит, дрожать мог и голос. Руки-то я спрятала за спину, а что делать с голосом? Хотя это тоже не проблема — язык онемел. По-моему, ба-бушка называет это шоковым состоянием. Но почему это произошло со мной и именно сейчас? Потому что незнакомый мне тролль, вер-нее, троллиха одарила меня точно таким же взглядом, что и Селия? Нет, не поэтому… А потому, что где-то глубоко во мне зародилась мысль, что это и была Селия, и теперь я эту мысль никак не могла выбросить из головы. Эту невероятно бессмысленную мысль… О духи леса! Бессмысленная мысль… Докатилась!

Всё это вертелось у меня в голове. Как долго? Не знаю. Наверное, целую вечность. Мартин стоял рядом и ждал ответа на свой вопрос. Ещё немного — и он потеряет терпение. А что я ему скажу? У меня же язык не повернётся сказать, что его тётя — тролль! К тому же, скорей всего, это плод моего буйного воображения. Но ведь ответить-то ему надо?

Я смотрела ему в глаза и не могла издать ни звука. Сейчас он начнёт подозревать неладное. Надо его как-то отвлечь. Но как?

Я обхватила его лицо ладонями и поцеловала. Теперь у него на-верняка появится другой вопрос, а там я уж соображу, как увильнуть от ответа, главное — выиграть время. Возможно, это был не самый лучший способ, но это было первое, что пришло мне в голову. Не ду-майте, что я зачитывалась любовными романами для своего удоволь-ствия, тем более что их было непозволительно мало в дворцовой библиотеке. Но ведь мне в моей деятельности подобная литература была необходима. К сожалению, советов там давалось немного, осо-бенно для разрешения подобных ситуаций. А вдруг я всё усложнила?

Мартин оцепенел лишь на мгновенье. Вопреки моим ожиданиям, он не оттолкнул меня с естественным вопросом, не сошла ли я с ума, а наоборот, ответил на мой поцелуй и притянул к себе, смыкая руки за моей спиной и тем самым лишая последней возможности оду-маться и отступить. Вот тогда земля стала уплывать из-под моих ног второй раз за эту ночь.

Не берусь определить, сколько времени пролетело, но я готова была простоять ещё столько же, если бы не образ бабушки Розалии, некстати возникший в моём воображении. Выражение укора и оза-боченности на её лице вернуло меня к обыденности.

Я резко оттолкнула от себя Мартина, отпрянула назад и осуждающе посмотрела на него.

— Мартин, — сказала я серьёзно, — я же решила выкинуть тебя из головы!

Недоумение в его глазах сменилось любопытством.

— Должен признать, ты выбрала весьма оригинальный для этого способ, — тихо произнёс он.

— Да, это было не совсем уместно, — виновато признала я и тут же перешла в наступление. — А ты тоже хорош! Мог бы поставить меня на место.

— Я себе не враг, меня лично всё устраивало.

На это я не нашла, что ответить. Теперь я уж была готова перевести разговор на Селию... эх, и помчаться по замкнутому кругу.

— А почему мне, собственно, нельзя остаться в твоей голове? — спросил принц.

— Я ж тогда не смогу сосредоточиться на расследовании, — правомерно заметила я, — а в наших интересах покончить с ним как можно скорее. И потом, мы же вместе идём в Брутию... как ты себе представляешь наше совместное путешествие, когда в голове такое?

Судя по его ироничной усмешке, он себе это очень хорошо представлял. Немного поразмыслив и сделав неопределённый жест рукой, он кивнул:

— Хорошо, отныне и вплоть до конца нашего расследования попробуем придерживаться сугубо деловых отношений.

— А-а-а... потом? — робко спросила я.

— А потом ничего обещать не могу. Да и между «попробуем» и «будем» есть большая разница, — добавил он.

В его глазах всё ещё таились смешинки.

— Строго говоря, ты ничего обещать не можешь? — недовольно поморщилась я.

— Мог бы, но не хочу.

«Ну вот, заварила я кашу», — с досадой подумала я и, на всякий случай, сделала ещё один шаг назад. Позади меня кто-то ойкнул и отскочил в сторону.

— Тики! — воскликнула я. — И давно ты тут сидишь?

— Достаточно, — вздёрнув носик, ответила та, — чтобы понять, что ухажёров для меня становится всё меньше и меньше. Скоро всех расхватают, и останусь я одна-одинёшенька! — демонстративно всхлипнув, она с укором посмотрела на нас.

— Ну что ты, — успокоил её Мартин и глянул в мою сторону, — Глория этого не допустит. Судя по всему, у неё неплохо получается устраивать сердечные дела.

— Разумеется, — стараясь подстроиться под его тон, вторила я. — Тем более что присутствующий здесь ухажёр всё ещё свободен. С удовольствием помогу тебе найти подход к его сердцу.

— Ах, — заулыбалась Тики и, прижав ручки к груди, захлопала своими роскошными длинными ресницами.

— А я думал, ты собиралась подыскать мне принцессу неземной красоты, — теперь уж Мартин отступил назад.

— Само собой, — с готовностью кивнула я, — но если верить сказкам, есть шанс, что если Тики поцелует принц, то она вполне может превратиться в красавицу.

Что-то странное, похожее на вызов, блеснуло в глазах Мартина. Он опустился на одно колено перед Тики и, легонько приподняв за подбородок зелёную мордашку, поцеловал её в лоб. Я, конечно, сомневалась, что в сказке имелся в виду поцелуй в лоб, но промолчала, увидев блаженство, разлившееся по личику кикиморы. И ведь на эти доли секунды она действительно похорошела…

Улыбнувшись, Мартин поднялся и с сожалением развёл руками:

— Увы, не получилось. Видать, нам обоим придётся продолжить поиски своего счастья.

— Ничего-ничего, — чуть слышно пролепетала Тики, — на сегодня счастья мне вполне хватит…

* * *

Мартин и я медленно брели обратно к морю. Костры на полянах догорали, и лесные жители неспешно расходились по своим домам, а точнее расползались, разлетались, растворялись.

Финик ушёл чуть ранее, а Кики сидела на пригорке, сжимая в ладошках заветные барабанные палочки. Тики присела рядом с ней, и они начали делиться впечатлениями о прошедшей ночи. Думаю, её они запомнят надолго. Как, впрочем, и я…

Костёр на берегу тоже потихоньку угасал. Веточкой я выкатила из горстки золы одинокую картошку. Взяв её в руки, я ощутила приятное тепло праздника.

Мартин бороздил взглядом тёмные просторы моря.

— Надо полагать, нам тоже пора расходиться.

Он повернулся ко мне. Лёгкий бриз с моря теребил его волосы, и мягкий свет восходящего солнца делал его лицо необычайно красивым. Я смотрела на него и не могла отвести глаз. Мне так не хотелось расставаться с ним! О, если б только можно было пережить эту ночь заново! От этой мысли мне стало не по себе. Нет, так дело не пойдёт, надо взять себя в руки и держать свои чувства в узде.

— Пожалуй, — с напускным безразличием ответила я. — Надеюсь, ты найдёшь дорогу назад.

— То есть рассчитывать на твою компанию мне не придётся?

— Как, ты ещё не устал от моей компании? — изобразила я удивление.

Мартин не ответил, продолжая изучающе смотреть на меня.

— Знаешь, Глория, — наконец сказал он, — я уже свыкся с мыслью, что не всегда буду способен понять твоё поведение и твои поступки. Но я заметил, что чаще всего им есть вполне логичное обоснование и объяснение, — и опять замолчал. И вновь пристальный взгляд скользнул по мне. Ну кто такое выдержит?!

— Хорошо, — сдалась я. — Я видела предполагаемую возлюбленную Крона. Может, это и была Мирэн. Наверняка сказать не могу.

— Нет, — покачал головой Мартин, — не то. Чтобы скрыть это, ты не пошла бы на столь отчаянный поступок.

— Это ты поцелуй называешь отчаянным поступком? — возмутилась я. — Может, я хотела тебя поцеловать, ситуация была подходящая, обстановка обязывала.

— В таком случае ты совместила приятное с полезным.

От его самоуверенного тона у меня аж дух перехватило. А ведь он был прав, но разве я бы это признала? Никогда!

— Нам действительно пора расстаться, — процедила я сквозь зубы. — Как бы прекрасная ночь не закончилась кровавым рассветом.

Ухмыльнувшись, он сделал было шаг в мою сторону, но передумал.

— Доброго утра, Глория, желаю хорошо выспаться.

— Взаимно, Ваше Высочество, — официальным тоном ответила я. — Надеюсь, кошмары вас во сне не замучают!

— Не замучают. Ты же сама говорила, что сниться другим ещё не умеешь, — дерзко парировал Мартин.

Я с трудом сдержалась, чтобы не швырнуть в него запечённой картошкой, которую всё ещё держала в руках. Вместо этого я сжала её в кулаке, отчего тонкая кожица лопнула, и горячая мякоть обожгла мне ладонь. Отбросив картошку в сторону, я досадливо подула на обожжённые пальцы.

Со смешком отсалютовав мне рукой, принц направился вдоль берега.

— Завтра на рассвете встречаемся у Развилки, — бросил он на прощание, даже не обернувшись, а если б обернулся, наверняка пал бы замертво, сражённый моим убийственным ведьмовским взглядом!

Через мгновение убийственный взгляд потерял свою силу. Я мысленно попрощалась со всеми лесными жителями и отправилась домой.

* * *

Проснувшись на закате, я не сразу поняла, где нахожусь, — настолько чужим показался мне мой чердак, освещённый золотистыми лучами заходящего солнца.

Беспрестанно зевая, я спустилась в кухню. Бабушки нигде не было видно. Наверное, бегала по деревне, помогая Базилю в борьбе со страдающими желудочной и головной болью в результате вчерашнего празднества.

Утолив голод тем немногим, что осталось после нашествия жихарей, я вернулась к себе в комнату. Усевшись на кровать, я упёрлась локтями в колени, а подбородком — в скрещённые руки и постаралась собраться с мыслями. Ни к чему путному это не приводило. Мысли тут же возвращались к произошедшему этой ночью и перепалке с Мартином, наполняя всё моё естество возмущением… и злостью на саму себя. Это ж надо было мне такое учудить! Да ещё после моих откровений о прабабке. Теперь Мартин перестанет мне доверять… Однако нашего путешествия он не отменил. Почему? Хочет держать врага поблизости, чтобы сподручнее было следить за ним?

Вскочив на ноги, я стала мерить шагами ту часть чердака, по которой я могла ходить с ровной спиной. В двадцатый раз проходя мимо кровати, я споткнулась о торчащую из-под неё палку. Рухнув на пол, я больно ударилась о табуретку. Вознамерившись выместить весь гнев на палке, я ухватилась за неё и изо всех сил дёрнула на себя. Выскочившая метла со стуком упала на пол, образовав густое облако пыли. Прочихавшись, я задумалась. А зачем мне, собственно говоря, связываться с Мартином и испытывать своё и его терпение? Я и сама прекрасно справлюсь! Слетаю в Брутию и расспрошу местных о Кроне и Юставе. Если запастись рекомендательным письмом от отца Лоулли, то, думаю, жители Брутии отнесутся ко мне доброжелательно. Правда, пока непонятно, как подобраться к горнякам… Буду решать проблемы по мере их поступления! Вот только освою управление этим прабабкиным веником…

Я подобрала метлу и повертела её в руках, припоминая подробности своего ночного полёта. Главное — это заставить себя позабыть обо всём на свете. Не думать ни о чём и ни о ком! Ха! Легко сказать! Вот попробуйте не думать, скажем, о быке или о стрекозе… Что первое приходит в голову? Правильно! Пучеглазый бык, порхающий над полем васильков. Так и у меня сейчас в голове крутились мысли о Кроне, о Мартине, о Юставе, да ещё Араганесес время от времени проносился с присвистом «Ах, Мирэн, для меня твоё имя…»

Вдруг в памяти всплыло то печальное время, когда Данис оставил нас и умчался под парусами в морскую даль. Я тогда ночами долго не могла уснуть — перед глазами картинками мелькали чудесные истории Даниса, его фокусы и изумительные морские диковинки, выловленные им из самых глубоких недр моря. Так вот, чтобы уснуть, я представляла себя на палубе большого корабля, дул свежий морской ветер, и корабль нёс меня к горизонту. В этот момент существовали только я и море... успокаивающее, убаюкивающее...

Чувствуя, как мои веки тяжелеют, я встряхнулась. Похоже, эта стратегия работает не только в случае бессонницы. Но ведь можно представить себе нечто иное, соответствующее обстоятельствам.

Небо... Оно подобно морю, глубокое, спокойное... А облака, словно пенные волны, барашками по нему стелются. А меж барашками, как пастух, лечу я на своей метле.

«По-моему, то, что надо!» — удовлетворённо подумала я и вскочила на метлу.

В комнату вихрем ворвался ветер, и что-то с силой ударило меня в спину. В самый последний момент я успела нагнуться и избежать столкновения с оконной рамой. Получив долгожданную свободу, метла ринулась ввысь, совсем игнорируя тот факт, что я снова тяжёлым грузом болтаюсь на её черенке. Прорвавшись сквозь густую листву деревьев, ветви которых только чудом не выкололи мне глаза, метла зависла над лесом, видимо, давая мне короткую передышку. А может, она ждала моих дальнейших распоряжений?.. Ведь всё-таки теперь я её новая хозяйка!

Переведя дух, я рискнула посмотреть вниз и с облегчением отметила про себя, что высота меня не так сильно пугает. Что ни говори, а мой ночной полёт во сне пошёл мне на пользу. Вспомнив правила управления метлой, я, уже более уверенно манипулируя коленями и ступнями, направила её на восток, чтобы лучи заходящего солнца не били мне в глаза. И вот, энергично болтая ногами в воздухе, я парю над вековыми деревьями леса, лишь слегка задевая их кроны. Поравнявшись со стаей гусей, я весело помахала им рукой. Изумлённые подобным явлением, гуси сбросили высоту, нарушив ровный клин стаи.

До чего же было здорово вот так парить над всем и вся, понимая, что над тобою только небо, а всё остальное осталось там, внизу... и размеры его настолько малы, что все мои переживания уже казались весьма и весьма надуманными и незначительными. Мне неожиданно припомнились слова столько раз спетой мной песни:

> ...И подхваченная ветром, я неслась навстречу мгле,
> Позабыв про всё на свете и оставив на земле
>
> Все тревоги и сомненья,
> Все обиды и лишения,

Страхи, глупые мечты.
Позади осталась скука,
А обыденности мука —
В вихре будней суеты…

Время словно остановилось, и только быстро густеющие сумерки давали знать, что жизнь не застыла, а подобно мне, летит вперёд, навстречу неизвестному.

Очень скоро это неизвестное начало обретать вполне чёткие формы. Прямо передо мной чёрной массой возвысилось нечто настолько несуразное, что я не сразу поняла, что это. Вдруг я вспомнила о заброшенном замке Картоза, и за этим воспоминанием, как за вожаком гусиной стаи, которою я недавно спугнула, потянулись цепочкой другие. Голубое небо померкло, облака-барашки растворились во тьме. Земля распахнула свои объятия, и я с треском влетела в какой-то колючий кустарник.

— Н-да, — пробормотала я, потирая ушибленные коленки, — пожалуй, этот эпизод не стоит включать в своё жизнеописание — потомков он вряд ли впечатлит, а вот репутацию мне подмочит.

Выпрямившись, я огляделась. Приземлилась я всего в нескольких шагах от замка, вернее, того, что от него осталось. А остались от него поросшие мхом стены, в которых зияли чёрные дыры окон, и когда-то величественные ворота. Сейчас они, жалобно поскрипывая от порывов ветра, болтались на петлях, а от них по обе стороны тянулся неровный ряд каменной кладки. Много лет назад какой-то честолюбивый мастер решил возвести добротную каменную стену вокруг замка, но осуществить свою задумку до конца не смог. И по всему двору были разбросаны огромные булыжники, так и не ставшие частью великой стены. По ним ползали ужи и ящерицы, чья чешуя серебрилась в свете появившейся луны. Больше никого. Тишь и благодать. Не понимаю, кому понадобилось распускать жуткие слухи о привидениях?..

Как только я об этом подумала, в одном из верхних окон замка мелькнул дрожащий огонёк свечи. Мелькнул и пропал. Я, конечно, не из пугливых и в лесной чаще всякого насмотрелась, и всё же мурашки побежали у меня по спине.

Подобрав метлу, я нерешительно потопталась и медленно двинулась к замку. Раз уж я тут оказалась, надо осмотреть все достопримечательности, включая живущих здесь призраков.

Поднявшись по полуразрушенным ступенькам, я подошла к главному, по моему уразумению, входу. Двери оказались распахнуты настежь. Приглядевшись получше, я поняла, что дверей не было вовсе. Вернее, они были, но лежали рядышком и, казалось, уже давно срослись

с полом. Я пристально всматривалась во всепоглощающий мрак внутри замка. Надо быть осторожней. Я шагнула во тьму, выставив перед собой черенок метлы, наверное, чтобы избежать столкновения с невидимым препятствием. Препятствия не обнаружилось, а внутри оказалось не так темно — сквозь окна лился яркий лунный свет.

Вскоре глаза привыкли к темноте, и я начала различать унылые очертания былой роскоши. Мраморный пол тронного зала испещрили паутинки трещин. Через трещины пробивались вездесущие сорняки. В разбросанных повсюду предметах с трудом угадывались элементы богатой когда-то мебели. Тут же валялись огромные рамы картин. Полотна были съедены мышами, остались лишь жалкие лоскутки. Зрелище не из весёлых, да и атмосфера стояла удручающая. Как будто потолок давил своей тяжестью, обветшалостью и облупившимися росписями; будто колонны, поддерживающие этот потолок уже много лет, стягивали, сужали замкнутое между ними пространство. Ещё немного — и они сомкнуться, раздавив меня своей монолитностью.

Словно какая-то сила подтолкнула меня вверх по лестнице, ведущей в левое крыло замка. Я рванула по ней, лишь бы поскорей покинуть мрачные своды тронного зала. Лестница привела меня на верхний этаж, лучше сохранившийся, но такой же пустынный и заброшенный. Отсюда расходились коридоры в трёх направлениях, в конце самого левого горел свет. Наверное, именно его я видела со двора.

Я медленно двинулась в сторону света. Он лился из боковой комнаты. Когда-то в этом крыле обитали слуги. Разбросанная мебель смотрелась проще, и боковые залы, пустотами дверных проёмов зияющие по обе стороны коридора, не выглядели большими.

Подойдя к самой дальней комнате, я как можно тише приоткрыла дверь. Картину, представшую передо мной, можно было бы назвать умиротворяющей, если бы не внезапное чувство грусти, вдруг охватившее меня. Комнатушка оказалась меньше, чем я её себе представляла. Захламлённая, но неожиданно чистая и по-своему уютная. В маленькой печурке горел огонь, а на нём — чугунок с булькающей неаппетитной похлёбкой.

Рядом с печкой стоял столик с пустой миской, глиняным кувшином и маленьким треснувшим бокальчиком. За столом, чуть повернувшись к печке, сидел тролль или, скорее, троллиха, судя по изношенной старой юбке и обесцветившейся блузе, несуразно перекрутившейся на таком же несуразном теле. Что-то везёт мне в последнее время на троллей. Хотя чему тут удивляться? На территории замка до того, как он совсем обветшал, жили именно тролли. Немудрено, что кто-то из них решил задержаться подольше.

Я тихонько постучала о дверной косяк. Никакой реакции. Я постучала громче. Троллиха вздрогнула и глянула в мою сторону. При тусклом свете свечи, горевшей на маленькой табуретке, я разглядела худощавое, слегка морщинистое лицо. Широко распахнутые глаза и приподнятые брови выглядели по-детски наивными. Близоруко прищурившись, она в свою очередь пыталась разглядеть меня.

— Гости! — после минутной паузы расплылась она в улыбке. — А у меня как раз ужин подоспел.

Вскочив со стула, она подбежала к накренившейся на один бок тумбе и достала ещё одну миску. Вытряхнув из неё мусор, троллиха с громким стуком поставила миску рядом со своей.

— Прошу к столу, — гостеприимно пригласила она.

— Благодарю, — нерешительно произнесла я.

Переставив свечу на стол, я придвинула табуретку к столу и села.

— Уже почти готово, — щебетала гостеприимная хозяйка, яростно помешивая похлёбку, при виде которой у меня к горлу подкатила тошнота.

Разлив это варево по мискам, троллиха уселась напротив меня и вдруг сказала:

— Глория.

— Что? — отозвалась я, не сразу сообразив, что незнакомый тролль обратился ко мне по имени.

— Имя моё.

— Вас зовут Глорией? — не поверила я.

— Красивое имя, правда?

— Очень, — тут я спорить не стала.

— А тебя как зовут?

Я помедлила с ответом, пытаясь отделаться от странного наваждения, что меня что-то связывает с этой представительницей тролличьего рода, помимо имени.

— Э-э-э... — пыталась я вспомнить хоть какое-нибудь мало-мальски приличное имя, — меня зовут... Мирэн, — неуверенно закончила я.

Глаза моей тёзки загорелись ярче огня в печи, словно некое озарение снизошло на неё.

— Мирэн... — повторила она, пытаясь что-то вспомнить, — да... тоже красивое имя.

Огонёк в глазах погас, но я была готова поклясться, что это имя ей знакомо. Может, она и Крона знает?..

— Вы здесь совсем одна? — спросила я.

— Не-е-ет, — протянула она и с укором посмотрела на меня, будто осуждая за то, что я могла такое предположить, — у меня сестра есть.

— Она тоже здесь живёт?

— Кто?

— Сестра ваша.

Молчание. Глория с поднятой ложкой застыла над своей миской.

— Да, у меня есть сестра, — и опять детская улыбка озарила её лицо, — а ты откуда о ней знаешь?

— Вы только что сказали, — ответила я, в замешательстве и с подозрением поглядывая на троллиху.

— Ох, правда? — сконфузилась она и даже слегка покраснела, — я забывать стала… Многие вещи…

— А как зовут вашу сестру? — спросила я.

И вновь тишина.

— Мирэн? — робко вымолвила она.

— Что? — откликнулась я.

Она смущённо пожала плечами, а я наугад задала вопрос:

— Вашу сестру зовут Мирэн?

— Правда? Красивое имя…

У меня опустились руки. Было очень жалко эту бесформенную глыбу с наивными детскими глазами.

Ковыряя ложкой в бурой похлёбке, я рискнула продолжить этот бесполезный разговор.

— А кроме сестры к вам кто-нибудь приходит?

— Не-е-ет, все тролли ушли… давно уже.

— А почему вы в замке живёте?

— Я тут работала.

— Прислуживали Картозу?

— Кто это? — встрепенулась она.

— Ваш бывший король, — сообщила я.

— Правда? — удивилась она. — Не помню…

— А Крона помните? — без всякой надежды спросила я.

И опять лицо посветлело на секунду… лишь на секунду. Она стушевалась и пожала плечами. Плеснув что-то из кувшина в треснувший бокальчик, она пододвинула его ко мне.

— Спасибо, — я с неприязнью глянула на переливающуюся на дне бокала жижу.

— Моя мама мне часто читала про неё, — после очередного молчания выдала троллиха. — Я не раз видела её во сне, на белом коне… красивая, как её имя. Добрая и смелая. Она была королевой. Там ещё жили злые люди, хотевшие захватить её королевство, но она всегда побеждала.

— Кто? — не поняла я.

— Глория… Её так звали… Красивое имя. Поэтому мама меня так назвала. А книга у меня ещё есть.

Она метнулась к большому сундуку в углу. С трудом отбросив тяжёлую крышку, троллиха бережно вынула оттуда старую книгу. Ветхие

страницы были скреплены потрёпанным переплётом. Глория протянула книгу мне. Я осторожно взяла в руки это сокровище. Казалось, стоит её открыть, и она рассыплется у меня в руках. Не рассыпалась. Текст кое-где стёрся, но когда-то это была очень красиво оформленная книга с живыми искусными иллюстрациями.

— Вы её до сих пор читаете? — спросила я, аккуратно переворачивая страницы.

— Я не умею читать, — сокрушённо призналась она. — Всё жду, когда Эллона придёт и почитает её мне.

Я чуть не выронила книгу из рук.

— Кто?!

— Подруга моя. Она часто приходила и читала... и мы мечтали потом... мечтали стать королевами, такими же смелыми и красивыми. Эллона говорила, что сможет сделать меня красивой... Она давно не приходила... — огромные глаза наполнились глубокой грустью.

Я сидела молча, не веря своим ушам. Нет, эта Эллона не может быть моей матерью. Но троллиха говорила и говорила о ней. Казалось, что из всех сохранившихся в её памяти воспоминаний остались только те, в которых присутствовала её подруга. И чем дольше я её слушала, тем больше убеждалась, что говорит она именно о маме.

— А может, ты мне почитаешь? — вдруг попросила меня Глория. Она поудобнее устроилась на своём стульчике и по-детски умоляющими глазками смотрела на меня.

Я охотно открыла первую страницу, стараясь разобрать когда-то аккуратно выведенные, но со временем поблекшие слова. К счастью, сказка не оказалась длиною в роман, и через какой-то час я дочитала её до конца. Она мне самой понравилась. Я так увлечённо читала, что под конец забыла, где нахожусь и кому, собственно, читаю. Сюжет пересказывать не буду, к делу он отношения не имеет, но там было всё, чтобы читатель не утратил интереса, дочитал до конца и вместе с героями мысленно отпраздновал победу над злом.

Бережно закрыв книгу, я посмотрела на Глорию. Троллиха, уронив голову на сложенные руки, спала и счастливо улыбалась во сне. Я положила книгу на стол и, подобрав с пола тёплый шерстяной платок, набросила его на плечи хозяйки.

В этот момент подрагивающий огонёк свечи стопил остатки воска, прощально вспыхнул и погас. Тьма нас не поглотила благодаря маленькому огоньку в печурке да лунному свету, струящемуся через полуоткрытое окно.

Мне не хотелось оставлять тёзку одну. Но сейчас ей было вполне комфортно, а потом... Что же с ней делать потом? Может, бабушка Розалия что-нибудь придумает?..

Когда я вышла во двор замка, луна была готова завершить своё путешествие по небу и отправиться на заслуженный покой, предоставив нам самим выяснять отношения с ночью. Мне следовало торопиться, чтобы успеть найти дорогу домой до того, как мир лишится единственного в данный момент источника света. Иначе придётся ждать рассвета, а на рассвете я встречаюсь с Мартином у Развилки...

Эх, зря я о нём сейчас вспомнила... Как же мне теперь взлететь? Н-да... Я огорчённо вздохнула. Боюсь, не готова я ещё к длительным полётам на метле, тем более через горы. Придётся собрать свои душевные силы и смириться с мыслью, что буду находиться бок о бок с Мартином следующие несколько дней. И мы либо в конец рассоримся, либо... Сердце моё ёкнуло и часто забилось. Нет, другой вариант не рассматривается и не допускается! Я к принцу абсолютно равнодушна, а то, что произошло ночью, было моей хладнокровной попыткой использовать сложившуюся ситуацию во благо себе.

Я повторила про себя несколько раз, что я абсолютно равнодушна к Мартину. Да, выбор сделан, окончательно и бесповоротно. Потом уверенно вскочила на метлу и в вихре пыли взлетела над руинами замка.

* * *

Этой ночью мне удалось поспать лишь пару часов. Бабушка растолкала меня, когда медленно рассеивающийся по лесу свет только начал заявлять о наступлении утра. За завтраком я вкратце рассказала ей о раскрытии тайны моего имени. Рассказ заставил бабушку задуматься так глубоко, что до конца завтрака мы сидели молча. Так же безмолвно она протянула собранный для меня походный мешок и пару кожаных ботинок. Примеряя их, я удивлялась тому, как это у бабушки получается обо всём подумать и позаботиться. Напоследок она чмокнула меня в лоб и, вздохнув, сказала:

— Советов никаких не даю, ты вполне самостоятельная, чтобы принимать свои собственные решения. Одного прошу, отложи ведьмовскую практику на время, хотя бы до конца вашего похода.

Немного помявшись, я кивнула.

— Хорошо, бабуль. Практиковаться не буду... разве что в крайнем случае, — почти про себя добавила я.

Неодобрительно покачав головой, бабушка вышла во двор проверить, всё ли готово к моему первому в жизни серьёзному приключению.

Практика практикой, а вот теория может даже оказаться полезной, внушала я себе, запихивая пособие прабабки в свой мешок.

Когда я выскочила на улицу, бабушка Розалия скармливала Дымку последний кусок сахара. Варнис проявил любезность и одолжил мне старое седло. Прикрепив к нему мешок, я вскочила на коня.

— Ах да! — вдруг вспомнила бабушка, поглаживая шелковистую гриву Дымка. — Вчера вечером Базиль заходил. Мартин выведал у него всё, что тот знал о нас, в частности о твоей матери.

Я чуть с седла не сползла.

— О духи леса! — простонала я.

— Именно, — кивнула бабушка.

— Это что же получается, с подачи Базиля Мартин будет считать, что моя мать собиралась приворожить его отца, но промахнулась, в итоге чего пропал его дядя?!

— Во всяком случае, он наверняка больше не питает иллюзий на твой счёт, — бабушка, казалось, даже радовалась откровениям своего ненаглядного лекаря.

— Но ведь это неправда! — отчаянно воскликнула я.

— Разве?

— Ефросия мне всё рассказала! Она не собиралась мстить! Она только хотела, чтобы мама, став ведьмой, забрала её с Острова Надежд.

— Вот как? Что ж, я прямо-таки приятно удивлена… А что же тогда натворила твоя мать?

Этого я не знала и, честно говоря, в данный момент меня это волновало меньше всего. Я безнадёжно махнула рукой в сторону дорожки, ведущей из леса.

— Какая разница! Только, подозреваю, Мартин вряд ли сейчас ждёт меня у Развилки.

— Это даже к лучшему. Нечего тебе в Брутии делать!

— Ну уж нет, — с упрямством процедила я сквозь зубы, — я пойду! Пусть с Фиником, пусть одна, всё равно пойду! Найду Юстава и разузнаю всё до конца! И докажу ЕМУ, что я в смерти Клавдия не виновата!

— Что?! — у бабушки аж челюсть отвисла от услышанного. — При чём тут смерть Клавдия?!

Я замолчала. Быстро ввести бабушку в курс дела не получится.

— Спроси у Базиля, раз он у нас такой осведомлённый, — мрачно огрызнулась я и, пришпорив коня, галопом поскакала по тропинке.

По пути я заехала к Лукасу, и до Развилки он меня провожал вместе со своим стадом. Наверное, со стороны подобная процессия выглядела довольно торжественно.

У Развилки меня ждали не только Финик с Сереньким, но и Мартин на красивом породистом скакуне. Это меня одновременно удивило, обрадовало и насторожило. Что он задумал? Притворится, что ничего не знает, и будет за мной следить, дабы подловить, когда я меньше всего этого ожидаю? Или он намерился увести меня подальше, чтобы я не представляла опасности для окружающих? Или... или у меня действительно чересчур буйное воображение?

От всех этих вопросов я так растерялась, что даже не поздоровалась со своими будущими спутниками.

Мартин с интересом осмотрел моего коня, потом глазами скользнул по мне.

— Вижу, лесная вечеринка возобновилась после моего ухода, — с усмешкой заметил он, — и продолжалась до сегодняшнего утра?

Я бросила на него полный возмущения взгляд, но промолчала, решив ограничить наше общение во избежание лишних конфликтов. Но когда я заметила прикреплённый к его седлу меч, то всё же решила спросить, за какой надобностью Мартин взял с собой оружие.

— Мы что, собираемся с кем-то воевать?

— Я очень надеюсь, что мне не будет суждено им воспользоваться, — серьёзно ответил Мартин, — однако предпочитаю быть готовым ко всему.

Я перевела взгляд на Финика. Тот гордо выпрямился в своём кругленьком седле и слегка похлопал по ремню, стягивающему не менее кругленький животик. На ремне болтался маленький кинжал. Похоже, мои спутники подготовились к походу основательно.

Попрощавшись с Подсолнухом, мы не спеша тронулись в путь. Лукас долго смотрел нам вслед. Я оглядывалась, пока ещё могла его видеть, словно он являлся последней ниточкой, связывающей меня с прежней жизнью. И вот она оборвалась... А что ждёт меня впереди? Я не знала, и мне было одновременно и страшно, и интересно... или просто страшно интересно?..

Долгое время мы ехали молча. Я украдкой бросала взгляды на Мартина. Очень хотелось знать, насколько поменялось его отношение ко мне. Позапрошлой ночью я была готова поклясться, что его чувства носили вполне определённый характер. Но ведь всё могло измениться. Порой для этого достаточно и минуты... Да что там! Одного мгновения хватит, чтобы перевернуть твоё представление о человеке. Насколько же изменилось представление Мартина обо мне после его беседы с Базилем? Может, спросить напрямую и не мучиться?

До сих пор Мартин вёл себя как ни в чём не бывало. Безмятежно изучал горные дали, маячившие впереди. Прямая спина, расправленные плечи, красивая осанка, никакого напряжения. От него веяло таким непоколебимым спокойствием, что я сама непроизвольно расслабилась. И всё же молчание начинало действовать мне на нервы.

— А какой, собственно, у нас план? — не выдержала я.

Принц лениво перевёл на меня свой взор и тут же снова вернулся к созерцанию горных вершин.

— Сначала мы дойдём до Брутии и постараемся узнать о Кроне там. Может, и о Троте они что-то слышали.

При упоминании дальнего родственника Финик заворчал себе под нос и сжал ладошкой рукоятку кинжала.

— Я узнал, Крон поселился в нашей деревне относительно недавно, от силы пару лет назад, — продолжал Мартин, — так что троллем в окне тёти он быть не мог. Возможно, в селении нам больше поведают о его загадочной личности.

— Сомневаюсь, что жители Брутии захотят с нами откровенничать, — скептически заметила я. — Следовало хотя бы обзавестись рекомендательным письмом отца Лоулли.

Мартин похлопал по карману своей куртки.

— Сделано.

Я одобрительно улыбнулась.

— Жаль, что к горнякам с этим письмом не сунешься.

— Да, — кивнул он, — к ним надо будет искать другие пути. Будем ориентироваться по обстоятельствам.

— В принципе, — подал голос Финик, — можно было бы с гмурами договориться. Лучше них горы никто не знает. Не уверен, водят ли они дружбу с горняками, но, может, совет какой дадут…

— Хорошая идея, — похвалил Мартин. — Только договариваться с ними придётся тебе. Насколько я знаю, людей они не особо жалуют.

— Само собой, — по-деловому кивнул гном.

Он прямо-таки менялся на глазах. Он уже не походил на того гнома, который ещё недавно развозил молоко. Нет, это был маленький воин, немного неуклюжий, но с ярым желанием показать в деле, на что он способен. В петлице его курточки красовался бутончик нераскрывшейся болотной лилии. Наверняка подарок Кики. Время от времени он нежно касался его своими пухлыми пальчиками. Заметив, что я наблюдаю за ним, он покраснел и сконфуженно натянул свой колпак на лоб. Улыбнувшись, я отвела глаза и занялась изучением окрестностей.

Нас всё ещё окружали знакомые мне пейзажи. Тут я излазила каждую гору, знала каждый кустик и дерево. Но всякий раз моё сердце приятно замирало при виде величественных горных вершин впереди.

Далеко-далеко тропа терялась в узком ущелье. Над ним высились скалы, верхушки которых белели ледниками и местами растворялись в облаках. У входа в ущелье начиналась неизвестность. Почему я не ходила дальше? Да потому что бабушка запрещала, боясь, видимо, как бы горняки меня не похитили. В ту сторону мало кто ходил, поэтому я не имела ни малейшего представления, с чем мы могли здесь столкнуться.

У отца Лоулли заняло три дня, чтобы дойти от Развилки до Брутии. Значит, мы должны туда добраться завтра к вечеру. Если бы мы перешли на галоп, это значительно сократило бы путь, но Серенький и так кое-как поспевал за нами, поэтому мы не торопились.

Горный воздух был чист и прозрачен. Казалось, до ущелья рукой подать. Однако до него мы доехали лишь на закате. Тропа в этом месте впритык подходила к Серне, которая из тихой речки превратилась в беспокойный и шумный горный поток. Вернее, это поток потом становился тихой речкой, ведь рождался он далеко в горах и затем впадал в море.

Вход в ущелье начинался крутыми нависающими скалами. Тропа и речка сливались воедино и исчезали в их плотных тенях.

Мартин предложил переночевать здесь. Мы с Фиником заметно подустали, поэтому не стали возражать. В горах с заходом солнца быстро холодало. Душистый ветерок, который радовал нас днём, теперь сменился на холодный и порывистый. Он пробирал нас до костей, и летняя одежда уже не спасала. К счастью, вокруг нашлось достаточно вереска и сухого кустарника, чтобы не только разжечь спасительный костёр, но и поддерживать его до утра.

После ужина было решено, что я присматриваю за огнём первая — всё равно я так рано никогда не засыпала. Финик, наоборот, уже клевал носом, и как только опустил голову на свёрнутое валиком одеяло, сразу же звучно засопел. Мартин лёг у костра, закрыл глаза, но спал или нет, трудно было определить.

Так я просидела около получаса, прислонившись спиной к прогретому костром камню и изучая усыпанное звёздами небо. Я читала о людях, которые по звёздам могли предсказывать будущее. Мне звёзды ничего не говорили. Они мигали, переливались холодным светом, иногда падали… Интересно, куда именно они падали? На землю или в море? А может, в небесные просторы, недоступные ни нашему пониманию, ни воображению?

Уделив достаточное внимание небесным телам, я тихо достала из мешка учебное пособие и в неярком свете костра углубилась в чтение. Очень не хотелось подвести Ефросию. Если честно, я её жалела. Ей должно быть так одиноко одной на Острове Надежд. Конечно, там находились и другие ведьмы, только ведь ведьма ведьме не друг. Они живут обособленно, как кошки.

Кстати, о кошках. Пора бы мне приручить зверька. Только вот где взять кошку в горах? Я слышала, у нас тут водятся тигры, но приручать тигра я бы побоялась. К счастью, пособие давало весьма точные указания на сей счёт. Искать зверушку не было нужды. Она сама должна прийти на мой призыв, который осуществлялся при помощи выбранной стихии: огня, воды или ветра. У меня имелся доступ ко всем трём. Только до воды идти шагов сто, а ветер мог разбудить спящих. Я украдкой посмотрела на своих попутчиков. Тревожить их не хотелось. Значит, оставался лишь огонь, тем более что опыт обращения с ним у меня имелся.

Придвинувшись к костру, я уставилась на него. Губы тихо зашептали простую присказку, воображение нарисовало нужную картинку:

— Образ зверя ты прими,
   Зверя к ведьме призови…

И вдруг, ни с того ни с сего, я продолжила:

Призрак, сотканный из дыма,
Глазом еле уловимый,
В темноте неразличимый…
Покажи его в огне,
Призови его ко мне.

Со мной такое часто бывало. Читаю чей-то стих и продолжаю его на свой манер, причём неожиданно для самой себя. А потом спешу записать, потому что обычно получается весьма недурно и может мне в будущем пригодиться в написании романтических посланий.

Вот и сейчас случилось нечто похожее: я зачем-то продолжила заклинание. Строчки посыпались из меня сами. Язык я прикусила, когда полоски пламени забились точно в лихорадке и скрипуче заворчали. Огонь как будто стал жидким, переливался, искрился. И вот на его поверхности вспыхнули хищные глаза. Узкие зрачки то расширялись, то снова сужались в хитрую щёлочку. Потрескивание всё больше походило на хриплое мурлыканье. Ветер утих, и даже, казалось, шум реки на мгновение смолк. Всё будто замерло вокруг. И вдруг я услышала шорох. Словно кто-то распугал стаю мышей, и они врассыпную бросились в заросли вереска. Нет, скорее, это просто ветер шуршит сухой травой… Но вот опять! Шелест или невнятное перешёптывание. Его услышала не только я. Мартин, приподнявшись на локте, в упор смотрел на меня. Наваждение пропало. Пламя отплясывало свой привычный танец, ветер возобновился, а Серна радостно заглушила все посторонние звуки. Я смущённо отодвинулась от костра и убрала пособие обратно в мешок. Мартин некоторое время отрешённо глядел в огонь. Потом снова лёг на спину и, с минуту полюбовавшись россыпью звёзд на небе, закрыл глаза. Я сидела не шелохнувшись, боясь снова его побеспокоить. Только через час я позволила себе расслабиться. Однако душевное напряжение осталось. Вплоть до полуночи, когда настало время будить принца, меня не покидало ощущение, что за мной кто-то наблюдает. Я всматривалась в ночную темь, и везде мне мерещились узкие щёлки глаз с пляшущими языками пламени вместо зрачков.

* * *

За ночь я ни разу не проснулась и прекрасно выспалась — спать на голой земле мне было не впервой.

Финик непрестанно зевая пытался сложить одеяло, которое каким-то волшебным образом за ночь удвоилось в размере и упрямо не хотело помещаться в мешок. Мартин внимательно изучал небо, покрытое перистыми облаками. На востоке облака сгущались, образовывая вокруг утреннего солнца гало.

— Будет дождь, — сказала я.

— Да, — кивнул принц, — и, возможно, похолодает. Хорошо бы до этого момента добраться до Брутии.

«И хорошо бы, чтоб нам там были рады», — подумала я.

Новость о дожде подстегнула Финика, и он запихал-таки одеяло в сумку. Затушив костёр и собрав оставшиеся вещи, мы тронулись в сторону ущелья.

Отвесные стены каменной расселины, подпирая друг друга, хмуро нависли над весёлым потоком Серны. Речка резво вырывалась из узкой щели, радуясь свободе и пространству. А мы, наоборот, гуськом шли в самую сердцевину ущелья, тисками сжимающего единственную дорогу в Брутию.

В расщелине пасмурное утро стало ещё угрюмее. Рассеивающийся свет кое-как продирался сквозь трещины в скалах. Каменные своды ущелья были залеплены мхом и украшены жёсткими цветочками камнеломки.

Наши кони и Серенький осторожно семенили по почти незаметной тропке вдоль реки. Серна то поднималась к их копытам, то плюхалась в глубокие ямы. Её журчание двоилось и троилось живущим в ущелье эхом. Мы прислушивались к нему, и никто из нас не решался перебить его словом.

К моей радости, тесниться между давящими своей массой стенами нам пришлось недолго. Впереди появился просвет, дорога расширилась и вдруг провалилась куда-то в десяти шагах от нас. Я шла впереди всех — мне не терпелось увидеть, что находится по ту сторону ущелья. Но тут я нерешительно остановилась и, с опаской вытянув шею, вгляделась в непонятное серое марево, застилающее выход из ущелья. Что-то бесформенное, пухлое клубилось, пульсировало и обволакивало скалистые выступы и валуны.

— Туман, — пояснил Мартин, поравнявшись со мной. — Тёплый воздух при выходе из ущелья сталкивается с холодным горным. Мы его быстро пройдём.

Он пошёл первым и через мгновенье растворился в белёсых клубнях тумана. Переглянувшись, мы с Фиником последовали за ним. Догнали и уже старались не отставать. Мы шли по еле видимой дороге, посыпанной мелкой галькой. Серна бурлила справа от нас, сначала шумно и задорно, а потом отдалённо, неясно. Вскоре туман совсем приглушил гул реки, лишая нас единственного ориентира.

— Или мы медленно шагаем, или у нас разное понятие о быстроте, — проборматала я, вглядываясь в плотные облака, которые подобно живым существам вздыхали и вздымались вокруг нас.

— Мы идём медленно, — успокоил меня принц, — и в гору, заметили?

— Заметили, — пропыхтел Финик, дёргая за узду заупрямившегося ослика.

Остановившись, гном стянул колпак и вытер им проступивший на лбу пот. Осмелевший мглистый клубень тут же проглотил его ступни и стал подбираться к коленям. Отступив, Финик поёжился и с опаской огляделся.

— А вы слышали истории о призраках тумана? — неожиданно спросил он.

— Э-э-э, — отмахнулась я от него, — бабушкины сказки!

Но самой стало не по себе. Действительно, вспомнились рассказы деревенских жителей о существах, принимающих любые формы, пугающих и преследующих людей, превращая их в себе подобных. Куда бы они ни ходили, за ними полз туман, прикрывая их и маскируя. Потом начали говорить, что это горняки напускают туман специальными трубами, чтобы легче было отлавливать заплутавших путников. Сочиняли многое, и сейчас все эти фантазии вспомнились в самых ярких красках. Нас в долине редко окутывал туман, но горные вершины часто в нём терялись.

— В тумане всё кажется иным, — произнёс Мартин.

Не останавливаясь, он не спеша продолжал путь.

— Формы, очертания, цвета… искажаются, становятся непривычными для наших глаз.

Его голос становился тише. Мы с Фиником торопливо побежали вперёд, лишь бы не потерять принца из виду.

— Немудрено, что воображение рождает немыслимые этому объяснения, вплоть до призраков и привидений.

— Ты не веришь в привидения? — спросила я.

— А что такое, по-твоему, привидения?

— Ну-у… — неуверенно протянула я, — бабушка говорит, что это неуспокоившиеся души умерших людей или животных…

— И чем они опасны?

— В большинстве своём безобидны… У нас в лесу есть духи… милые создания.

— Так чего мы боимся? — принц вопросительно посмотрел на нас, ибо мы с Фиником вновь застыли на дороге.

Я задумчиво потёрла нос, пожала плечами и с претензией обратилась к гному:

— Финик, чего это ты тут напридумывал!

— Ничего я не придумывал, — возмутился тот. — Привидений все боятся. А почему? Да потому что нет им места в нашем мире!

— Я бы с этим поспорила! Границы миров весьма размыты, и пересекаем мы их довольно часто, к сожалению, обычно не по собственному желанию.

— Гм-м, не хотелось бы пересечь эту границу раньше времени, — пробурчал гном и вновь потянул за собой Серенького.

— И всё же это сказки… ну, про призраков тумана.

Я старалась говорить убедительно, то ли чтобы успокоить Финика, то ли чтобы избавиться от мурашек, снующих у меня по спине. Вдруг, в ту же секунду, нечто большое и неуклюжее показалось в облачной массе впереди. Тёмный силуэт, меняющий свои размытые очертания.

— Ой! — вырвалось у меня.

Финик подпрыгнул от моего возгласа. Выпустил Серенького, и тот, как ни в чём не бывало, потопал дальше.

— Вот так эти сказки и рождаются, — посмеялся над нами Мартин, — всего-то ничего для этого нужно: туман да богатое воображение. А иногда и воображения довольно.

Мы с Фиником вглядывались в шевелящиеся тени впереди нас. Лапистые ветви сосен качали тающие ошмётки тумана, обозначая вход в редкий лесок. А ведь ещё недавно они на самом деле напоминали живых существ из страшной сказки.

Мы наконец вышли из тумана и облегчённо перевели дух. Мартин поглядывал на нас со снисходительной улыбкой. Не знаю, как Финику, а мне стало чуточку стыдно за своё «богатое воображение». Какие ещё образы оно мне подкинет в пути?

Словно в насмешку, перед тем как растаять от ветра, несуразно торчащие пёрышки тумана махнули мне на прощание кошачьим хвостом. Скрипучее мурлыканье заполнило пространство вокруг меня. Я посмотрела на своих спутников. Они уже отошли далеко и вряд ли что-либо слышали. Принц обернулся и остановился в ожидании. Бросив последний взгляд на редеющий туман, я побежала их догонять.

***

Первых жителей Брутии мы увидели на закате солнца. Заката мы, конечно, не заметили. Весь день на нас давили свинцовые мрачные тучи, но дождик, холодный и колючий, зарядил лишь к концу дня. Поэтому далёкие огоньки домиков мы поприветствовали с исключительным энтузиазмом.

Селение, казавшееся издалека совсем небольшим, росло по мере нашего продвижения вперёд. Те первые домики, увиденные нами, образовывали узкий перешеек между горами. Вслед за ними открывалась широкая долина, усеянная домами разных цветов и размеров.

Темнело. Из светящихся дверных проёмов выглядывали любопытные рожицы. Прохожие нас сторонились, с опаской смотрели нам вслед, пряча глаза в низко надвинутых капюшонах.

— С чего начнём переговоры? — тихо спросила я Мартина, когда брутяне стянули нас неплотным кольцом.

— Было бы проще, если б у них имелся здесь кто-то главный, — шепнул он мне в ответ.

Но главных в Брутии не было. Ни короля, ни королевы, ни армии, ни, следовательно, главнокомандующего. Так мы и стояли, окружённые троллями, эльфами и даже людьми. Никто не решался начать разговор первым.

Из толпы вышел гном. Наверное, почтенный возраст давал ему право взять на себя ответственность за беседу с незваными гостями.

— Добро пожаловать, странники, — начал он.

Его тон нельзя было назвать ни враждебным, ни дружественным. Он изучал нас колким взглядом из-под густых снежных бровей, ещё не решив, в какую категорию нас занести: друзей или недругов.

— Добрый вечер, — голос Мартина был как всегда спокоен.

В отличие от него, мне придётся ещё долго и упорно работать над своим самообладанием. Незнакомое место и чрезмерное внимание преградивших нам путь незнакомцев почему-то меня взволновали. Нет, я не испугалась. Наоборот, предвкушение чего-то нового и непривычного взбудоражило меня.

— Что я вижу! — проигнорировав принца, старец неожиданно переключил свой интерес на мою скромную особу. — Среди нас — ведьма! Первая за всю историю Брутии! Как удачно! Добро пожаловать! — повторил он свою первую фразу, но сколько теперь в ней было открытого расположения и даже радости.

Народ вокруг нас оживлённо зашумел. Кольцо сузилось. Всем вдруг захотелось меня потрогать. Призвав брутян к порядку, старый гном пригласительным жестом велел нам идти за ним. Своих коней и ослика мы оставили у коновязи, а сами последовали за старцем в дом.

Ощутив жар маленькой печурки, я вдруг осознала, что промокла до нитки. Вцепившись в мой локоть загорелой пятернёй, старец услужливо подвёл меня к огню и только затем представил своей большой семье: жене, сыну, невестке и пятерым внукам. Как они все умещались в этой маленькой лачуге — загадка.

К Мартину они отнеслись благосклонно, дружелюбно похлопали Финика по плечу, после чего уселись вокруг меня. Несколько секунд царило молчание, а потом вопросы посыпались один за другим. Я очень старалась удовлетворить их любопытство и заслужить доверие, ибо сама хотела о многом расспросить этих гостеприимных гномов.

— Ты очень вовремя к нам прибыла. Мы как раз закончили строить дом на окраине нашей долины, — щебетала жена старца. — Он предназначался для нашего сына. Сами видите, тут тесновато. Да мы уже привыкли, поэтому с радостью уступим его тебе. А что касается твоих друзей... — она неодобрительно покосилась на меч Мартина, — им можно соорудить временное пристанище, не будете же вы все жить под одной крышей!

— Почему нет? — искренне удивился Финик.

Теперь она неодобрительно смотрела на Финика. Гном, сидевший на крышке старого сундука, смущённо заёрзал.

— Подождите, — протестующе замахала я руками, — мы не собираемся отнимать дом у вашей семьи! Мы в Брутию мимоходом заглянули.

— Вот как?

Взгляд старой гномихи немного охладел. Она вопрошающе посмотрела на своего мужа. Тот бесстрастно набивал табаком трубку. Сделав несколько затяжек, он небрежно начертил трубкой дугу в воздухе.

— Многие так говорили. А потом оставались. Всё лучше, чем с утра до ночи гнуть спину на короля.

Финик снова заёрзал на сундуке, украдкой взглянув на его высочество. Мартин невозмутимо стоял рядом. В разговор он не вмешивался.

— Мы ищем одного человека, — решилась я направить беседу в нужное нам русло.

— Человека? Их тут мало...

— Мы думаем, он живёт у горняков.

— Так вы к ним направляетесь? — в глазах старца появилось уважение. — Ну и ну. И кто вам нужен?

— Юстав. Может, слышали?

Задумчиво погладив пряди седой бороды, гном отрицательно покачал головой:

— Через нас такой не проходил.

— А вы у горняков бывали?

— Нет, они к себе пускают только избранных.

— Каких избранных?

Старец пожал плечами.

— Многие к ним напрашивались и многие возвращались восвояси ни с чем. Кто домой, кто к нам.

— А Крон?

— Крон-тролль? — старец сделал ещё одну затяжку, — и он тоже. Пробыл у горняков недолго, от силы год. Потом жил у нас... тоже недолго. Может, поэтому и запомнился.

— Что вы о нём знаете?

— Мы в Брутии в душу не лезем, — гордо выпятив грудь, ответил старец.

Его жена громко фыркнула и со стуком водрузила на стол котелок с ужином.

— Сплетни в нашем селении никто не запрещал. Прошу к столу.

— А не могли бы вы поделиться с нами этими сплетнями? — попросила я.

— Все тайны остаются в Брутии, рассказываем только своим, — хозяйка сделала многозначительный знак бровями, — а раз ты оставаться не собираешься...

— А зачем я вам? — решилась я спросить напрямую.

Гномиха замолчала, испепеляя взглядом мужа. Тот набивал трубку табаком и с ответом не торопился.

— Да чего вы ходите вокруг да около! — не выдержал их сын. — Тайны! Вот именно! Наплодили тайн ненужных!

Не обращая ни малейшего внимания на осуждающий взгляд родителей, гном присел рядом с нами.

— Появился у нас зверь диковинный. Детей теперь боимся одних в горы отпускать. За дровами сегодня группами ходили.

— Что за зверь такой? — полюбопытствовал Финик с набитым ртом — единственный из нас не позабывший об ужине.

— Появился он сегодня ночью. Напугал до смерти эльфов в лесу. Охотники его тоже видели, на рассвете, когда силки проверяли.

— Чем же этот зверь необычен?

— Да мы не можем понять, кто он и чего хочет. Сначала думали, тигр забрёл к нам — уж больно по описаниям походил он на кошку. Только окраска, говорят, не тигриная. И ведёт себя странно. Таится в кустах, словно к прыжку готовится. Никто его целиком не видел. Лишь силуэт мелькал в тумане. Да рычал ещё.

При упоминании кошачьих примет я почувствовала себя крайне неуютно.

— А поймать его не пробовали? — подал голос Мартин.

— Пробовали, — вздохнул сын старца. — Охотники сразу на него сети расставили. Так он, словно дым, прошёл сквозь их ловушки. Слухи пошли, что не живой это зверь, а призрак.

Здесь даже у Финика аппетит пропал. Поперхнувшись, он выта-ращился на нас широко раскрытыми глазами.

— Призрак тумана! — воскликнул он.

— Мы горняков попросили помочь — они к нам часто наведыва-ются за продуктами, и сегодня были, — продолжал брутянин. — Они всякое повидали, многое знают. Так они сказали, что это наша беда, и нам самим, стало быть, с ней справиться надобно. Один обронил, что это похоже на проделки ведьмы, поэтому ведьму и надо просить о помощи. И кто бы мог подумать, что именно сегодня к нам в гости пожалует ведьма! — гном с благоговением посмотрел на меня.

— Действительно, кто бы мог подумать... — пробормотал Мартин.

К счастью, кроме меня, его слов никто не расслышал.

— Я новичок в таких делах, — смущённо сказала я. — Вам бы ведь-му поопытнее.

— Нету их, — с досадой вздохнул старец. — Сколько живу здесь, ни одной не встречал. Ты — первая!

И все вновь обратили на меня свои взоры, полные надежд.

— Я п-попробую, — заикнулась я и тут же добавила: — в обмен на сплетни о Кроне!

— Охотно, — тут же согласился старец, — а почему бы вам у него самого не спросить? Отец Лоулли рассказал, что Крон живёт теперь в Северном Королевстве.

— Больше нет, — хмыкнул Финик.

Гномы вопросительно замолчали.

— Он ушёл из жизни, — пояснила я, — возможно, не по доброй воле.

— Скверно, — старец вновь затеребил густую бороду. — Мест-ным троллям не говорите. Они народ мстительный — мало ли что удумают.

— Так что вы можете нам рассказать о Кроне?

— А что вас интересует?

— Всё! — выдохнула я.

— Он был очень скрытным, — запыхтел трубкой старый гном. — Работящий, друзьями так и не обзавёлся. Сказать-то о нём особо нечего.

И опять послышалось громкое фырканье с кухни.

Вытирая руки о передник, в дверях появилась гномиха.

— Нашла кого спрашивать! Мужчины никогда ничего не замеча-ют! — заявила она под весёлое хихиканье невестки, — чего все эти бедолаги ищут у горняков?

Усевшись во главе стола, гномиха снисходительно покачала головой.

— Эти вечные поиски смысла жизни, высокие идеи! Чушь! Не-счастная любовь — вот она причина! Вот от чего и из-за чего они все бегут! Наивные! Надеются, что высокогорные мудрецы принесут им утешение. Они там до сих пор чего-то ждут, философствуют! Проку-то?! А вот Крон, кажется, быстро понял тщетность всей этой философии. Когда сердце болит, никакие разговоры не помогут. Надо идти в бой. И либо победить, либо избавиться от боли навсегда! Бедняга тролль. Значит, его сердце уже не болит.

— А вы ничего не знаете о предмете столь сильных чувств Крона? — спросила я.

— Понятное дело, она была троллихой. Тролли видят красоту только в троллях.

— Значит, она в нём красоты не разглядела, раз не отвечала взаимностью.

— Почему не отвечала? — удивилась гномиха. — Очень даже отвечала. Она ему письма слала. Голубиная почта у нас давно налажена. Мы хоть и живём обособленно, связь со своими сородичами поддерживаем.

— Письма? — взволнованно воскликнула я. — Что за письма? Где они?

— Надо полагать, Крон взял их с собой. Он ушёл внезапно...

Гномиха на минуту задумалась, потом закивала головой:

— Точно! Теперь я вспомнила. Когда Крон поселился у нас, он сразу начал слать письма. Подозреваю, что и спустился с гор из-за того, что не смог выдержать разлуки с возлюбленной. И вернуться к ней был не готов. Поэтому писал ей, писал... И вот однажды получил ответ. И пошла у них частая переписка. Счастлив он был неимоверно.

— Это я помню, — кивнул её муж. — Я впервые видел его улыбающимся.

— А потом, — продолжила гномиха, — также внезапно, письма перестали приходить. Улыбка была потеряна навсегда. Тролль ходил словно в воду опущенный. Одним прекрасным днём он вдруг собрался и ушёл. Даже слова никому не сказал на прощанье.

— Вы не помните, когда это было?

— Я всё помню, — с достоинством заявила хозяйка. — Мы в тот день отмечали юбилей — десять лет как поселились в Брутии. С тех пор мы отмечали его ещё дважды. В последний раз совсем недавно. Значит, прошло двадцать лет.

— Двадцать лет! — поразилась я. — Так давно...

Я возбуждённо обратилась к Мартину.

— Письма эти могли бы пролить свет на многое. Он наверняка сохранил их! Ах, найти бы Трота!

— Трота?! — гневно отозвался сын старца. — Это тот гном-прохиндей, что рыскал в нашем лесу да еду воровал?

— Он-он! — в тон ему завёлся Финик. — Позор всего гномьего рода! Где этот мерзавец?!

— Мы прогнали его. Он пошёл дальше на север… Если его тот зверюга не слопал.

— Ах, хоть бы слопал! — мстительно потёр руки Финик.

— Ну уж нет! — пылко возразила я. — Нам он нужен живым!

— Проще простого, вам с ним по дороге, — успокоил меня старец и, последовав примеру Финика, тоже потёр руки, — убьёте трёх зайцев одним ударом.

— Трёх? — переспросила я.

— Горняки, Трот и чудо-зверь, — сосчитал для меня Мартин.

Одобрительно покачав головой, старый гном плеснул принцу в кружку домашней наливки.

— Только зверя на севере нет, — опять вмешался в разговор сын. — Охотники видели его у скал по пути в Северное Королевство. Все надеются, что он туда и уйдёт. Вы его не повстречали, когда к нам шли?

Финик замотал головой и посмотрел на меня. Мартин тоже смотрел на меня вопросительным взглядом.

— Н-не думаю, — пролепетала я, отгоняя от себя образ машущего хвостом тумана.

— А уйдёт — и слава духам гор! — старец поднял вверх ковшик с наливкой.

Вдохновлённые, гномы разговорились. К счастью, на посторонние темы. Я же, утомлённая разными переживаниями, опустилась в глубокое кресло у печи. «Слава духам, если зверь уйдёт…» А если нет? Внутренний голос назойливо нашёптывал мне, что хриплое мурлыканье, услышанное мной в ущелье, принадлежало этому ужасному зверюге. «Проделки ведьмы…» А это что значит? Проделки какой ведьмы?! Не мои же…

— Глория, — я не сразу вынырнула из тумана, в который меня вновь затянули мои мысли, и откликнулась на зов Мартина, — мы идём спать.

Выпрямившись в кресле, я огляделась. Ужин был давно съеден. Я его даже не попробовала, но есть не хотелось. Внуки старого гнома заразительно сопели в маленьких кроватках вдоль бревенчатых стен. Старшее поколение тоже готовилось ко сну. Вручив нам подушки и светильник, гномы вывели нас на улицу и указали на видневшийся вдали дом. Он сливался с тёмной массой громоздившихся над ним лохматых сосен. Дождь утих. Широкие и, казалось, бездонные лужи переливались рябью и светом отражающихся в них звёзд. Холодная вода тут же заполнила мои ботинки и неприятно захлюпала.

Наше временное пристанище приветливо скрипнуло дверью, окружив нас своей пустотой. Принц растопил печь, и приятный мягкий свет разогнал тени по углам. Я с удовольствием разулась и прошлась босиком по прохладным, а главное сухим половицам. Здесь вкусно пахло свежим деревом. Покружившись в центре комнаты, я с нетерпением переминалась с носка на пятку, стараясь тем самым унять рвущееся наружу волнение — ведь это была моя первая ночь в незнакомом месте. Так далеко от дома я никогда не ночевала!

— Пока нам везёт, — пропыхтел Финик, вешая свои мокрые носочки на табуретку у печки. — Теперь гномы к нам относятся с симпатией, и всё благодаря Глории.

— Как же они догадались, что я ведьма? — недоумевала я.

Не проронив ни слова, Мартин развернул меня к стене. На ней висело крохотное зеркальце. Из маленького кружка на меня радостно смотрели сияющие синие глаза. Казалось, что голубая светящаяся бездна в них всё разрастается, и в ней запросто можно утонуть.

— О-о-о, — смущённо протянула я, — всё время забываю об этом.

— Это сыграло нам на руку. Не пришлось полагаться на письмо отца Лоулли. К тому же я не возлагал на него особых надежд.

— А вдруг ты и горняков заинтересуешь! — воодушевлённо предположил Финик. — Мы могли бы оставить тебя в залог.

— В залог чего? — насторожилась я.

— В залог нашей безопасности, разумеется, — весело хрюкнул гном.

Швырнув в него подушку, я с отвращением отвернулась от своего отражения в зеркале. Ловко поймав запущенный мной снаряд, Финик подмял подушку под себя и моментально на ней захрапел.

— Ну и как ты намереваешься укрощать таинственное животное? — спросил Мартин.

Он ворошил кочергой поленья и, к сожалению, не спешил ложиться спать.

— Понятия не имею, — буркнула я, — может, и не придётся… вдруг оно действительно уйдёт…

— В наше королевство? Это не решит проблемы.

— Сомневаюсь, что это такая уж большая проблема. Зверь ещё ни на кого не напал. По-моему, брутяне преувеличивают. Знаешь же, у страха глаза велики.

Положив кочергу рядом с печкой, принц с любопытством посмотрел на меня.

— И всё же, если бы нам пришлось с ним столкнуться, что бы ты сделала?

Я присела на деревянный пол у огня, обвила руками колени, упёрлась в них подбородком и долго глядела на пламя чуть сощуренными глазами.

— Положилась бы на твой меч, Мартин, — вздохнула я наконец.

Мартин ответил мне молчанием. Он уже спокойно спал, откинувшись головой на подушку. Я даже позавидовала ему, что он может вот так скоро и безмятежно уснуть. Как мне хотелось тоже провалиться в мир сновидений и увидеться с Ефросией. Мне не хватало знаний. Учебное пособие было довольно сухим и скудным на объяснения. В нём говорилось, что я должна призвать зверя к себе, и вчера у костра мне показалось, что у меня это получилось, хотя кого именно я призвала, непонятно.

В висках стучало. Голова дико болела. Слишком много непонятного окружает меня в последнее время. Я к этому не привыкла. Не могу я, как Ефросия, игнорировать тревоги других. Они меня трогают, проникают вглубь сознания и пульсируют там, требуя что-то предпринять. Я не умею быть равнодушной, не видящей горя и не слышащей призывов о помощи. И не хочу быть равнодушной!

Ну что же, вот я и вытащила проблему на поверхность, а вернее призналась самой себе, что я не смогу стать такой, как моя прабабка. А значит, и ведьмой настоящей не буду. Я всего лишь её подобие, насмешка… Как моя мать…

Несмотря на жаркое пламя в печке, мне вдруг стало зябко и как-то горестно. Я свернулась калачиком, обняла подушку и вскоре уснула.

* * *

И в эту ночь Ефросия не почтила меня своим присутствием. Я даже начала по ней скучать…

Проснувшись на рассвете, я обнаружила лишь пустой дом. Кто-то заботливо укрыл меня тёплым пледом. С большой неохотой я вылезла из-под него.

На пороге стоял Мартин.

— Я шёл тебя будить, — улыбнулся он. — Пора в путь.

— А завтрак? — робко спросила я.

— Нам его уже упаковали — позавтракаем по дороге.

— К чему такая спешка?

— Мы узнали всё, о чём брутяне могли нам поведать. Или ты действительно решила здесь остаться?

— И пропустить увлекательное приключение? — шутливо возмутилась я. — Никогда!

— Я так и думал, — ухмыльнулся принц и, галантно поклонившись, пропустил меня вперёд.

Обратив внимание на то, как Финик кряхтя пытается натянуть на плечи тяжёлый походный рюкзак, я недоумённо посмотрела на Мартина.

— Почему мы не седлаем коней?

— Они остаются в Брутии, — ответил принц.

Он помог гному надеть рюкзак на спину.

— Нам предстоит трудный перевал через горы. Кони не пройдут, и ослика жалко. Тут им будет лучше.

— А нам без них? — согнувшись под ношей, просипел Финик.

— Мы справимся, — заверил его Мартин и подхватил свой рюкзак.

Я послушно перекинула через плечо сшитый мне бабушкой мешок и только тогда осмотрелась. Брутия в солнечных лучах выглядела радостным, хоть и несуразным, селением. Она представляла собой утыканную вразброс домишками долину с вытоптанными дорожками. Домики добротные, но примитивные, без фантазии и лишних заморочек. Маленькие огородики кругом, и ни одной цветочной клумбы. Каждый клочок земли был засеян. Повсюду лишь фруктовые деревья, злаковые растения и овощи. Только на подоконниках можно было увидеть цветы в горшках.

Мы начали подъём в горы. Тропа тянулась вдоль глубокого оврага. Местные жители вышли нас проводить, энергично махали руками и что-то кричали нам вслед. Вскоре мы потеряли их из виду. Брутия сначала подёрнулась дымкой, а потом и вовсе растворилась, слившись с полями далеко внизу. Добравшись до вершины горы, мы устроили короткий привал. Ветер крепчал, и мы поспешили скрыться в высокогорном лесу. Мы ориентировались на шум Серны. Горняки жили где-то у истоков реки, хотя ни один брутянин нам толком не смог указать дорогу.

Шум становился всё отчётливее. Спустя час лес расступился и выпустил нас на крутой берег водной стихии.

И это была Серна! Наша милая тихая речушка, в которой плескались все, от мала до велика. Но здесь… она предстала перед нами совсем иной. Её вода бурлила, крутилась воронками, с шипением разбивалась об острые камни, крушила, засасывала, тянула. И наш путь лежал через эту реку. Если б я была одна, то даже и помышлять не стала бы о том, чтобы её перейти, а просто развернулась бы назад и отправилась на поиски другого пути. Финик думал о том же, судя по его округлившимся глазам. В отличие от нас, Мартин активно осматривал растущие поблизости деревья. Похоже, устрашающий рёв реки не возымел на него никакого действия.

Принц выбрал дерево покрепче и, достав из рюкзака моток верёвки, привязал один конец к стволу.

— Не легче ли срубить дерево и перекинуть через реку? — пыталась я перекричать свирепое рычание Серны.

— Нет, — покачал он головой, — чтобы дерево выдержало напор воды, оно должно быть очень тяжёлым и закреплено с двух концов.

Даже если я переберусь на другой конец, у нас не хватит сил перебросить дерево через реку.

Со знанием дела он начал обвязываться другим концом верёвки.

— Ты что, вот так войдёшь в реку? — ужаснулась я. — Тебя же снесёт!

— Я постараюсь перейти по камням. Если упаду, вы тяните за верёвку.

Завязав последний узел, он подхватил длинную палку, чтобы использовать её в качестве шеста, и осторожно подошёл к берегу. Мы с Фиником схватились за верёвку.

— Отпускайте понемногу, по мере моего продвижения, — крикнул он нам и запрыгнул на ближайший валун.

Первые два прыжка прошли благополучно. Когда он прыгнул на следующий камень, его нога соскользнула, и он по пояс оказался в воде. Мы видели лишь столб брызг. Мартин будто бы исчез, растворился. У меня чуть сердце не разорвалось, ведь течение было такое сильное, что буквально сбивало с ног. Но Мартин удержался, каким-то чудом найдя точку опоры шестом. Повернувшись боком к потоку воды, он двинулся по диагонали вверх, против течения. Когда он оказался на противоположном берегу, мы с Фиником вздохнули с облегчением.

И что дальше? Теперь ведь наша очередь...

— Я так не смогу, — толкнул меня в бок Финик. — Ему вода по пояс, а я с головой окунусь!

Я понимающе кивнула. Мне тоже было страшно. С другой стороны, тяга к приключениям давала о себе знать, и я уже предвкушала тот момент, когда наступит мой черёд сразиться с безумствующей Серной. Но мы зря волновались. Мартин уже заранее всё продумал. Натянув верёвку, он прочно привязал её к стволу сосны на той стороне реки. И опять вошёл в воду, уже крепко держась за натянутый канат. Обратный путь занял у него гораздо меньше времени. Не обращая внимания на наши восхищённые взгляды, Мартин достал из рюкзака верёвку покороче и два карабина и подошёл ко мне. Крепко обвязав меня верёвкой, он сцепил её одним карабином у меня на талии. На втором он закрепил другой конец верёвки и пристегнул его к натянутому канату.

— Будешь одной рукой держаться за канат, — давал он наставления, — другой — за меня. Если упадёшь, либо я тебя поймаю, либо верёвка удержит.

Мы подошли ближе к воде. Левой рукой я вцепилась в натянутый канат, а правую крепко держал Мартин. Как только я вошла в реку, напор сшиб меня с ног, и я повисла на канате. Мартин вытянул меня из воды. Я с трудом шагнула вперёд. Он не торопил меня. Несколько раз я оступилась, проваливаясь в какие-то ямки между камнями, царапаясь об их острые углы. Выбравшись, наконец, на другой берег, я повисла на привязанной ко мне верёвке. Я чувствовала полное изнеможение.

Мартин поставил меня на ноги, отвязал и отвёл подальше от воды. Намотал верёвку на плечо и пошёл обратно к Финику. И как у него хватает сил?

Чтобы немного прийти в себя, я облокотилась спиной о ровную грань скалы у реки. Отсюда я видела, как Финик прыгает с камня на камень. Мартин его тоже страховал, держа за руку. В середине реки Финик на мгновение замер, готовясь к следующему прыжку. Соседний камень торчал в нескольких шагах от гнома, и надо было очень постараться, чтобы допрыгнуть до него. Вдруг произошло что-то непонятное. Откуда-то сверху на меня посыпалась мелкая галька, как будто кто-то карабкался по скале у меня над головой. Отскочив от скалы, я посмотрела вверх. Солнце, пробивающееся сквозь редкие трещины, ненадолго ослепило меня. Вроде бы мелькнула чья-то тень, а может, это просто пятна от яркого света поплыли перед глазами.

Послышался шум падающих камней, и огромный булыжник свалился в реку. Как раз в том месте, где находились Мартин и Финик. Гном с головой ушёл под воду, а со скалы упал ещё один валун, совсем рядом с Мартином. Тот отпрянул и, тоже потеряв равновесие, повис на канате. Моё сердце отчаянно колотилось в груди. Я бросилась им на помощь, совсем позабыв об опасности. Мартин сделал предупреждающий знак рукой.

— Стой на месте! — прокричал он.

Но было уже поздно. Я вошла в реку. Мощный поток моментально сбил меня с ног. Я угодила в центр стремительного течения и с головой погрузилась в пучину. Чудом мне удалось оказаться на поверхности, но легче от этого не стало. В глазах всё перепуталось: небо, ветви деревьев, брызги и пузыри бурлящей вокруг меня воды. Река беспощадно несла меня вниз, то засасывая в водовороты, то выплёвывая на ребра камней. Ещё водоворот, ещё один удар… И солнечный свет померк.

* * *

Я, как и многие, часто задумывалась над тем, что с нами происходит, когда мы умираем. Пыталась расспрашивать об этом других. В итоге пришла к выводу, что никто толком ничего не знает, а только придумывает себе желаемое продолжение жизни. Я тоже выдумала целую страну, в которой буду жить, когда покину сей бренный мир. Понятное дело, что покидать его я собиралась, когда буду совсем старенькой, а не в расцвете лет. Но ведь не всегда получается так, как мы планируем.

И вот я на берегу океана… Почему-то я хотела, чтобы в моём новом месте проживания был именно океан, хотя сама я его и в глаза не видела. Но знала, что он не такой, как море. Он бескрайнее, могучее, опаснее, а значит интереснее.

Я сидела и пересыпала песок из ладони в ладонь. Сильный ветер тут же сдувал песчинки с моих рук. Иногда песок попадал в глаза. Я сразу же начинала их тереть, но чувствовала лишь колющую боль.

Неожиданно кто-то присел рядом. Передо мной расплылся смутный силуэт, большой и бесформенный. С трудом я узнала в нём Крона. Он сидел подле меня и неотрывно смотрел в океан. Честно говоря, я даже возмутилась. Я понимаю, что он тоже умер, но это мой мир! И Крону здесь нет места.

— Крон, — сказала я ему с претензией, — уходи! Я тебе помочь не могу. И даже думать не хочу об этом деле! Имею право!

Он не ответил, а лишь тяжело вздохнул. Я тоже вздохнула и смиренно последовала его примеру, уставившись в бесконечность океанских вод. И опять кто-то сел рядом, по другую сторону от меня. Я медленно повернула голову и увидела Селию. Её волосы были распущены и предоставлены лишь ветру. Она смотрела куда-то вдаль.

Так я и сидела целую вечность между ними и чувствовала себя крайне неуютно.

— Зря ты вернулся, — молвила, наконец, Селия, — начинать жить заново уже поздно.

— Я вернулся не для этого, — медленно выговорил Крон.

Селия с удивлением посмотрела на него сквозь меня.

— А для чего?

— Хотел убедиться, что ты счастлива.

— Я счастлива, — тихо сказала она.

— Значит, всё получилось так, как ты планировала?

Селия не сразу ответила, задумчиво разглядывая проплывающие над нами облака. И вдруг она стремительно повернула голову в мою сторону и как-то не по-доброму блеснула глазами.

— Не совсем, — и опять эта неприязнь во взгляде, но смотрела она не на меня, а сквозь меня. Я повернулась к Крону, а его уже не было. На его месте сидела… моя мать. Я её никогда не видела, но была уверена, что это она, и взгляд Селии предназначался именно ей. Эллона с грустью опустила глаза.

— Я сделала всё, что могла, Мирэн, — прошептала она.

— А могла ты немного, — в голосе королевы слышалось презрение.

Эллона чуть не плакала. Моё сердце болезненно сжалось.

— Я не знала, что всё так обернётся, — всхлипывала мама. — Я не желала никому зла. Я лишь хотела сделать её красивой…

— Она и так была красива.

Я резко повернулась к Селии. На её месте сидела моя тёзка Глория и широко распахнутыми детскими глазами бороздила просторы океана.

— Только она хотела быть по-другому красивой.

Голос троллихи сначала погрустнел, а потом стал таять, как и сама Глория. Через секунду её уже не было.

— Мирэн хотела не красоты, она хотела роскоши.

Я так и подскочила от звука знакомого голоса. Повернулась к маме и увидела Ефросию. Та улыбалась мне своей чарующей улыбкой.

— О духи леса, — вырвалось у меня, — так я не умерла?! Это сон?

— С чего это ты должна была умереть? — удивилась Ефросия. — Смотри не вздумай! Я на тебя очень рассчитываю.

— А что всё это было? Крон, Селия, мама… Откуда они в моём сне?

— Это мой подарок тебе, дорогая, — прабабка сделала благородный жест рукой, — чтобы ты, наконец, распутала этот клубок и занялась чем-то более стоящим.

— Странный подарок, — поморщилась я. — Не могла прямо сказать, кто убил Клавдия и Крона?

— Этого я не знаю, — пожала она плечами.

— А откуда знаешь о Кроне и Мирэн? И о Глории? — пыталась подловить её я.

— И о них я не знала. Это всё я подсмотрела в снах твоей матери. Тебе передала лишь увиденные образы. Очень надеюсь на твою догадливость.

— Я догадываюсь, — медленно произнесла я, — что Селия — это вовсе не Селия, а троллиха Мирэн, бывшая возлюбленная Крона. Вопрос: как она могла стать Селией?

Ефросия не ответила, а лишь многозначительно двигала бровями.

— У мамы была книга заклинаний, не так ли? — я не сводила глаз с прабабки. — Хватило бы у неё сил превратить тролля в человека?

Ефросия презрительно фыркнула:

— Как я уже говорила, у твоей матери способностей не хватало даже на элементарные превращения, но книга заклинаний всё же открывала большие возможности.

— Да, ты упоминала, что у неё постоянно что-то не получалось… А что произошло на сей раз? Почему Селия так зла на неё?

— Об этом ты должна догадаться сама, дорогая правнучка, — развела руками Ефросия. — Я помогаю как могу.

— Спасибо, — сказала я с искренней благодарностью.

Она снова улыбнулась и исчезла. Солнце блеснуло последним лучом, и мир вокруг меня погрузился в сумерки.

И вот опять вспышка света. На этот раз не от солнца, а от тихо потрескивающего огонька в печке. Я медленно открыла глаза. Точно, печка, и маленький чайничек пыхтит над огнём. Рядом в кресле-качалке качается бабушка-гном. Глаза полуприкрыты, а маленькие шустрые ручки вяжут тёплый полосатый носок. Ах нет, это не гном... Заострённые ушки и носик выдают в ней гмура. «Может, это всё ещё сон?» — подумалось мне, и я снова закрыла глаза.

Послышался скрип двери, кто-то подошёл ко мне.

— Как она? — голос Мартина звучал мягко и тревожно.

— Жить будет, — весело прощебетала старушка-гмур, стуча спицами.

Я снова открыла глаза и увидела склонившегося надо мной принца. Беспокойство в его глазах сменилось облегчением, он едва заметно вздохнул и опустился рядом со мной на кровать.

— Ну и напугала ты меня, — тихо произнёс он.

— Я ничего не помню, — прошептала я.

Я говорила с трудом, хрипло.

— Немудрено. Ты сильно ударилась головой о камень, потеряла сознание. Нам с трудом удалось вытащить тебя из реки.

— Значит, Финик тоже в порядке? — обрадовалась я.

— Ещё в каком! — кивнул Мартин. — Видела бы ты, как он самоотверженно боролся с течением.

— А почему посыпались камни?

— Это проделки Трота.

— Трота?! — не поверила я своим ушам.

— Да, недалеко от того места, где мы переходили реку, есть пещера. Там он и обосновался. Увидев нас, он решил, что мы его выслеживаем. Ну, в общем-то, правильно решил. И попытался от нас избавиться. Надо отдать должное Финику. Он ни капельки не испугался и повёл себя очень мужественно. Благодаря ему Трота удалось обезвредить.

— И где Трот сейчас?

— Его схватили подоспевшие гмуры. Они от него сильно страдают. Финик в данный момент проводит допрос с пристрастием.

— Я тоже хочу допросить Трота! — воскликнула я и резко вскочила с постели.

Комната тут же поплыла перед глазами. Невыносимая боль в запястье чуть не лишила меня сознания. Мартин вовремя подхватил меня, иначе я упала бы на пол.

— Думаю, допрос подождёт, — прошептал он мне на ухо, бережно обнимая и укладывая обратно в постель. — У тебя сильно вывихнуто запястье, может быть, даже перелом. Местный лекарь с большим трудом наложил жгут. Потерпи немного, его скоро снимут и руку перевяжут, станет легче.

— О духи леса! — простонала я, с ужасом ощупывая здоровой рукой огромную шишку на голове. — Какой урок преподнесла мне жизнь! А ведь я собиралась отправиться в кругосветное путешествие, как Кларисс... в гордом одиночестве. Недалеко бы я ушла...

— Не стоит судить себя строго, — ободряюще улыбнулся мне Мартин. — Можешь считать наш поход подготовкой к большому путешествию. Надо же с чего-то начинать. Но в гордом одиночестве путешествовать всё-таки не следует. Как видишь, надёжные попутчики нужны всегда.

— Это правда, — согласно кивнула я, — только где их взять? Финик вряд ли поедет со мной за моря-океаны. О Лукасе я уже и не говорю...

— А меня на роль попутчика ты не рассматриваешь? — неожиданно спросил Мартин.

Я чуть приподнялась на локтях, вглядываясь в его лицо. Вроде бы говорил он серьёзно.

— С тобой, Мартин, я пошла бы на край света, — честно призналась я, — только ведь ты со мной не пойдёшь.

Он не ответил, а лишь взял мою руку и нежно прикоснулся к ней губами. Потом встал и направился к двери.

— Отдыхай. Нам ещё предстоит долгий путь, — сказал он напоследок и исчез в дверном проёме.

Стук спиц на секунду смолк. Старушка-гмур как-то хитро смотрела на меня поверх очков.

— Можешь не сомневаться, пойдёт он за тобой и на край света, и гораздо дальше.

«Если бы...» — мысленно улыбнулась я ей в ответ и с трепетом прижала к груди руку, которую только что поцеловал принц. По всему телу разлилась приятная теплота, и я опять уснула.

* * *

Когда я вновь открыла глаза, в кресле-качалке у печки сидел Финик. На коленях он держал корзиночку с какими-то горными ягодами. Его ладошка часто мелькала в воздухе, закидывая ягоды в рот. Заметив, что я проснулась, гном отставил корзинку в сторону и подсел ко мне.

— Ну? — спросил он. — Каково это быть в беспамятстве?

— Сомневаюсь, что захочу испытать его ещё раз, — слабо выговорила я и попыталась встать.

Голова кружилась, но уже не так сильно. Сев в кровати, я задумчиво рассматривала посиневшую кисть левой руки. Жгут уже сняли и заменили на эластичную повязку, а я даже не проснулась. Наверное, действительно опять впала в беспамятство. Попробовала пошевелить пальцами, но ощутила пронизывающую острую боль. Финик сочувственно наблюдал за моими действиями.

— И всё же, — заметил он ободряюще, — ты легко отделалась. Гмуры сказали, что тот, кто падал в их реку, не выходил оттуда живым. Они сами переходят её под землёй. Тебе повезло.

— И всё же, — возразила я, — я спаслась благодаря вам. Мартин мне рассказал, каким храбрецом ты был.

Финик смутился.

— Ну просто проболтался на верёвке по уши в воде, да и только. А своим спасением ты обязана его высочеству. Если честно, я вообще не сразу понял, что случилось, потому что почти всё время находился под водой. Понял тогда, когда Мартин отпустил канат и бросился в реку. Я его тут же потерял из виду и решил, что остался один и, значит, спасать меня некому. Подтянулся на верёвке и увидел эту подлую рожу, — ручки гнома сжались в кулаки.

— Трота, — понимающе кивнула я.

— Да чтоб я позволил этому мерзавцу себя утопить?! Никогда! — Финик с негодованием ударил кулаком по ладошке. — В общем, я выбрался на берег и хотел броситься его ловить, но, как оказалось, совсем ослаб от борьбы с течением. Хорошо хоть гмуры проходили мимо и стали свидетелями подлого поведения Трота. Они его сразу перехватили. А потом пришли нам на помощь. Мартин к этому времени вытащил тебя на берег. Правда, вид у тебя был такой, что я уж подумал: всё, кончилась наша экспедиция, причём кончилась провалом. К счастью, всё обошлось.

— А как допрос Трота прошел?

Финик фыркнул.

— Этот гад как воды в рот набрал, только скалился на меня. Но когда увидел Мартина, побледнел. Его высочество сам остался с Тротом, а мне наказал побыть с тобой. Бьюсь об заклад, тот ему всё выложит как на духу.

Дверь скрипнула, и в комнату вошёл небольшого роста гмур в смешном пухлом колпаке. На глазу у него поблёскивало пенсне. Он пристально разглядывал меня. Затем осмотрел мою руку и покачал головой.

— Всё-таки это перелом, — поставил он диагноз. — Надо поменять повязку.

— И как долго мне её носить? — насторожилась я.

— Пару месяцев.

— О-о-ох!

— Зато голова цела, — философски изрёк он, повернул мою голову, изучая шишку, и добавил: — относительно цела. Сотрясения вроде нет, но болеть будет.

— Она у меня сильно кружится, — пожаловалась я.

— Это от голода, — пояснил он.

Я действительно почувствовала, что очень голодна. Бабушка говорит, что это признак выздоровления, так что стоит только радоваться. От этой радости я вскочила на ноги.

— Осторожно! — в унисон воскликнули Финик и лекарь-гмур.

От их внезапного крика я вздрогнула и осмотрелась. И только сейчас обнаружила, насколько низок потолок в комнате. А зачем гмурам с их маленьким ростом высокие потолки? Если б я была хоть на мизинчик выше, точно заработала бы себе сотрясение мозга.

Финик облегчённо перевёл дух, а гмур, схватившись за сердце, опустился в кресло-качалку.

— Я хочу есть, — твёрдо сказала я и направилась к двери.

Мне пришлось нагнуться, чтобы не удариться лбом о косяк. За дверью тянулся холл, здесь потолок был чуть повыше. Я прошла по длинному коридору и очутилась в просторной столовой. Финик семенил рядом со мной — покушать он всегда был не прочь.

Гостеприимные гмуры угостили нас по-королевски. Конечно, кухня гмуров — на любителя, но когда ты долго ничего не ел, то особо привередничать не станешь. Вот и я с завидным аппетитом уплетала суп с галушками и лапками ящериц, заедая его булочкой подозрительного зелёного цвета. Правда, орудовать одной рукой было неудобно, но я быстро освоилась с этим временным ограничением.

Когда Мартин вошёл в столовую, мы с Фиником приканчивали десерт — печёные яблоки, залитые горным мёдом. Объедение! Принц поспешил тоже сесть за стол — с его ростом ему постоянно приходилось нагибать голову, а от этого наверняка болела шея.

Оглядев меня внимательным взглядом, Мартин ощутимо расслабился.

— Вижу, ты идёшь на поправку, — сказал он и с усмешкой посмотрел на пустые тарелки.

— Не иду, а несусь со скоростью ветра, — довольно промурлыкала я, наслаждаясь берёзовым соком из берестяной чашечки, — на мне всё заживает как на кошке.

— Рад слышать. Мне не хотелось бы продолжать путь без тебя.

— Да я бы даже со сломанной ногой пошла! — самоуверенно заявила я.

Он рассмеялся, но промолчал. Я заметила, что его что-то тревожит. Может, это моё воображение, но я очень чётко научилась определять его настроение. Словно считывала чувства по его глазам, слышала изменения в голосе.

Медленно отодвинув от себя чашечку, я пристально посмотрела на принца.

— Ну? Что ты выведал у Трота? Кого он видел тогда у Крона?

Мартин задумчиво постучал маленькой чайной ложечкой по блюдцу. Потом выпрямился и отложил ложечку в сторону.

— Араганесеса.

Я искренне удивилась.

— Как Араганесеса?! Зачем дворецкому убивать тролля?!

— Мы точно не знаем, он ли его убил, — возразил Мартин. — Мы только знаем, что он приходил к Крону.

— Ну да, и один из первых оказался подле твоего отца, — кивнула я. — Такой сценарий я упоминала: он — убийца, а Крон — свидетель. Потом убийца устраняет свидетеля.

— Зачем? — спросил Мартин. — Зачем ему убивать отца, которому он служил чуть ли не всю жизнь?

— Незачем, — вздохнула я, — и Крона он не убивал — сомневаюсь, что ему известно, как действует корень болотни. Даже я этого не знала.

Принц согласно кивнул.

— Именно. Допускаю, что Араганесес подозревал Крона и приходил к нему, чтобы либо убедиться в своих подозрениях, либо развеять их.

— А личные вещи Крона? — я всё ещё питала надежду, что среди его вещей найдётся ключ к разгадке.

По тому, как вздохнул Мартин, я поняла, что надеяться на это не стоит.

— Среди вещей Крона никаких личных писем не было. Так утверждает Трот, и я не вижу причин ему не верить.

Теперь уж я не удержалась от тяжёлого вздоха. Сначала никакого успеха в Брутии, теперь вот, оказывается, что и поимка Трота бесполезна.

— Остаётся рассчитывать только на то, что мы найдём Юстава у горняков, — сказала я, — и он, возможно, раскроет нам тайну убийства.

Услышав имя дяди, Мартин заметно напрягся, и я ощутила на себе его суровый взгляд. Мне сделалось как-то не по себе.

— Кстати о горняках, — тихо подал голос Финик. — Я тут выяснил у гмуров, как к ним добраться. Сами гмуры с ними не водятся, но и не враждуют. Есть тропа, ведущая от северного тоннеля жилища гмуров. По их словам, она должна привести нас в небольшую долину, где и живут горняки. Не на самой вершине, как мы все думали.

— В общем-то, я подозревала, что они не живут на вершине, — заметила я. — Там, должно быть, слишком холодно и ветрено.

— Тогда завтра выходим, — сказал Мартин.

— Почему завтра? — возмутилась я. — Давайте сегодня!

— Потому что тебе надо хотя бы ещё одну ночь поспать в нормальных условиях и сменить повязку, — веско возразил он. — И к тому же день уже подходит к концу.

— Как, — удивилась я, — разве сейчас не утро?

Под землёй я абсолютно перестала ориентироваться во времени. Ну ладно, завтра так завтра.

* * *

Завтра наступило быстро. Мы этого, конечно же, не поняли. Гмуры ориентировались во времени, используя свой набор тайных примет и знаков, накопленных ими в течение не одного столетия. Эта система была известна только им. Когда они разбудили меня и сказали, что уже позднее утро, я им не поверила — очень хотелось спать. Рука отяжелела, словно её набили камнями, и сильно болела. Травяная повязка, которая должна была снять боль, однозначно не помогла. Мне казалось, что рука под ней распухла до предела, а сама повязка вот-вот лопнет по швам. Несмотря на мои ощущения, лекарь одобрительно погладил повязку и посоветовал сменить её у горняков. Когда же я выразила сомнения по поводу их добровольного содействия моему скорейшему выздоровлению, гмур лишь пожал плечами и сказал, что многие справляются и без рук. Я хотела было полюбопытствовать, что ж это за существа такие, но Финик меня остановил, шепнув, что лучше мне этого не знать. Лишь потом, уже в тоннеле, по пути к селению горняков, он поведал нам о некоторых ползучих тварях, обитающих под землёй, на которых охотятся гмуры и из которых, как оказалось, варят супы. И что галушки в супе, что мы вкушали накануне, были вовсе не галушками… Об этом ему рассказали сами гмуры во время вечерних посиделок. Всё это объясняло сдержанное поведение гнома во время завтрака. Он был весьма невесел. Впрочем, мне тоже веселиться не хотелось. Не из-за галушек, конечно… Голова гудела и слегка кружилась, ведь мы долгое время провели под землёй. Я вдруг осознала, что очень соскучилась по ласковым солнечным лучам. О солнце, придай мне сил! Я ускорила шаг — так захотелось поскорее покинуть это подземелье!

Гмуры сопровождали нас недолго. Подвели к северному тоннелю, отдали нам один факел и, сухо попрощавшись, исчезли… Мне померещилось, что они каким-то чудом втиснулись в узкие щели между корнями деревьев. Эти толстые мощные корни дугами выпячивались из сводов подземного коридора, делая его ещё уже. Сердце вдруг сдавило тягостное чувство одиночества и, пожалуй, страха замкнутого пространства. Стена слева, стена справа, стена сверху, стена снизу. И оглушающая тишина вокруг…

Мы долго шли вверх. Ноги слабели от усталости. Рука сильно болела. Я чувствовала тяжесть во всём теле. Хотелось остановиться, лечь пластом на сырую землю и слиться с ней. Силы были на исходе. Но вот вдали забрезжил свет. Позабыв про слабость, я рванула вперёд в надежде высвободиться из плена всепоглощающей промозглой тьмы.

У самого выхода Мартин сильным рывком потянул меня назад. Тоннель впереди резко обрывался. Усталость в коленях сменилась мелкой дрожью, а голова снова начала кружиться. От увиденного и такого свежего воздуха… Пожалуй, слишком свежего.

Я с умилением смотрела на солнце. Закатным светом оно освещало горную долину. Получается, мы целый день шли в гору и, в итоге, пройдя весь этот путь, очутились на самой вершине. А за этой горой… О духи леса! За ней росли ещё горы! Выше, круче, холоднее! Им не было видно конца… Скалистые, покрытые островками нетающего снега горы! И зимний студёный ветер! Здесь, в высокогорье, всегда холодно. Лето не заглядывает сюда. Ну, может, ранняя весна робко пройдёт по низине между скалами и закидает цветочками редкие зелёные вкрапления. И всё же пейзаж вокруг нас не был печальным. Отнюдь! Грозным, величественным… будоражащим и таким притягательным!

Вдали, очень далеко от нас лежало озеро. К нему вели присыпанные каменной крошкой крутые скалистые борозды. В их углублениях росла всё та же камнеломка, только необычного жёлто-оранжевого цвета.

Я заметила ещё несколько озёр. Они располагались на своеобразных гигантских ступенях вдоль гор. Озёра поменьше, а быть может, побольше, ведь расстояние искажает истинный размер. Их цвет манил… Такого цвета воды я ещё никогда не видела. Матовый, как молоко. Чистый, лазурный, как… Я перевела взгляд на Мартина. Он тоже неотрывно смотрел на озёра. Неземной красоты, они тревожили душу, завораживали, звали к себе, притягивали и… отражались в его глазах. В прозрачном горном воздухе они сами походили на озёра. А их выражение… Мне почему-то показалось, что именно с таким выражением смотрел на эти озёра каждый путник, ищущий ответ на мучающий его вопрос, чающий совета и спасения от тяжёлого жизненного бремени. Он приходил сюда, возможно, ещё сомневаясь, сможет ли оставить всё там, по ту сторону горы, и обосноваться здесь, наедине с самим собой и своими мыслями. Сомневался, пока не видел красоту озёр. А когда видел, забывал обо всём и шагал к ним.

Мне вдруг очень захотелось дотронуться до Мартина, поймать его руку и крепко сжать в своей. Но я вовремя одумалась, испугавшись своих чувств.

Чтобы нарушить тишину, я обратилась к Финику.

— Что теперь? Финик, — я завертелась, ища глазами гнома, — где обещанная гмурами тропа?

— Кажется, здесь, — раздалось из-за скалы слева.

Пока мы любовались волшебным горным пейзажем, гном самостоятельно отправился на поиски нужного нам пути. Удивившись было его храбрости, я вдруг вспомнила, что мы ведь с утра почти ничего не ели. Поэтому гномом двигала не столько бравада, сколько сильнейшее чувство голода.

Аккуратно обогнув скалу, мы увидели Финика. Он глубокомысленно рассматривал вдавленную в землю гальку у своих ног.

— Вот тут вроде бы кто-то топтался, — неуверенно пояснил гном.

— Да, — согласно кивнул Мартин, — козлы.

Подойдя ближе, он тоже внимательно изучил следы на земле. Еле заметные, они вели вдоль горного хребта, смешиваясь с глиной странного ржавого оттенка. Местами в землю врезались серые каменные клинья. От них расходились многочисленные трещины. А сквозь трещины с усилием протискивалась скудная бурая растительность, распускающаяся неожиданно яркими красными звёздочками. На фоне синих горных вершин вдалеке они выделялись своим огненным цветом, словно где-то поблизости было извержение вулкана, и сквозь трещины в горе начала просачиваться лава…

Мы осторожно двинулись по хребту. Наверняка издали мы казались крошечными насекомыми, по сравнению с голубыми горами-гигантами, заслоняющими от нас горизонт…

Я шла последней и медленнее всех. Я всматривалась в окружающий нас мир. Он был невероятно красив! Справа — сказочные озёра. Слева — другая насыпь из более крупного камня. Она вела вниз, в подёрнутую туманом долину. Да это вовсе не туман, а облако! Большое серое облако, не сумевшее подняться выше гор. Разбившись о вершину одной из них, оно осело разорванными лоскутами в горных складках.

Солнце скрылось. Облака, слегка розоватые, залепили вершины гор. Красные звёздочки под нашими ногами сначала превратились в бордовые, а потом мы их и вовсе перестали различать. Горы постепенно окутывала ночная тьма.

— Надо спешить, — обратился к нам Мартин. — Скоро стемнеет, и мы запросто замёрзнем, если не найдём убежище.

— Где же здесь можно укрыться? — я хотела было обвести руками тонущие в сумерках зигзаги горных вершин, но тут же скривилась от резкой боли в кисти.

Мартин озабоченно покачал головой.

— Если не найдём ничего в ближайшее время, придётся вернуться к гмурам.

— Ни за что! — взбунтовалась я. — Не хочу больше под землю! Уж лучше замёрзнуть!

— Если верить легендам о горняках, — подал голос Финик, — их селение скрыто вечным туманом.

Гном неуверенно покосился в утопающую в облаке долину. Иногда ветер отрывал от облака кусок. Он медленно доползал до нас и таял, оседая росой на наших ногах.

— Гмуры тоже утверждали, что горняки обитают недалеко от выхода из их тоннеля, — поддержала я Финика и подалась в сторону колеблющейся серой пелены.

— Постой, — остановил меня принц.

Он всё ещё сомневался. Сделав шаг вперёд, вслед за мной, Мартин прислушался.

Сначала ничего не было слышно. Лишь прерывающийся свист ветра в ушах. Потом я различила ещё какой-то звук, похожий на шум падающей воды. Водопад?.. И ещё что-то. Я приблизилась на несколько шагов к облаку. Духи леса! Что же это? Я была готова поклясться, что снова слышу кошачье мурлыканье, а в паровых образованиях передо мной начали проявляться глаза с узкими зрачками. Я тряхнула головой, чтобы избавиться от приставучего видения, и глянула на своих спутников.

— Я ничего не слышу, — ответил на мой немой вопрос Финик.

— Мне показалось, что я слышу звуки водопада, — призналась я.

— Где-то здесь берёт своё начало Серна, — подтвердил мои слова Мартин, — боюсь, мы сломаем себе шею, если пойдём туда на ощупь.

Снова посмотрев на облако, я вдруг обнаружила, что оно увеличилось в размере и уже подбиралось к самому хребту.

— А вдруг сказки о призраках тумана — правда? — еле слышно шепнул мне Финик. — Ты только посмотри на это месиво! Там же кто угодно может водиться!

«Это точно», — подумала я, напряжённо выискивая во мгле кошачьи очертания.

— Куда же нам идти? — спросила я вслух.

— Туда…

Мы с Фиником обернулись на голос принца. Тот стоял к нам спиной и смотрел на озёра по другую сторону хребта. Сейчас они казались чёрными кляксами. Вдоль берега самой большой такой кляксы начали зажигаться крохотные огоньки. По тому, как они трепыхались и помигивали, я поняла, что это костры. «Озёра намного дальше, чем мне казалось», — подумала я.

Мартин словно услышал мои мысли.

— Каких-то полчаса ходу… — бросил он через плечо и первым двинулся по насыпи вниз, выискивая в быстро густеющей темноте наиболее безопасный путь.

Подгоняемые разрастающимся на глазах облаком и своим собственным буйным воображением, мы с Фиником поспешили за ним.

Мы сильно отстали. Силуэт Мартина то появлялся на фоне огоньков, то опять сливался с чернотой ночи, делаясь всё меньше и тоньше. И вдруг рядом с силуэтом Мартина неожиданно вырос другой, и оба силуэта подозрительно застыли. И мы с Фиником застыли в неуверенности и замешательстве.

Я потянула гнома за лямку рюкзака.

— Пойдём, вдруг Мартину нужна помощь.

— Ты всё ещё надеешься очаровать горняков своим ведьмовским взглядом? — хмыкнул Финик. — Они сами кого угодно заколдуют! Вон сколько народу к себе переманили!

Действительно, свет костров начал теряться за спинами движущихся теней. Сколько же их? Двадцать? Тридцать? Может, и больше… Они возникли словно из ниоткуда… из тьмы, из ночи, из воображаемых нами потусторонних миров.

— Пойдём, — глухо повторила я и пошла в сторону озера. Его уже не было видно, но я чувствовала его, точно оно было живое и звало шумом ветра и лёгким шуршанием жёсткой травы под ногами.

Два окаменевших силуэта впереди нас тоже ожили, зашевелились. Незнакомый силуэт в широкой мешковатой тунике с капюшоном на голове отошёл от Мартина и направился в сторону костров. Принц терпеливо ждал, пока мы, спотыкаясь о едва различимые в ночи камни, доберёмся до него.

— Отец Лоулли был прав, мой дядя здесь, — ошарашил он нас новостью. — Этот горняк даже знает его по имени, хотя «ищущие», как их тут называют, редко представляются своими именами, желая остаться неузнанными. Особенно, если воспоминания о себе в прошлом приносят им боль.

— Этот горняк вот так запросто разоткровенничался с тобой? — не поверила я.

— Предположу, что сами горняки из своей жизни тайны не делают. Но они так редко появляются среди тех, кто «ближе к земле», что их существование заросло паутиной небылиц и суеверия.

Заметив, что его недавний собеседник в тунике машет ему рукой, принц подал нам знак следовать за ним.

Мы приблизились к кострам, и свет огня осветил нас. Горняки, наконец, обратили на нас своё внимание. Не знаю, чего именно я ожидала от встречи с ними… Мысленно я рисовала себе их глаза.

Враждебные, они блестели в темноте наброшенных на голову капюшонов. Я слышала их голоса или, скорее, неодобрительный шёпот. Я видела их недоверчивые угловатые лица. И чувствовала присутствие теней, неуловимых глазом, но полных злого умысла и угрозы. Но всё это было в моём воображении.

Что же я узрела здесь? Людей, гномов, гоблинов, эльфов... Точно таких же, как там, у нас внизу. Они сидели вокруг костров, жарили мясо на вертеле, варили супы и настаивали травяные чаи. Точно так же, как те, что были «ближе к земле». Ну, возможно, общались они друг с другом иначе... Как именно, я пока не успела понять. Лишь заметила, что они и не общаются вовсе. Представляете?! Сидят у костра, готовятся к трапезе и молчат!

— Почему они не разговаривают друг с другом? — дёрнула я за рукав Мартина.

Тот тоже приглядывался к горнякам и старался держаться от них на расстоянии.

— Не знаю, — честно признался он. — Возможно, не чувствуют в этом необходимости...

— Скажу со знанием дела, — вмешался в наш диалог Финик, — когда в желудке пусто, тогда и говорить трудно. Раз молчат, значит не будут возражать, если я с ними поужинаю.

Он бочком обошёл небольшую группу горняков и уселся на камешек рядом с костром.

— Оставайся с ним, — неожиданно приказал мне Мартин, а сам двинулся в сторону своего нового знакомого. Тот не переставая махал ему рукой, чтобы принц не потерял его из виду.

— Почему это?! — возмутилась я.

— Потому что если я действительно сейчас встречусь со своим дядей, я хочу сначала поговорить с ним один. Я позову тебя.

Мартин вскоре скрылся в тени большого шатра. Финик тем временем уже удобно расположился возле костра и о чём-то рассказывал сидевшему рядом горняку. Тот помалкивал, хотя и слушал с явным интересом и смотрел на Финика дружелюбно.

Мне надо было чем-то заняться. Я присела у соседнего костра и достала из своего походного мешка пособие для начинающих ведьм. Мне не терпелось понять, что происходит. Почему меня преследует кошачий призрак? Что я сделала не так? Я очень надеялась, что книга мне даст ответ. Вступление я когда-то легкомысленно пролистала, не придав ему должного значения. Вступления всегда навевали на меня скуку. Прочитав же его теперь, я осознала, как сильно я заблуждалась. Оказалось, что приручить зверушку я попросту не могу, ибо, как и говорила бабушка Розалия, найденная мною книга являлась безобидным ознакомительным пособием. Она не давала мне возможности воздействовать на другие живые существа. Одно дело — превратиться самой, совсем другое — вынудить зверя стать твоим спутником. Заклинание, приведённое в книге, лишь позволяло мне увидеть в выбранной стихии образ подходящего мне по характеру зверя. Но никак не призвать его...

Убрав пособие обратно в мешок, я задумчиво уставилась на жаркое пламя. Я была в недоумении. Если это не я призвала зверя, то кто? А если всё-таки я, то как?! И почему он такой странный, такой туманный...

И вдруг меня осенила догадка. Невероятное, немыслимое объяснение происходящему. «Призрак, сотканный из дыма...» — припомнилось сочинённое мною продолжение безобидного заклинания. А что, если это всё-таки я? Ведь заклинание для игры с огнём я когда-то сама придумала. И огонь слушался меня, несмотря на то что я каждый раз меняла в своём заклинании слова.

Как только я об этом вспомнила, губы сами собой зашевелились:

— Жар огня, свой пыл умерь,
Повинуйся мне теперь...
Покажи мне, что за зверь
Всюду следует за мной,
Словно призрак неживой...

Пламя выросло в размерах, потом превратилось в дым, и я увидела образ кошки. К счастью, этого больше никто не заметил. Я придвинулась ближе к костру и зашептала быстрее:

Отзови его обратно
Навсегда и безвозвратно.
Он туманен и бездушен,
Ведьме зверь такой не нужен.

Дымный образ грустно замурлыкал и моментально растаял. В тот же момент я ощутила на себе пристальный взгляд. Чья-то тяжёлая ладонь легла мне на плечо. Я оглянулась. За мной стоял недавний спутник Мартина. В темноте капюшона с трудом можно было разглядеть бородатое неухоженное лицо неопределённого возраста. Он слегка сдвинул капюшон, и я увидела, как в его чёрных глазах отразилось пламя костра. И что-то ещё... Неужели осуждение? Я вдруг почувствовала себя виноватой.

— Следуй за мной, — сказал горняк сухим голосом и беззвучно двинулся к тени, в которой незадолго до этого исчез Мартин.

Чем ближе мы подходили к чёрному пятну озера, тем морознее становился воздух и сильнее дул ветер. На берегу я рассмотрела несколько строений. Не шатры, скорее своеобразные шалаши: возведённые каркасные стены, обтянутые звериными шкурами. Они стояли на одинаковом расстоянии друг от друга, входом обращённые к озеру. В них тоже горели костры. Дым выходил через отверстия в потолке и незакрытые дверные проёмы. В этих проёмах сидели горняки. Они пристально всматривались в водную гладь. Что они могли там видеть, в этой тьме?! Я приблизилась к кромке воды. Мне показалось, что если я сделаю ещё один шаг, то провалюсь в пропасть. А потом… в этой пропасти я разглядела звёзды. Несчётное множество звёзд! Словно небо стряхнуло их с себя в озеро, и они зависли в его вязкой чёрной воде. В этот момент над вершинами гор показалась луна. Всего лишь тонкий её ободок… но этого хватило, чтобы ночь отступила. Поверхность озера засветилась мягким серебряным светом. Будто отражающиеся в нём звёзды вытянулись в длинные серебряные волокна, кто-то связал из них покрывало и застелил им дно озера. Мне даже стало казаться, что я могу разглядеть рисунок на покрывале… из тонких дрожащих нитей. Точно некий знак. Он притягивал меня, завораживал. Сказочное неземное зрелище! Оно стоило того, чтобы замёрзнуть на берегу и уже не сводить глаз с озера.

С превеликой неохотой я позволила моему проводнику увести меня от берега. Постоянно оглядываясь назад, я вошла в шалаш. Мне тут же пришлось сощуриться. После тёмной воды свет от пламени костра больно ранил глаза. Спустя некоторое время я привыкла к яркому свету. Обстановка внутри шалаша была весьма удручающей. Вдоль стен выстроились старые котелки, кастрюли, миски. Грязные, поколотые. Прямо на голой земле были разостланы простыни и одеяла, мятые, заляпанные грязью. Подушек не было вовсе. Из мебели стоял лишь низкий стол, сколоченный из неотёсанных досок, да два на вид прочных табурета. На одном из них восседал Юстав. Вернее, это я так решила. Ибо, кроме меня, в шалаше находилось лишь два человека. И один из них был Мартин.

Принц стоял поодаль от костра, прислонившись спиной к одному из опорных столбов. Грубо оструганные, они удерживали кое-как сбитый из брёвен потолок. Среди горняков, очевидно, не было толковых строителей, и они не сильно заморачивались качеством или даже надёжностью своих жилищ.

Присев на табурет, я посмотрела на Юстава. Бабушка была права. Внешне он на самом деле походил на Седрика. Такие же светлые, хоть и поседевшие волосы. Такие же светлые голубые глаза, полные романтической грусти… Борода и волосы были вымыты и аккуратно подстрижены. Несмотря на убогие условия жизни, Юстав следил за своей внешностью. Возможно, в силу своей многолетней привычки…

— Это кто? — Юстав мотнул головой в мою сторону и вопросительно посмотрел на племянника.

— Познакомься, дядя, это Глория. Благодаря ей я узнал о том, что отца убили. Мы вместе пытаемся найти его убийцу.

— А ей какое дело до нашей семьи?

— Она дочь Эллоны.

Мартин внимательно следил за реакцией дяди. Базиль явно не поскупился на детали, когда поведал ему тайны нашего рода. Я с досадой закусила губу.

— Ты дочь Эллоны? — Юстав удивлённо оглядел меня с головы до ног, — ты совсем на неё не похожа!

— Говорят, внешностью я пошла в прабабку, — неохотно подтвердила я.

Интерес в его глазах потух, и он снова перевёл взгляд на Мартина.

— Зачем ты её позвал?

— Считаю, Глория имеет право участвовать в той части нашей беседы, которая касается её матери. Ты как раз хотел о ней рассказать, ведь так?

— Если ты настаиваешь, — пожал плечами Юстав.

Немного помолчав, король протяжно вздохнул и продолжил:

— Я познакомился с Эллоной случайно, в лесу. Сразу после смерти твоей матери. Клавдий был вне себя от горя, ему было не до вас. Леди Марсель взяла ваше воспитание на себя, но она явно нуждалась в помощи. Я предложил ей попросить Эллону помочь, тем более что они были знакомы. Эллона согласилась, стала приходить во дворец, выполняла какие-то мелкие поручения. Каюсь, я поступил эгоистично, я надеялся, что таким образом смогу чаще её видеть…

— Вы любили её? — рискнула я перебить его рассказ.

Он, казалось, проигнорировал меня. Даже не взглянул в мою сторону.

— Во дворце она узнала, кем я был на самом деле, и это её напугало. Считала себя недостойной меня, — горечь и разочарование звучали в его голосе. — Она продолжала ходить во дворец. Из чувства долга, надо полагать. А потом что-то произошло… Она сказала леди Марсель, что больше не придёт. А я ведь привык видеть её каждый день, не представлял без неё своей жизни. И принялся ходить к ней…

— А Селия к тому времени уже поселилась у вас? — снова встряла я.

— Селия? Кто это?

— Свояченица ваша, — ответила я, удивлённая его вопросом.

— Ах, да… Её я совсем не помню… Точнее сказать, помню, что приехала сестра Лючии… Тогда мне до неё не было никакого дела. Да и потом тоже. Даже не знаю, что с ней сталось.

— Она вышла замуж за Картоза.

— Вот как? — усмехнулся Юстав, — выходит, Картоз частично добился своего.

— Что ты имеешь в виду? — насторожился Мартин.

— Так он же был влюблён в твою мать. Ты не знал? Даже ухаживал за ней, начал замок отстраивать, чтобы произвести впечатление. А Клавдий его обставил. Если Селия напомнила Картозу Лючию, то я не удивлён, что он на ней женился. Странно, что Селия соизволила за него выйти. Насколько я помню, после того как надежда заполучить Лючию растаяла, Картоз запустил своё королевство.

— Дядя, — задумчиво спросил принц, — как ты думаешь, Картоз мог настолько ненавидеть отца, чтобы убить его?

— Ненавидеть мог, — кивнул Юстав, — но если б хотел убить, то сделал бы это много лет ранее. Ради Лючии.

— А мог он это сделать ради Селии? — спросила я и тут же поёжилась, ощутив на себе взгляды двух королевских особ.

— Между отцом и Селией ничего не могло быть! — резко оборвал меня Мартин.

Юстав был менее категоричен.

— Я бы не стал отвергать сей вариант, — медленно произнёс он, — но, думаю, Мартин прав. Клавдий очень любил Лючию. К Селии он всегда бы относился как к свояченице, не более.

— Значит, у тебя тоже нет никаких догадок насчёт того, кто мог убить отца?

— Нет. Клавдий отличался тактичностью и на конфликт шёл только в крайнем случае. А это значит, что причина, по которой его убили, весьма и весьма серьёзная. И я не вижу, как это может быть связано с Эллоной! Она во дворце-то была всего ничего!

Юстав заметно повысил голос. Его восклицания стали эмоциональнее. Это смутило не только меня. Мартин подался вперёд, прислушиваясь к высказываниям дяди.

— А что такого могло произойти, что заставило Эллону уйти из дворца? — задал принц вопрос, ответ на который я сама жаждала услышать.

Юстав снова пожал плечами, как мне показалось, с натяжной небрежностью:

— Мало ли... Я сначала подумал, быть может, это из-за меня. Но потом узнал, что она ждёт ребёнка, и решил, что причина в этом.

— Погодите, — встрепенулась я, почувствовав, как быстро заколотилось моё сердце от волнения, — хотите сказать, мама забеременела до встречи с вами?!

— Ну уж не после, — бросил он в ответ с оттенком уязвлённого самолюбия. — Я бы не допустил! Когда я узнал, что Эллона беременна, я взб... очень удивился, — Юстав пытался сохранять внешнюю невозмутимость, но руки, до хруста в пальцах впившиеся в глиняный стакан на столе, говорили о его истинных чувствах. При этом он поглядывал на меня с явной неприязнью.

— Вы знали моего отца? — отважилась я усугубить его нелюбовь к моей персоне.

— Если б знал, то провёл бы все эти годы не здесь, а в местах менее привлекательных, — невесело усмехнулся он. — Этот мерзавец оставил Эллону одну, когда она особенно нуждалась в поддержке.

Немного помолчав, Юстав снова глянул на меня, уже помягче.

— А ведь я готов был удочерить тебя! Только Эллона постоянно гнала меня. Что-то мучало её, давило на совесть…

Он внезапно умолк, словно о чём-то спохватился, потом быстро добавил:

— Полагаю, ей просто было стыдно, вот она и пыталась меня отвадить.

— Бабушка говорила, что вы продолжали навещать маму вплоть до самой её… кончины, — я запнулась, почувствовав в горле комок слёз, — значит, не отвадила?..

— Не отвадила…

Юстав поднял на меня свои глаза, и я прочла в них истинное сожаление. Он действительно любил Эллону и, может быть, любит до сих пор…

— Дядя, а ты уверен, что твои чувства к Эллоне были искренни, а не вызваны, скажем, приворотным зельем или… колдовским взглядом?

Услышав этот вопрос, я чуть не подпрыгнула на месте. Причём, задавая его, Мартин смотрел не на дядю, а на меня, словно вопрос предназначался именно мне.

Юстава этот вопрос тоже удивил.

— Конечно, — ответил он, — я слышал, что Эллона принадлежала к роду ведьм, но никакого проявления в ней ведьмовской силы я не замечал. По-моему, все эти слухи о её родословной были надуманы.

— Да нет, не были, — вздохнул Мартин, не сводя с меня пристального взгляда.

Юстав тоже пригляделся ко мне получше.

— Хочешь сказать, что это — ведьма?

— Вот всяком случае на таковую претендует.

— Я раньше никогда не задумывался об этом… Уж очень я был привязан к Эллоне… Это многое объяснило бы… Неужели она могла меня приворожить?..

— Не могла! — вскипела я. — Если б она вас приворожила, то чары пали бы после её смерти, и зачем бы вам тогда искать приюта у горняков?

В шалаше воцарилось молчание. Юстав задумчиво теребил бороду, а Мартин… Невероятно! Он усмехался. Ну конечно! Он наверняка прочитал о том, что привороты теряют силу после смерти ведьмы. Зачем же он задал этот вопрос? Неужели, чтобы сыграть на моих чувствах? Как это жестоко с его стороны!

Вскочив на ноги, я окинула их обоих уничижающим взором, который, надеюсь, выразил всё моё презрение, и выбежала из шалаша.

Со скоростью ветра я помчалась в сторону горы, с который мы недавно спустились. Почему туда? Наверное, потому, что сзади меня чернело озеро, а по бокам подавляюще молчали скопища горняков. Пробегая мимо Финика, я краем глаза заметила, как гном в предвкушении сытного ужина потирает руки. Всё остальное слилось воедино, смешалось и вскоре осталось позади. Меня несло вверх, усталости в ногах как не бывало. Про больную кисть я даже не вспомнила. Внутри меня клокотали ярость, обида и злость. Страшный букет чувств, которые я так редко испытывала в своей жизни! И никогда не переживала их все сразу.

Очутившись снова на хребте, я перевела, наконец, дыхание и обернулась. Перемигивающиеся огоньки костров опять превратились в крохотные искорки, а горняков не стало видно вовсе. И никто за мной не шёл, никто не пытался вернуть. Почему-то от этого на душе стало ещё тяжелее.

Я отвернулась от озёр и посмотрела на облако по другую сторону хребта. Оно почти растаяло, осев влагой на сухую траву. Долина, которую оно скрывало, оказалась не долиной, а небольшой лужайкой. Шагов двести поперёк, не более. Дальше шла кривая, отсвечивающая сиянием луны каменная полоса. А ещё дальше — чернота. И в этой черноте шумел водопад. Мартин был прав. Мы бы в самом деле погибли, если б пошли тогда наугад в туман. О духи леса, опять он был прав! И снова меня затрясло от негодования. Я хотела сжать ладони в кулак, но тут же жалобно простонала. Схватившись здоровой рукой за сломанную кисть, я попыталась задавить боль. Вышло только хуже. Моё тело как-то сразу обмякло, и на ослабевших вдруг ногах я поплелась вперёд. Туда, где шумел водопад…

Там, на самом краю, я увидела невысокий валун. Быть может, он откололся когда-то от скал. Откололся, скатился и застрял в каком-то шаге от обрыва. Я пощупала его неровную грань. Стоял он прочно, не шатался. Я осторожно обогнула его. Прижавшись к холодному камню спиной, я с замиранием сердца глянула вниз.

Внизу, в густых зарослях леса, терялся лунный свет. Звуки падающей воды раздавались прямо подо мной, но водопада не было видно. Зато далеко-далеко на земле кое-где поблёскивала Серна. Это давало хоть какое-то представление о высоте, на которой я находилась.

Эх, метёлку бы сюда… Уж я бы воспарила над этой пропастью и показала бы им всем, на что способна настоящая ведьма. Как в моей любимой песне…

И тут неожиданный порыв ветра выдул из меня всю горячность и гнев, образовав пустоту в сердце. По телу пошла неприятная дрожь. На секунду мне померещилось, что камень подо мной крошкой осыпался в пропасть, и я, сорвавшись, лечу в зыбкую тьму — засасывающую воронку ночи. Я отошла дальше от края. Чего-то мне всё-таки не хватает для того, чтобы стать ведьмой. Как сказал Мартин, я на неё всего лишь претендую… а сама ничего из себя не представляю!

Я беспомощно огляделась, не зная, что мне делать дальше: вернуться или бежать, куда глаза глядят. И если бежать, то куда?.. В горах ночью стало холодно, как зимой. Я не чувствовала ног, а руки и вовсе окоченели. Туман сгущался и плотной пеленой окутывал горы. «А ведь в тумане обычно теплее…» — подумалось мне. Местами его разрывали ветви деревьев, значит там начинался лес, а пропасть с водопадом оставалась в стороне. Это вселяло надежду, что я не полечу вниз головой в Серну. Я неуверенно вошла в туман.

В лесу, окутанном мглой, действительно было теплее. Где-то надо мной шумели кроны старых сосен. Их ветви трещали и тёрлись друг о друга шершавой корой. Свет луны с трудом просачивался сквозь густую хвою и сразу рассеивался в тумане. Лунные лучи проходили сквозь него, как через мелкое сито, и рассыпались в звёздную пыль.

Внезапно передо мной образовался странный похожий на призрака сгусток. Он то раздувался, то таял, как будто дыша. Через стену деревьев прорвался ветер и откинул его в сторону. Сгусток полетел в темноту леса. Вдруг из него вырвались струи пара. Подобно лапам диковинного зверя, они яростно цеплялись за колючие стволы сосен, но проходили прямо сквозь них. Казалось, это бесило и одновременно пугало туманный комок. Мне чудилось, что он пытается принять некую форму, но у него не получается. Он напоминал мне взъерошенного потерянного котёнка, и я снова почувствовала себя виноватой… Я понимала, что совсем не боюсь его. Наоборот, появилась уверенность, что он нуждается во мне. Я ускорила шаг. Впереди выделилось что-то белёсое. Это сгущались облака в низине. Ещё немного, и я потеряю своего призрака из виду. Я перестала осторожничать и побежала.

Зверь тем временем, гонимый ветром, метался от дерева к дереву. Сливался с туманом, отлеплялся от него бесформенным обрывком, кое-как принимал прежнюю несуразную форму и снова нырял в туман. Гул водопада совсем стих, слышался лишь шум деревьев. Одновременно с этим кто-то то скулил, то рычал.

— Призрак, стой! — скомандовала я ему, потеряв надежду догнать его.

Более подходящего обращения я не придумала. Язык не повернулся произнести «кис-кис».

Облачный ошмёток приостановился и судорожно затрясся, сопротивляясь порывам ветра. Я бежала всё быстрее и быстрее, и вот я уже почти вплотную приблизилась к нему. Он словно узнал меня, отпрянул и издал звук, похожий на прискорбное мяуканье. Потом он раздулся в шар. Мне на мгновение подумалось, что он сейчас лопнет. Но самым удивительным стало то, что я вдруг осознала, что его переполняют мои же чувства и эмоции: страх, неопределённость, гнев и обида. Обиды в нём было особенно много.

— Прости меня, — сорвалось с моих губ.

Шар перестал раздуваться. Его оболочка задёргалась, и в ней образовалось множество дырочек. Он стал похож на странный пористый гриб, который вскоре сжался в маленький пушистый комочек. Вытянув руку, я дотронулась до него пальцами. Немного помешкав, я запустила в него всю ладонь. Возникло ощущение, что моя ладонь погрузилась в набитую гусиным пухом подушку. Внутри было тепло и как будто влажно. Как в густом тумане… Комочек ласково урчал и обволакивал собой всю мою руку, до самого плеча. И тогда сердце моё наполнилось нежностью к этому странному существу.

— Назову тебя Призраком, — улыбнулась я ему, — и будет у меня свой собственный призрак тумана. Любой горняк обзавидуется!

Снова подул ветер. Призрак крепко и уверенно держался за мою руку, тонкими дымчатыми усиками вползая в швы верхней одежды.

Тут откуда-то сверху ветер принёс моё имя.

— Глория! — звал кто-то. Издалека, приглушённо, точно из другого какого-то мира.

Когда я узнала голос Мартина, во мне сразу заиграла ярость. Призрак занервничал, задрожал вместе с моей рукой и начал видоизменяться. Вновь раздулся и неожиданно принял образ небольшого дракончика. С удивительной быстротой он ринулся вверх по склону, преодолевая силу ветра и беспрепятственно проходя сквозь корявые стволы деревьев. Я поспешила вслед за ним.

Когда мы вместе выбрались из леса, я увидела перед собой освещённую ярким лунным светом поляну. Мартин шёл нам навстречу.

Призрак стремительно метнулся в его сторону, значительно увеличившись в размере. Мартин растерялся лишь на мгновенье. В лунном свете блеснул клинок меча. Я очень хорошо его разглядела. Меч был готов поразить лютого зверя. И вдруг некое замешательство. Мартин немного отпрянул назад. Он опустил оружие вниз, лишь слегка задев остриём меча налетевшего на него дракона.

— Теряете былую хватку, Ваше Будущее Величество, — поддела я его.

Призрак почти совсем растворился в лунном свете. Полупрозрачный, он кружил вокруг нас и яростно бил крыльями. Дымка у самой поверхности земли пошла небольшими волнами, точно призрачные невесомые крылья привели воздух в движение.

— Что это за чертовщина? — спросил меня Мартин, не сводя глаз с Призрака.

Его голос звучал не очень твёрдо, словно он не до конца был уверен, что именно я в ответе за эту «чертовщину».

— Дракон, — услужливо подсказала я.

Надо признать, я была даже довольна тем, что у меня получилось напугать Мартина, пусть самую малость, и пошатнуть его самоуверенность.

— Это не дракон.

— Как это?! На мой взгляд, очень даже дракон! Свирепый, опасный и наводящий ужас!

— Ты когда-нибудь видела драконов?

Этот простой вопрос смутил меня.

— Где я могла их видеть?! У нас же они не водятся! Я читала о них...

— Значит, ты так представляешь себе драконов?

Мартин кивнул в сторону материализовавшегося рядом со мной Призрака. Ветер встряхивал его долговязое туловище, раздувая в разные стороны замысловато закрученные усы. Они тянулись тонкими струйками дыма вдоль перепончатых крыльев и зигзагообразного хвоста.

Я уже ни в чём не была уверена. Даже в самой себе. Неужели этот дракон лишь плод моего бурного воображения?

— Мне не хватает опыта, — я грустно вздохнула, но тут же воспряла духом. — Вот съезжу за море с Арахисом, и в следующий раз ты не отличишь моего дракона от настоящего!

Мартин посмотрел на меня как-то странно... отчуждённо.

— Ты используешь своё воображение, чтобы управлять им?

— Да, по-моему, именно так оно и работает, — неуверенно признала я, — воображение и эмоции.

— И теоретически ты можешь создать целую армию призраков, подобных этому?

Мартин не спрашивал, а скорее утверждал, и его тон мне очень не понравился.

— Я помню, как ты читала своё заклинание у костра, — продолжил он. — Ты изменила его, ведь так?

— Как ты это понял? — удивилась я.

— По тому, как ты его проговаривала. Сначала натянуто, словно считывала текст со страницы, потом была пауза, и ты продолжила уже с большим вдохновением.

— О духи леса! — возмущённо воскликнула я. — Ты подглядывал за мной?!

— Только подслушивал, — спокойно возразил он.

Немного помолчав, он задал следующий вопрос. Мне показалось, что ответ на него особенно волнует принца.

— Значит ли это, что ты сама можешь сочинять заклинания? Я читал, что такое возможно… После того как познакомился с тобой, я просмотрел всё, что у нас было в библиотеке про ведьм. Историю их происхождения, об их способностях и почему в своё время их пытались истребить… Почему отправляли на Остров Надежд… и почему до сих пор никто не помышлял о том, чтобы вернуть их домой.

— Это было в прошлом, — пролепетала я.

Я вновь ощутила слабость в ногах.

— Но ты-то в настоящем! — его слова прозвучали как приговор.

Не отрывая взгляда от его лица, я попятилась к обрыву. Мне снова вспомнилась моя метла… я очень сожалела, что она осталась дома. Мне страшно захотелось убежать от Мартина, скрыться с глаз долой, улететь… желательно на другой конец света.

Моя спина вскоре упёрлась в валун на краю пропасти. Почувствовав, что ноги меня больше не держат, я съехала по камню вниз на холодную землю. Я смотрела на Мартина снизу вверх, и вид мой наверняка был жалок.

— Ты же не думаешь в самом деле, что я представляю некую опасность? — мой голос дрогнул, а в сердце закрался страх.

Строгие черты его лица смягчились улыбкой. Мартин уверенно покачал головой.

— Нет, не думаю.

Он опустился рядом со мной. Его глаза устремились вдаль, туда, где чёрный лес сходился с такими же чёрными очертаниями гор.

— Я не думаю, что ты способна причинить кому-либо зло, — вполголоса пояснил принц. — Однако я опасаюсь, как бы не нашлись те, кто захотят воспользоваться твоим даром не только себе на пользу, но и другим во вред.

— Ты имеешь в виду кого-то конкретного? — насторожилась я, уловив нотку суровости в его голосе, когда он отчеканил слово «те».

Принц молчал.

— Арахиса? — робко предположила я. — Мне он показался порядочным.

Я заметила, как его губы на секунду растянулись в ухмылке.

— Видишь ли, Глория, правитель Гранции очень амбициозен. Я его знаю — он проходил обучение вместе с нами. Правда, не дошёл до конца. Его отец сильно заболел и потребовал, чтобы сын вернулся обратно домой. Меня напрягло их внезапное желание установить с нами дружественные отношения. Они всегда налаживали дружественные связи с теми, кто сильнее и крепче их. Со слабыми королевствами они не церемонились, а вели захватническую политику. Простой пример: те племена, живущие в пустыне. На самом деле это не племена, а целый народ. У них есть свой город с красивым названием Сандия и несколько деревень. Их не трогали, пока у Гранции не появилась возможность строить надёжные корабли для длительных плаваний. А когда появилась, им понадобился доступ к океану. В этом случае они недооценили силу противника... Меня покоробило то, как Арахис преподнёс эту историю тогда, во время нашего совместного ужина у Базиля. А особенно меня насторожил их интерес к ведьмам... Ведь с твоими возможностями у них будет очевидный перевес в силе.

Мартин надолго умолк. А я не могла произнести ни слова. Я ведь всегда верила, что людям нужен мир, а не война. Я верила, что уже никто и не помышляет о том, чтобы разжечь войну и подвергнуть опасности сотни жизней... только лишь ради расширения границ своих владений, ради короткого триумфа и тяжёлого бремени, именуемого «властью».

— Мартин, — тихо произнесла я, — даже если я поеду в Гранцию, я никогда не сделаю ничего такого, что могло бы навредить другому народу! Каким бы большим или маленьким он ни был...

Принц повернулся ко мне лицом. Никогда раньше я не видела его таким серьёзным и хмурым.

— А как ты узнаешь, Глория, что то, о чём тебя попросят, не навредит другим? Просьбы Арахиса звучат вполне невинно. Но если им станут подвластны чёрные драконы пустыни, бедным жителям Сандии несдобровать. И, уверяю тебя, на них они не остановятся. «Доброе дело» может обернуться настоящей бедой.

Горный морозный воздух холодком прошёлся по спине. А сердце словно сжала чья-то ледяная рука.

— О-ох, — еле слышно выдохнула я.

Мартин испытующе вглядывался в моё лицо.

— Полагаю, ты подумала о том же, что беспокоит и меня...

Его слова с запозданием доходили до моего сознания. Мысли разбегались в разные стороны. Я пыталась собрать их в нечто разумное, но от этого разумного они опять в страхе разбегались.

Мартин выжидал. Молчание надолго затянулось.

— Глория, — заговорил, наконец, принц, не сводя с меня глаз, — скажи, если Эллона не привораживала Юстава, что такого она натворила, в чём так раскаивалась позже? Раз она столь долгое время переживала, значит, произошло нечто серьёзное. Головой ручаюсь, ты знаешь. Или догадываешься… Как это связано с моим отцом? Я перебрал множество версий, ни одна меня не удовлетворила. Это донимает меня и мучает. И… мешает доверять тебе полностью, — неожиданно признался он. — От этого мне особенно тяжело.

Заметив, что я продолжаю сомневаться и не решаюсь быть с ним откровенной, принц расстроенно вздохнул и откинулся спиной на холодный монолит камня. Его взгляд некоторое время бесцельно блуждал по серебристым верхушкам деревьев. Когда же он снова повернулся ко мне, я непроизвольно вздрогнула, увидев, какими суровыми вдруг сделались черты его лица. «Вот как должны были выглядеть горняки!» — неожиданно подумалось мне. Я вспомнила, почему горные жители представлялись мне именно такими. Похожий народец был описан в моей любимой книге об укротителе диких мустангов. «Его лик строгостью своей ничем не уступал угрюмым утёсам вдали… Грозным, непоколебимым утёсам, проступающим сквозь вечно серую облачную поволоку…» Воображение сразу нарисовало скалистый орнамент степи. А по степи галопом помчались дикие лошади, преследуемые всадником с лассо в руках.

Краем глаза я увидела, как дымка на нашей поляне всколыхнулась, взвилась и выплеснулась в образ лошади. Лошадь встала на дыбы, готовая сигануть с обрыва в ночь. «Сейчас она заржёт», — испугалась я. Но заржать она не успела…

— Твоя мать имеет какое-нибудь отношение к убийству моего отца?

Лошадь плюхнулась в траву и растеклась по ней прежней нежной дымкой. От романтических видений не осталось и следа.

— Что?! — ужаснулась я и вытаращила на Мартина глаза. — Как ты посмел подумать такое?!

— А как мне ещё объяснить твоё упорное молчание и нежелание сказать правду?

— Моё молчание совершенно не связано с моей матерью или твоим отцом!

Я почувствовала, как мои щёки начали гореть то ли от возмущения, то ли от стыда.

— Я молчу, потому что мне так неловко говорить о причине моего… м-м-м… «отчаянного поступка». Это ты так его обозвал… и обозвал правильно. Вести себя подобным образом не в моём характере, не в моих правилах, и я никогда бы так не поступила, если б могла тебе тогда толково объяснить то, что увидела, вернее, подумала… вернее, почувствовала…

Всё это я говорила на одном дыхании и не Мартину в лицо, а куда-то за край обрыва. К моей досаде, Мартин не стал изображать недоумение.

— Значит, я был прав, когда предположил, что тот поцелуй был твоей спонтанной тактикой отвлечь меня от чего-то важного?

— Ну да!

— Жаль...

Я в изумлении посмотрела на принца. В его голосе звучало неподдельное разочарование.

— Разве тебя не радует то, что я не пошла по стопам своих предшественниц и не покушаюсь на душевное спокойствие представителей вашего рода? В данном случае твоё душевное спокойствие...

Его молчание смутило меня ещё сильнее. Наверное, было бы лучше и мне помолчать, но я продолжала оправдываться.

— Поверь, я бы не посмела вмешиваться в принятое вашими родителями абсурдн... к-хе... решение объединить наши королевства... таким нелепым способом. То есть бессердечным... Неразумным?.. — я совсем растерялась и начала путать слова и мысли. — Извини... — снова обратилась я к обрыву, — просто... в тот момент я радовалась тому, что Седрик оказался тобой! То есть ты оказался Седриком... для Виолы... Седрик для Виолы, не ты...

Я остановилась и решилась взглянуть на Мартина. Он смотрел на меня с улыбкой, а в его глазах горел весёлый огонёк. Он склонился ко мне и мягко коснулся губами моих губ. Горный холод мгновенно отступил, и даже стало жарко. Казалось, я сейчас тресну от внутреннего напряжения и разлечусь во все стороны горячими искрами. В ушах забили дробью тысячи барабанов, а удары сердца ощущались даже в кончиках пальцев. Но когда его ладонь ласково накрыла мою, напряжение вдруг спало, и душа возликовала.

— Получается, я всё же частично нарушила королевские планы, — еле слышно пробормотала я.

Рассмеявшись, Мартин чуть отстранился.

— Частично нарушила. Но не переживай, браку Виолы и Седрика будут рады все... кроме, пожалуй, Кроника — он чересчур привязан к обычаям и традициям. Даже если они более не уместны.

— Кстати! — оживилась я, припомнив давние слова Финика, — ты случайно не знаешь, почему твой отец был против решения связать вас браком?.. Или, возможно, он был против соединения Северного Королевства с Южным?

— С чего ты взяла, что он был против? — нахмурился Мартин.

— В деревне слух ходил. Говорили, что он против некоего союза... А вот какого, неясно. То ли брачного, то ли союза двух королевств.

— Гм-м... — принц ненадолго задумался, потом покачал головой, — мне об этом ничего не известно. Только я уверен... отец не просто так потребовал, чтобы мы с братом вернулись домой. Что-то произошло... что-то встревожило его.

— Постой, разве вы приехали не по причине его смерти?

— Не совсем. Мы получили от него письмо, где он настаивал на нашем возвращении. Причины не объяснил. Мы почти окончили наше обучение и намеревались вернуться после последнего испытания. Потом нам сообщили, что отец умер. Мы с Седриком решили, что отец был нездоров и предполагал свой скорый конец. Седрик на этом успокоился, а вот меня терзали сомнения. И когда потом я услышал от вас с Базилем, что отца убили, я понял, что подсознательно подозревал это. Глория, — обратился он ко мне, и в его глазах я прочла мольбу, — прошу тебя, расскажи, что ты знаешь. Иначе мне не будет покоя!

— Сомневаюсь, что увиденное мной тогда в лесу тебя успокоит, — вздохнула я и всё ему рассказала. А когда рассказала, снова вздохнула, на этот раз с облегчением.

Некоторое время Мартин осмысливал услышанное. Потом он спросил:

— Значит, ты считаешь, что Селия на самом деле не моя тётя, а троллиха Мирэн? — в его голосе сквозило недоверие.

— Такой вывод напрашивается сам собой, — кивнула я. — Мирэн была сестрой Глории-троллихи. Моя мама часто навещала её. Быть может, из жалости, а может, действительно дружила с этой бедняжкой. Бабушка говорила, что «Глория» — было последнее, что сказала мама. Бабушка решила, что это имя, которое она хотела дать мне. Но теперь я считаю, что мама пыталась рассказать бабушке о чём-то перед смертью…

— Почему же она не рассказала раньше?

— Потому что дала слово молчать.

— Кому?

— Скорей всего, этой Мирэн… Полагаю, троллиха попросила маму превратить её в человека.

— А зачем Мирэн нужно было это превращение?

— Мирэн хотела быть красивой — так утверждала Глория. Хотя Ефросия настаивает на том, что Мирэн жаждала не красоты, а роскоши. Ей претила бедность, в которой они жили с сестрой… А что если она специально потребовала схожести с вашей матерью, чтобы потом занять её место?

— И Эллона взялась помочь ей?

— Не поверю, что мама знала об истинной причине желания Мирэн стать похожей на королеву. Мама слыла мечтательницей, доброй и мягкой, её можно было легко обмануть…

Я сникла и тоскливо добавила:

— К слову о добрых делах, обернувшихся бедой…

Мартин усмехнулся.

— Как говорил сам Арахис, потребуется не один десяток лет, чтобы научиться видеть злой умысел в добром замысле... Что же произошло дальше, после превращения? Что так расстроило твою мать? То, что превращение не совсем удалось?

— Сначала я тоже так подумала. У мамы было мало знаний и навыков не хватало. Однако моя прабабка уверяет, что находившаяся у мамы книга заклинаний давала определённое могущество даже неопытной ведьме. Поэтому, если б мама захотела исправить свою оплошность, она смогла бы...

— И раз она этого не сделала... — Мартин многозначительно замолчал, поощряя меня продолжить.

— Раз она этого не сделала, значит мама осознала, что просьба Мирэн не столь невинна, как ей казалось вначале. Ведь Селия появилась во дворце примерно в то же время, когда мама стала помогать леди Марсель. Уверена, мама поняла, что оказалась оружием в руках корыстной троллихи.

— Почему же Эллона не превратила её обратно? Чтобы исправить содеянное!

— Потому что...

Я запнулась. Мне в голову пришла неожиданная мысль.

— Книга заклинаний! — воскликнула я. — Её нигде нет! Её украли у мамы! И украла именно Мирэн! Мама была беспомощна без книги! При этом она обязана была молчать. Да даже если б рассказала, ей вряд ли бы поверили. Её слово против слова сестры королевы...

Принц неодобрительно покачал головой.

— Отец в память о маме отнёсся к Селии очень трепетно, доверительно. Неисключено, что он сам же настоял на том, чтобы она осталась во дворце. Никто не подумал даже проверить её родословную!

— И что ты намерен делать?

Он пожал плечами.

— Я мало что могу сделать, ведь у меня нет доказательств того, что Селия — это не сестра мамы. Для этого пришлось бы связаться с родственниками, а мы с ними разорвали отношения ввиду уж не знаю каких давних разногласий. Об этом, кстати, было известно всем, и на это, вероятно, Селия-Мирэн рассчитывала.

— Мы могли бы дождаться следующего полнолуния, — подсказала я. — Если я правильно поняла, именно в полнолуние Селия снова становится Мирэн. Заметь, в праздник Лета ваша тётя отсутствовала.

— Даже если мы докажем принадлежность Селии к роду троллей, то, что она все эти годы обманывала нас, не означает, что она причастна к смерти отца. Зачем ей это было надо? После стольких лет? После того, как она вышла замуж за Картоза?

— А что если твой отец вывел её на чистую воду и угрожал расправой? — предположила я. — Помнишь, она же узнала связку писем на твоём столе? Эти письма Крон писал ей. Раз они оказались у твоего отца, Клавдий мог догадываться об истинной личности твоей тёти.

— Это-то меня и смущает. Почему тётя так удивилась, увидев письма? Если отец разговаривал с ней о них, она знала бы, что письма у него. И когда увидела связку у меня на столе, она вряд ли бы стала привлекать к ним моё внимание. Нет, тут другое…

— Какое другое? — нетерпеливо затеребила я его, потому что Мартин снова затих, уставившись куда-то себе под ноги.

— Как к отцу попали эти письма? — вопросом на вопрос ответил принц. — Сам бы он не стал рыться в чужих вещах. Наверное, попали в руки случайно или, возможно, кто-то передал их ему?.. И если после прочтения писем он не поговорил с Селией, значит было в этих письмах что-то такое, что по важности перевесило новость о том, что особа, выдававшая себя за сестру мамы, — самозванка.

— Дело государственной важности, — с благоговением прошептала я. — Измена, быть может?! Вдруг это как-то связано с неожиданным появлением Арахиса в королевстве сразу же после смерти вашего отца?! У-у-у, тайный заговор! — я потёрла руки в предвкушении грандиозной развязки.

Мартин моих восторгов не разделил и смотрел на меня крайне осуждающе.

— Глория, чтобы обвинить кого бы то ни было в подобном преступлении, одних подозрений недостаточно. Мне нельзя ошибиться. Даже если, в силу неопытности, принцу простят оплошность, то для короля подобная недальновидность губительна. Она может обернуться войной или как минимум обострением отношений между королевствами.

— Ах, так вот почему для тебя так важно решить этот вопрос до коронации! — просияла я. — После неё твои руки будут связаны придворным этикетом и прочими правилами и законами, о которых я, к счастью, не имею ни малейшего понятия.

— Да, — с глубокой тоской подтвердил Мартин, — к счастью для тебя…

Некоторое время мы прислушивались к говору водопада. Откуда-то слева, со стороны леса, донеслось уханье сов. А ещё дальше глухим воем волки приветствовали королеву ночи — Луну… Ночное королевство природы со своими порядками и уставами. Наверняка более справедливыми, разумными и понятными, нежели наши надуманные в неимоверном количестве законы.

— Расскажи мне о Ефросии, — прервал принц молчание неожиданной просьбой.

— Я о ней знаю лишь со слов бабушки Розалии. И из моих снов... Правда, сны — такая вещь... никогда не угадаешь, что правда, а что — плод твоего воображения.

— Ты говорила, что она тебе снится, потому что хочет вернуться домой?

— Ну да, — кивнула я, удивлённая его интересом.

— А это возможно — покинуть Остров Надежд? И почему Ефросия сама не может выбраться оттуда? Ведьмы же способны превращаться в разных животных.

— Говорили, что до острова могут добраться лишь красные драконы. Даже птицам расстояние не под силу. А чтобы ведьме превратиться в дракона, одного заклинания недостаточно. Я это пока ещё не изучила толком, но, кажется, там ещё что-то нужно, а ведь у прабабки всё отобрали. Превратиться в рыбу и находиться под водой мы можем лишь ненадолго.

— И как же ты планируешь туда добраться?

— На метле, разумеется! Конечно, придётся потренироваться для длительного полёта.

— А вторую метлу весь этот длительный полёт будешь держать в руках?

— Вторую метлу? — озадаченно переспросила я.

И тут только до меня дошло. Действительно, чтобы улететь с Ефросией с острова, нам понадобятся две метлы. Только вот беда: метла-то была одна. А это означало, что с острова улетит лишь одна ведьма.

Заметив моё замешательство, Мартин нахмурился.

— Я так понимаю, Ефросия отчаянно желает выбраться с этого острова.

— Это естественное желание, — пробормотала я.

— Настолько отчаянно, — стальным голосом продолжил принц, — что не обсудила с тобой такой важной детали, как возвращение... Или, быть может, она брала в расчёт лишь своё возвращение?

«Очень даже может быть, — мысленно вздохнула я. — Она ведь — ведьма, а значит не думает ни о чём и ни о ком... кроме себя...»

— А сколько на острове таких отчаянных ведьм? Которые за долгожданную свободу пойдут на всё?

Вопрос Мартина заставил меня внутренне содрогнуться. О чём он говорит? Добраться до Острова Надежд невозможно! Было невозможно... О духи леса! Я наконец-то поняла, отчего Мартин так встревожен. Гранция строила корабли для длительного плавания. Насколько длительного?

— Ты думаешь, Гранция рискнёт послать суда к Острову Надежд, чтобы вызволить ведьм?

— Не скрою, мысль об этом волнует и пугает меня чрезвычайно. За обещанную свободу ведьмы могут стать своеобразной непобедимой армией. Особенно, если им пообещают вернуть отобранные у них ведьмовские атрибуты.

— Каким образом?

— А ты помнишь, как оживлённо Арахис расспрашивал о горняках?! Если верить слухам, то горняки — единственные, кто знает, что стало с книгами заклинаний и прочими вещами, изъятыми у ведьм. Говорили, что их уничтожили, а что если нет?..

— Но ведь ведьмы непредсказуемы! Они никогда не действовали сообща, они живут обособленно.

— Ради своего спасения они бы объединились.

— Слишком трудоёмко, Мартин! Гранции пришлось бы выведать у горняков их секреты, это уже кажется невозможным! А без книг заклинаний ведьмы беспомощны!

— Да ну? Ты мне беспомощной не кажешься, — ухмыльнулся он. — Как думаешь, ты бы смогла без книги заклинаний вернуть Селии её прежний облик?

— Не знаю, — растерялась я. — До сих пор рифмованные мною строки как-то сами складывались в подобие заклинаний. Я ни разу не сочиняла их намеренно.

— А ты попробуй!

— Не верю ушам своим, Мартин! Ты что же, подзуживаешь меня стать ведьмой?!

— Я никогда этому не противился. Было бы неплохо иметь ведьму и на нашей стороне, в случае чего… И потом, я считаю, любой талант, любые способности следует развивать и направлять на доброе дело. Допускаю, что понимание добра и умение разделять поступки на хорошие и плохие требуют времени, опыта и, возможно, совета более мудрых мира сего. В то же время страх ошибок и неудачных попыток ни в коей мере не должен обескуражить тебя.

— Мне боязно, — призналась я. — Вдруг, как мама, я напортачу. К тому же, помимо заклинания, для таких сложных превращений наверняка требуется что-то ещё. Без книги заклинаний я не могу превращать других.

— Быть может, это и к лучшему… Кстати, как эта книга оказалась у твоей матери, если у Ефросии всё отобрали?

— О духи леса! — вырвалось у меня.

Действительно! Откуда у мамы книга заклинаний? И метла! И прочие вещи, которые я нашла в сарае?! Об этом я даже не задумывалась!

Мартин правильно истолковал моё смятение.

— Итак, у нас новая загадка, — сказал он, — или, быть может, наоборот… — ключ к разгадке?

— Ключ? — переспросила я. — Думаешь, наша книга заклинаний как-то связана с происходящим?

— А другие ведьмы могут ею воспользоваться?

— Конечно! Как мне рассказывала бабушка, книга содержит набор стандартных магических слов и фраз, которые имеются во всех книгах заклинаний. Ведьмы сами их дополняют. Это подобно кулинарной книге. У кого-то рецептов больше, у кого-то меньше, кто-то умудрился записать рецепт редкого блюда, в смысле, редкое заклинание. У прабабки была одна из самых полных книг с самыми необычными заклинаниями. Поэтому я так хочу её заполучить!

— Я бы тоже хотел её найти, — неожиданно выдал Мартин.

— А тебе она зачем? — удивилась я.

— Чтобы уничтожить.

Сказал он это очень серьёзно. У меня язык не повернулся выразить своё возмущение его бесчеловечным отношением к достоянию ведьмовского рода. Я задумалась. Стала вспоминать по порядку все события, даже самые незначительные, произошедшие за последние полгода. Как, например, весеннее нашествие разбойников. Бабушка до сих пор негодует, вспоминая о них. А существовали ли они вообще, эти разбойники? Ведь до их вторжения и после мы о них слыхом не слыхивали. Да и я весь лес избегала, у всех расспросила — никто никого не видел. У нас ничего не забрали. Но, быть может, они просто не нашли, что искали?.. Мне стало не по себе.

Я поделилась своими мыслями с Мартином. Он мрачно покачал головой.

— Я надеялся, что всё ограничивается моими подозрениями. Теперь же всё опять подвергается сомнению. Говоришь, ваш дом обыскали весной? Значит, что-то произошло незадолго до этого.

— А что могло произойти?

— Кому-то стало известно о существовании книги заклинаний. И кто-то страстно возжелал её заполучить. Причина, по-моему, ясна...

— Так ты думаешь, это соглядатаи Гранции рылись у нас? Невозможно!

— Почему?

— Их бы в лесу заметили. Нет, это был кто-то местный. Может, Крон? — неуверенно предположила я.

— Сомневаюсь, что ему нужна была книга. Однако уверен, письма Крона — объяснение всему. На вид старые, пожелтевшие... наверняка написанные много лет назад. Тролль писал их ещё до своего возвращения... Почему он вернулся? Потому что перестал получать от возлюбленной весточки. А когда вернулся, уже не писал, разве что время от времени изливал душу в стихах.

— А как письма Крона связаны с нашей книгой?

— Я пытаюсь выявить тех, кто знал о существовании книги. Только твоя мама и Мирэн, раз они хранили превращение в секрете. Но как книга вернулась в вашу семью? Крон — единственный, кто возвратился назад из селения горняков. Писать свои письма он мог лишь из Брутии. Вряд ли во всех своих письмах он поэтично признавался в нежных чувствах. Наверняка писал о горняках тоже. Что видел, пока жил с ними, что узнал от них и про них. В своей переписке Крон и Мирэн могли затрагивать тему ведьм. Если Мирэн серьёзно загорелась желанием превратиться в человека, она несомненно выведала у твоей мамы, что той нужно, чтобы превращение удалось. И если Крон упоминал о деятельности горняков, то Мирэн с лёгкостью могла убедить Крона в том, чтобы тот раздобыл для неё эту книгу. Тролль мог узнать лишь потом о её предназначении. А может, узнал, только когда вернулся назад. И для него это стало ударом.

— Нет-нет-нет! — я решительно замотала головой. — Он же ушёл к горнякам именно потому, что Мирэн оставила его! Значит, это случилось после превращения.

— Но дядя сказал, что Крона он не знает! Я его специально спросил о нём. Троллей тут вообще мало. Один или два. Получается, Крон ушёл от горняков в Брутию ещё до появления здесь дяди. И не забывай, что Брутию он покинул двадцать лет назад. Это совпадает со временем, когда дядя подался к горнякам. Сколько Крон прожил в Брутии? Год? Не больше. И у горняков жил примерно столько же. Скажем, ушёл он к ним где-то двадцать два года назад. Это было ещё до смерти моей матери!

— Но если не превращение Мирэн стало причиной решения тролля уйти в горы, то что?

— Быть может, всё то же… Его чувства не нашли ответа, и он отчаялся.

— А как же тогда розы? Они хоть что-то да значат! Чувства были!

Теперь мы оба умолкли в мыслях о том, что побудило тролля покинуть дом и стать отшельником.

— Мой дядя вряд ли поведает нам больше, — заключил Мартин. — Следует поговорить с истинными горняками, а не с теми, кто решил к ним присоединиться. Только вот загвоздка: вряд ли они согласятся отвечать на наши вопросы.

— Почему нет? Ты же наследник престола! Тебе они ответят!

— Так ведь они ушли в горы именно для того, чтобы не подчиняться более ничьим законам, — усмехнулся он. — Если они на самом деле были охотниками за ведьмами, подозреваю, что последний приказ короля подверг их настоящему испытанию. Мне бы, конечно, очень хотелось услышать их историю…

— А среди них есть лекарь? — спросила я, пощупав свою кисть.

Мне в голову неожиданно пришла идея. Сомневаюсь, что Мартин её одобрит, но ведь ему необязательно знать о том, что я намереваюсь сделать.

— Конечно. Тот горняк, что сопровождал нас. Он, кстати, относится к подлинным горнякам. Я уже предупредил его, что приведу тебя. Он нас ждёт.

— У-у-у, — разочарованно протянула я, вспомнив осуждающий взгляд проницательных чёрных глаз. Что-то мне подсказывало, что с этим горняком осуществить мой замысел не удастся. Но попытаться всё же стоит!

— Что ты задумала?

Мартин зорко следил за мной. Ну ничего от него не скроешь!

— Ты же поддерживаешь моё стремление стать ведьмой! — с вызовом бросила я. — Хочу испытать свои способности.

— Гм-м... — принц озабоченно сощурился. Видно было, что ему моя задумка не по душе, но и отказываться от своих слов он не станет.

— Ты же понимаешь, что если горняки были охотниками за твоими предшественницами, то у них больше чем у кого бы то ни было опыта общения с ведьмами? Они наверняка выучили все ваши уловки.

— А мы будем надеяться, что они их подзабыли. Столько же лет прошло!

— Что ж, — Мартин поднялся, — попробуем его разговорить. Только прошу, прежде чем претворять в жизнь свою затею, позволь лекарю полечить тебя. Учти, он будет настороже.

— Почему? Думаешь, он сразу догадается, что я ведьма?

— Непременно.

— Мои глаза снова светятся? — огорчилась я.

— С определённого момента нашего с тобой разговора они сияют ярче звёзд.

Окончательно смутив меня, Мартин подал мне руку.

— И я был бы счастлив продлить этот момент, — закончил он с улыбкой, — только, боюсь, несмотря на наши горячие чувства, оставшись здесь, мы замёрзнем. Пойдём. Мы можем идти медленно.

И мы пошли. Очень медленно...

* * *

Костры потихоньку догорали. Горняков осталось совсем мало. Наверное, они разбрелись по шалашам. На заднем фоне, позади лагеря, чётче проступило озеро. Уже не такое чёрное, оно переливалось светом звёзд. Я не могла отделаться от наваждения, что вижу на его глади начертанное послание, которое невозможно разобрать.

Я чувствовала его значимость и некую силу, рвущуюся из глубины озера...

Финик сидел у костра и сладко дремал. Его мордашка лоснилась от жира. Огонь почти потух, и становилось всё холоднее. Гном укутался в одеяло, но его руки пытались ухватиться за что-нибудь ещё, что можно было бы натянуть на нос.

Мартин склонился над ним и потряс за плечо.

— Ужин кончился? — прочмокал гном с разочарованием и потянулся. И тут же вцепился в соскользнувшее одеяло.

— Бр-р-р, ну и холодище! Я на голой земле спать не буду! — категорично отказался он и, протерев кулаками глаза, принялся оглядываться. — Куда все подевались? А мы? Где мы спать будем?!

— Горняки не слишком гостеприимны, — хмыкнул Мартин. — Придётся напроситься к кому-нибудь на ночлег.

— Может, твой дядя нас приютит?

— Судя по количеству раскиданных в его шалаше одеял, там спят по меньшей мере пять горняков. Хотите втиснуться между ними?

Принц тоже огляделся, потом кивнул в сторону озера. На невысоком кургане стоял шатёр побольше шалашей и в отдалении от них. Рядом с ним чернел чей-то силуэт. Он совсем не шевелился.

— Полагаю, мы переночуем там.

— Это тот горняк-лекарь? — догадалась я, вглядываясь в неподвижную тень. — Он действительно ждёт нас...

Словно в подтверждение моих слов, тень махнула нам рукой.

— Ну и славненько, — обрадовался Финик.

Вскочив на ноги, гном поплотнее замотался одеялом и первый засеменил к озеру. Он опирался на подобранную где-то палку, чтобы не споткнуться о прибрежные камни. Ветер раздувал одеяло, и в ночной темноте оно походило на длинный плащ.

— Поглядите-ка на Финика! Точно странствующий рыцарь! — шепнула я Мартину в восхищении, — а ведь пару дней назад ему Южное Королевство представлялось на другом конце света!

— Путешествия и приключения меняют твой характер. Опасности делают его твёрже. А когда появляется уверенность в себе, твой облик меняется тоже.

— Интересно, захочет ли он вернуться к Милкону на службу?..

— Что бы он ни решил, жизнь его уже не будет прежней, — уверенно заявил Мартин. — В какой-то момент мы переступаем невидимую грань, которую сами же начертили когда-то в страхе, что не справимся с тем, что находится за ней. А когда переступаем, уже не можем вернуться в наше ограниченное прошлое. Нам там просто тесно! И сама мысль о том, что придётся сделать шаг назад, за черту, мучительна...

Я с удивлением посмотрела на Мартина. Он говорил с каким-то особым смыслом и чувством. И вряд ли о Финике… Неужто о себе?..

Заметив, что я за ним наблюдаю, принц вдруг смутился и быстро зашагал вслед за гномом.

Северный склон кургана был довольно крутым и резко обрывался вниз, к озеру. Дальше высились неприступные горы. Луна скрылась. Угольные силуэты гор будто теснее прижались друг другу и слились с озером. Его невидимые волны негромко плескались где-то внизу.

— Жуть! — вполголоса проговорил Финик. — Даже не верится, что ещё недавно вода в озёрах была небесного синего цвета. Она же чернее, чем дымоход у Милкона.

— Зато в ней так красиво отражаются звёзды! — возразила я.

— Какие звёзды? — гном удивлённо поднял на меня глаза.

Я посмотрела на небо. Его затянули тучи, и вершины гор чётко вырисовывались на фоне зарниц. Я недоуменно перевела взгляд на озеро. Откуда это звёздное мерцание?! Уж не игра ли это моего воображения?..

— Нас ждут, — тихо позвал Мартин и первым скрылся за пологом шатра.

Жилище горняка разительно отличалось от шалаша, в котором обитал Юстав. В первую очередь, размерами. В шатре свободно разместилось бы стадо лошадей, если бы не неимоверное количество вещей. Тут было три широких стола, заставленных мисками, чашками, кувшинами. В них аккуратно помещались сушёные лечебные травы. Некоторые из них — очень редкие, растущие на труднодоступных горных вершинах. Бабушка Розалия о них могла только мечтать.

Вдоль тряпичных стен стояли добротно сколоченные полки с книгами. Мои глаза разбежались. Возможно, даже Базиль позавидовал бы владельцу этой высокогорной библиотеки. Помимо книг, на полках упорядоченно лежали старинные свитки. Откуда у горняка столько редких рукописей?! Присмотревшись, я распознала на полках работы лекарей, которые лишь недавно появились у Базиля. Их привезли моряки по его просьбе из заморских стран. Но как они попали сюда?!

Я перевела взгляд на хозяина шатра и заметила, что тот пристально вглядывается в моё лицо. Его жилище ярко освещалось, что позволило ему хорошенько рассмотреть нас. Однако почему-то именно я привлекла его внимание.

— Кто ты? — спросил меня горняк.

Его голос странно дрогнул.

— Меня зовут Глория, — ответила я, но тут же спохватилась, решив, что его, скорее всего, интересует не моё имя, а происхождение. «Вот напасть! Мои глаза всё-таки выдали меня!» — расстроилась я.

Горняк вдруг вытянул вперёд руку, точно хотел дотронуться до меня. Он так и застыл с вытянутой рукой, словно был не в силах пошевелиться и отвести от меня глаз. Не знала я, что могу производить столь сильное впечатление…

Я чувствовала себя неловко. Финик с любопытством попеременно смотрел то на меня, то на незнакомца. А вот у Мартина на лице читалась подозрительность. Он наверняка подумал, что я заворожила горняка. Только, честное слово, я этого не делала! Не могла сделать, не успела бы сделать! Я ещё не обладаю такими сверхудивительными способностями!

Горняк, наконец, опустил руку.

— Присаживайтесь, если хотите, — небрежно бросил он.

Не очень вежливо прозвучало его приглашение, но мы не преминули им воспользоваться. Финик подсел к столу, на котором стояли тарелка с дикой вишней и чайник. До нас доносился приятный запах свежезаваренной травяной настойки.

Я опустилась на табурет рядом с другим столом. На нём сушились цветы необычного цвета. Они показались мне знакомыми, и мне очень захотелось проверить, они ли это.

Мартин продолжал стоять.

— Моё имя Торис, — представился незнакомец.

Он сел напротив меня, внимательно приглядываясь к каждому из нас. Финика это не смутило. Он потихоньку пододвинул к себе вишню. Не решаясь есть ягоды без спроса, гном принялся перекладывать их с места на место.

Торис привстал и, плеснув в чашку травяного настоя, протянул её Финику. Тот воспринял это как знак хозяйского расположения, принял чашку и радостно запустил ладошку в тарелку с вишней. Горняк тем временем наполнил вторую чашку и поставил её передо мной. Я с удовольствием вдохнула упоительный аромат горных трав. Торис вопросительно глянул на Мартина. Тот жестом показал, что в чае не нуждается. Отставив чайник в сторону, горняк снова сел.

— Я сразу понял, что вы — другие, — неожиданно выдал он, — поистине «ищущие»! Я сразу понял!

— Вы всех замечаете, кто направляется в вашу долину? — спросил Мартин. — С вашей площадки перед шатром открывается превосходный вид на гору, с которой мы спустились. Других дорог, ведущих к вам, нет?

— А зачем нам другие дороги? — Торис загадочно прищурился и засмеялся. — Мы ведь «туманом сходим с гор» и «призраками разлетаемся в поисках невинных душ, чтобы…», м-м-м… забыл, как там дальше. А в голову, честное слово, ничего не приходит… Ничего разумного, что мы могли бы делать с таким количеством этих самых «невинных душ».

В старческих глазах заиграла лукавая улыбка.

— Надеюсь, вы не настолько невежественны, чтобы слушать нелепости, которые о нас сочиняют те, что «ближе к земле».

Мы с Фиником переглянулись и заметно покраснели, стыдясь своей «невежественности».

— Конечно, мы их наслушались, — ответил за нас Мартин. Похоже, его ни капельки не смутил насмешливый тон горняка. — Именно эти слухи и привели нас сюда.

— Я так и знал, что поиск Юстава — лишь предлог, — усмехнулся старец. — Я ждал, что рано или поздно кто-нибудь придёт и задаст мне вопрос, ответ на который я сам пытаюсь найти уже много лет...

— Какой вопрос? — принц удивлённо поднял брови.

— Зачем мы тут находимся?.. — вздохнул Торис. — Сорок лет я провёл в этом высокогорье. Сорок долгих лет... Своеобразное наказание?.. Это, конечно, лучше темницы, но, порой, я не вижу разницы...

Я посмотрела на Мартина. Может, он понимает, о чём говорит этот человек?

Мартин вслушивался в слова горняка. Вид у него был озадаченный.

— Разве вы тут не для того, чтобы помочь этим несчастным вернуть смысл их жизни? — рискнула я внести ясность в нашу беседу.

— Каким несчастным? — удивился Торис.

— Ну как же! Несчастные влюблённые, ищущие взаимности...

— Вы серьёзно считаете, что их загнала сюда несчастная любовь?! — горняк расхохотался. — Вздор!

— Что же тогда?

— Тайны!

— Тайны?!

— Или, скорее, страх, что у них не хватит выдержки их сохранить. И тем самым они могут ранить, предать или даже уничтожить того, кто им дорог. Слабаки! Впрочем, обстоятельства бывают разные. Порой не тайна, а долг вынуждает предать и погубить...

Голос горняка вдруг наполнился горечью.

— Поэтому я не гоню этих, как вы, возможно, правильно выразились, «несчастных». Не гоню... потому что понимаю их беду.

— Почему вы говорите о себе в единственном числе? — спросила я. — А как же другие горняки? Те, которые истинные... Вы же один из них?

Торис глянул на меня с улыбкой, а в глазах — грусть. Меня внезапно охватило странное чувство, что я знаю эту улыбку! Я её уже видела! Эта улыбка придала лицу горняка особенное выражение. До боли мне родное и знакомое!

— Я не один из истинных горняков, — произнёс он. — Я — единственный здесь истинный горняк.

— А что стало с остальными? — поинтересовался Мартин. — Неужели уже умерли?

— Это тоже. Не все, конечно...

Торис задумчиво смотрел на горящие свечи на столе. Сквозь дверь-покрывало проник свежий ветер. Он принёс с собой запах грозы и заставил огоньки свечей тревожно трепетать. Где-то вдали послышались раскаты грома.

— Это были сильные, волевые люди, когда-то путешественники, покорители неизведанного. Представляете, каково таким сидеть на одном месте?! Тоска да и только.

— Что же с ними стало? — повторила я вопрос Мартина.

— Те немногие, что остались в живых, ушли в море, туда, где нет границ и ничто не напоминает о прошлом.

— А почему вы не ушли с ними?

— Мне выпал жребий остаться здесь, — горестно вздохнул Торис. — Кто-то должен был поддерживать сказки о горняках, чтобы отвадить любопытных.

— Отвадить от чего?

Горняк не ответил. Он не сводил глаз со свечей. Их огоньки беспокойно бились под напором сквозняка.

Мартин сделал шаг вперёд, подхватил табурет и поставил его рядом со мной. Он сел за стол и, упёршись локтями в столешницу, наклонился в сторону нашего собеседника.

— Вы знаете, кто я?

Торис безучастно посмотрел на принца.

— Ты племянник Юстава, а значит, наследник престола Северного Королевства.

— В былые времена вы подчинялись приказам моего прадеда Илладора, ведь так?

— Мы дали Илладору клятву верности, это так. Когда здесь появился Юстав и сказал, что Илладор давно скончался, мы вздохнули с облегчением.

— Именно тогда ваши собратья ушли в море?

— Именно тогда...

— Расскажите обо всём этом подробнее, не сочтите за трудность.

Черты лица горняка посуровели, а сухие морщинистые ладони сжались в кулаки.

— Позвольте, юноша, не удовлетворить вашу просьбу. Это дело прошлого, и оно, к счастью, вас более не касается.

— А что если касается? — Мартин неотрывно смотрел собеседнику в глаза. — Что если вследствие вашего преждевременного отказа от своих обязательств погиб мой отец?

Раздался булькающий звук — это Финик подавился вишнёвой косточкой. Откашлявшись, гном смахнул с глаз выступившие слёзы и с выражением откровенного ужаса уставился на горняка.

— Не понимаю, о чём речь, — процедил тот сквозь зубы. — Вот уже сорок лет я не покидал это горное плато! А за моих братьев по несчастью головой ручаюсь! Да, они обрели свободу. Только свобода эта далась им нелегко, и она не вскружила бы им голову настолько, чтобы забыть о чести.

— В таком случае, как вы объясните то, что нам стало известно о роде вашей деятельности от посла страны с противоположного берега Гренальского моря? — голос Мартина не уступал по строгости голосу его собеседника. — Если не сами горняки, то кто ещё мог выдать ваш секрет?

Плечи горняка опустились, а лицо посерело. Мне показалось, что он вдруг состарился ещё лет на десять. Вскочив с табурета, он принялся нервно кружить вокруг столов.

— Не верю... — тихо говорил Торис, — не верю, что они могли нарушить клятву. Тогда откуда эти знают?.. — Он будто разговаривал сам с собой, не обращая на нас никакого внимания. Возможно, беседы с самим собой уже стали для него обычным делом. — Мы поклялись друг другу, что ни одно слово о том, что мы сотворили, не покинет пределов этой долины. Ни одно слово...

— А внутри долины? — решилась перебить его я.

Горняк строго посмотрел на меня.

— Мы ввели жёсткие правила. Так как практически у каждого здесь есть что скрывать, мы все обязались молчать. Обсуждаем лишь простые бытовые вопросы.

— Ах, вот почему тут все молчат, — воскликнула я, — вопросы быта надосли!

— Конечно, надоели, — вздохнул Торис. — Беднягам очень непросто оставаться наедине со своими тайнами. Уверен, что они говорят друг с другом у меня за спиной. Если им совсем становится тягостно, они спускаются вниз, в Брутию.

— А вы сами-то обсуждали между собой свои тайны? — спросил Мартин.

— Разумеется. До того, как все ушли, мы часто вспоминали былые времена. Теперь я разговариваю сам с собой, — с горечью признал горняк, — но только когда никого рядом нет.

— А подслушать вас не могли?

— Исключено! К моему шатру никто не подходит — это тоже одно из правил. Да и вряд ли кто-либо из местных способен уловить смысл моих не очень, надо признать, последовательных и внятных речей.

— А когда вы обсуждали былые времена... о чём вы говорили?

— О чём только не говорили… Мог ли нас кто-нибудь подслушать тогда? Наверное, мог… Только что с того? В те годы у нас было мало пришлых. Ещё меньше уходило в Брутию. Да и при чём здесь то, что было больше двадцати лет назад? — в голосе старца послышалось раздражение. — Как это могло повлиять на судьбу нынешнего короля? Я даже имени его не знаю. Да и знать не хочу.

— Моего отца звали Клавдий, — металлическим голосом отчеканил Мартин. — Его убили, и с недавнего времени я считаю, что к этому причастны горняки. Вы охотились на ведьм и отсылали их на Остров Надежд. Но перед этим отбирали у них книги заклинаний и прочие вещи, которые, я полагаю, вы храните где-то здесь, оберегаете их. Поэтому и пустили ложные слухи о себе, чтобы отвадить людей. Только не учли, что кого-то, наоборот, привлечёт ваше уединённое и таинственное пристанище. Вы сказали, что каждого сюда загнала некая тайна. Страшная тайна. Какую страшную тайну скрываете вы?

В шатре повисла тяжёлая тишина. От неожиданного раската грома моя рука дёрнулась, и из чашки выплеснулись остатки травяного чая. Золотистая жидкость разлилась по столу. Сушёные цветочные головки всплыли и стали плавно покачиваться на её поверхности.

— Погодите, — подал голос Финик, — я думал, что нашей целью является поиск убийцы тролля. Теперь оказывается, что наша задача гораздо сложнее — выследить убийцу короля! Я чувствовал, что вы от меня что-то скрываете! И гадал, какого лешего нас понесло к горнякам?.. Тайна! Даже у вас от меня была тайна! Но я не в обиде, — успокоил он нас.

Губ Мартина коснулась лёгкая улыбка, впервые за всё время нашего пребывания в шатре.

— Только объясните, как Крон связан с Клавдием? И какое отношение ко всему этому имеют ведьмы? Какая такая тайна их всех объединяет?

— Крон?!

Торис сел рядом с нами за стол, толкнув его ногой. От этого резкого движения вода ещё больше растеклась по поверхности стола и тонкой струйкой закапала на пол. Сушёные цветы на столе поплыли в мою сторону. Я вовремя подставила руку, чтобы поймать голубые бутоны. На секунду я залюбовалась тонкими бирюзовыми лепестками с тёмно-синими прожилками и хрупкими ярко-оранжевыми тычинками. «Морские ромашки» — так называла их бабушка…

— Вам, я вижу, знакомо это имя, — Мартин тем временем продолжал допрос горняка.

— Он был первым и единственным троллем среди нас. После него появлялись другие, хоть и мало.

— Что вы можете рассказать о нём?

— Почти ничего. Он редко говорил по собственной инициативе. Работящий тролль, он никогда не отказывал в помощи. Если честно, мы не могли на него нарадоваться. Столь необычно было видеть тролля, который ушёл от своих, лишь бы сохранить некую тайну. Не скрою, нам захотелось её узнать. Впервые мы загорелись желанием помочь тому, кто поднялся к нам... Мы пытались заполучить его расположение, заставить его доверять нам... чтобы выведать его тайну.

— Каким образом вы пытались завоевать его доверие? — нахмурился Мартин.

— Мы раскрыли ему книгу нашей жизни, — медленно произнёс Торис и на мгновение прикрыл лицо ладонью, будто пытался загородиться от немилости будущего короля. Но руку быстро убрал и смело посмотрел Мартину в глаза.

— Это было непростительно. Только ведь столько лет прошло. Мы не получали никаких указов от короля. Многие думали, что о нас уже забыли. Да и Крон не особо интересовался. Слушал лениво, безразлично. Мы, конечно же, не вдавались в подробности.

— Крон мог знать, где вы храните отобранные у ведьм вещи?

— Исключено. Об этом знали лишь мы, и каждый из нас свято хранил тай...

Торис запнулся. Словно страшная догадка осенила его. Он уставился в одну точку куда-то перед собой. Мы терпеливо ждали. Горняка явно что-то взволновало. Нам не хотелось прерывать цепочку его воспоминаний.

— Это произошло через год после ухода Крона в Брутию, — наконец вымолвил он. — Мы к тому времени и думать о нём забыли.

— Что произошло? — вырвалось у Финика.

Гном внимательно слушал нас.

— Вещи ведьм стали светиться... Вы, возможно, знаете... их вещи — как преданные собаки. Каким-то образом они чуют приближение хозяйки и начинают испускать особое свечение.

— Я читал об этом, — Мартин бросил на меня вопросительный взгляд.

Я в ответ непонимающе заморгала. Конечно же, я об этом знала, только ведь...

— Так вот, — прервал мои мысли Торис, — мы тогда догадались, что подпустили ведьму слишком близко к нашему убежищу.

— У вас что-нибудь пропало?

— Мы учёт вещей не вели, — развёл руками горняк, — всё было свалено в кучу. По правде говоря, мы даже прикасаться не желали ко всем этим книгам, амулетам, посохам... Свечение длилось недолго. Но достаточно, чтобы убедить нас в ненадёжности тайника.

Снова ударил гром, подул сильный ветер и послышались тяжёлые капли дождя. Они глухо застучали по ткани шатра, но где-то, совсем рядом, раздалась звонкая барабанная дробь.

— Забыл крышку снять с бочки для дождевой воды, — пояснил Торис.

С досадой крякнув, он встал из-за стола и скрылся в ночной темноте.

— Зачем им дождевая вода? — Финик задумчиво потёр нос. — У них же целое озеро под боком!

Я согласно закивала.

— Этот горняк определённо чего-то не договаривает! Не могли они видеть это свечение!

— Почему? — удивился Финик.

— Потому что только ведьма может это видеть, так? — спросил меня Мартин.

— Именно так!

Отодвинув табурет от стола, принц решительно встал и повернулся к выходу. Когда Торис вернулся, его высочество, вне всякого сомнения, был готов прижать его к стене каверзным вопросом. Мы с Фиником уселись поудобнее. Предстояла интересная сцена.

Горняк, словно почувствовав западню, замер на месте и медленно обвёл нас глазами.

— Мой прадед, — начал Мартин, — много лет назад приказал вам избавиться от целого поколения ведьм и уничтожить их имущество, чтобы оно не перешло по наследству их потомкам.

Мартин мельком глянул в мою сторону.

— Из-за того, что вы нарушили обет молчания, нашим, мягко говоря, не очень надёжным союзникам стало известно о тайнике. Более того, я уверен, что у вас украли-таки книгу заклинаний. И книга эта, оказавшись в руках неопытной ведьмы, повлекла за собой череду неприятных последствий.

Торис молча выслушал принца. Затем он прошёл на своё место и налил в чашку чай. Спокойно, неспешно. Казалось, что обвинительная речь Мартина не сильно впечатлила его. Хотя, надо признаться, сама я пребывала в восторге от того, как гладко Мартин сложил все наши измышления воедино. Пребывала, однако, недолго. Следующая фраза старца всё перечеркнула, заставив сердце моё сжаться от болезненного предчувствия.

— Неопытная ведьма, говорите? — горько усмехнулся он. — Мне она неопытной не показалась. Одна ведьма лишила меня молодости, другая — отравила старость. Я ведь не сразу понял, что она ведьма, хотя наловчился в своё время различать их…

Торис многозначительно покосился на меня.

— Я решил, что к нам пожаловала в гости брутянка. Даже обрадовался. Приятно было, знаете ли, видеть здесь молодую девушку. Население ведь у нас сугубо мужское... Но она обманула нас.

— Вы говорите, ма... а-а-она, эта ведьма, была здесь, в вашем лагере? — пролепетала я.

— Именно это он и сказал, — Мартин резко прервал меня, обеспокоившись, наверное, что я сейчас ляпну лишнее.

Потом он снова обратился к горняку:

— Как ведьма проникла в ваш тайник, если вы столько лет свято хранили его в секрете? И кто вам сказал о свечении? Мы знаем, что его могла видеть лишь ведьма. Та же самая ведьма? Звучит, согласитесь, неубедительно. Объясните! — настойчиво потребовал принц.

Торис заметно стушевался. Я была уверена, что мы подобрались-таки к его страшной тайне!

— Свечение может видеть не только ведьма, — тихо произнёс он.

Мартин снова посмотрел на меня, словно вопрошая, правда ли это. Теперь растерялась я.

— Бабушка говорила, что свечением вещи призывают к себе свою хозяйку. Но свечение может видеть любая ведьма... или её потомок.

Торис молча кивал головой. Его глаза снова наполнились грустью.

— Среди вас был потомок ведьмы? — догадалась я. — Но вы же сказали, что ма...-а-а-олодая ведьма была первой девушкой, которая поднялась к вам.

Я снова чуть не проговорилась. Прикусив язык, я взглядом попросила Мартина продолжить. Принц коротко кивнул, однако заговорил не сразу. Он изучал горестное выражение на лице горняка.

— Потомок ведьмы — необязательно женщина, ведь так? — голос Мартина прозвучал тихо и с оттенком сочувствия. — Это был дорогой вам человек?

Выпрямившись, Торис открыто посмотрел принцу в глаза.

— Это был мой сын, — сказал он, словно выпалил из пушки. — Никто не знал, что его мать была ведьмой. Я хранил это в тайне даже от него самого. Что бы сказали мои собратья! Сейчас это, наверное, не показалось бы страшным признанием, но тогда, сорок лет назад, поверьте, это восприняли бы как предательство. Илладор предостерёг нас касательно ведьмовского глаза. Он раздал нам эликсир, который должен был защищать нас от приворотов и заклинаний. Сам король им пользовался. Рецепт эликсира давно принадлежал королевской семье и передавался из поколения в поколение, дабы избежать влияния ведьм.

«Ага! — возликовала я про себя, — была, значит, защита у королевского рода! Права оказалась Ефросия! Интересно, знает ли о рецепте Мартин?..»

Я повернулась к принцу. Он не обратил на меня никакого внимания и снова заговорил с Торисом.

— Я так понимаю, много лет назад ведьма вскружила вам голову. Как же так получилось, что эликсир не помог?

Горняк посмотрел на принца со снисходительной улыбкой.

— А так, юноша, что он помогает против приворота, но, увы, не даёт мудрости, дабы совладать с ветреной юностью. Я был самым молодым среди моих собратьев и, пожалуй, самым легкомысленным... Тогда как другие заарканивали и укрощали красных драконов, я грезил о море и духи гор знают о чём ещё. Тогда-то я и повстречал её... О том, что она ведьма, я узнал позже, когда лучше начал разбираться в их природе. Я тогда сильно обозлился и на неё, и на себя, и на никчёмный эликсир. Я прогнал её. Прогнал, но не забыл. Она снилась мне каждую ночь...

Торис умолк. Стало совсем тихо. Дождь прекратился, словно сама природа вместе с нами внимательно слушала рассказ горняка.

— Я предчувствовал, что скоро вновь увижу её. Я ждал этого и боялся... Боялся, потому что король разъяснил нам, наконец, зачем он собрал наш отряд, зачем этот эликсир и зачем мы укрощали красных драконов. Он объявил охоту на ведьм. Сам я на них не охотился и с драконами не возился. Моя задача была управлять кораблём. Мой дед был рыбаком, и я вырос на море. Очень рано стал капитаном королевского судна, и мне выпала честь, как я тогда думал, служить королю верой и правдой. Но как же я ошибался!

По тому, как внезапно оборвался его голос, я поняла, что Торис подошёл к самой печальной части своего повествования.

— Охотники выслеживали ведьм и ловили в сети, как каких-то диких зверей. Их загружали на наш корабль, и мы везли их за море к пустынному берегу, где красные драконы переносили их дальше. Остров Надежд — это бывшее обиталище красных драконов. Они легко находили дорогу домой. С каждым драконом, помимо пленённых ведьм, летел один из нас, чтобы удостовериться, что ведьмы доставлены на место и никто не посмеет вернуться обратно. Мне выпал черёд лететь одним из последних. Ведьм совсем не осталось, и со мной отправили только двух или трёх, совсем юных, можно сказать, девочек, — Торис сокрушённо покачал головой. — Но самым ужасным стало то, что я узрел на этом острове. Это была практически голая земля! Небольшой лесок в окружении безжизненных скал... Это была не спасательная миссия, а жестокая казнь!

Торис с силой ударил кулаком по столу, отчего стол пошатнулся и даже сдвинулся с места. Прекрасные цветочные бутоны снова поплыли ко мне. Пролитый чай, уже холодный, струйкой полился со стола и залил мои колени. А я даже не заметила...

— Странное название — Остров Надежд, — почти шёпотом проговорил горняк. — Словно насмешка, не находите? Но именно на Острове Надежд я снова встретил её.

Его лицо на миг посветлело и разгладилось.

— Она так обрадовалась, увидев меня… А я ничего не мог для неё сделать, не мог взять с собой. Я был связан клятвой верности королю.

Морщины на лице старика стали ещё глубже. Он с ненавистью глянул на Мартина. Однако, быстро смягчившись, горняк продолжил свой рассказ.

— Она не винила меня, не проклинала. Попросила лишь об одном… Вырастить нашего сына. Только тогда я увидел худенькое личико, выглядывающее из-за её юбки. Годовалый малыш… Он родился на острове и был так похож на меня…

Торис не смог сдерживать свои эмоции, и слёзы заструились по его щекам.

Мартин быстро опустился на свой табурет рядом с нами. Он достал платок и протянул было его горняку, но потом глянул на меня и, разорвав платок пополам, поделил его между нами. Только тогда я обнаружила, что не только колени мои были мокрые, но и блузка, только не от чая — от слёз.

Заметив, что и Финик подозрительно шмыгает носом, Мартин снова прощупал свои карманы и, не найдя второго платка, виновато развёл руками. Гном отмахнулся от него и с достоинством высморкался в колпак.

— Вы забрали сына с собой и вырастили его здесь, в горах? — снова завёл разговор принц после короткой паузы.

Торис уже сумел взять себя в руки и ответил вполне спокойно.

— Да. Друзья бросали косые взгляды, но никто не задавал мне лишних вопросов. Подозреваю, что у многих за пазухой была спрятана похожая история. Впрочем… вряд ли с таким продолжением. Из свободного морского волка я превратился в отца-затворника. Я так скучал по морю. Думаю, моя любовь к морским путешествиям передалась сыну. Он мечтал стать капитаном большого судна и часто бегал к побережью, несмотря на мои запреты. Я его не ругал. Я понимал, как трудно противостоять зову моря…

— Так он стал капитаном? — мой голос звучал хрипло, а глаза, всё ещё полные слёз, не могли оторваться от «морских ромашек» у меня в ладонях.

— Я не знаю, — грустно ответил Торис, — но во сне я часто вижу его на палубе… Это внушает мне надежду, что его мечта сбылась, и он не повторил мою судьбу.

— Что заставляет вас думать, что ваш сын мог повторить вашу судьбу?

— Это он привёл ту девушку к нам в селение. Конечно же, он тоже не знал, кем она была на самом деле. Только когда он рассказал мне о свечении вещей, я понял, что за гостья к нам пожаловала. Я обвинил сына в чрезмерной беспечности и легковерии, в чём сам был когда-то грешен. Я до сих пор помню выражение его глаз: непонимание и… разочарование. Я увлёкся и сгоряча поведал ему гораздо больше, чем когда-либо намеревался… Он сразу уловил суть и застал меня врасплох вопросом о собственном происхождении. Когда я ему рассказал, он молча собрал вещи и ушёл. С тех пор я его не видел…

Горняк совсем постарел за время нашего разговора. Даже как будто стал ниже ростом. Наверное, оттого что сгорбился, сжался, словно захотел вдруг исчезнуть с лица земли. Мне так было жаль его! До слёз жаль. Но слёзы, похоже, закончились. Я больше не плакала, чувствовала лишь огромный ком в горле. Он мешал мне говорить. Пришлось опять надеяться на Мартина.

Тот перехватил мой умоляющий взгляд и задал важный вопрос:

— Что стало с девушкой, которую привёл ваш сын?

— Я прогнал её. Как прогнал когда-то его мать… И только потом объяснил всё сыну. Наша клятва давила на нас. Мы не могли нарушить слово, данное королю. Не могли рисковать доверенными нам вещами. Я прогнал её… наговорил много грубостей, чтобы навсегда отбить охоту видеться с моим сыном. Не потому, что ненавидел её, а потому, что испугался за него. Если бы король наложил на нас опалу, то не пощадили бы никого. Но как я мог объяснить это сыну? Он смотрел на меня, как на врага или злодея какого-то. И столько презрения читал я в его глазах…

— А как вы поступили с вещами ведьм? Перепрятали или уничтожили?

— Можно сказать, и то и другое. Сначала перепрятали. А когда узнали, что клятва королю больше не связывает нам руки, снова перепрятали, но так, что никто, даже ведьма, не подберётся к своим вещам незаметно. И присматривать за ними я могу сам, без посторонней помощи.

— Где же вы их спрятали? — вырвалось у любопытного Финика.

Горняк усмехнулся, но на вопрос не ответил.

— Они на дне озера, правда?

Торис ошарашено выпучил на меня глаза.

— Откуда ты знаешь? Кто проболтался?! — сердито нахмурился он, но потом хлопнул себя по лбу. — Ты же ведьма! Неужели свечение со дна видно?

— Видно, — вздохнула я.

— Всё верно, — кивнул горняк, — мы утопили наследство ведьм в озере. Да не в одном озере, а разделили на части и распределили по всем высокогорным озёрам в округе.

— Так вот почему вы дождевую воду собираете! — воскликнул Финик. — Вода в озёрах стала непригодной для питья? Вы в них приворотные зелья слили?

— Да нет, — отмахнулся от него Торис, — мы не хотели, чтобы пришлые ходили к озёрам. Сочинили легенду о том, что озёра заколдованы и что пить воду из них нельзя… А ведь озёра и впрямь завораживают, — продолжил он после короткого молчания. — Если долго смотреть на них… Ближе к полуночи на озёра внезапно опускается туман. Он клубится до самого утра. Местные даже утверждают, что различают в тумане чудные образы. Может, оттуда и пошли слухи о призраках тумана. Хотите верьте, хотите нет, я сам на днях видел одного такого призрака. Как раз перевалило за полночь. Нечто похожее на большую кошку. Даже слышал мурлыканье, — горняк с усмешкой покачал головой.

— Так это, должно быть, тот диковинный зверь из Брутии! — подал голос Финик.

Мартин сжал губы и старался не смотреть в мою сторону. Я поспешила отвлечь всеобщее внимание от призраков тумана.

— А достать вещи ведьм со дна возможно?

— Не имею ни малейшего представления, как это сделать, — пожал плечами Торис, — озёра очень глубокие и холодные. Может, ведьма смогла бы, будь у неё книга заклинаний.

— Даже если такая и отыщется, то после двадцати лет пребывания под водой вещи вряд ли на что-нибудь сгодятся, — ответил Мартин.

Судя по всему, он был весьма доволен судьбой наследства моей прабабки. Я хотела было высказать ему своё недовольство, но он задал следующий вопрос, и мне было очень интересно услышать, что ответит на него Торис.

— Вы сказали, что ваш сын часто убегал к побережью. По той дороге, по которой пришли мы, до побережья идти дня четыре пешком. Значит ли это, что есть всё-таки другой путь?

— Есть, — со вздохом признался старец, — он идёт в обход горы, с которой вы спустились. С запада… По той дороге до моря рукой подать. Если выйти утром, к обеду будешь уже там. Обратно — дольше, так как надо идти в гору.

— Кто пользуется этой дорогой?

Горняк замялся. Решив помочь ему, я кивнула на полки с книгами и рукописями.

— У вас знатная библиотека. Уж не ваши ли друзья по несчастью навещают вас и привозят редкие рукописи?

Торис улыбнулся и коротко кивнул.

— Я, видите ли, увлёкся знахарством. Ведь пришлые могут заболеть. Да и в Брутии часто нуждаются в совете. А бежать за лекарем в Северное Королевство долго и неразумно. Мои друзья верные и заботливые! Они привозят всё, что нужно для моего самообучения. Пришлые тоже любят читать. Тут в основном книги по медицине и философии. У нас есть ещё одна библиотека — в Брутии. Благодаря моим собратьям, досуг брутян стал полезным и интересным. Поэтому я даже в мыслях не допускаю, что кто-то из них мог проговориться... — горняк заглянул в глаза Мартину: — Должно быть, кто-то другой распространил слухи... Если знал Крон, а потом к нам заявилась ведьма, значит слух пошёл. Рано или поздно он мог дойти до другого берега. Вы же знаете, как болтливы люди.

— Знаю, — согласился Мартин, — это-то мне и не даёт покоя. Слухи разлетаются быстро. Но о вас в деталях рассказывал лишь один человек — посол Гранции. Да далеко ходить не надо. Финик, — обратился принц к гному, — ты когда-нибудь слышал что-нибудь о горняках, помимо тех страшных сказок?

Финик отрицательно покачал головой. Мартин взглянул на меня. Я лишь пожала плечами. Об истинной жизни горняков мы ничего не знали.

— Вот видите, — принц снова повернулся к Торису. — Более того, посол внятно сказал, что слышал о вас от моряков. Я допускаю, что он утаил долю правды. Возможно, он разговаривал с конкретным моряком, а не просто случайно подслушал их беседу.

— Но ведь это теперь неважно, — встряла я в разговор. — Раз книги заклинаний недоступны, тебе не стоит опасаться, что кто-то может использовать ведьм как «непобедимую армию».

Мартин строго посмотрел на меня, осуждая, наверное, за разглашение наших секретов. А Торис громко крякнул, пытаясь сдержать то ли смешок, то ли неуместное восклицание.

— Не забивайте себе голову «непобедимой армией», — сказал он. — Это всё иллюзия да несбыточные мечты королей-завоевателей. Об этом грезил и Илладор, — горняк насмешливо посмотрел на принца, — именно поэтому он не уничтожил ведьм сразу и заставил нас сторожить их имущество, рассчитывая, что они ещё сослужат ему службу. Возможно, изоляцией и одиночеством он намеревался укротить необузданный нрав ведьм, кто знает... Только потом наступил мир, и необходимость в «непобедимой армии» отпала. А теперь, — горняк сделал неопределённый жест в воздухе, — ведьмы вряд ли сгодятся на роль бойцов. Да, многих из них можно было бы назвать могущественными, но, по сути своей, они все хрупкие и уязвимые. Я бы даже не назвал их хитрыми и коварными. Непредсказуемыми — да. Это-то и страшило всех тогда. Никто не знал, чего от них следует ожидать.

— Охотно верю, — пробормотал Мартин. На мой испепеляющий взгляд он ответил улыбкой.

— Мы благодарны вам, Торис, за откровенность. Простите, что заставили вас заново пережить столь болезненные моменты прошлого. Вы не обязаны более стеречь наследство ведьм. Если хотите, вы можете вернуться с нами, воссоединиться со своими друзьями... или отправиться на поиски вашего сына.

Старик долго, с удивлением, смотрел на Мартина. Слова принца растрогали его. На его глаза снова навернулись слёзы, и он впервые дружелюбно и приветливо улыбнулся.

— Спасибо, юноша. Боюсь, за сорок лет я так привык к жизни отшельника, что уже не выдержу безграничности морских широт. Море обойдётся без меня, а тут я нужен. Кто ещё в округе грамотно перевяжет запястье вашей спутнице?

Торис вытянул руку и с неожиданной заботой провёл ладонью по моей истрепавшейся повязке. Глаза его при этом наполнились такой знакомой мне добротой и лаской, что сердце опять защемило от необъяснимой боли в груди.

* * *

Наутро рука совсем не болела. Я даже смогла без посторонней помощи одеться и собрать вещи в свой мешок. Уснули мы вчера быстро. Финик, правда, подбивал нас пойти после полуночи охотиться на призраков тумана, но, едва положив голову на подушку, моментально уснул. Мартин некоторое время лежал с открытыми глазами, вспоминая, по-видимому, наш разговор с горняком. Сам Торис ещё не ложился. Он тихо сидел за столом и читал книгу. Потом он начал как-то нервно перекладывать пучки трав с места на место. Я следила за ним сонными глазами, пока сама не уснула. Но даже во сне продолжала видеть образ горняка, только во сне он был моложе и сильнее. Со счастливой улыбкой, он крепко держался за штурвал прекрасной шхуны. А вокруг, как мотыльки, порхали «морские ромашки»...

Когда вещи были собраны, я огляделась. В шатре, кроме меня, никого не было. Я вышла на поиски своих друзей.

Утро было пасмурное и туманное. Мартина я нашла позади шатра. Он стоял и всматривался в проступающую сквозь туман гору напротив. У его ног стояли уже собранные рюкзаки. Его и Финика. Сам Финик вместе с Торисом стояли чуть поодаль и наполняли дождевой водой наши фляги.

— Мы возвращаемся домой? — тихо спросила я.

— Да, — тоже тихо и как-то отстранённо ответил принц.

Его мысли витали где-то далеко отсюда и, быть может, тоже терялись в тумане.

— Тебя что-то тревожит?

Он повернул ко мне своё лицо. Его выражение действительно выдавало тревогу.

— Тревожит, — признал он. — Меня тревожит тайна, с которой сюда пришёл мой дядя. Я ещё во время нашего с ним разговора подумал, что он что-то не договаривает. Теперь я уверен, что он скрывает нечто важное.

— Хочешь снова переговорить с ним?

Принц покачал головой.

— Он мне не скажет. Столько лет его единственной целью было уберечь нечто очень ценное… чей-то секрет или важные сведения. Даже во имя своего брата он не раскроет свято хранимую им тайну.

— И что же теперь?

— Теперь мы пойдём домой. Здесь нам больше делать нечего. Знаний у нас уже достаточно, чтобы попробовать раскрыть тайны своими силами.

— Все-все-все тайны? — обрадовалась я.

— Насколько нам хватит жизни, — улыбнулся мне Мартин и снова обратил свой взор на долину и лагерь горняков. Я последовала его примеру.

Долина обрывками просматривалась сквозь туман. Туман… он был частью жизни горняков, неотъемлемым украшением каждой истории, которые сочиняли о них те, кто был «ближе к земле». И нам снова предстояло идти сквозь него. Только больше он меня не страшил. Наоборот, в его клубнях я с теплотой в сердце различила… о духи леса! Что это? Туман вдруг заколебался, пошёл волнами, и в центре туманного моря возник корабль-призрак. Со множеством мачт и одиноко стоящим капитаном у штурвала.

Проснувшиеся горняки, которые уже успели развести костры для приготовления завтрака, испуганно повскакивали на ноги. Теперь они сами поверят в напридуманные о них сказки. Я поспешила изгнать из головы образ из своего сна и сконфуженно огляделась. О выражении лица Мартина я даже говорить не хочу, а вот Финик, услышав громкие крики горняков, возбуждённо тыкал пухленьким пальцем в туман.

— Вы видели это?! Нет, это не игра воображения! Призраки тумана существуют! Вот мои приятели удивятся, когда я им расскажу!

«Финик, ты ошибаешься, — запротестовала я про себя. — Это самая настоящая игра воображения. Моего воображения… которым я столь неуклюже управляю…» Мне стало крайне стыдно. Я отвернулась от тумана и встретилась глазами с Торисом. Горняк пристально вглядывался в моё лицо, как вчера… Он вновь вытянул ко мне руку и почти дотронулся до меня. Но вдруг передумал. Махнул рукой нам на прощанье и скрылся в своём шатре.

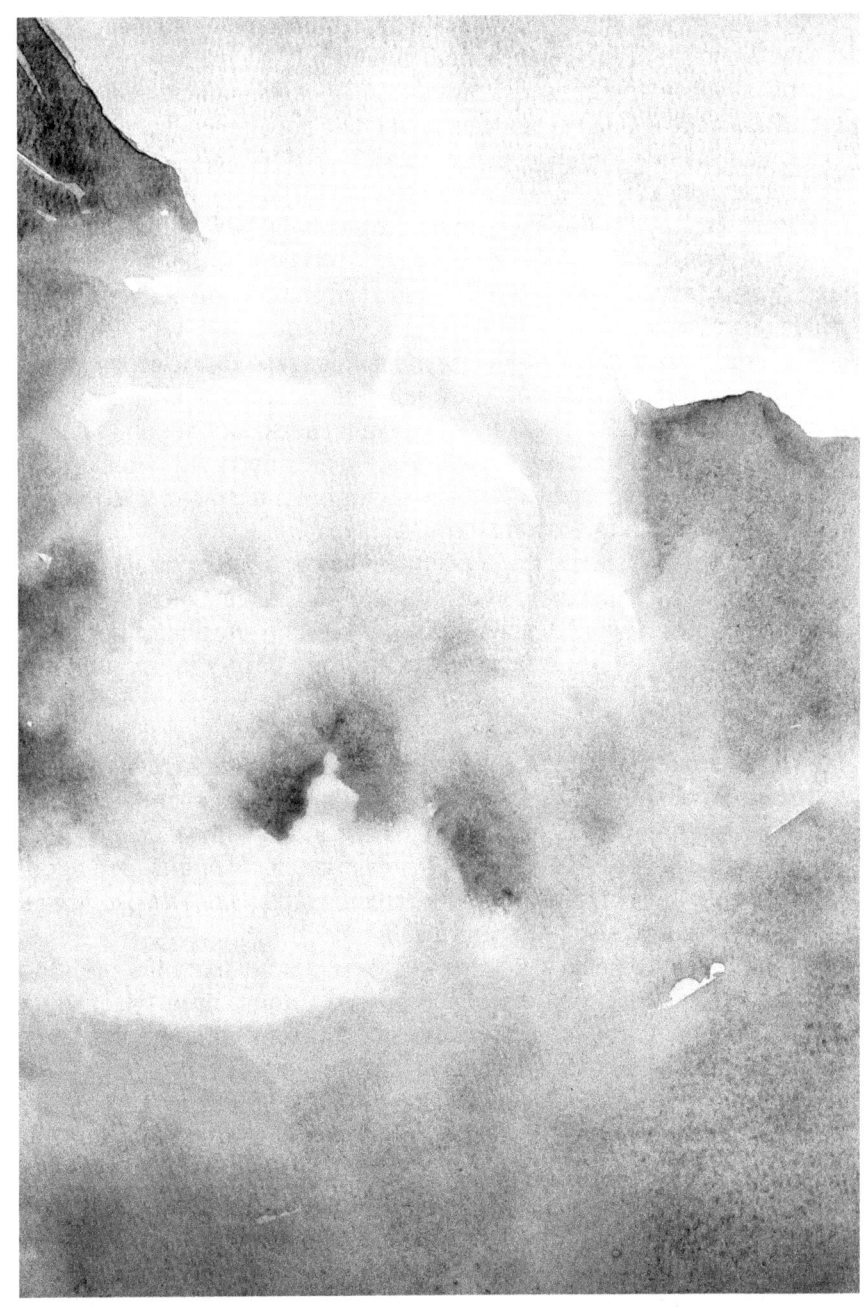

Мы стояли молча, не решаясь разрушить повисшую в воздухе тишину. Здесь, в горах, тишина была особенно пронзительной.

— Пора возвращаться, — вымолвил Мартин. — Позавтракаем в пути. Дорога к порту начинается вон за той скалой.

Принц указал на просвет в тумане. Там темнела некая масса.

— Вы идите, — вдруг сказала я, — я вас догоню.

Мои спутники вопросительно посмотрели на меня.

— Я забыла кое-что… в шатре, — смущённо пробормотала я.

Мартин взглядом пресёк готовый сорваться с уст Финика вопрос. Потом одобрительно кивнул мне, подхватил свой рюкзак и неспешно зашагал в туман. Финик нерешительно потопал за ним, непрестанно оглядываясь назад.

Проводив их взглядом, я вернулась в шатёр. Торис стоял у центрального стола и бережно собирал в широко раскрытую ладонь бирюзовые цветы. За ночь они обсохли и слегка поблекли. Завидев меня, он отложил цветы на край стола и насторожённо посмотрел в мою сторону. Наверное, ведьмы до конца его дней будут пробуждать в нём недоверие и подозрительность.

На миг я задумалась над причиной своего прихода. Причины я не знала, меня заставило вернуться то щемящее чувство в груди, которое я испытывала каждый раз, когда глаза старца пристально разглядывали меня, иногда ласково, иногда с сомнением и непониманием.

— Я вас знаю! — выпалила я.

— Мне кажется, я тебя тоже знаю, — еле шевельнул он в ответ сухими потрескавшимися губами. — Вчера, когда ты вошла в шатёр, мне померещилось, что я увидел сына… В чертах твоего лица я разглядел его черты! И сейчас, этот призрак тумана… Это снова был мой сын! Значит, он жив? — его голос задрожал то ли в надежде, то ли в страхе, что я эту надежду разрушу.

— Жив, — улыбнулась я, и по щекам моим покатились слёзы. — Он стал капитаном корабля. И каждый раз, когда приезжает навестить нас с бабушкой, он привозит «морские ромашки»… чудесные цветы, которые растут на маленьком островке в Гренальском море. Он говорил, что это его отец рассказал ему об их чудотворных целительных свойствах. Бабушка заваривает с ними изумительный чай…

Рот старца растянулся в стороны. Он сильно закусил нижнюю губу в попытке сдержать рвущуюся наружу радость. Сдержать не получилось. Горняк разрыдался как маленький и бросился меня обнимать. Мы простояли в объятьях друг друга очень долго. А потом мы расстались, быстро, без лишних слов, при этом оба были безгранично счастливы…

***

Спуск, который горняки держали в секрете, оказался на удивление лёгким и приятным. Правда, мы очень долго шли к горе. В тумане она чудилась намного ближе, чем была на самом деле. Пока мы её огибали, туман почти рассеялся, и долину залило солнечным светом. Добравшись до перевала, мы оглянулись, чтобы попрощаться с селением горняков. Оно скрылось в редеющих перьях тумана, но озёра над ним, как огромные глаза, не мигая смотрели нам вслед, словно хотели убедиться, что чужаки, посягнувшие на скрытые в долине тайны, уйдут восвояси.

Вскоре и долина, и озёра исчезли за горой, а мы начали спуск по еле заметной тропе. По мере нашего продвижения вниз тропа становилась всё уже и уже. Вдруг она совсем затерялась в мелкой гальке ущелья. Две горы по бокам стиснули нас и скалами нависли над головами. Финик даже высказал подозрение, что Торис умышленно завёл нас в тупик, а то и в ловушку, чтобы избавиться от навязчивых гостей. Я в ответ лишь фыркнула и первой полезла сквозь тесное ущелье.

Когда я начала было сомневаться в своей правоте, ущелье внезапно раскрылось. Тропа вынырнула из него и вывела меня на небольшую площадку. Я остановилась, как вкопанная, не в силах поверить своим глазам. Какая красота! Прекрасное неповторимое море, переливающееся в лучах солнца! Одно было странным: несмотря на сильный ветер, море было спокойным.

— Где же волны? — недоумевала я. — Почему я не вижу волн?!

— Они слишком малы, а мы слишком высоко — их отсюда не рассмотреть, — пояснил Мартин.

Они с Фиником догнали меня и тоже с восхищением смотрели вниз.

Неожиданно солнечные блики на море померкли. Это с востока пришли серые облака и затянули собой солнце. Ветер подул сильнее. Море теперь напоминало стёганое одеяло, сшитое из лоскутков материи голубых и зелёных тонов. Его поверхность перестала слепить, берег стал виден лучше, и я заметила вдали нашу бухту.

— Невероятно! Мы совсем близко от дома! — воскликнула я.

— Не совсем, — умерил мой восторг Мартин, — это только кажется. На самом деле спуск займёт несколько часов. Потом ещё до бухты идти столько же, если не больше. А вот оттуда до дома действительно совсем близко.

Принц повернулся на восток и посмотрел на небо.

— Боюсь, и сегодня будет дождь. Но ветер переменчив. Возможно, нам удастся спуститься до начала грозы.

Словно в подтверждение его слов солнышко выглянуло из облаков. Стало снова светло и радостно.

Мы продолжили спуск в приподнятом настроении. Несмотря на то что наш поход не был длительным, я с удивлением отметила, что успела соскучиться и по бабушке, и по нашему домику, и по лесу, и по Лукасу… Финик тоже спешил, спускался вприпрыжку, а вот Мартин… Он часто останавливался и смотрел на море. Долго, задумчиво. Впервые за наше совместное путешествие не мы с Фиником отставали от него, а он от нас. Я не могла понять, что с ним происходит. То ли мучает его что-то, то ли он хочет оттянуть возвращение во дворец…

Солнце радовало нас весь путь до побережья. Едва видимая тропа то прерывалась в самом неожиданном месте, то вдруг выныривала из-под наваленных в кучу валунов или стелющегося по земле низкорослого кустарника. Совсем близко от моря тропа затерялась, смешавшись с песком и выплюнутыми на берег водорослями. Я задрала голову и попыталась проследить глазами наш спуск. Безуспешно. Не уверена, что сама смогу отыскать дорогу, если вдруг когда-нибудь отважусь навестить горняков ещё раз.

Мы долго шли молча, поэтому громкий возглас Финика заставил меня вздрогнуть.

— Смотрите! Корабль!

Солнце вновь скрылось за тучами, и на горизонте возникли смутные очертания судна. Морским изваянием оно застыло у далёкой пристани.

— Это наш корабль? — спросила я.

— Вряд ли. Наши корабли вернутся к коронации, а торговые суда ожидаем лишь через неделю, — резко ответил Мартин.

Он прибавил шаг. Мы и оглянуться не успели, как принц оказался далеко впереди нас. Пришлось перейти на бег. Мы с Фиником с трудом передвигали ноги и еле дышали, когда, наконец, Мартин соизволил остановиться и дать нам передохнуть. Мы уже были совсем близко от причала. А корабль, наоборот, отплывал всё дальше и дальше. Похоже, он только недавно отчалил, и мы смогли рассмотреть его получше.

— Это же флаг Гранции, — вырвалось у меня.

— Да, это корабль, на котором прибыл Арахис, — подтвердил Мартин.

— Разве он не отплыл сразу после праздника Лета?

— Получается, что не отплыл, — процедил сквозь зубы принц.

— Что-то его задержало! — воскликнула я в волнении.

Мартин озабоченно качал головой.

— Что-то или кто-то…

— Бабушка Розалия, быть может, — хихикнув, предположил Финик.

— Что?! — взвилась я. — Как это понимать?

— Ну так... это...

Гном стушевался, даже колпак в смущении стянул и посмотрел на нас снизу вверх.

— В праздник Лета он с ней много... это... как его... общался. Я их видел за столом, когда пироги разносили, и потом, во время плясок. Базиль тоже там бродил... кругами. Обиженный и грустный.

— Это всё? — спросил Мартин.

— Н-нет, — Финик совсем оробел под пристальным взором принца. — На следующий день я их снова видел, в деревне. Арахис о чём-то очень настырно расспрашивал бабушку Розалию. Она и Базиль в тот день ходили по домам, чтобы помочь всем страдающим от головной боли и резей в животе. Ну вы знаете, как это у нас бывает после праздников. Я сначала Базиля встретил. Он спешил на вызов и ворчал себе что-то под нос. А потом на окраине деревни заприметил бабушку Розалию с этим чужеземцем. Мне показалось, что они не хотели, чтобы их тревожили...

— Почему ты мне об этом не сказал?! — наехала я на гнома.

— Так ведь... это... не хотел совать нос в чужие дела! — с достоинством ответил он и смахнул с носа первые капли дождя.

Я посмотрела на небо.

Первые дни осени у нас всегда дождливые. Я не очень люблю это время. Вроде бы ещё по-летнему тепло, но с неба круглосуточно на нас обрушивается море воды. Меня это не останавливало, конечно. Я всё равно гуляла по лесу. Только вот мокрой гулять как-то неприятно, зябко. А в этом году дожди пожаловали к нам непростительно рано!..

— Пойдёмте домой, — прервал Мартин мои размышления о погоде. Впрочем, проку в размышлениях уже не было. С неба капал дождь. Сначала слабо, но когда мы вышли на дорогу, ведущую в деревню, он уже лил как из ведра, и мы промокли до нитки.

Там, где от дороги отделялась лесная тропа, мы остановились. Мартин молча посмотрел мне в глаза. Мне подумалось, что он сейчас что-то скажет... что-то важное.

— Я скоро приду к тебе, — вымолвил он наконец. Совсем не то, что собирался сказать. И совсем не то, что я ожидала услышать. Надо признать, после нескольких дней, проведённых вместе, такое короткое прощание показалось мне странным и, пожалуй, разочаровало.

Не сказав больше ни слова, Мартин направился в сторону дворца. Через несколько шагов он остановился и вопросительно посмотрел на Финика. Тот нерешительно переминался с ноги на ногу и поглядывал на приунывшую, залитую дождём деревню. Возможно, ему представилась его каморка при коровнике Милкона. Тёмная и сырая. Вряд ли кто-то ждал его там.

— Бабушка Розалия обрадуется нам обоим, — улыбнулась я гному. — День уже подходит к концу. Завтра с утра нагрянешь к Милкону. Он наверняка заждался своего незаменимого работника!

Лицо Финика посветлело, глаза засияли. Он прощально махнул ладошкой принцу и затопал в лес. Я последовала за ним. У самого леса я оглянулась. Мартин стоял на прежнем месте и провожал нас взглядом. В завесе дождя его плохо было видно. К тому же начало темнеть. Но что-то в его облике навело меня на мысль, что ему страшно хочется догнать нас. Я собралась было вернуться и предложить ему присоединиться к нам, когда он вдруг повернулся и зашагал прочь.

* * *

Бабушка Розалия действительно обрадовалась. Стиснула в объятиях не только меня, но и Финика, отчего тот стал пунцовым, как помидор. Его смущение, правда, улетучилось, как только он увидел на столе блюдо с горячими оладьями.

— Бабушка, неужели ты ждала нас? — умилилась я.

— Я вас каждый день ждала, — ответила она, с не меньшим умилением наблюдая, с каким аппетитом мы с Фиником принялись уплетать оладьи. — Но оладьи были не для вас… Вы ешьте-ешьте! — спохватилась бабушка.

— А для кого? — полюбопытствовала я.

— Для Глории-троллихи. После твоего рассказа я слетала к замку Картоза, чтобы познакомиться с ней. Я пришла в ужас от тех условий, в которых ей приходится жить. Видела бы ты, чем эта бедняжка питается!

— Я видела, — поморщилась я, вспоминая варево в котелке троллихи.

И тут меня словно молнией пронзило.

— Ты слетала?! — вытаращила я глаза на бабушку. — На чём? На моей метле?!

— На *моей* метле, — поправила она меня. — Эта метла досталась мне в наследство от бабушки. Ефросия пользовалась ею мало. Свою метлу она унаследовала от какой-то другой родственницы…

— Так значит, вещи в сундучке, что я нашла в сарае, твои?! — поразилась я. Перед глазами всплыли весьма смелые женские наряды. Бабушка зарделась.

— Ну да… В молодости я тоже мечтала быть… м-м-м… под стать Ефросии. Но потом это прошло… Я спрятала все вещи в сундук и постаралась о нём забыть.

— Гм-м, одной загадкой меньше, — удовлетворённо хмыкнула я. — Значит, маме досталось всё от тебя, а не от Ефросии. Кроме книги заклинаний, которую…

Я умолкла. Наверное, пока не стоит рассказывать бабушке о дерзком проникновении мамы в тайник горняков и похищении книги.

— Которую что? — навострила уши бабушка.

— Которую мне очень хотелось бы отыскать, — быстро закончила я.

— С чего ты взяла, что у Эллоны была эта книга? — нахмурилась бабушка. — Я её не видела с тех пор, как моя мать оставила меня.

— Наверное, что-то в высказываниях Ефросии натолкнуло меня на эту мысль, — ушла я от прямого ответа и попыталась отвлечь внимание бабушки от деликатной темы. — А случайно не об этой ли книге тебя расспрашивал Арахис после праздника Лета?

— Откуда тебе известно о нашем разговоре?! — ахнула бабушка.

Бросив короткий взгляд на Финика, который с чрезмерным усердием принялся размазывать по оладьям варенье, я неопределённо пожала плечами.

— Ты же знаешь жителей нашего королевства… Мимо них никто не пройдёт незамеченным! А слухи разносятся молниеносно…

— Однако я уверена, нас никто не подслушивал, — нетерпеливо прервала меня бабушка. — Так откуда ты знаешь?

— Я не знаю, — смущённо призналась я, — просто предположила… Ведь Арахис так настойчиво интересовался нашим родом. Мы с Мартином обсуждали это его нездоровое любопытство…

Мне пришлось поведать бабушке о своём разговоре с Мартином.

— Арахис — очень мудрый, обстоятельный и рассудительный человек, — покачала головой бабушка. — Я не верю, что он замышляет коварство против нашего королевства. Он выше этого!

— Зачем же тогда он интересовался нашей книгой заклинаний?

— Он не интересовался конкретно нашей книгой. Он расспрашивал о нашей семье и возможностях ведьм вообще. И да, спросил, не доводилось ли мне слышать, что стало с вещами, изъятыми у ведьм, и не случалось ли мне их видеть где-нибудь. Вопрос этот меня удивил и, конечно, насторожил.

— Арахис объяснил, зачем ему нужны эти сведения?

— Он сказал, что объяснит потом, когда будет располагать всеми нужными ему знаниями. Он намекнул, что дело серьёзное, и что, возможно, некто покушается на благополучие королевской семьи.

— Правильно! Он сам и покушается! — вспылила я.

— Мартин ошибается, подозревая Арахиса, — твёрдо сказала бабушка Розалия.

— Он руководствуется разумом и логикой, — встала я на защиту принца.

— А я говорю тебе то, что подсказывает мне сердце. Интуиция меня ещё ни разу не подводила!

И всё же меня терзали сомнения. Скрестив руки на груди, я подозрительно сощурилась.

— А с какой такой стати Арахис обеспокоен благополучием Северного Королевства?

— Раз обеспокоен, значит, каким-то боком это его касается, — спокойно ответила бабушка. — Уверена, лишь только Арахис разберётся, он поделится своими знаниями с Мартином, когда тот станет королём. Не забывай, в данный момент королём является Картоз, а он, насколько я поняла, не вызывает к себе никакого доверия.

— Ну ладно, — недовольно буркнула я, — о чём ещё он тебя расспрашивал?

— Он интересовался тем, насколько могущественны ведьмы без своих атрибутов. Также расспрашивал о том, можно ли ждать опасности от ведьм, живущих на острове.

— Вот видишь! — победоносно воскликнула я. — Мартин прав! Они собираются вызволить ведьм с Острова Надежд!

— Прекрасно! Давно пора. Я очень рада. А ты разве нет?

В самом деле! Конечно же, я хочу, чтобы их спасли! М-да… Похоже, беспокойство Мартина, передавшееся мне, пагубно сказалось на моих умственных способностях. Ведь Мартина тревожило не возвращение ведьм, а причина, по которой Гранция намеревается их спасти.

— Какая может быть у Гранции причина спасать ведьм? — недоумевала бабушка.

— Чтобы они помогли им стать непобедимыми, неуязвимыми и всемогущими. Ведь только на острове остались опытные ведьмы! Здесь лишь те, кто отказался от участи ведьм, вроде тебя, или те, кому и обучаться-то не у кого, вроде меня, — полным обиды голосом я постаралась выразить своё разочарование.

— Ох, внученька, — вздохнула бабушка, — я скажу тебе то, что сказала Арахису: одна ведьма, возможно, и достигнет цели, но скопище ведьм устроит светопреставление и приведёт в упадок даже самое могущественное королевство. Поэтому они всегда жили порознь. Поэтому и Ефросия ушла от нас. Ведьмы заключали перемирие лишь на короткие праздники. Мне даже подумать страшно о том, как им пришлось всем уживаться на одном острове. Их жизнь превратилась в многолетний шабаш. Не удивлюсь, если, как следствие, Остров Надежд разлетелся на мелкие островки по всему океану.

Бабушка убрала со стола оставшиеся оладьи и аккуратно уложила их в широкую корзину. В корзине уже лежало много свёртков и маленькая баночка с вареньем.

— Я готова, — сообщила бабушка Розалия. — На завтрак сделаете себе яичницу.

— Погоди! — я в изумлении вскочила на ноги. — Ты что же, уходишь? Прямо сейчас?!

— Да, прямо сейчас. Когда вы пришли, я как раз собиралась писать тебе записку. Теперь в этом нет необходимости. За мной обещал заехать Варнис. Я, кажется, уже слышу топот копыт, — она прислушалась.

Я лишь слышала шуршание дождя.

— Но ведь скоро ночь. И погода слякотная!

— Мы поедем в повозке с навесом. Варнис не хотел оставлять семью более чем на день. А если начать поездку с вечера, то завтра уже будем там, и обратно Варнис сумеет вернуться к следующему утру.

— Только Варнис? А ты?!

— Я поживу недолго с Глорией. Помогу ей с хозяйством. Мы заделаем щели, вычистим комнату, приукрасим её. Я научу Глорию готовить. Варнис заберёт меня обратно через пару недель.

— Пару недель?!

Я приуныла. Я никогда в жизни не расставалась с бабушкой так надолго, хоть и собиралась покинуть её, чтобы отправиться в дальние странствия. Только одно дело уехать самой, и совсем другое — остаться одной в пустом доме.

— Не забывай проветривать и поливать мои клумбы. Впрочем, — бабушка задумчиво прислушалась к перестуку дождевых капель, — поливка отменяется. Присматривай за погребком, чтобы его не затопило. И ещё. Перенеси вещи из сарая в погреб. Что не поместится, размести здесь. Я решила сарай к дому пристроить, а то нам с тобой тесно стало, особенно зимой. Варнис обещал помочь с постройкой... как только погода позволит. Не грусти, — подбодрила меня бабушка, заметив, что я совсем скисла. — Финик будет тебя навещать. И по хозяйству поможет. Правда, Финик?

— Не вопрос! — гном по-боевому выпятил грудь. — Мне после встречи с горняками море по колено!

— Вы их в самом деле видели?! — ахнула бабушка. — Что же вы молчали! Мне так любопытно о них услышать! Только не сейчас...

Она вдруг засуетилась. Теперь и я услышала топот копыт.

— Вам выходить не надо — промокнете, — бабушка подхватила наполненную добром корзину, чмокнула меня в лоб и ласково потрепала Финика за щёку.

— Метлу я беру с собой, — на прощанье сообщила она, — вдруг мне потребуется срочно вернуться. А тебе лихачить одной ни к чему! — строго добавила она и скрылась за дверью.

Я села за стол рядом с Фиником, вздохнула и обвела взглядом нашу кухню. В ней всегда было очень уютно. В очаге потрескивали поленья. В углу стоял диван, застеленный стёганым одеялом. До потолка тянулись полки с кулинарными книгами, а также мешочками, жестяными кружками, бочонками, наполненными лекарственными травами. Не такая богатая коллекция, как у Ториса, но тоже собранная со знанием дела и должным усердием… Бабушка была права — свободного места на кухне совсем не осталось. Придётся мне всё-таки перетащить санки в сарай. Ах да… сарай-то тоже следует освободить! Где же санки хранить?..

— Может, в погребе? — пробормотала я.

— В погребе? — услышала я голос Финика. — Вы там всегда гостям стелите?

— А? — очнулась я от своих мыслей.

— Я спросил, где я спать буду. А ты сказала, в погребе, — обиделся гном.

— Нет конечно, — успокоила я его. — Это я о санках думала. Ты на диване спать будешь, бабушки же нет.

Финик обернулся и смерил взглядом санки.

— Не, в погреб не влезут, — сказал он со знанием дела. — Ты их лучше Лукасу отвези. У них за домом амбар пустует.

— Точно! — обрадовалась я. — Пусть санки теперь у него постоят. Мы же с ним вместе на них катаемся! Вернее, катались…

Я снова сникла. В душе возникло гнетущее ощущение необратимых перемен. Лукас вряд ли теперь будет со мной кататься на санках… Да и я вряд ли буду здесь, когда выпадет снег. Осознание некой невозвратности к прошлому заставило меня поёжиться. А ведь на самом деле я страстно желала перемен. Откуда же это чувство тревоги, неуверенности и даже страха?.. Вдруг это чувство помешает мне воплотить в жизнь свою мечту?.. Вдруг оно навсегда привяжет меня к одному месту?.. Место прекрасное, но изученное мною до каждой ёлочной иголки…

— Не бывать этому! — воскликнула я и хлопнула ладонью по столу.

Финик вздрогнул и отдёрнул ладошку от баночки с яблочным повидлом.

— Оно у вас для особых случаев? — поинтересовался он и с досадой облизнулся.

— А? — встрепенулась я. — Нет конечно. Извини… Ешь на здоровье!

Я пододвинула ему повидло и сунула в банку ложку.

— Дело в том, что я давно мечтаю о приключениях, путешествиях. Даже запланировала отправиться за море с Арахисом. А теперь меня вдруг одолевают страх и сомнение…

— Так ведь ты только что вернулась домой! Пусть путешествие было коротким, но славным. А в следующий раз можно дальше отправиться. Например, за Южное Королевство! В тамошних лесах, говорят, обосновались наши дальние родственники, глуры. Жаль, что его высочество с нами уже не сможет пойти. Сейчас ему к коронации надо готовиться, а потом… сама понимаешь, не до нас ему будет! Высокий титул и всё такое…

— Ах, ещё это! — я расстроенно всплеснула руками и уронила голову в раскрытые ладони. Не расплакалась, хотя очень хотелось. Мысли, связанные с грядущей коронацией, давно мучили меня. А ещё больше давило осознание того, что я ничего не могу предпринять в связи с этим досадным обстоятельством. Стоит ли тогда так убиваться?

Решив, что не стоит, я постелила Финику на диванчике и, пожелав ему спокойной ночи, отправилась спать на чердак.

* * *

На следующее утро я проснулась разочарованной. Я очень рассчитывала поговорить во сне с Ефросией. Но она не почтила меня своим присутствием. Я вообще не помнила, снились мне сны в ту ночь или нет.

Финик проснулся раньше меня и даже успел развести огонь в очаге. Завтракали мы молча. После завтрака Финик ушёл, а я осталась одна. Одна в доме, одна во всём лесу и, казалось, одна на всём свете.

Дни стали тянуться невыносимо медленно. У меня даже не возникало желания гулять по лесу — так пасмурно и неуютно там было. Дождь лил без конца и устали, заливая водой весь наш мир. Серна вышла из берегов и сравнялась по ширине с моим любимым озером. Озеро, в свою очередь, поднялось до уровня прибрежных валунов. Того гляди, оно поглотит их, и от места, где я так любила сидеть по вечерам и мечтать, не останется и следа. Конечно, когда дождь перестанет, всё быстро вернётся на круги своя. Но мне казалось, что мир уже никогда не будет прежним, что моя жизнь уже не будет прежней. Что я перешла ту невидимую черту, о которой говорил Мартин, и мне теперь нет возврата назад.

Лес уснул, притих. Лишь шум дождя нарушал тишину. Звери попрятались по норам и логовам. Птицы не покидали гнёзд. Древесные феи берегли от воды свои крылышки и прятались в дуплах. Радовались слякоти одни кикиморы да водяные. Они бродили по лесу, упиваясь пропитанным влагой воздухом, от души веселились, шлёпая босыми ногами по лужам и наслаждались свободой, ощущая себя хозяевами леса.

Однажды мимо наших окон промчались Кики и Тики. С гиканьем они забрасывали друг друга комьями грязи. Увидев меня в окне, они замахали руками, приглашая присоединиться к ним. Я воодушевилась, выскочила наружу… и сразу вспомнила, отчего у меня такое унылое настроение. В одно мгновение я промокла насквозь. Босоножки заскользили по мокрой земле, черпая жидкую грязь. Волосы отяжелели и неприятно прилипли к шее, лбу, щекам. Я отказалась идти с кикиморами и вернулась обратно домой.

Отчего же мне так тоскливо? Я боялась себе признаться в том, что постоянно думаю о Мартине. Ну и о ведьмах… чуть-чуть.

Каждую ночь я засыпала в уповании увидеть во сне свою прабабку. Чего уж там скрывать! Я рассчитывала, что Ефросия ответит на все мои вопросы, и у меня появится повод увидеться с Мартином. Я скучала по нему! Так скучала, что решилась-таки покинуть дом и отправиться во дворец.

На мою удачу, дождь стих. В деревне толпились люди. По улицам туда-сюда сновали гномы, эльфы, тролли. Над главной площадью раскинулся огромный шатёр, и под его покровом я заприметила группу ремесленников и заморских мастеров. Мастера размахивали в воздухе какими-то чертежами и тыкали длинными линейками в землю. Повсюду слышался нескончаемый гул голосов. Меня чуть не сбила с ног толпа портных. По двое или даже по трое они несли толстые рулоны материи. Надо полагать, прибыли грузовые суда, о которых упоминал Мартин, и подготовка к коронации идёт полным ходом. Мои надежды, что зарядившие раньше времени дожди задержат, помешают, остановят великосветское событие, растаяли без следа…

Я отказалась от своего намерения увидеться с Мартином и ни с чем вернулась в свой скучный и тоскливый дом.

По бабушкиной просьбе мы с Фиником перетаскали вещи из сарая на кухню, и теперь здесь свободной оказалась лишь полоса шириной в половик от двери до стола, от стола до очага и опять же от стола до диванчика. Проход к лестнице на чердак загородили санки, на которые Финик успел водрузить несколько бочонков с мёдом. Перетаскивать бочонки мне было лень. Поэтому временно я забиралась на чердак по стремянке с улицы. Сильней всех беспорядок донимал Жихоню. Я каждую ночь слышала его возмущённое ворчание. Только когда Финик ночевал на кухне, ворчание растворялось в громком посапывании гнома. И всё же я радовалась присутствию Финика у меня дома. Одной ночевать тут мне почему-то было… нет, не жутко, не страшно, но тесно, душно, сиротливо… Я выходила на крыльцо и печально всматривалась в ночной лес. А он молчал мне в ответ. Лишь вечный шум дождя сообщал о приближении осени.

В эту ночь печаль совсем сдавила мне горло. Финик не пришёл, Жихоня перестал ворчать, и в доме воцарилась угнетающая тишина.

Я торопливо развела огонь, чтобы треск поленьев заглушил безмолвие. Время перевалило за полночь. Но мне не спалось. От безысходности я начала листать бабушкины поваренные книги. Не могу сказать, что подобная литература меня вдохновляла, но иногда мне попадались интересные исторические справки. Я вытащила из шкафа все бабушкины книги, разложила их вокруг себя и листала одну за другой. Некоторые я пролистывала быстро, некоторые занимали меня дольше. А одна книга меня поразила. Я закрыла её и посмотрела на обложку. На обложке цветными чернилами были нарисованы пироги с аппетитной фруктовой начинкой. Но приглядевшись, я поняла, что обложка принадлежала другой книге. Внутри были подшиты листы, а на листах от руки были написаны... заклинания! Я глазам своим не поверила. Почерк мне был незнаком, но на полях я заметила пометки, сделанные рукой бабушки Розалии. Несколько заклинаний в конце тоже были написаны ею. Я закрыла книгу, отодвинула её в сторону и отрешённо уставилась на огонь в очаге. Получается, у бабушки Розалии всё это время была книга заклинаний! Не Ефросии, её собственная! И она мне ничего о ней не сказала!!! Собственно, это неудивительно. А может, она уже и думать забыла о ней? Да и я бы никогда не подумала, что это книга заклинаний. Ни дать ни взять кулинарный справочник!

Я бережно открыла книгу и с интересом углубилась в чтение. В целом набор заклинаний был небогат. Меня больше заинтересовали записи на полях. «Неразумно», «Большая затрата сил и ценных трав. Ради чего?..», «Можно взять на заметку и улучшить», «Какая бессмыслица!», «Злая бездушная шутка!» и тому подобное. В своё время бабушка Розалия весьма критично подошла к изучению ведьмовского ремесла. Ей было жаль расходовать редкие лечебные травы ради короткой забавы. Заклинания, записанные её собственной рукой, обладали целительными и живительными свойствами. Я вдруг поймала себя на мысли, что полностью разделяю бабушкино мнение. Это так нелепо! А вот последствия расхлёбывать придётся долго. Я наконец-то прочувствовала, почему ведьм так невзлюбили и за что решили отправить их за моря-океаны. А ведь в этой бабушкиной книге собраны достаточно невинные заклинания. О духи леса! Что же тогда было в прабабкиной книге?!

Неожиданно меня привлекла одна страница. Вернее, две страницы, склеенные или слипшиеся вместе. Я осторожно их разъединила. Когда-то бабушка не пожалела сил, чтобы добросовестно закрасить какое-то заклинание. Поэтому соседняя страница легко прилипла к краске. Возможно, бабушка на это и рассчитывала. Потому что с краю она вывела: «Чрезвычайно опасно!». (Вырвать страницу у неё, видать, рука не поднялась.)

Поднеся книгу к огню, я постаралась разглядеть проступающие сквозь краску слова.

— Да ведь это заклинание превращения! — взволнованно воскликнула я.

Вот оно! Заклинание, с помощью которого я могла бы превратить Селию обратно в Мирэн. Только как бы слова разобрать?!

Как я ни напрягала глаза, полностью прочесть заклинание было невозможно. Я смогла частично разобрать лишь первые две строки:

> Дух огня, к тебе взываю! Разгорится пусть костёр!
> Духов моря призываю…

— Духов рек, болот, озёр! — моментально продолжила я тщательно замазанную краской строку. Рифмовать уже вошло у меня в привычку.

Опомнившись, я умолкла. Раз в заклинании призывали духов самых мощных стихий, значит заклинание на самом деле очень сильное и, соглашусь с бабушкой, опасное. Я скользнула взглядом ниже по странице. Мне с трудом удалось рассмотреть состав ингредиентов для сопутствующего зелья. Весьма мудрёный. Один ингредиент меня особенно обеспокоил. Если я правильно поняла, то для того, чтобы превратить кого бы то ни было в конкретного человека, или гнома, или тролля, или… в общем, любое существо, необходимо было достать каплю крови этого существа. То есть если я хочу превратить врага, скажем, в кикимору, то мне понадобится лишь заклинание и зелье из вполне доступных, хоть и непростых составляющих. Но если я возжелаю превратить кого-то не просто в кикимору, а в кикимору, которая выглядит, как, скажем, Тики, то мне необходимо раздобыть каплю её крови.

Закрыв книгу, я боязливо отодвинула её от себя. Меня, уверена, переполняли те же чувства, что и бабушку Розалию, когда та решила отказаться от рискованных заклинаний и обойтись надёжными травяными настоями.

Обхватив ладонями щёки, я всматривалась в огонь.

— Это что же получается, — начала я рассуждать вслух, — когда моя мама согласилась превратить Мирэн в человека, и не просто в человека, а в человека, похожего на мать Мартина, то ей понадобилась капля крови королевы. О духи леса! Каким образом она её заполучила?!

Мои щёки пылали огнём, а внутри меня разлился жгучий холод ужаса и дурного предчувствия. Я вскочила на ноги и в необъяснимом порыве выбежала на улицу. Остановившись посреди нашего двора, я подставила лицо под сплошной поток воды. Дождь немного привёл меня в чувство. Щёки перестали гореть, и невидимая рука, что стиснула моё сердце, ослабила хватку. Я смогла облегчённо выдохнуть.

Спала я в ту ночь плохо. Часто просыпалась и прислушивалась к глухому стуку дождя. Голова трещала, и мучили кошмары. Казалось, я медленно схожу с ума…

* * *

Утром, в который раз, по привычке спустившись по лестнице, я наткнулась на необъятные санки с мёдом и по-настоящему рассердилась. На себя за бездействие, на Мартина за неучастие, на Ефросию за то, что бросила меня в столь трудный момент, на Финика за то, что… Я задумалась. Чем же Финик передо мной провинился?.. Ах, ну конечно же! За то, что составил на санки мёд!

В порыве ярости я сдвинула санки с тяжеленной ношей в сторону. Загородив ими очаг, я поняла, что таким образом останусь без горячего завтрака, а потом без обеда и ужина. Тяжко вздохнув, я перенесла мёд в погреб. Потом выпихнула санки на крыльцо. Безотрадно взглянув на серое небо, я взялась за верёвочку и поволокла их по хлюпающей грязи из лесу.

В доме Софии и Лукаса, как обычно, гостеприимно горел свет. Было утро, но из-за хмурых грозовых туч на деревню словно опустились сумерки. Я вбежала по ступенькам на крыльцо и громко постучала.

Дверь открыла София и очень мне обрадовалась, отчего на душе у меня сразу стало легко и радостно. Неприятное чувство одиночества и даже заброшенности, поселившееся внутри меня в последнее время, отступило.

— Глория! — воскликнула София, — какая ты мокрая! Проходи скорей к очагу. А что это такое ты нам притащила? Санки? Ты времена года, случаем, не перепутала?

— Нам их хранить негде, — пояснила я, с удовольствием потряхивая влажным подолом юбки перед огнём. — Можно я их в ваш амбар поставлю? Он же пустой?

— Был пустой. Теперь там у нас хлев! У Милкона отелились сразу пять коров. Мы взяли телят к себе до весны.

— Значит, Лукас в амбаре? Так я сейчас туда санки отвезу, — я с готовностью подскочила к двери.

— Ты сначала высохни да чай попей, чтобы не простыть, — София подхватила меня под локоть и усадила за стол. — Лукас потом сам с санками разберётся. А пока его дома нет, и в амбаре нет. Они теперь с Милкой на пару ходят по деревне. В такую непогоду коров на пастбище не выгонишь — ещё увязнут в болотах. Они в коровниках томятся. А забот много, надо и помещения к зиме подготовить, утеплить, чтобы сквозняков не было. Вот Лукас с Милкой вдвоём и работают. Вместе у них хорошо выходит.

— Не сомневаюсь, — улыбнулась я.

Я была очень рада за Лукаса, да и за Милку тоже. Хотя, надо признать, появились внутри досада и разочарование. И опять предчувствие сокрушительных перемен…

— Как обстоят дела с Араганесесом? — перевела я разговор на другую тему.

— А никак. Я попросила его больше к нам не приходить.

— Да ну! — удивилась я. — Отчего же?

— Он утомил меня разговорами о тебе.

— Обо мне?!

— Именно! И куда это ты ушла с его высочеством? А не навещала ли ты нас по возвращении? А видела ли ты горняков? А не привезли ли ли вы диковинных вещей?.. И так далее и тому подобное. Сначала я думала, что он задаёт вопросы для поддержания беседы. Но нет! Уж слишком он напористым стал. Знаешь что, Глория, судя по всему, ты глубоко запала ему в душу. Объясняйся с ним сама. А с меня хватит!

Покинув Софию, я направилась во дворец. Не для того, разумеется, чтобы объясняться с дворецким. А для того чтобы повидаться с Мар… Ох, нет. На это я лишь надеялась… В общем, я пошла во дворец, чтобы увидеть Базиля и задать ему вопрос, который мучил меня всю ночь.

— От чего умерла мама Мартина?

Базиля я застала в его кабинете. Он наводил порядок в своих книжных шкафах и разгребал старые рукописи на самой верхней полке. Когда я вошла, он приветственно махнул мне рукой, покачнувшись на книжной стремянке. В ответ на его обеспокоенное высказывание насчёт моей мокрой одежды я убедила его, что без горячего чая с мёдом обойдусь, что не простужусь, что я закалённая. Он успокоился и вернулся к прерванной работе. Однако, услышав мой вопрос, он резко двинул рукой, отчего рулоны ветхой бумаги лавиной обрушились на пол. Базиль развернулся ко мне, потерял равновесие и поехал на стремянке вниз. Я подскочила к нему и вцепилась в лестницу в самый последний момент. Удержать грузного лекаря мне не удалось. Лестница свирепо заскрежетала ножками по каменному полу. Чувствуя, что я не в силах больше сопротивляться её весу, я разжала ладони, и лестница рухнула на пол вместе с Базилем. Слава духам леса, доктор ушибся незначительно.

Потирая отбитый бок, Базиль поднялся на ноги, но тут же со стоном плюхнулся в кресло.

— О, Глория, прошу, не говори, что ты теперь и смерть королевы считаешь неестественной.

— Ага-а-а, — загадочно протянула я и, не сводя с лекаря глаз, опустилась на стул напротив, — раз вы сразу смекнули, в чём дело, значит, и у вас были подозрения! Я права?

Базиль попытался принять более удобную позу. Боль в боку дала о себе знать, и он с досадой поморщился. Подсунув под бок подушку, он на секунду расслабился, но затем снова выпрямился и напрягся. Его лицо выражало крайнюю озабоченность.

— Это было так давно, Глория! Более двадцати лет назад!

— Но я же вижу, что вы хорошо помните случившееся! Было что-то, что покоробило вас! Не так ли? — я прозорливо сощурилась.

— Да ничего особенного не было. Просто смерть Лючии оказалась для нас всех такой внезапной! Королева отличалась исключительным здоровьем. И вдруг, ни с того ни с сего, её находят мёртвой в саду.

— Тоже в саду?! Где именно? — спросила я дрогнувшим голосом.

— У её любимых розовых кустов.

— Как же вы объяснили её смерть королю?

— Сердце, — Базиль нервно передёрнул плечами. — Да, да! Знаю, о чём ты подумала! Но тогда мысль о яде не закралась мне в голову!

— И никаких следов, скажем, укуса найдено не было?

— Нет, следов укуса не было. Впрочем, — Базиль умолк, напрягая память, — Лючия сильно уколола палец, наверное, о шипы роз. Только это было утром того дня. Я видел, как она прижимала к пальцу платок. Я предложил свою помощь, но она отказалась и продолжила беседовать с садовником.

— С Деней?

— Нет, Деня тогда у нас не работал. Я плохо помню. Я сам только вернулся из-за моря и не знал слуг по имени. Это был какой-то тролль. Приятной наружности... Почему-то мне это запомнилось. Он показывал Лючии новый сорт роз. Королева ими восхищалась. Они вместе их сажали. А потом... королева не появилась к обеду. Клавдий обеспокоился, послал слуг в сад искать её... Королеву нашли у розовых кустов. Они до сих пор растут в королевском саду. Клавдий настоял, чтобы розы сохранили в память о жене.

— А садовника-тролля вы не спросили, что произошло? Ведь, получается, он был последним, видевшим королеву живой.

Базиль задумался.

— А знаешь, Глория, больше того тролля я не видел и быстро забыл о нём. А ведь сам тогда подумал о том, как это странно: тролль-садовник. Они же не особые ценители прекрасного. Но вот теперь мне кажется, что это был вовсе не садовник, а торговец. Тогда часто во дворец пускали торговцев с улицы и даже брали их на работу.

Впрочем, тролль-торговец розами — тоже необычно. Это был единственный случай, когда я видел розы в руках тролля.

— Не единственный, — пробормотала я. — Роза с королевского сада была в руках Крона в день его смерти.

— Крон? — встрепенулся Базиль. — Какая может быть связь между его отравлением и тем, что произошло с коро…

Базиль запнулся. Его лицо вдруг побледнело, а руки стали нервно перебирать письменные принадлежности на столе. Потом он вскочил на ноги и, позабыв про ушибленный бок, принялся энергично разбирать завал каких-то журналов на тумбе по соседству. Он отыскал старый потрёпанный блокнот и начал его нетерпеливо листать. Наконец лекарь нашёл нужную страницу и начал читать. Окончив чтение, он снова опустился в кресло. Брови его хмурились, глаза неподвижно уставились в чернильницу на столе.

— Ну?! — не выдержала я затянувшегося молчания. — Какое страшное открытие вы сделали?

— Я все свои наблюдения записываю в журналы… В этом, — он потряс старым блокнотом, — записано моё заключение о смерти Лючии.

— И что? — затеребила его я.

— Ничего особенного на тот момент. Сердечный приступ — единственный вывод, объяснивший тогда столь скорую кончину королевы. Но я сделал приписку, вот тут, — он постучал пальцем по только ему понятным загогулинам в блокноте. — «Еле заметное изменение цвета ногтей рук и ног, от бледно-жёлтого до болотного».

— И что это означает?

— Я тогда ещё не знал… Это признак отравления корнем болотни. На троллях эти признаки незаметны, ведь у них кожа тёмного, а то и бурого цвета. А вот у людей и особенно у эльфов позеленение ногтей бросается в глаза. Только отравление болотней столь редкое, что этот признак выявили совсем недавно. Я и не вспомнил о своих наблюдениях двадцатилетней давности! — Базиль обхватил ладонями голову и закачался из стороны в сторону, — что же теперь делать?!

— Думаю, следует рассказать обо всём Мартину.

Я говорила с трудом — до того мне не хотелось сообщать Мартину эту новость.

— Ни в коем случае! — воскликнул Базиль. — Он и так ходит сам не свой, а тут ещё беспочвенные подозрения! Зачем ворошить прошлое?!

— Беспочвенные?! — вспылила я. — Вы только что доказали сами себе, что королеву отравили тем же способом, что и Крона!

— Не доказал, а провёл параллель, — поправил меня Базиль. — Озеленение ногтей могло произойти по другой причине. Ведь королева работала в саду в тот день, может, возилась с каким-нибудь растением, от которого ногти и окрасились.

— На ногах тоже? — усмехнулась я.

— И потом, — стараясь сохранить на лице невозмутимость, продолжал лекарь, — это очень маловероятно, что произошедшее с Лючией двадцать лет назад связано с Кроном. А если и связано, то выяснением этого дела Мартин может заняться после коронации. Ему сейчас нельзя волноваться.

— Он сам хотел раскрыть убийство отца до коронации! — настаивала я. — Поэтому времени у нас в обрез.

— Постой-постой! — замахал руками в воздухе Базиль. — Ты серьёзно полагаешь, что смерть королевы связана с недавними убийствами? На каких таких основаниях?

Я смутилась. Конечно, книгу заклинаний бабушки Розалии и мои собственные домыслы нельзя назвать серьёзными основаниями для подозрений. Только изнуряющее меня всю ночь предчувствие заметно усилилось после разговора с Базилем. Оно буквально разрывало меня изнутри, в ушах всё громче отдавался стук сердца, а виски словно сдавили железные обручи. И особенно больно становилось в груди от мысли, что моя собственная мать могла быть причастна ко всем этим преступлениям. Пусть не напрямую, только ведь вина её от этого легче не становилась.

— Глория!

Я услышала щёлканье пальцев у себя перед носом. Похоже, я надолго впала в невесёлую задумчивость, и Базиль потерял терпение.

— Глория, я уже совершил ошибку, не поверив тебе, — тяжело вздохнул лекарь, — не хочу её повторять. Поэтому я доверюсь твоему мнению. Пойди расскажи всё Мартину. Он сейчас в тронном зале. Я тебя провожу.

— В тронном зале… — еле слышно повторила я.

Мне вдруг стало страшно идти туда и тем более признаваться Мартину в своих жутких догадках. Я, конечно, понимала, что после коронации мы расстанемся. Только я рассчитывала, расставаясь, сохранить хорошие отношения! Ведь в жизни всякое бывает. Вдруг наши пути вновь пересекутся?.. А если он узнает правду, которой я так боюсь, он самолично посадит меня на корабль и отправит на Остров Надежд к моим дорогим родственницам или ещё куда подальше… И всё же, набравшись решимости, я кивнула Базилю и встала.

Выходить на улицу нам не пришлось. Из домика Базиля во дворец вёл узкий коридор. Судя по всему, им редко пользовались. Ввиду слякотной погоды, Базиль вспомнил о нём и решительно повёл меня по тёмному холлу. Захваченный предусмотрительным доктором огромный зонт помогал ловко убирать паутину с нашего пути.

Вот мы и во дворце. Здесь было сумрачно, но свет отражался в хрустальных подвесках люстр, и от этого казалось, что тысячи серебристых искорок повисли в воздухе прямо над нами.

В коридоре мы слились с оживлённым потоком слуг, который в мгновенье ока доставил нас ко входу в тронный зал. Базиль распахнул створчатые двери, и мы вошли.

У меня закружилась голова от необъятных размеров помещения. Наши шаги гулким эхом отозвались где-то под потолком. Он был так высок и так умело расписан разными оттенками голубого цвета, что я почти поверила, что наскучивший всем дождь закончился, и того и гляди солнышко покажется из-за подёрнутых золотой краской облаков.

До блеска вымытые окна тянулись к искусственному небу. Сквозь них сочился мерклый свет, но роскошные белоснежные гардины с золотой шнуровкой и кистями волшебным образом наполняли зал солнечными бликами.

Когда мы вышли на середину комнаты, эхо наших шагов стихло — мы ступили на мягкую ковровую дорожку, пересекающую тронный зал поперёк. Она вела к небольшой возвышенности у стены. Там я рассмотрела королевский трон и ряд других не менее праздничных и богато украшенных кресел. По обе стороны от них на стенах, по традиции, висели портреты последнего короля и королевы. Я не сразу поняла, почему вместе с Селией висит портрет Клавдия, а не Картоза, ведь они были последними правителями Северного Королевства. И только через долгую минуту до меня дошло, что это не портрет Селии. Да и не могли там висеть их портреты. Ведь они правили совсем недолго. Нет! Это был портрет Клавдия и Лючии. О духи леса! Как она похожа на Селию! Вернее, Селия похожа на неё...

Я застыла каменным изваянием посреди тронного зала, не в силах отвести глаз от портрета последней королевы Северного Королевства. Какие только мысли не проносились в моей голове. Самым болезненным оказалось понимание того ужаса, который, наверное, испытала мама при виде портрета той, в кого она превратила коварную троллиху.

Когда я оторвала глаза от портрета, мой взгляд упал на присутствующих в зале людей. Их оказалось много, только первой, кого я заметила, была Селия. Она неотрывно смотрела на меня и читала в моих глазах то, что творилось в моей душе. Она поняла, что я догадалась! Догадалась о её страшной тайне! Я видела это в выражении её лица. Я видела оттенок страха, досаду и много-много неприязни и даже ненависти...

Коротко извинившись перед присутствующими, Селия величаво покинула тронный зал. Никто и не заметил того безмолвного

диалога, который состоялся между нами. Это поразило меня больше всего. Ведь мне самой казалось, что воздух до сих пор потрескивает, накалившись от жарких эмоций и чувств.

— Глория, — и снова я услышала щёлканье пальцев Базиля перед моим носом, — да что сегодня с тобой?! В каких облаках витаешь? Поди, в отсутствии Розалии брезгуешь здоровым сном!.. Мартина я не вижу, но вон Седрик…

Я словно в тумане глянула на приближающегося к нам принца.

— Добрый день, Базиль. Глория, рад тебя видеть! — сердечно приветствовал нас Седрик. — Виола в каждом письме интересуется тобой. А мне ей и рассказать-то нечего. Мартин весьма сдержанно описал ваше совместное путешествие. А ведь то, что вам удалось найти дядю Юстава — поистине великое событие! Жаль, что вы не уговорили его вернуться. Это придало бы особое значение предстоящей коронации!

— А где Мартин? — поинтересовался Базиль.

— Недавно был здесь. Только ему быстро наскучили разговоры о праздничных туалетах придворных, — рассмеялся принц. — Он оставил меня здесь одного, а сам пошёл готовить лошадей для нашей завтрашней поездки на пустоши.

— Пустоши? — переспросила я. — Зачем вы туда едете?

— Чтобы передать лесным эльфам пригласительные на коронацию. Мартин соизволил оказать им честь лично. На мой взгляд, честь слишком велика. Только брат считает, что нам следует наладить добрые отношения с будущими соседями.

— Это мудро, — согласно кивнул Базиль. — Из Мартина получится хороший король.

— Да, он родился с этой мудростью, — ухмыльнулся Седрик.

В его голосе я явственно различила уязвлённое самолюбие.

— На мой взгляд, брат уделяет чрезмерное внимание мелочам. Если король будет распыляться на детали, он быстро исчерпает свои силы и выдохнется.

— Мартин не выдохнется! — встала я на защиту будущего короля.

— Уверен, брат справится, он сильный, — кивнул Седрик, но я беспокоюсь за него. Уж слишком близко к сердцу он принимает все эти формальности, — величественно беспечным жестом принц охватил суетящихся вокруг придворных. — Настоящему королю приходится иногда быть равнодушным, закрывать глаза на определённые вещи и притворяться глухим к некоторым просьбам. Всех облагодетельствовать невозможно! Но если научиться правильно игнорировать, то каждый останется доволен королём…

Голос принца стал рассеянным. Он то и дело оборачивался на расшумевшихся придворных.

— Прошу меня извинить. Требуется моё внимание. Если вам нужен Мартин, поищите его в королевской конюшне.

Принц поклонился нам на прощанье. Через мгновение он уже беседовал с группой чужеземных мастеров. Раскатав по полу рулоны дорогой материи, они наперебой обсуждали детали покроя нарядов королевской свиты. Каждый громко отстаивал свою точку зрения, словно от выбора правильного фасона для платья будущего короля зависела судьба всего королевства. Я задумчиво смотрела на то, как умело Седрик успокаивал беспокойную толпу слуг и гостей. Он каждому уделил всего лишь секунду своего времени, но этой секунды, этого особенного мгновения хватило, чтобы собеседник почувствовал себя важным и ощутил глубокое удовлетворение и гордость за самого себя. «Надо уметь быть равнодушным...» Где-то я уже слышала про равнодушие...

* * *

Первыми, кого я увидела, когда мы с Базилем вышли во двор, оказался Дымок и Серенький. Я обомлела от удивления и радости. Я так сильно переживала от того, что нам пришлось оставить наших боевых коней и ослика в Брутии, что даже планировала снарядиться в следующий поход, как только стихнет дождь.

Дымок меня сразу узнал и счастливо заржал, застучал копытами и, дёрнув головой, вырвал узду из рук державшего его Мартина. Я нежно обняла коня и похлопала его по шее.

— А мы как раз тебя вышли искать, — улыбнулся мне Мартин.

Он смотрел на меня сквозь дождь, а я в обнимку с конём с умилением смотрела на него и невольно сравнила принца с недавно увиденным портретом его матери. У королевы глаза оказались точно такого же бирюзового оттенка. Художник искусно изобразил их прекрасное сияние. Выражение её глаз было точь-в-точь как у Мартина, когда тот смотрел на волшебные озёра в горах. Королева словно видела нечто, скрытое от глаз прочих людей. Нечто прекрасное, полное глубокого смысла. А в глазах её нежилось точно такое же тепло, с каким смотрел на меня принц сейчас. Тепло, которое грело сильнее, чем огонь в камине, согревало лучше, чем горячий чай. Я моментально забыла и про дождь, и про мокрую, прилипшую к телу одежду...

— Как они сюда попали? — я ещё раз потрепала Дымка за гриву.

— Брутяне по моей просьбе послали их домой.

— И они сами нашли дорогу? — поразилась я.

— Дворцовых лошадей обучают этому, а Дымка и Серенького привязали к моему коню. Они уже давно вернулись. Извини, я никак не мог найти время… Сама видишь, — Мартин жестом указал на очередную процессию ремесленников с яркими праздничными изделиями.

— Так продолжается уже вторую неделю, — грустно и как-то устало добавил принц.

— Сочувствую. Если станет совсем невмоготу, приходи!

Помимо моей воли слово «приходи» прозвучало как мольба. Мне стало стыдно. Я отвела глаза.

Тут над моей головой раздался резкий звук — это Базиль с трудом раскрыл свой огромный зонт. Проржавевшие спицы туго упёрлись в ткань, натянув её до предела. Громкий треск ткани заставил меня опомниться, и до меня, наконец, дошёл смысл фразы, которой нас приветствовал Мартин.

— Ты сказал, что вышел меня искать? Как ты узнал, что я здесь?

— Селия заглянула в конюшню и сообщила, что вы ищете меня. Я постарался поскорей управиться с отбором коней для нашей завтрашней поездки и поспешил к вам.

— Селия?.. — переспросила я прерывающимся голосом и непроизвольно повернула голову в сторону конюшни. На её фоне мелькнул серый силуэт красивого скакуна. Всадник, облачённый в длинный тёмный плащ с широким капюшоном, хотел скрыться тихо и незаметно. Но конь издал предательское ржание, чем привлёк внимание моих собеседников. Порыв подлого ветра сдул капюшон с головы наездницы, предоставив нам на обозрение взволнованное лицо её величества. Волосы выбились из причёски и мокрыми прядями залепили щёки. Она нервно заколотила пятками по бокам коня, тот дёрнулся и галопом понёсся прочь со двора.

Все застыли в недоумении, провожая взглядом быстро удаляющуюся Селию.

— Как это легкомысленно — ездить верхом в такую погоду! — пробормотал Базиль.

— На прогулку верхом это не похоже, — нахмурился Мартин. — Это выглядит скорее как…

— Побег, — закончила я за него, не сразу сообразив, что принц осёкся не случайно — возле нас толпилось слишком много нежелательных слушателей. К счастью, расслышал меня лишь Базиль. Суета вокруг быстро возобновилась. О всаднице, исчезнувшей за дворцовыми воротами, забыли, и на нас уже никто не обращал внимания.

— Глория, я начинаю беспокоиться за тебя, — покачал головой доктор. — Боюсь, ты слишком долгое время провела наедине со своими мыслями и неподходящей для молодой девушки литературой. Вот тебе и мерещатся убийство за убийством да прочий злой умысел. Я сделаю замечание Шарлю, чтобы впредь выдавал тебе книги соответствующего содержания… Отвлекись от этого дела — вот тебе мой совет. Завтра после отъезда принцев придворные планируют скромный маленький праздник, так сказать, репетицию перед коронацией. Приходи, развейся. Я с удовольствием к тебе присоединюсь. А то очень скоро мне моё собственное поведение начнёт казаться подозрительным... Побег! Какая дикая необузданная фантазия!

Продолжая качать головой, Базиль неспешно засеменил в направлении королевского сада, предоставив мне самой объясняться с Мартином. Зонт он унёс с собой. Поэтому меня снова заливал дождь. Я бы, наверное, и не заметила его, если бы не почувствовала, что меня начинает знобить. Несмотря на непогоду, было тепло. Значит, знобило меня не от холода, а от того, что подтвердилось моё самое худшее опасение. Своим побегом Селия признала свою вину. Превращение в человека казалось теперь детской шалостью по сравнению с последствиями, которые это превращение повлекло за собой. Я не знала наверняка, умышленно ли Мирэн отравила королеву, но в том, что королева пала жертвой чудовищной задумки троллихи, у меня теперь не оставалось сомнений. Выходит, и моя мать косвенно приложила руку к злодеянию. А раз моя мама замешана, значит и я, хочу того или нет, становлюсь сообщницей, ведь у меня язык не повернётся выдать собственную мать! Ох, кажется, я начала понимать, какую тайну унёс с собой в горы Юстав...

Мартин не сводил с меня взгляда, читая в моих глазах смятение, а то и панику.

— Глория, — тихо произнёс он, то ли потому, что не хотел, чтобы нас слышали прохожие, то ли потому, что его голос упал в предчувствии, что происходит что-то неладное, — о каком именно убийстве говорил Базиль?

Я молчала.

— Что привело тебя сегодня во дворец? — уже чуть громче и резче спросил принц.

Хороший вопрос! Сама им задаюсь! Какого лешего меня понесло во дворец?! Знала же, что нарвусь на неприятный разговор!

— С чего ты решила, что Селия бежала? Что ты ей сказала?!

— Ничего! Честное слово! Я с ней даже не разговаривала! Мне показалось, что она сама догадалась, что я знаю... Возможно, она решила, что я всё расскажу тебе и, таким образом, разоблачу её.

Я очень надеялась, что Мартин довольствуется моим, надо признать, не слишком конкретным объяснением. Но принц смотрел на меня, прищурившись, с явным неудовлетворением.

На моё счастье, из дворца выбежал слуга и доложил, что в тронном зале срочно требуют присутствия его будущего величества. Я по лицу Мартина видела, что он сейчас отошлёт слугу обратно, чтобы продолжить мой допрос. Я поспешила его опередить.

— Не хочу тебя задерживать, Мартин, — натянуто улыбнулась я ему. — Обещаю тебе разузнать, куда делась Селия. Она поскакала в направлении леса. Там она от меня не скроется. А с тобой мы поговорим позже…

— Хорошо, — вымолвил Мартин после очень долгого, как мне показалось, молчания, — только обещай мне ещё одну вещь. Когда мы встретимся, ты расскажешь мне всю правду.

У меня мурашки побежали по коже от того, с каким особым ударением он произнёс слово «всю». Я кивнула, взяла под уздцы Дымка и Серенького и быстро зашагала со двора. Уже на выходе я оглянулась. Вопреки моим чаяниям и просьбам слуги Мартин во дворец не пошёл. Нет, он уверенно двинулся в сторону домика Базиля! Не пройдёт и нескольких минут, как он будет знать причину моего внезапного появления во дворце и моментально смекнёт, как это связано с поспешным побегом Селии. Ох, боюсь, нагрянет он ко мне в гости раньше, чем я рассчитывала. При других обстоятельствах я несказанно этому обрадовалась бы. При других обстоятельствах…

* * *

Только дома я осознала, что забыла завести Серенького к Финику. Я вообще плохо помнила дорогу назад. Пришлось разместить обоих, ослика и Дымка, у нас под навесом. Места было мало, но когда я положила им свежего сена, они придвинулись друг к другу и приступили к обеду. Я зашла в дом, села у окна и принялась ждать Мартина. Я была уверена, что он придёт ко мне этим же вечером! Но он не пришёл…

Не пришёл он и на следующий день, что, впрочем, меня не удивило, поскольку принцы должны были уехать на пустоши. Но, о духи леса, как меня это огорчило! Ведь если только Мартина не задержали важные государственные дела, его отсутствие означало лишь одно — то, что он узнал у Базиля, настолько его расстроило, что он принял, пожалуй, мудрое решение порвать со мной все отношения. Хорошо хоть стражу ко мне не приставил. Впрочем, это дело времени.

Вечером ко мне забежали Кики и Тики. По моей просьбе они должны были расспросить у водяных и прочих кикимор, главенствующих в данный момент в лесу, не видели ли те Селию.

Сестрички сидели на старом сундуке бабушки, весело болтали ногами и грызли сухарики. Больше угостить их было нечем. Не было бабушки — не было ни ватрушек, ни пирогов, ни оладий! Однако кикиморы выглядели вполне довольными. Они черпали сухариками земляничное варенье прямо из банки, а по кухне разливался стойкий запах мокрых листьев.

— Местные водяные чужаков не видели, — я с трудом могла расслышать их слова в громком хрусте, — да и вряд ли кто-то сейчас пройдёт сквозь лес. Наше болотце разлилось вширь. Такая благодать! На лошади там точно не проедешь. Даже королевская конница не отважилась.

— Королевская конница? — настороженно переспросила я.

— Ну да, всадники кружили вокруг леса. Въехали ненадолго, только один из них увяз по грудь, еле вытащили. Потом они поскакали на юг. В южной части леса посуше. Там водяных мы ещё не расспрашивали.

Сестрички снова дружно захрустели, а снаружи послышалась возня, раздался радостный крик Серенького, потом скрип ступенек на крыльце, и в кухонных дверях возник Финик.

— Слышала новость?! Её величество исчезла! Уже второй день найти не могут! Подозревают худшее…

Его голос внезапно оборвался, когда он увидел на сундуке кикимор. Тики продолжала громко пережёвывать сухари, а Кики расплылась в счастливой улыбке и медленно съехала с сундука в направлении Финика. Тот попятился и упёрся спиной в кухонную дверь.

— Короче говоря… это, как его… Я, вообще-то, за Сереньким забежал, — быстро затараторил Финик, — и спросить, не хочешь ли ты пойти на деревенский праздник. Но раз ты занята…

— Деревенский праздник?!

У Тики глаза загорелись зелёным огнём. Она отставила банку с вареньем, смахнула крошки с губ и кивнула.

— На праздник пойти можно… — милостиво согласилась она.

— И я с-совершенно не занята, — перебила её Кики, не сводя влюблённого взгляда с Финика.

Тот нервно задёргал ручку двери. Наверное, за время разлуки с кикиморами он успел отвыкнуть от их сногсшибательной внешности. Теперь придётся привыкать заново.

— Ты входи, просушись, — пригласила я гнома. — Базиль меня тоже приглашал. Только какой может быть праздник в такую погоду?!

Бочком, насколько позволяло тесное пространство кухни, Финик обошёл кикимор и подставил огню мокрую спину.

— Везде шатры понаставили, светильники повесили — испытывают, чтобы в день коронации всё прошло без сучка и задоринки.

— Не легче ли было коронацию перенести, — недовольно пробурчала я.

— Так ведь рассчитывали до дождей управиться. Кто ж мог предвидеть этакую напасть!

— Это ведь подарок! — возразила Тики. — Если дождь будет лить ещё месяц, наше болотце наводнит весь лес. То-то веселья будет!

Мы с Фиником в ответ тяжело вздохнули.

— Дорогу из леса скоро совсем размоет, — грустно пожаловался гном, — даже на осле с трудом проедешь.

— А ты с нами ходи, — подбодрила его Тики.

— С-с нами ни-ни одна л-лужа не страшна, — вторила ей Кики, — ни-ни одно б-болото!

— Ага, разве что мы намеренно тебя в него затащим, — зловеще расхохоталась Тики.

Финик побледнел. Кики погрозила сестре кулаком.

— Т-тики шутит, — успокоила она гнома и состроила ему умильную рожицу, — у неё д-дурное чувство юмора, не г-говоря уже о манерах.

— Тоже мне пы-пы-прынцесса выискалась! — передразнила её сестра. — Пойдёмте лучше на праздник, пока мы тут не усохли от вашего огня.

Тики отбросила мешочек с остатками сухариков в сторону, соскочила с сундука и вприпрыжку поскакала по кухне. На ходу она подхватила под руку сестру, после чего они вдвоём вцепились в курточку Финика и потянули его к выходу. Гном напрасно упирался и бросал на меня отчаянные взгляды. Из хватких зелёных ручек трудно было вырваться, а у меня не было ни настроения, ни желания идти ему на подмогу.

Когда весёлое шлёпанье моих друзей смолкло, я ещё долго сидела на кухне, прислушиваясь. Было до жути тихо. Мне вдруг подумалось, что все жители леса отправились на праздник во дворец, а в лесу осталась я одна. И только потом до меня дошло, что тихо стало потому, что я не слышу больше стука капель дождя по крыше. Я вышла на крыльцо. Дождь неожиданно закончился. И даже немного посветлело. Правда, ненадолго — настало время сумерек. Небо всё ещё было затянуто тучами, но они как будто истончились, и кое-где пробивались лучи заходящего солнца. Они окрасили кончики елей в оранжевый цвет, который вскоре померк, и воздух наполнился вечерней прохладой. Очертания деревьев в лесу расплылись в лёгком тумане. Земле словно не терпелось избавиться от лишней воды, и она начала выбрасывать её обратно вверх. Невероятно, но я поймала себя на мысли, что соскучилась по своему Призраку тумана.

Лишь только я подумала о нём, полупрозрачная пелена, затянувшая лес, заколебалась, от неё отделился знакомый мне сгусток, не такой плотный, как в горах, но видимый. Он закрутился передо мной, точно котёнок, пытающийся поймать свой... м-м-м... хвостом это было сложно назвать. Скорее вереницу туманных обрывков.

Вдруг совсем рядом хрустнула ветка. Я вздрогнула. Хруст веток — обычное дело в лесу, только этот хруст был особенный. Забавный образ котёнка растаял. Я прислушалась. Тишина. Глухая, пугающая.

Мне казалось, что кто-то наблюдает за мной оттуда... из густых зарослей можжевельника. Я кожей лица почувствовала опасность. Прятаться дома не имело смысла — наш дом не запирался, любой может в него легко проникнуть.

Прикрыв входную дверь, я спрыгнула с крыльца и с опаской осмотрелась. Повсюду лес наступал на меня тёмной массой. Тропа, ведущая в Северное Королевство, едва просматривалась. Я пошла по ней, непрестанно оглядываясь. Сначала не спеша, потом ускорила шаг. Наш домик давно растаял в сумерках, а дорогу впереди затянул туман. Меня это не страшило — выход из леса я найду всегда, пусть даже на ощупь. Я уверенно шла вперёд.

Лес расступился, и я вышла в поле. Со стороны деревни доносились приглушённые крики. Веселье там было в самом разгаре. Обрадовавшись тому, что дождь кончился, жители и гости королевства высыпали на улицу и от души веселились.

Я сделала было шаг в сторону блуждающих в тумане деревенских огней. И остановилась... Внутри меня вдруг появилась уверенность, что если я сейчас трусливо скроюсь среди людей, завтра страх чужого, опасного присутствия в лесу вернётся и будет преследовать меня до тех пор, пока я не встречусь с врагом лицом к лицу. Повернувшись спиной к деревне, я направилась вдоль леса к побережью. Только так можно было дойти до моря. Другие пути к нему были отрезаны разлившейся рекой. В груди давило, я должна была увидеть море. Море дарило мне уверенность и чувство защиты.

Сплошная стена леса вскоре оборвалась, и я увидела тёмный холм и смутные очертания шалаша Лукаса. Туман здесь был не такой густой, как в лесу. Словно кто-то накинул рванное пуховое покрывало на луг и на небо. Из дыр снизу торчали невысокие кустарники, жерди старой изгороди и столбы моста через Серну. Вверху, в облачных прорехах, просматривалось ночное небо с россыпью звёзд.

Внезапно всё вокруг засеребрилось — это из обрывков туч показалась луна. У меня возникло чувство, будто я шагаю по облакам, объятая её холодным светом. Потом луну снова заволокло тучами. В следующий раз она показалась, когда я поднялась к шалашу. Я посмотрела с вершины холма на море и не сразу поняла, что я вижу. На секунду мне померещилось, что кто-то заморозил море в тот момент, когда на нём бушевал шторм. Высокие волны застыли в странных формах. Они едва двигались, медленно видоизменяясь под напором слабого ветра. Далеко не сразу я догадалась, что это всё тот же туман играет с моим воображением. Или, может, наоборот, моё воображение играет туманом?..

Я заглянула в шалаш. Лукас в моё отсутствие успел его обустроить, утеплить, защитить от дождя. Внутри даже имелся небольшой запас еды, бидон с чистой водой, свечи, огниво и сухой хворост. Последнему я очень обрадовалась. Схватив в охапку хворост и огниво, я спустилась к морю. Берег был сырым и неуютным. Вода тихо плескалась рядом, чудные волны таяли, туман медленно расползался в стороны. Сквозь него проступило чёрное неприветливое море.

На скорую руку я развела костёр. Огонь вспыхнул сразу, с аппетитом и треском поглощая сухие ветки. Его яркий свет и тепло объяли меня. Я с благодарностью протянула руку к пламени и ощутила его жар. У меня не хватит топлива, чтобы поддерживать его долго.

Я сидела спиной к морю, веря, что оно защитит меня. Мои глаза были направлены в сторону леса. Свет костра не доходил до него, поэтому лес казался неприступной мрачной крепостью. Моё сердце беспокойно стучало. Я очень рассчитывала, что враг покажется до того, как погаснет пламя. В темноте я окажусь совершенно беспомощной.

Долго ждать не пришлось. Снова хрустнула ветка. Ещё и ещё. Враг более не крался, а уверенно наступал. Я поднялась на ноги и в напряжении вглядывалась во тьму передо мной. Я ещё никого не видела, но слышала поступь. Шаги смягчил песок. Значит, враг был совсем близко. Из-за туч в очередной раз вынырнула луна. Лес проступил в её таинственном свете. Только основания деревьев окутывал туман. И вот на фоне светлеющего леса я увидела своего противника. Он показался мне самым уродливым троллем, которого я когда-либо встречала в жизни!

Заметив в его руке блестящий клинок кинжала, я в испуге отступила. При мне оружия не было. Я запаниковала. Сделала ещё один шаг назад и, оступившись, упала. Тролль издал звук, похожий то ли на воинственный клич, то ли на торжествующий вопль. Хотя мне в тот момент он напомнил скорее звериный рык. Я начала сучить ногами, загребая пятками мокрый песок. Почувствовав, как мои ладони погрузились в холодную морскую воду, я поняла, что дальше отступать некуда. Тролль был в каких-то двадцати шагах от костра. Его глаза, ярче кинжала, светились яростью. За его спиной туман начал отплясывать дикие танцы, скалиться и строить жуткие рожи. От неспокойного марева беспорядочно отрывались куски. Они принимали форму привидений, если только у привидений могла быть форма, и стремительно разлетались в стороны. Со стороны леса послышались испуганные крики потревоженных птиц. Но их быстро поглотил туман. Он густел, рос и видоизменялся у меня на глазах. От его зловещих чудовищных очертаний леденела кровь в жилах.

Я начала было задыхаться от страха, когда меня настигла морская волна. Она накрыла меня с головой, блузка прилипла к телу, глаза застлала пелена. Море привело меня в чувство. Я словно очнулась.

Страх улетучился. Его место заняла злость. Нет, не на тролля. И не на туман. На саму себя! За трусость, за неуверенность, за сомнения.

Вскочив на ноги, я посмотрела на тролля с таким вызовом, что тот опешил. Остановил своё наступление и нерешительно покрутил в руке кинжал.

— Призраки тумана! — скомандовала я. — Схватить тролля!

Клубящийся над лесом туман приостановил свой рост. Разлетевшиеся в поднебесье привидения вернулись и закружили над нами. Круги, которые они описывали, становились то шире, то уже. Медленно они снижались к нам. В самом последнем круге привидения сбились в плотную подвижную кучу.

С нарастающим ужасом в глазах тролль наблюдал за кишащим призраками облаком за моей спиной. Когда же он развернулся, чтобы бежать, и увидел, что путь ему отрезан таким же облаком, тролль в панике заметался по берегу. Наконец он споткнулся о прибрежный камень и упал навзничь. Приведения в беспорядке парили над ним, а он, защищаясь, закрыл лицо руками.

— Глория, убери эту нечисть, я сдаюсь, — зарыдал тролль.

Я остолбенела. Голос мне был незнаком, но его интонация... Чувство злости затихло, и призраки тумана сразу же угомонились. Слились в одно пушистое облако и медленно опустились на тролля. Берег снова затянуло безмятежным туманом. И луна, как назло, скрылась. Я вытащила из костра пылающую ветку и помахала ею перед собой. Туман ласково мурлыкнул мне в ответ и вмиг рассеялся, предоставив мне на обозрение... О духи леса!

— Селия! — воскликнула я и, отбросив горящую ветку, упала на колени рядом с ней.

Я протянула руку, чтобы помочь королеве подняться. Но та с презрением оттолкнула меня. Вид её был жалок. Одежда висела лохмотьями, разорванная нескладным телом тролля. Я в ней даже не узнала женского платья! И тролля я не узнала! Впрочем, здесь нет ничего удивительного, ведь я видела Селию в личине тролля лишь раз, да и то в тёмном лесу.

С моря дул холодный ветер. Он гнал по небу жалкие остатки грозовых туч. Сквозь огромное рваное облако на нас смотрела луна. Её непостоянный свет то мерк, то опять зажигался. Тишину разорвал стон Селии, который тут же перешёл в нечеловеческий вой. Передо мной вновь стоял тролль, вернее, троллиха. До омерзения страшная.

— О духи леса, — вырвалось у меня, — что происходит?! Я думала, вы превращаетесь в тролля лишь в полнолуние!

— Лишь в полнолуние?!

Селия жутко захохотала, но хохот быстро сошёл на нет и превратился в истерический плач.

Кинжал выпал у неё из ладони. Она рухнула на колени и, закрыв безобразное лицо руками, зарыдала. Я опустилась рядом в порыве утешить её, но не знала как, не знала чем…

— Всё началось с полнолуния в праздник Лета, — всхлипывала она, — через год после превращения. С тех пор я пряталась… каждый праздник, чтобы скрыть это, — она с остервенением впилась острыми ногтями в своё лицо, словно хотела сорвать с него кожу, — потом я стала превращаться в чудовище каждое полнолуние! А теперь — стоит только луне показаться на небе…

— Но ведь это ваш истинный образ, — попыталась я вразумить её. — Зачем же так убиваться?!

Она вскинула на меня глаза. В них было столько ненависти, что я невольно отпрянула.

Луна скрылась. Лицо троллихи словно подёрнулось рябью, сгладилось, но тут же скорчилось от боли и страданий. Я смотрела на преображение с глубоким сочувствием.

— Ненавижу, — прошипела она, — ненавижу твою мать! Ненавижу тебя! Ненавижу весь ваш проклятый род!

Селия перешла на крик. Даже в её человеческом облике начали проявляться безобразные черты. Песок вихрем взлетел в воздух. Троллиха снова оказалась на ногах. В кулаке она стиснула рукоять кинжала и ринулась на меня. В её глазах горело безумие.

— Стой! — предупредила я её. — Ни шагу ближе! Иначе я прочту заклинание превращения и за последствия не ручаюсь!

Селия зловеще усмехнулась, в её взгляде читалась отчаянная решимость.

— Я знаю, что без книги заклинаний вы ничто! Да даже с книгой вы из себя ничего не представляете! Эллона своим недотёпством искалечила мне жизнь! Думаешь, ты сможешь переплюнуть её? Дерзай! — она замахнулась кинжалом.

Я отпрыгнула назад и угодила ногами прямо в костёр. Пламя было слабым, обожгло меня несильно, но от неожиданности я снова потеряла равновесие и упала. Селию на миг скрыла пелена дыма. Не дожидаясь момента, когда она снова набросится на меня, я умоляюще протянула руки к огню и быстро заговорила:

— Дух огня, к тебе взываю!
Разгорится пусть костёр!

Пламя моментально вспыхнуло, выбросив в воздух фонтан горячих искр. Падая, искры вытягивались в огненные столбы. В мгновение ока между мной и врагом образовалась непреодолимая горящая стена. Поднявшись, я уже увереннее обратилась к воде:

Духов моря призываю,
Духов рек, болот, озёр!

Духа огня мне вполне хватило бы для защиты, но защиты мне было мало. Мне необходимо было остановить злобную троллиху раз и навсегда!

Пусть подхватят духи ветра
Искры яркого огня!
Оградит слепящим светом
Пламя жаркое меня.

Пылающие столбы выстроились вокруг. Кожу лица обожгло огненное дыхание. Горячий воздух словно поднимался откуда-то снизу, крутился вихрем вокруг меня и тянул за собой ввысь, к звёздам.

Море с яростью звериной
Вскинет волны в вышину.
С ветром море воедино
Штормом берег захлестнут.

Всё вокруг преображалось с небывалой быстротой. Спокойное минуту назад море загудело со страшной силой. Его оглушающий рёв, казалось, раздавался со всех сторон и сливался с неистовым воем ветра. Удивительно, что мы всё ещё стояли на ногах, словно прикованные к земле.

Высокие языки пламени расступились, образовав огненный тоннель. В начале тоннеля стояла я, а позади меня бесновалось море. В конце тоннеля огонь осветил Селию. За её спиной ветер свирепо расшатывал лес. На глазах у Селии разыгрывалось невиданное, небывалое действие. Она тряслась от страха и отступала. Но огонь неожиданно сомкнул тоннель за её спиной, и она с криком ужаса закрутилась в его объятиях. Бежать ей было некуда.

Три бушующих стихии,
Призываю вас помочь!
Поделитесь своей силой,
Передайте ведьме мощь,
Сделайте её всесильной
На мгновенье в эту ночь.

Я повысила голос до предела, пытаясь перекричать море, ветер и огонь. Внезапно всё смолкло. Даже огонь припал к земле, словно утратил энергию гореть. А я, наоборот, вдруг почувствовала лёгкость и невероятную уверенность в себе. Мне даже на миг показалось, что если я оттолкнусь от земли ногами, то взлечу к самому небу…

Стихии умолкли, но я каждой частичкой тела ощущала их присутствие внутри себя.

> Помогите снять заклятье,
> Уничтожить корень зла.
> Чудо, ставшее проклятьем,
> Пусть огонь спалит дотла!

Затишье длилось недолго. Огонь снова с шипением поднял свои языки к небу, а воздух наполнился нарастающим шумом воды и ветра. Мне снова пришлось кричать:

> Пусть развеет чары ветер.
> Пусть водою смоет боль.
> И в холодном лунном свете
> Примет прежний облик тролль!

Грозовые тучи, образовавшиеся над нами, метали молнии. Они пронзили Селию, и та упала замертво. У меня аж всё похолодело внутри. Я бросилась к королеве, но вокруг неё, словно из-под земли, вырвались языки огня, яркие, алые, как лепестки огромного цветка, они собрались в пылающий бутон, скрывший тело Селии. В тот же миг нас накрыла гигантская волна. Цветок с шипением растаял, а меня страшная сила прижала к песку.

Когда я смогла, наконец, приподнять голову и осмотреться, всё вокруг стихло. Туча исчезла, оставив небо безупречно чистым. Луна предстала в полной своей красе. Стало очень светло. Море, как прежде, тихо и ласково шелестело волнами. Ветер легонько раздувал золу, в которую рассыпался хворост. Костёр потух.

Я с трудом поднялась на ноги, чувствуя себя слабой и опустошённой. Будто что-то больше и важное покинуло меня, забрав все силы. Пошатываясь, я поплелась к телу троллихи, глыбой возвышающемуся передо мной.

Упав на колени рядом с Селией, я опустила руку на её плечо и осторожно потрясла его. Раздался тяжёлый вздох. Потом ещё. Следом вздохнула и я. Облегчённо и счастливо. Оттого, что мои действия не повлекли за собой гибель живого существа.

Троллиха очень медленно села и отняла руки от лица. О духи леса! Как она изменилась! В ярком лунном свете я смогла легко рассмотреть черты её лица. Как тролль, она была прекрасна! Ничего общего с тем безобразным страшилищем, которое совсем недавно угрожало мне кинжалом.

— Мирэн… — прошептала я в восторге.

Я больше не сомневалась, что этот тролль передо мной и есть пресловутая Мирэн. Но почему она так изменилась?..

Селия-Мирэн часто заморгала глазами, силясь сдержать слёзы. Злость и ненависть исчезли. В глазах застыло выражение безграничной печали. Она смотрела на свои руки и легонько тряслась в беззвучных рыданиях.

— Я-я… снова т-тролль?.. Чуд-довище?..

— Да нет же, Мирэн! — воскликнула я. — Ты не чудовище! Посмотри!

Я потянула её за руку. Мы встали и подошли к небольшой впадине, наполненной морской водой. Ветер совсем стих. Поверхность воды была ровная как стекло. В ней, как в зеркале, отражалась луна.

Мирэн нерешительно посмотрела на своё отражение. Она долго разглядывала себя. Потом присела и пару раз коснулась пальцами воды, словно проверяя, не сон ли это. Когда она повернулась ко мне, на её лице заиграла улыбка.

— Я совсем забыла, как выглядела раньше, — тихо сказала она. — Я поверила, что я омерзительна! Что я чудовище… и снаружи, и внутри. Что же так изменило меня? Годы?

— Скорее ненависть и страх, — неуверенно высказала я своё мнение. — Они способны обезобразить почище любого заклинания.

Мирэн согласно кивнула и вдруг забеспокоилась.

— А я не превращусь обратно? Когда луна скроется? Или когда наступит полнолуние?

— Нет, Мирэн, — успокоила её я. — Когда за дело берутся волшебники природы, проколов быть не может!

— Разве это не ты читала заклинание?

— Я. Только сдаётся мне, что дело не столько в заклинании, сколько в моём искреннем порыве исправить ошибку мамы. Силы природы благосклонно пошли мне навстречу. При менее важных обстоятельствах мне вряд ли стоит рассчитывать на их столь могущественную поддержку, — я с сожалением вздохнула.

Мирэн отошла от лужи и с благодарностью посмотрела на меня.

— Спасибо, — сказала она, — ты избавила меня от такого кошмара! Каждый раз, принимая облик тролля, я ненавидела весь мир! Доводила себя до такого отчаяния, что решалась признаться во всём… но как только луна заходила, и я становилась человеком, страх закрадывался в сердце. Я изменяла самой себе. Я так устала! Устала врать, бояться, дрожать, ненавидеть! Теперь я могу начать всё сначала! — с триумфом закончила Мирэн.

Прижав ладонь к груди, она ещё раз выразила мне свою благодарность и пошла прочь.

— Мирэн, постой! — окликнула я её. — Куда же ты теперь?

— Туда, где меня никто не знает! — весело отозвалась она. — Да куда угодно! Только бы подальше отсюда.

Я обеспокоенно последовала за ней.

— Ты не можешь уйти! Ведь дело ещё не завершено! А как же Картоз?

Мирэн замедлила шаг. Наконец она остановилась и повернулась ко мне. Её лицо выражало скорбь.

— Он был влюблён в Селию! Её больше нет! Причём уже давно… Моё неудачное преображение и ему жизнь отравило. Ему будет лучше без меня… Да и как я покажусь ему в таком виде?.. Он увидит во мне чудовище! Он возненавидит меня за обман!

— А вдруг он разглядит твою красоту? Красоту, которую видела твоя сестра. Ты не можешь оставить Глорию!

— И ей будет лучше без меня! Она живёт прошлым, а я о нём больше думать не желаю!

— Ну а Крон?! Он любил тебя! Ты обязана ради него помочь нам найти убийцу! Неужели ты так запросто забудешь о нём?

При упоминании тролля Мирэн вздрогнула. Её плечи обвисли, лицо осунулось, глаза наполнились слезами.

— Его я никогда не забуду, — еле слышно произнесла она и, резко от меня отвернувшись, ушла.

Я стояла как истукан и смотрела ей вслед. А ведь мне следовало её догнать, остановить, призвать к ответу! Я сомневалась, что она убила Клавдия, но ведь Мартин мог думать иначе! А как же Лючия?! Мирэн наверняка повинна в её смерти!

Я хлопнула себя ладонью по лбу. Как я могла забыть о Лючии?! Как могла отпустить троллиху?!

Я помчалась к лесу, но Мирэн уже и след простыл. Она наверняка знала все самые потаённые уголки нашего леса, да и всего Северного Королевства. Мне её теперь не найти. И не вернуть. Она затеряется среди других троллей и, незамеченная, навсегда покинет королевство. Мартин мне этого никогда не простит…

У меня опустились руки. Я в полном отчаянии повернулась к морю. Оно полностью очистилось от тумана и нежно покачивало на волнах, словно убаюкивая, блики лунного света. На небе не было ни облачка. Вот так внезапно закончился сезон дождей. Моё сердце часто забилось в неясном предвкушении. Во мне вдруг проснулась уверенность, что перемены, которых я так боялась и которых всей душой жаждала, не заставят себя ждать. Только вот было неясно, радоваться мне этим переменам или быть начеку на случай подвоха?..

Усевшись на влажный песок, я обхватила ладонями предплечья и поёжилась — из лесу тянуло пронизывающей свежестью. Я ощутила приближение осени. Это тот еле уловимый аромат мокрого леса, ещё зелёного, но уже стряхнувшего с себя подсохшие на летнем солнце листья. Этот особый запах земли, насыщенной влагой, из которой готовы выпрыгнуть на поверхность тысячи грибов. Я с удовольствием прислушалась. В лесу снова пели ночные птицы. Раздавались шорохи, перестуки, трели, столь привычные мне. Ночные жители леса радовались ясной погоде и спешили по своим делам.

Я сидела долго, то вспоминая свои давние прогулки по ночному лесу, то возвращаясь мыслями к тому, что произошло на этом берегу совсем недавно. Я клевала носом, и сон путался с действительностью. Замотав головой, отгоняя странные видения, я потянулась и встала. Ноги едва держали меня. Следовало хорошенько выспаться…

Я бросила прощальный взгляд на море. Небо уже посветлело, и море на его фоне казалось тёмно-фиолетовым. И что-то ещё показалось на фоне утреннего неба. Я часто заморгала, силясь рассмотреть. Даже сделала пару шагов в сторону берега.

И тут я увидела корабли… Много-много кораблей. Они слились в сплошную тёмную полосу, только просветы в парусах придавали им узнаваемую форму. «Это возвращается наша флотилия», — подумалось мне. А это означало лишь одно: до коронации оставались считанные дни.

Судорожно вздохнув, я понуро опустила голову и поплелась домой отсыпаться.

* * *

Разбудил меня стук. Нет, не в дверь. Дверь я забыла закрыть. Кто-то скромно стучал по косяку входной двери, не решаясь войти в дом.

Финик по-хозяйски вошёл бы без стука, сквозь сон размышляла я. Мартин вряд ли уже вернулся с пустоши. Больше я никого не ждала.

И тут я вспомнила о приплывших вчера кораблях. Сон как рукой сняло. Я наскоро оделась и, рискуя сломать себе шею, съехала по лестнице вниз.

— Данис! — с благоговением прошептала я, завидев в дверном проёме плечистую фигуру моряка. За его спиной ярко блистал умытый дождём утренний лес, и в полумраке кухни лица гостя нельзя было разглядеть. И всё же я бы не спутала его ни с кем на свете. Я хотела было кинуться ему на шею, а вместо этого зависла на последней ступеньке стремянки. Мной овладела несвойственная мне

робость. Я вдруг вспомнила, что видела Даниса в последний раз пять лет назад, и за эти пять лет я должна была заметно повзрослеть. Значит, следовало быть сдержанней, серьёзней и перестать по-детски выражать восторг и радость.

Данис тоже выглядел смущённым. Некоторое время стояла неловкая тишина.

— Здравствуй, Глория, — наконец, вымолвил он. — Смотри-ка, а ты ведь больше не девочка. Как много я пропустил! И, как всегда, нагрянул к вам без предупреждения и приглашения… Можно войти?

Только сейчас я спохватилась, что мой гость топчется на пороге.

— Ох, — выдохнула я, — конечно! Добро пожаловать!

Я засуетилась на кухне, намереваясь подать к столу приличествующий случаю завтрак. Данис остановил меня. Взяв мои руки в свои загорелые ладони, он усадил меня за стол и сам сел рядом.

— Я зашёл на минуту, по пути во дворец. Не мог устоять — соскучился… — он коротко помолчал. — Мне необходимо уладить одно дело с вашим королём. Очень важное дело. Потом я буду в полном твоём распоряжении!

— У тебя дело к Картозу?

Данис удивлённо приподнял бровь.

— Кто такой Картоз?

— Он временно управляет королевством. После смерти Клавдия.

— Клавдий умер?! — ещё больше поразился моряк. — Вот это новость!

— Ты вроде бы служил в его флоте капитаном, правда?

— Да, я поступил к нему на службу десять лет назад.

— Десять лет назад? Да ведь это когда мы с тобой познакомились! — взволнованно воскликнула я.

— Верно, — тихо признал он, — это когда я впервые узнал о твоём существовании.

О духи леса, как много смысла он вложил в эти слова!.. Больше я не могла сдерживаться.

— Я ходила к горнякам и познакомилась с твоим отцом. Торис мне всё рассказал! И про твою мать, и про заблудшую к вам ведьму, которая оказалась моя мама, и про то, как вы поссорились, и как потом ты покинул его! — выпалила я на одном дыхании.

Ошеломила я его сильно. Он застыл с широко раскрытыми глазами, такими же синими, как мои, не в силах подобрать правильные слова для ответа. Его лицо выражало растерянность, замешательство, конфуз. Он вдруг отпрянул и выпустил мои руки. Сложив ладони на столе перед собой, он сосредоточенно разглядывал свои огрубевшие пальцы.

— Ты простишь меня? — хрипло произнёс он.

— Простить тебя? — изумилась я. — Разве ты виноват передо мной?

— Я сразу понял, что ты моя дочь. Понял сразу, лишь только встретил тебя. Но я не признался тебе! Не остался с тобой. Всякий раз, покидая тебя, я видел, как ты хочешь отправиться со мной. И каждый раз я придумывал сказки, отговорки, давал обещания…

— И всегда их выполнял!

— Кроме последнего!

— Ах да! — улыбнулась я. — Ты обещал, что в самое важное своё путешествие ты меня обязательно возьмёшь!

Он оторвал глаза от своих рук и посмотрел на меня.

— Я приехал сдержать своё слово, Глория. Поедешь со мной на Остров Надежд?

Теперь настал мой черёд лишиться дара речи.

— Ты отправляешься на Остров Надежд? — пролепетала я. — Но как?!

— Я буду возглавлять флотилию кораблей, построенных Гранцией. Мы столько времени их строили и испытывали! Мы обязательно доплывём до Острова Надежд и вызволим заключённых там ведьм!

Данис повысил голос и несильно стукнул кулаком по столу.

— Я шёл к этому половину своей жизни…

Я накрыла ладонью его судорожно сжатый кулак и ободряюще улыбнулась.

— Мы обязательно доплывём, — повторила я его слова. — Когда мы отплываем?

Его глаза наполнились бездонной благодарностью и счастьем. Но он снова заволновался.

— Я обязан спросить разрешения у Розалии. Представляю, как она расстроится.

Я беспечно взмахнула рукой.

— Бабушка, наоборот, обрадуется, что я поплыву не одна и не с Арахисом, а с тобой!

— Вы знакомы с Арахисом? — его бровь снова удивлённо взвилась вверх.

— Да уж, имели честь с ним ужинать однажды. А ты откуда его знаешь?

— Так после смерти короля Гранции Арахис взял на себя постройку кораблей. Сначала он порывался отменить затею брата, но я убедил его меня выслушать. Он внял моим просьбам и уговорил племянника, который к тому времени занял трон, продолжить затею отца.

— Постой-постой, — перебила я его, — какого ещё племянника? Ты говоришь о нынешнем правителе Гранции?

— Ну да.

— Так Арахис — его дядя?! А не простой посол?

— Насчёт простого посла ничего не знаю, — развёл руками Данис, — я только слышал, что у бывшего короля были трения с Арахисом, ибо тот не одобрял его захватнической политики. Арахис прилагал и продолжает прилагать много усилий, чтобы сохранять с соседними государствами дружеские отношения. А его брат, наоборот, грезил о расширении границ, зная, что их армия не потянет войны, если на их долю выпадет достойный противник. Я подозревал, что король Гранции согласился строить корабли для длительных плаваний в надежде, что спасённые ведьмы устрашат врага. Если честно, мне было на то наплевать. Лишь бы добраться до острова и спасти мою мать… Да и других несчастных тоже.

— Но ведь ты знал, что от ведьм мало проку без их главного оружия — книги заклинаний. Ты говорил об этом правителю Гранции?

— Да…

Данис заметно смутился. Он явно чего-то не договаривал или не хотел в чём-то признаваться.

— Ты рассказал ему о горняках! — догадалась я. — Ты — тот моряк, от которого Гранции стало известно об уделе горняков!

Он молча кивнул.

— Это был мой единственный козырь, — горестно вздохнул он. — Без моего обещания добыть книги заклинаний король Гранции и слушать не хотел о постройке кораблей. Ему не было никакого дела до несчастных женщин, которых сослали на остров на верную погибель.

— И ты на самом деле добыл бы для него книги? — спросила я дрогнувшим голосом.

— Что ты! Я понимаю, с моей стороны было недостойно врать… Я не видел иного выхода. Я знал, что отец и его товарищи перепрятали вещи ведьм после моего ухода. Я вряд ли смог бы их отыскать. Да даже если б и смог, я никогда не передал бы их во владение такого человека, как тогдашний правитель Гранции.

— Значит, он поверил тебе на слово?

— Да…

И снова я расслышала замешательство и неуверенность в его голосе.

— Признаюсь тебе, Глория, всё это время меня не оставляло предчувствие, что правитель Гранции знает о ведьмах больше, чем я предполагал. Он часто посылал своих приближённых в ваше королевство. Они приносили ему некие сведения. Уверен, что именно они, а не моё обещание, повлияли на окончательное решение короля строить корабли.

— А чем интересно было наше королевство?

— Видишь ли, — Данис замялся, — я ведь начал не с Гранции… Сначала я решился просить помощи у Клавдия. Пять лет назад… После того как я покинул отца, я десять лет потратил, чтобы стать опытным капитаном, а потом ещё пять, чтобы заслужить доверие короля Северного Королевства и поступить в королевский флот. Я предложил Клавдию свои услуги и верность в обмен на его поддержку.

— А он?

— Он прогнал меня взашей. Заявил, что раз я сомневаюсь в разумности принятого его дедом решения избавить наш мир от пагубного влияния ведьм, то мне не место в королевском флоте.

— Значит, поэтому мы тебя не видели целых пять лет?

— Да, — он виновато смотрел на меня. — Я тогда не мог всего объяснить. Ты была так юна… — Данис печально вздохнул. — Тратить время на Южное Королевство я не стал — уж слишком тесно они дружили с Северным. Поэтому я поплыл за море и попросил помощи у Гранции. Пришлось начать всё заново! Заново заслуживать доверие короля. Но мне повезло. Оказалось, в их королевстве ведьмы давно представляют особый интерес. Преимущественно из-за чёрных драконов. В Гранции ведьм отродясь не было. Поэтому моё предложение вызволить их с острова было встречено с воодушевлением. Однако правителя Гранции обескуражило долгое строительство. Он хотел сиюминутных результатов. Ходили слухи, что он предложил Северному и Южному Королевствам вступить с ним в союз, чтобы получить возможность беспрепятственно вести поиски ведьм, которые могли ещё существовать в здешних окрестностях. Или, может, он хотел подобраться ближе к горнякам и без моего ведома добыть вещи ведьм…

— Ага! А Клавдий воспротивился этому союзу! — наконец-то мне стало понятно, против какого «союза» выступал король. — Но почему? Он каким-то образом прознал об истинных намерениях Гранции?

Данис пожал плечами.

— Это мне неизвестно. Только в последний год Гранция очень часто отправляла корабли с гонцами в ваши края. Поговаривали, они никак не могли прийти к определённому соглашению. Вот и вели эти бесконечные переговоры. Когда же правитель Гранции скончался, Арахис взял узды правления в свои руки. Молодого принца, характером и амбициями под стать отцу, короновали совсем недавно. К счастью, он долгое время учился вдали от родины. Поэтому ему было невдомёк, какие надежды возлагал его отец на спасённых ведьм. Арахис держался в тени вплоть до смерти брата, а потом быстро и ловко превратился в наставника молодого правителя. Это всё произошло в начале весны. С тех пор я его не видел. Когда мы вернулись из плавания, мне сообщили, что Арахис отбыл в Северное Королевство для заключения-таки союза. Я был удивлён. После стольких неудачных попыток предыдущего правителя… Но я верил в Арахиса. Это подарило мне надежду, что Клавдий всё-таки одумается и согласится участвовать в спасении ведьм. И таким образом очистит историю королевского рода от жестокого преступления…

Данис замолчал. Его большие ладони бесцельно передвигали с места на места пустую банку из-под варенья, которую я так и не вымыла после вчерашнего нашествия кикимор. Сгорая от стыда, я потихоньку вытащила её из пальцев моряка и убрала в сторону.

— Значит, теперь Северным Королевством правит Кар… Как, ты сказала, его зовут?

— Картоз. Но это временно и весьма неофициально! Очень скоро на трон взойдёт старший сын Клавдия.

— А он тоже под стать своему отцу?

— Я Клавдия не знала, — развела я руками, — но, ручаюсь, Мартин не разочарует свой народ. Если Арахис убедит его, что намерения Гранции чисты и искренни, они заключат между собой долгожданный союз!

— Ну и слава духам моря! — обрадовался Данис. — На самом деле, от этого союза выиграют все! В Гранции превосходные ремесленники, изобретатели, строители. Но у них беда с посевами! У вас же столько благодатной земли! А сколько я историй рассказал тамошним травникам о местных лечебных травах! Бабушка Розалия наверняка бы прославилась в Гранции, — улыбнулся моряк и тут же спохватился. — Кстати! Где Розалия? Она дома?

Он огляделся и, кажется, только сейчас заметил нагромождённые вокруг нас вещи и, мягко сказать, несвойственный кухне беспорядок. Я снова покраснела от смущения.

— Бабушки нет. Она уехала навестить… м-м-м… нашу дальнюю… м-м-м… очень дальнюю родственницу.

— Жаль. Я хотел и с ней повидаться тоже.

— Повидаешься! — успокоила его я. — Бабушка уехала давно. Скоро должна вернуться.

— Прекрасно!

Хлопнув по столу широкой ладонью, Данис встал.

— Соскучиться не успеешь, я снова нагряну, — подмигнул он мне. — Раз приближается коронация, значит правитель Гранции тоже прибудет. В сопровождении Арахиса, разумеется. Поэтому в обратный путь мы отправимся все вместе! С благословения, надеюсь, новоиспечённого короля Северного Королевства и, самое важное, бабушки Розалии!

Подойдя к двери, он замешкался. Проведя рукой по косяку, он обернулся и посмотрел мне в глаза. Смотрел долго, словно не мог наглядеться. А потом сказал:

— Глория, перед отъездом я хотел бы зайти к отцу. Ведь я и перед ним виноват.

— Это ты хорошо придумал, — похвалила его я. — Уверена, Торис тоже хотел бы попросить у тебя прощения.

— Я его давно простил. А вот понял по-настоящему, лишь когда сам неожиданно стал отцом, — и он улыбнулся мне своей тёплой улыбкой.

Не в силах больше сдерживать рвущиеся наружу чувства, я бросилась ему на шею. Он крепко меня обнял и закружил по комнате, как делал всегда при наших встречах. Удивительно, что с полок не упали бабушкины настойки. Я лишь задела приставленный к стене медный таз. Он звонко покатился по полу и, оглушительно бряцая краями о пол, закружился вместе с нами. Вскоре он смолк. Мы тоже остановились и, наконец, расстались.

Когда Данис ушёл, я ещё долго пребывала в приподнятом настроении. Даже навела порядок и приготовила восхитительный завтрак. Только насладиться им не успела. Сквозь распахнутую дверь я услышала торопливый топот. Ещё мгновение, и на пороге стоял Финик и тяжело дышал. Прислонившись к косяку, он с трудом перевёл дыхание. Потом, словно о чём-то вспомнив, он вытянул шею и осмотрелся.

— Их нет, — успокоила я гнома, — близняшки любят поспать, тем более что сегодня слишком солнечно. Они вряд ли вылезут из болота до захода солнца.

Финик облегчённо выдохнул и живо подсел ко мне за стол. Потирая руки над сковородой с яичницей, он поделился причиной своего неурочного визита.

— В королевстве жуткое столпотворение! Возвратились наши моряки с кучей заморских гостей. Гости поважнее прибудут позднее. Более того, ранним утром вернулись принцы, а с ними, наверное, половина Южного Королевства. Да ещё эльфы, да тролли, да бабушка Розалия, да...

— Что?! — перебила его я. — Бабушка вернулась?!

— Да, она ехала в повозке с какими-то троллями. Они остановились в деревне. Я не мог к ней пробиться. Я сегодня вообще никуда не смог пробиться. И позавтракать не смог.

Гном облизнулся и придвинул к себе сковородку. Я не возражала. Я была слишком взволнована, чтобы думать о еде.

Не успел гном доесть завтрак, как с улицы до нас донёсся звук подъезжающей повозки. Я выбежала во двор. За мной с набитым ртом поспешил Финик.

Понукаемая Варнисом, лошадь тащила за собой старую крытую повозку. От копыт в стороны разлетались мокрые комья грязи.

— Доброе утро, Глория!!! — прогремел кузнец и натянул поводья.

Лошадь с фырканьем остановилась. Из повозки вылезла бабушка Розалия, как всегда бодрая и энергичная.

— Здравствуй, внученька, рада тебя видеть!

Она чмокнула меня в обе щёки и по-хозяйски осмотрелась.

— Смотри-ка, дом не спалили! Взрослеете на глазах! — похвалила она нас.

Финик в ответ весело хрюкнул.

— Вы сарай очистили? Отлично! Там теперь будет спать Глория. Варнис обещал привести к вечеру кровать.

— А за что меня в сарай? — обиделась я.

— Я говорю не о тебе, — спокойно ответила бабушка и кивнула на повозку.

Из-под навеса робко выглядывало несколько испуганное лицо Глории-троллихи.

— Кровать займёт половину сарая, — снова оглушил нас Варнис. Он уже успел осмотреть сарай и даже измерил его шагами.

— Его действительно лучше пристроить к дому! Только стены надо утеплить! Проще пареной репы! — кузнец потёр огромные ручищи. — До холодов управимся!

— Прекрасно, — хлопнула в ладоши бабушка, — а теперь помогите нам разгрузить повозку. Варнису нужно возвращаться в деревню.

Опираясь на бабушкину руку, Глория вышла из повозки. Троллиха по-детски улыбалась. Её взгляд рассеянно обследовал незнакомую местность.

Финик с кузнецом выволокли из повозки огромный сундук. Я сразу его узнала. Именно в нём Глория хранила свою драгоценную книгу сказок. Наверняка, в сундуке уместились все её скромные пожитки.

Сундук отнесли в сарай, а из повозки вытащили ещё и бабушкину корзину с метлой. После чего Варнис махнул рукой нам на прощанье и повернул лошадь обратно. Он предложил подвезти Финика, и через минуту мы с бабушкой остались наедине с нашей гостьей.

— Почему ты решила пригласить к нам Глорию? — спросила я бабушку.

Та не сразу ответила, сосредоточенно наблюдая за медлительными движениями троллихи. Потом она нахмурилась и покачала головой:

— У бедняжки совсем плохо с памятью. Она не смогла запомнить простейшего рецепта! Я не могла оставить её одну в том полуразрушенном замке. Одна она пропадёт! Конечно, после возвращения троллей там теперь полно народа. Только до неё никому нет дела, а она других троллей сторонится.

— Какие другие тролли? — удивилась я.

— Ты не слышала? Тролли вернулись в бывшее королевство Картоза и даже хотят восстановить замок. Думаю, то была инициатива

Мартина. Он тоже приехал осмотреть состояние развалин. Это я с ним вернулась обратно! Он захватил с нами несколько троллей потолковее, чтобы обсудить ремонт замка. Из их разговоров я выяснила, что земля та всё ещё принадлежит Картозу и площадь её достаточно велика. Ясное дело, Мартин беспокоится о свояке. Ведь когда он вступит на трон, Картоз снова окажется в роли нахлебника. Он и так хондрит, а после и вовсе скиснет.

— Значит, Глорию всё равно бы выселили из дворца?

— Вне всяких сомнений. Там необходим основательный ремонт. Хотя, должна признать, тролли обращались с ней дружелюбно. Только Глория к ним не шибко тянется. Насколько я поняла, они с сестрой выросли в замке в окружении членов королевской семьи и их свиты, поэтому Глория чувствует себя уютнее в обществе людей.

— А про сестру она что-нибудь говорила?

— Оставила её сестра давно, — бабушка неодобрительно покачала головой, — сначала приходила раз в месяц, а в последнее время совсем пропала. Глория лопотала что-то про проклятие. Мол, сестра разгневала покровителя всех троллей, и тот превратил её в чудовище. И ей теперь стыдно показаться Глории на глаза. Я так понимаю, что сестра просто сбежала, — бабушка с состраданием вновь посмотрела на троллиху.

Глория, что-то бормоча себе под нос, присела перед бабушкиной клумбой и начала ласково гладить цветы.

— А ведь у неё такое доброе сердце! — посетовала сердобольная бабушка Розалия. — Но из-за постоянных провалов в памяти она всё равно что ребёнок.

— Как ты думаешь, почему она такой стала?

Бабушка пожала плечами.

— Вероятно, произошло в жизни Глории какое-то событие, которое сильно потрясло её. Я в этой области не сильна. Поэтому хочу показать Глорию Базилю. Вместе с ним мы что-нибудь обязательно придумаем, — уверенно сказала бабушка.

Некоторое время мы с ней молча наблюдали за тем, как Глория пытается поймать мотылька. Когда же тот сел ей на нос, она скосила на него глаза и замерла в неудобной позе на одной ноге. Она покачивалась и при этом не сводила взгляда с мотылька. Я не смогла сдержать улыбку.

— Что ж, — сказала бабушка, — я вполне допускаю, что твоя мама к ней привязалась. Эллона была безнадёжным романтиком, обожала читать сказки. Мне даже казалось, что она придумала свою собственную волшебную сказку и жила в ней.

Мысли о маме стёрли улыбку с моего лица. Недавние переживания и волнения снова дали о себе знать тревожным биением сердца.

— Бабушка, а по дороге обратно Мартин тебя ни о чём не расспрашивал? — осторожно поинтересовалась я.

— Да нет. Он всю дорогу молчал, словно обдумывал что-то важное. Да и мне было о чём подумать, поэтому я его не тревожила.

Я повернулась к бабушке. Меня насторожило её глубокомысленное «о чём».

— О чём же ты думала?

Бабушка молчала, продолжая поглядывать на Глорию. Потом, вздохнув, она наконец перевела взгляд на меня.

— Ты всё равно узнаешь об этом рано или поздно, — начала она загадочно.

— Узнаю о чём?

Бабушка сделала пару шагов к нашей гостье.

— Глория, дорогая, — обратилась она к ней ласково, — будь добра, покажи нам своё сокровище.

Глория пошевелилась и с сожалением проводила глазами упорхнувшего мотылька. Потом снова оживилась, кивнула бабушке и побежала в сарай. Скрипнула и стукнула тяжёлая крышка сундука, после чего Глория появилась перед нами в обнимку с чем-то чёрным и плоским.

— Покажи нам, — снова подбодрила её бабушка.

Троллиха отняла от груди своё «сокровище» и продемонстрировала нам нечто, похожее на свёрток толстой чёрной материи. А на ней… в лучах солнца блистали два красных рубина. Я даже сощурилась от их блеска. Подойдя ближе, чтобы убедиться в своей догадке, я без труда рассмотрела вышитую чёрным бисером летучую мышь. Её глаза-рубины кровожадно сияли.

Я в недоумении глянула на бабушку Розалию. Та в ответ кивнула.

— Да, я тоже её сразу узнала. Только объясни мне, как книга твоей прабабки оказалась в сундуке Глории?!

— О духи леса! — не сдержавшись, воскликнула я. — Значит, я была права! Мирэн в самом деле отобрала у мамы книгу заклинаний!

Вытащив книгу из рук троллихи, я с радостным трепетом пробежалась пальцами по бархатной обложке. Однако радость угасла, едва я открыла книгу. Под обложкой желтели рваные клочья страниц.

— Что это?! — вскрикнула я. — Где содержание?!

Глория сконфуженно заморгала на меня своими детскими глазками.

— Не помню… — пролепетала она, услышав, наверняка, ужас и отчаяние в моём голосе. — Однажды зимой было очень холодно. Дров не хватило, а книг в замке валялось много… На этой мне обложка понравилась. Я её сохранила. Камешки красивые и мышка милая, правда?

У меня опустились руки. Переплёт с милой мышкой глухо шлёпнулся о землю.

— Не печалься, внученька, — бабушка Розалия приобняла меня за плечи. — Книги заклинаний принесли много горя. Без них всем будет лучше!

— А как же я?.. — мой голос дрогнул. — Без книги я не смогу стать настоящей ведьмой. Не стану такой, как Ефросия…

— Хвала духам леса! Я никогда не хотела, чтобы ты была такой, как она. Но, возможно, я смогу тебя немного утешить.

Бабушка Розалия скрылась в доме. Когда она появилась вновь, в её руках я увидела знакомый мне кулинарный справочник. Я смущённо приняла протянутую мне книгу.

— Вот, — торжественно сказала бабушка, — эту книгу я получила в наследство от своей собственной прабабки. Моя бабушка ею совсем не пользовалась и без сожаления отдала мне. Я, как ты знаешь, тоже ею не увлеклась. Это, конечно, не самая полная книга заклинаний. Зато у тебя будет представление о том, как проводили свой досуг ведьмы, — в бабушкином голосе сквозило презрение. — Там в конце есть свободные страницы. Почему бы тебе не заполнить их? А ещё лучше — начни новую книгу! Свою собственную!

— Записывать свои заклинания? Но ведь только заклинаний недостаточно… Нужны ещё рецепты разные…

— Все нужные рецепты я тебе дам! — заверила меня бабушка. — А сочетать их с заклинаниями собственного сочинения ты научишься со временем. Напиши новую книгу, Глория! Полезную и созидательную!

В словах бабушки чувствовалось столько поощрения и веры, что моё настроение моментально улучшилось. С улыбкой благодарности я прижала к груди кулинарный справочник и кивнула.

— Напишу, — пообещала я.

— Ну и славно! А теперь, будь милой, расскажи мне, как книга твоей прабабки оказалась в замке Картоза.

— Ох, — тяжело вздохнула я, понимая, однако, что рано или поздно бабушке пришлось бы всё рассказать. — Боюсь, повествование моё может затянуться.

— В таком случае войдём в дом и заварим чай.

* * *

Не понимаю, как бабушке это удаётся, только пока я заваривала чай, на кухне каким-то чудесным образом стало намного просторнее, чище и уютнее. Даже разведённый в очаге огонь трещал по-особенному, громче, музыкальнее… Из бабушки не вышла ведьма, и всё же она была настоящей волшебницей!

Глория скромно сидела на бабушкином диванчике и следила за тем, как ловко и умело бабушка готовит обед. Впрочем, до обеда было ещё далеко, но и времени на мой рассказ уйдёт немало. Поставив котелок на огонь, бабушка сунула Глории шкатулку с пуговицами и попросила их разобрать.

Рассказ я начала не сразу, не в силах оторвать своего взгляда от троллихи, которая с ребячьим восторгом набросилась на разноцветные пуговицы. Они выпадали из её неуклюжих пальцев, а она с упорством пыталась их ухватить, выбирая самые яркие и нарядные пуговки.

— Всё началось более двадцати лет назад, — проговорила я наконец. — И началось, пожалуй, с дружбы, которая возникла между мамой и Глорией. С сестрой Глории Мирэн мама не дружила…

— Почему нет? — удивилась бабушка.

Я пожала плечами и задумалась.

— Ты же сама говорила, что мама была слишком мечтательной. Глория такая же. А вот Мирэн была иной… Расчётливой, чётко знающей, что ей надо от жизни. Уверена, неблаговидная затея, в которую ввязалась мама, была спланирована Мирэн!..

Моё повествование действительно заняло много времени. Я даже не заметила, как бабушка накрыла на стол и поставила передо мной тарелку с овощной запеканкой. Она лишь раз перебила меня — когда я рассказывала о появлении мамы в селении горняков.

— Я не удивлена, что горняки не разгадали в Эллоне ведьму, — грустно кивнула бабушка. — В ней не было ничего ведьмовского! Не было огня… ни в глазах, ни в сердце! Лишь слабое тихое сияние, которое могли разглядеть только самые близкие ей люди… Поэтому столь несвойственная ей решимость меня удивляет. Что двигало ею? Что двигало Мирэн? Как ей удалось убедить Эллону пойти на такую опасную авантюру?

Этого я не знала и снова пожала плечами. Когда я умолкла, мы долгое время сидели в тишине. Я рассказала бабушке обо всём, что знала и о чём догадывалась. Даже призналась в том, что нашла её книгу заклинаний. Рассказала больше, чем намеревалась изначально. И теперь испытывала небывалое облегчение. Правда, я боялась, что мои откровения огорчат и ужаснут бабушку. Но я ошиблась. Она смотрела на меня и улыбалась.

— Ты не расстроилась? — спросила я её.

— Отчего мне расстраиваться? Я подозревала, что твоя мать учудила что-то этакое. Я чувствовала, что её угнетает тайна. Страшная тайна. И все эти годы я сама мучилась, ломала голову над тем, что бы это могло быть. И корила себя за то, что не смогла помочь. А теперь, — бабушка счастливо вздохнула, — теперь всё встало на свои места. Теперь мне всё понятно. И я даже мысли не допускаю, что Эллона виновата в том, что произошло с королевой. Ты правильно сделала, что не рассказала ничего Мартину. Пусть он ищет Селию и призывает ту к ответу.

— Да, только вот загвоздка — Селии-то больше нет! — воскликнула я и осеклась.

Единственное, о чём я ещё не поведала бабушке — это чудесное превращение Мирэн. К счастью, бабушка не обратила внимания на моё замешательство.

— Да, я слышала, что её так и не нашли. Поверь, она не сможет прятаться вечно. Заклинания превращения очень коварны. Последствия этого заклинания вымотают троллиху. Рано или поздно она не выдержит и проявит себя... Во всей этой истории мне непонятно одно: зачем Мирэн понадобилось превращаться в человека? Тролли красоту видят только в себе подобных... Была ли Мирэн исключением из правил?

— Если они с Глорией всю свою жизнь прожили среди людей, то Мирэн, на самом деле, могла думать иначе, — предположила я. — Она хотела быть похожей на людей, быть красивой, как люди.

— Она была красивой!

Мы с бабушкой совсем забыли о Глории. Она сидела на диване тихо как мышка. Неужели она всё это время слушала нас? Неужели понимала, о чём мы говорим?

Глория посмотрела на нас своими большими глазами. Они излучали грусть. Не детскую грусть...

— Она была красивой! — продолжала Глория. — Только она хотела быть по-другому красивой.

Она повторяла слова из моего сна! Невероятно!

— Потому что *ему* нравилась другая красота!

Мы с бабушкой переглянулись.

— Кому ему? Крону? — спросила я.

Глория печально покачала головой.

— Нет. Ему! Он любил прекрасную королеву. Сестра хотела быть красивой... как она.

— О ком она говорит? — бабушка непонимающе затрясла головой. — В королевстве Картоза не было королей! А если она говорит о Лючии, то кто этот «он»? Не Клавдий же?!

«Он любил красивую королеву...» В моей голове всплыли обрывки диалога между Мартином и Юставом.

— О духи леса... — прошептала я ошарашенно. — Картоз тоже любил Лючию! Значит ли это, что Мирэн любила его? Не Крона! Картоза! А он, понятное дело, не отвечал ей взаимностью. Она же была прислугой, да ещё троллем!

— Получается, троллихой двигали не корысть и жадность, а пылкие чувства? — бабушкины глаза загорелись. — Захватывающе!

— Именно чувства! Сентиментальными чувствами она и привлекла романтическую душу мамы. Мирэн вполне могла надеяться на взаимность короля, если бы приобрела милую ему внешность, — я говорила взахлёб, взволнованная своей догадкой. — А вот богатой она вряд ли бы стала, превратившись в человека, пусть даже похожего на королеву…

— Разве что она намеренно отравила королеву, чтобы занять её место, — сразила меня своими словами бабушка.

— Нет! — горячо возразила я, — тем миловидным троллем в саду, с которым Базиль видел королеву, наверняка, была Мирэн. Королева умерла ещё до превращения. Мирэн не стала бы так глупо рисковать!

Бабушка согласно кивнула.

— Значит, Базиль прав! Смерть королевы была естественной.

Я не ответила. Мне очень хотелось в это верить. Только что-то внутри меня противилось этой удобной версии. Бабушку же, наоборот, она вполне устроила. Ей, по-видимому, хотелось закрыть неприятную тему. Она подсела ко мне поближе.

— Поразительно! Я лишь сейчас заметила, как ты похожа на Даниса, — молвила она. — Это твоя лихая отвага и любовь к морю. Я была слепа!.. Знаешь, Глория, — проговорила бабушка, помолчав, — твоя мать была слишком кроткой и робкой. Когда же она решилась на рискованный и, возможно, опрометчивый поступок, это погубило её. И всё же я бесконечно благодарна ей за столь непредвиденную храбрость и даже дерзость. В сочетании с её безнадёжной романтичностью они подарили мне… тебя…

Бабушка долго смотрела на меня с теплотой и любовью.

— Ты не сильно огорчишься, если я уплыву с Данисом? — смущённо спросила я.

— Конечно, мне будет тяжело расстаться с тобой, — вздохнула бабушка Розалия. — С другой стороны, я давно поняла, что твоей неугомонной любопытной натуре одного леса мало… Одного королевства мало! Тебе нужен весь мир! Да будет так… Лично я рассчитываю с твоей помощью пополнить свои запасы заморскими рецептами. Я слыхала, что их лекари творят настоящие чудеса.

— А ты справишься одна с хозяйством? — забеспокоилась я.

Бабушка залилась смехом, а я стыдливо прикусила язык.

— С хозяйством справлюсь, — смахнув с глаз выступившие слёзы, заверила она меня, — и потом, твоя тёзка будет мне помощницей. Ты только посмотри, сколько в ней терпения и упорства.

Бабушка кивнула на Глорию. За время нашего разговора та рассортировала пуговицы по размеру, цвету и форме. В сторонке в кучку были собраны самые, наверное, красивые. Их она бережно поглаживала рукой.

— Что это у тебя там, Глория? — ласково спросила бабушка у троллихи. — Если тебе понравились пуговки, можешь взять их себе.

— Это пуговицы Эллоны, — неожиданно выдала Глория и снова нежно коснулась их пальцами.

Бабушка растерялась и, подойдя к дивану, склонилась над отобранными пуговицами.

— Кто бы мог подумать! — воскликнула она. — Я и забыла уже... Эти пуговицы с платья твоей матери! — объяснила она мне. — Платье съела моль, а пуговицы, действительно красивые, я сохранила.

Бабушка в недоумении смотрела на троллиху.

— Ты не помнишь имени своей сестры! А пуговицы Эллоны сразу узнала?!

Глория смущённо захлопала глазами.

— Я любовалась ими, когда она приходила... и когда читала мне... Она давно не приходила, — троллиха грустно вздохнула и опустила глаза на драгоценные пуговицы.

— Любопытно, — пробормотала бабушка, но тут же громко заговорила: — Какая ты умничка, Глория! Разложи пуговицы по мешочкам, а потом мы все вместе будем печь оладьи!

Сунув нашей гостье мешочки, бабушка оттащила меня в сторону и взволнованно зашептала:

— Меня только сейчас осенило! Глория ведь наша совсем молода!

— Что? — не поверила я, окинув взглядом крупные формы троллихи, — она же старше Мирэн!

— Нет-нет-нет, — уверенно замотала головой бабушка, — она младше Мирэн. Когда Эллона приходила к ним, она читала ей детские сказки! Почему? Да потому что Глория была ещё девочкой. И ростом была тогда ниже, вот пуговицы и разглядела подробно! Присмотрись к ней!

Я ещё раз внимательно посмотрела на тёзку. По правде сказать, я плохо определяла возраст троллей. У них от природы кожа грубая, шероховатая и вся в мелких складках. Когда я увидела Глорию впервые, я решила, что на лице её морщины. Но, возможно, это не от возраста, а от плохих условий, в которых она обитала и... от горя?..

— Пожалуй, — неуверенно согласилась я.

Но бабушка меня уже не слушала. Она, похоже, утвердилась в своём мнении и возбуждённо потирала руки.

— Если она помнит мелочи, связанные с Эллоной, то, вероятно, короткая память — это её способ защиты от суровой действительности, от потерь, которые она понесла в столь юном возрасте. А значит есть надежда, что нам удастся её память восстановить. Да, на это потребуется время, но какая возможность для меня опробовать на практике редкие методы целительства! Представляю, в каком восторге будет Базиль! Отведу к нему Глорию сегодня же вечером.

— Во дворце сейчас суматошно. Не лучше ли Глории побыть у нас, в тишине и спокойствии, попривыкнуть? — усомнилась я в бабушкиных радикальных планах.

— Вздор! Глория уже двадцать лет пребывает в тишине и спокойствии. Ей давно следует сменить обстановку. Вид сказочного дворца её приободрит. Уверена, Мартин разрешит нам погулять по дворцовым палатам.

Я мысленно представила роскошный тронный зал. Он и вправду производит впечатление. С этим бесполезно было спорить. А если Глория жила сценами из своей любимой сказки, то красота дворцовых палат взбудоражит её. Кто знает, быть может, ей действительно необходима вспышка положительных эмоций?..

При упоминании сказочного дворца Глория засуетилась, глаза её заблестели. Она даже принялась смущённо расправлять свою старую юбку и стыдливо заправлять в неё заношенную до дыр блузу.

— Насчёт одежды не переживай, — успокоила её бабушка. — Уверена, леди Марсель подберёт тебе что-нибудь из своего богатого гардероба. У неё имеются платья на любой вкус и размер! Если уж она нашу Глорию превратила в очаровательную барышню!..

Бабушка рассмеялась и весело пихнула меня локтем. Я её шутку не оценила и неодобрительно нахмурилась.

— Ладно тебе, не дуйся, — бабушка любовно потрепала меня по щеке. — Поедешь с нами?

— Ох, нет, — быстро отказалась я, — во дворце и без меня сейчас народа хватает.

— А-а-а, — смекалистая бабушка потрясла в воздухе указательным пальцем, — Мартина избегаешь? Правильно. Он сгоряча может сделать неверные выводы и помешать Данису в его спасательной миссии по выручке ведьм. Я бы настоятельно советовала вам отплыть сразу после коронации. Тогда Мартин не успеет спохватиться.

— Но это же через два дня! — воскликнула я и сама ужаснулась тому, как быстро пролетело время. А мы не поймали ни убийцу короля, ни убийцу Крона. Вдобавок я ещё и вероятную убийцу королевы упустила!

— Да, всего два дня надо выдержать и не наделать глупостей, — бабушка многозначительно сверлила меня глазами.

— А как же Мартин? — спросила я внезапно ослабевшим голосом. — Я его больше не увижу?

— На коронации насмотришься, — безжалостно отрезала бабушка.

Потом, немного смягчившись, она приобняла меня за плечи и тихо шепнула:

— Не повторяй ошибку своей прабабки. Хочешь быть ведьмой, будь ею, следуя не вековому уставу, а выбирая свой собственный путь. А если хочешь быть счастливой ведьмой, бери в спутники того, кто осилит сей путь. Увы, король этим путём не пойдёт!

— Я понимаю и уже смирилась с этим, — с горечью призналась я.

— Умничка! А теперь давайте печь оладьи! Нехорошо идти к Базилю с пустыми руками!

* * *

Задолго до заката Варнис привёз нам не только кровать, но и прикроватную тумбу с небольшим круглым комодом. Перед тем, как уйти во дворец, бабушка застелила кровать чистым постельным бельём, а на тумбу поставила вазу с полевыми цветами и маленький ночничок. Глория кружилась в сарае и искренне радовалась своему новому жилищу.

Уже стемнело, когда они ушли к Базилю, обе в распрекрасном расположении духа. Я стояла посреди двора и смотрела им вслед. Меня опять что-то тревожило. Как вчера... Чувство, что за мной наблюдают.

И точно! Снова хрустнула ветка, совсем рядом! И опять в можжевеловых кустах. Надо их все вырубить к лешему!

Обречённо вздохнув, я повернулась к кустам. В них сгущался ночной мрак. На этот раз мне совсем не было страшно. Я знала наверняка, кого скрывают чёрные мохнатые ветви.

— Мирэн.

Долго ждать не пришлось. Кусты зашумели, и от них отделилась громоздкая тень. Она сделала пару шагов, и свет дворового фонаря осветил троллиху.

— Почему же ты не ушла туда, где тебя никто не знает? — поинтересовалась я.

— Не смогла, — измождённым голосом ответила она. — Я совсем отвыкла показываться на людях в своём собственном обличье. Всё мне кажется, что на меня странно смотрят, что меня вот-вот узнают... Хотя меня прежнюю уже никто не помнит... разве что Глория.

Имя сестры Мирэн произнесла как-то по-особенному, с тёплой грустью.

— Глория, — позвала она уже с другой интонацией.

Я поняла, что она обращается ко мне.

— Я не могу больше жить с этой виной на сердце! Я так устала прятаться...

Я понимающе кивнула. Бабушка Розалия, как всегда, оказалась права. Мирэн объявилась раньше, чем я могла предположить. Это меня несказанно обрадовало.

— Тебе следует признаться, Мирэн. Признаться и просить милости у принцев. Тогда тебе не придётся больше прятаться!

Мирэн усмехнулась. Горько и безнадёжно.

— Гнев принцев меня страшит меньше всего, — тихо, почти шёпотом молвила она.

— Что же тогда? — удивилась я.

— Я боюсь признаться во всём Картозу. Он так подавлен в последнее время. Моё признание убьёт его! А ведь когда-то мы были с ним близки и счастливы! Несколько коротких лет мы были по-настоящему счастливы… Как я скажу ему, что все эти годы он жил с троллем, который к тому же ещё был когда-то у него в услужении?! — Мирэн в отчаянии заломила руки.

— Сдаётся мне, у тебя нет иного выхода. Картоз заслуживает узнать правду!

Я старалась говорить убедительно. Мне было очень важно уговорить троллиху прийти с повинной во дворец.

Мирэн кивала головой, но глаза её беспокойно бегали. Она никак не могла решиться. Я чуяла: было что-то ещё, что тревожило её похлеще заключения в темницу.

— Рано или поздно всё всплывёт на поверхность, — я отважилась на обманную уловку. — Рано или поздно все узнают, кто убил Клавдия.

Мирэн вздрогнула и посмотрела на меня с нескрываемым ужасом.

— Ты знаешь?! И принцы знают? — её даже затрясло от напряжения.

— У нас пока нет доказательств вины, — ушла я от прямого ответа, стараясь всё же говорить твёрдым голосом, — но это дело времени! Поэтому, как я уже говорила, лучше признаться и надеяться на помилование.

Мирэн некоторое время разглядывала свои дрожащие руки. Потом сжала их в кулаки и кивнула каким-то своим мыслям. Когда она подняла на меня глаза, я прочла в них безысходность, но в то же время чувствовалось, что троллиха приняла, наконец, важное решение.

— Ты должна пойти со мной! — выдала она вдруг.

— Что?! Зачем?

— Если я заявлюсь в таком виде во дворец, меня и на порог не пустят. И не поверят…

— Мартин поверит!

— Ты должна подтвердить, что я — Селия! И объяснить им, каким образом я превратилась обратно в тролля.

— Обязательно?

Теперь я ощутила внутри себя нервную дрожь. Мне совсем не улыбалось рассказывать Мартину о своём участии.

— А ты не можешь сказать, что чары пали, и ты снова стала собой?

— Всё, что скажу я, будет подвергаться сомнению, — стояла на своём Мирэн. — А твоим словам Мартин непременно поверит!

В этом я не была столь уверена, но спорить не стала и согласно кивнула.

Когда мы приблизились к деревне, Мирэн заколебалась. Я видела страх в её глазах. Она схватила меня за руку и крепко сжала. Я впервые испытала глубокую жалость к этой горемычной троллихе.

Так мы шли до самого дворца, рука об руку. Жители деревни странно поглядывали на нас и расступались, давая дорогу.

Во дворце мы прямиком прошли в тронный зал, ожидая застать хоть кого-нибудь из королевской семьи. Там, действительно, находился Мартин. Один. Он стоял к нам спиной, в центре тронного зала.

Взор Мартина был обращён к портретам родителей. Мы шли по ковровой дорожке, и принц, погруженный в раздумья, не слышал наших шагов. Не знаю, как Мирэн, но я оробела. Мы остановились в каких-то десяти шагах от принца. Никто из нас долго не решался нарушить тишину. Мартин повёл плечами, будто спиной почувствовал чужое присутствие, и оглянулся. Чего только не увидела я в его глазах. Непонимание, удивление, подозрение и, наконец, негодование.

— Кто это?! — резко спросил он, кивнув на мою спутницу.

Моё сердце дрогнуло под его суровым взглядом. Я с трудом взяла себя в руки.

— Мартин, — сказала я, еле сдерживая дрожь в голосе, — позволь представить тебе Мирэн.

Принц выпрямился и, прищурившись, внимательно оглядел троллиху с ног до головы.

— Это я, Мартин, — голос Мирэн звучал ровно, и в нём можно было угадать голос Селии. — Это я, — повторила троллиха, — та, которую ты много лет считал своей тётей.

Мартин ничего не сказал ей в ответ. Он в упор смотрел на меня.

— Ты превратила её обратно в тролля? Как тебе это удалось? Нашлась книга заклинаний?! — принц, сам того не желая, повысил голос, и «книга заклинаний», подхваченная эхом, гулко прокатилась под сводами потолка тронного зала.

Принц досадливо сжал губы и повернул голову к дверям. Там стоял Араганесес. Он выглядел растерянным и бледным. С трудом оторвав взгляд от Селии-Мирэн, дворецкий вытянулся и громко отчеканил:

— Ужин подан, Ваше Высочество! Вас все ждут.

Но Мартин и не думал двигаться с места.

— Позови сюда моего брата… и Картоза тоже, — приказал он дворецкому и, когда тот удалился, обратился ко мне. — Глория, будь добра, сходи к Базилю и попроси его присоединиться к нам.

Мне так не понравился его холодный бесстрастный тон. К тому же я совсем не хотела оставлять его наедине с Мирэн! Я желала знать, о чём они будут говорить! Но Мартин одарил меня таким взглядом, что я чуть ли не бегом кинулась исполнять его поручение.

В домике лекаря я застала не только его хозяина, но и бабушку Розалию с Глорией.

— Уверяю тебя, это всё последствия сильного потрясения. А клин клином вышибают. Надо, чтобы нашу Глорию что-то сильно потрясло! Шок! Внезапный испуг! — вдохновенно втолковывал бабушке Базиль.

— Глупости говоришь, — как всегда противоречила ему бабушка. — Хочешь, чтобы к слабой памяти ещё и заикание добавилось? Хватит с бедняжки потрясений! Что ей нужно — так это любовь и ласка! То, чего она была лишена все эти годы!

Глория застенчиво стояла в сторонке и мяла пальцами юбку нового хорошенького платья, несомненно подаренного ей леди Марсель. Троллиха выглядела в нём намного моложе. Она попеременно смотрела то на Базиля, то на бабушку, вряд ли понимая, о чём они спорят.

— Я рассчитывала, что ты порекомендуешь какое-нибудь средство для укрепления и восстановления памяти, — недовольно продолжала бабушка. — Сам же хвастал своими познаниями в этой области, утомлял речами о штуках, которые выделывает наш разум под влиянием враждебной окружающей среды.

— Ну извини, если утомил тебя научной правдой, — обиженно отвечал Базиль. — Я лишь пытался вытеснить мрак неграмотности из…

Заметив, что бабушка набрала полную грудь воздуха и раздула щёки, готовая взорваться ответной репликой, я громко кашлянула и положила конец их дискуссии. Передав Базилю королевскую волю, я, недолго думая, пригласила бабушку с Глорией идти с нами. Я решила, что они не меньше других имеют право присутствовать при развязке событий. Я была уверена, что сегодня всё закончится. Мы узнаем, наконец, кто убил короля, кто убил Крона и был ли на самом деле заговор против Северного Королевства. У меня всё внутри дрожало от предвкушения, волнения и, пожалуй, страха тоже. От страха, что ведьмы, включая меня, предстанут не в самом выгодном свете. Радовало одно: Мартин раскроет убийство своего отца до коронации, как он того и хотел.

Мы появились в тронном зале одновременно с Седриком. Мартин за всё это время, казалось, не сдвинулся с места. Сложив руки на груди, он слушал тихую речь Мирэн. Она рассказывала ему о чём-то очень серьёзном. Эх, какая досада! Я не слышала всего разговора. Так и знала, что пропущу важное признание!

— В чём дело, Мартин? — громко спросил Седрик. — По какому поводу собрание?

Он с любопытством оглядел присутствующих.

Мартин глубоко вздохнул. Было видно, что он собирается с мыслями, чтобы всем назвать причину нашего здесь сбора.

— Прости меня, Седрик, что не поставил тебя в известность раньше, — молвил он. — Мне необходимо было правильно оценить серьёзность ситуации, чтобы избежать ложных обвинений и необоснованных подозрений.

Немного помолчав, Мартин продолжил более суровым тоном:

— Теперь я могу с уверенностью заявить, что наш отец был убит. Отравлен змеиным ядом.

— Отравлен?!

Седрик изменился в лице и побледнел.

— Кем?! За что?!

— Именно это мы и попытаемся сейчас выяснить.

Мартин, в отличие от брата, говорил спокойно. Только это было показное спокойствие. Я успела достаточно хорошо изучить принца и знала, что, на самом деле, он сильно волнуется. Он боится ошибиться…

— Всё началось с желания простого тролля стать человеком, — Мартин окинул осуждающим взором Мирэн, — и не просто человеком, а человеком, похожим на нашу мать. Для этого троллю пришлось прибегнуть к помощи ведьмы, и общими усилиями им удалось воплотить мечту тролля в жизнь. Так в нашей жизни появилась тётя Селия… — изящным движением руки принц представил Мирэн присутствующим.

В зале воцарилась мёртвая тишина. Никому и дела не было до Картоза, который в этот момент вошёл в зал. Он шагал медленно, как зачарованный, не сводя глаз со своей жены. На него обратили внимание, лишь когда он приблизился к ней вплотную. Мирэн смотрела на него тоскливым, полным раскаяния взглядом.

— Прости меня, — прошептала она. — Я так хотела, чтобы ты заметил меня… Превращение в человека казалось мне единственным решением.

Картоз ничего не ответил. Только выражение его лица изменилось. Оно больше не было пустым и пресным. На его лице проявились эмоции. Пока мне непонятные, но яркие. И эти эмоции преобразили его. Его облик сделался благороднее и даже привлекательнее…

— Постойте, — выступил вперёд Седрик, — я ничего не понимаю. Хотите сказать, что Селия — преображённый тролль?! И все эти годы мы жили под одной крышей с самозванкой?!

— Да, — кратко подтвердил Мартин.

— Возмутительно! — голос младшего принца задрожал от негодования. — А что же отец? Он знал? Это Селия убила его?! В страхе быть разоблачённой?

Мирэн вздрогнула, но промолчала. Меня это удивило. Почему она не защищается? Неужели действительно виновна?..

— Простите, — вмешался Базиль, — я пребываю в таком же потрясении, как и все здесь собравшиеся, от того, что сестра всеми нами любимой королевы оказалась обманщицей. Но считаю своим долгом высказать своё мнение. Селия, или как там её зовут на самом деле…

— Мирэн, — тихо подсказала ему Глория. — Мирэн — моя сестра.

Глория стояла чуть поодаль и прямо-таки светилась от счастья, не сводя глаз со своей старшей сестры.

— Час от часу не легче, — язвительно заметил Седрик. — В одночасье мы породнились с целым тролличьим родом!

— Продолжай, Базиль, — поощрил лекаря Мартин.

— Так вот, Селии не было известно о яде! Видите ли, на двузубце, что был выдан мне на обследование как возможное орудие убийства, я действительно обнаружил следы змеиного яда. Этот яд добывался мною лично, и поклянусь чем угодно, этого яда больше ни у кого в нашем королевстве нет. Более того, о яде никто, кроме меня, не знал!

— Я знал.

Все обратили удивлённые взоры на Картоза. Он стоял неподвижно, точно каменная колонна. Тихий, незаметный. А здесь он словно вышел из тени.

— Базиль сам рассказал о яде и его свойствах, когда прописывал мне успокоительное. Выведать, где лежит яд, тоже было несложно.

Лицо Базиля вытянулось и покрылось красными пятнами от стыда и смущения. Очевидно, он совсем позабыл об этой мелочи.

— Я не п-помню… — пробормотал он растерянно, — совсем не помню.

— Стало быть, вы, Картоз, заранее готовились к убийству отца, коли вознамерились запастись ядом?! — Седрик был вне себя от возмущения. — Почему?! Что он вам сделал?!

— Тогда я не планировал убивать Клавдия, — умеренным тоном отвечал Картоз. — Я хотел взять яд для себя…

Я заметила, как при этих словах лицо Мирэн посерело.

— Почему вы решили покончить с жизнью? — вступил в разговор Мартин.

Картоз немного помолчал. Он в упор смотрел на свою жену, словно разговаривал с ней и только с ней.

— Я любил Лючию, — тихо начал он свой рассказ, — знал, что чувства мои не взаимны, но продолжал смиренно надеяться. Если вы думаете, что я возненавидел вашего отца, когда он женился на Лючии, — он бросил быстрый взгляд на принцев, — вы ошибаетесь... Возненавидел я его гораздо позднее. Когда он начал угрожать Селии расправой.

— Значит, я был прав! — восторжествовал Седрик. — Отцу было известно, что Селия не сестра мамы! Откуда?

— Я сам ему подсказал.

— Как, — ахнула Мирэн, — ты знал?!

Картоз тяжело вздохнул.

— Не совсем... Я давно заметил, что происходит неладное. Я ведь по-настоящему полюбил тебя, Селия! Тебя! А не прообраз Лючии!

Картоз заговорил громко и пылко, а на глаза Мирэн навернулись слёзы.

— Несколько лет мы жили счастливо! И вдруг ты принялась вести себя так чудно, неестественно. Стала сторониться меня, пропадать по ночам. Сначала раз в месяц, потом всё чаще и чаще. Что я должен был думать? Я пытался проследить за тобой, только ты всегда оказывалась проворнее меня. Так продолжалось много долгих лет... Неопределённость и непонимание сковали все мои чувства! А потом... потом появился этот тролль!

— Крон!

Это снова встряла Глория. Что творилось с ней — непонятно. Она едва сдерживала рвущиеся наружу ликование и неописуемую радость. И, пожалуй, гордость... Гордость за саму себя, что она помнит! Наконец, она помнит что-то важное!..

— Да, Крон, — кивнул Картоз. — Я решил, что он замыслил недоброе против Селии... А после я застал их вдвоём. Сцена была отнюдь недвусмысленная...

— О, Картоз, — воскликнула Мирэн, — сцена была невинна! Ты должен мне верить! Крон всегда питал ко мне нежные чувства, этого я не отрицаю. До самой его смерти мне льстило его трепетное отношение ко мне, его преданность. Только моё сердце принадлежало другому, — она протянула к нему руки, — тебе...

Не знаю, как других, но меня этот трогательный диалог пронял до слёз. Пришлось часто моргать, чтобы не расплакаться. Бабушка Розалия тоже приложила платок к глазам. Да и Картоз расчувствовался, хоть и пытался это скрыть.

— Я решил призвать тебя к ответу! Только я не хотел, чтобы ты начала всё отрицать и обвинять меня в беспочвенной ревности. Тем более к троллю! Мне требовалось подтверждение неверности. Я просмотрел твои вещи, но ничего не нашёл. Тогда я проник в мясную лавку и обыскал жилище Крона. Единственное, что показалось мне заслуживающим внимания — пачка старых писем. Я не знал, не понял, не догадался, что Мирэн и ты — одно лицо! Я возликовал, что могу разоблачить Крона и представить тебе доказательства его страстных чувств к другой особе. А когда я, пересилив отвращение и брезгливость, прочитал эти письма… — Картоз горестно покачал головой, — я проникся их чувственностью и поэтичностью. Честно говоря, я втянулся в чтение. Послания Крона были романтичны и увлекательны…

— Постойте, — прервал его Мартин, — у вас оказались лишь письма Крона? А письма Мирэн?

— Писем Мирэн не было, — Картоз казался растерянным. — Я тогда не придал этому значения…

— А почему у Крона оказались его собственные письма? — встряла я в разговор и посмотрела на Мирэн.

Та выглядела не менее растерянной и потрясённой.

— Я понятия не имею, как к Крону вернулись его письма! Я всегда хранила их в тайнике, не решаясь уничтожить. Я была уверена, что они ещё там, пока не увидела их тогда на столе Мартина…

— Это вы выкрали их потом из тайника отца? — сурово спросил Мартин.

— Нет-нет, — протестующе замахала руками Мирэн, — ни о каком тайнике Клавдия мне неизвестно!

Принц перевёл вопросительный взгляд на Картоза. Тот в ответ лишь отрицательно покачал головой.

— Хорошо, — процедил сквозь зубы Мартин, — продолжайте, Картоз.

Картоз вновь собрался с мыслями и продолжил:

— Когда разговор в письмах зашёл о ведьмах и их добре, которое стерегли горняки, я насторожился. Крон писал, что не может удовлетворить некую просьбу возлюбленной, так как горняки не доверили ему тайны местонахождения ведьмовских вещей… В последних письмах возобновились его просьбы послать ему весточку. Надо полагать, получив отказ, Мирэн потеряла к троллю интерес… Честно говоря, я не придал бы делам троллей особого значения, если б как раз в это время у Клавдия не шли оживлённые переговоры с послами Гранции. Они слишком настойчиво выпытывали у Клавдия сведения о ведьмах: остались ли они ещё на территории королевства, есть ли у этих ведьм книги заклинаний, замечена ли хоть какая-то их активность в последнее время и так далее и тому подобное. Клавдий сначала отвечал вежливо, потом начал раздражаться их частыми визитами. Раздражаться и подозревать неладное. Тогда-то я подумал: а что если Клавдий ничего не знает о связи, существующей между ведьмами и горняками? А Гранция каким-то образом пронюхала и теперь пытается подобраться к добру ведьм. И я совершил роковую ошибку — показал письма Клавдию. Они взволновали его выше всякой меры. Он настырно выпытывал, откуда у меня они и что ещё мне известно. Выслушав меня, он приказал мне всё держать в тайне, не говорить ничего Селии, не связываться с Кроном. Он сказал, что если я ослушаюсь и содержание этих писем получит огласку, я лишусь всех привилегий и, как следствие, потеряю Селию навсегда. Я был подавлен и огорчён, так как не понимал, что происходит…

— Когда это было, Картоз? — перебил его Мартин.

— Я застал Крона с Селией весной… в апреле… Деня приводил в порядок сад и искал Селию, чтобы спросить её насчёт розовых кустов. Я сказал, что позову её… — Картоз неопределённо взмахнул в воздухе рукой и, вздохнув, замолчал.

— Стало быть, незадолго до смерти отца?

— Да, недели за две… И эти две недели превратились для меня в настоящую пытку. Моя жизнь давно шла наперекосяк. А тут я стал просто задыхаться от неуверенности и подозрений.

— Почему же вы не переговорили со своей женой? — не выдержала я. — Пусть даже вопреки приказу короля!

Мне было непонятно, для чего люди усложняют свою жизнь тайнами. Не проще ли сразу внести ясность и развеять туман сомнений?

Оказалось, что не проще… Не в королевской семье!

— Я боялся скандала, — пояснил Картоз. — Мы и так находились в Северном Королевстве на птичьих правах. Клавдий в любой момент мог выгнать нас.

— Отец был благородным и справедливым человеком, — вступился за отца Седрик. — Он не лишил бы вас крова!

— Клавдий действительно был достойным королём, — признал Картоз. — Только никакой король не станет терпеть интриг и козней за своей спиной. Я чувствовал, что наше положение во дворце шатко как никогда. Я потерял своё королевство, мне пришлось забыть о своей гордости. Да, ко мне относились здесь неплохо, хотя правильнее сказать — терпимо. Меня терпели… Оступись я, и мне пришлось бы искать приюта у троллей в надежде, что они отнесутся благосклонно к своему бывшему королю…

Вспомнив о былом величии, Картоз расправил плечи и выпрямил спину. Я вдруг поймала себя на мысли, что ведь никогда не относилась к нему серьёзно, как к истинному королю. Настолько тусклым и невзрачным был его облик…

— Меня одолевало чувство, что у меня земля уходит из-под ног и я падаю в бездну, в непроглядную тьму собственных страхов. Я пытался побороть в себе страх, но он вырвался на свободу и скрутил меня своими щупальцами. Стыдно признать, я сильно сдал, даже здоровье моё резко ухудшилось.

— Я помню, — оживился Базиль, — вы ходили как в воду опущенный. Я в то время разрабатывал изумительное средство от меланхолии и уныния на основе рецепта от бессонницы, которым поделился со мной бывший хозяин моих тайпанов. Только не на ком было проверить моё изобретение. И тут такая оказия!.. — лекарь запнулся и сильно покраснел. — Я помню, — намного тише повторил он, — теперь я помню… Я был так взволнован своим открытием, новой формулой, что выложил вам всё, что знал про этих смертоносных змей… и про яд, разумеется, тоже. Совсем из головы вылетело, — Базиль хлопнул себя по лбу.

— Меня привлекла возможность моментальной смерти, — усмехнулся Картоз. — Я перебрал множество способов расставания с жизнью. Этот показался мне самым достойным моего положения…

— И всё же вы не сразу взяли яд у Базиля? — уточнил Мартин.

— Нет, далеко не сразу… Это не так просто — решиться на столь отчаянный поступок!

— Что же подтолкнуло вас?

— Что подтолкнуло? — переспросил Картоз и задумался. — Пожалуй, мой последний разговор с Клавдием. Он редко со мной говорил. Я бы даже сказал, он избегал разговоров со мной, относился ко мне с презрением… Поэтому его просьба переговорить наедине удивила меня. Он сказал, что не может молчать и бездействовать, когда у него под носом бессовестно обманывают и врут. Он смотрел на меня с таким унизительным сочувствием, что я засомневался, смогу ли я дослушать его до конца. Но я дослушал… Он «раскрыл мне глаза», поведав, что особа, на которой я был женат много лет, «коварством и обманом завладела моим сердцем, титулом и состоянием». При упоминании состояния он не сдержал насмешливой ухмылки, — лицо Картоза передёрнулось, точно его свело судорогой. — Мне сделалось настолько тошно от его «заботы», что я плохо воспринимал его речь. Уже потом, когда я остался один, до меня дошло, что Мирэн, с которой переписывался Крон, — это Селия. И в моём затуманенном сознании всплыло воспоминание из далёкого прошлого. Когда я жил в своём дворце, когда был сам себе хозяин, король, а не нахлебник. Я вспомнил Мирэн… как она ухаживала за королевским садом… её прекрасные розы!.. Я вспомнил Крона. И пришёл к выводу, что они вдвоём сговорились против меня. Я был оглушён услышанным от Клавдия, подавлен собственными домыслами. Мне не хватило здравомыслия, чтобы задаться простым вопросом: зачем им это было нужно?! Ведь даже в те далёкие времена, когда я сидел на троне, взять с меня было нечего. Если бы тролли захотели избавиться от непутёвого правителя, им стоило лишь устроить бунт и свергнуть меня. Они этого не сделали. Они терпеливо ждали, когда я исчерпаю собственные ресурсы и добровольно откажусь от престола. И потом, я сам мог догадаться, что Крон не участвовал в задумке Мирэн. Любой тролль восстал бы против подобной блажи — стать человеком! Возмутительный, дерзкий поступок!

Картоз взглянул на Мирэн. Может, мне показалось, но в его взгляде мелькнуло не осуждение, а скорее восхищение «возмутительно дерзким поступком» троллихи.

— О-о-о, — протянула я, — так вот почему Крон подался в горы! Чтобы сохранить секрет! Он знал, что Мирэн полюбила человека. Он видел, насколько это серьёзно. Не просто блажь! Настоящее чувство. Крон не смог бы терпеть это молча, если б остался. Он не хотел выдать ту, которую любил.

Мирэн молча кивала головой, подтверждая мои слова. Она не моргала, уставившись в красивый мозаичный узор на мраморном полу. По её щекам струились слёзы. Моё сердце буквально разрывалось — так жалко мне её было! Была б моя воля, я отпустила бы троллиху на все четыре стороны, только бы прекратить мучить её тяжёлыми воспоминаниями. Наверное, хорошо, что я не судья… и не король…

Я обвела быстрым взглядом принцев. Мартин нахмурено смотрел на Мирэн. По его лицу трудно было понять, какие именно чувства он испытывает. А вот Седрик всем своим видом выражал неодобрение. Возвышенные чувства троллей его не тронули.

— Мне непонятно, — продолжил Седрик истязание Мирэн, — Крон покинул горняков, а в наше королевство заявился много лет спустя… Где он пропадал всё это время?

Несмотря на моё возмущение бессердечностью принца, я не могла не признать, что вопрос он задал хороший!

Все посмотрели на Мирэн. Та съёжилась, словно хотела уменьшиться и исчезнуть.

— Позвольте мне ответить на этот вопрос, — перехватил всеобщее внимание Мартин. — Как стало известно, Крон ушёл к горнякам, чтобы сохранить тайну возлюбленной. Вскоре он понял, что долгой разлуки ему не выдержать. Он спускается в Брутию и пишет Мирэн письмо. Мирэн молчит. Однако Крон не сдаётся и продолжает писать. Чтобы заинтересовать любимую, он красочно описывает быт горняков и даже выдаёт их секрет, которым те с ним неосмотрительно поделились. Результат достигнут. Мирэн ответила на письмо. В своих ответах она ловко выпытывает у влюблённого в неё тролля всё, что тому удалось выяснить у горняков о ведьмах и их добре. Крон осчастливлен вниманием возлюбленной. И вдруг… он получает от неё прощальное письмо, в котором она просит забыть о ней. И это после столь продолжительной переписки. Крон чует неладное. Возвращается домой, но Мирэн не находит. Она исчезла, испарилась.

Зато у их правителя появилась молодая жена. Крон вряд ли связал одно с другим, хотя мог предположить, что свадьба короля настолько огорчила Мирэн, что та ушла куда глаза глядят. Крон не собирался оставлять любимую в трудную минуту. Королевство Картоза маленькое, все друг о друге всё знают. Ярые поиски Крона не могли остаться незамеченными. Поэтому очень скоро Крон получает долгожданную весточку от возлюбленной. Казалось, её письмо должно было обрадовать тролля. Но нет! Крон стал угрюмее и несчастнее прежнего. Что же было в том письме? Осмелюсь предположить, что в нём Селия поделилась своим секретом, рискуя быть раскрытой. Она верила, однако, что верный ей Крон никогда не выдаст её. Её надежды оправдались, Крон прекратил поиски, оставил её в покое. К горнякам не вернулся. Возможно, потому, что, превратившись в человека, Мирэн перестала для него существовать. Вскоре он покинул королевство Картоза с группой прочих троллей. Они — те самые тролли, что основали своё собственное королевство…

— Откуда ты это всё узнал? — поразилась я осведомлённости Мартина.

— На нашем обратном пути с пустоши мы заглянули к троллям, — пояснил он. — Они хорошо помнят прошлое… Они не забывают. И не прощают, — последние слова явно предназначались Мирэн.

Бедняжка уже не знала куда деваться, в какую щель просочиться.

— Тролли поведали мне многое. Кроме причины, по которой Крон вдруг покинул свой новый дом и переселился в наше королевство. Я рассчитываю, что Селия объяснит нам, чем было вызвано столь странное поведение, — и Мартин так строго посмотрел на Мирэн, что та задрожала мелкой дрожью, но ослушаться не отважилась.

— Однажды мне стало совсем невмоготу, — слабым голосом ответила она. — Был канун праздника Лета. Я всегда любила этот праздник. Но уже столько лет, когда все веселятся и радуются, я вынуждена была прятаться. В душе вместо радости царили страх и злость на всех… и в первую очередь на себя. Мне так не хватало тёплых отношений, разговоров, ласки, что я решилась уйти в селение троллей. Я тогда отсутствовала несколько дней. К счастью, во дворце, в суматохе праздника, этого никто не заметил…

Мирэн запнулась и виновато взглянула на своего мужа. Тот сжал губы, но промолчал.

— К сожалению, среди троллей я тоже чувствовала себя чужой. В самый разгар праздника я бросилась бежать обратно домой. Но меня кто-то окликнул, догнал. Я глазам своим не поверила, когда увидела Крона… Столько лет прошло, а мне вдруг почудилось, что мы расстались лишь вчера. Я не понимала, как в чудовище, в которое я обратилась, он признал меня. Я стала совсем другой. Каждое превращение приносило новую боль. Боль и злость обезобразили меня до неузнаваемости. А он узнал, обнял. Это растрогало меня до слёз...

Мирэн громко всхлипнула, с трудом сдерживая рыдания.

— Я рассказала ему о том, что превращение не удалось. Как я мучаюсь... Не потому, что стремилась разжалобить его, а потому что мне хотелось хоть кому-то рассказать, хоть с кем-то поделиться... хоть с одной живой душой. Я ни о чём не просила его, просто наслаждалась моментом тепла и понимания. Я ушла на рассвете, приняв свой человеческий образ. Крон был единственным, кто знал про оба моих образа, единственным, кто принял их оба... Но когда я увидела его в нашем королевстве, я испугалась. Сам того не желая, он мог выдать меня. Он снова начал мне писать. Я не отвечала, не хотела поощрять... И всё же, стыдно признать, я получала неимоверное удовольствие, читая его письма. Хоть и сжигала их сразу по прочтении. Несколько раз мы встречались. То в саду, то в лесу, где я часто пряталась по ночам. Он искренне пытался мне помочь, облегчить мою участь, привнести в мою жизнь радость. Но я знала, я чувствовала, что так не может продолжаться вечно...

— Что же произошло? — спросил Мартин, когда Мирэн снова прискорбно умолкла. — Что-то должно было произойти.

Заметив, что троллиха колеблется, принц высказал предположение:

— Быть может, кто-то ещё узнал о вашем секрете? Отец?..

Сжав губы, Мирэн затрясла головой.

— Клавдий узнал мой секрет давно, — удивила она всех, — лет пять назад. Он видел меня, преображённую в тролля, когда я в полнолуние позволила себе легкомысленно долго задержаться в саду... — Мирэн мечтательно прижала руки к груди. — Розы так прекрасны в лунном свете! — и тут же, словно опомнившись, вздохнула, и руки безвольно упали вниз. — Клавдий редко гулял в саду ночью. Что вынудило его выйти в столь поздний час — загадка. Увидев меня, он решил, что во дворец проник тролль-разбойник, — усмехнулась Мирэн. — Я назвалась, но он отказывался верить и начал звать стражу. Я умоляла его пощадить меня, твердила, что я сестра его жены. Отчаявшись, я стала убеждать его в том, что злая ведьма околдовала меня в детстве и что с тех пор каждое полнолуние я превращаюсь в тролля. Я знала, что проверить он это никак не может, поэтому надеялась, что Клавдий поверит мне на слово.

— Ты обманула отца! — возмутился Седрик.

— Я не могла сказать правду, не могла признаться в содеянном...

Мирэн бросила несчастный взгляд на Мартина. Вид у неё был, как у затравленного зверька. Мартин отвёл глаза в сторону. Тогда затравленный зверёк виновато посмотрел на меня. Надо признать, в эту минуту меня переполняли противоречивые чувства. С одной стороны, я жалела эту несчастную, на долю которой выпало столько страданий. С другой — она сама втянула себя в ужасную историю, да ещё оклеветала ведьм! Пять лет назад! Вероятно, это из-за её выдумки Клавдий, обозлившись на ведьм, отказал Данису в благородной миссии по их спасению! Такое было трудно простить…

— Да, — кивнула Мирэн, словно прочитав мои мысли, — я совершила много неблаговидных поступков. Но если б я сказала правду, меня, в лучшем случае, изгнали бы из королевства…

— Зато можно было бы избежать губительных последствий, — проговорил Мартин таким тоном, что даже у меня мурашки побежали по коже.

Мирэн надрывно выдохнула.

— Я была так напугана… — прошептала она. — Как я могла предвидеть тогда, к чему приведёт мой обман?

Мартин снова посмотрел на неё. В его глазах горел гневный огонь.

— В таком случае, давайте поговорим о том времени, когда вы, тётя, уже прекрасно осознавали, к чему ведёт ваш обман!

— Точно! — поддержал его брат. — Когда отец догадался, что вы не человек, превращённый в чудовище, а наоборот! Ведь он наверняка это понял, когда Картоз передал ему письма тролля.

— Наверное, понял, — устало согласилась Мирэн. — Со мной он даже словом не обмолвился…

— Картоз сказал, что письма Крона взбудоражили отца, — Мартин задумчиво покачал головой. — С чего вдруг? Они могли насторожить, озадачить. А раз они его столь сильно взволновали, значит были для этого предпосылки… Сдаётся мне, отец читал письма Мирэн. Заполучив же письма Крона и, главное, узнав о его связи с Селией, он увидел всю картину происходящего.

Мирэн кивнула.

— Такое могло быть… Я в своих письмах имён не называла. А вот Крон не осторожничал. Правда, он всегда обращался ко мне как к Мирэн. А меня уже знали под именем Селии.

— Так куда подевались ваши письма, тётя? В особенности последнее, в котором вы признались Крону в своём превращении?

Мирэн равнодушно пожала плечами. Было видно, что троллиху утомила изнурительная беседа и ей уже наплевать, чем она закончится.

— Насколько подробным оно было, ваше последнее письмо? — настойчиво допрашивал Мартин. — Вы упоминали в нём книгу заклинаний?

— Да, упоминала.

Я заволновалась:

— А про вашу связь с ма…

— С малоизвестной нам ведьмой, — резко оборвал мой вопрос Мартин.

Он строго глянул на меня, и я замолчала. Конечно же, мне не следует разглашать причастность мамы. Особенно Седрику лучше не знать, какая ведьма приняла участие во всей этой путанице. Кто знает, вдруг он, подобно отцу, восстанет против нас или, чего доброго, продолжит дело своего прадеда Илладора.

— Было ли в этом письме что-нибудь, — продолжал тем временем Мартин, — что могло бы навести лицо постороннее на мысль о том, что книга заклинаний находится в нашем королевстве?

— Да, — ответила Мирэн, — я написала, что одна… м-м-м… знакомая мне ведьма, — троллиха повернула было голову в мою сторону, но сдержалась и рассеянно уткнулась в мраморную мозаику под ногами, — добралась до селения горняков и заполучила книгу.

— И что по вашей настоятельной просьбе эта ведьма превратила вас в человека? — Мартин сделал особое ударение на слове «настоятельной».

— Да.

Я мысленно возликовала. Своим признанием Мирэн сняла ответственность с ведьм… Хотя бы частично.

— Можно ли предположить, что после прочтения письма неизвестный оказался под впечатлением, что книга заклинаний до сих пор находится во владении вышеупомянутой ведьмы или её потомков?

Мирэн стушевалась. Ей явно не хотелось признаваться ещё и в том, что она отобрала книгу у мамы.

— Я не помню… — пролепетала она, — не помню, что именно я писала… Но, вероятно, да, это можно было бы предположить.

Мартин многозначительно посмотрел на меня. Ясное дело, он намекал на тот случай, когда кто-то обыскал наш дом. Значит, именно тогда этому «неизвестному лицу» попало в руки письмо Мирэн! Но как? Злоумышленник обыскал дом Крона? Забрал письма Селии, а троллю подкинул его собственные письма? Какая-то бессмыслица!

— Мы что-то упускаем из виду, — робко высказала я своё мнение. — Не могли письма Крона быть у Крона. Вы уверены, что взяли их в лавке мясника? — обратилась я к Картозу.

— Я не привык, чтобы мои слова подвергались сомнению!

Картоз смерил меня высокомерным взглядом. И всё же мне показалось, что голос его дрогнул.

— Лично я не вижу важности в том, откуда взялись письма тролля и куда подевались письма, которые писала ему тётя, — раздражённо вмешался в разговор Седрик.

Ему явно надоело это брожение вокруг да около. Подробности его не интересовали. Он хотел знать одно.

— Кто из вас убил отца? Признавайтесь! Иначе вы оба понесёте заслуженное наказание!

— Чтобы назначить наказание, необходимо правильно и точно огласить, в чём они повинны, — осадил его Мартин.

— В мошенничестве как минимум!

— Селия — да, а Картоз в чём виноват?

— В сокрытии обмана! Ведь после смерти отца он не доложил нам обо всём. Значит, он участвовал в заговоре против нас!

Похоже, Седрику всё было ясно и понятно.

— Ну хорошо, — терпеливо согласился Мартин, — ты можешь заточить их в темницу за мошенничество. Но тогда убийство отца останется нераскрытым. Зачем им признаваться в более тяжком преступлении?

Седрик насупился, но промолчал. Быстрым взмахом руки он предложил Мартину продолжить разговор.

— Селия, — Мартин снова обратился к тёте, — скажите, почему вы пустили Крона во дворец и позволили Картозу застать вас врасплох?

Мирэн, которая, затаив дыхание, слушала спор принцев, немного расслабилась и вздохнула:

— Это Крон застал меня врасплох! Он сказал, что некто прознал о моей тайне и угрожает выдать меня королю, если я не скажу, где находится книга заклинаний. А я ведь не знала… Уже столько лет я не видела эту книгу, да и думать о ней забыла! Я сильно перепугалась. Крон принялся меня успокаивать. В этот момент появился Картоз…

— Крон не сказал, кто именно угрожал вам разоблачением?

— Нет, он не успел… Или не захотел. Он принялся настаивать, чтобы я ушла с ним. Забыла обо всём, оставила мужа и ушла с ним.

— Вы отказались?

Мирэн помедлила с ответом.

— Я сказала, что подумаю… Попросила дать мне две недели сроку, — она запнулась.

— Ага! — возликовал Седрик. — Если верить показаниям Картоза, отец погиб как раз-таки через две недели после вашего свидания с троллем! И что мы должны, по-вашему, думать?

— Ах, да думайте что хотите! — огрызнулась Мирэн. Её глаза воинственно блеснули. — Вам не доказать, что я причастна к смерти Клавдия!

— Разве нам нужны доказательства?! — вспылил Седрик и угрожающе двинулся в сторону своей тёти.

Мартин перехватил брата и предостерегающе сжал ладонью его плечо.

— Доказательства нам нужны, — сказал он, глядя прямо в глаза Седрику, — а ещё лучше получить признание вины.

Младший принц отступил, но продолжал бросать враждебные взгляды в сторону троллихи.

Отпустив его плечо, Мартин повернулся к Картозу.

— Теперь ваша очередь, Картоз. Расскажите нам о дне, когда погиб наш отец. Только расскажите всё как было, без утаивания, — жёстко добавил принц. — И начните свой рассказ с яда. Когда вы... м-м-м... позаимствовали его у Базиля?

— Украли! — уточнил Седрик. — Если вы так уж стремитесь к правде, давайте называть вещи своими именами.

Мартин окинул брата хмурым взглядом, но потом, подумав, кивнул.

— Ты прав, Седрик. Давайте называть всё своими именами. Картоз, с какой целью и когда вы выкрали яд у Базиля?

— Я уже говорил, что взял яд для себя. Разговор с Клавдием стал последней каплей. Я потерял своё королевство. А с ним потерял своё величие и достоинство. Столько лет жил в унижении. И вдруг узнаю, что жена моя — не чудо, дарованное мне судьбой, а тролль, как проклятие, свалившееся на мою голову. Мои нервы сдали. Я пошёл к Базилю. Дом он никогда не запирает. Взять яд было делом несложным, я ведь знал, где его искать.

— Так вы взяли яд в день гибели отца? — уточнил Мартин.

— Ну да, — как-то неуверенно подтвердил Картоз.

Внутри меня что-то ссвербело. «Он врёт», — подумала я и посмотрела на Базиля. Тот выглядел потрясённым. Лекарь даже не вспомнил о том, что поведал мне в самом начале моего расследования. Не мог Картоз взять у него яд в тот день, ведь именно тогда Базиль был в своём кабинете и осматривал Бивра! Каким бы рассеянным Базиль ни был, он не мог не заметить Картоза... «Он врёт!»

— Я отлил совсем немного в свой бутылёк и вышел через сад, — продолжал тем временем Картоз. — Я хотел расстаться с жизнью именно там. Возле роз...

— Вы хотели отомстить жене? — Мартин старался скрыть презрение, но голос его выдал.

— Да... пожалуй, — рассеянно согласился Картоз, — хотя, наверное, не столько отомстить, сколько донести до неё свою боль!

Слово «боль» он неожиданно громко выкрикнул в лицо Селии. Та вся сжалась, руки её затряслись, точно их и в самом деле свело судорогой от боли.

— Почему же вы не воплотили в жизнь свой замысел?

— В саду у беседки возился Деня. Он поправлял виноградник и меня не видел. Я, не останавливаясь, прошёл мимо. Не мог же я при нём расстаться с жизнью... — Картоз с достоинством вскинул голову. — Я направился обратно к дому Базиля и вдруг услышал голоса. Я спрятался за сиреневыми кустами. Они пышно цвели и одурманивали запахом. У меня закружилась голова. Зато за кустами никто не мог меня увидеть.

— Чьи голоса вы слышали?

— Клавдий весьма резко разговаривал с Кроном. Тот отвечал ему не менее резко, словно не отдавал себе отчёта в том, что разговаривает с королём! Говорили они громко. Удивляюсь, что никто другой их не слышал. Клавдий обвинял Крона и Селию в заговоре против него и угрожал расправой. Говорил, что если тот ему в чём-то не признается, то Селии не сносить головы. Я запаниковал. Ведь я… любил её, — он повернулся к Мирэн. — Несмотря ни на что я любил тебя!

Немного помедлив, Картоз тяжело вздохнул и продолжил:

— Я отошёл на несколько шагов и начал метаться по саду. Дени у беседки уже не было. Но я и не думал теперь о своём эгоистичном намерении уйти из мира, в котором моей жене угрожала реальная опасность. В голове у меня помутилось… Сам не понимаю, как додумался до этого… Я схватил двузубец, которым Деня поправлял виноградник, макнул зубцы в бутылёк с ядом и вернулся к сиреневым кустам. Крон ушёл. Клавдий стоял спиной ко мне и что-то серьёзно обдумывал. Один удар и всё было бы кончено! — Картоз выбросил вперёд руку с воображаемым двузубцем. Потом, опомнившись, он с отчаянием уставился на свои ладони. — Я не смог этого сделать… Не хватило духу. Да ещё Крон заметил меня, когда уходил. Я отбросил двузубец в кусты и побежал прочь… Когда до меня дошла новость о смерти Клавдия, я вдруг засомневался в своей невиновности. У меня всё спуталось в голове. Я сидел и ждал, когда за мной придут. Но никто не пришёл…

Картоз умолк, продолжая сосредоточенно разглядывать свои руки. Первой подала голос Мирэн. Её губы дрожали, в глазах стоял ужас:

— Не понимаю, — голос троллихи прерывался от сильного волнения, — так ты не убивал Клавдия?!

— Нет. Вряд ли вы мне поверите, но это правда.

— Но ведь Крон видел тебя! Он был уверен, что это ты! Он хотел рассказать всё принцам… Он хотел… Но я… я… О покровитель всех троллей!

Мирэн застыла с открытым ртом. Потом она упала на колени и разрыдалась.

— Что происходит? — недоумевающе вопрошал Седрик.

— Полагаю, Селия только что призналась в убийстве Крона, — сдержанно пояснил Мартин.

В зале воцарилось гробовое молчание. Лишь Мирэн продолжала всхлипывать. Её плечи тряслись от рыданий. Однако никто не спешил её утешить. Наконец Картоз, будто очнувшись, тоже опустился

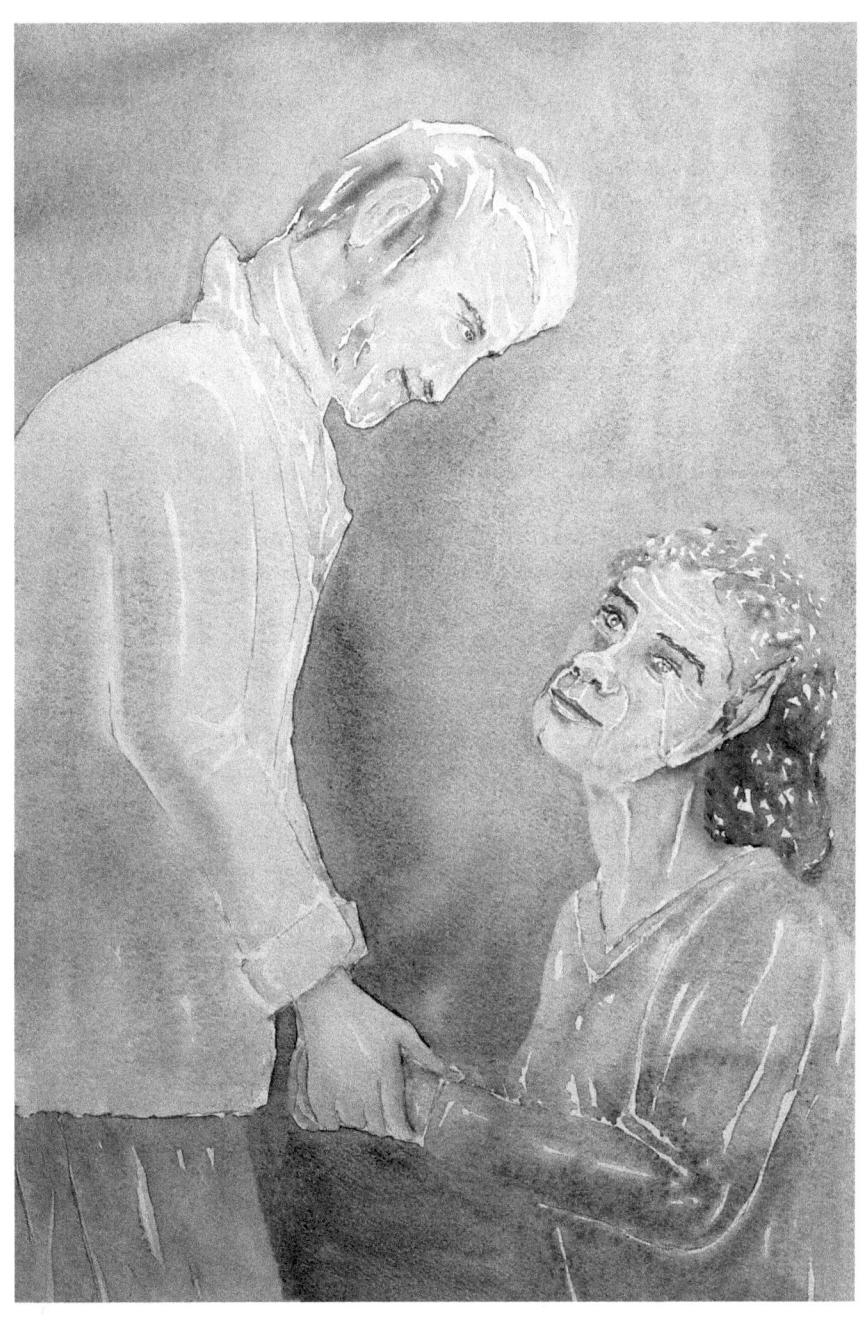

на колени. Он неуклюже обнял ладонями лицо супруги и заглянул в её заплаканные глаза.

— Ты убила его ради моего спасения? — он говорил с нескрываемым восхищением.

— Ты простишь меня? — голос Мирэн прерывался и дрожал.

— Пока мы здесь говорили, я раз десять тебя простил!

Издав счастливый возглас, Мирэн бросилась в объятья мужа. Так они и стояли на коленях посреди тронного зала в обнимку друг с другом.

— Стража! — голос Седрика, прозвучавший в наступившей тишине, поразил меня как гром.

Двое стражников вошли в зал и остановились в ожидании приказа.

— Уведите этих двоих, — указал Седрик на свою бывшую тётю и её мужа.

Картоз поднялся с колен и подал руку Мирэн. Ноги её едва держали, но лицо теперь было спокойно. В глазах читалось умиротворение. Словно огромная ноша свалилась с её плеч.

Когда стражники двинулись в сторону этих двух несчастных, Мартин поднял руку — безмолвный жест, заставивший исполнителей порядка остановиться.

— Селия, — тихо обратился он к троллихе, — я с детства называл тебя тётей. Даже сейчас я не могу смотреть на тебя иначе… Но то, что ты совершила, — убийство! Никак по-другому это не назовёшь. И просить прощения тебе следует не только у Картоза… Однако я никогда не считал, что за смерть надо платить смертью… Нет, не смертью… Раскаянием. Я бы стал преступником, лишив тебя такой возможности. Этой ночью вы уедете из нашего королевства. Навсегда. Стража проводит вас до границы, дальше решайте сами, какую дорогу выбрать.

Мирэн с Картозом переглянулись и под руку, сопровождаемые стражниками, направились к дверям. На полпути Мирэн остановилась. Она обернулась и долго смотрела на Глорию. В глазах обеих сестёр стояли слёзы.

Мирэн подошла к сестре и ласково провела ладонью по её щеке.

— Когда-то ты забыла моё имя… — еле слышно прошептала Мирэн. — Ты забыла его не потому, что у тебя слабая память, а потому, что ты решила забыть… Забыть сестру, лишившую тебя подруги. Ведь это из-за меня Эллону мучили угрызения совести. Чувство вины разъедало душу, обезволило. Я заслужила того, чтобы ты забыла моё имя…

Повернувшись ко мне и бабушке Розалии, Мирэн молитвенно сложила руки. Её глаза были полны сожаления. Уверена, бабушка простила её не задумываясь. Она не умела злиться и ненавидеть. А вот я… Я вдруг ощутила внутри пустоту. Переполняющие меня недавно жалость и сострадание к троллихе исчезли. Я не чувствовала ровным счётом ничего…

Возможно, прочитав это в моих глазах, Мирэн больше ничего не сказала. В молчании они с Картозом покинули зал.

И только когда стражники закрыли за ними двери, Седрик позволил себе окинуть брата возмущённо-недоумённым взглядом:

— Ты с ума сошёл?! — накинулся он на Мартина. — Они же убийцы!

— Отца они не убивали.

— И ты им веришь?!

— Верю.

— Ну а как же этот тролль… — Седрик умолк, силясь вспомнить имя.

— Крон, — тихо подсказала я.

Это имя я буду помнить до конца своих дней.

— А за Крона судить их будем не мы, — тон, с которым Мартин произнёс эту фразу, заставил меня вздрогнуть.

Даже Седрика проняло. Он нахмурился, но возражать перестал.

— Пожалуй, — кивнул он, — тролли быстро прознают… И всё же мне непонятны твои терпимость и великодушие к этой паре. Каким бы снисходительным ты ни был, их поведение заслуживает порицания.

— Я уже принял решение, — стальным голосом отчеканил Мартин.

Седрик сжал губы, чтобы сдержать ответную реплику и не разжечь ссору прилюдно. Он резко развернулся и быстрым шагом удалился.

Когда за братом захлопнулась дверь, Мартин облегчённо выдохнул. Он старался не показывать виду, но принятое решение далось ему нелегко.

Бабушка взяла Глорию за руку и кивком позвала Базиля. Они тихо двинулись к выходу. Бабушка посылала мне красноречивые знаки бровями, но я осталась стоять на месте. Мне не хотелось оставлять Мартина одного.

Он словно почувствовал это. Поднял, наконец, на меня глаза. Больше всего на свете я боялась прочесть в них неприязнь, что было вполне ожидаемо в свете выпотрошенного нами прошлого… большей частью, вследствие моих заслуг… Однако в его глазах неприязни не было. Ничего не было… Разве что усталость. Мартин подошёл ко мне, совсем близко.

— Мирэн сказала, что Эллона была в неведении и не причастна к смерти моей матери, — вполголоса произнёс он.

— Выходит, ты спросил её об этом?

— Я должен был знать… Извини.

Я затрясла головой. Слёзы волной подкатили к горлу. Пустота внезапно наполнилась самыми различными чувствами. От горечи утраты до чувства облегчения.

— Я тоже должна была это знать!

Он взял меня за руку и участливо сжал ладонь. Я улыбнулась ему сквозь слёзы.

— Спасибо… Но как ты мог отпустить Мирэн, раз она виновата в гибели королевы? Почему не призвал её к ответу?

— Это был несчастный случай. Мирэн работала садовником у Картоза и вывела удивительно красивые крупные розы. Её секрет — особое удобрение на основе корня болотни. Она и предположить не могла, что розы, выращенные на этом чудо-корме, станут ядовитыми.

— Это же не те розы, что растут у вас в саду? — испугалась я.

— Нет. Как только она поняла, какая беда приключилась, она уничтожила все розы. Даже те, что они посадили с моей матерью, она заменила на другие. Уже будучи Селией, она продолжала их разводить как напоминание о содеянном. Это уже, по сути своей, наказание…

Немного помолчав, Мартин бросил взгляд на стоявших поодаль Базиля и бабушку. Они ждали меня и делали вид, что разглядывают расписной потолок. Однако, подозреваю, только Глория искренне им любовалась, а бабушка с лекарем, навострив уши, вслушивались в наш короткий диалог.

— Договорим позже, — промолвил Мартин. — Сейчас мне предстоит непростой разговор с братом.

— Ты ему всё расскажешь?

— Про нашу мать? Ни в коем случае! Это лишь усугубит его недовольство моим своеволием.

Кивнув мне на прощание, Мартин вышел через ту же дверь, что и Седрик. А я продолжала стоять, словно вросла в пол, оглушённая и немного подавленная услышанным сегодня в этом зале. В итоге, бабушка с Базилем взяли меня под руки и выволокли из дворца.

* * *

Ночью мне снилось что-то непонятное. Я часто просыпалась, сны мгновенно забывались. Лишь под утро сон приобрёл чёткую форму.

Я снова оказалась на берегу океана. Пожалуй, на том же самом месте, где я размышляла о своём преждевременном уходе в мир иной. Только сейчас рядом со мной не было ни Крона, ни Селии. Никого не было… Вокруг всё выглядело пустынным, серым, заброшенным. На душе моей тоже сделалось как-то пусто и тоскливо…

Я не удивилась, когда поблизости возникла Ефросия. Я ожидала её увидеть.

— Привет, правнученька! — приветствовала она меня. — Рада тебя видеть!

Я не ответила. Декорации сна явственно говорили о том, что ничего радостного эта встреча не принесёт.

— Что нового? Какие успехи? — щебетала Ефросия как ни в чём не бывало.

В своём свободном белом балахоне она походила на привидение на фоне пасмурного бесцветного неба.

— Я превратила человека обратно в тролля без книги заклинаний, — сообщила я.

— Неужто! — воскликнула Ефросия. Я чувствовала, что она восхищается мной. — Ну что же, так тому и быть. Более тебе нет надобности в моих поучениях.

Я насторожилась. «Нет надобности» прозвучало слишком утвердительно.

— Почему нет надобности?! Книга заклинаний уничтожена! Ты — мой единственный источник знаний! Без тебя мне не стать настоящей ведьмой, не долететь до Острова Надежд!

Ефросия подошла ко мне, легко и неспешно, не оставляя следов на мокром песке. В её глазах я впервые увидела печаль.

— Ты в самом деле полетела бы за мной? — тихо спросила она.

— Несомненно! — тряхнула я головой.

— Ох, дорогая, — вздохнула она, — ты должна усвоить одну простую истину: пока ты думаешь о других, ведьмы не примут тебя в свой круг. Впрочем, если тебе удалось столь трудное превращение, — Ефросия задумчиво смотрела на меня, — быть может, их признание тебе вовсе и не нужно. Напротив, это нам следует учиться у тебя... Только учиться мы не будем...

— Потому что слишком горды? — фыркнула я.

— Потому что слишком стары, — грустно улыбнулась она мне в ответ.

— Ты мне старой не кажешься.

— Это потому, что ты видишь меня такой, какой всегда представляла себе. Розалия наверняка твердила, как ты похожа на меня. Ты смотришь и видишь не меня, а своё отражение в зеркале.

— А на самом деле?

— На самом деле я рассыпаюсь... в прах, в песок. Как и положено в моём возрасте...

На секунду мне и вправду померещилось, что из её пальцев заструился песок. Замотав головой, чтобы прогнать противное видение, я быстро заговорила.

— Я скоро приеду за тобой! К вам приплывёт целый флот!

— К нам? — удивилась она.

— Ко всем ведьмам, брошенным на Острове Надежд!

— Ах, — закивала Ефросия, — да-да, я и забыла, что нас было много…

— Было? — дрогнувшим голосом переспросила я. — А теперь вас мало?..

Ефросия неопределённо пожала плечами.

— Я давно никого не видела… Может, кто и остался… — её взгляд стал рассеянным. Она словно пыталась найти кого-то, но не могла. — Я здесь так давно… — еле слышно прошептали её губы.

Её образ внезапно побледнел и стал таять.

— Ефросия! — в отчаянии вскричала я. — Ты не можешь оставить меня… теперь!

— Наоборот! Теперь самое время. Ты идёшь своим путём, а я обязательно попыталась бы сбить тебя с толку. Увы, Глория, если бы мы встретились, мы стали бы друг другу врагами, а я этого не хочу… Так что ухожу я вовремя! И тебе не придётся плыть за моря-океаны.

— Но ведь есть ещё и другие ведьмы!

— Ах да… — Ефросия недовольно поморщилась, — ты снова думаешь о других. Жаль, не получилась из тебя ведьма…

Ещё раз горестно вздохнув, она превратилась в тонкое облачко. Белыми тонкими волокнами оно вытянулось вширь и плавно двинулось в просторы океана, чтобы затеряться в нём навсегда…

* * *

Пробудившись от громких всхлипываний, я спросонья долго соображала, кто же это рыдает. Потом, пощупав мокрую от слёз подушку, я вздохнула. К моему удивлению, слёзы быстро высохли. Впечатление от огорчившего меня сновидения сгладилось, и я утешилась…

В чердачное окно светило утреннее солнце. В лесу раздавались трели птиц, хлопанье крыльев. Было слышно, как белки гоняются друг за другом, цепляясь острыми коготками за кору деревьев. Снизу доносился запах каши и тихий голос бабушки Розалии. Она радостно рассказывала о чём-то Глории. Они шумно завтракали. Даже стучали ложками по тарелкам, хотя мне бабушка всегда говорила, что это дурной тон. Потом разговоры утихли. Я встала с кровати и выглянула в окно. Бабушка и Глория куда-то направлялись. Наверное, они торопились к Базилю. Память частично возвратилась к Глории, и бабушка была несказанно этому рада.

Я с трудом удержалась, чтобы не окликнуть их и не увязаться за ними. Мне страшно хотелось во дворец. Мне страшно хотелось

видеть Мартина. От себя самой я уже не скрывала, чего хочу и чего боюсь…

Завтра день его коронации. ЗАВТРА! Приедут знатные гости из заморских стран. Улицы деревни будут украшены цветами и лентами. Всюду смех и ликование. А у меня на сердце безрадостно и тоскливо…

К полудню я уже не находила себе места. Я вышагивала по свободному пространству кухни туда-сюда, а под ногами у меня путались кикиморы. Недавно проснувшись, они решили нанести мне светский визит. Другими словами, они хотели напроситься на коронацию. Им, естественно, приглашение не прислали. И теперь они всячески выражали возмущение и недовольство столь пренебрежительным отношением королевских особ к важным персонам, то есть к ним…

Наше приглашение принёс утром дворцовый посыльный. Церемонно шаркнув ногой и отвесив поклон, он передал мне красиво свёрнутый свиток. Он до сих пор лежал на кухонном столе, нетронутый и перевязанный ленточкой. В данный момент мне ежеминутно приходилось отодвигать его от цепких ручек Кики и Тики. Им так не терпелось дёрнуть за ленточку. Они неустанно вопрошали меня, почему я до сих пор не сломала печать? Почему до сих пор не прочла приглашение?!

Почему, почему… Да потому что я до конца так и не решила, пойду ли я на коронацию. С одной стороны, мне очень этого хотелось, а с другой… я представляла, что мне придётся проститься с Мартином… Мне в любом случае придётся с ним проститься, только я не желала, чтобы трогательное прощание превратилось в торжественное и официальное.

Сквозь жужжание мрачных мыслей в голове я не расслышала звука шагов. Я поняла, что кто-то приближается к нашему дому, только когда кикиморы засуетились и забились под диван. Каблуки незнакомца гулко застучали по крыльцу. Я обернулась ему навстречу.

— Араганесес? — удивилась я незваному гостю. — Добрый день. Чем обязана вашему визиту?

— Здравствуй, Глория, — дворецкий как будто замялся, оглядываясь по сторонам, — ты одна?

Я насторожилась.

— Я никогда не бываю одна! Бабушка скоро вернётся, и Лукас обещал зайти. А что вам, собственно, нужно?

Дворецкий начал медленно обходить кухню. Его глаза рыскали по углам и, наконец, остановились на мне. Краем уха я уловила приглушённое предостерегающее шипение. Неужто кикиморы?! Но нет… шипение раздавалось не из-под дивана, а… сверху?.. Нет, снизу… О духи леса, откуда оно доносится?!

— Я пришёл просить твоей помощи, — вкрадчиво начал тем временем мой гость. — Дела с Софией у меня идут неважно. Не мил я ей, видишь ли. Только уж больно она мне приглянулась. Я слышал, ты вроде как искусница в сердечных делах. Помоги!

Я растерялась. Мама Лукаса была мне очень дорога. Я всегда относилась к ней почти как к своей матери. Араганесес ей не пара, хоть и «завидный жених», по словам её соседок. София сама разорвала с ним отношения, и я не собиралась вмешиваться.

— Простите, — покачала я головой, — я тут бессильна. София до сих пор тоскует по своему мужу. Вас она вряд ли полюбит.

— Прошу!

Дворецкий ухватился за мой локоть. Что-то недоброе мелькнуло в его глазах. Я попыталась высвободить локоть, но он перехватил меня за сломанное запястье. Я ойкнула от боли. Шипение усилилось. Казалось, оно неким звуковым фоном заполнило всю кухню. Даже Араганесес его услышал. Он с подозрением огляделся, пытаясь выявить источник шума, и ослабил хватку. Я тут же выдернула свою кисть из его ладони.

— Ты же ведьма, — продолжал он, даже не извинившись за грубость, — неужели нет какого-нибудь зелья приворотного или заклинания, в конце концов?! Поищи в своей книге! Я щедро заплачу.

— Я этого не делаю! И книги у меня нет! Уходите! — у меня внутри всё затряслось от предчувствия опасности.

— Кого ты пытаешься обмануть?! Ты превратила Селию обратно в тролля! Значит, у тебя есть книга заклинаний. Где она?!

Голос дворецкого зазвенел от напряжения. Мне даже показалось, что задрожали стены кухни. Во всяком случае половицы у меня под ногами странно завибрировали.

Не сводя глаз с дворецкого, я сняла с полки переплёт книги — всё, что осталось мне в наследство от прабабки, и продемонстрировала огрызки вырванных страниц. Араганесес изменился в лице. Побледнел.

— Что это?! Где страницы?! — вскричал он и выдернул у меня из рук книгу.

Он стоял посреди кухни, вертел в руках обложку, наверное, в надежде, что вскроется потайной кармашек и в нём окажутся заветные заклинания, а я смотрела на него и не могла поверить тому, какой глупой и недогадливой я была…

Одно за другим перед глазами всплывали мелкие детали и события, казавшиеся когда-то незначительными. Духи леса! Я должна была догадаться сразу! Это ж так просто! Араганесес пел песню о Мирэн. «Жизни гимн для меня твоё имя…» Мирэн — очень редкое имя, в нашей деревне никого с таким именем нет. И вряд ли были придуманы песни, восхваляющие женскую особу с таким именем. Видеть это имя, да ещё в столь оригинальном стихотворном оформлении, он мог только в одном месте. В письмах Крона! Значит, он их читал. А раз читал, то после смерти короля обязан был доложить Мартину об их существовании и содержании. Ведь он сам видел тролля с королём перед тем, как тот пал замертво. А раз Мартину он не доложил, значит…

— Это вы убили Клавдия! — от внезапного озарения я ощутила одновременно удовлетворение и страх.

Араганесес перестал потрясать книгой и, нервно передёрнув плечами, отшвырнул её в сторону.

— А что мне оставалось делать? — его глаза злобно блеснули. — Клавдий, не задумываясь, приказал бы отрубить мне голову.

— За что?!

— За измену, — скорчил гримасу дворецкий.

Он изменил голос, точно передразнивал кого-то.

— Так он это называл. А кому я изменил?! Я лишь хотел подсобить жителям Гранции. Бедолаги совсем измучились с их чёрными драконами. Им ведьмы нужны были позарез. А ведьмам полагаются книги заклинаний. Я только одну и хотел для них раздобыть.

— А о существовании книги вы узнали из писем Крона и Мирэн! Как вы до них добрались?

— Неужто ты поверила, что Картоз сам залез в лавку мясника и рылся в его вещах?

— Так вы сделали это за него?! — поразилась я. — А почему он вчера не признался нам в этом?

Араганесес со снисходительной миной покачал головой.

— Картоз — не безвинный агнец. Он понимал, что если вы прознаете про моё участие, все его грязные секреты тоже всплывут на поверхность.

— Какие секреты?

Рот дворецкого растянулся в слащавой улыбке.

— Хочешь, чтобы я рассказал тебе, как короли проводят досуг, когда их жёны пропадают по ночам?

— Ой, нет, — испугалась я, — такие секреты мне знать ни к чему! Но с чего вдруг Картоз попросил вас обыскать дом Крона? Зачем усугублять своё положение ещё одной грязной тайной?

— Попросил! — прыснул он. — Я сам предложил помочь, когда застал Картоза в опочивальне его жены. Смешно было наблюдать, как этот бедолага «обыскивает» её вещи. Сразу видно, у человека нет ни опыта, ни навыка в таких делах.

— А у вас они явно имеются!

— Ещё бы, — ухмыльнулся дворецкий, — опыт у меня богатый. Хороший дворецкий обязан знать, что скрывают в себе дворцовые комоды, прикроватные тумбы и тайники…

— Как это низко!

— Низко? Отнюдь. Это единственный способ узнать, чем забиты головы господ. Чтобы на лету схватывать их пожелания, даже самые потаённые. Чтобы всегда быть нужным и востребованным.

«Чтобы казаться важным и влиятельным», — подумала я про себя.

— Хотите сказать, что и тайна Селии была вам известна? — я поморщилась от вида его самодовольной физиономии. — Уж не вы ли выдали её Клавдию?

— Я поступил так, как диктовал мне долг. Доложил королю.

Заметив отпечаток глубокого разочарования на лице дворецкого, я фальшиво изобразила сочувствие.

— Король не оценил вашей преданности?

— Да он меня вообще ни во что не ставил! А Селии поверил на слово!

Араганесес задвигал бровями и вновь изменил голос:

— «Дворецкому не положено совать нос в государственные дела! У дворецкого иные обязанности». Он точно попрекал меня моей унизительной должностью!

— Мне казалось, вы гордились должностью дворецкого!

— Дворецкий! — презрительно фыркнул он. — Кто такой дворецкий? Слуга!

— Чего же вы хотели? Заслуженного признания?

— Титула! Я хотел титула! — он потряс в воздухе руками. — Разве это так много?! Обман Селии представился мне возможностью выбраться из опостылевшей ливреи дворецкого и начать совсем другую жизнь! Я грезил о путешествиях. Я мог бы стать послом нашего королевства! Почему бы нет? У нас до сих пор никого не назначили на эту роль. Но для этого полагается титул, как у Арахиса...

Его голова склонилась к груди, а руки безнадёжно опустились.

— Мне кажется, нужен не столько титул, сколько определённые знания, умение вести сложные переговоры, признание и уважение других королевств, — высказала-таки я своё мнение и сразу поёжилась, увидев с какой ненавистью сверкнули исподлобья глаза дворецкого.

— Знание и уважение — дело наживное, когда у тебя есть титул, — огрызнулся он.

— Ну хорошо, — не стала я спорить. — Вы сказали Клавдию, что Селия — не та, за кого себя выдаёт. А Селия сочинила сказочку о коварстве ведьм. Король ей поверил, а вы?

— Я знал, что она врёт.

— Откуда?

— Дело случая. Однажды я ненароком подслушал разговор гостивших у нас принцесс из Южного Королевства. Они говорили о тролле, который якобы прятался в спальне Селии. Не то чтобы я принял их болтовню всерьёз, но это мой долг — всё проверять. Всё-таки я отвечаю за порядок во дворце.

Араганесес с достоинством выпятил грудь и погладил ладонью расшитую золотыми нитями ливрею.

— Когда Селия по обыкновению возилась со своими розами, я тщательно обыскал её спальню. И нашёл тайник.

— Вот так сразу и нашли? — недоверчиво сощурилась я.

— Я же говорю — опыт у меня богатый! Неровная плита у камина привлекла моё внимание. Правда, отодвинул я её с трудом. Судя по всему, её величество редко заглядывала в свой тайник.

— Что же в нём было?

— Небольшая шкатулка, а в ней — старые письма да разные побрякушки.

— И письма вы забрали?!

— Разумеется, нет! Я не придал им особого значения. Я понятия не имел, кто такой Крон и кто такая Мирэн. Я поверхностно просмотрел письма и вернул их обратно. Однако чутьё подсказало мне, что Селия что-то скрывает. Я стал внимательнее присматриваться к её величеству. И только тогда заметил её странное поведение в период полной луны. У меня заняло несколько месяцев, чтобы уловить эту закономерность. Я принялся дотошно следить за ней и видел, как она преображается. Мерзкое зрелище, — дворецкий притворно содрогнулся. — Тогда я серьёзнее отнёсся к письмам в тайнике. Забрал их оттуда и, наконец, полностью прочёл. Картоз сказал правду — Крон писал изумительно! Немудрено, что Селия решила сохранить его письма.

— Почему же вы не показали письма Клавдию, когда он поверил Селии, а не вам?

— Да ты совсем не смыслишь в дворцовых делах, девочка, — рассмеялся дворецкий. — Покажи я ему эти письма, он моментально выставил бы меня за дверь. Во-первых, из писем Крона не следовало, что Селия — это Мирэн. Я это предположил, но на деле всё могло оказаться иначе. А во-вторых, мне бы пришлось объяснять, откуда у меня эти письма и почему я позволил себе их прочесть и присвоить. Ведь это так низко — копаться в чужом белье!

Он снова кого-то передразнивал. На сей раз, кажется, меня…

— И что же вы сделали?

— Да ничего. Опять вернул их на место, чтобы Селия не хватилась, но держал ухо востро. Я почти забыл о письмах! И вот Франция начала проявлять интерес к ведьмам…

— Ага! И раз Клавдий отказал вам в титуле, вы решили обратиться к другому королю?

— А-а-а, — Араганесес насмешливо потряс в воздухе указательным пальцем, — зришь в корень, Глория.

— Что же вы предложили правителю Гранции?

— Я не дурак, чтобы выкладывать перед ним все козыри...

— Так у вас ведь не было никаких козырей, — нахально перебила я его.

Дворецкий строго сдвинул густые брови.

— И тем более не дурак, чтобы показывать, что пока козырей у меня на руках не было... Я хотел прощупать почву. Переговорил с одним из посыльных и попросил связать меня с кем-нибудь повыше рангом. Со мной встретился главный советник их короля! — дворецкий надулся, как заправский индюк, от гордости.

— Не Арахис? — уточнила я.

— Нет, с Арахисом я познакомился лишь после смерти тогдашнего правителя. Не знаю, какие у них там были внутренние интриги и почему одного заменили другим. Мне было без разницы.

— И что же вы сказали тому советнику?

— Я рассказал ему тайну горняков и о книгах заклинаний, которые они охраняют. В общем-то, это всё, что мне удалось понять из писем Крона. Однако я мог бы узнать больше, если бы мне обещали стоящую награду. Без неё и мараться не стоило...

— Так вам пообещали награду?

На лице дворецкого появилась довольная мечтательная улыбка.

— О да! Правитель Гранции не поскупился на обещания. И задаток был знатный!

— Как же вы намеревались раздобыть нужные сведения? Отправились бы к горнякам?

— Вот ещё! Я рассчитывал, что Селия сообщит мне всё необходимое. Конечно, я рисковал. Селия могла заупрямиться, да и давить на женщину мне вовсе не хотелось. Но судьба снова улыбнулась мне. Я застал Картоза на месте преступления, и он, будучи в нестабильном эмоциональном состоянии, выложил мне все свои подозрения и опасения. И я, наконец-то, узнал, кто такой Крон. Честное слово, я был поражён. Кто бы мог подумать, что им окажется наш мясник!

— Значит, вы намеренно предложили Картозу свои услуги — чтобы обыскать дом Крона?

— Конечно. Во-первых, у него могли найтись вещи ведьм, коли он жил у горняков, ну или хотя бы намёк, где их искать. А во-вторых, если б он меня поймал, я всегда мог бы свалить вину на обезумевшего от ревности Картоза. Против него никто обвинений выдвигать не стал бы. Тем более какой-то мясник.

Я смотрела на Араганесеса с открытым отвращением. Он же, полностью игнорируя моё к нему отношение, продолжал:

— У Крона я нашёл письма Селии, то есть Мирэн. Запрятал он их добросовестно, пришлось попотеть. Но оно того стоило! Особенно последнее письмо! Авантюра раскрылась во всех подробностях. На мой взгляд, глупо было писать такое опасное письмо.

— В нём не было имён, — возразила я.

— Догадаться всё рано несложно, если читал до этого письма Крона! Порой доказательства не нужны, достаточно крупицы сомнения, — дворецкий многозначительно задвигал бровями.

— Так вы показали письма Клавдию?

— Нет конечно! Но я сказал Крону, что обязательно их покажу…

— Так это о вас говорил Крон Селии? Вы угрожали ему?

— Я сказал, что верну его драгоценные письма, если он раздобудет мне вещи ведьм. Он принялся уверять меня, что горняки его теперь и близко к лагерю не подпустят, особенно если обнаружилась пропажа ведьмовской собственности. Тогда я согласился на малое — та самая пропавшая собственность, ведь, если верить письмам, пропала она в результате активной деятельности его любезной подруги.

— Почему же вы не обратились с этой… м-м-м… просьбой к Селии?

— Ну я же не совсем чудовище, — с достоинством ответил дворецкий, приосанившись. — Пусть она тролль, но всё же леди.

— Скорей уж вы боялись Клавдия, — опровергла я его благородство. — Он поверил Селии, а не вам! Он ей покровительствовал. Вы опасались, что если она пожалуется ему на вашу… м-м-м… недобропорядочность, король обрушит на вас весь свой царственный гнев!

Араганесес скорчил недовольную гримасу:

— Клавдий вообще сделался подозрительным. К тому же мне пришлось бы показать ему письма, а у меня их не было.

— Как не было?!

— Письма Селии я передал послу Гранции как доказательство, что я держу своё слово и знаю, где искать книгу. А Картозу я подсунул письма Крона. Он даже не усёк подвоха!

— Но вы же не знали, где искать книгу!

— Я думал, что знал. Я велел Крону выпытать у Селии, какая ведьма ей помогала и где её искать.

— И Селия открылась ему? — ужаснулась я.

— О да, — в злорадстве рассмеялся Араганесес, — подлая троллиха выдала твою мать с головой! Вчера она попросту побоялась в этом признаться. Она не знала, что это я об этом выспрашивал у Крона. А Крон из благородных побуждений ей ни в чём не признался. Честное слово, я зауважал этого тролля!

— Так это вы обыскали наш дом весной? — нахмурилась я.

— Что и говорить, в этом деле я набил руку, — ухмыльнулся он. — Да вот только книги не нашёл.

— Немудрено. Мирэн выкрала у мамы книгу сразу после превращения и спрятала её во дворце Картоза.

— Ах она кикимора болотная! — в сердцах выругался дворецкий.

Я с опаской глянула в сторону дивана. Сестрички сидели тихо. Зная обидчивый и мстительный характер близняшек, я поспешила сменить тему.

— Я одного не понимаю. Вы утверждаете, что застали Картоза в спальне Селии до того, как начали вымогать у Крона сведения. А Картоз сказал, что он рылся в вещах Селии, потому что видел её с Кроном! Но ведь Крон пришёл к Селии, чтобы предупредить её об опасности разоблачения. Стало быть, после того, как вы выкрали у него письма Мирэн. Как такое возможно?

— Враньё! Они вам вчера врали. Картоз не раз видел Селию с троллем. Он сам мне в этом признался, будучи в полном отчаянии. Когда же он обнаружил наглого поклонника в опочивальне супруги, то решился отдать письма Крона Клавдию в надежде, наверное, что тот отвадит тролля. И вовсе не потому, что его тревожили взаимоотношения между Северным Королевством и Гранцией. Государственные дела его не заботят! А вчера… ему, вероятно, хотелось предстать перед всеми в лучшем свете!

— Стало быть, вы вчера нас подслушивали?

— Разумеется. Должен же я знать, насколько шатко моё положение.

— Надо полагать, очень шатко, раз вы вот так в открытую пришли требовать книгу, — едко заметила я. — Но почему? Ведь в разговоре на вас ничего не указывало!

— Ты ведь догадалась, — угрюмо возразил дворецкий. — Считаешь себя умнее его высочества?

— О-о-о, Мартин вывел вас на чистую воду! — воскликнула я в восхищении.

— Ещё нет. Ему же подозрений недостаточно, нужны доказательства! — усмехнулся он. — А я не собираюсь ждать, пока их соберёт.

— А у Клавдия были подозрения?

— Не знаю. Но опять же, я не мог рисковать. И бежать тогда был не готов. Ведь Гранция требовала книгу, а я всё ещё надеялся её заполучить.

— Как?

— У меня было несколько задумок. Например, найти подход к тебе. К сожалению, случай представился лишь во время устроенного принцами ужина. Ведь я сразу догадался, что к нам во дворец пожаловала ведьма. Простые смертные не молодеют на десять лет за два часа.

Я с досады закусила губу, но промолчала.

— К тому же я прекрасно помнил Софию. Она не раз прислуживала у нас, а память у меня отменная! Я попробовал через неё узнать побольше о тебе. Но ей мало что было известно о твоём тёмном происхождении. Только время зря потерял. К другому варианту я приступил задолго до этого, когда потерпел неудачу с поисками книги. Я отправился к Крону и открыто заявил ему, что если они не предоставят мне книгу заклинаний, неважно какую, то я без сожаления передам Клавдию письма Селии. При этом я весьма красочно описал, какое наказание ждёт его подружку за обман и сообщничество с ведьмой. Я дал им сроку неделю и очень удивился, когда увидел Крона на следующий день. Он стоял в саду и кого-то ждал. Поначалу я решил, что меня, и обрадовался. Подумал, что он пришёл сообщить мне желанную новость. Каково же было моё изумление, когда в сад вышел Клавдий!

— Вы, конечно же, подслушали их разговор? — в надежде спросила я.

Мне было до жути интересно знать, о чём говорили Крон и король. Ведь я так долго ломала над этим голову!

— Конечно, — важно кивнул Араганесес, — я настолько хорошо изучил дворец и сад, что могу незамеченным подслушивать разговоры в любом месте! — не без гордости сообщил он. — Оказалось, Клавдий сам вызвал Крона. Пускать тролля во дворец он либо побрезговал, либо не хотел, чтобы его видела Селия.

— А почему он вызвал Крона? Уж не из-за писем ли, которые ему передал Картоз?

— А то! Самое обидное для меня было услышать, что Клавдий как-то из них догадался, что Мирэн и Селия — одно лицо. А значит угрожать расправой Крону я больше не мог. Более того, Клавдий пообещал троллю, что он будет милостив к ним обоим, если Крон расскажет ему всё что знает. Простодушный тролль выдал меня с потрохами! — глаза дворецкого яростно завращались. — По выражению лица Клавдия я ясно понял, что первое, что он сделает после разговора с Кроном, — бросит меня в темницу. И только потом будет разбираться, виновен я в государственной измене или нет. Подобная участь меня отнюдь не устраивала. Признаюсь, я немного запаниковал. Схватил камень, чтобы огреть их обоих… И тут такая оказия! За кустами сирени возник Картоз с двузубцем. Из моего укрытия он был виден как на ладони. Я понял, что он, как и я, подслушивал разговор. Уж не знаю, что им двигало, просто ли ненависть к Клавдию или в самом деле испугался за судьбу своей жёнушки… только он явно намеревался пустить двузубец в действие. Стоял и трясущимися руками капал яд на остриё двузубца.

— С чего вы взяли, что это был яд?

Дворецкий закатил глаза и одарил меня очередным снисходительным взглядом.

— Уж не думаешь ли ты, что Картоз самолично лазал к Базилю за ядом? Я достал яд по просьбе Картоза уже давно. Он носил его в кармане всё это время. А вам он соврал! Снова соврал, что взял яд в день гибели Клавдия.

— Вы знали, что Картоз хочет покончить с собой и не остановили его? — ужаснулась я.

Араганесес беспечно пожал плечами.

— В мои обязанности входит потакать капризам господ. Я как-то не верил, что он покончит с собой, и подозревал злой умысел... Впрочем, возможно, отравить садовый инвентарь и вправду было спонтанным решением... В любом случае, я очень обрадовался, что чёрную работу за меня сделает кто-то другой. Я рассчитывал, что он покончит и с королём, и с ненавистным поклонником жены. Каково же было моё разочарование, когда Картоз не довёл начатого до конца. Слабак спасовал в последний момент! Крон как раз закончил разговор с Клавдием и направился к выходу. Я видел, как они встретились взглядом, Картоз и тролль. Возможно, именно это повлияло на решение того труса. Картоз отбросил двузубец и убежал.

— А вы подобрали двузубец и завершили начатое... — еле слышно пролепетала я, словно до меня только сейчас дошло, что передо мной стоит хладнокровный злодей-убийца.

— Всё очень удачно сошлось, — Араганесес довольно потирал руки. — Крон, прибежавший обратно на крик Клавдия, был уверен, что это именно Картоз убил короля. Более того, сам Картоз поверил в это. Мне оставалось лишь сложить руки и ждать, пока один из них не признается. Однако когда Базиль во всеуслышание заявил, что смерть короля была случайна, никто не стал его переубеждать... — дворецкий перестал потирать руки и с досадой развёл их в стороны. — И всё было бы прекрасно, если бы не чрезмерная порядочность Крона. Он, видишь ли, не мог жить с мыслью, что его дражайшая возлюбленная находится под одной крышей с убийцей. Он стал настаивать на том, чтобы Селия ушла с ним. Когда она отказала, он заявил, что она не оставляет ему выбора... — Араганесес замолчал и задумчиво пожевал губы. — На сей раз он дал ей сутки на раздумье. Он собирался пойти к Мартину и выложить ему всю правду. И про Селию, и про Картоза... и про меня. Выбора действительно не было.

— Вы и его решили убить?!

— Разумеется. Правда, тут меня опередили. К счастью, у Селии хватило духу довести дело до конца, — ухмыльнулся он.

— Вы знали, что это она убила Крона?

— Я видел, как она его убила.

— Опять подглядывали? И не вмешались?!

— Да я даже предположить не мог, что она его отравит! Они вместе готовили свою настойку. С виду всё выглядело невинно. Я стоял и ждал, когда они закончат этот свой странный ритуал и разойдутся. Я догадался лишь тогда, когда тролль залпом осушил свой стакан и вопросительно посмотрел на Селию. Она же отставила стакан и прошептала: «Прости». Потом вытащила из вазы розу, вложила её ему в руку, поцеловала и ушла. Яд уже начал действовать. Крон не двигался. Потом его ноги подкосились, и он рухнул на диван. До сих пор помню его взгляд. Бр-р-р!

Я тоже помнила этот остекленевший удивлённый взгляд. Холод неприятных воспоминаний пробежался по коже.

— Что же вы предприняли? — выдавила я из себя.

— Предпринял? — удивился дворецкий. — Ничего. Своим поступком Селия развязала мне руки. Теперь никто не знал, что я каким-либо боком связан с убийством Клавдия.

— Зачем же вы раскрыли себя сейчас?

— Во-первых, Мартин поверил в невиновность Картоза, а значит он продолжит поиски убийцы. А во-вторых, Гранция выдвинула мне жёсткое условие: либо я доставляю им книгу до коронации, либо наш с ними договор можно будет считать расторгнутым. Опять же, мне не оставили иного выбора…

Металлическая нотка в голосе дворецкого заставила меня вздрогнуть. Я невольно отступила.

— Как вы сами убедились, книги больше нет!

— Убедился, — холодно сказал он. — Однако уверен, я не разочарую теперешнего правителя Гранции, если вместо книги предоставлю ему живую ведьму, которая, по моему разумению, способна обходиться и без книги заклинаний.

Араганесес угрожающие двинулся в мою сторону. Ловким движением он извлёк из-за пазухи моток верёвки. Когда он резко натянул её в руках, верёвка издала неприятный хлопок.

Я попятилась.

— Вы и в самом деле считаете, что сможете совладать со мной? Я же ведьма! И, как вы точно выразились, вполне могу превратить вас в лягушку без книги заклинаний, — я пыталась говорить воинственно, но голос предательски срывался.

— Валяй, — бросил он мне вызов, — продемонстрируй свои способности.

Я лихорадочно пыталась воссоздать в памяти виденные в бабушкином кулинарном справочнике заклинания, но, как назло, ничего не вспоминалось. Более того, я не могла срифмовать ни одного толкового четверостишья. Араганесес посмеялся над моей растерянностью и продолжил наступление. Он уже протянул ко мне свои руки, когда глухое шипение, к которому я успела привыкнуть и даже перестала различать, неожиданно превратилось в яростное рычание. И тут меня осенило! Это же Жихоня! Ведь Араганесес вломился к нам в дом весной. Если мы не имели ни малейшего понятия о том, кем был взломщик, то дух дома обязательно его видел. Жихоня не мог тогда вступиться за наше добро, но он не позволил бы причинить мне вред.

Воспользовавшись замешательством Араганесеса, я увернулась от его рук, выскочила во двор и устремилась в самую чащу леса. Только там я могла от него оторваться, только там могла его запутать. В деревне дворецкий пользуется влиянием и легко справился бы со мной, но не в лесу. В лесу у меня было явное преимущество. Араганесес будет в нём плутать до тех пор, пока я не приведу подмогу.

Бегала я быстро. У моего преследователя не было ни единого шанса догнать меня. Но он не отставал. Для дворецкого он оказался довольно прытким. Я отчётливо слышала его громкое дыхание. Пришлось ускорить бег. Ели, берёзы, дубы быстро проносились мимо меня. Я бежала не по тропинке, а наперерез, в самую чащу. Трава была всё ещё мокрая. Дожди настолько пропитали её водой, что она просто не успела просохнуть. Мои босые ноги часто скользили, приходилось хвататься за ветви деревьев, чтобы сохранить равновесие. Араганесесу это удавалось плохо — до меня часто доносились его ругательства.

И вот впереди нарисовался бугор. За ним начиналась самая непроходимая часть леса. Я стремительно поднялась на его вершину и окинула взглядом лес. К бугру вела еле заметная тропа. Именно этой тропой я пользовалась, когда на Сереньком развозила гостинцы обитателям леса. Араганесес её тоже нашёл и уже по тропе, гораздо проворнее, приближался ко мне. Я бросилась от него в противоположную сторону и... поскользнувшись, поехала вниз по пригорку. Когда я встала на ноги, то оказалась по колено в воде. Это разлилось Призрачное болото. Других водоёмов в этой части леса нет. Я осторожно оглянулась. Прекрасная зелёная поляна в каких-то десяти шагах от меня казалась абсолютно сухой, покрытой сочной травой. Но я-то знала, что стоит на неё ступить, как тебя засосёт на такую глубь, что своими силами из неё живым не выбраться. Но где кончается лужа под моими ногами и начинается опасная зыбь, невозможно было угадать.

Я неуверенно двинулась в сторону от заманчивой полянки. Вдруг совсем рядом послышался треск. Это Араганесес вслед за мной съехал по склону и приземлился в колючий кустарник. Снова громко выругавшись, он выбрался из куста и бросился в мою сторону. Но тут же замер, удивлённо разглядывая мои погружённые в воду ноги.

— Дальше идти опасно, — предупредила я его.

— Ну так не иди, стой на месте!

Злорадство прямо-таки вулканом извергалось из него. Он стремительно начал приближаться. С чавканьем и хлюпаньем. Понятное дело, на месте я стоять не стала. Я рванула прочь к сухому, как мне показалось, участку земли. Но я опять ошиблась. У меня сердце в пятки ушло от страха, когда я почувствовала, что ноги вдруг провалились в вязкую жижу. Я моментально погрузилась по пояс в болото. Мной овладело пренеприятное чувство. Словно тысячи пиявок присосались к моему телу и медленно неотвратимо потянули меня вниз.

— Не приближайтесь! — закричала я дворецкому.

Мой голос сорвался в хрип. Я брезгливо подняла руки и затрясла ими в порыве стряхнуть противную тину.

Араганесес неуверенно остановился, наблюдая за моим погружением. Его тоже начал одолевать страх. Он дёрнулся в сторону привлекательной зелёной опушки.

— Нет-нет! Не туда! — замахала я ему руками.

Но было поздно. Араганесес окунулся сразу по плечи. При этом грязная вода захлестнула его до ушей, оставив следы тины на лице.

— Помогите! — завопил он и принялся барахтаться в надежде выпрыгнуть из трясины.

— Тише, — зашипела я на него. — Старайтесь не двигаться и не шуметь. Болото этого не любит.

Мои уговоры не подействовали. Дворецкий продолжал голосить и молотить руками по воде. Он трепыхался, как пойманная в сети рыба. Наконец он выбился из сил и затих. И, о чудо, в наступившей тишине мы услышали глухой перестук копыт. На пригорке над нами появился красивый конь. Восседающий на нём Мартин резко натянул поводья. Конь встал на дыбы, чуть не сбросив своего седока. Принц быстро спешился и начал спускаться ко мне.

— Нет-нет! — вторично вскрикнула я.

На этот раз крик не получился, а хрип прозвучал как-то жалко. Я в отчаянии забила руками по воде, отчего погрузилась в неё по грудь.

Мартин остановился. Его лицо выражало крайнее беспокойство. Он лихорадочно оглядывался, чтобы найти хоть что-то, что могло бы нас спасти. Но, увы, никаких длинных выручательных палок или веток поблизости не было. А съездить обратно за верёвкой он не успел бы. Не пройдёт и десяти минут, как меня засосёт с головой.

Впервые за время нашего с ним знакомства я увидела в его глазах отчаяние. Я хотела сказать ему что-нибудь утешительное, но ничего не приходило в голову. Я почувствовала, как противный липкий страх сдавил горло. Или то была болотная жижа?.. Разобраться я не успела. Из-за спины Мартина выглянуло зелёное личико. Страх моментально отступил.

— Тики! — облегчённо вырвалось у меня.

В погоне я напрочь забыла о болотных сестричках. Вдруг прямо рядом со мной на тёмной поверхности болота начал раздуваться огромный зелёный пузырь. Когда мгновение спустя он смачно лопнул, на его месте появилось другое зелёное личико.

— Возмутительно, — недовольно проворчало личико, — ты так и не научилась нас различать! Это Кики побежала за подмогой, а я самоотверженно гналась за вами. Знала же, что тебя снова придётся спасать!

— Тики! — вновь прошептала я, полная умиления и благодарности.

Личико исчезло, а со стороны Мартина послышался плеск. Это Кики нырнула, чтобы помочь сестре. Сразу же я почувствовала, как меня словно посадили на комковатый стул и начали толкать на нём к твёрдой земле. Нащупав под ногами благословенную опору, я выпрыгнула из трясины. На это ушли остатки моих сил. Я упала в объятия Мартина, что было очень приятно. Но сообразив, что я насквозь пропитана зловонной болотной водой и грязью, я попыталась отстраниться, чтобы не испачкать его высочество. Но он мне не позволил. Наоборот, крепче прижал к себе. И я снова услышала биение его сердца — прекрасная волнующая музыка!

К сожалению, насладиться моментом мне не позволила совесть.

— Надо спасти Араганесеса!

— Он получил по заслугам! — отрезал Мартин.

— Нет-нет! — в который раз проговорила я. — Никто не заслуживает такого конца!

Обернувшись в сторону болота, я расстроенно охнула. Там, где недавно торчала голова дворецкого, колебалась мутная плёнка, иногда разрываемая пузырьками воздуха.

— Кики! Тики! Помогите!

— Уже… — отозвалась Кики.

Она сидела подле нас и шлёпала босыми ногами по краю болотца.

— Т-тики сразу за ним н-нырнула. Что-то её не в-видать.

Кики приложила руку козырьком ко лбу и всмотрелась в ровную изумрудную поверхность болота. Тишь да благодать.

— Он уже там очень долго, — занервничала я. — Что с ним будет?

Кики беспечно взмахнула ладошкой.

— Ничего ст-трашного. Мы все через эт-то п-проходили. Сначала неп-приятно, п-потом привык-каешь.

— Так он не погибнет? — обрадовалась было я, но потом помрачнела. — Он станет водяным?

— Вот и б-будет Тики ухажёр, — злорадно захихикала Кики.

Представив выпавшее на долю Араганесеса испытание, я содрогнулась.

— Дворецкому п-поделом! — заявила кикимора и выразительно погрозила кулаком болоту. — В следующий раз не б-будет об-бзываться!

Потом она пожала плечами и смущённо повернулась к нам.

— Б-больше ждать не стоит.

Прощально махнув нам зелёной ручкой, Кики нырнула вслед за сестрой. И снова тишь да благодать. Только на душе у меня скребли кошки.

— Пойдём, — сказал Мартин и тихонько повлёк меня за собой, — ему мы не сможем помочь.

Я согласно кивнула и, понуро повесив голову, поплелась за принцем.

До нашего с бабушкой дома мы шли молча. В нескольких шагах от крыльца валялась обронённая дворецким верёвка. Я подняла её и тяжело вздохнула.

— А ведь она могла спасти его от страшной участи…

— Мы часто сами оказываемся в ловушке в попытках заманить в неё другого, — глубокомысленно изрёк Мартин и покачал головой. — Неужели Араганесес в самом деле надеялся с тобой справиться и доставить в Гранцию?..

Я в изумлении замерла на первой ступеньке крыльца.

— Откуда тебе известно о его планах? И вообще, как ты тут оказался?! У Кики не хватило бы времени сбегать во дворец.

— Она встретила меня по дороге, — объяснил принц, — я уже подъезжал к лесу. К счастью, нюх у кикимор, как у собак — Кики сразу взяла твой след.

— Но почему ты был на коне?

— Я торопился, — серьёзно ответил он. — Я давно понял, что Араганесес замешан в преступлениях.

— Из-за писем Крона?

— Не только. Я же живу во дворце, мне сподручнее наблюдать за его жителями. У меня сложилось вполне чёткое представление о дворецком. Заметь, в нашем расследовании он чаще других возникал на пути. Я знаю, что он подслушивал… м-м-м… пожалуй, всех нас. И письма из тайника отца мог взять лишь он. Я никогда бы не поверил, что Картоз с его отношением к жизни способен на подобные авантюры. Селия же жила в постоянном страхе разоблачения… А больше некому…

— Но Картоз и Селия врали нам вчера, и не раз.

— Понятное дело, — ухмыльнулся Мартин. — Они столько лет провели в дворцовых стенах, опутанные интригами как паутиной. Это стало их второй натурой. Я не виню их за это, но, слушая их признания, я ко многому относился с недоверием.

— И всё же ты поверил им? Поверил, что они не убивали твоего отца?

— Поверил. Убийство — тяжкое преступление. Чувство вины разъедает страшнее страха быть наказанным. Если, конечно, у тебя есть совесть... У Селии она есть, иначе она не вернулась бы во дворец после превращения. Да и Картоз не испугался встать на сторону супруги и признаться... во многом.

— Но если письма Крона забрал дворецкий, то где, в таком случае, письма Мирэн?

— У меня, — сказал Мартин и достал из-за пазухи тонкую связку писем.

Я сделала шаг вперёд, позабыв, что стою на крыльце. Оступившись, я ухватилась за руку принца, которую тот вовремя подал, и медленно опустилась на ступеньку.

Снизу я одарила принца таким взглядом, что тот поспешил объясниться.

— Я их только что получил от Арахиса. Он прибыл сегодня вместе с королём Гранции.

— Как от Арахиса? — удивилась было я, но потом хлопнула себя ладонью по лбу. — Ну правильно! Ведь Араганесес передал письма правителю Гранции как доказательство своей верной службы. А после смерти брата Арахис, понятно, заполучил всю переписку. Но почему он передал их тебе?

— Я напрасно подозревал Арахиса, — признался Мартин. — Он с самого начала был на нашей стороне и желал лишь одного: полного взаимодоверия и прочного союза между нашими королевствами.

«Бабушка Розалия возгордилась бы своей прозорливостью», — хмыкнула я про себя.

— Когда король Гранции скончался, Арахис положил своей целью устранить трения, созданные его братом с соседними государствами. Начал он с нас по простой причине: постройка кораблей для дальнего плавания не могла не привлечь его внимания. Он не понимал, зачем это понадобилось королю, пока его не ввели в курс дела советники последнего. Они обязаны были это сделать, так как Арахис стал покровительствовать племяннику и приобрёл весомое влияние. Я несказанно обрадовался, узнав, что молодой король пошёл не по стопам отца, а начал прислушиваться к словам мудрого дяди... На естественный вопрос Арахиса, на что рассчитывал его брат, отправляясь на миссию по спасению ведьм, ему доходчиво рассказали о надеждах последнего короля, который тот возлагал на книги заклинаний, и передали письма. Из писем Арахис понял лишь то, что некая особа превратилась из тролля в человека и что помогла ей в этом ведьма посредством столь всеми востребованной книги заклинаний. На вопрос, кто передал им письма, он не добился вразумительного ответа, кроме того, что письма поступили из Северного

Королевства. Тогда Арахис отправился к нам, чтобы переговорить с отцом и узнать, известно ли ему что-нибудь обо всей этой истории. Отец, по понятным причинам, принял новоиспечённого посла враждебно. Когда же тот заикнулся о тролле, пожелавшем превратиться в человека, чтобы добиться расположения некой высокопоставленной особы, отец разъярился ещё больше и потребовал предъявить ему письма. Арахис отказался. Его оскорбили подозрительность и недоброжелательность короля. Он ушёл, но на прощание посоветовал отцу поискать в его окружении лицо, готовое предать своего короля ради высокого титула. Арахису показалось, что на отца подействовали его последние слова, и он даже догадался, о ком идёт речь…

— Ну да, Араганесес же грезил о высоком титуле!

Я очень обрадовалась тому, что, наконец-то, полностью понимаю, о чём идёт речь.

— Только с чего Арахис взял, что злоумышленник из окружения его величества?

— Я прочитал последнее письмо Селии. Да, имена в нём не указаны, но из них совершенно ясно следует, что предмет её пылких чувств — лицо королевской крови или приближённое королю. Не уточнялось, какого королевства. Вот Арахис и решил, что нашего — либо отец, либо кто-то из его близких.

— А когда Арахис разговаривал с Клавдием?

— За две недели до смерти отца, — Мартин согласно закивал. — Именно тогда Картоз застал Крона с Селией, а чуть позднее передал его письма отцу.

— Как странно, что столько событий произошло почти одновременно!

— Это действительно удивительное стечение обстоятельств. Впрочем, я скорее склоняюсь к тому, что одно важное событие повлекло за собой множество других.

Я задумалась.

— Наверное, ты прав, Мартин. Король Гранции ожидал свой скорый конец. Поэтому он велел сыну возвращаться, не закончив учёбы. Желая передать наследнику дела в должном порядке, он надавил на Араганесеса, чтобы тот поскорей выполнил обещание. Дворецкому пришлось поторопиться. Он усилил надзор за Селией, ведь она была его единственной надеждой заполучить книгу заклинаний. А когда застал Картоза в спальне супруги, великодушно и настоятельно предложил тому обыскать дом Крона… У Крона он нашёл письма Селии и, гордый собой, переправил их в Гранцию. А чтобы Картоз от него отстал, дворецкий передал ему письма Крона, найденные намного ранее в тайнике Селии. Только правителю Гранции писем было мало, он требовал книгу. Тогда Араганесес решил рискнуть и принялся угрожать Крону. Он довольно часто наведывался к мяснику. Замухрышка тому свидетель! Хотя нет... У Селии тоже был плащ с капюшоном, так что за злого духа Замухрышка мог принять и её... В общем-то это неважно! Араганесес рассчитывал, что Крон, опасаясь за судьбу возлюбленной, преподнесёт ему книгу на блюдечке с золотой каёмочкой. Однако непреклонный тролль выдавал дворецкому сведения по чайной ложке, возможно, тянул время, придумывая, как расправиться с назойливым вымогателем, пока тот напрасно обыскивал наш дом и пытался найти ко мне подход. Когда же правитель Гранции скончался, его советники послали Араганесесу последнее предупреждение: либо он доставляет книгу, либо их договор теряет силу. Новый правитель вряд ли проникнулся бы идеей бывшего короля настолько, чтобы сулить титул за ложные обещания. Араганесес запаниковал и, в свою очередь, поставил жёсткие условия Крону. А тот, вопреки ожиданиям вымогателя, доложил обо всём Клавдию. Чем спровоцировал гибель короля, да и свою тоже...

Мартин слушал меня внимательно и, мне даже показалось, с восхищением. Когда я закончила свои измышления, он огорошил меня простым вопросом:

— Кто такой Замухрышка?

— Гном, помощник Варниса, — удивилась было я его неосведомлённости и снова хлопнула себя по лбу. — Я же не говорила тебе о нём! Он видел злого духа, регулярно навещавшего мясную лавку. В последний раз дух явился в ночь убийства Крона и напугал гнома до полусмерти. Судя по длинному носу, который ему так запомнился, это, скорее, был Араганесес, чем Селия. Впрочем, Араганесес сам признался, что приходил и видел, как Селия отравила Крона.

— Я вижу, у тебя состоялся содержательный разговор с Араганесесом, — улыбнулся принц и сел рядом со мной на крыльцо.

— А у тебя, надо полагать, в то же самое время состоялась нс менее содержательная беседа с Арахисом? — подстроилась я под его шутливый тон и невольно отодвинулась подальше. От меня страшно разило болотной тиной. Вот когда бы не помешал дождь! Но, как назло, ярко светило солнце, и грязь на моих руках и ногах засохла, неприятно стянув кожу. — Ещё одно удивительное совпадение?

— Отнюдь. Это Арахис заставил Араганесеса пойти на отчаянный поступок. Арахис не хотел повторять ошибку, которую он допустил с моим отцом. Прежде чем откровенно поговорить со мной, Арахис вознамерился собрать как можно больше сведений о ведьмах и о том, какую роль они играют в нашем королевстве. Именно поэтому он задержался тогда, после праздника Лета. Надавив на своих же посыльных, Арахис выведал-таки, кто был тем таинственным союзником Гранции, обещавшим раздобыть им книгу заклинаний. Вернувшись в Гранцию, он обсудил всё со своим племянником, и сегодня они прибыли не только, чтобы принять участие в коронации, но и поведать нам о нечистоплотности слуги. Ясно как день, если б вести об этом дошли до нас из других рук, надежды на прочный союз между нашими государствами вполне могли бы пошатнуться. Однако прежде чем пойти ко мне, Арахис перехватил дворецкого и поставил вопрос ребром. Если Араганесес хочет получить желанный титул, пусть сейчас же отправляется с книгой заклинаний к причалу. Там его ждёт корабль Гранции, который переправит дворецкого подальше от разгневанных его предательством королевских особ. Если же книги у дворецкого не окажется, то в благодарность за короткую службу его отправят на другой берег, но больше на милость Гранции ему рассчитывать не придётся. Как только перепуганный дворецкий исчез из его поля зрения, Арахис отправился ко мне и всё рассказал. В доказательство своих слов он предложил мне сопровождать его к причалу и вместе перехватить там предателя. Я же догадался, что после того, как я вчера легкомысленно упомянул книгу заклинаний, Араганесес захочет попытать счастье. Я не знал, была ли у тебя книга или нет, но встреча с дворецким не сулила ничего хорошего. Поэтому я сразу помчался к тебе…

Его забота меня чрезвычайно тронула.

— Спасибо, — улыбнулась я. — Я рада, что все преступления раскрыты, и никого не пришлось судить. Правда, меня смущает судьба Картоза и Селии…

— Я посоветовал им попросить приюта в Брутии. Там не задают много вопросов, и слухи о том, что они содеяли, вряд ли дойдут до брутян.

— А кто займёт замок Картоза? Бабушка сказала, ты собрался его перестраивать…

— Я? Нет. Эта земля нам не принадлежит. Картоз от неё отказался, и её заняли тролли. Я предложил им помощь в обустройстве замка. Тролли — не очень умелые строители, но они готовы учиться. Замок можно перестроить в надёжное жильё, ведь сейчас тролли ютятся в пещерах и хижинах, которые плохо защищают от холода в наши суровые зимы.

Мартин умолк и прислушался. Откуда-то издалека донёсся шум голосов. Явно весёлая компания приближалась к нашему домику.

— Это Лукас и Милка, — пояснила я и тоже прислушалась к голосам. — И София, и Финик… и бабушка, и Базиль… и кто-то ещё…

— У вас намечается праздник? — улыбнулся Мартин.

— Да нет, думаю, они всей гурьбой идут со мной прощаться.

— Прощаться? — Мартин резко повернул ко мне голову. — И куда же ты собралась?

— Данис приехал, — невнятно пробормотала я, вдруг почувствовав страшную неловкость, — я уплываю с ним...

Мартин долго молчал, не сводя с меня глаз. Потом тихо спросил:

— Со мной ты тоже собираешься проститься?

Я вновь ощутила, как к горлу подступают слёзы. Невыносимое бесконтрольное чувство. Ещё не хватало разреветься прилюдно и навсегда потерять собственное достоинство. Я взяла себя в руки и поднялась со ступеньки крыльца. Теперь я смотрела на него сверху вниз.

— Да, Мартин, — отважно заявила я, — и с тобой я тоже собираюсь проститься... Сегодня... или завтра... до коронации. Ведь после я уже не смогу... не посмею, — мой язык перестал слушаться, и я сконфуженно его прикусила.

— Ты получила приглашение на коронацию?

Я молча кивнула.

— А ты его открыла?

Я затрясла головой, удивлённая его вопросом.

Мартин вздохнул и тоже поднялся на ноги.

— Так ты хотела встретиться до коронации... Когда?

Я растерялась. Я ведь серьёзно не задумывалась, в какой форме и при каких обстоятельствах буду прощаться с Мартином. Я вообще старалась об этом не думать!

— Встретимся в Лунной лагуне на закате, — решил за меня принц.

Он покосился в сторону нарастающего шума. Ещё немного, и к нам во двор нагрянут гости. Мартин не стал их дожидаться. Вскочив на коня, он объехал дом с другой стороны и, незамеченный, исчез.

* * *

— ...и Милкон выкатил полную бочку сливок! Это после таза с ватрушками-то! А потом ещё сыры выложил! Даже мне плохо сделалось!

Финик сидел у моих ног, развалившись на песке у камня, и любовно поглаживал своё брюшко.

— Вот тогда-то я понял: всё хорошо в меру!

Он поднял указательный палец, наверное, намереваясь выдать ещё одну народную мудрость, но его рука тяжело упала обратно на живот. Гном измождённо вздохнул.

— В общем, ты правильно сделала, что не пошла сегодня в деревню. Такой толкотни я отродясь не видывал. Удовольствия мало, одни синяки да резь в желудке. Надеюсь, завтра будет получше: откроют дворцовый сад, всё места больше... Да и Бивр стряпает вкуснее

Милкона… Впрочем, ватрушки Милкона или королевский пудинг, по сути дела, — одно и то же…

Я стояла на берегу моря и наблюдала за солнцем. Оно невыносимо медленно катилось к горизонту. В руках я держала свой блокнот, силясь выдавить из себя хоть строчку для нового заклинания. Я решила-таки последовать совету бабушки и начать свою собственную книгу заклинаний. Однако, как я ни старалась, никакой рифмы в голове не складывалось. Ведь она, голова, была забита совершенно иным… Болтовню гнома я слушала вполуха. Но в этом месте я недоумённо склонилась в его сторону.

— Одно и то же? — переспросила я. — Да что с тобой, Финичек?! С каких пор для тебя ватрушки сравнялись с королевским пудингом?

Гном оттолкнулся спиной от камня и упёрся локтями в колени. Некоторое время он задумчиво щурился на солнце.

— Знаешь, что я тебе скажу, Глория, — произнёс он вдруг серьёзно, — я стал другим!

Финик поднял на меня глаза. Я с умилением улыбнулась ему в ответ. Решив, что я ему не верю, гном вскочил на ноги.

— Нет, правда! — воскликнул он. — После лесного шабаша, после посещения Брутии и знакомства с горняками, после всего, что я видел и слышал за последние несколько дней, я уже не могу работать на Милкона, не хочу развозить молоко! Я способен на большее! — Финик потряс в воздухе руками, потом многозначительно на них уставился.

Я смотрела на него, прекрасно понимая, почему вместо того, чтобы продолжать вместе со всеми праздновать в деревне, он пришёл сюда… «Точка невозврата достигнута, — вздохнула я про себя. — Финик расширил свои горизонты и не желает более топтаться в ограниченном закутке огромного мира… Этим он отличается от Лукаса, от Милки, даже от бабушки Розалии… Этим он похож на меня…»

— Ты хочешь поехать с нами в Гранцию? — напрямую спросила я его.

Глаза гнома засияли ярче солнца.

— Хочу! — выдохнул он. — Возьмёте меня?

— Не задумываясь! Надёжные попутчики всегда в цене! — подмигнула я ему. — Жаль только, Кики расстроится.

При упоминании кикиморы Финик поёжился.

— Честно говоря, побаиваюсь я её, — признался он. — Если останусь здесь — она как пить дать заманит меня в болото!

Я хотела было встать на защиту кикимор, но, вспомнив, что сегодня произошло с дворецким, промолчала.

— Мы отплываем послезавтра, — сообщила я, — успеешь собраться? Путешествие предстоит долгое.

— Да я уже завтра с вещами буду у причала стоять! — с жаром заверил меня Финик.

— Зачем же завтра? — рассмеялась я. — Завтра мы должны присутствовать на коронации и сердечно приветствовать нового короля.

— Значит, ты тоже пойдёшь? — обрадовался гном. — Решила-таки?

— Да, — кивнула я, — это очень важное событие для Северного Королевства.

На самом деле, я решила идти на коронацию вовсе не из-за важности события, а из-за того, что я прочла, наконец, королевское приглашение. Его содержание меня одновременно озадачило и… окрылило.

— Почти закат, — прошептала я, снова взглянув на солнце, — мне пора идти. Извини, Финичек. Увидимся завтра. Приходи к нам завтракать.

Махнув на прощанье удивлённому гному, я подхватила брошенный на песок мешок, сунула в него блокнот и побежала в сторону возвышающихся над морем скал. Пропитанные тёплым солнечным светом, они из тёмно-серых медленно превращались в оранжево-бурые, исчёрканные удлинившимися в их неровностях тенями. Я нетерпеливо карабкалась по ним, придерживая болтающийся на боку мешок. В нём я несла не только свой блокнот, но и оставшиеся просьбы деревенских жителей помочь им добиться внимания предмета их нежных чувств. Не могу я уехать и разрушить их надежды. Просьб оставалось немного, и я надеялась за вечер разобрать их все. Я не рассчитывала на долгую встречу с Мартином. Ему, как и мне, было необходимо разделаться с накопившимися делами, чтобы начать новую главу своей жизни с чистого листа.

Зная, что не напишу ни одной стоящей строчки, пока не увижусь с принцем, я отбросила свой мешок в сторону, села у самой кромки воды и принялась ждать. Шаловливые волны, шелестя, касались моих босых пальцев. Солнце медленно таяло в море. Глаза невольно сощурились от блеска воды. Но видела ли я сейчас своё море?.. Вряд ли. Перед глазами проплывали события последних дней. Вокруг меня такая гармония, такая умиротворённость!.. Но в душе… Чувствую ли я удовлетворённость от раскрытия двух убийств? Оказалась ли развязка такой, какой я себе её представляла? Не знаю. Наверное, я даже и не размышляла на тему, чем всё закончится. Я просто наслаждалась своим расследованием, радовалась, что участвую в чём-то захватывающем. Мне очень хотелось поймать убийцу Крона и придать его правосудию. Мне это казалось справедливым. А теперь… а теперь мне было грустно.

Мартина я заметила только тогда, когда он сел рядом со мной на песок. Молчал он долго. Так долго, что я начала было сомневаться, знает ли он о моём присутствии. Наконец я не выдержала. Потянувшись за мешком, я достала из него королевское приглашение и помахала им перед лицом принца в надежде вывести того из долгой задумчивости.

— Ты всё же прочла его? — улыбнулся он.

— Конечно! И я в полном недоумении! Нас приглашают на празднование помолвки принца Седрика и Виолы. И вступления Седрика на трон. Я искренне за них счастлива, но что это значит? Описка? Или Седрик становится королём Южного Королевства?

— Я для этого и пришёл… чтобы объяснить.

Мартин замешкался, любуясь закатом.

— Вчера вечером я сильно повздорил с Седриком, — начал он издалека. — Брат ясно высказал своё недовольство моим решением отпустить Селию и Картоза. И, наверное, он прав. Я обязан был наказать убийцу по всей строгости закона, особенно учитывая, что неблаговидные поступки тёти повлекли за собой гибель нашего отца. Это ожидалось от меня… и не только Седриком. Но я не смог, — Мартин повернулся ко мне. — Я смотрел им в глаза и не видел зла… только страдание. Они сами себя наказали. Столько лет мучений! Ты заметила, как они изменились внешне, когда признались, что совершили друг ради друга? Как воспрянули духом? Такое облегчение, такая благодарность! Они словно родились заново! Я впервые видел, как Картоз улыбается. Как я мог способствовать их очередному заключению, когда они после стольких лет освободились? Я не смог, — повторил он и опять отвернулся к морю. — Я не чувствую себя вправе судить других…

Я, затаив дыхание, слушала его… с трепетом, с восхищением. Каждое его слово отзывалось в моём сердце одобрением и пониманием.

— Думаю, теперь я могу поделиться с тобой и своей личной тайной, — тем временем продолжал Мартин свой монолог. — Теперь это скрывать не имеет смысла, об этом всё равно скоро все узнают… Коронация состоится завтра, — произнёс он с расстановкой. — Королём Северного Королевства станет Седрик. Мы вчера с ним всё обсудили. Он принял моё решение без возражений. Я отказываюсь от престола. Я уже давно так решил.

— Но почему?

Я много каких личных тайн от него ожидала, но такое мне даже в голову не пришло бы при всём моём буйном воображении.

— Можешь не верить, но Седрик всегда подходил на роль короля больше, чем я.

— Не верю, — прошептала я… а потом вдруг добавила: — не верю, что ты правил бы хуже Седрика, но верю, что ты был бы несчастен в этой роли.

Мартин воззрился на меня с удивлением.

— Почему ты так думаешь?

Я неопределённо пожала плечами. Мне вспомнился тот вечер, проведённый с ним на этом самом месте. Тогда он напомнил мне парусник, жаждущий приключений, постоянных перемен. Тут меня осенило. Мартин — не король, Мартин — странник, искатель, скиталец. Он рвётся к познанию нового, не хочет быть привязан к одному месту.

Моё молчание смутило принца.

— Я упал в твоих глазах? Считаешь, я отступаю перед трудностями?

— Что ты! Наоборот! — заверила я его. — На мой взгляд, твоё решение — доказательство твоей храбрости. Ведь не каждый способен перечеркнуть вековые традиции и пойти своим путём вопреки тому, что от него ожидают другие, вопреки чужому мнению! Поступать так, как подсказывает тебе сердце, — не признак слабости! Это стремление стать лучше и добиться большего! Лучше быть самодостаточным бродягой, чем ущербным королём!

Я говорила пылко, подогреваемая интересом и умилением, с которыми смотрел на меня Мартин. Дослушав меня до конца, он рассмеялся:

— Вот как! Ты меня столь скоро списала в бродяги?..

— Образно говоря... — покраснела я. — Бродяги тоже могут быть выдающимися и прославленными... Вспомни Кларисса!

— До Кларисса мне ещё далеко, я пока в самом начале своего долгого пути к славе...

Принц продолжал смотреть на меня смеющимися глазами. Потом он вздохнул:

— Возможно, я многих разочарую. Однако не сомневаюсь, что поступаю правильно. Не только по отношению к себе. Седрик женится на Виоле, но Южным Королевством правит Кроник, и сходить с престола он не намерен. Если бы я стал королём нашего королевства, Седрик оказался бы не у дел. Я знаю, что мысль об этом угнетала его страшно. Моё решение не столько поразило его, сколько обрадовало. Он быстро простил мне моё «возмутительное и недостойное короля» поведение...

— А как же ты? Ведь, отказавшись от престола, ты оказываешься не у дел!

— Вовсе нет, — спокойно возразил он. — Отказавшись от престола, я не отказываюсь от королевства. Я намереваюсь играть не менее важную роль... Знакомство с Арахисом вдохновило меня. Его мудрость и обдуманность поступков восхитили. А свобода действий и мыслей — пленили. Благодаря его разумной тактике, Гранция приобрела сразу двух сильных союзников в лице наших королевств. Я хочу того же для нашего королевства — прочных и, главное, дружественных отношений с соседями.

— О, да у нас появился, наконец, представитель Северного Королевства! — лукаво подмигнула я ему. — Лучшего кандидата даже представить себе трудно!.. Мартин, а когда ты понял, что не хочешь быть королём?

— Я всю свою жизнь чувствовал неприязнь к дворцовому этикету. Эти правила, манеры, традиции… — принц невольно поморщился. — Я рад, что хорошо усвоил их, но мысль о том, что придётся их придерживаться каждое драгоценное мгновение, вводила меня в отчаяние. А принять столь неожиданное решение мне помогло…

Мартин вдруг умолк, задумавшись. Он словно засомневался, стоит ли ему признаваться в столь деликатной подробности своей жизни. Пришлось прийти ему на выручку.

— Поющее дерево?

Принц вскинул на меня глаза. В них читались изумление и радость.

— Как ты догадалась?

— У меня давно язык чешется спросить тебя о Чуде Востока… с тех пор, как ты признался, что слышал его песню. Я была уверена, что в этой песне пелось о чём-то важном…

— Это была песня с таким смыслом!.. — принц с нехарактерной ему эмоциональностью вознёс руки к безоблачному небу. — Когда мы добрались до дерева, я почувствовал себя так, словно оказался не на самой высокой горе мира, а в высшей точке своего жизненного пути. После этого испытания наше обучение подходило к концу, и мы должны были вернуться домой, где нас ждала придворная жизнь. Не пойми меня неправильно, жизнь короля тоже может быть интересной. Только… я видел, чем занимается отец; я обучался тому, как себя должен вести король, что от него ожидается, какие надежды на него возлагаются. Всё вместе взятое вызвало у меня стойкое отвращение к своему неизбежному будущему. Подъём на гору к Чуду Востока оказался для меня переломным моментом. Я мысленно вопрошал себя: неужели это самая высокая вершина, на которую мне суждено взобраться? Неужели потом только вниз?.. Наверное, этот вопрос так сильно мучал меня, что дерево услышало его, — улыбнулся Мартин. — Я не смогу повторить слова песни… Я их не запомнил. В ней пелось о том, что наш путь определяется нашими решениями. Преграды на пути — это решения идущих нам наперерез. Принимая их решения, мы останавливаемся. Принимая решения тех, кому с нами по пути, мы движемся быстрее. Не вверх или вниз, а от одного принятого решения к другому. Тогда-то моё тайное чаяние, можно сказать, мечта отказаться от престола вдруг стало убеждением, планом. А потом… почти сразу до нас дошли печальные новости, что отец умер. Представляешь, каково мне было узнать, что моя коронация неожиданно из далёкого будущего передвинулась в неминуемое настоящее?.. Моя уверенность в принятом решении пошатнулась... Я даже начал сомневаться в том, что слышал песню дерева... Сомневался, пока ты не спросила о нём, — Мартин посмотрел на меня с теплотой и благодарностью. — Тогда я понял, что если откажусь от своего решения, то моя жизнь застопорится. Твоё желание отправиться скитаться, как Кларисс, стать ведьмой, покорить чёрных драконов помогло мне чётче увидеть свой собственный путь. Путь, который ограничивается лишь моими желаниями, а не дворцовыми стенами или чужими решениями...

Я слушала принца с замирающим сердцем, в котором с каждым его словом крепла головокружительная надежда.

— Значит ли это, что наши пути... э-э-э... не разойдутся после коронации? — робко поинтересовалась я.

— Я к этому и веду, — кивнул он с улыбкой. — Мне сегодня удалось переговорить с Данисом. Он с таким воодушевлением рассказывал о предстоящей спасательной миссии, что я легко позволил ему уговорить себя в ней участвовать...

Не дав принцу договорить, я бросилась ему на шею и крепко обняла. Возможно, это было слишком бесцеремонно с моей стороны. Пусть Мартин не король, но всё-таки не простой смертный. Однако сдерживаться было выше моих сил — меня захлестнуло чувство бесконечного счастья.

— Я так понимаю, наш договор придерживаться сугубо деловых отношений потерял силу?.. — ласково прошептал он мне на ухо, отвечая на объятие.

— Мы договаривались их придерживаться лишь до конца нашего расследования, — веско заметила я, — а оно ведь завершено, так?

Отстранившись, я заглянула в его глаза, такого красивого бирюзового оттенка.

— Так. Убийства раскрыты. Эти убийства... Однако Данис считает, что то, что совершил мой прадед по отношению к ведьмам, также равносильно убийству. Поэтому точку в этой истории мы сможем поставить, только когда доберёмся до Острова Надежд. Чтобы исправить жестокий поступок, в котором повинны мои предки!

Я со вздохом проводила взглядом улетающую в морскую даль чайку. Почернев на фоне огненного неба, она исчезла в лучах заходящего солнца. Огненный диск медленно погружался в море. В оранжевом небе то тут то там проступали фиолетовые облака.

— А что если исправить не удастся?.. — тихо спросила я.

Мартин тоже задумчиво всмотрелся в тускнеющее небо.

— Не следует терять надежду, — твёрдо сказал он. — Данис уверен, что его мать жива. Она до сих пор ему снится.

Заметив моё подавленное состояние, Мартин взял меня за руку и ободряюще сжал её.

— Я понимаю, что Ефросия давно не молода, но ведь ведьмы отличаются стойкостью. Может, доведётся и её увидеть?

Я в ответ лишь затрясла головой и сжала губы, приготовившись сдерживать слёзы. К своему изумлению, я почувствовала, что плакать мне совсем не хочется. Уход Ефросии из моей жизни теперь казался естественным…

— Вечная молодость ведьмы — миф, — повторила я слова бабушки Розалии. — Мы такие же уязвимые, как и все… А жаль…

— Ты рассчитывала не стареть?

— Почему бы нет?

Мартин внимательно вглядывался в моё лицо.

— Я рад, что вы тоже стареете, — выдал он после короткого молчания. — Мне было бы грустно стареть одному.

— А ты намереваешься стареть со мной?

— Планирую, если ты позволишь…

Слёзы всё-таки навернулись на глаза. Слёзы радости… Гряда пурпурных облаков в небе расплылась в слезах волшебными красками заката. С моря потянуло прохладой. В воздух неожиданно вкрались ароматы приближающейся осени. Над морем, повторяя движение волн, заколыхалась лёгкая дымка. Пока бесформенная, она медленно подползла к нашим ногам. Сквозь неё искрилась солнечным светом вода, и казалось, будто тысячи золотых звёздочек запутались в нежной паутине. Завораживающее, неземное зрелище… Неземное… На меня внезапно снизошло озарение: красота — это не что иное, как отражение того, что творится в твоей душе. Когда душу переполняет неземное счастье, когда тебя окрыляют неземные чувства, то всё вокруг кажется неземной красоты…

«Прекрасное окончание для моих мемуаров, — подумала я, довольная собой, — если, конечно, мне хватит терпения их написать…»

Мои уши незаметно наполнило не менее довольное жужжащее мурлыканье.

— Я так понимаю, призраки тумана станут неразлучными нашими спутниками?

Принц непроизвольно отодвинул ступни от норовящей их обвить дымной паутинки. Обнажив волны, паутинка складками собралась на берегу. Потеряв на мгновенье форму, она вытянулась кошачьим силуэтом и с тихим урчанием свернулась клубочком у наших ног.

— Тебя это смущает? — заволновалась я.

— Смущает? Наоборот! — ухмыльнулся Мартин. — Благодаря выразительности этого чудесного явления природы я весьма чётко представляю, какие чувства и эмоции одолевают тебя.

Покраснев, я попыталась развеять туман рукой. Безуспешно. Призрак лишь плотнее обвил наши ноги. Вздохнув, я оставила его в покое,

решив отдаться чувствам и эмоциям, подавлять которые не имело больше смысла. Тем более что именно они явили мне неземную красоту…

В золотистой дымке моря,
В пенном облаке волна
Замерла… В её покое
Песня тихая слышна.

Песня о манящей дали,
Где вершины гор светлы
В тонком кружеве вуали
Предрассветной сонной мглы.

В песне слышен шум прибоя,
Треск надутых парусов,
Скрип шкаторины… и моря
Непрерывный вечный зов.

Сердце в сладостном волненьи
Бьётся трепетно в груди
В ожиданьи, в предвкушеньи
Счастья долгого пути…